희란국 연가

희
란
국
연
가

1판 7쇄 찍음 2022년 8월 9일
1판 7쇄 펴냄 2022년 8월 19일

지은이 김수지
펴낸이 정 필
펴낸곳 **(주)뿔미디어**

기획 · 편집 박경희, 권지영
표지 디자인 우 물

출판등록 2002년 9월 11일 (제1081-1-132호)
주소 경기도 부천시 원미구 소향로 17, 303(두성프라자)
전화 032)651-6513 팩스 032)651-6094
E-mail bbulmedia@hanmail.net
비북스 http://b-books.co.kr

ISBN 979-11-315-9410-0 03810

# 희란국 연가

FEEL PREMIUM EDITION

김수지 장편 소설

# 목차

序章

장안에 자자한 이야기

장내에는 사람들이 북적였다. 삼 층 건물이 즐비한 대로에는 물건을 사 달라고 성화를 부리는 잡상인들, 엿가락을 사 먹는 어린아이들, 비단옷을 차려입은 규수와 무명옷 차림의 아낙네가 가없이 뒤섞여 있었고 길목에는 홍등이 발갛게 빛나고 있었다.

　기루와 주막은 어딜 가나 성황이었다. 널찍한 마룻바닥 위에는 술 취한 사내들이 머리를 올린 기녀를 끼고 앉아 한창 즐기느라 여념이 없었고, 그 바글바글한 손님들 사이로 술독을 인 노비들이 분주히 오갔다. 여인들의 분 냄새, 기름 냄새가 사방에서 진동을 했다.

　아시타는 삿갓을 고쳐 쓰며 고개를 이리저리 돌렸다. 희란국의 수도 양우陽雨는 그 흉흉한 소문과 다르게 활기가 넘쳤다.

　요괴의 소굴이라 일컬어지는 음곡을 곁에 두고서도 잘도 이만큼이나 번영하였구나. 기묘한 일이다. 정말로 이 도시에 유례없는 흉사가 벌어질 참인가.

그는 여우처럼 치켜 올라간 눈매를 실처럼 가느다랗게 뜨고서 연신 사방을 살폈다. 스승의 말을 의심하는 것은 아니었으나 그가 상상한 것과는 다른 희란국 풍경에 일순 괴리감이 들었다.

'……좀 더 음산한 기운이 감돌 것이라 예상했다.'

요괴는 사람의 마음을 어지럽히는 존재가 아니던가. 귀신들이 섞여 들면 사람들 사이에는 다툼이 잦아진다. 하지만 희란국 백성들의 표정은 밝았다.

'이제 막 도착한 참이니…… 실상이 어떨지는 좀 더 머물러 봐야 알겠지만.'

본디 행사가 있는 날이면 어디든 떠들썩하기 마련이 아니던가. 아시타는 의문을 접고 긴 여정으로 지친 발걸음을 재촉했다. 해가 완전히 지기 전에 머물 곳을 정해야 한다. 그는 큰길을 지나 술집이 다닥다닥 늘어선 거리로 들어섰다.

그렇게 인파를 헤치고 나가며 여관을 찾아 헤매기를 한참, 문득 한곳에 옹기종기 모인 사람들의 모습이 눈에 들어왔다. 슬며시 밀려드는 호기심에 아시타는 그리로 몸을 돌렸다. 그러자 쨍쨍한 목소리가 곧장 귓속으로 파고들었다.

"금일! 희란연을 구경 오신 객들에게 내 기묘한 이야기를 하나 해 주겠소."

야담꾼인가. 군중이 바글바글한 자리, 술 파는 곳 단상 상머리에 건방진 자세로 올라앉은 빼빼 마른 사내가 누렇게 빛바랜 부채를 펼쳐 들고 요란스레 외쳐 댔다.

아시타가 어찌할까 머뭇거리는 새에 야담꾼이 청산유수로 좔좔 내뱉기 시작한다.

"이 희란국 사는 백성들은 다 아는 이야기! 허나 몇 번을 들어도 질리지 않는 기묘한 이야기! 저 깊은 계곡서 들려오는 노랫말의 주인

공 소루 공주에 관한 이야기요. 흥미 있는 자는 가던 길을 멈추시고, 흥미 없는 자는 지나가시면 되겠소."

수군수군, 몇몇이 굳은 낯으로 저리 떠들어도 괜찮을까 하며 중얼거린다.

눈을 가늘게 뜨던 아시타는 곧 그들 사이로 조심스레 끼어들었다.

야담꾼이 사발 가득한 술을 시원하게 들이켜더니 창이라도 하듯 낭창한 음성으로 이야기를 시작하였다.

"귀신들이 사는 저 깊고 깊은 계곡, 음곡을 등지고 솟아오른 희란국 궁성에는 세 명의 왕자가 살고 있었소이다. 총명하고 자애로운 첫째 왕자 세륜과 무예에 능한 둘째 왕자 가륜. 그리고 가장 출중한 용모를 가진 셋째 왕자 신율이 바로 그들이오. 능히 한 나라의 왕이 될 만하다 온 백성이 칭송하는 위의 두 왕자와 달리, 셋째 왕자께선 놀기 좋아하고 경박스럽기 그지없으니, 그 현란한 언변으로 하는 짓이라곤 기녀들 후리는 일뿐이라. 저 왕자 언제 철들까, 이 나라의 탄식이 저 귀신 계곡만큼이나 깊었소이다."

그러고는 어험! 하고 추임새를 넣으며 야담꾼이 부채를 탁, 접는다. 현란한 손놀림이었다. 구경하는 이들의 흥미진진한 얼굴을 쭉 훑어본 사내가 바로 말을 이었다.

"어차피 왕위에 오를 이는 적통 왕자인 세륜 아니면 가륜. 왕의 심중에 첫째 왕자가 병약하니 건장하고 늠름한 둘째 왕자가 왕위를 이어받았으면 하는데, 고지식하기로 유명한 이 왕자, 위에 형님이 계신데 어찌 감히 하며 극구 태자 자리 사양하니 늙은 왕, 고민이 이만저만이 아니셨지. 그 와중에 풍류 즐기기 좋아하는 셋째 왕자 신경 쓸 여력이 있었겠소? 누구의 간섭도 없으니 이 젊은 왕자 인생 즐기기에 여념이 없구나!"

얼쑤! 하고 술 취한 사내 하나가 추임새를 넣었다.

"이 신율이라는 인물에 대해 더 늘어놓아 보자면 귀신도 홀릴 만큼 아름다운 용모의 소유자요. 여인네도 낯부끄러워 고개를 숙일 정도로 요염한 자태에 학처럼 고고하고 소나무처럼 훤칠한 미장부시었으니, 왕도 제 아들 철없음을 알면서 눈감아 주는 이유는 기이할 정도로 고운 막내아들을 예뻐하기 때문이라. 어차피 왕좌에 앉힐 놈도 아닌 것, 오냐오냐한 것은 큰 실책이나 남녀를 가리지 않고 홀리는 고 얼굴 두고 누가 감히 싫은 소리 할 수 있으랴! 온 궁전 사람들이 저를 두고 간 쓸개 다 빼 줄 것처럼 구니, 이 왕자 철들기는 애초에 글러 먹은 일. 신율 왕자가 그리도 아리따웠소이다. 어디 그뿐이랴. 반반한 얼굴만큼이나 세 치 혀에도 유들유들 기름기가 좔좔 흘러 그 매끄러운 언변으로 왕도 구워삶고 제 형들도 요리조리 가지고 노니 악독한 말재간으로 이간질하는 것이 고놈의 특기! 참으로 알 수 없는 것이, 그 입술이 벌어질라치면 또 무슨 요사한 소리를 지껄이나 보자 벼르면서도 막상 듣고 보면 홀딱 넘어가고 마는 게 이 무슨 해괴한 조화인지. 셋째 왕자, 참 무서운 재주 가진 분이셨지!"

나이 지긋한 노인 몇몇이 허허, 하며 무릎을 친다.

흥이 돋아 야담꾼의 어깨가 들썩들썩하였다.

"허나 뛰어난 말재주, 훤칠한 용모 가졌으면 뭐 하는가? 철없기로는 희란국 으뜸. 이 왕자가 하는 일이라곤 탱자탱자 노는 일뿐이니. 그것도 어디 적당히 즐기는 줄 아시는가? 어찌나 요란뻑적지근하게 노시는지 그 방자한 놀음은 장안에 악명이 자자한 풍류 공자들도 낯을 붉힐 만큼 난잡한 것들뿐이고, 호화롭게 산다 하는 부호들도 퍼렇게 질릴 만큼 사치스럽기 그지없으니, 셋째 왕자 언제 사람 되겠는가 혀 차는 소리가 도성 가득했더라!"

웅성거리던 사람들도 이야기에 열중하는 듯 점차 조용해졌다. 인파가 점점 몰려들었다.

밀려드는 사람들에게 이리저리 치이면서도 아시타는 야담꾼의 이야기에 귀를 기울였다.

"누구 하나 크게 꾸중하는 사람 없으니 그 방자함이 하늘까지 닿아 셋째 왕자가 어느 날에 기어코 일을 쳤소이다. 막내 왕자라 하면 그저 허허 웃던 왕도 안색을 바꾸어 불호령을 내릴 만큼 기함할 일이었으니, 이 왕자가 왕께서 가장 아끼던 후궁을 유혹해 핏덩이를 낳게 한 것이 아닌가! 이 무슨 패륜이란 말이냐. 왕께서 크게 노하시어 아끼던 아들을 내치며 다시는 내 앞에 낯을 보이지 말라 하셨고, 태어난 아이는 구중심처 가장 깊고 초라한 곳에 두라 하셨소. 고까짓 핏덩이는 내 알 바 아니다, 허나 아비가 어찌 나에게 이럴 수 있는가 엉엉 우는 셋째 왕자. 제 잘못은 생각도 않고 원망하는 소리만 하시니 이 왕자 정신 차리기는 애초에 글러 먹은 일이 아니겠소. 저를 연모하여 불경한 일인 줄 알면서도 부정한 씨를 남긴 여인이 사약 받고 죽었다 소리 듣고도 눈 하나 깜짝 않고 오로지 왕께서 저를 유폐한 일만 원망하며, 설마 내가 평생 여기 있겠느냐? 부왕의 노가 풀리면 내가 풀려나리라, 그때에 내 이 원망을 풀리라, 그런 흰소리를 도성 밖까지 쩌렁쩌렁 외쳐 대었지."

천하에 그런 금수만도 못한 이가 다 있더냐 하며 여행객으로 보이는 이 하나가 분개하여 외쳤다.

그에 동조하듯 야담꾼이 고개를 크게 주억거렸다.

"그러나 제 아들의 간살거리는 소리에서 풀려난 왕, 멀찍이 두고 보니 이처럼 못되고 악독한 것이 없도다. 다 내가 오냐오냐한 탓이다. 왕께서 깨달아 그를 엄하게 두시니, 왕자는 도리도 모르고 법도도 모르는도다. 거기서 평생을 배우라 명하셨소. 그리된 지 벌써 십수 년, 죽었는지 살았는지 고 왕자 코빼기도 볼 수 없으니. 아! 드디어 우리 희란국이 골칫거리를 하나 덜었도다!"

과장된 얼굴로 가슴을 팍팍 쓸어내리는 야담꾼의 행동에 군중들이 웃음을 터트린다.

아시타는 쓴웃음을 지었다. 왕실의 일을 저리 떠들다가 화를 당할까 겁나지도 않는가. 야담꾼의 이야기는 거침이 없었다.

"하지만 기뻐하긴 아직 이르다오. 골칫거리가 아직 하나 남아 있었으니! 바로 신율 왕자가 남긴 핏덩이, 이 이야기의 진정한 주인공인 소루 공주올시다."

아시타는 눈을 가늘게 떴다. 그도 익히 들어 알고 있는 이름이었다. 그가 발걸음을 멈춘 이유이기도 했다.

그 이름에 즐겁게 웃던 이들의 얼굴에 다시 긴장감이 어렸다. 뭣도 모르는 객들만 흥미진진한 얼굴이었다.

"소루 공주가 태어나던 날에 희란국 왕께서 낯을 굳히며 말씀하시기를 왕의 여인이 낳았으되 그 아들의 자식, 이는 패륜의 증거이니 땅에 묻어 마땅하나 내 손에 혈육의 피를 묻히기 꺼리노라. 그것을 가장 천한 종에게 주어 죽지만 않게 하라 하셨소. 그리고 그 천한 딸에게 이름 붙이기를 눈물로 태어나 근심거리일 뿐이니 소루騷淚라 하여라! 그리하여 가장 미천하고 미운 말더듬이 노비의 손에 양육된 소루 공주, 여종이 불우한 사고로 죽고서는 사당 신녀들이 돌보았는데, 성을 도망 나온 여인들의 말에 의하면 배운 게 없어 어리석고, 거동이 흡사 들짐승과 같았다 하더이다. 참으로 공주란 이름이 아깝구나!"

야담꾼의 목소리가 사방에 쩌렁쩌렁 울려 퍼졌다.

문득, 아시타는 음산한 기척을 느끼고 어깨 너머로 고개를 돌렸다.

궁성 뒤로 병풍처럼 솟은 흑산 태화胎禍. 그 너머로 찬찬히 저물어 가는 해가 불그스름한 빛을 머금었다.

귀신이 좋아하는 색이었다. 슬슬 귀물들이 깨어날 시간인가. 아닌 게 아니라 활기가 넘치던 장내에 스멀스멀 귀기鬼氣가 어린다.

야담꾼의 이야기에도 음산한 기운이 서렸다.

"그 때문에 귀신 공주라 불리는 줄 아시는가? 천만만만이올시다! 이 공주의 기이함은 거기서 그치질 않았으니. 출생부터 심상치 않은 이 계집은 자라기는 어찌 그리 더디 자라는지 몸집이 조그맣고 왜소해 매일을 절절 앓았소이다. 곧 죽지 않겠나 싶다가도 간간히 살아나는 게 질기기는 또 어찌 그리 질긴지. 시름시름 하던 것이 언변을 텄을 즈음에는 헛소리까지 중얼중얼. 빈 허공을 뚫어져라 바라보는 것은 예삿일이고, 허구한 날 귀신들이 자신을 먹으러 온다며 경기를 일으키기까지 해, 그 정신이 온전치 못하다고 여겨 모두가 꺼리었지. 그뿐인 줄 아시오? 이 계집은 나무나 풀잎, 짐승과도 이야기를 나누었는데, 무시무시한 것은 그 조그만 핏덩이가 꽃을 피워라 하면 죽은 나무가 꽃을 피우고, 죽어라 하면 퍼렇던 잡초가 죽어 버리고, 들짐승도 오라 하면 오고, 가라 하면 가는 게 아니오! 참으로 이상허다, 이 괴이한 것, 나는 무서워 죽겠다, 몸종들이 벌벌 떨며 성을 도망 나왔으니, 온 도성에 소루 공주가 귀신 씌었다 하는 소문이 파다하게 퍼졌소이다. 판세가 이리되자 왕의 인내심도 닳아 없어지고 말았지! 그 요물 더는 못 견디겠다 하시며 궁전 사당에 가두라, 음식도 물도 주지 말고 굶겨 죽이라 명하셨소. 그리 하루가 지나고 이틀이 지나고…… 열흘이 지나던 날 밤! 온 천지에 천둥 벼락이 내리치고 하늘은 시커멓게 변하니, 불길한 징조라. 하늘에서 불벼락이 떨어져 왕실 사당이 화염에 휩싸였소이다. 그 불그림자가 마치 요물들이 한데 뒤엉켜 몸부림치는 것처럼 요동하였지! 저 높은 궁성 지붕 위까지 불길이 치솟는 광경이 이 두 눈에도 똑똑히 보였다오!"

야담꾼이 제 눈을 익살스레 부릅떠 보였다.

하지만 웃는 이는 아무도 없었다.

"온 궁전의 모든 일꾼이 달려들어 물을 부어도 꺼지지 않던 그 불길. 하늘에서 괴이한 비명 소리가 울려 퍼진 뒤에 거짓말처럼 꺼지었는데, 고 숯 더미 속에서 놀랍게도 어린 공주가 살아 있는 게 아니겠소! 열흘 동안 물 한 모금 쌀 한 톨 삼키지 못해 앙상하게 마른 계집아이는 두 눈만 멀고 나머지는 다 멀쩡하였소. 왕이 그 모습을 보고 두려워하여 이르기를, 기이하고 불길하도다. 내가 핏줄을 끊어 버리려 하였다고 하늘이 노한 것이 아닌가. 새 사당을 지어 공주를 그곳에서 지내게 하고 하늘의 노를 풀기 위해 제사를 드리자. 그날부터 희란국 계곡에선 기이한 노랫소리가 울려 퍼지기 시작하였는데, 그 노래의 내용은 이러하오."

야담꾼이 목청을 가다듬고 노래를 불렀다.

「소루 공주 먹으면
새 몸 얻어 사람이 될 수 있나니,
희란국 요물들
공주를 두고 싸웠더라

그중에서도 가장 추한 요괴가
몰려든 모든 귀물을 집어삼키었는데
배가 가득 차 공주는 먹을 수 없었더라

요괴는 결국
공주의 눈만을 빼앗고
멀리 달아났다」

노랫말이 묘한 여운을 남기며 장내에 길게 메아리쳤다.

"늙은 왕께서 붕어하시고, 돌아가신 첫째 왕자를 대신하여 강건하신 우리 둘째 왕자께서 왕위에 오르시기까지, 저 도성 밖 골짜기에서 들려오는 노랫소리는 멈추지 않았으니, 지금도 저 귀신 계곡서 해 질 녘이면 자자히 울려 퍼지고 있소이다."

이야기가 끝이 났다. 사람들은 약속이라도 한 듯 계곡 쪽을 바라보았다. 그의 말을 증명이라도 하듯이 해를 삼킨 검은 계곡서 윙윙 바람 소리가 들려왔다. 그 속에 감도는 요요한 노랫말이 귀를 어지럽힌다.

「소루 공주를 먹으면
새 몸 얻어 사람 될 수 있나니……」

가만히 계곡을 바라보던 아시타는 곧 인파를 헤치고 걸음을 옮기기 시작했다. 복작복작한 거리. 사람들의 그림자가 기이할 정도로 짙다.

一 章

귀신 공주

소루 공주의 주변에는 기묘하고도 불길한 일이 끊이질 않았다. 그녀를 젖 먹여 키운 말더듬이 여종은 어느 날 인가로 내려온 범에게 물어뜯겨 처참하게 죽었고, 이후 그녀를 모시던 여종들도 하나둘 병이 들어 죽거나 불의의 사고로 목숨을 잃었다. 광증을 앓다가 뒷산에 올라가 목을 맨 이도 있었고, 하나뿐인 자식을 잃은 이도 있었다.

상황이 이러하니 노비들도 앞다투어 귀신 공주를 모시느니 차라리 죽겠다며 엎드려 대성통곡을 했다. 목숨을 걸고 도망하는 이가 한둘이 아니었고, 그럴 만한 배짱이 없는 이는 혹시라도 귀신이 들러붙어 피붙이에게까지 해를 끼칠지도 모른다며 자결했다.

소루 공주의 곁에 머무는 것은 비천한 노비에게조차 그처럼 끔찍한 일이었다. 결국 소루 공주의 사당에는 음식을 날라다 주는 신녀들 이외의 발길은 뚝 끊겼다.

가륜 왕은 꺼림칙한 조카에게 일절 관심을 두지 않았고, 성을 들락날락하는 이들도 부정 탈까 두렵다는 듯 사당 쪽으로는 고개도 돌리지 않았다.

그리된 지 어언 육六 년. 숨이 붙어 있다는 것 이외에 그녀에 관해 알려진 게 거의 없었다.

술상을 앞에 두고 보고서를 훑어보던 사내는 한껏 인상을 찌푸렸다. 신녀들에게 뭔가 들을 수 있을까 싶어 사람을 심어 조사하게 했지만 알아낸 사실이라고는 공주의 세끼 식사가 무엇인가 하는 것뿐이었다. 신녀들조차도 사당 안으로 음식이나 소셋물, 의복을 밀어 넣어 줄 뿐 공주를 가까이하지 않는 모양이다.

사내는 한숨을 내쉬었다. 그렇다 해도 너무한 게 아닌가. 용모조차 제대로 아는 이가 없다니…….

"들여다보고 있으면 해결 방안이라도 나온다더냐? 접어라. 술맛 떨어진다."

심각하게 턱을 쓰다듬는 그에게, 맞은편에 앉아 술을 푸고 있던 또 다른 사내가 싸늘하게 내뱉었다.

그는 시선을 들어 맞은편에 앉은 사내를 보았다. 망나니처럼 잔뜩 흐트러진 머리칼에 광인처럼 번뜩거리는 두 눈. 안 그래도 냉혹해 보이는 얼굴을 그리 섬뜩하게 일그러뜨리고 있으니 귀신이 따로 없었다.

"이게 다 자네를 위해서 하는 수고가 아닌가."

두루마리를 내려놓으며 툴툴거리자 사내가 코웃음을 친다.

"누가 부탁이나 했나."

"자네는 아내 될 이가 어떤 여인인지 궁금하지도 않나? 소문만 무성하지 소루 공주에 관해서는 무엇 하나 분명히 밝혀진 것이 없으니, 친우를 위해 내 이리 바지런히 조사하고 있는 게 아니냔 말이야. 혹시라도 자네가 초야에 돌연사할지도 몰라……."

"긁지 마라."

남자가 으드득 이를 갈며 들고 있던 술잔을 탁상 위에 던지듯 내려놓았다. 조그만 술잔이 그 완력을 이기지 못하고 쩍 갈라졌다.

"네가 긁지 않아도 속에서 천불이 인다. 눈이 뒤집히기 일보 직전이란 말이다."

그 살벌한 기세에 밝게 웃던 남자도 슬그머니 입꼬리를 내렸다.

야차와 같은 얼굴을 하고서 사내는 독주를 아예 병째로 들이켰다.

"귀신 공주가 다 뭐란 말이야. 목숨 걸고 싸웠는데……. 왕의 약속 하나만을 믿고서 개처럼 전장을 굴렀다! 그 대가가 고작……!"

분이 치밀어 오르는지, 사내는 차마 뒷말을 잇지 못하고 술만 벌컥벌컥 들이켰다. 귀신의 저주를 받아 목숨을 잃게 될지도 모른다는 걱정 따위는 애초에 하지도 않는 듯싶었다. 그저 모욕당한 분노로 치를 떠는 사내를 보며, 그는 몰래 한숨을 푹 내쉬었다.

'하기는 이놈이 어디 귀신 따위에 겁을 집어먹을 위인이던가.'

울분을 토해 내고 있는 이 사내의 이름은 자현. 높은 신분의 귀족은 아니나 그래도 뼈대 있는 무가의 장남이자 희란국 제일의 장수라 일컬어지는 자였다. 또한 구국의 영웅이라 칭송받는 인물이기도 했다.

하지만 자현의 부관이자 절친한 친우인 비령이 보기에 그에겐 영웅이라는 칭호가 정말이지 어울리질 않았다. 이 불귀신 같은 사내에게선 영웅적인 일면은 눈곱만큼도 찾아볼 수가 없었던 것이다. 그렇다고 천하에 명성을 떨쳐 보겠다는 야심이 있는 것도 아니고, 나라를 위하는 마음이 유별난 것도 아니다. 그런 그가 자청해서 전장의 선두에 섰던 이유는 단 하나. 혁혁한 공을 세워 오면 가륜 왕의 귀애하는 딸, 가란 공주를 주겠다는 약속 때문이었다.

"나에게 주기로 했다. 적장 이휼의 목을 베어 오면 가란 공주를 내게 주기로 약조했단 말이다!"

너무도 억울하고 분하여 자현은 피를 토하듯 외치었다. 그는 삼 년 전 궁궐에서 왕의 막내딸 가란을 보고 한눈에 반하여 왕에게 청혼을 넣었다.

그러나 귀족이라고 다 같은 귀족인가, 별 볼 일 없는 네놈에겐 이 귀한 금지옥엽을 내어 줄 수 없다 하는 모욕만 당하고 내쫓겼다. 그래도 굴하지 않고 계속해서 청혼을 넣길 몇 차례.

심드렁하게 고개를 내젓던 왕이 한 가지 조건을 내세웠다. 네가 그리도 가란 공주 얻기를 원한다면 적국 자환의 명장名將 이휼의 목을 가져오라. 그리하면 나라를 구한 영웅, 부마가 되기에 적합하니 공주를 내어 주겠다 그리 약조하였다.

그 약속 하나만 믿고 전쟁터로 나간 자현. 긴 전쟁이 끝나고 나라에 큰 공을 세우고 돌아와 약조한 대로 공주를 내어 주십쇼 하고 청하였더니 청천벽력과도 같은 통지가 내려왔다. 바로 희란국 온 백성이 다 아는 귀신 공주, 소루를 데려가라는 것이었다.

"가룬…… 어찌 내게 이럴 수 있단 말인가! 한 나라의 왕이라는 작자가 한 입을 가지고……."

어찌나 울화가 치밀던지 악문 잇새로 피가 다 넘어왔다. 비령이 기겁하며 진정하게나 만류해 보았지만 그는 매몰차게 비령의 손을 쳐 내고는 술만 연거푸 들이켰다.

날 때부터 기가 세고 긍지가 남달라 지기 싫어하는 성미를 가진 자현이었다. 오만방자하다 싶을 정도로 대가 센 성격 때문에 그와 척을 진 이만 한 부대는 편성할 수 있을 정도였다. 그런 작자가 난생처음으로 고개까지 숙여 가며 나 주십쇼 하고 청한 것이 바로 가란 공주다. 네 주제에 감히 하는 소리를 참아 가며 그 굴욕을 견디면서까지 청했다.

비웃는 왕의 면전에 칼부림을 하고 싶은 것을 눌러 참은 게 몇 번이던가. 사지로 밀려나며 이를 갈았다. 이휼의 목을 그 목전에 던져주리라. 그 귀애하는 딸, 내가 가져가겠다. 그리 다짐하며 피 튀기는 전쟁터를 누비지 않았나.

약속대로 이휼의 목을 가져다 가륜의 술상 위에 안주 삼으소, 하며 올려놓았을 때 그가 느낀 그 희열감을 어찌 말로 표현할 수 있을까.

설마 이리 치졸하게 보복하려 들 줄이야.

비령은 이를 북북 가는 그를 보며 쯧쯧, 하고 혀를 찼다.

"그러게 내가 적당히 하라지 않았나? 일부러 왕의 심기를 건드려 좋을 거 하나 없다고 그리 말렸건만……. 내 그 성정 때문에 언젠간 낭패를 당할 줄 알았네."

"……긁지 말라 하였다."

"내가 어디 틀린 말 했나? 안 그래도 고개 빳빳하다고 씹는 것들이 사방에 널렸는데 자네 태도는 도무지 누그러지지 않으니…… 왕이 자네를 못마땅하게 여기는 것도 무리가 아니지. 소문엔 자네가 다녀간 뒤 '짐이 왕이지 저가 왕인 줄 아는가?'라며 벽에 벼루를 집어 던졌다지?"

"왕답게 굴어야 왕이지! 이따위 치졸한 방법으로 앙심을 풀려 하는 작자를……."

자현은 도무지 분이 풀리지 않아 갈기갈기 찢어발겨 바닥에 던져 놓은 왕의 서한을 잘근잘근 짓밟았다.

비령은 고개를 설레설레 흔들었다.

"자넨 정말로 정치판에 낄 인물은 아닐세. 그럼 나라 제일의 권력자에게 그리 건방을 떨어 놓고도 제 팔자가 순탄할 줄 알았단 말인가. 가륜은 호전적인 인물이야. 선대왕이나 세륜 왕자와는 다르단 말일세."

하지만 설마 귀신 공주를 갖다 붙일 줄이야. 비령도 왕의 처사가 너무하다고는 생각했다. 가란 공주를 주지 않으려면 말 것이지 가까이하는 것만으로 목숨이 위태로워진다는 불길한 계집과의 혼례라니……. 대놓고 네놈이 죽기를 바란다고 말하는 것이 아닌가. 모욕도 이보다 더한 모욕이 있을까. 그에 불같은 성질을 참지 못하고 궁궐에 쳐들어가 따지는 자현에게 그 왕, 내뱉는 핑계 한번 구차하더라.

"내가 언제 공주를 주겠다 했지 가란 공주를 주겠다 하였는가? 공을 세워 오면 부마 될 만하다 하였지 가란의 남편으로 삼겠다 하였느냔 말이다."

가륜도 설마 자현이 정말로 이흘의 목을 베어 가지고 오리라곤 예상치 못했던 것이리라. 그만큼 불리한 전투였다. 그에게 배정된 부대는 제대로 훈련도 받지 못한 민병들로 구성되어 있었고, 그 수마저채 이천여 명을 못 넘겼다. 그런 오합지졸을 데리고 열 배에 달하는 적의 황군을 격파한 것도 모자라 장수의 머리까지 가져왔다.

그 무훈이 어찌해 볼 도리도 없이 무장들의 입을 통해 만백성에게 알려져 빼도 박도 못하게 생겼으니 그 옹졸한 성미에 가륜 왕도 꽤나 속이 끓었을 것이다.

집안도 대단하지 않은 것이 성미만 오만하여 왕 앞에서조차 고개를 치켜드는 불측한 놈. 주제도 모르고 제 딸이나 탐내는 방자한 자식, 개죽음이나 당해라, 하고 사지로 밀어 넣었더니 모두가 인정하는 공훈을 세워 영웅이 되어 돌아올 줄 꿈에서야 알았을까. 안 그래도 지나치게 대가 세 눈엣가시 같은 놈이 칭송받는 꼴에 배알이 뒤틀려 약조고 뭐고 저버리고서 이리 박정한 대접이다.

비령은 작게 혀를 찼다. 펄펄 뛰는 자현이 측은하였다. 이참에 보기 싫은 귀신 공주까지 치워 버리고 왕은 일석이조겠지만 이놈은 저 주받은 계집 하나 얻자고 그 고생한 꼴이 되었으니.

"내 이 모욕은 결코 참지 않을 것이다. 결코!"

자현이 잇새로 살벌하게 으르렁거린다. 비령은 우선, 사달을 내기 직전인 친우를 달래기로 마음먹었다.

"너무 그러지 말고…… 한번 좋은 쪽으로 생각해 보게나. 희란국의 모든 귀신이 탐을 낼 정도라니, 소루 공주는 필시 천하절색일 것이야. 그 부친, 신율 왕제도 희란국에서 으뜸가는 미장부라, 그 미색이 여우도 홀릴 만하였다 하지 않은가. 나도 어릴 적에 그를 본 적이 있었는데 실로 오싹하리만치 아름다운 사내라 혼이 다 나갈 뻔했다네. 그 딸이니 오죽 아리땁겠는가. 가란 공주 못지않은…… 아니, 그 이상 가는 미녀일 수도 있네."

"그따위 헛소리를 지껄일 거라면 내 그 쓸모없는 입, 친히 찢어 주지."

"하하하, 자네가 그런 말을 하면 하나도 농담 같지가 않네."

물론 농담일 리가 없다. 자현이 어디 허튼소리 하는 인물인가? 그런 재주가 있었다면야 왕 앞에서 뻣뻣하게 굴다 이런 수치를 당할 일은 없었겠지. 비령은 희번득 빛나는 자현의 눈을 바라보다 한숨을 폭 내쉬었다.

"그래서 어찌할 텐가? 가문에 무슨 해악이 오든지 말든지 달려가 바락바락 따지고 볼 텐가? 아니면 궁궐에 쳐들어가 가란 공주 둘러업고 월담이라도 할 텐가?"

"이런 배신과 모욕을 당했는데…… 뭔들 못 할까."

"……정말 하극상이라도 일으키려고?"

자현은 아무런 대답 없이 벽장에서 새 잔을 꺼내 술을 따라 마셨다.

어랏, 정말 모반이라도 벌일 참인가 하며 비령은 심각하게 미간을 모았다. 어림도 없는 일이다. 자현은 그런 음모를 꾸미기엔 너무 단순한 인물이었다. 그런 뒷공작을 펼치느니 우선 들이박고 보는 것이 자현이라는 인간이다. 이놈이라면 너 죽고 나 죽자 심보로 일단 일을 치고는 코웃음 치며 제 숨통을 끊어 버리고도 남았다. 그 광경이 비령의 머릿속에 훤히 그려졌다.

"그는 교묘하게 약조를 깼다. 감히 나를 이용해 먹었어. 이런 모욕을 내 참을 이유가 없다."

음산하게 읊조리는 꼴이 제 상상이 상상만으로 끝나지 않을 것 같아 비령은 식은땀을 흘렸다.

"진정하고 긍정적인 면을 한번 생각해 보게나. 정말로 소루 공주가 의외로 좋은 아냇감일 수도 있지 않은가."

"헛소리 작작 해라! 제 놈들도 죽이지 못해 달고 사는 계집이다! 노비들도 귀신 들렸다 꺼리는 계집을……!"

"소문은 원래 부풀려지기 마련일세."

"남의 일이라 이건가?"

"남이라니! 우리가 어찌 남인가. 피까지 섞어 마신 의형제가 아니던가!"

비령이 샐샐 웃으며 알랑방귀를 뀌어도 자현은 눈 하나 깜짝 안 했다.

"그 계집이 어떤 여자이든 상관없다. 난 이미 왕에게 속아 광대 짓한 어리석은 놈이 되었단 말이다. 노비들도 꺼리는 걸 부인으로 달고 살아야 하는 처지라 자현도 불쌍하게 되었다, 만민이 그리 지껄여 대겠지. 그런 모욕을 당하느니……."

탁상 위에 꽉 움켜쥔 주먹 사이로 피가 배어 나왔다. 악문 잇새에서는 빠드득 이 가는 소리가 살벌하게 흘러나온다.

정말로 사달이 날 참인가 보다. 비령은 심각하게 말했다.

"그래서…… 왕명을 거역하겠다는 건가?"

"날 배신한 주군이다. 내가 그 작자의 명을 따를 이유는 또 무언가?"

"이유야 많지. 그는 왕이고 자넨 그의 백성일세. 왕명은 절대적이야."

"약속 하나 지키지 않는 자를 나는 왕으로 인정 않네."

자현이 단호하게 말했다. 정말로 모반이라도 벌일 기세였다.

"자네가 인정하지 않아도 가륜은 희란국의 왕일세."

"희란국의 왕일지는 몰라도 나의 왕은 아니야."

이놈 방자함은 진작부터 알고 있었으나 정말로 안하무인일세. 비령이 생각하기에 내가 왕이라도 이런 놈이 알짱거리면 치우고 싶겠다. 벗 하나 잘못 두어 나날이 근심인 비령, 한숨만 폭 내쉬었다.

"자네, 정말로 여태껏 고생해 온 것을 한순간에 날리고 싶은 겐가?"

"헛소리 마라! 왕이 내겐 그 귀한 공주를 보낼 수 없다, 귀신 씐 여자가 딱 네 짝이다, 하고 말한 순간 이미 내 노력은 시궁창에 처박혔다."

"비록 가란 공주는 얻지 못했지만 자네에게는 전장에서 쌓아 올린 공훈이 남아 있질 않은가. 온 백성이 자현을 구국의 영웅이라 칭송하고 있네. 거기다 자네를 따르겠다 맹세한 수백 명의 무인들까지……. 자네는 결코 헛고생한 것만은 아닐세."

"그게 다 무슨 소용이냐! 지금 내가 병신 중의 상병신이 되었는데! 자네는 나에게 그 굴욕을 참으라 하는 것인가!"

"분을 풀고 싶다면 때를 기다리란 말일세. 자네는 그 성미 때문에 항상 손해를 보는 거야."

자현의 얼굴이 험악하게 일그러졌다. 원체 사나운 눈매 때문에 위압적으로 느껴지는 용모의 소유자였다. 거기에 분노의 기색마저 더해지니 실로 흉흉하였다. 자현이 흡사 야차와 같은 살벌한 얼굴을 하고서 험악하게 으르렁거렸다.

"비령. 나를 구슬려 권모술수를 부릴 생각이라면 집어치워라. 난 장기짝이 아니다. 누구도 나를 두고 그렇게는 못 해."

"내 참, 장기짝으로 다룰 수 있었으면 내 진작 자네를 치워 버렸을 걸세. 폭약처럼 언제 터질지도 모르는 것을 끼고 있으니 잘라 내 버리지."

자현은 코웃음만 쳤다. 저놈 속을 제가 어찌 알까? 비령은 뱃속에 능구렁이 열댓 마리는 품고 있는 음흉하기 짝이 없는 놈이었다. 십 년 넘게 붙어 있었지만 도무지 그 꿍꿍이를 알 수가 없는 놈. 그 살살거리는 얼굴을 보고 있자니 지금 이놈이 나를 두고 음모를 꾸미고자 하는데 내가 제 뜻대로 움직여 주지 않아 구슬리려 하는 게 아니냐, 그런 의심까지 다 들었다. 하긴 나라의 아비라고 하는 작자조차도 신용이 없는데 누굴 믿을 수 있을까. 자현은 회의감에 가득 차서 중얼거렸다.

"아무래도 좋다. 모두 가란 공주 얻고자 한 일. 나는 왕의 약조에 내 목숨을 걸었다. 한데 그가 이제 와 시침을 떼고 있으니 나는 이를 참을 수가 없다. 내일 그와 결판을 짓겠어."

"그리하면 정말로 이용당하고 개죽음당하는 꼴밖에 더 된단 말인가! 자네 불같은 성미는 잘 알고 있으나 이번만큼은 삭이게나. 비록 가륜 왕 농간에 놀아난 꼴이 되었네만 적어도 가륜 왕은 자네에게 이전처럼 함부로 할 수가 없게 되었지 않나."

"지금 이게 함부로 대하는 게 아니란 말인가. 그가 나를 욕보이고 있는데도……!"

"자네가 얻게 될 이점을 침착하게 생각해 보게나. 허울뿐일지라도 자네는 공주를 얻게 되었네. 소루 공주는 비록 폐위된 신율 왕제의 딸이나 선대왕께서 제 딸이라 호적에 올렸어. 족보로는 지금 왕 가륜의 누이가 아니던가. 그 공주를 부인으로 얻게 된다는 것은 왕의 매부가 된다는 것이지. 허울뿐이라 할지라도……. 자네는 왕실 족보에 이름을 올릴 수가 있네. 자네가 힘만 갖춘다면 그에 따르는 권한도 행사할 수 있을 걸세. 제가 직접 성립시킨 혼사이니만큼 가륜 왕도 어찌할 수 없겠지."

그 짜 맞추는 말이 꽤나 그럴듯하나 자현은 어처구니가 없어 코웃음도 안 나왔다. 왕의 매부? 어림도 없는 소리다. 왕족이되 왕족이 아닌 계집이 소루였다. 귀신 들렸다 모두가 꺼리는 것이 그 소루란 공주다. 선대왕도 불길하다 내 눈앞에서 치워 버리라 하였고, 그것이 되지 않자 천벌을 받을까 두렵다며 마지못해 족보에 올렸다.

친부라는 것은 유폐되어 빛을 못 보는 신세에, 모친은 부정을 저지른 대가로 사약을 받고 죽지 않았나. 심지어는 몸종들도 꺼리어 귀신 공주 모시느니 죽겠나이다 울부짖는 판에, 왕의 여동생? 무슨 허울 좋은 소리란 말인가.

"그 세 치 혀로 어떻게든 포장해 보겠다 애쓰는 게 안쓰럽다만, 그 계집 가까이 두면 죽은 목숨이란 소문이 파다하다. 어차피 이러나저러나 죽게 될 몸, 가륜 왕을 길동무 삼겠다."

"하하하, 자네가 어디 귀신 손에 죽을 인물인가! 아니면 천하의 자현이 설마 저주가 무서워서 그러는 건 아니겠지?"

"……시시한 도발이다!"

허나 그 시시한 도발이 어지간히 심기에 거슬렸는지 호랑이 같은 자현, 아주 사납게 으르렁거린다.

비령은 신이 나 한술 더 떴다.

"왜 아니겠는가? 나도 골짜기에서 들려온다는 노랫소리를 들어 본 적 있다네. 소문에 의하면 음곡의 요물들이 해 질 녘이면 부른다지? 희란국 요괴들이 공주를 탐내어 싸웠다는 내용의……. 소루 공주를 부인 삼는다면 아마 온 집 안이 귀신 소굴이 되겠지. 자현도 사람인데 꺼림칙하고 살 떨릴 만하네."

부추겨 보겠다는 심산으로 하는 말인 걸 알겠는데도 부아가 치밀어 올라 자현은 턱을 꽉 다물었다. 이 내가 같잖은 귀신을 무서워할까? 그리 이를 가는 꼴을 알았는지 이놈 더 신나서 지껄인다. 자현은 도끼눈을 떴다.

"닥치게! 자네 말대로 불길하고 꺼림칙한 계집, 옆에 끼고 살고 싶을까. 애초에 나는 가란 공주를 아내로 맞겠다고 결심했다. 한데 내가 왜 귀신 계집 따위에게 만족해야 하냔 말이다!"

"그거야 자네가 힘이 없기 때문이지."

발끈한 자현이 벽에다 술잔을 집어 던졌다.

쨍그랑, 하는 요란한 소리에도 비령은 태연자약하게 씩 웃기만 한다. 그가 눈가를 가늘게 휘며 유들유들 말을 이었다.

"자네 신분은 가륜 왕 말대로 별것 아닐세. 가세가 기울어 가는 무가 출신의 장남. 부마가 되기에는 턱없이 부족하지. 그래서 세도가 출신의 귀족들 틈에서 그리 무시당해 온 것이 아니던가. 그 자존심과 특출한 실력만으로 여태까지 버텨 왔지만 자네에겐 왕명을 거스를 힘이 없어."

"……."

"자네도 그걸 알고 있기 때문에 군말 않고 최전방에 선 것이 아닌가."

자현은 이를 악물었다. 비령의 말이 뱃속을 긁었지만 그 뼈마디 있는 말이 자신을 비아냥거리기 위한 것이 아님을 알고 있었다. 그가 눈만 살벌하게 빛낼 뿐, 아무 소리 못 하는 것을 보며 비령이 히죽 웃었다.

"하지만 이젠 상황이 달라. 자넨 허울뿐이라도 왕실의 사람이 되었고, 당당하게 그에 걸맞은 대우를 요구할 수 있는 명성도 얻었네. 이제 감히 누가 자현을 별 볼 일 없다 무시할 수 있단 말인가."

"……네놈 그 간살스러운 혀 놀림엔 못 당하겠군."

자현이 돌연 어깨에 힘을 쭉 빼고 중얼거렸다. 부글부글 끓던 속이 진정된 듯 의자 위에 늘어지는 꼴이 더 지껄여 봐라, 나는 듣겠다, 하는 의미다.

비령은 씩 웃으며 새 술잔을 꺼내 술을 가득 따라 주었다. 이 폭약 같은 놈이 잠잠해졌으니 차분히 설득하리라. 하나뿐인 죽마고우가 일 치고 뒈지는 꼴은 막아야지 않겠나. 그는 조근조근 말을 이었다.

"고 계집이 정 꺼림칙하거든 부인으로 맞고 어디 멀리 요양이나 보내게. 정실로 들일 것도 없지. 왕이 주겠다고 한 것이니 자넨 받으면 그뿐이란 말일세. 소루 공주를 후실로 들이고 정 탐이 나면 후에 가란 공주를 정실로 들이게. 시간만 있으면 못 할 것이 없지."

"흥, 말은 쉽군. 왕이 그 귀한 것을 내어 줄 수 없다 하여 이 꼴인데……."

"그거야 되게 하면 그만이 아닌가. 앞으로 시간은 많아. 지금까지 자네에겐 아무런 힘이 없었지만 앞으로는 누구도 무시할 수 없는 권력을 쥐게 될 거야. 전쟁에 참전했던 무장들이 모두 자현을 주군으로 모시겠다고 고개를 디밀고 들어오는 판이 아닌가. 곧 자네 집안은 이 나라에서 제일가는 권세가가 될 걸세. 그때도 가륜 왕이 자네를 이리 대우할 수 있나 보라고."

교묘하게 지껄이는 꼴이 참으로 간살스럽다. 사나운 눈매로 친우를 노려보던 자현은 곧 갈기갈기 찢어진 왕의 서한을 내려다보았다.

가슴속에 일어난 천불이 꺼진 것은 아니나, 지금은 잠재워야 할 때였다.

그래, 이놈 말처럼 내가 그리 비참한 꼴은 아닌 게야. 두고 보라지.

"이 수치를 잊겠단 말이 아니야. 내가 당한 굴욕, 되갚아 줄 걸세. 나를 가지고 논 대가는 왕이라 해도 톡톡히 치러야 할 거야."

"뜻대로 하게나."

잠시 비령을 노려보던 자현은 곧 자리에서 일어나 쾅 소리를 내며 문을 닫고 나가 버렸다.

사방이 먹물에 잠긴 것처럼 새까맣다.

한 치 앞도 내다볼 수 없는 그 침침한 어둠 위로 붉은 선혈이 쏟아져 내려왔다. 그녀는 점점 퍼져 가는 피 웅덩이 위에 서서 그를 바라보고 섰다.

웅크린 등. 그의 발밑에서부터 흘러나온 붉은 융단이 넘실넘실 제 발치를 메우고도 모자라 강을 이루며 길게 길게 흐른다.

우적우적. 짐승이 고기를 뜯는 듯한 소리가 들려왔다. 뼈를 와그작거리는 소리도 들려왔다. 그의 커다란 몸 밑으로 늘어진 시퍼런 손가락이 그 소리에 맞추어 잘게 흔들린다.

그녀는 격한 두려움과 공포, 자책감, 그리고 슬픔에 휩싸였다. 도무지 말로는 형용할 수 없는 감정이 뱃속에서 소용돌이쳤다. 늪 속에 잠긴 듯도 하고 불 속에 갇힌 듯도 하다. 뻐끔뻐끔 입술을 움직여 보지만 목까지 찬 말들은 소리가 되어 흘러나오지 않았다.

무슨 말을 하려고 했던 걸까. 비명을 지르려 했었나. 제발 그만하라고 고함을 내지르려 하였나. 모르겠다. 망설이는 사이 발밑에 고인 피는 치맛자락을 타고 올라와 제 몸까지 얼룩덜룩 물들였다.

이제는 제 몸도 새빨갛다.

'나는……'

간신히 토해 낸 신음 소리에 그제야 그가 천천히 고개를 돌렸다. 머리끝부터 발끝까지 피를 뒤집어쓴 귀물의 두 눈이 어둠 속에서 형형하게 빛난다. 검붉은색으로 얼룩덜룩 젖은 입가. 발치에 흩어진 육편. 가슴에 구멍이 뚫린 처참한 시신을 붙든 채 그가 입술을 달싹거렸다. 하지만 그 말은 소리가 되어 귓가에 닿는 법이 없다.

그녀는 잠에서 깨어났다.

"흐……"

목까지 찬 숨을 토해 내며 소루는 버릇처럼 눈꺼풀을 매만졌다. 검은 장막 속에서 갇힌 듯 어두운 세상에 희뿌연 그림자가 아지랑이처럼 흔들거렸다. 아직도 꿈속에 갇혀 있는 것은 아닌지, 그녀는 땀에 젖은 얼굴과 손발을 매만져 한참을 확인했다.

'최근 들어 계속 꿈자리가 사납다.'

또다시 무언가 안 좋은 일이 일어나려는 것은 아닐까.

선득한 예감에 손발이 얼음장처럼 차가워졌다. 뻣뻣한 손가락을 주무르기를 몇 번, 물먹은 솜처럼 묵직한 몸을 일으켜 세우는데 요를 짚은 손 옆으로 스르륵 뱀 같은 것이 기어갔다. 그 오싹한 감촉에 소루는 몸서리쳤다.

어디선가 그런 제 모습을 비웃는 듯 낄낄거리는 웃음소리가 들려왔다. 동요한 모습을 보이면 놈들이 더욱 기세등등하여진다는 것을 잘 알고 있는 소루는 들리지 않은 척 무덤덤한 얼굴을 하고 자리에서 일어나 앉아 요를 개었다.

근처를 어슬렁거리던 귀물이 재미없다는 듯 혀를 끌끌 차며 멀어진다. 그러거나 말거나 그녀는 그저 잡귀의 기세에 눌린 것뿐이다, 하고 중얼거리며 묘한 불안감을 가슴속에서 몰아냈다.

'내가 이 안에서 얌전히 숨죽이고 있는 한 더 이상 나쁜 일은 일어나지 않을 거야. 요 몇 년간 조용하지 않았던가…….'

하지만 그리 쉴 새 없이 중얼거려 보아도 좀처럼 마음은 진정되지 않았다. 그런 불안한 심리를 꿰뚫듯 귀물들의 웃음소리는 더욱 짙어졌다.

진절머리가 난다. 그녀는 입술을 깨물며 두 손으로 지끈거리는 머리를 감싸 쥐었다. 때로는 차라리 귀도 먹어 버렸으면 하였다. 제 이름을 불러 주는 것도, 말을 걸어 주는 것도 어차피 요물들뿐이었다. 이 깜깜한 세계에 존재하는 것이라고는 저들의 찬 숨결과 악의에 찬 웃음소리, 그리고 온갖 흉한 조롱뿐이다. 그 차디찬 아우성을 온종일 장승처럼 앉아 듣고 있느라 정신이 이상해질 것만 같았다. 아니, 왜 제가 아직도 제정신인 것인지 알 수가 없었다. 이 한 줄기 빛도 들지 않는 깜깜한 암흑 속에서 수년 동안 죽은 시체처럼 살아왔다.

왜 나는 미치지도 못하는 것인가. 짙은 무력감에 잠겨 소루는 무릎을 잔뜩 웅크렸다. 마음을 좀처럼 추스를 수가 없었다. 그리 사당 구석에 쭈그리고 앉아 몸을 떨고 있는데 저벅저벅, 귀신 아닌 것의 인기척이 들려왔다. 그 느릿느릿 무심한 발소리에 그녀는 겨우 고개를 들어 올렸다. 매일 아침 씻을 물과 음식을 넣어 주는 신녀가 온 모양이었다.

하루 세 번 느릿느릿 다가왔다가 재빨리 멀어지는 그 발소리. 비록 누구 하나 그 문을 넘어 다가오거나 말을 걸어 주는 일은 없었지만 사람의 인기척은 늘 그녀를 안심시켰다.

소루는 그녀가 겁을 먹지 않도록 등을 돌리고 앉아 숨을 죽였다. 하지만 반만 열린 문틈으로 물건만 밀어 넣고는 후다닥 가 버려야 할 이가 웬일인지 가만히 문 앞에 서서 한참 동안 꿈쩍을 않는다. 그녀는 무슨 일인가 하며 슬그머니 고개를 돌렸다.

"……저를 따라오십시오. 가실 곳이 있습니다."

설마 말을 걸어올 줄은 몰랐기에 소루는 일순 넋이 나갔다. 사람의 목소리. 멀리서 들려오는 수군거림이 아니라 지척에서 제게 걸어오는 말소리가 얼마 만이던가.

바로 알아듣지 못하고 멍하니 있자 신녀가 조급하게 채근한다.

"서둘러 주십시오."

그 딱딱한 음성에 소루는 무슨 일이냐 묻지도 못하고 움찔거리며 자리에서 일어났다. 신녀를 따라 조심조심 문밖으로 나서자 밖에서 대기하고 선 이들이 제 좌우에 서서 따른다. 연행이라도 하는 듯한 모양새였다.

'……혹, 왕께서 드디어 나를 죽이기로 마음먹었나.'

그 생각에 마음 깊숙이 안도감이 들었다. 산송장이나 다름없는 삶. 숨 쉬는 일이 얼마나 버겁고 번거로웠던가. 이제 곧 끝이 난다 생각하니 마치 기나긴 노역을 마친 것처럼 속이 다 후련하다.

하지만 곧이어 무언가가 조금 이상하다는 생각이 들었다. 신녀 이외에는 아무도 이 사당에 발길을 들이지 않게 된 이후 흉흉한 일도 잠잠해지지 않았던가. 왕이 새삼스레 저를 거슬려 할 이유가 없다.

그녀는 치맛자락을 움켜쥔 채로 저를 둘러싼 이들의 기척을 살폈다. 비록 두 눈은 빛을 잃었으나 감각은 기묘할 정도로 밝아져, 그녀는 기운이나 발소리만으로 사람을 분별할 수 있었다.

자신을 인도하는 신녀는 모두 여섯. 앞서가는 이가 둘, 좌우에서 따르는 이가 둘, 뒤따라오는 이가 둘. 모두 자신과 닿지 않도록 조심하며 인기척을 내어 길을 안내했다.

"계단이 있으니 조심하십시오. 단이 열두 개이옵니다."

어디로 가는 것이냐, 하는 물음이 목까지 차올랐다. 동시에 무슨 상관이냐, 하는 생각도 들었다. 죽지 못해 살고 있다. 제가 향하는 곳이 어디든, 그 앞에 무엇이 기다리고 있든 무슨 상관인가. 그녀는 그런 체념에 잠겨 말없이 신녀들의 지시에 따라 걸음을 옮겼다.

그렇게 한참을 이동해 어느 건물 안으로 들어섰다. 소루는 코끝을 찡그렸다. 습하고 뜨끈한 증기가 얼굴 위로 확 쏟아진 것이다. 여기가 대체 어딘가 하며 본능적으로 얼굴을 감싸는데 등 뒤로 드르륵 소리를 내며 문이 닫히더니 맞은편에서 새로운 인기척이 느껴졌다.

모두 네 명. 그들이 말없이 다가와 제 몸에서 옷을 벗겨 내더니 곧 더운물을 끼얹었다. 소루는 소스라쳤다.

'뭘 하려는 거지?'

익숙하지 않은 사람의 손길에 절로 몸이 뻣뻣하게 굳었다. 꽃향기가 나는 기름이 머리 위로 쏟아졌고 등이며 어깨에는 부드러운 수건 같은 게 문질러졌다. 대관절 무슨 일이 일어나고 있는 건가.

"대체…… 무얼 하는 게냐."

결국 답답함을 이기지 못하고 몸에서 물기를 닦아 내는 손을 붙잡아 물었다. 오랜만에 낸 꽉 잠긴 음성이 제가 듣기에도 으슥했다.

손을 붙잡힌 이가 두려움을 느낀 듯 떨리는 목소리로 답하였다.

"모, 몸치장을……."

"사당 안에서만 지내는 내가 치장을 해야 할 이유가 대체 무엇인가."

"호, 혼례식을 치르려면…… 서, 성장盛粧을 하셔야 하기 때문에……."

소루는 멍하니 입을 벌렸다.

"혼례?"

저와는 전혀 연관이 없을 듯한 단어에 일순 정신이 멍하여졌다.

방 안에 불편한 침묵이 감돈다. 무어라 말해야 좋을지 모르겠다는 듯, 저를 둘러싼 이들 모두 손을 멈춘 채 눈치만 보는 기색이었다.

한참을 잠자코 있던 소루가 이윽고 입을 열어 물었다.

"……오늘, 나의 혼례식이 있느냐?"

"……예."

"상대가 누구인가?"

"자, 자호 가문의 장남…… 자현이옵니다."

호라 함은 무가의 뒤에 붙는 칭호. 무관인가.

"그는 대관절 무슨 죄를 지은 것인가."

"……아무 죄도 짓지 않았습니다. 그분께선 전쟁에서 혁혁한 공훈을 세운 영웅이시옵니다. 들리는 말에 의하면 그분께서 대왕께 공주 전하와의 혼례를 청하셨다 합니다."

"공주와의 혼례를 청해?"

하도 어이가 없고 기가 막혀 그녀는 웃음을 흘렸다. 그 말에 단박에 상황이 이해되었으니, 내가 공주인가? 누가 저를 공주라 생각하던가. 그가 달라고 청한 것은 공주이니 나는 아닐 것이다. 영웅이란 자가 탐낼 만한 공주가 누구인가. 왕의 첫째 딸은 시집간 몸이요, 둘째 딸은 정혼자가 있으니, 그가 원한 것은 가룬 왕의 금지옥엽 막내딸 가란 공주일 것이다.

거의 평생을 사당 안에서만 갇혀 지낸 소루도 궁궐 일은 대강 알고 있었다. 귀신들은 천지 사방 일에 관심이 많고, 말 또한 많아 하루 종일 쑥덕대기를 좋아한다. 그들의 시답잖은 잡소리를 온종일 듣고 있다 보면 세상 돌아가는 일을 어느 정도 알게 된다.

그들의 말에 의하면 가란 공주 미모가 작약 같고 모란 같으며, 그 자태가 천상에서 내려온 선녀와도 같아, 가룬도 제 딸이라 하면 간 쓸개 다 **빼** 줄 것처럼 귀애한다지 않던가. 그 사내는 아마 가란 공주를 청했으리라.

허나 가란 공주가 누구던가. 궁궐에서 가장 귀한 처자라. 위로 두 왕자와도 우애가 돈독하고 정이 두터우며, 가륜 왕도 제 막내딸을 어여삐 여겨 물고 빨고 한다지 않다던가. 그런 것을 탐내었으니 그 불쌍한 사내가 왕에게 단단히 밉보여 나 같은 혹을 붙이게 생겼구나.

'영웅이라 불리는 이에겐 참으로 부당한 대우다. 가륜 왕은 도량이 좁은 자로구나. 자현이라는 자가 영웅이라 불린다면 합당히 대우하여 제 사람으로 만드는 것이 이득이건만, 어찌 사감에 치우쳐 이리 박대하는가. 허긴, 그 속사정까진 내 모를 일이다만.'

문뜩 공주는 쓴웃음을 머금었다.

'남 얘기 하듯 할 게 아닌가. 산송장이나 다름없는 처지에 혼례라니⋯⋯.'

더군다나 상대도 원치 않을 게 분명한 혼인이다. 마음이 무거워졌다. 그녀는 시비들의 손길이 번거롭지 않게 조심하며 남몰래 한숨을 내쉬었다.

어차피 허울뿐인 혼인으로 끝날 것이 자명했다. 자현이라는 자가 곁에 두면 화가 된다는 계집을 끼고 살진 않을 것이다. 아마 식을 치른 뒤에는 어디 멀리 절간에나 보내겠지.

차라리 그편이 소루로서도 더 마음 편했다.

'더 이상은⋯⋯ 다른 이들에게 피해를 주고 싶지 않다.'

누구도 괴롭게 만들고 싶지 않다. 그저 조용히 그리고 가능한 한 빨리, 이 생을 마치고 싶었다. 하루하루 살아갈수록 업이 깊어질 뿐이다.


그 업이 더 깊어지길 원치 않으면, 우리에게 몸을 내어 주시오.

그녀의 속마음을 엿본 듯 사방에서 비웃는 소리가 들려왔다. 키득키득. 틈을 살피는 듯한 붉은 눈알들이 어둠 속에서 시뻘겋게 빛난다. 세상에 난 이래로 단 한 순간도 제 곁을 떠난 적이 없는 수십 쌍의 형형한 눈알들이 섬뜩하게 가늘어진다.

소루는 몸서리쳤다. 왜 이 두 눈을 잃었음에도 저것들만큼은 사라지지 않는 것인지.

'먹을 테면 먹어라. 어째서 보기만 하는가.'

소루는 반발하듯 중얼거렸다.

요괴들은 왁자지껄 웃어 댈 뿐 그에 대한 대답은 하지 않는다.

왜 곁을 얼쩡거리기만 하고 해치지는 않는 것인가. 차라리 내 몸을 쥐어뜯어 주었으면 하건만, 주변의 인간들에게만 분풀이를 해 댈 뿐 요괴들은 자신에게 쉽사리 닿으려고도 하지 않았다.

그런 주제에 탐심에 절절 끓는 듯한 소리를 내며 곁을 빙글빙글 맴돈다. 잠시도 제 곁을 떠나지 않고서 호시탐탐 그 탐욕에 찬 시선을 보내온다.

"이리 나오십시오."

시녀의 말에 소루는 겨우 정신을 차렸다. 술렁거리는 격한 울분과 슬픔을 추스르고서 그녀는 그들의 경직된 손길을 따라 걸음을 옮겼다.

또 다른 방에 들어서자 대기하고 있던 이들이 옷을 입혀 주고 머리며 얼굴에 치장을 해 주기 시작한다. 소루 공주는 인형처럼 앉아 그 손길을 가만히 받아들였다.

그녀가 성장을 차려입는 동안에 귀신들은 계속해서 낄낄 불길한 웃음소리를 흘렸다.

피안彼岸과 차안此岸이 혼잡하여 어지럽다. 소루는 미간을 모았다. 귀신 공주의 혼례를 구경 나온 귀물들이 사방에 드글드글해 사람의 기척과 분간이 되지 않을 정도였다.

"여기서 기다리고 계시면…… 식이 시작될 때 모시러 올 것입니다."

치장을 끝낸 여종이 조심스레 말했다. 간신히 고개를 끄덕이자 그들이 냉큼 방을 나갔다.

그때를 기다렸다는 듯 그녀를 둘러싼 잡귀들이 사방에서 어지럽게 아우성을 치기 시작했다.

소루 공주의 낭군은 보름도 못 살고 죽을 것이다.
천지 귀물들이 이를 그냥 두고 볼 리가 없지.
소루 공주를 노리던 요괴들의 심사가 뒤틀렸으니…….
오늘 많은 장사가 치러지겠구나.

깔깔거리며 즐거워하는 소리에 귀가 다 먹먹해진다. 사방에서 너울너울 어둠이 소용돌이쳤다. 이리 많은 귀신들이 작정을 하였으니 조용히 끝나진 않을 것이다. 또다시 통곡 소리가 사방에 울려 퍼지려는가.

그녀는 처연한 얼굴을 하였다. 제게는 귀신들을 막을 힘이 없다. 그저 오도카니 서서 사람들의 비통한 울음소리를 듣는 것밖에 할 수 있는 게 없었다. 사는 게 사는 것이 아니었다. 이처럼 누군가를 괴롭게 하면서까지 숨을 이어 가는 이유는 대관절 무엇인가.

어째서 나는 이 무의미한 삶을 이어 나가는 것인가. 대체 무엇 때문에……. 그녀는 괴롭게 얼굴을 감싸 쥐었다.

귀신들은 제 몸이 천고에 다시없는 영약이라 하였지만 세상천지에 나같이 해로운 것이 또 있을까. 무구한 이들에게 해를 끼치고 괴로움과 공포만을 주면서 살아가고 있을 뿐인 제가, 어찌 이로운 약이란 말인가.

누구도 저와는 닿지 않으려 하고 쳐다보지도 않으려 한다. 다른 누군가에게 이름을 불린 게 언제인지도 까마득하다. 다른 이의 이름을 불러 본 일도 아득했다. 아무도 원치 않는 애물단지. 그게 저였다.

눈시울이 뜨거워져 소루는 황급히 소매로 눈가를 눌렀다. 기껏 수고하여 해 준 화장이 망가지게 둘 수 없는 일이 아닌가. 울적한 기분을 추스르려 애쓰는데 때마침 장지문 바깥쪽에서 이리 나오십시오, 하는 음성이 들려왔다.

소루는 흠칫거리며 고개를 들었다. 순간 귀신이 부르는 소리인지 사람이 부르는 소리인지 구분할 수가 없었다.

'어느 쪽이든…… 상관없다.'

멍하니 눈꺼풀을 깜빡거리기를 두어 번, 소루는 이내 천천히 자리에서 일어나 소리가 나는 곳을 향해 걸음을 내디뎠다.

사방에 자욱이 고인 어둠이 기분 나쁘게 일렁거린다. 발걸음을 내디딜 때마다 어둠 속으로 가라앉아 가는 듯한 기분이 들었다. 피안과 차안이 뒤섞여 어지러운 세계. 캄캄한 암흑이 점점 새빨갛게 물들어 가는 것처럼 보였다. 천지가 붉었다. 꿈속에서 본 광경처럼 사방 천지가 피에 잠겨 간다.

요물들이 보여 주는 그 잔혹한 환상에도 그녀는 비명조차 내지르지 않았다. 그저 신부답지 않은 파리한 얼굴을 하고서 조용히 걸음을 옮겨 나갈 뿐이었다.

소녀는 죄인처럼 푹 고개를 숙인 채 혼례식장 안으로 들어섰다.

二章　불 같은 사내

귀신 공주의 혼례가 있는 날답지 않게 저자가 시끌벅적했다. 재수가 없다고 문을 걸어 잠근 채 집 밖으로는 고개도 디밀지 않는 이들도 허다했지만, 호기심을 못 이겨 구경 나오는 이들도 수두룩했다.

　아시타는 좌판 하나를 펼치고 앉아 그들에게 부적을 써 주며 쉴 새 없이 눈을 돌렸다.

　'과연……'

　귀신 계곡과 가까운 곳답게 바글바글한 인파 속에 인겁을 뒤집어 쓴 요괴들이 드문드문 섞여 있었다. 남방 땅에서도 이렇게 많은 귀물은 본 적이 없었다.

　'흉사가 일어나긴 할 모양이군.'

　붓대를 이로 문 채 까딱까딱 흔들던 아시타는 입꼬리를 비틀었다. 다른 법령사들과 달리 그는 비교적 관대한 관점으로 요물을 보았다.

　요괴들은 사람들에게 들러붙어 싸움을 부추기거나, 마음을 갉아먹거나, 때로는 육신을 잡아먹기도 한다. 하지만 놀랍게도 그러한 행위에는 악의가 없었다. 제 그런 생각에 다른 법령사들은 반발할지도 모르지만, 그가 생각하기에 인간보다는 요괴가 순수했다.

애초에 요괴는 선악을 구분할 줄 몰랐다. 그들은 오로지 비대한 이기利己의 명령에 따라 욕망의 춤을 출 뿐, 인간에게 재앙을 가져다주려는 목적을 가지고 그리하는 것은 아니었다. 요괴들은 단지 자신의 욕구를 멋대로 발산하고 있을 뿐이었다. 절제를 모르는 순수한 탐욕, 그것이 놈들의 본질이기에.

어떤 면에서 그는 다른 법령사들보다 더 냉혹한 견해를 가진 것인지도 모른다. 마음속 깊숙이 동정하고 있는 것과 별개로, 아시타는 귀물들에게 자비를 베풀 여지가 없다는 것을 잘 알고 있었다. 마물은 결단코 인간의 마음을 헤아릴 수 없다. 늑대가 양의 마음을 알 수 없듯이……

문득 아시타는 입꼬리를 비틀었다. 사실 양이 늑대를 동정하는 것도 우스운 일이었다.

'물론 나는 송곳니가 달린 양이지만…….'

"여보게, 이 부적 정말로 효과가 있는 것인가?"

그는 상념에서 깨어나 좌판 앞에서 한껏 인상을 찌푸리고 있는 털이 덥수룩한 사내를 올려다보았다. 히죽 웃자, 남자의 눈에 의심이 짙어졌다.

"이거 한 장을 얼마에 팔고 있나?"

"삼십 푼."

손가락 세 개를 펼쳐 보여 주자 사내가 뭣 씹은 표정을 지었다.

"종잇장에 먹물 칠한 걸 가지고 삼십 푼이나 받아먹나."

"두 장 사면 오십 푼이오."

"그래도 비싸!"

"비싸다니 무슨 말을! 부적 한 장을 쓰는 데 얼마나 많은 영력을 소비하는지 알고 말하는 것이오? 고작 하루 술값에 온갖 잡귀들을 다 물리칠 부적을 써 준다는데 비싸다니! 천만부당!"

짐짓 역정을 내며 좌판을 탁 내려치자, 사내가 미심쩍은 얼굴을 하면서도 은근하게 물어 왔다.

"이게 그리도 효험이 좋단 말인가?"

"내 눈을 보시오."

아시타는 최대한 눈을 순진무구하게 깜빡여 보였다.

"이게 거짓말을 하는 눈이오?"

"마, 맑긴 맑소만……."

"법력이 극에 달하면 이처럼 눈이 맑디맑고 초롱초롱해진다오. 마음에 정념이 없고 사사로운 욕심이 없다는 뜻이지."

사내가 부적 한 장을 삼십 푼에 팔아 처먹는 주제에 사사로운 욕심이 없어? 하는 표정을 지었다.

아시타는 뻔뻔스레 고개를 치켜들었다.

"싫음 가시든가. 누가 사 달라고 말이나 했소?"

"……정말 효험이 있는 게지?"

"어허, 말해 입만 아프지. 그 아둔한 눈에 이 몸의 영험함이 보이기나 할까. 남방에서는 법령사 아시타가 부적을 써 준다 하면 사람들이 은전을 바리바리 싸 들고 와 저 성 밖까지 줄을 섰소. 그런 내가 희란국 흉흉한 소문을 듣고 와 이리 싼값에 봉사를 해 주고 있는 것인데 이런 의심을 받아야 하다니……. 부정이라도 탈까 두려우니 저리 가시오."

훠이, 훠이 손을 휘젓자 사내가 당황한 얼굴로 좌판을 꽉 붙들었다.

"아, 알겠네. 부적 두 장만 써 주시게."

"어허. 가래도."

"의, 의심해서 미안하이. 요즘 하도 타국에서 잡상인들이 밀려와 사기를 친다고 하여……. 그러지 말고 두 장만 써 주시게. 아무래도 날이 날이니만큼 찝찝하여……."

"그렇게까지 말하니…… 별수 있나."

아시타는 마지못한 얼굴로 종잇장 위에 붓을 휘갈겼다. 그러고는 후후 입김을 불어 말린 뒤 사내에게 건넸다.

"속옷 속에 넣어 두면 되오."

"고, 고맙네……."

사내가 덥수룩한 머리를 쓱쓱 쓰다듬더니 좌판 위에 열 푼짜리 동전 다섯 개를 두고 간다.

아시타는 그것을 돈주머니에 집어넣으며 해죽 웃었다. 오늘은 술 깨나 마실 수 있겠구나. 만족스레 주머니를 탁탁 두드린 뒤 다시 품속에 넣으려는데 머리맡에 그림자가 드리워졌다.

오늘 좀 장사가 되려나. 또 어디의 어수룩한 호구가 걸려들은 것이냐. 방싯 웃으며 고개를 치켜드니, 까무잡잡한 피부의 젊은 여인이 한심하다는 듯 저를 내려다보고 있는 게 눈에 들어온다.

그 싸늘한 눈빛을 마주한 아시타의 얼굴은 흡사 저승사자라도 만난 양 허옇게 질렸다.

"새, 생각보다 일찍 도착했구나, 여란."

"더 늦게 오지 못해 미안하군."

여인이 비아냥거리듯 말하며 좌판 위에 쌓인 종잇장을 껄렁하게 들춰 보았다.

"그래, 내가 없는 동안 실컷 재미 보셨나?"

"꼴랑 엽전 몇 푼 번 걸 가지고 재미는 무슨…… 아하하하하……."

"내 기억에 이 짓 하다가 한 번 더 걸리면 그땐 파문이라고 경고를

50

받았을 텐데…….”

느릿느릿 이어지는 말에 아시타는 식은땀을 흘리며 눈을 내리깔 았다. 도망칠 길을 찾는 그의 앞을 여란이 척 가로막았다. 내려다보 는 눈길이 실로 냉혹하였다.

“사람을 구제하는 것이 사명인 자가 법력을 가지고 천박하게 장사 치 노릇이라니…… 부끄러운 줄 알아라.”

“천박한 장사치라니! 다 먹고살자고 하는 게 아니냐. 그럼 산 입에 똥칠하랴!”

“사문에서 충분한 양의 엽전을 지급해 줬을 터. 네놈은 기생과 술 처먹을 돈이 모자라 이 짓거리가 아니더냐. 이런 썩어 빠진 놈이 아 시타의 칭호를 달고 있다니…… 사문의 수치다.”

“자, 잠깐! 아무리 그래도 사형에게 말이 심하잖아!”

“곧 파문당할 놈이 사형은 무슨 놈의 사형.”

“진짜로 사문에 찌르려고?”

“내가 못 할 거라 생각하나?”

아시타는 대경실색해 여란의 팔에 매달렸다. 그 궁색한 모습에 여 란의 눈은 더 싸늘해졌다. 위엄이라고는 개똥만큼도 없는 작자 같으 니…….

“이거 놔!”

“한 번만 봐줘라, 여란. 여행길에 도적을 만나 엽전을 다 잃어버리 는 바람에 내 어쩔 수 없이 궁여지책으로 한 일이다. 막말로 내가 사 기를 친 것도 아니고, 부적이 효험이 없는 것도 아니지 않느냐. 다 정 당한 대가를 받고…….”

“놓으라고 했다! 징그러우니 달라붙지…….”

징징대는 사내놈을 발로 차서 떼어 내던 여란은 다음 순간 몸을 굳 혔다.

매달리던 아시타도 심각한 얼굴로 고개를 돌렸다.

궁전에서 행사를 알리는 북을 친다. 둥둥, 하늘을 울릴 듯한 천둥 같은 소리를 신호로 저잣거리 곳곳에 사이한 기운이 뭉게구름처럼 밀려들어 왔다.

'한두 마리가 아니다…….'

사방에 자욱이 어린 요기妖氣에 등골이 서늘했다. 인겁을 쓴 요마들이 사방에 드글드글하다. 많다고 느끼기는 했지만…… 이만한 수가 모여 있었던 건가.

"안 돼."

그는 부적에 손을 대는 여란을 단호히 막아 세웠다.

"사람이 많다. 여기서 공격하면 저들이 한꺼번에 날뛰어 댈 거야."

상상만으로 간담이 서늘해졌다. 그로서도 이렇게 많은 요물이 한자리에 모인 것은 본 적이 없었다.

"그렇다고 내버려 둘 수는……."

"일단 사람들을 피신시켜야 한다."

"어떻게?"

여란이 눈을 가늘게 뜬다.

그는 재빨리 머리를 굴렸다. 거리가 온통 귀신 판이니 사람인 자들은 모두 피하라 한들, 믿을 리가 없다. 아니. 그 전에 대피하라고 외쳐 댔다간 요괴들이 먼저 공격을 해 올 것이다. 그렇다고 이 많은 사람들 속에서 선제공격을 퍼부을 수도 없다. 이러지도 저러지도 못하고 아시타는 주먹만 움켜쥐었다.

"……다른 법령사들도 모두 들어왔나?"

"아직이다. 곧 도착할 거다."

"그럼 그때까지만이라도 시간을 끌자. 섣부르게 그들을 자극하지 마라."

그는 부적 꾸러미를 챙겨 들고는 좌판을 접었다.

장안을 굽어보는 듯한 형세의 궁궐에서 풍악이 울려 퍼진다. 이곳의 혼례 절차에 따르면 식이 다 끝난 뒤 소루 공주가 가마를 타고 성 밖으로 나올 것이다. 아직까지 얌전한 것으로 보아 놈들은 그때를 기다리는 것일 테지.

"일단 모을 수 있는 법령사들은 모두 모아라. 최대한 피해를 줄일 수 있도록 만반의 대비를……"

"연락을 취하도록 하지."

여란은 끝까지 듣지도 않고 재빠르게 발을 움직였다.

아시타도 인파를 조심스레 헤치고 나아가며 요괴들의 수를 어림잡아 헤아려 보았다. 그러던 중에 불현듯 의구심이 밀려든다. 이렇게 많은 귀물들이 함께 작당을 하는 것이 가능한가. 그들은 그때그때의 충동에 따라 즉흥적으로 움직이는 존재가 아니던가. 저들끼리도 서로 잡아먹고 해치는 것들이었다. 협동이라는 게 가능할 리가 없다. 한데 어찌 이 많은 인원이 작당이라도 한 듯 한자리에 모였을까.

그는 곧장 그 의문을 지워 버렸다. 지금 생각해야 할 것은 당장의 대책이었다. 후에 천천히 조사해 보면 될 일. 그는 행사가 잘 보이는 곳으로 성큼 걸음을 옮겼다.

왕실의 위엄을 드러내는 높고 웅장한 연회장 상단에 발이 드리워지고, 그 뒤로 왕족들의 그림자가 어렴풋 비쳤다.

곧 활짝 열린 문으로 화려한 복장을 한 예인들이 입장해 흥겨운 풍악을 올리기 시작한다. 이러니저러니 해도 왕실의 행사였다. 특히나 나라의 큰 영웅에게 귀신 공주를 신부로 준 왕의 부당한 처사를 두고 수군거리는 민심을 잠재우기 위해서라도 나름대로 격식을 갖추어 준 것. 온 백성이 귀신 공주가 왕실의 애물단지인 줄 뻔히 아는데 마치 귀한 딸 시집보내는 양 꾸미니, 그 속내 한번 얄팍하기 그지없다.

혼례를 치르기 위해 성장을 하고 선 자현은 그럴싸한 행사에 왕의 속셈이 뻔히 보여 이를 갈았다. 발 너머에서 고소하다 웃고 있을 그 얼굴을 떠올리니 울화가 치밀어 올랐다.

지켜보고 있던 비령이 친우의 낯이 살벌하여진 것을 보고 조마조마하여 참게나, 참게나 하는 것을 아는지 모르는지, 자현은 시건방지게도 왕이 자리한 곳을 향해 눈을 부라렸다.

하지만 평소라면 경을 쳤을 가륜 왕은 켕기는 게 있는지라 못 본 척 고개를 돌리곤 딴청을 부렸다.

"어서 식을 시작하라."

왕의 지시에 따라 시녀들이 행사에 참석한 하객들에게 귀한 술과 음식을 나르기 시작했다. 연회장에는 귀족들이 빠짐없이 자리하고 있었다.

신물이 올라온다. 왕이 자신을 웃음거리로 만들려 단단히 작정한 것이다. 그가 한 사람도 빠짐이 없이 다 참석하라는 엄포를 내렸다는 말을 자현도 들었다. 그렇지 않았다면 누가 오만불손한 자현과 꺼림칙한 귀신 계집의 혼사를 보러 행차할까.

'다들 속으로 꼴좋다 비웃고 있겠지…….'

자현은 왕의 장단에 맞추어 샐샐 웃고 있는 얼굴들을 하나하나 노려보았다. 그들의 조소 어린 눈길을 마주하고 있자니 어떤 수치도 참아 내겠다는 다짐이 모래 탑처럼 허물어지려 한다. 그는 필사적으로 치밀어 오르는 분노를 삼켰다.

그런 그를 도발하듯 왕이 여종에게 발을 걷어라 명한다.

"내가 자네에게 한 잔 따라 줘야 할 게 아닌가. 이리 오라."

그가 거만하게 팔을 들어 올리며 명을 내린다.

하지만 왕의 손짓에도 자현은 옴짝달싹할 수 없었다.

가룬 왕의 곁에 저가 그리도 사모하는 가란 공주가 떡하니 자리하고 앉아 있었던 것이다. 마치 약이라도 올리듯 그 어느 때보다도 화사하고 아름답게 치장한 공주의 모습을 보며, 자현은 이를 악물었다.

가냘픈 몸에 붉은 비단옷을 차려입고, 매끄러운 머리채 위에 옥비녀를 달아 곱게 치장한 가란 공주가 부왕의 잔에 술을 채워 주며 다소곳이 미소 지었다.

그 모습을 보고 있자니 속에서 천불이 일었다. 저치가 곁에 두고 하하 호호 웃고 있는 저 공주, 본디 자신의 것이 되어야 할 이가 아니던가. 그것이 본래 약조가 아니었느냐 말이다.

뭣 하느냐 어서 오지 않고, 하는 왕의 재촉에도 그는 가만히 서서 주먹만 움켜쥐었다.

하객 중 하나로 참가한 비령은 그 광경을 바라보며 식은땀을 흘렸다. 대놓고 약을 올리고 조롱하는 왕의 처사에 간이 철렁 내려앉는다. 참말로 오늘 일이 나는 것인가. 저놈 성미에 이젠 다 틀린 것이 아니냐 속으로 벌벌 떨고 있는데, 거기에 기름을 붓듯이 왕이 느물느물 외친다.

"좋아. 더는 권하지 않겠다. 가례를 시작하라. 공주는 들지 않고 뭐 하는가. 한시바삐 혼례를 치르고 초야를 맞아야 하지 않느냐."

비령은 맙소사, 하며 머리를 짚었다. 자현의 움켜쥔 주먹 위에 핏대가 다 섰다. 설마 왕에게 달려들어 주먹질을 하지는 않겠지? 저놈 성질에 그러고도 남는다. 이를 어찌해야 하나. 방석 위에서 엉덩이를 들썩거리며 뛰어들어 말려야 하나 말아야 하나 우왕좌왕하는 사이, 궁녀들이 들어와 신부가 당도했음을 알려 왔다.

회장에 모인 이들이 일제히 그리로 고개를 돌렸다.

문이 열리며 치렁치렁한 소매로 얼굴을 반쯤 가린 소녀가 연회장의 한가운데까지 한 발 한 발 차분히 걸어 들어왔다.

'저게…… 귀신 공주인가?'

왕의 앞에 고개를 조아리는 소녀를 바라보며 하나같이 맥 빠진 듯 어깨를 축 늘어뜨렸다. 그도 그럴 것이 온갖 흉흉한 소문과 달리 귀신 공주는 그저 평범해 뵈는 소녀에 지나지 않았던 것이다. 아니, 평범하다 못해 초라하기까지 했다. 반쯤 드러난 조막만 한 얼굴은 그 신율 왕제의 딸이 맞느냐 싶을 정도로 수수했고, 자그마한 몸뚱이는 다 자란 게 맞느냐 싶을 정도로 왜소하고 삐삐 말라 영 볼품이 없다. 그 어설픈 모습을 보며 비령은 헛웃음을 흘렸다.

저리 조그만 계집이 그리 무서워 난리를 떨었나, 역시 소문이라는 게 믿을 게 못 되는구나, 하며 고개를 설레설레 내젓는데 소녀가 천천히 고개를 들어 올렸다. 온전히 드러난 그 얼굴을 보고 모두가 숨을 들이켰다.

초점이 없는 흐릿한 두 눈은 마치 색을 잃은 듯, 희미한 잿빛을 띠고 있었다.

귀신에게 눈을 빼앗겼다는 소문이 사실이었나, 웃던 이들이 바로 꺼림칙한 얼굴로 돌아와 쑥덕거린다.

가륜 왕만이 그 불길함을 흡족한 듯 내려다보며 태연히 식을 재촉했다.

"서로 맞절하고 예물을 나누어라. 이는 왕실의 혼사라 백성들 앞에 선을 보여야 할 것이다."

명에 따라 시비들이 공주를 이끌어 자현의 곁으로 인도했다. 자박자박, 느린 발걸음이 얼마간의 거리를 두고 멈춰 선다.

이것이 내 신부인가, 하고 자현은 제 앞에 선 소녀를 빤히 살폈다. 가란 공주의 발끝에도 못 미치는 소녀의 수수한 용모에, 안 그래도 불쾌한 기분이 더 가라앉는다. 애초 귀신 공주가 천하절색일지도 모른다는 비령의 흰소리를 귀담아들은 것은 아니었으나, 이처럼 덜 자란 계집이 나올 줄은 예상치 못했다. 한 귀로 흘려들었던 귀신 공주의 연령을 새삼 떠올리며 못마땅한 표정을 짓는데 문득 소녀가 눈을 들어 저를 본다.

아니, 소경이라 하니 저를 볼 수 있을 리가 없지. 계집은 그저 눈을 들어 올렸을 뿐이다. 그럼에도 일순 유리알 같은 눈동자가 저를 샅샅이 꿰뚫어 보는 듯한 기분이 들어 등골이 오싹해졌다. 자현은 본능적인 불쾌감에 오만상을 썼다.

"고개를 숙이라는 명을 못 들었나. 네가 귀까지 먼 것이냐."

그 서릿발 같은 음성에 깜짝 놀란 듯, 입술을 달싹거리던 소녀가 흠칫거리며 고개를 숙였다.

그 모습이 조금은 안쓰러워 보였으나 자현은 아예 고개를 돌려 외면해 버렸다. 원치 않는 혼사였다. 모욕의 의미로 내밀어진 계집이었다. 그는 이 조그만 것에게 일말의 관심도 두고 싶지 않았다.

'어차피 식만 끝나면 다른 곳으로 보낼 거…….'

이 초라한 소녀를 제 아내로 여길 생각은 눈곱만큼도 없었다.

그는 행사 절차에 따라 한껏 굳은 얼굴로 맞절하곤 공주와 술을 나눠 마셨다.

가륜 왕이 그 모습을 내려다보며 껄껄 웃음을 터트렸다. 그래. 즐거운 모양이지. 그는 이를 악물었다. 어찌나 속이 부글부글 끓던지어서 이 지긋지긋한 혼례 절차를 끝내고 궁궐을 떠나고 싶은 마음뿐이다.

그는 식이 진행되는 내내 입을 꾹 다문 채 신부와 왕에게 눈길 주지 않으려 의식적으로 고개를 돌렸다.

몇 시진 동안 길고 지루한 연회가 지속되었다. 입에 발린 축하의 말을 귓등으로 넘겨들으며 그는 술만 연거푸 들이켰다. 한 시진을 더 견 딘 끝에 마침내 고문 같던 예식이 끝이 났다. 남은 것은 행렬뿐이다.

그는 어서 끝내고 돌아가자, 하며 연회장을 나와 미리 준비되어 있던 말 위에 올라앉았다. 행렬을 이끌 하인들과 가마꾼들, 노비들이 결혼 선물을 짊어진 채 성문 앞에 길게 줄을 선다. 그것들을 돌아보 며 자현은 냉소했다. 요란도 하다. 그래도 혼례식이라고 맨손으로는 올 수 없었나 보지?

물론 돌아가는 길에 뭐가 됐든 다 태워 버릴 셈이었다. 아주 재수 가 없다. 그는 이를 갈며 행렬의 맨 앞에 섰다.

군병들이 성문을 열어 준다. 말을 재촉해 그 앞으로 나아가는데 돌연 등골이 서늘해진다.

아직 그가 감당해야 할 수치는 끝난 게 아니었다.

'젠장……'

왕과 귀족들의 조롱이 문제가 아니었다. 무슨 경사가 났다고 이리 모였는지 혼례 행렬을 구경 나온 사람들로 온 저잣거리가 북적북적 했던 것이다.

저들 사이를 지나가야 한다고? 상상만으로 온몸의 솜털이 다 곤두 섰다. 저들이 영웅 자현이 불쌍하게도 귀신 공주와 혼례를 치르는구 나, 그리 측은하게 바라볼 게 아닌가. 그런 굴욕을 정녕 견뎌야 한단 말인가. 자현은 막막함에 두 눈을 끔뻑거렸다.

비록 세도가들에게는 별 볼 일 없다 무시당하는 처지였지만 그는 귀족이었다. 날 때부터 조부에게 자호 가문은 나라 제일의 무장 가문 이다, 네 아비가 일찍 죽어 가세가 기울었지만 이 집안은 뼈대 있는 가문이며 너는 이 집안의 장자다. 자부심을 가져라. 귀가 닳도록 듣 고 자랐다. 그 말을 뼈에 새겼다. 저 잘났다 하는 것들 사이에서도 한 번 자존심을 굽히지 않았다. 하물며 천것들에게 동정의 시선을 받다니…… 차라리 죽는 것이 낫다.

그는 억세게 말고삐를 움켜쥐었다. 선두에 선 자현이 출발하지 않고 그리 서 있기만 하자 좌우에 선 이들이 당황한 얼굴을 한다. 그러거나 말거나 그는 마음을 굳혔다. 저는 참을 만큼 참았다. 이따위 원치도 않는 혼례 때문에 그런 수치를 견딜 생각은 추호도 없었다.

자현은 망설임 없이 말에서 뛰어내렸다. 그러고는 당황하며 술렁이는 이들을 그냥 내버려 둔 채 뒤돌아섰다. 왕이 무어라 하든, 주변에서 무어라 씨부렁거리든 상관없다. 난 이대로 돌아가겠다, 그리 말하려는데 돌연 등 뒤에서 날카로운 비명 소리가 울려 퍼졌다.

놀라 몸을 돌리니 벌 떼처럼 모인 사람들 틈에서 누군가가 칼을 마구 휘둘러 대는 광경이 눈에 들어왔다. 그뿐만이 아니었다. 약속이라도 한 듯 검은 옷의 사내들이 대도를 마구잡이로 휘두르며 성문을 향해 우르르 달려들어 오고 있었다.

병사들이 그 광경을 보고 황급히 봉문하려 했지만 개떼처럼 몰려드는 침입자들에게 속수무책으로 밀려나고 말았다. 순식간에 어마어마한 인파가 궁궐 안으로 들이닥쳤다.

"여, 역적 떼다!"

환관들이 혼비백산하며 외쳤다. 신부가 탄 가마가 엎어지고, 여종들이 새된 비명을 지르며 이리저리 흩어졌다.

자현은 그들을 제치고 달려가 대번에 눈여겨봐 둔 검을 주워 들었다. 그리고 제게 달려드는 불한당을 향해 망설임 없이 휘둘렀다. 일도에 괴한의 상체가 두 동강이 나며 사방으로 피가 분수처럼 솟구쳤다. 그 무시무시한 광경을 본 환관들은 털썩 바닥에 주저앉아 오줌을 지렸다. 자현은 그들을 본 체도 않고 괴한들을 향해 다가가 위협적으로 외쳤다.

"무슨 목적으로 쳐들어온 것이냐?"

"……."

"대답하지 않겠다 이건가?"

자현은 눈을 가늘게 뜨고 검은 옷의 사내들을 살폈다. 추레한 몰골. 누덕누덕한 옷차림. 얼굴을 가린 복면 위로 댕그라니 드러낸 두 눈만 이상하리만치 형형하다.

도적 떼인가? 아니. 어느 멍청한 도적 떼가 겁도 없이 궁궐에 쳐들어온단 말인가. 누군가가 모반을 일으켰나? 대체 누가 음모한 것인가. 왕에게 반감을 가진 이가 자신 외에 또 누가 있더라. 모르겠다. 정치판과는 연이 없어 현재 궁궐의 판세가 어찌 돌아가는지 알 길이 없다.

이리저리 머리를 굴리던 자현은 곧 생각하기를 관두었다. 알 게 뭐냐. 한바탕하고 싶은 참이었는데 잘되었지. 어떤 뒷배가 있든 저는 분풀이를 하면 그만이다.

그는 침입자들에게 달려들어 거침없이 검을 휘둘렀다. 한 번의 칼질에 셋이 동강 난다. 그 무시무시한 힘에 성문을 지키던 병사들의 얼굴까지 새파래졌다. 자현은 핏물이 흥건한 검을 치켜세우며 사방에 일갈했다.

"우왕좌왕 뭣들 하는 겐가! 예인들은 무릎을 꿇어라! 닥치는 대로 벨 것이니 바닥에 납작 엎드려라, 서서 도망가고자 하는 놈은 베여도 좋다는 뜻인 줄 알겠다!"

이처럼 무식한 말을 지껄이니, 어디 겁이 나 도망치기 바쁜 이들이 듣겠는가? 허나 정말로 가리지 않고 베어 버릴 기세로 그 대단하다는 무용을 펼치니, 저게 정말 사람 구별하여 휘두르는 게 아니구나 싶어 다들 몸을 납작 숙였다.

"군병들을 뭐 하는가! 어서 봉문하지 않고! 한 놈도 도망 못 친다."

한 놈이라도 놓아줄 성싶으냐. 잘근잘근 다져 주마. 내 분 풀 곳을 찾았으니 제대로 풀리라. 자현은 얼굴 가득 미소마저 머금은 채 마구 검을 휘둘렀다.

그 모습을 보고 황급히 쫓아 나온 비령은 대경실색했다. 사람을 베어 넘기며 웃어 젖히는 저 흉악한 버릇이 또 나왔구나. 오늘로 영웅 소리도 끝인가.

"……대신 인간 백정 자현이라 불리게 되겠지."

"뭘 멍하니 있는 거냐! 어서 도와라!"

멀뚱히 서 있는 그를 발견한 자현이 사납게 외쳤다.

비령은 긴장감도 없이 예이, 예이 중얼거리며 검을 뽑아 들었다. 혼비백산하던 병사들도 그들을 따라 침입자들을 공격하기 시작한다.

얼마 못 가 형세가 뒤집어졌다. 자현이 어찌나 살벌하게 날뛰어 대던지, 쳐들어온 놈들의 기세가 단박에 꺾인 것이다.

상황이 불리하게 돌아가고 있다는 것을 눈치챘는지, 역적들이 하나둘 성벽을 기어오르기 시작했다. 궁수들이 도망치는 이들을 향해 재빨리 활을 쏘았다. 화살을 맞고 굴러떨어진 이들도 있었지만, 끝내 성가퀴 위로 올라가 바람처럼 달아나 버린 이들도 있었다. 그들 중 하나가 망루 위에 놓인 봉화를 뒤집어엎었다. 때마침 돌풍이 날아들어 불씨가 궁궐 곳곳으로 퍼져 나갔다. 미처 손을 쓸 새도 없이 천막과 휘장에서 불이 옮겨 붙더니 순식간에 궁궐이 화마에 휩싸였다.

"뭐 하는 거냐! 어서 불을 끄지 않고!"

노비들이 우왕좌왕하는 것을 보고 비령이 외쳤다.

외침을 들은 노비들이 허겁지겁 물통을 깨뜨려 불길 위에 물을 쏟아부었다. 병사들도 황급히 연못 물을 퍼다 날랐다. 그 틈을 놓치지 않고 미처 도망치지 못한 역적 놈들이 성문을 열어젖히고 달아나 버렸다.

자현은 황급히 괴한들의 뒤를 쫓아 성문을 박차고 나갔다. 하지만 놈들은 이미 다 뿔뿔이 흩어진 상황. 거기에 설상가상 대로와 장터에도 불길이 치솟아 올랐다. 놈들이 도망하며 사방에 불을 지른 것이다.

'……쫓을 때가 아닌가.'

우선은 진화부터 해야 한다. 그는 칼을 내려놓고는 혼비백산한 백성들에게 일갈했다.

"불을 끄지 않고 무엇 하는 건가! 수로에서 물을 퍼다 날라라!"

그 호랑이 같은 음성을 듣고 우왕좌왕하던 이들이 번쩍 정신을 차린다. 그는 뒤따라온 병사들에게도 불을 끄도록 지시하고는 가까이에 자리한 우물에서 물을 퍼 올려 몸에 흠뻑 뿌렸다. 그러고는 매캐한 연기 속을 뚫고 들어가 솔선수범하여 불을 끄기 시작했다.

장내에 모인 사람들도 곧장 그를 뒤따라 불이 난 곳마다 물을 퍼 날랐다. 그중에는 물과 바람을 부려 진화를 돕는 주술사들도 있었다. 얼마 전에 희란연을 구경하기 위해 남방 법령사들이 떼로 들어왔다더니, 그들 덕에 피해가 줄어드는 듯했다.

'천운이라면 천운이군.'

이런 일이 벌어진 것 자체는 불운일 테지만…… 피해도 크지 않겠다, 저는 속풀이를 실컷 하였겠다, 이만하면 운이 좋은 셈이지. 남몰래 한 번 웃은 뒤, 자현은 병사들에게 불이 번지지 않도록 불씨 하나 남기지 말라고 지시를 내렸다.

법령사들의 도움 덕택에 오래 걸리지 않아 화마를 모두 진압할 수 있었다. 역적 놈들은 놓치고 말았지만 애초에 궁궐이 쑥대밭이 되든 말든 저와는 상관없는 일이었다.

그는 대충 상황이 정리된 것을 확인하곤 검댕이 묻은 얼굴을 씻으러 우물가로 갔다. 커다란 바가지로 머리에 물을 쏟아붓고는 물이 뚝뚝 떨어지는 머리를 탈탈 털어 내는데, 바쁘게 오가던 병사 하나가 다가와 조심스레 묻는다.

"장군…… 이제 어찌할까요?"

내가 군병 지휘관도 아닌데, 왜 나한테 묻는 것인지. 짜증으로 눈을 가늘게 뜨다가, 제가 먼저 이래라저래라 마구 명령질 했던 게 떠올라 입을 다물었다.

"장군?"

"……어찌하긴, 시신들을 태워 버리고 혹시 숨이 붙어 있는 놈은 투옥해라."

"알겠습니다!"

짧게 답한 병사가 그의 말을 마치 어명처럼 받들며 달려간다. 그 우러르는 듯한 태도에 너덜너덜해진 자존심이 조금 회복되었다. 그래. 나는 동정의 대상이 결코 아니야. 경외의 대상이지. 의기양양한 얼굴로 히죽 웃으며 돌아서는데, 비령이 다가와 수고했다, 하며 어깨를 툭, 하고 쳤다.

"그나저나 느닷없이 이게 무슨 변고인지……."

"아무렴 어떤가. 인내심이 끊어지기 직전이었는데…… 운이 좋았다."

"참 내…… 운은 무슨 놈의 운. 혼롓날에 이게 뭔가. 몰골이 말이 아니구먼."

"흥. 치렁거리는 옷차림보다야 이편이 나아."

비령이 그편이 더 어울리긴 하네, 하며 씩 웃는다.

빈정거리는 말에도 자현은 눈 하나 까딱 안 했다.

"재빨리 진화하긴 했다만…… 피해를 수습하려면 꽤나 시간이 걸리겠군."

"바깥은 오히려 양호한 편이야. 궁궐 연회장은 아예 숯 더미가 됐네. 가룬 왕이 아주 사색이 된 꼴을 자네가 보았어야……."

문득 비령이 말을 멈추고 인파 속을 가리킨다.

"저기, 자네 신부가 아닌가?"

자현은 그가 가리키는 곳으로 휙 고개를 돌렸다.

혼자 나다니다 넘어졌는지 소루 공주가 인파 속에 주저앉아 바닥을 더듬고 있었다.

병사들, 하물며 종들조차 제 주인이나 지인을 챙기느라 정신없는데, 저 눈먼 계집은 아무도 보살펴 줄 이가 없어 혼자서 허우적거리고 있었나. 그 조그만 것이 비틀거리며 일어나 어지럽고 혼란한 것처럼 고개를 이리저리 돌리며 더듬더듬 걸음을 옮기는데, 그도 사람인지라 조금의 연민은 느꼈다. 저걸 보면 제가 받은 모욕이 생각나 속이 뒤틀리지만 않았어도, 그는 오늘부로 제 아내가 된 저 계집, 부축 정도는 해 주었을 것이다.

"뭐 하는 건가, 가서 챙기지 않고."

"걱정되면 자네가 가 보게. 자네 말대로 혼례만 치르고 멀리 치워 버리려 했던 계집. 상관하고 싶지 않다."

"이보게, 왜 그리 사람이 매정하게 구는가. 보낼 때 보내더라도……."

"나를 보낼 건가."

기이할 정도로 청아한 목소리가 바로 지척에 울려 퍼졌다.

그는 휙 고개를 돌렸다. 어찌 예까지 찾아온 것인지, 저쯤 어디에서 허우적거리던 계집이 어느새 몇 걸음 떨어진 거리에 서 있었다.

흐트러진 머리채 사이로 창백한 눈동자를 기묘하게 빛내며, 공주가 제 쪽으로 한 발짝 더 다가섰다.

"정녕 나를 보낼 것이냐."

자현은 숨조차 멈춘 채 멍하니 여자의 얼굴을 내려다보았다. 코도 입술도 다 자그마해 꼭 아기 같은 얼굴에서 부자연스럽게 느껴질 정도로 큰 눈이, 그렁그렁 물기를 머금었다. 자욱한 연기 사이로 흘러들어온 희미한 햇빛에, 옅은 회색 눈동자가 꼭 유리알처럼 반짝거렸다. 그는 입술만 달싹거렸다.

여자의 두 눈에 고여 있던 물기가 이내 주르륵 긴 줄기를 이루며 뺨을 타고 흘러내린다. 계집은 소리도 흐느낌도 없이 눈물을 뚝뚝 흘리며 떨리는 음성을 토해 냈다.

"부탁이다. 나를 곁에 머무르게 해 다오."

수수하니 화사한 구석이라곤 하나도 없는 얼굴인데 무엇이 그리 사람 혼백을 쏙 빼놓는 것인지. 순간 아찔하였으나 그 애원하는 말에 정신이 번쩍 들었다.

자현은 한 걸음 뒤로 물러섰다. 이는 귀신 들렸다 하는 계집이다. 만나자마자 이런 우환이 터지는 것만 보아도 불길하기 그지없다. 곁에 두고 보다니, 그리 찝찝한 짓을 할 생각 따윈 눈곱만큼도 없었다. 그는 이를 드러내며 사납게 내뱉었다.

"내가 너를 원하여 아내로 맞이한 줄 아느냐? 너를 보면 울화가 치민다. 너를 곁에 두고, 어리석게 속아 귀신 공주와 혼례 한 자현이라 세상이 조롱하는 것을 참으라고? 귀신 공주도 여자라고 버리지 말라 애원을 하는 것이 그저 우습군. 여태까지처럼 죽은 듯이 살아라."

그 말이 어찌나 살벌하고 찬지, 곁에 선 비령조차도 치를 떨었다. 이놈이 그리 악한 놈은 아닌데 왕 때문에 단단히 심사가 뒤틀리어 이리 박정스레 구는구나.

"가자, 비령."

휙 돌아서는 그를 소녀가 허겁지겁 붙잡아 왔다.

곧장 사납게 그 손을 뿌리치려 하였으나 매달리는 그 얼굴이 어찌나 간절한지, 저도 모르게 몸이 얼어붙는다.

소녀가 그의 옷자락을 움켜쥔 채 다급하게 말을 이었다.

"나도 안다. 네가 나를 원치 않았다는 것을. 아내로 취급하지 않아도 좋다. 곁에만 있게 해 다오. 네가 원하는 대로 죽은 듯이 있으마.

없는 듯 여기어도 좋다. 그저 네가 머무는 처소에 내가 머리를 누일 작은 공간 하나만 허락해 다오. 그 외엔 아무것도 원하지 않겠다."

"말귀를 못 알아듣는 건가? 꺼림칙하다고 피붙이도 돌보지 않는 것을 내가 돌볼 이유가 무어냔 말이다! 내 집에 어떤 화가 미칠 줄 알고 너를 곁에 두겠느냐!"

말이 심하기는 하나 사실이다. 온갖 불길한 소문이 줄줄이 엮인 소녀다. 가솔들에게 어떤 해가 미칠 줄 알고 저걸 달고 사느냐 말이다. 어림도 없다.

"왕이 준 것이니 받겠으나 귀하게 대접해 줄 것을 기대했다면 오산이다. 거기서나 여기서나 너는 근심거리다."

손을 억지로 떼어 내려는 것을, 소녀가 마치 물에 빠진 사람이 지푸라기라도 움켜쥐듯 억세게 붙잡았다.

"너는 괜찮다. 너는 나 때문에 해를 당할 일이 없을 것이다."

"젠장, 이리 말귀 못 알아먹는 계집은……."

"정말이다! 너 같은 이는 처음이다. 생전 처음으로 보았어."

기가 막히어 무어라 쏘아붙이려 하는데, 소녀의 하염없는 눈길에 일순 말문이 막힌다. 멀었다는 그 두 눈이 저를 낱낱이 헤아려 보는 듯했다.

소녀는 마치 제 밑바닥까지 들여다본 뒤에, 그 안에서 무언가 한 줄기 희망을 발견하기라도 한 것처럼 간절하고 맹목적인 눈을 하였다.

일순 혼란스러운 마음이 들었다. 왜 그런 눈으로 나를 보는 거냐. 어째서 오늘 처음으로 만난 사내에게 그런 얼굴을 하는 건가. 그 의문을 읽기라도 한 것처럼 소녀가 열띤 어조로 내뱉었다.

"너는 불 같은 이다. 네 기운은 꼭 태양과 같다. 네가 호령하자 귀신들이 모두 달아났어. 어떤 요물도 네게 대항하지 못한다. 네 주변만, 네 주변만 하염없이 밝아서…… 그들은 가까이 오지도 못할 거야."

"……."

"그러니 나를 곁에 두어라. 너와 네 집엔 어느 귀신도 얼씬 못 할 것이다. 설령 거기에 내가 있더라도…… 네 곁에서라면 나도…… 나도, 사람처럼 살 수가 있다."

"……네 말이 맞다 치자. 내가 왜 네 말을 따라야 하느냐."

음산하리만치 낮은 음성에 공주의 낯빛이 흐려진다.

그것을 냉혹하게 내려다보며 자현은 싸늘하게 말을 이었다.

"같잖게도 저가 정말 왕족인 줄 아느냐? 어디에다 대고 명령하는 것인지. 그저 우습군. 너를 거두어 내가 얻을 수 있는 이득이 뭐가 있지? 아무것도 없다. 오로지 실失뿐이야. 모욕의 증거인 너를 곁에 두어 수치를 당할 생각 추호도 없다."

"하지만 나는……."

"더는 귀찮게 굴지 마라."

그리 매몰차게 말하고는 망설임 없이 뒤돌아서 성큼 걸음을 옮기자, 잠시 굳어 있던 공주가 다급하게 그 뒤를 좇는다. 하지만 몇 걸음 못 가 인파 속에 갇혀 우왕좌왕하였다.

그 모습에 시선도 주지 않고 그는 저벅저벅 사람들을 헤치고 나아갔다. 인파가 몰린 곳에서 얼마쯤 멀어졌을까. 비령이 뒤에 남겨진 소녀를 향해 측은한 시선을 보내며 중얼거린다.

"이보게, 곁에 두건 두지 않건 일단은 챙겨 데려가야 할 것 아닌가."

"정 신경이 쓰이면 자네가 챙겨 가지고 와라. 난 술이나 한 상 해야겠다."

"자네 정말……."

"지금 기분이 말이 아니니 닥치고 있어라. 내 지금 심정 같으면……."

"기다려라!"

저것이 정말 눈이 먼 것이 맞는가. 저가 어디로 가는지 알고 저리 잘 뒤쫓아 오는 것인지, 그새 또 몇 번을 넘어져 흙투성이가 된 소루가 달려와 그의 옷자락을 움켜쥐었다. 이번에는 차마 뿌리칠 수가 없었다.

흙먼지가 얼룩덜룩한 얼굴로 공주가 열 살배기 어린아이처럼 엉엉 울며 외쳤다.

"나는 내 여종의 울음소리를 들었다. 그것이 세 살배기 아들을 잃고 통곡하는 것을 들었다. 내 곁에서 속살거리던 요물이 그 어린것을 집어삼키며 말하였다. 너를 대신하여 이것을 먹는다, 그리 말하였다."

"……."

"나는 내 식사를 나르던 어린 종이 발치에서 엎드려 목 놓아 우는 소리를 들었다. 제발 살려 달라, 그만하여 달라 비는 것을 들었다. 그 계집 머리에 올라앉아 웃고 있던 요물이 말하기를 소루 공주 대신이라 하였다. 내 대신이라고…… 내 대신이라고 하였다. 그 종은 바짝 말라 정말로 죽어 버렸다."

그칠 줄을 모르는 듯 소녀의 커다란 눈이 물줄기를 주룩주룩 쏟아내었다. 마치 막 악몽에서 깬 아이처럼 무방비하게 울며 외치는 그 처절한 말을, 자현은 망연히 서서 듣기만 했다.

"헤아릴 수가 없다. 내 업을 다 헤아릴 수가 없어. 네 말이 맞다. 나는 우환거리이며 근심거리이다. 죽은 듯이…… 죽은 듯이 살아 마땅하다…… 그럼에도……."

차마 말을 잇지 못하며 소녀가 질끈 눈을 감았다.

"나는 더 이상 아무도 해치고 싶지 않다. 네 곁에서라면 그것이 가능해."

"그런 시답잖은 소리를……."

"정말이야. 부디 나를 도와 다오. 너에게 해가 가지 않도록 나도 노력하겠으니 곁에만 있게 해 다오. 부인으로 대접해 주길 바라는 게 아니야. 여종 중 하나처럼 여기어도 좋다. 네 집에서 가장 누추한 곳이라도 상관없으니 내게 머물 곳을 허락해 다오. 있는 듯 없는 듯 그리 살겠다."

파르르 입술을 떨며 울먹거리던 소녀가 무거운 듯 고개를 떨군다. 질퍽한 땅 위로 눈물이 후드득 떨어져 내렸다.

허울뿐이라지만, 그래도 명색이 왕족이 아닌가. 이리 자존심도 없이 애원해도 되는 건가. 자현은 어찌하질 못하고 거절당하면 당장이라도 죽을 듯한 그 절박한 낯을 그저 멍하니 내려다보기만 하였다. 자그만 손이 차마 놓을 수가 없다는 듯 여직 제 옷자락을 움켜쥐고 있었다.

순간 묘한 기분이 들었다. 매달리는 그 모습이 당혹스러우면서도, 한편으로는 우쭐한 기분이 드는 것은 무슨 조화인지.

그가 아무 대답도 않고 있으니 거절인 줄 알았는지, 소녀가 다시 눈물을 쏟아 내며 토해 내듯 말했다.

"내가 아무런 쓸모도 없어 그러느냐? 내게도 한 가지 쓸모쯤은 있다."

그러고는 느닷없이 곁에 서 있던 비령의 팔을 덥석 잡는다.

비령이 기겁하여 뿌리치려 하였으나, 소녀가 신통하게도 싸움 중 스친 제 상처를 콕 짚어 내는 것이 아닌가. 놀라 머뭇거리는 사이 손끝으로 팔에 난 상처를 더듬던 소루 공주가 거기에 입을 가져다 댄다.

"……!"

그 괴상한 행동에 비령이 이번에야말로 화들짝 놀라 그녀를 뿌리쳤다.

"갑자기 이게 무슨……!"

"귀신들이 말하기를 내 피는 영수요, 내 살은 영약이라 하였다."

그녀가 입 안을 깨물어 피를 낸 듯, 붉어진 입술을 훔치며 말했다.

비령은 무슨 해괴한 소리인가 하며 제 팔뚝을 내려다보았다. 한데 소루의 말대로 상처가 거짓말처럼 말끔히 아문 게 아닌가. 망연자실하여 팔뚝을 쓱쓱 쓸어 보았다. 멀끔하다. 경악한 눈으로 돌아보자 소루가 간절한 음성으로 호소해 왔다.

"이렇듯 내 피를 바르면 어떤 상처도 낫는다. 이쯤이면 나도 도움이 되지 않겠느냐."

"……충분하다."

부릅뜬 눈으로 비령의 상처를 면밀히 살피던 자현이 답했다. 꺼림칙한 혹을 갖다 붙인 줄 알았는데 어쩌면 꽤 쓸모 있는 패를 얻었는지도 모르겠군. 자현의 얼굴이 밝아졌다.

"좋다, 내 집에 머물러라. 단, 네 말대로 안주인 대접은 기대하지 마라."

"걱정 말거라. 네게서 무엇도 탐내지 않겠다."

그의 허락에 공주가 울던 것도 잊고 활짝 웃는다. 가늘어진 눈꼬리에 맺혀 있던 눈물방울이 또르르 흘러내려 턱 끝에 맺혔다. 계집아이는 닦을 생각도 않고 제 옷자락만 움켜쥔 채 고개를 연신 숙였다.

"감사하다. 자현. 정말로 고맙다."

자현은 미간을 찌푸렸다. 자진해서 이용당할 처지에 뛰어들어 놓고는 무엇이 그리 감사하다는 것인지. 그의 뒤틀린 심사를 아는지 모르는지 공주가 말하였다.

"이 은혜는 잊지 않으마."

三章

덧없는 소망

와그작, 뼈를 부수는 소리가 어둠 속에서 요란하게 울렸다. 질퍽질퍽한 살덩어리를 입 안에 욱여넣던 사내는 문득 인상을 찡그렸다.

비리다.

수십 년, 아니, 어쩌면 수백 년 동안 먹어 온 고기가 왜인지 쓰고 비리게 느껴졌다. 그 원인에 대해서는 깊게 생각하지 않고, 사내는 움켜쥔 것을 미련 없이 내려놓았다. 채 반도 먹지 않은 것이 철푸덕 소리를 내며 피 웅덩이 위로 쓰러진다. 배는 조금도 차지 않았지만 어차피 이걸 남김없이 다 먹어 치운다고 해도 차지 않는다.

세상에 난 이래, 이 허기가 가신 날은 단 하루도 없었다.

"이제 어쩔 셈이냐."

찐득찐득한 손을 옷자락에 쓱쓱 닦아 내는데 못으로 쇠를 긁는 듯한 목소리가 들려온다. 사내는 그제야 생각났다는 듯 소리가 난 쪽을 향해 고개를 돌렸다.

등불도 켜지 않아 어두침침한 방에, 기이하게 느껴질 정도로 깡마른 사내와 두꺼비처럼 살이 뒤룩뒤룩 찐 사내가 바닥에 꿇어앉아 두려움에 잠긴 눈으로 그를 올려다보고 있었다. 그는 질문을 이해하지 못하고 고개를 한쪽으로 기울였다.

"어쩔 셈……?"

마치 말에 서툰 아이처럼 어눌한 음성이었다. 장작처럼 마른 사내가 뼈다귀 같은 손가락으로 머리를 벅벅 긁으며 답한다.

"우리는 이제 공주에게 접근할 수 없다. 너라고 해도 '그자'에게는 범접할 수 없을 터. 이대로 내버려 둘 거냐."

"……수백의 요마가 물러날 정도로 드센 기세였다. 그리고 해서 어찌할 방도가 있겠나."

잠자코 있는 그를 대신해, 두꺼비같이 생긴 자가 입을 열었다.

사내는 말없이 치렁치렁한 소매로 입가를 쓱 닦기만 하였다. 코끝을 자극하는 비릿한 냄새가 어째서인지 역하다. 냄새를 지워 내기 위해 얼굴을 몇 번 더 쓱쓱 문질렀지만 소매 역시 끈적끈적하게 젖은 터라 더더욱 더러워지기만 한다. 온통 얼굴을 시뻘겋게 물들인 채 사내가 이윽고 입을 열었다.

"……저거, 눈에 띄지 않게 치워 둬라. 냄새 지독해."

그러고는 몸을 돌려 저벅저벅 걸음을 옮긴다. 신발도 신지 않은 맨발바닥에 피가 끈적하게 들러붙었다. 그는 바닥이 더러워지는 것도 개의치 않고 긴 옷자락을 질질 끌며 문 쪽을 향해 나아갔다.

"이봐…… 이제 뭘 할 셈이냐니까."

멀어지는 등에 대고 빼빼 마른 사내가 불만스레 꿍얼거린다.

그는 우뚝 멈춰 서서 어깨 너머로 고개를 돌렸다. 어둠 속에서 사내의 금색 눈동자가 기묘한 빛으로 일렁거렸다.

"지켜본다. 그리고……."

사내의 무표정한 얼굴에 처음으로 격렬한 기색이 어렸다.

"……사냥을 계속한다."

그러고는 방을 나선다.

그 명을 따르듯이 꿇어앉아 있던 두 사내도 몸을 일으켰다. 소리 없이 이어지는 발소리. 달빛에 늘어진 그들의 그림자는 마치 거대한 짐승의 것처럼 크고 짙었다.

군병들이 역적 무리를 조사한답시고 이 집 저 집을 들쑤시고 다니기 시작했다. 주막 안에는 어설프게 그린 괴한들의 얼굴이 빼곡하게 붙었고, 심지어는 장성한 사내 다섯 이상이 한자리에 모이는 것을 금한다는 어처구니없는 포고령까지 내려왔다. 그 탓에 화재로 인한 피해를 복구하기 위해 거리에 나온 목수와 일꾼들은 군병들의 엄중한 감시를 받아야 했다.

하지만 이러한 조정의 노력에도 불구하고 백성들은 감히 왕에게 반역한 무리가 누구냐 하는 일에는 크게 관심을 기울이지 않았다. 궁궐 일이 어찌 돌아가든 저들과는 먼 이야기. 그보다는 영웅 자현의 무용담이 훨씬 재미났다. 장안에는 그의 활약상만이 떠들썩했다.

그 많던 역적 무리가 자현이 무서워 꽁지를 빼고 달아났다더라. 불 속으로 몸을 사리지 않고 뛰어들어 백성들을 도왔다더라. 그 꺼림칙한 귀신 공주를 처로 들이고도 여태 아무 일 없다더라. 도리어 가세가 흥하기만 하니, 자현이야말로 진정 천기를 타고난 이가 아닌가.

그리 떠들어 대는 기세가 어찌나 활기차던지, 그 흉사가 귀신 공주 때문이 아니냐 하는 숙덕임이 푹 꺾였을 정도였다.

이러한 상황에 자현은 아주 살판이 제대로 났다. 매일매일 젊은 무인들이 우르르 집 앞에 찾아와 주군으로 모시게 해 주십쇼, 하고 간청해 온 것도 모자라 장수가 되어 천하에 명성을 떨치고자 하는 이들, 자식을 무관으로 만들고자 하는 이들, 연줄을 만들고 싶어 선물을 싸 들고 오는 이들의 발길이 끊이질 않았던 것이다.

이렇듯 집안의 기운이 하루가 다르게 기세를 뻗쳐 가더니 며칠 만에 먼지만 쌓여 있던 숙소에는 문하생들이, 공터에는 단련을 하는 무인들이 빼곡히 들어찼고, 곳간에는 그들이 가져온 쌀가마며 비단이 켜켜이 쌓여 갔다.

이 와중에 제집 한구석에 처박아 둔 아내 생각이 날 턱이 있나. 뒤채를 내어 주고 시비 한 명을 붙여 준 뒤로는 거들떠보지도 않아 나중에는 제가 귀신 공주와 혼례를 치렀다는 사실조차 까맣게 잊어버렸을 정도였다.

만약 비령이 그 이름을 입에 올리지 않았다면 계속 잊고 있었을 것이다.

"괜찮은 이야기가 아닌가?"

친우의 능구렁이 같은 얼굴을 돌아보며 자현은 미간을 모았다. 가솔이 배로 늘어 정신없이 바쁜 와중이었다. 수하들은 낯설기 그지없는 지도관 노릇을 하느라 매일 앓는 소리를 했고, 그는 팔자에도 없는 문관 역할을 하느라 끙끙대고 있었다. 식구가 늘면 당연히 해야할 일도 늘어나기 마련. 챙겨야 할 일이 한두 개가 아니었다. 몇 배로 불어난 재산을 관리하는 일이며, 새 토지를 운영하는 일, 들어오는 금전과 나가는 금전의 계산 등등…… 기록할 일이 태산이니, 천생 무관인 자현은 매일 붓대를 쥐고 골머리를 앓고 있는 것이다. 그런 와중에 생뚱맞은 소리를 하는 악우가 달가울 리 없었다.

"부관이란 자가 일은 나 몰라라 내팽개치고 혼자 유유자적하더니…… 느닷없이 나타나 무슨 성가신 일을 말하는 거냐."

"자네를 위해서 발이 닳도록 뛰어다닌 이에게, 무슨 그런 섭섭한 말을."

자현은 흥, 하고 코웃음을 치며 기록을 하기 위해 책자를 펼쳤다.

비령이 우는소리를 하며 그 옆에 바짝 달라붙는다.

"그러지 말고 귀담아들어 보게. 이는 세력을 키우기 위해 꼭 필요한 일이야."

"누누이 말했지만 난 정치판에는 관심 없어. 자네의 야망에 날 끌어들이려는 생각은 말게."

"야망이라니…… 난 뭐 정치에 뜻이 있는 줄 아나? 이게 다 자네 때문이 아닌가! 왕과 아예 척을 두었으니, 수를 내야지."

"수를 내도 내가 낸다. 뒷공작에는 관심 없어."

"자네가 대관절 무슨 수를 낸다는 건가?"

"군대를 만들어 궁궐을 한바탕 뒤집어엎으면 될 일 아니냐. 일전에 있었던 일을 생각하면 어렵지 않을 것 같다만."

역모에 해당하는 것을 자현은 아무렇지도 않게 지껄였다.

설마 진심으로 하는 말은 아니겠지?

싸늘하게 웃음 짓는 얼굴을 노려보던 비령은 한숨을 푹 내쉬었다.

"자네는 가륜 왕을 너무 만만히 보는구먼. 일전에 그런 흉사가 있었는데, 두 눈 뜨고 또 당하겠는가? 아직 배후도 밝혀지지 않은 상황일세. 궁궐은 군기가 아주 삼엄하게 잡혀 있다고."

"그럼 뭐 하나. 아직도 배후를 밝히지 못했는데. 그 많은 무리가 궁성을 습격했는데 꼬리도 잡지 못한 무능한 군병들, 천이 됐든 만이 됐든 문제 될 것 없다."

"그리 간단한 일이 아니란 말일세."

비령은 목소리를 차분히 내리깔았다. 농담 따먹기 할 생각이 없다는 뜻이다.

껄렁껄렁 말하던 자현은 입매를 일자로 굳혔다. 이놈이 사람을 이리저리 갖고 놀기 좋아하는 능구렁이기는 하나, 허투루 입을 놀리는 법이 없었다. 귀담아듣겠다는 뜻으로 휴, 하고 한숨을 내쉬고는 몸을 바로 세우자 비령이 차분하게 말을 이었다.

"이미 자네와 가륜 왕 사이는 걷잡을 수 없을 정도로 벌어졌네. 자네가 설령 그에게 대적하지 않는다고 해도 그가 가만있지 않을 거야. 자신에게 반감을 가진 이가 세력을 키워 나가는 것을 두고 볼 군주가 어디 있던가? 자네를 못마땅하게 여기는 다른 귀족들은? 그들이 잠자코 두고 보겠는가."

"……두고 보지 않으면?"

위험스레 목소리를 내리깔며 묻자 비령이 쐐기를 박듯 말한다.

"방해하려 들 걸세. 그들이 쓸 수 있는 수는 자네가 생각하는 것보다 많아."

"예를 들어? 어디 한번 말해 봐."

"우선 말일세, 상인들에게 압력을 행사해 거래를 끊게 만들 수도 있지. 상인들과 권력자들은 긴밀히 연결되어 있으니, 마음만 먹는다면 자호 가문 하나쯤 경제적으로 고립시키는 것은 쉬운 일이야. 그리되면 자네는 저 많은 이들을 어찌 입히고 먹일 셈인가. 앞으로 그 수가 늘면 늘었지 줄지는 않을 텐데."

"……."

"사람이 늘어 덩치만 커진다고 힘이 생기는 게 아닐세. 지속적으로 그 권세를 유지하는 게 가능해야 세도가라 할 수 있지."

"또?"

자현이 가슴께에 팔짱을 끼며 삐딱하게 물었다.

"그들이 또 무슨 작당을 할 수 있나?"

비령이 청산유수로 막힘없이 말을 이었다.

"정치적인 모략을 꾸밀 수도 있지. 나라면 반드시 이 방법을 쓸 걸세. 자호가 소속의 무인들이 늘어나는 것을 달갑게 여길 이는 아무도 없어. 자현을 눈엣가시처럼 여기는 이들이 어디 한둘이던가. 그들이 작당을 해 무언가 꼬투리를 잡는다면…… 그래, 예를 들어 역심을 품고 모반을 꾸미고 있다 몰아붙이기라도 한다면, 가륜 왕은 냉큼 받겠지. 자네 하나 누명 씌워 좌천시키거나 유배 보내는 것쯤, 그들에겐 일도 아닐세."

이놈 머리 돌아가는 게 보통이 아니라는 건 알고 있었지만, 그런 생각까지 하고 있었던가. 자현은 눈가를 찡그렸다.

"꽤나 그럴싸하게 들리나, 네 생각이 너무 앞서 나간 것이 아니냐."

"정치판의 속성은 내가 자네보다는 더 잘 알고 있네. 지금 당장이야 민심이 자네에게 있는 데다가, 왕의 부당한 처사를 두고 비판하는 소리가 크니 어쩔 수 없이 두고 보는 것이겠지만…… 언제까지고 가만히 있지는 않을 거야. 자네가 왕에게 이를 가는 것만큼 왕 또한 자네를 경계하고 있네. 제게 적의를 품은 게 분명한 이가 힘을 키우는 것을 두려워하지 않을 사람은 없어. 권력을 쥔 사람일수록 그 두려움은 더욱 극심하지. 자네도 대비를 해야 하네."

거기까지 말한 비령이 씩, 느물느물한 미소를 머금었다.

"물론, 왕에게 납작 엎드려 빌면 이런 성가신 일들은 피할 수 있네. 손과 발이 되어 개처럼 구르기를 자청한다면 가륜 왕도 자네를 찍어 누르려 하지는 않을 걸세."

"……대답할 가치도 없군."

"그렇다면 답은 나와 있군."

비령이 품에서 두루마리를 꺼내 서탁 위에 펼쳤다.

자현은 찌푸린 눈으로 그걸 내려다보았다. 종이 위에는 어디선가 한 번쯤 들어 본 이름이 줄줄이 적혀 있었다.

"지방의 유력자, 대상인, 명망 있는 퇴직 무관, 현직 관리들의 명부일세. 자네가 같은 편으로 끌어들여야 할 이들이지."

"흥. 내가 말만 하면 이들이 다 따른다더냐. 왕의 눈 밖에 날 것이 뻔한데 어느 누가 나를 편들겠나."

"그래서 앞서 말하지 않았나. 소루 공주를 이용하라고."

비령의 미소가 진득하니 짙어졌다.

"이 명부는 말일세, 지인이나 피붙이 혹은 저 자신의 건강에 문제가 있는 이들로만 꾸려졌네. 사고로 불구가 된 아들이 있는 이. 아내가 병에 걸린 이. 원인 불명의 열병을 앓는 딸을 가진 이. 불치병에 걸린 이……."

"……."

"이 세상에서 생명보다 중한 것이 어디 있던가. 온전한 육신만큼 간절한 것이 없지. 그것을 준다는데 무엇을 못 할까. 자네가 개처럼 구르라고 해도 구를 걸세."

비령이 야담꾼이라도 된 듯 과장된 어투로 은밀히 말하였다. 그 얼굴이 간계를 꾸미는 모략꾼 못지않게 교활해 뵌다.

자현은 기가 차서 고개를 저었다.

"네놈, 그 계집을 안쓰럽게 여기지 않았던가?"

"안쓰럽지. 하지만 안쓰러운 것은 안쓰러운 것이고 실리는 실리가 아닌가."

뻔뻔스레 하는 말에 자현은 쯧, 하고 혀를 찼다. 불쌍하다 동정하면서도 필요하다면 아무렇지도 않게 이용하려 드는 게 이놈의 무서운 점이었다. 겉과 속이 똑같은 자현으로서는 이해할 수 없는 면모였다.

"자네도 쓸모가 있다고 생각해 곁에 두기로 한 거잖아. 대체 무얼 꺼리는 건가. 혹…… 그새 정이라도 들었나?"

그가 바로 답하지 않자 비령이 눈을 가늘게 뜨며 묻는다. 자현은 코웃음을 쳤다.

"그날 이후 얼굴 한 번 보지 않았다. 정은 무슨."

퉁명스레 말하던 자현은 문득 엉엉 울며 매달리던 여자의 얼굴을 떠올리고는 멈칫했다. 물기를 머금은 그 투명한 눈동자가 떠오르자 마음 한구석이 찜찜해진다. 아이처럼 웃던 얼굴을 떠올리며 머뭇거리기를 잠시, 자현은 이내 헛웃음을 흘렸다.

'쓸데없는 감정이다. 저 스스로 뭐든 하겠다고 하지 않았나. 이놈 말대로 거리낄 이유가 없다.'

이쪽은 이쪽 나름대로 귀신 들린 계집 끼고 사는 자현이라 빈정거리는 소리를 감수하고 있질 않던가. 피 몇 방울 내어 주는 것 정도는 싼값이지. 냉소적으로 입술을 비틀던 자현은 이내 고개를 끄덕였다.

"좋다. 어찌 되든 손해 볼 일은 없겠군."

"그럼 결정 났군!"

"단, 그 계집의 피가 어디까지 효력이 있을지 아직 알 수 없으니 너무 주변에 바람 넣지는 말아라. 기대가 크면 실망이 큰 법이니, 도리어 화가 될 수가 있다."

비령이 염려 말라는 듯 가슴께를 탕탕 두드렸다.

"걱정 말게나. 어련히 알아서 잘할까."

"하긴, 네놈 잔술수에 당해 낼 이가 어디 있겠나."

"과찬일세."

비령이 낄낄낄 경박한 웃음을 흘리며 자리에서 일어섰다.

"그럼 이들에게 기별을 넣을 테니 공주에게 미리 언질이라도 주게. 혼례가 있은 지 며칠이 지났는데, 얼굴 한 번 들여다보지 않았다는 게 말이나 되는가?"

"억지로 한 혼례다. 들여다봐야 할 이유가 있나."

"그러지 말고 잘 대해 주게."

이런 목록까지 써 온 놈이 뻔뻔하게 잘도 말한다. 코웃음을 치는데, 비령이 느긋하게 말을 이었다.

"자네 곁에 있으면 귀신이 괴롭히지 않는다 하여 곁에 머물기를 청한 게 아닌가. 만약에 귀신보다도 자네가 싫어진다면, 달리 마음먹을 수도 있지."

달리 마음먹으면 뭐 제가 아쉬울 거라도 있단 말인가. 짜증을 내려던 자현은 곧 입을 다물었다. 손에 잡힌 기나긴 목록이 눈에 들어온다. 대충 훑어본 이름 중에는 자현이 익히 아는 명망가의 대귀족도 있었다.

이들이 제 편이 된다는 게 무슨 의미인지 모를 만큼 아둔하지 않았다. 묘하게 기분이 고조되는 것을 숨기려 자현은 부러 인상을 썼다. 하지만 그런 얄팍한 속을 알아채지 못할 비령이 아니다. 그는 느긋하게 웃으며 자현의 어깨를 툭툭 쳤다.

"잘 구슬리란 말일세. 소루 공주는 자네가 생각하는 것 이상으로 쓸모가 있네."

"……."

"정말로 자네에게 천운이 따르는 게 아닌가 의심스러울 정도야."

친우의 뱀 같은 미소를 조용히 바라보던 자현은 곧 한숨을 내쉬었다.

"천운이 될지 아닐지는 모르겠으나……."

그 계집이 생각한 것 이상으로 쓸모가 있다는 거 하난 확실하였다.

"마님, 소셋물을 올리겠습니다."

부엌문이 열리고 가까이에서 앳된 목소리가 들려왔다. 뜰에 앉아 햇볕을 쬐던 소루는 그리로 고개를 돌렸다. 몸종으로 붙여진 시비, 염이가 출렁이는 물그릇을 낑낑거리며 가져와 바로 옆자리에 내려놓았다. 그러고는 손 위에 보들보들하고 얇은 천을 쥐여 준다.

소루는 고맙다 대답하고는 그 무명천을 물에 적셔 흙먼지가 묻은 손발을 깨끗이 씻었다. 햇볕 냄새와 물 냄새가 기분 좋다. 코를 킁킁거리며 그 달달한 냄새를 한껏 들이켜다가, 옷매무새를 더듬어 끄른 후에는 땀에 젖은 피부도 닦아 냈다. 바람이 젖은 피부에 와 닿는 선연한 감촉에 등골이 다 서늘해진다.

신경이 유리 조각처럼 맑아지는 듯해 참으로 기분 좋았다.

소루는 조용히 미소를 머금었다. 그러자 그 옆에 가만히 서 있던 염이가 머뭇거리는 기색으로 묻는다.

"마님께서는…… 괴롭지 않으십니까?"

"괴롭다니, 무엇이?"

"……그것이……."

소녀가 우물쭈물하며 쉽게 말을 잇지 못한다.

소루는 쓴웃음을 지었다. 시집온 첫날부터 소박맞은 뒷방 마님, 찾는 이도 하나 없고 모시는 이도 저 하나밖에 없어 초라하기 그지없는 제 처지가 그 눈에 딱하게 보이는 모양이다.

여종은 저를 측은해하는 기색을 좀처럼 감추지 못했다.

소루는 젖은 천을 한편에 내려놓으며 무던한 음성으로 말했다.

"나는 평안하다."

"……외롭지는 않으십니까?"

네가 있지 않느냐고 하려다 입을 다물었다. 머쓱하고 낯이 뜨거워진 까닭이다. 이 소녀가 알까. 누군가가 곁에서 말을 걸어 주고 마음을 써 준다는 것이 제게 얼마나 기쁜 일인지.

처음에는 두려워 머뭇머뭇하던 염이는 언제부터인가 저를 편안하게 대하기 시작했다. 재밌는 얘기가 있다며 곁에서 재잘거려 주기도 하고, 간식 같은 것을 남몰래 챙겨 주기도 하면서 굳이 요청하지 않았음에도 이처럼 세세하게 신경을 써 주었다. 소루에게는 이 모든 게 꿈 같은 일이었다.

"나는 정말로…… 즐겁다."

어물어물 내뱉은 말에, 하는 거라곤 마루에 앉아 햇볕을 쬐거나 뒤뜰의 무성한 잡초를 뽑거나 하는 일들뿐인데 뭐가 즐거우시냐며 염이가 구시렁거린다.

소루는 웃기만 했다.

그녀는 이해하지 못할 것이다. 이 고요함, 이 적막감이 얼마나 마음을 평온하게 하는지. 오감이 평화롭다. 느껴지는 것은 피부에 와 닿는 선선한 바람, 쌉싸래한 풀 냄새, 물기를 머금은 새벽녘의 찬 공기, 보드라운 흙의 감촉, 바람이 나뭇잎을 스치는 소리와 새소리……. 이곳에는 밤낮없이 괴롭히는 귀신들의 눈알들도 없고, 그들의 떠들어 대는 소리도 없다. 들리는 것이라곤 제 또래 시비의 수다스런 목소리뿐.

살면서 이러한 평화를 누리리라고는 생각도 못 했다.

"주인님을…… 원망할 법도 한데……."

그런 제 마음을 알 리 없는 염이가 불퉁거리며 말한다.

소루는 손을 내저었다.

"원망하다니, 당치도 않다. 너도 그가 나를 원치 않았음을 알고 있을 것이다. 그럼에도 그는 나를 받아들여 주었다. 몸종을 붙여 주기까지 했어. 나는 그에게 어찌 감사해야 좋을지 모른다."

"하, 하지만…… 마님은 처가 아니십니까! 이는 당연한 일입니다. 아니. 오히려 턱없이 모자랍니다. 눈도 편치 않으신 분께 시중드는 이가 저 하나뿐이라니……. 거기에 이처럼 초라한 곳에 두고는 얼굴 한 번 내밀지도 않으시고……."

"이 세상에 당연한 것이 어디 있느냐."

애초에 아내 취급 하지 않아도 좋다, 있는 듯 없는 듯 살겠다 한 것은 자신이었다. 안사람으로 대우해 주지 않는다고 하여 원망하는 마음이 들 리가 없었다. 사람 취급도 못 받고 살던 저에게 이런 평화를 누리게 해 준 것만으로도 그는 제게 은인이었다.

아니, 은인이란 말로는 부족하다.

처음 그를 대면했을 때를 떠올리며 소루는 가볍게 몸을 떨었다. 혼례장 안으로 들어섰을 때, 순간 사방이 밝아져서 얼마나 어리둥절했던가. 어안이 벙벙하여 멍하니 서 있는 저를 시비들이 그 빛의 출처로 이끌어 갔다. 마치 불길과도 같은 기세를 내뿜는 사내. 그 활활 타는 듯한 열기에 제 주위에 드글드글하던 귀신들이 일시에 꽁지를 빼고 달아나 버렸다. 그 빛은 제가 갇혀 있던 심연마저도 거침없이 밝혀 냈다. 그 기세가 마치 오래전에 본 태양과도 같아서 소루는 눈부심마저 느끼었다. 그리고 가슴속에서 생경한 격정이 일었다. 이 사람의 곁에 서라면 나도 사람처럼 살 수 있지 않을까. 제 곁의 귀신들이 누굴 해칠까 두려워하지 않아도 되고, 사람들의 원망에 밤잠을 설칠 필요도 없으며, 요마에게 시달릴 일도 없는 삶. 그런 꿈만 같은 삶은 하늘을 향해 바라여 본 적도 없었다. 그녀의 생애 처음이자 마지막 기적일지도 모른다. 마음속에서 실낱같은 희망이 무섭게 타올랐다.

어떻게든 이 사람 곁에 머물러야 한다. 이 밝은 세계 안에 머무르고 싶어.

그런 절박함에 휩싸여 아이처럼 매달리는 저를, 그 사내는 받아들여 주었다.

"그는 나를 돌봐 줘야 할 하등의 이유가 없는데도 곁에 머무는 것을 허락해 주었다. 그것만으로도 그는 내게 하염없이 고마운 이야."

"그, 그래도 혼례의 법도가 그렇지 않은 것인데……!"

거기까지 말한 염이는 제가 너무 주제넘게 물고 늘어진다고 느끼었는지 곧 입을 다물었다. 잠시 우물쭈물하던 소녀가 후, 하고 한숨을 내쉬며 궁얼거린다.

"마님의 마음이 편안하시다면 제가 불평하는 것도 우습지요."

"……."

"저는…… 이렇게 좋은 분이신데 안타까운 마음이 들어……. 무, 물론 소문만 들었을 때는 저도 마님이 조금 무서웠습니다만……."

조금이라니. 소녀는 말 한마디도 제대로 못 할 정도로 벌벌 떨었었다. 그때를 기억하지도 못하는지 염이는 거리낌 없이 말했다.

"이렇게…… 좋은 분이신지 몰라 그랬습니다. 소녀는 마님께서 좀더 즐겁게 지내셨으면 좋겠습니다."

"……그렇게 말해 주어 고맙구나."

기쁘기도 하고 낯부끄럽기도 하여 소루는 괜히 얼굴을 쓸어내렸다. 저처럼 불길한 것을 두고 좋은 사람이라 하는 여종이 이상하게 느껴지기도 하고 고맙기도 했다. 어쩔 줄을 몰라 하는 제 모습이 재밌었는지 그녀가 살짝 소리를 내어 웃었다.

"아무튼 필요한 게 있으시면 언제든지 말씀해 주세요. 제가 구할 수 있는 것이라면 뭐든 구해 오겠습니다."

"그럼…… 미안하지만 한 가지만 요청해도 되겠느냐?"

"그럼요! 편히 말씀하세요."

소녀가 기쁘게 답한다.

소루는 머뭇머뭇 말을 이었다.

"꽃씨를 좀 얻어 다오."

"······꽃씨요?"

"품종은 무엇이든 상관없다. 네가 좋아하는 것으로 해두 되고······ 뒤뜰에 뿌릴 생각이다. 귀한 것이 아니어도 좋으니······."

볕이 드는 곳을 향해 고개를 돌린 소루는 며칠 동안 잡초를 뽑느라 다소 거칠어진 제 손가락을 매만지며 말을 흐렸다. 무언가를 요구하는 것은 그녀에게 너무나 낯선 일이었다. 다른 이들을 잡아먹으며 살아온 제가 여기에서 뭔가를 더 원한다니······ 뻔뻔스럽고 염치없지 않은가. 그런 생각에 자연 흘러나오는 목소리는 희미했다.

"······바람결에 꽃향기를 맡아 보고 싶다."

"제, 제가······ 꼭 구해다 드릴게요."

염이가 꽉 잠긴 음성으로 답한다.

어리둥절한 얼굴을 하던 소루는 곧 미소 지었다.

"고맙다."

'그 계집의 영험함을 시험해 볼 기회다.'

자현은 멍청하게도 말 뒷발에 채어 피를 줄줄 흘리는 어린 문하생을 보며 생각했다. 이제 갓 열네 살이 된 그 풋내기는 매우 운이 나쁘게도 머리를 걷어채었다. 관자놀이 부근을 빗겨 맞는 바람에 그 자리에서 즉사하지는 않은 모양이었지만 상태는 충분히 심각했다. 오늘 밤을 견딜 수 있으려나. 설령 산다 해도 정신이 온전하리란 보장이 없었다.

'이만큼이나 중한 자도 살려 낸다면, 비령의 말대로 소루 공주는

세를 확장하는 데 큰 도움이 되겠지.'

더 생각할 것도 없이 그는 대기하고 선 시비에게 소루를 불러오라 명했다. 지목받은 계집이 흠칫거리며 굳어진다.

"……모셔 오란 말을 못 들었나?"

"그, 금방 모셔 오겠습니다."

싸늘하게 읊조리자 그제야 사색이 되어 후다닥 방을 나선다. 자현은 쯧, 하고 혀를 찼다. 그 계집이 제 곁에 있으면 귀신이 해할 일이 없다 호언장담을 하긴 했지만 꺼림칙한 마음이 어디 그리 쉽게 떨쳐지던가. 듣자 하니 소루에게 붙여 준 어린 시비 하나 빼고는 아무도 뒤채에는 얼씬도 하지 않는다고 한다.

그만큼 귀신 공주가 두렵고 찝찝한 것이겠지. 궁궐의 노비들도 줄줄이 달아났을 정도인데 어디 여기라고 다를까. 그 계집을 멀리 요양 보내려 한 이유도 그 때문이었다. 귀신 공주가 자호가에 시집왔다 민가에서 쑥덕거릴 일도 걱정이었거니와, 노비나 일꾼들이 도망하지 못하도록 간수할 일도 성가셨던 것이다.

'……사람들 눈앞에 내놓아 좋을 게 없겠지.'

사람들에게 귀신 공주의 존재를 상기시킬 필요는 없었다. 꺼림칙하다는 이유로 방문하는 이들의 발걸음이 끊길 수도 있는 일. 뻗어 나가는 가문의 기세가 주춤하게 놔둘 수는 없다.

하지만 앞일을 생각하면 지금처럼 한 명의 시비만 두는 것도 적합하지 않았다. 감시를 위해서라도 입이 무거운 이들을 몇 명 더 붙여 줘야겠지. 어떤 이가 적합한가 머릿속으로 헤아리는 사이, 시비가 돌아와 마님을 모셔 왔습니다, 하고 중얼거렸다. 자현은 헛웃음을 흘렸다. 마님. 그리 불리고 있나.

"들라."

드르륵, 장지문이 열리고 시비가 한쪽으로 비켜섰다. 그 뒤에 서 있던 소루가 조심스레 방 안으로 들어온다.

"……불렀느냐."

그는 문가에 선 여자를 빤히 내려다보았다. 수수하지만 깨끗한 옷차림에 단정하게 틀어 올린 머리. 제법 시집온 여인의 태를 흉내 냈지만 어딘가 어설프고 풋내 나는 모양새였다. 혹, 그새 몇 년 더 어려지기라도 한 것인가. 조막만 한 얼굴이 꼭 열네댓 된 어린 소녀의 것처럼 앳되어 보인다. 제 처라는 느낌은 조금도 들지 않았다.

한껏 인상을 찌푸리던 자현은 시비에게 물러가라 명한 뒤, 소루의 팔을 잡아 소년의 앞으로 이끌었다.

갑작스러운 접촉에 놀란 듯 움찔거리던 여자가, 색색 가쁜 숨소리를 들었는지 멈칫한다.

그는 조심스레 그 손을 소년의 얼굴 위에 올려놓았다.

여자가 더듬더듬 상처 난 곳을 매만졌다.

"살릴 수 있겠나?"

"……머리를 다친 것인가."

"그래."

"이렇게 큰 상처는 치유해 본 적이 없어 모르겠다."

여자가 당혹스러운 얼굴로 말했다.

자현은 얼굴을 찡그렸다.

"하면 어디까지 치료해 봤나?"

"어릴 적…… 나를 키워 준 이가 다쳐 오면…… 입 안에 상처를 내어 핥아 주는 정도로만……. 눈이 이렇게 되고 난 뒤로 아무도 가까이 오지 않으려 해서…… 사실 많은 이를 고쳐 본 것은 아니다."

"그런 주제에 저도 쓸모 있다 잘도 떠들었구나."

냉소적으로 말하자 여자의 얼굴에 핏기가 가신다. 제가 쓸모없다 내 집에서 나가라 할까 두려운 모양이었다. 그 표정에 꼭 자신이 어린 계집아이를 못살게 구는 망나니라도 된 것 같아 기분이 언짢다.

"……살릴 수 있나 없나, 한번 시험이나 해 보아라."

그렇게 퉁명스레 말하고는 여자의 손을 쥐어 손바닥을 펼쳐 들었다. 계집은 손마저도 조그마했다. 그 조막만 한 손에 비수를 쥐여 주자 여자가 어깨를 굳힌다. 그는 조금 강압적인 어투로 말했다.

"……필요할 것 같아 가져왔다. 입 안을 깨무는 것보다는 그걸 사용하는 게 편하겠지."

"칼……인가."

"그래."

비수를 어루만지던 여자가 곧 그 끝에 손가락을 가져다 대었다. 날카로운 칼끝에 여린 살결이 두부처럼 쉽게 베인다. 핑글핑글, 새빨간 피가 손가락 끝에 꽃봉오리처럼 맺히자 여자가 그걸 확인이라도 하듯 매만져 보더니 다음 순간 상처를 더 길게 냈다. 검지를 따라 주욱 그어진 상처에서 피가 줄줄 흘러내렸다. 그녀가 그걸 더듬더듬 소년의 입에 흘려 넣었다.

제가 그리하라 시켰음에도 순간 가슴께가 섬뜩했다. 자현은 굳은 어조로 물었다.

"……효과가 있나?"

"호흡이 조금 편안해진 것 같다."

그녀가 소년의 가슴팍에 고개를 기울여 숨소리를 확인해 보더니 조금 밝은 음성으로 말했다.

확실히 당장이라도 끊어질 듯 헉헉거리던 숨소리가 한결 차분해졌다.

소루는 머리에 난 상처를 더듬더듬 매만져 보았다. 피떡 진 검은 머리칼이 그녀의 손가락에 끈적끈적하게 휘감겼다. 하도 피를 많이 흘려 상처가 아물었는지 육안으로 확인하기 힘들었으나, 베갯잇을 적시는 혈액의 양은 확연히 줄어들었다.

잠시 뒤, 그녀가 피로 흠뻑 젖은 손을 머리칼 속에서 떼어 냈다.

"다 아문 것 같다."

"……벌써?"

"그래. 괜찮은 거 같아. 네 눈으로 확인해 봐라."

그는 반신반의하며 침상 가까이 다가섰다. 확실히 창백하던 얼굴에는 혈색이 돌아와 있었고 숨소리도 고르다. 고개를 수그려 상처를 살피니 찢어진 두피가 깨끗이 아물어 있다. 두개골도 온전하다. 처음부터 다친 적이 없었던 게 아닌가 싶을 정도로 말끔하다. 등줄기에 식은땀이 주룩 흘러내렸다. 실로 놀라운 효력이었다.

"……과연 귀신들이 탐낼 만하군."

무심코 흘러나온 말에 곁에 앉은 이의 어깨가 굳어진다. 빈정거리는 말로 들린 건가. 확실히 온전한 칭찬의 말은 아니었다. 신통하면서도 꺼림칙하다. 실로 기이하고 해괴하지 않은가. 피로 다 죽어 가는 이를 깨끗이 고쳐 내다니.

'이 계집, 도대체…… 정체가 무언가.'

불가사의한 것을 향한 본능적인 혐오감으로 자현은 얼굴을 굳혔다. 꺼림칙한 눈으로 내려다보는 것을 눈치채었는지 여자의 얼굴이 창백해진다. 마치 부모에게 혼이 날까 봐 조마조마해하는 아이 같은 표정이었다. 그 애처로운 얼굴을 보자 살살 구슬려 보라던 비령의 말이 떠올랐다.

'……웃기지도 않는다.'

이 여자가 쓸모 있는 것은 분명하지만 싫은 것은 싫은 것이다. 지나칠 정도로 자기 감정에 솔직한 자현은 제 이득을 위해 그런 감정을 숨기고 아닌 척 위선을 부리는 것이 싫었다.

'하지만······.'

빳빳하게 힘이 들어간 어깨를 내려다보길 잠시, 그는 충동적으로 여자의 작은 머리통 위에 손을 올렸다. 매끈매끈하고 서늘한 머리칼 감촉이 꼭 질 좋은 비단 같았다. 그 낯선 감촉에 멈칫한 것도 잠시, 자현은 손을 올려놓은 채 어색하게 말했다.

"잘하였다. 도움이 되었어."

여자가 깜짝 놀란 듯 고개를 움츠린다. 겁먹은 듯한 그 태도에 자현은 잠시 헤맸다. 사람을 구슬릴 재주 따위는 없었다.

이다음에는 뭘 어째야 하는 거지?

머뭇거리던 그는 곧 개에게라도 하듯 그 머리를 쓱쓱 쓰다듬어 보았다. 거칠기까지 한 그 손길에 믿을 수 없게도 여자의 얼굴이 붉게 달아올랐다.

"내, 내가 도움이 되었느냐."

"······다 죽어 가던 이를 살려 놓았다. 당연 도움이 되었지."

"그렇구나······. 내가 도움이 되었어."

무엇이 그리 기쁜 것인지 여자의 입가에 미소가 어린다. 어린아이 같은 순진무구한 그 표정에 마음 한구석이 불편해져 그는 손을 떼어 냈다.

"이만 되었다. 처소로 돌아가라. 손을 치료할 약을 보내 주겠다."

"······그래."

그제야 아픔을 느낀 듯 여자가 손의 상처를 살핀다. 남의 상처는 그리도 잘 치료하면서 정작 제 상처는 어쩔 못하는 모양이다. 무언가 상처를 감쌀 것이 없을까 무의식중에 탁상 위를 살피던 자현은 곧 인상을 찡그렸다.

제가 찌르라며 칼까지 쥐여 줘 놓고는 그 상처를 걱정하는 척하는 것도 우습지 않은가. 힐끔, 아직도 붉은 피를 토해 내고 있는 자그만 손을 내려다보던 자현은 곧 언짢은 얼굴로 몸을 돌려 문을 열고 나섰다.

어째서인지 신경이 곤두선다. 뭔가를 떨치듯 그는 뒤도 돌아보지 않고 발걸음을 옮겼다.

낮에 있었던 일을 듣고 비령은 반색을 했다. 재빠른 놈답게 그는 이미 명단 제일 위에 자리한 대상인 주호에게 접근해 친분을 쌓는 중이었다. 주호는 비록 양민 신분이나 가진 재물이 세도가를 후려치고도 남는다는 희란국 제일가는 상인이었다. 이자를 끌어들인다면 적어도 돈 걱정은 없을 것이다, 하며 비령이 그를 첫 번째로 지목했다.

"주호는 열 살배기 딸이 원인 불명의 열병에 걸려 고역을 겪고 있네. 사방팔방으로 효험이 좋다는 약초, 영약 모두 찾아 써 봤지만 차도가 없다더군. 무술인을 불러 굿도 해 보고, 명의를 불러 진찰도 해 봤지만, 상태가 점점 심각해져만 가는 모양이야. 아마 지푸라기라도 잡고 싶은 심정일 걸세."

"……소루의 피가 질병에도 효험이 있는지는 아직 모른다."

"귀신도 탐을 낼 만한 영약이라지 않던가. 분명 효과가 있을 거야. 혹 없다고 해도 크게 피해가 가진 않을 걸세. 누구랑 달리 머리가 좋은 인간이라 분풀이로 귀족과 척을 지려 하진 않을 테니."

"……그 누구란 게 누굴 말하는 것이냐."

"뉘겠나?"

비령이 부채를 펼쳐 들며 능청스레 웃어 젖힌다.

자현은 눈을 가늘게 떴다.

그 살벌한 눈초리에 비령이 바로 미소를 거둔다.

"험험, 아무튼 자호가에 방문해 달라는 내용의 전보 하나만 써 주게. 내 직접 건네줄 터이니."

"……지금 당장?"

"미적거릴 필요 있나."

소루의 손에 난 상처가 떠올라 자현은 미간을 찌푸렸다. 다 아문 뒤에 부르는 게 낫지 않겠나, 그리 말하려다 입을 다문다. 어처구니가 없어 실소가 흘러나왔다. 어차피 또다시 칼로 베어라 할 거 낫기를 기다리자, 하는 것도 웃기지 않은가. 그까짓 게 뭐 그리 대단한 상처라고.

"무어라 쓰면 되지?"

"흠……."

탁상 위에 종이를 펼치며 묻자, 비령이 생각하는 듯 턱을 쓰다듬었다.

"일단은…… 효험이 좋은 영약이 있으니 필요하면 자호가를 방문해 달라고만 적게."

"무엇으로 치료하는지 밝히지 않을 셈인가?"

"그편이 여러모로 좋을 듯하네만……."

늘 척척 이러는 게 좋겠네, 저러는 게 좋겠네 잘도 떠드는 놈이, 답지 않게 팔짱을 끼고서 한참을 어물거린다. 자현은 붓을 든 채 인상을 찡그렸다. 어쩌자는 건가 하고 답을 재촉하자, 미간을 모은 채 허공만 바라보던 비령이 한숨을 푹 내쉬며 말을 이었다.

"숨기기 어려울 걸세. 한두 명도 아니고 꽤 많은 이들을 치료할 예정인데 섣부르게 어느 짐승의 피라고 속일 수도 없는 일이 아닌가. 차라리 비밀을 보장받고 사실대로 보여 주는 것이 낫겠지."

"사람의 피를 먹는다는 것에 저항감을 품는 이도 있을 거다."

"그래도 먹을 걸세. 죽게 생겼는데 인육인들 못 먹을까."

비령은 흉한 소리를 쾌활하게도 지껄였다.

"그리고 그 저항감이 결속력을 더 단단하게 해 줄 테지. 묘하게도 사람 간의 관계는 떳떳지 못한 일을 공모했을 때 더 긴밀하여지거든."

"⋯⋯떳떳지 못한 일이란 자각은 있군."

"어디에 큰 소리로 떠벌릴 수 있는 일은 아니지 않은가. 찝찝하고 개운치 못한 일이지. 하지만 얻게 될 이익에 비하면 사소한 감정일세. 소루 공주에게 작은 생채기 하나를 냄으로써 다른 이들은 목숨을 구하고, 우리는 막대한 실익을 얻게 되지 않나."

비령이 거리낌 없이 말했다.

"물론, 소루 공주의 능력이 퍼졌다간 소동이 일어날지 모를 일이니 입단속은 단단히 할 걸세. 여러 방법을 동원해서 말이지."

그 여러 방법이라는 게 얼마나 비열하고 지저분한 것일지 굳이 듣지 않아도 알 수 있었다. 약점을 캐내어 사람을 꼼짝 못 하게 하는 이놈의 솜씨는 가히 일품이었던 것이다. 입꼬리를 씰룩거리던 자현은 더 캐묻는 것을 관두고는 붓에 먹물을 듬뿍 묻혀 간결하게 두어 문장을 써 내었다. 그걸 건네받으며 비령이 만족스레 웃는다.

"성미가 급한 양반이니 당장 내일이라도 한달음에 달려올 걸세."

그러고는 냉큼 방을 나섰다. 자현은 그 뒷모습을 노려보다 다시 장부를 펼쳐 들었다. 여자의 아이 같은 무구한 미소가 머릿속을 잠깐 스치었지만 이내 사라졌다. 그는 바로 해야 할 일에 몰두했다.


주호는 그다음 날 오전, 해가 뜨기가 무섭게 자호가의 대문을 두드렸다. 호화로운 가마에 금지옥엽 외동딸을 싣고 찾아온 그 사내는, 이 이른 시간에 찾아와 죄송하다며 납작 고개를 조아렸다.

언짢은 얼굴을 하던 자현은 옆구리를 찌르는 비령의 재촉에 못 이겨 괜찮다 입에 발린 소리를 지껄였다. 그러자 비령이 마치 제가 집 주인이라도 되는 양 앞으로 나와 그를 인도한다.

"자자, 오느라 수고 많았네. 이쪽으로 오시게나."

자현은 기가 막힌 얼굴로 그 꼴을 바라보았다. 저놈 나대는 게 가면 갈수록 가관이군. 이를 갈며 성큼 그 뒤를 쫓았다.

그들을 안내한 곳은 조용한 곳을 좋아하는 손님을 위해 마련된 별채로, 뒤채와 가깝고 거의 비어 있어 일꾼들 발걸음이 드문 곳이었다. 비령이 이리로 모셔라 명하자, 노비들이 거추장스러울 정도로 요란한 가마를 내려놓고 그 안에서 비단 장포에 감싸인 조그만 소녀를 조심스레 안아 올렸다.

열 살배기라더니 꼭 인형처럼 자그마한 소녀였다.

"지난밤 상태가 더 나빠졌습니다. 새벽에라도 찾아뵙고 싶은 마음이었지만…… 그만한 폐를 끼칠 순 없어 아침까지 애만 태우며 기다리다 온 것입니다."

주호가 색색거리며 앓는 제 딸을 애달프게 바라보며 말했다. 자현은 듣는 둥 마는 둥 하며 노비들에게 손짓했다.

"저 방으로 모셔라."

그들이 안으로 들어가 잘 정리해 놓은 침상에 소녀를 조심스레 뉘인다.

그 뒤를 따라간 자현은 대기하고 선 시비에게 차를 내오라 지시했다.

사내가 냉큼 손을 휘젓는다.

"차는 되었습니다."

"그러지 말고 잠시 이리 앉게나. 얼굴이 말이 아니구먼. 밤새 어지간히도 맘을 졸인 모양이야."

비령이 딱하다는 듯 내뱉었다.

사내가 시무룩한 어조로 말한다.

"자식 일에 맘 졸이지 않을 부모가 어디 있겠습니까?"

"일단 자리에 앉게. 먼저 할 이야기가 있지 않던가."

딸을 애타는 눈으로 바라보던 주호가 재촉에 못 이겨 의자를 꺼내 앉았다. 축 처진 어깨가 꼭 노인의 것처럼 왜소하다. 정말로 밤을 꼴딱 새운 모양이었다. 그가 성급하게 본론을 꺼냈다.

"이 집 안에 거의 다 죽어 가는 이도 살리는 영약이 있다 들었습니다. 직접 와야만 한다는 말에 예까지 허겁지겁 발걸음을 한 것입니다. 천금 만금이라도 드리겠으니, 부디 그 약을 제게 파십시오."

"……사고파는 물건이 아니다."

무어라 설명해야 좋을지 몰라 자현은 힐끔 비령을 돌아보았다.

놈이 잘 좀 해 보라는 양 정신 사납게 눈짓을 해 댄다.

남을 구슬리는 말재주 따위가 있었으면 제가 이 꼴이 되었겠나. 쯧, 하고 혀를 한 번 찬 자현은 제 본래 성미대로 툭 까놓고 말했다.

"그리고 내가 그대에게 원하는 건 돈이 아니야."

"그럼…… 제게 무엇을 원하십니까."

"상인이라면 정보에 능할 터. 아닌 척 숨기는 것도 우스울 테니 솔직하게 털어놓지. 나는 왕에게 아주 미운털이 콕 박힌 처지다. 그 밖에도 적들이 무수하지. 지금이야 가문이 흥하고 있다지만…… 후에는 어떻게 될지 알 수 없는 일. 자네의 힘을 빌리고 싶네."

"……저는 미천한 상인입니다. 그 같은 문제를 해결할 정치적인 힘은 없습니다만……."

"내 문제를 해결해 달라는 게 아니야. 단지 가문의 부흥에 도움을 주었으면 하는 것이지. 물론 이는 약이 효과가 없을 시엔 없던 이야기로 해도 좋네."

"……그리 말씀하실 정도이면 정말로 효능이 좋은 약인 모양입니다."

"효과가 있기를 기대하고 있지만…… 어찌 될지는 써 봐야 알겠지. 어쨌든 나아졌으면 나아졌지 절대 해가 되진 않을 거다."

사내의 얼굴이 희망으로 밝아졌다.

"하나뿐인 피붙이를 살릴 수만 있다면 뭔들 못 하겠습니까. 도움을 주십시오."

자현은 곧바로 시비에게 소루 공주를 모셔 오라 명했다. 그 이름을 듣고 상인의 얼굴이 살짝 굳는다.

"걱정 말게. 다 그대의 도움을 얻고자 하는 일인데 설마 자네와 자네 딸에게 해를 끼칠까."

비령이 부드럽게 달래듯 말하자 상인의 얼굴이 다소 풀린다.

그새 꽤나 신뢰를 얻은 모양이군. 재주도 좋다.

자현은 입술을 비틀었다.

"주인 나리, 마님을 모시고 왔습니다."

"……안으로 모셔라."

허락이 떨어지자 시비가 소루를 데리고 방으로 들어왔다. 이른 시간이라 아직 제대로 몸가짐을 하지 못한 것인지 소루는 다소 가벼운 옷차림에 머리채를 길게 늘어뜨리고 있었다. 갑작스런 부름에 놀란 듯 상기된 얼굴로 방 안에 들어서던 계집이 문득 걸음을 멈춘다. 그녀가 낯빛을 흐리며 옷자락을 움켜쥐었다.

"……손님이 있는 줄 몰랐다. 차림새를 갖추지 못해 미안하구나."

인기척도 내지 않았는데 어찌 알아차린 것인지. 그런 점이 께름칙하게 느껴진다는 것을 알기나 할까. 인상을 쓰던 자현은 곧 자리에서 일어서 소녀를 뉘인 침상으로 다가섰다.

"차림 따위는 아무래도 좋다. 네가 치료해 주었으면 하는 이가 있어 불렀다."

자현은 뒤에 선 시비에게 가까이 데리고 오라 눈짓했다. 어린 시비가 그녀를 조심스레 침상 앞으로 이끌자 소루가 더듬더듬 소녀를 향해 손을 뻗었다. 그러자 조마조마한 낯으로 지켜보던 상인이 허겁지겁 그 앞을 막아선다.

"……대체 무엇을 하시려는 겁니까? 설명부터 해 주십시오."

"치료를 하려는 거다."

"치, 치료라니요? ……이, 이분은…….."

엮이면 재수가 옴 붙는다던 그 귀신 공주가 아니던가. 차마 그 뒷말을 내뱉지 못하고 쩔쩔매고만 있자, 자현이 싸늘한 음성으로 뒷말을 재촉했다.

"이분은…… 뭐냐?"

"……."

"해를 끼치지 않겠다고 하였다. 나는 두말하는 것이 싫다. 못 믿겠으면 도로 데려가라."

"자현!"

비령이 잘 나가다가 왜 그러냐 하며 옆구리를 찌른다.

자현은 꿈쩍도 하지 않았다.

한참을 소루와 끙끙 앓는 제 딸의 얼굴을 번갈아 보던 상인이 곧 옆으로 비켜서며 풀 죽은 음성으로 도와주십쇼, 한다.

자현은 무뚝뚝하게 소루를 재촉했다.

"어서 치료해라."

"……병이 난 아이인가?"

손을 뻗어 확인하듯 아이의 얼굴을 어루만지던 소루가 물었다.

"그래. 고칠 수 있겠나?"

소루는 대답 대신 그가 건네주었던 그 비수를 품에서 꺼내 들어 엄

지손가락을 덤덤하게 그어 내렸다. 거리를 잘못 가늠한 것인지 어제 낸 상처보다 더 깊고 긴 상처가 생겼다. 붉은 피가 주룩 흘러 손바닥을 타고 흐른다. 통증을 느낀 듯 미간을 찡그리면서도 소루는 그것을 재빨리 소녀의 입 안으로 흘려 넣었다.

그 해괴한 행동에 상인이 소스라치며 소루의 팔을 붙잡았다.

"이, 이게 무슨 짓입니까! 사람 피를 먹이다니……!"

"……희란국 귀신들이 노래하지 않던가. 소루 공주 먹으면 새 몸 얻어 사람 될 수 있다고…… 내 피는 귀신에게 새 몸을 줄 정도의 효험을 지니고 있다."

"그 무슨 말도 안 되는……!"

농락당했다고 여기었는지 상인의 얼굴이 순식간에 시뻘겋게 달아올랐다. 그가 신분도 잊고 씩씩거리며 자현과 비령을 향해 사납게 눈을 부라렸다.

"사람의 간절한 마음을 가지고 이런 장난질이라니……!"

분하여 더는 말을 잇지 못하겠다는 양 어깨를 들썩거리던 사내는 곧 딸을 덥석 안아 들었다. 이만 돌아가겠다, 다신 볼 일이 없을 것이다, 그리 일갈하는데 문득 품에 안긴 것이 꼼지락거리는 게 느껴진다. 사내는 아래를 내려다보았다. 혼미하여 며칠 동안 정신을 못 차리던 딸아이가 가물가물 눈을 뜨고서 저를 올려다보고 있는 게 아닌가.

"아버지……."

"기, 기화야."

그는 펄펄 끓어오르던 이마를 짚어 보았다. 열이 거짓말처럼 식었다. 불덩어리 같던 몸도 식어 있다. 괜찮은 것이냐, 아프지는 않으냐, 떨리는 음성으로 묻자 아이가 어리둥절한 얼굴로 큼지막한 눈을 씀벅거렸다.

"……뭐가요?"

제가 어떤 상태였는지를 기억 못 하는 듯 고개를 갸웃하며 귀여움을 떠는 그 모습에 사내가 왈칵 울음을 터트렸다. 제 딸을 끌어안고서는 네가 죽는 줄 알고 내 얼마나 맘을 졸였는지 아느냐, 하며 목 놓아 엉엉 운다.

"가, 감사합니다. 정말로 감사합니다. 딸아이를 살려 주셔서 감사합니다."

그러더니 소루의 손을 와락 움켜쥐며 절절히 외쳤다.

소루는 어깨를 움츠렸다. 단순히 상처 난 손을 붙잡힌 탓만은 아니었다. 다른 누군가가 제 손을 잡아 준 것은 처음 있는 일이라 어찌해야 좋을지 알 수 없었다. 당황해 쩔쩔매는 그녀에게 사내가 기쁨을 주체하지 못하고 폭포수처럼 쏟아 내었다.

"이 은혜 결코 잊지 않겠습니다. 정말로 고맙습니다. 제 은인이십니다."

"내, 내가……."

가만 지켜보던 자현이 상처가 덧난다, 그만 놓아주어라, 말하려던 찰나에 소루가 더듬더듬 입을 열었다. 그녀의 자그만 입술에 어렴풋 수줍은 미소가 머물렀다.

"……도움이 되었다면, 기쁘다."

들릴락 말락 하는 조그만 목소리. 딸의 목숨을 구한 감격으로 목 놓아 우는 저치의 귀에는 들리지도 않았을 것이다. 하지만 자현의 귀에는 똑똑히 들렸다. 그리고 그 순간 속에서 뭔가가 울컥 치밀어 오르는 것을 느꼈다. 일전에 느낀, 마음 한구석이 불편해지는 듯한 그 기분과는 사뭇 다른, 좀 더 강렬한 감정이었다.

스스로도 영문을 알 수 없을 정도로 불쾌하고 마음이 들척거린다.

'저 계집이 너무나 어리석고 이상하여서…….'

그래서 짜증이 난 게 분명하다.

그는 소루의 얼굴을 살벌하게 노려보았다. 이른 아침, 영문도 모른 채 불려 와 생전 처음 보는 이 때문에 몸에 상처를 내어 놓고도 뭐가 좋다고 웃는 것인지 이해할 수 없다.

바보 같으니라고. 저는 뭣 하나 손해 보지 않으려고, 뭣 하나 빼앗기지 않으려고 발버둥을 치고 있는데…… 괄대받고 이용당하는 처지에 어찌하여 웃는 것인가.

저 얼굴이 거슬리고 싫다.

"자자, 이만 진정하게나. 따님께서 놀라지 않는가. 이럴 게 아니라 방을 빌려줄 터이니 좀 쉬다가 가게. 죽이라도 내오라 이르겠네."

자현의 낯이 살벌해진 것을 본 비령이 허겁지겁 사태를 수습한다.

그제야 정신을 추스른 주호가 민망한 낯으로 얼굴을 쓸어내렸다.

"보, 볼썽사나운 모습을 보여 죄송합니다."

"볼썽사납다니! 자식 일에 극진한 것이 참으로 보기 좋네. 자자, 어린 아씨께서도 배가 고플 테지? 내가 쉴 곳으로 안내해 주겠네."

"그럼…… 실례를 무릅쓰고……."

상인이 한 번 더 고맙다 고개를 조아리고는 비령을 따라 방을 나섰다.

자현은 아주 집주인 노릇을 다 하는구나 하고 이죽거리고 싶은 것을 참았다. 대상인이라는 자도 자식 일에는 어쩔 수가 없는 것인지 누가 집주인이고 누가 객인지 분간을 못 하는 모양이었다. 저치가 내게 아주 단단히 빚을 졌군. 쯧, 하고 혀를 한 번 찬 자현은 곧 사나운 눈으로 계집을 돌아보았다.

"이제 되었으니 거처로 돌아가 쉬어라."

제가 듣기에도 정나미 없는 음성이었다. 계집의 얼굴에 언뜻 당황한 기색이 어린다.

왜? 이번에도 머리를 쓰다듬어 칭찬해 줄 것을 기대했나 보지?

속으로 냉소하며 뒤돌아서는데 느닷없이 여자가 그의 옷자락을 거머쥔다.

"……뭐냐?"

"……너에게도 내가 도움이 되었느냐."

"……되었다."

"그, 그렇구나."

냉랭한 반응에 기가 죽었는지 여자가 슬그머니 옷자락을 놓는다. 손가락에서는 아직 피가 배어 나오고 있었다.

그는 쓸데없는 것을 물을 시간에 상처부터 돌보라 말하고 싶은 것을 참았다. 이렇게나 거슬리고 불쾌하게 여기고 있으면서 걱정하는 척 말하는 것도 이상하지 않은가. 그는 다시 몸을 돌렸다.

"……고맙다."

문을 나서려는 순간, 등 뒤에서 꺼질 듯한 음성이 들려온다.

그는 기가 막혀 고개를 돌렸다. 도움이 된 것은 제 쪽이었다. 왜 저가 고맙다고 하는 것인가. 입에 발린 소리는 집어치워라 하려는데 여자의 얼굴을 본 순간 말문이 턱 막힌다. 그는 주룩주룩 흘러내리는 눈물을 멍하니 내려다보았다. 창문을 통해 스며들어 온 희미한 빛에 뺨을 타고 흐르는 물줄기가 하얗게 빛났다. 여자의 조그만 입술에 어렴풋한 미소가 감돌았다.

어찌하여 우는 것인가. 어찌하여 웃는 것인가.

불가사의한 것을 목도한 것처럼 등골이 오싹했다.

"생전 처음으로 누군가에게 이로운 것이 되어 보았다. 누군가에게 도움이 되어 보았어."

소녀가 고요한 음성으로 말했다.

"내 덧없는 소원들을…… 네가 모두 이루어 주는구나."

목 안쪽이 가시가 걸린 것처럼 따끔거렸다. 입을 벌렸지만 대꾸할 아무런 말도 떠올릴 수 없었다.

"너에게는, 싫고 모욕적인 혼사였을 테지만…… 내게는 기적과도 같은 일이었다. 고맙다, 자현. 고마워……."

그는 더는 견디지 못하고 뒤돌아섰다. 그러고는 도망이라도 치는 것처럼 성큼성큼 걸음을 옮겼다. 들척거리며 가슴속에서 시커먼 게 몽글몽글 솟아오른다. 배 속까지 끈적끈적해진 기분이었다. 그 정체 모를 충동이 식도를 타고 올라올 것 같아 그는 목을 움켜쥐었다.

꺼림칙한 계집. 꺼림칙한 계집. 꺼림칙한 계집…….

그 말만 쉴 새 없이 되뇌었다.

실로, 꺼림칙한 계집이다.

四章

엉뚱한 일

막 하루 일과를 끝낸 듯 보이는 사내 셋이 주막 안으로 들어섰다. 찝찌름한 땀 냄새를 풀풀 풍기며 구석진 곳에 자리한 남자들이 대뜸 술부터 주문한다. 무슨 안 좋은 일이라도 있었던 듯 하나같이 햇볕에 탄 벌건 얼굴을 험악하게 일그러트리고서 씩씩대고 있었다. 그중 하나가 조그맣게 욕설을 중얼거리기까지 한다.

"그지 같은 군병 놈들······."

창가에 앉아 소면을 후룩거리던 아시타는 멈칫하며 고개를 들었다.

복장을 보아하니 셋 다 목수인 듯했다. 화재로 인해 일거리가 많아지는 바람에 어디를 가나 목수들이 바글바글했다. 그들이 술을 따라 마시며 툴툴거렸다.

"사내 다섯 이상이 한자리에 모이지 말라니 그게 말이나 되냔 말이다. 집 한 채를 지으려 해도 최소 여덟은 있어야 하는데."

"염병할 놈들 같으니."

아무래도 군병들에게 심하게 시달림을 받은 모양이었다. 아시타는 국물을 마시는 척하며 흥미진진하게 그들의 대화를 엿들었다.

"역적 놈들이나 처잡을 것이지, 남 먹고사는 일 방해나 해 대고……"

"에이, 시팔. 기분 뭣 같아서."

술잔에 술을 콸콸 쏟아부으며 씨부렁대던 이가 문득 주막 벽에 붙은 역적의 그림 중 하나를 손바닥으로 탁 내려쳤다.

"이 못생긴 얼굴을 잘 보란 말이다. 이놈과 내가 어디가 닮았다는 거야! 애꾸눈들 같으니라고."

"뱀처럼 쫙 찢어진 눈꼬리가 비슷한 것도 같구먼."

"이놈이! 그러는 저는…… 요 그림, 요 뚱땡이 놈과 쏙 뺐구먼! 두꺼비 같은 것이."

"뭣이라!"

"어허, 벌써들 술에 취했나. 그만들 하게."

그중 가장 점잖아 보이는 이가 말리자 둘 다 꿍얼거리며 술을 푸기 시작한다.

아시타는 피식 웃었다. 그날 궁궐을 습격한 무리를 찾는다고 군병들이 혈안이었다. 의심을 받고 질질 끌려갔다가 매질을 당하고 돌아왔다는 이가 한둘이 아니다. 화재의 뒷수습을 한다고 백성들은 애를 먹고 있는데, 정작 조정은 도움은 안 주고 이곳저곳 들쑤시고 다니기만 하니 다들 불만이 이만저만이 아니다.

'이리 분위기가 험악해지면 귀신들 활동하기가 좋아질 터인데……'

그는 욕설을 토해 내는 사람들의 얼굴을 걱정스레 살피었다. 요마들은 음의 기운을 좋아한다. 사람의 마음에 음기가 서리면 그것들도 기세등등하여져 보통 골치가 아픈 것이 아니었다.

'……사건 사고가 잦아지겠군.'

사발 그릇에 고인 국물을 싹 비우고 자리에서 일어난 아시타는 삿갓을 집어 들었다.

엽전을 주고 가게를 나오는데 때마침 한 무리의 군병들이 거리를 둘러보고 있었다. 그들이 지나는 이들마다 의심 어린 눈길을 보내며 매섭게 눈을 부라렸다. 조금만 수상하면 끌고 가 심문한다더니 과장된 소문이 아닌 모양이다.

아시타는 쯧쯧 혀를 찼다. 참 저들도 딱하게 되었다. 여직까지 놈들을 잡아들이지 못했으니 위에서 얼마나 닦달을 해 댈까. 아주 속이 타들어 가는 중이겠지.

'그 많던 무리가 다 인겁을 뒤집어쓴 요물이었다고, 누가 감히 상상이나 할까.'

이미 껍질을 벗고 새 인겁을 쓴 요물들을, 눈이 어두운 인간들이 찾을 수 있을 리 만무하다.

'나조차도 아직까지 꼬리를 밟지 못했는데…….'

"이봐."

삿갓 아래로 군병들에게 측은한 시선을 보내는데 등 뒤에서 누군가가 자신을 부른다.

아시타는 한숨을 푹 내쉬었다. 고개를 돌리니 최근 들어 아무렇지도 않게 하극상을 해 대는 난폭한 성질머리의 사제師弟가 한껏 불손한 얼굴을 하고서 저를 노려보고 있었다.

"괜히 수상쩍어 보인다. 이리저리 두리번거리지 마라."

"……여란, 이제 그만 호칭을 좀 어떻게 해 보아라. 사형에게 '이봐'는 너무하지 않느냐."

"당장 사문에 네놈 행태를 찌르지 않은 것만으로 감사한 줄 알아라."

지독한 계집 같으니라고. 아시타는 눈물을 삼켰다.

"뭣 좀 알아낸 건 있나?"

"……이제는 하대가 너무나 자연스럽구나."

"뭣 좀 알아낸 게 있느냐고 물었다."

아무래도 이 여자는 고압적인 태도를 버릴 의사가 없는 모양이었다. 아시타는 체념의 한숨을 내쉬었다.

"아직 아무런 실마리도 잡지 못했다. 도성 전체가 요기에 뒤덮여 있어 찾는 것이 쉽지가 않아."

"……찾는 시늉만 하다 어디서 술 푸다 온 것은 아니겠지?"

"어허! 나를 어찌 보고!"

"네놈을 잘 보고 있기 때문에 하는 말이다."

여란이 정말로 의심스럽다는 듯 킁킁거리며 옷자락에서 술 냄새를 맡았다. 주막에서 냄새가 밴 것인지 계집의 눈초리에 날이 섰다.

아시타는 기함하며 손을 내저었다.

"출출하여 국수 한 그릇 먹은 것이 다다! 정말로 술은 입에 대지도 않았어!"

증명이랍시고 코앞에다 하아, 하고 입김을 불었더니 여란이 기겁을 하며 후다닥 뒤로 물러섰다.

"시궁창 냄새 난다! 어디다 입을 대는 거냐!"

"시궁창 냄새가 나다니! 말이 심하잖아!"

충격받은 얼굴로 버럭 언성을 높이자 지나는 이들마다 뭔 일인가 하며 그들을 힐끔거렸다. 아시타는 바로 입을 다물었다.

여란이 살벌하게 노려보다가 그의 옷자락을 움켜쥐곤 인적이 드문 곳으로 질질 끌고 갔다.

"소란을 부려 눈에 띄지 말라 말한 건 네놈이 아니냐! 좀 주의를 해라."

"네가 말을 너무 심하게 해서 그런 게 아니냐. 지독한 사제 때문에 내 여린 마음이 아주 너덜너덜해졌다."

"여린 마음 좋아하시네."

여란은 대놓고 코웃음을 쳤다.

"실없는 소리 그만하고 앞으로 어째야 좋을지 구체적인 계획이나 말해 봐. 언제까지고 이렇게 시간만 허비할 수는 없는 노릇이잖아."

"놈들이 아주 꼭꼭 숨어 버렸는데 나라고 별수가 있겠느냐. 실마리를 잡을 때까지 이리 조사하는 수밖에는……."

여란이 도움이 안 된다 하며 쯧, 하고 혀를 찼다. 아시타는 정말로 울고 싶은 것을 꾹 참았다.

"그러는 그쪽에는 별다른 일 없느냐?"

"최근 들어 오가는 이가 많아졌다는 것밖에는 크게 달라진 것이 없어."

"……오가는 이가 많아지다니?"

아시타는 눈을 가늘게 떴다. 그가 요괴들의 행방을 조사하는 동안 여란은 소루 공주의 신변을 살펴 왔다. 요괴들이 근처에서 얼씬거리면 붙잡을 생각으로 요 며칠 동안 자호가 주변을 잠복해 온 터라 수척해진 얼굴로 그녀가 무뚝뚝하게 내뱉었다.

"본래 방문자가 많은 집안이니 그리 큰 변화는 아니다. 다만 이전에는 양민들이나 소상인들이 자주 들락날락했다면, 요즘에는 호화로운 가마가 자주 출입한다."

"……요마가 둔갑한 것처럼 보이는 이는 없었나?"

"어느 요마가 감히 거기에 숨어들 수 있겠나. 요력이 느껴지는 이는 없었어. 그냥 그 집안이 아주 잘나가는 모양이지."

대수롭지 않다는 듯 어깨를 으쓱이며 하는 말에 아시타는 얼굴을 찌푸렸다. 뭔가가 찝찝하다. 영웅의 명성이 자자하니 단순히 집안이 부흥하는 것일 수도 있지만…….

"이제 그 집안은 살펴볼 필요 없잖아."

가슴께에 팔짱을 낀 채 곰곰이 생각에 잠겨 있던 아시타는, 여란의 불만스러운 듯한 목소리에 고개를 들었다.

"어차피 어떤 요괴도 그 집 안에는 얼씬 못 한다. 뭐 때문에 이리 감시해야 하는지 알 수가 없군."

"……귀신들은 소루 공주를 노리고 작당을 했던 것이다. 언제고 다시 기회를 노릴 거야. 동태를 살핌이 당연하다."

"어차피 그 남자가 있는 한 소루 공주는 안전하잖아. 더는 시간 낭비 하고 싶지 않다. 나도 요마 추적을 돕겠어."

여란이 평소보다 강경한 어조로 말했다. 어지간히도 그 집 주변을 알짱거리는 일이 싫은 모양이었다. 그럴 만도 하였다. 그들은 음陰과 양陽 중에서도 음을 갈고닦는 법령사였다. 요괴들과 자주 접하며, 피안의 세계 가까이에서 사는 인간. 자연히 수양을 하다 보면 음기가 몸 안에 쌓이기 마련이다. 법력을 길러 마도의 길로 빠져들지 않도록 주의하지만 그들이 사용하는 술법은 음에 근본을 둔 것. 그런 그들에게 양기가 강한 자현이라는 사내는 참으로 껄끄러운 인물이었다.

그 사내가 한 무리의 귀신들을 일갈에 내쫓아 버린 일을 떠올리며 아시타는 몸을 부르르 떨었다.

'양기가 극성을 이루어 화마와 같은 기세를 내뿜는 인간이라니…….'

저잣거리에서 그 남자를 보았을 때 아시타는 오한마저 느끼었다. 사내는 존재감만으로 사방을 압도했다. 천하를 휘어잡고자 태어난 인간이란 저런 것인가. 타고난 기운이 어찌나 드세던지 어설픈 잡귀들은 곁에 다가가는 것만으로도 음이 모두 닳아 없어져 소멸해 버렸다. 큰 요마는 아예 접근이 불가능할 것이다. 힘이 강하면 강할수록 반발이 강해지니…… 아마 접촉하는 것만으로도 어마어마한 타격을 입겠지. 음은 양보다는 불안정한 기운이 아니던가.

한마디로 어떤 마물魔物도 그자를 해칠 수 없다는 뜻이었다.

'귀鬼를 끌어들이는 소루 공주와는 천생연분이라면 천생연분이군.'

그렇다고 해도 그 사내만 믿고 소루 공주를 방치할 수는 없는 일이다. 그는 짐짓 엄한 얼굴로 고개를 흔들어 보였다.

"힘든 것은 알겠다만…… 그래도 당분간은 살펴봐 줘. 그자가 집을 비울 때도 있을 것이다."

"그렇다고 해도 그자의 기운이 집 안에 너무나 강하게 머무르고 있어 요마는 숨어들 수 없어."

"요력이 강한 요괴라면 얘기가 다르다."

여란이 이해할 수 없다는 듯 눈을 가늘게 떴다.

"천기를 타고난 자를 가까이했다간 돌이킬 수 없을 정도로 몸이 상하고 만다. 요괴가 그런 위험을 감수하면서까지 소루 공주를 노릴까?"

"그러고도 남지."

확신을 담은 대답에 여란은 의아한 얼굴을 했다.

아시타는 소란 중에 보았던 소루 공주의 모습을 떠올리며 쓴웃음을 지었다. 인파 속에 파묻혀 있는 모습을 멀리서 언뜻 본 것이 다였지만 그는 곧바로 그녀의 정체를 알아보았다. 그리고 그 순간에야 이 모든 소란이 이해가 되었다.

"그 사내가 천기를 타고난 인간이라면…… 소루 공주는 천인 그 자체. 귀신들이 그리 쉽게 포기할 리가 없지."

"……뭐?"

덤덤히 내뱉은 말을, 여란이 단번에 이해하지 못하고 반문한다.

아시타는 한숨을 푹 내쉬며 줄줄 말을 이었다.

"수천 년에 한 번씩 천인이 사람으로 잘못 태어난다 듣기는 했지만 직접 본 것은 나도 처음이다. 천인을 먹을 기회가 왔는데 어느 요물이 이를 놓치려 할까. 스승님의 말씀대로 이 나라에 큰 사달이 날지도 모른다."

"자, 잠깐……! 사람들이 귀신 공주라 부르는 이가…… 사실은 천녀란 말이냐?"

"천녀라고 해도 불완전하다. 신력이 미미해."

아시타는 그 이유를 곰곰이 생각해 보았다.

"계곡에서 귀신들이 부른다는 그 노랫말이 사실이라면…… 아마도 소루 공주의 신력은 '눈'에 있었던 거겠지. 요괴가 그것을 훔쳐 달아나는 바람에 신력을 잃은 것이 아닌가 싶다."

"요력과 신력은 한데 섞일 수 없다! 가져가도 제게는 독밖에 되지 못할 터인데 뭣 때문에 그걸 가져갔단 말이냐."

"후에 소루 공주 잡아먹는 데 방해가 될까 봐 미리 빼앗아 둔 것이겠지. 아마 보통 요괴는 아니었을 것이야."

아시타는 일전의 사건을 주모한 것이 바로 그 요괴가 아닐까 의심하고 있었다. 하지만 아직은 직감일 뿐인지라 거기까지는 입 밖에 내지 않았다. 여란이 고개를 설레설레 내젓는다.

"믿기지가 않는군……. 천인이라니. 그런 이를 두고 다들 불길하다 떠들고 있었던 건가."

"불길한 것이 아니면 무어냐."

아시타는 심드렁하게 말했다.

"천기를 타고난 이는 영웅이 된다. 그 기운을 천하에 떨치라 하늘이 내린 것이지. 하지만 인간으로 잘못 태어난 천인은 섭리에 어긋난 존재. 그 태생부터가 오류다. 천계의 것이 천계에 있지 않고 땅 위에

낮으니, 이처럼 천지가 술렁거리며 시끄러워지는 게 아니냐. 눈이 밝은 귀신은 귀신대로 탐심에 애가 절절 끓고, 눈이 어두운 인간은 인간대로 그것들 법석에 죽어 나가니…… 소루 공주는 실로 불길한 것이 맞다."

"그렇다고 해도 그녀는 천인이다! 몰랐으면 몰랐으되 알면서도 그리 말하는 것은 심하지 않나!"

"요괴든 천인이든 인간에게 해를 끼친다면 무슨 차이가 있나."

"차이가 없다니! 천인과 요괴를 어찌 동일 선상에 놓고 볼 수 있단 말이냐! 더군다나 그 공주는 의도하고 주변에 피해를 주는 것도 아니다. 다 탐욕스러운 요괴들이 멋대로……!"

버럭 언성을 높이던 여란이 갑자기 말을 멈추며 휙 고개를 돌린다. 흉흉한 기운을 느끼고 아시타도 번쩍 고개를 돌렸다. 섬뜩한 독기가 느껴진다. 누가 먼저랄 것도 없이 그들은 다급히 그리로 발걸음을 옮겼다.

마치 악취처럼 은근하게 퍼져 나가는 공기를 따라가길 한참, 도성 외곽에 자리한 개울가에 사람들이 모여 웅성거리는 것이 눈에 들어왔다. 아시타는 눈을 가늘게 떴다. 개울 주변에 스멀스멀 탁한 기운이 흐르고 있었다.

저곳이 이 독기의 근원지인가.

아시타는 사람들 틈을 비집고 들어갔다. 군병 둘이 졸졸 흐르는 물속에 발을 담근 채 뭔가를 살피고 있었다. 그리로 시선을 내린 아시타는 흠칫, 등을 굳혔다.

날짐승에게 물어뜯긴 듯 너덜너덜한 시체 한 구가 개울물에 반쯤 잠긴 채로 널브러져 있었던 것이다. 이제 서른이나 되었을까. 피가 다 빠져 허옇게 질린 얼굴이 꼭 귀신의 것처럼 실로 참혹하였다. 아시타는 눈을 가늘게 떴다.

대관절 무엇을 보았기에 그리 공포에 질린 얼굴을 하고 떠나간 것일까.

군병들이 시체를 뒤집었다. 그러자 모여 선 이들의 입에서 새된 비명 소리가 터져 나왔다. 온갖 흉한 꼴에 익숙한 아시타조차도 토기를 눌러 참아야 했다.

시신의 가슴에는 커다란 구멍이 뚫려 있었다. 꼭 짐승이 파먹은 것처럼 움푹 팬 자리에는 심장 대신에 허연 구더기가 드글드글했고, 허연 뱃가죽 밑으로는 부러진 갈비뼈가 비죽 튀어나와 있었다. 그 끔찍한 광경을 본 몇몇이 자갈밭 위에 왈칵 토악질을 했다. 황급히 자리를 뜨는 이도 있었다. 제법 담력이 센 사내들은 어떤 흉악한 짐승이 예까지 내려와 사람을 잡아먹은 것이냐며 분개하였다.

'짐승이 한 일이 아니다.'

아시타는 여란을 돌아보았다. 시체에서 풍기는 독기에 입을 틀어막고 있던 여란이 고개를 끄덕인다.

이는 요괴가 한 짓이다.

아시타는 이를 갈았다. 요마 놈들, 대체 무슨 작당을 하는 건가. 스승이 예고한 흉사가 이제 시작되려는 게 아닌가 하는 예감에, 등줄기가 서늘하였다.

어둠 속에서 누군가가 저를 지켜보고 있다.

또다시 그 꿈인가.

소루는 깊이를 가늠할 수 없는 칠흑 같은 심연을 물끄러미 들여다보았다. 그 안에는 바닥없는 굶주림이 소용돌이치고 있다. 도무지 채울 길이 없는 깊고 깊은 허기가 가슴속에서 요동친다. 그 타오르는 듯한 눈동자가 집요하게 자신을 주시해 왔다.

'나를…… 먹고 싶은 것이냐.'

그녀는 그 절절한 어둠 속에 움츠리고 있는 귀신을 향해 물었다. 불같이 끓어오르는 두 눈을 똑바로 마주 보자, 붉은 홍채가 더욱 격하게 요동쳤다.

'그리도 나를 먹고 싶으냐.'

그 물음에 응답이라도 하듯 어둠 속에서 검은 손이 뻗어져 나왔다. 크고 앙상한 손가락이 시야를 검게 물들인다. 그 거대한 몸에 짓눌린 순간, 소루는 자신을 부르는 목소리에 화들짝 잠에서 깨어났다.

"죄, 죄송합니다. 다음 손님이 오셔서……."

지척에서 들려오는 굳은 음성에 소루는 멍하니 고개를 들어 올렸다. 그새 깜빡 잠들었던 모양이다. 의자 위에 늘어진 몸을 바로 세우자 곁에 선 시비가 그럼 모셔 오겠습니다, 하고는 후다닥 방을 나섰다.

소루는 반쯤 꿈의 잔상에 취한 채 솜털이 보스스 일어난 팔뚝을 매만졌다. 그러다 화끈한 통증을 느끼고 화들짝 손을 떼어 낸다. 칼자국으로 손가락이 거슬거슬했다. 아팠지만 그래도 그 통증이 현실을 일깨워 주었다.

여기는 왕실 사당이 아니다. 귀신 같은 것은 어디에도 없다.

그러니까 아무 일도 없을 거야. 괜찮아.

무엇이 괜찮다는 것인지도 모르고 중얼거리며 불안감을 잠재웠다.

잠시 뒤에 문이 열리고 누군가가 들어온다. 소루는 말없이 방문자를 맞았다.


사람들을 치료하기 시작한 다음부터, 뒤채에 기거하는 사람이 늘었다. 말수가 적고 태도가 조심스러운 시비 셋과 본채를 오가며 잡일을 하는 남자 일꾼 하나, 그리고 감시하듯 입구를 떠나지 않는 무인 한 명까지……. 그리 넓지도 않은 건물에 사람들이 복작복작 늘었음에도, 어찌 된 영문인지 그녀의 거처는 염이와 단둘이서 지낼 때보다 조용하고 삭막하여졌다.

소루는 소리 없이 방문을 열고 들어와 필요한 것을 두고 나가는 인기척을 느끼며 힘없이 고개를 떨구었다. 새로 온 시비들은 꼭 필요한 경우가 아니면 결코 먼저 말을 거는 법이 없었다. 사당에서 저를 돌보던 신녀들처럼 일정한 거리를 두고서 가까이 오려 하지도 않았다. 그런 태도가 얼마 전까지만 해도 당연한 것이었음에도, 새삼 외롭게 느껴지는 것으로 보아 그새 염이의 재잘거림에 익숙해진 모양이다.

'나도…… 배가 불렀구나.'

그녀는 자조 섞인 웃음을 흘리며 시비가 두고 간 약과 붕대를 집어 들었다. 익숙하게 상처에 고약을 바르고는 한 손으로 능숙하게 붕대를 감았다. 손가락이 뻣뻣하여 매듭을 묶는 것이 조금 어려웠다. 딱지 때문에 딱딱하게 굳은 손가락을 힘주어 구부리자 투둑, 하고 뭔가가 찢어지는 느낌이 났다. 욱신거리는 통증에 소루는 미간을 찌푸렸다. 만져 보니 피가 흐르고 있었다. 아물어 가던 것이 터졌나 보다.

소루는 거기에도 약을 바르고 붕대를 감았다. 고약 냄새가 진동을 했다. 팔과 손목도 온통 상처투성이였다. 손바닥은 상처가 아무는 게 더딘 탓에 건들지 않아 비교적 양호하였지만 생채기를 낼 자리가 모자라게 되면 거기에도 칼을 대야 할지 모른다.

몸이 아픈 이들이 제 거처를 찾아오기 시작한 지 벌써 보름째. 손가락에서부터 시작된 상처는 어느새 팔뚝을 타고 서서히 올라와 양팔을 가득 메운 상태였다.

"……다음 분께 들라 이를까요?"

문밖에서 들려오는 소리에 소루는 희미하게 인상을 썼다.

아직 기다리는 사람이 있는 줄 알았다면 터진 상처에 약을 바르지 않았을 텐데…….

손가락을 매만지길 잠깐, 그리하라 답하자 문이 열린다. 다리가 불편한 자인지 절뚝거리는 발소리가 들려왔다. 느릿느릿, 안으로 들어선 이가 어색한 듯 흐음, 하는 소리를 내더니 맞은편 자리에 털썩 앉았다.

"……도움을 받으러 왔소이다."

나이 지긋한 남성의 목소리였다. 소루는 아무 말도 하지 않고 비수를 꺼내 들었다. 그러고는 소매를 걷어 성한 부위를 찾아 조심스레 칼을 대었다. 차가운 쇠붙이가 살갗에 스며든다. 그 오싹한 감촉에 가볍게 진저리 친 소루는 더듬더듬 조그만 술잔을 찾아 그 위에 핏방울을 떨어뜨렸다. 그것을 앞으로 내밀자 사내가 말없이 받아 들었다.

한참 동안 아무런 소리도 들리지 않았다. 아마도 망설이고 있는 것이리라. 대부분의 사람들이 생피를 마시는 것에 저항감을 표했다. 하지만 이내 지푸라기라도 잡는 심정으로 입 안에 핏방울을 털어 넣는다. 방문자 역시 망설임을 떨쳐 냈는지 꿀꺽, 하는 소리를 내더니 탁, 하고 탁상 위에 잔을 내려놓았다. 잠시 뒤 의자가 끌리는 소리가 들리더니 자박자박, 발소리가 이어졌다. 서탁 주변을 고른 소리를 내며 한참을 걷던 남자가 이윽고 조그만 목소리로 내뱉었다.

"……고맙소."

목에 뭐가 걸린 것처럼 꽉 잠긴 음성이었다. 더는 말을 잇지 못하는 남자를 향해 그녀는 조심스레 웃어 보였다.

곧 남자가 조용히 방을 나간다. 그가 오늘의 마지막 방문자였던 듯 시비가 문을 걸어 잠갔다.

인기척이 멀어지고 그녀는 어둠 속에 홀로 남아 조심스레 상처를 지혈했다. 피부 위에 난 상처 하나하나가 마치 기록처럼 느껴졌다.

누군가의 열병, 누군가의 병든 눈, 성치 못한 다리, 혼미한 정신, 마비된 팔, 굳은 혀, 머리통만큼 커져 가던 혹, 누렇게 곪아 가던 피부, 제 기능을 못 하던 심장…….

그런 것들이 제게는 작은 생채기가 되었을 뿐이다. 그 작은 흔적이 거듭 쌓여 보기 흉하게 되었을지는 모르지만…… 그녀는 마치 피부 위에 연륜처럼 새겨진 흉터를 쓸며 희미한 미소를 머금었다.

늘 남에게 해악을 끼치며 살아오던 저다.

누군가를 도왔다는 기록이라고 생각한다면 조금…… 자랑스럽게 느껴지지 않나. 어차피 누구에게도 아름답다 여겨질 일 없는 몸이었다. 열병에 걸린 어린 소녀를 치료해 주었던 그날 이후 한 번도 찾아온 적 없는 자현을 떠올리며 소루는 낯빛을 흐렸다.

서툴게 머리를 쓰다듬어 주던 손길을 떠올리며 제 머리를 한 번 쓸어 보았다. 무뚝뚝하고, 퉁명스럽고, 어색한 손길이었지만 그 손에는 일말의 두려움도 담겨져 있지 않았다. 처음 보았을 때부터 그는 그랬다. 저를 성가셔 하고 불쾌해하는 기색은 있을지언정 두려워하지는 않았다. 하긴, 그 사람이 귀鬼를 두려워할 이유가 없었다. 아마 그는 세상에 무서운 게 없을 것이다.

'그래서인가. 가까이 있다는 것만으로도 안심이 돼…….'

세상에서 제일 안전한 곳에 있는 것 같다. 양지 위에 누운 것처럼 따뜻하고 마음이 평온하였다. 소루는 자리에서 일어나 더듬더듬 창가로 걸어갔다. 스르륵 바람 소리가 들려왔다. 바라 마지않던 적막감. 슬프게 느낄 이유가 없었다. 상처가 화끈거리고 쓰리지만 사당에 갇혀 의미 없이 흘려보내던 하루하루보다는 낫다. 그녀에게 있어서는 영영 홀로 살아가는 것이, 이 세상에서 가장 슬프고 두려운 일이었다.

그러니까 어떤 취급을 받아도 괜찮아. 누군가에게 도움이 되었다는 것만으로도 나는 기뻐.

이 순간을 위해 살아왔다고 생각하면 여태까지의 부질없는 삶도 조금의 의미가 생긴다. 나는 누군가를 구하기 위해 살아온 거였다고 스스로에게 변명할 수 있지 않은가.

그러니까 만나러 와 주지 않아도, 나를 이용할 뿐이라고 해도, 여전히 당신은 내 은인이야. 당신은 빛 한 점 들지 않는 이 깜깜한 암흑 속을 밝혀 주었다. 아무런 쓸모도 없던, 저주받은 계집에게 가치를 부여해 주었다. 그런 당신에게 나도 도움이 되어 주고 싶어.

'그러니까, 이런 상처쯤은 얼마든지⋯⋯.'

그녀는 창가에 엎드려 눈꺼풀 위를 만져 보았다. 어둠 속이 환하게 밝아지던 광경이 머릿속에서 사라지지 않았다. 생경한 감정으로 가슴이 울렁거린다. 그 어린 날 사당의 좁은 창틀 사이로 새파란 하늘을 올려다보았을 때와 비슷한 기분이었다. 가슴이 벅차오르면서도 안타까움에 목이 메어 오는 듯한⋯⋯.

'생애 처음으로 느껴 본 찬란함이다. 그리워하는 것이 당연하다.'

그녀는 점점 부풀어 오르는 감정을 본능적으로 억눌렀다. 그 사람에게 무엇도 바라지 않겠다고 약속하였다. 곁에 머물게 해 주는 것 그 이상을 바라서는 안 된다. 하지만 어째서인지 가슴 한편에 아른아른 피어오른 열기는 가실 줄을 몰랐다.

"최근 들어 자네의 집에 오가는 이가 그리도 많다면서?"

드디어 인내심이 닳아 없어지셨나. 억지웃음으로 뒤틀린 왕의 얼굴을 올려다보며 자현은 속으로 조소했다. 웬일로 궁궐에 불렀나 했더니만 드디어 트집을 잡아 주실 작정인가 보다.

"다들 자현이 집에 꿀단지라도 숨겨 둔 것 아니냐며 쑥덕거리더란 말이지."

"보잘것없는 지방 출신 귀족의 집, 뭐 대단한 게 있겠습니까."

과거 그가 직접 제게 한 말을 그대로 읊자 가륜 왕의 미소가 일그러진다. 근엄해 보이는 얼굴 위로 언뜻 치졸함이 드러났다. 마치 장군과 같은 풍채. 위압감을 풍기는 선이 굵은 얼굴과 엄격해 보이는 눈매. 그 사내다운 풍모와 달리 가륜 왕은 소인배였다. 그러니 나라의 지존이란 자가 별 볼 일 없는 무관 하날 어찌질 못해 앓는 게 아니냐.

자현은 냉소를 숨기지 않았다.

"그저 사교 활동에 새롭게 재미가 들린 것뿐입니다. 좋은 이들과 친분을 쌓는 것은 즐거운 일이 아닙니까."

"놀랄 노 자로군. 자현이 친교를 다지는 데 흥미를 다 가지다니. 심경의 변화를 준 계기가 무엇인지 궁금하다."

진심으로 묻는 건가. 자현은 빈정거림을 삼켰다.

술잔을 기울이던 가륜 왕이 돌연 느른한 미소를 머금었다.

"결혼을 하더니 자네도 좀 차분해진 모양이지? 이럴 줄 알았으면 진즉에 중매를 서 줄 걸 그랬어."

움켜쥔 주먹에 절로 힘이 들어갔다.

가륜 왕이 거기서 한술 더 떴다.

"처가 생긴 것만으로 이럴진대 후사를 본다면 어찌 될지, 실로 궁금하구나. 곧 확인할 수 있을 테지?"

자현은 이를 악물었다. 태연한 척 가장하고 싶지만 절로 어깨가 부르르 떨리었다.

그리 날 물 먹여 놓고, 이제는 그것으로 조롱까지 해? 양심도 없는 작자 같으니.

불손한 눈빛으로 올려다보자 왕의 얼굴에 만족감이 서린다. 제가 분해 어쩔 줄 몰라 하는 꼴을 흠뻑 즐기는 것이 분명하다. 자현은 애써 침착하게 말을 이었다.

"……소인의 가족계획이 궁금해 부르셨습니까."

"어찌 지내는지 궁금하기도 하였고."

그가 술잔을 빙글빙글 돌리며 여유롭게 말을 이었다.

"용건도 있어 겸사겸사 불렀네."

"……하명하시지요."

"자호가에 뛰어난 무인들이 그렇게나 많다지? 명성이 어찌나 대단하던지, 내 귀에도 들려오더군."

대체 무슨 말을 하려고.

의심스레 눈을 가늘게 뜨는데 왕의 덤덤한 목소리가 고막을 찌른다.

"그 대단하다는 자호가의 무인들을 써 볼까 하고 말이야. 알다시피 아직까지도 역적 패당을 붙잡지 못했네. 자네가 도와준다면 일에 진척이 있을 테지."

"소인은 전쟁터나 누벼 온 일개 무관일 뿐입니다. 제 집안 사람들도 마찬가지. 이제 막 훈련을 시작한 햇병아리들이 태반인데 조사를 하는 데 무슨 도움이 되겠습니까. 방해나 안 되면 다행이지요."

"겸손을 떨다니 정말 자네답지가 않군. 내게 이휼의 목을 베어 바치던 그 패기는 어디로 갔나?"

왕의 얼굴에 섬뜩한 미소가 떠올랐다.

"아니면…… 돕고 싶지 않은 다른 이유라도 있나?"

그제야 자현은 왕이 역모의 뒷배로 저를 의심하고 있다는 것을 깨닫고 실소를 흘릴 뻔하였다. 자현은 씰룩거리는 입꼬리를 필사적으로 붙들고 짐짓 심각한 낯을 해 보였다. 왕의 입장에서 생각해 보면 당연한 의심이었다. 제가 드러내는 적의는 스스로가 생각하기에도 노골적이다. 더군다나 갑자기 제 집안에 유력자들이 드나들기 시작한 데다가 무인들의 수가 배로 늘었다. 동기도 있겠다, 하는 꼴을 보아하니 그만한 일을 꾸밀 만한 여력도 있겠다, 이놈이 자작한 게 아니냐 의심하는 것도 무리는 아니지. 하면 어찌해야 좋을까. 제 결백을 증명하기 위해서라면 냉큼 그러마, 하고 협조해 주어야 할지도 모른다. 하지만······.

'내가 음모한 것이라 믿어도 상관없다.'

어차피 증거가 없다. 오히려 얕은 생각으로 협조하마, 했다가 누명을 쓸 수도 있는 일. 제게 거스르는 이를 찍어 누르는 왕의 간계는 궁궐에서도 유명하지 않던가. 무엇을 음모했는지 알 수 없는 일. 이래저래 얽히지 않는 것이 최선이다. 자현은 결론을 내리고는 차분히 입을 열었다.

"질문이 참으로 이상하십니다."

"······무엇이 이상하다는 말이냐?"

"돕고 싶지 않은 이유가 있냐니······ 차라리 돕고 싶은 이유가 있냐고 물어보십시오. 제가 집안 사람들을 내어 주면서까지 폐하를 돕고 싶겠습니까?"

왕의 곁에 대기하고 선 환관이 헉, 하고 숨을 들이켰다.

왕의 얼굴이 노기로 시뻘게졌다. 술잔을 움켜쥔 손에 부들부들 힘이 들어가는가 싶더니 결국 분노를 참지 못하고 제게 집어 던진다.

자현은 일부러 피하지 않고 맞았다. 댕, 하고 이마에 묵직하게 날아든 것이 요란하게 바닥을 굴렀다.

"불측하고 오만한 놈! 네놈이 진정 불경죄로 옥에 갇혀 봐야 고분고분해지는 것이냐!"

"저 나름대로 왕께 성심을 다하는 것이니 하해와 같은 아량으로 헤아려 주시지요. 속내를 감추고 음흉을 떠는 것이 진정 충심이겠습니까?"

"이······ 고얀! 고약한!"

왕이 큼지막한 손으로 탁상을 탕탕 두드렸다.

당장이라도 저 불경한 놈을 냉큼 끌어내라 외치고 싶겠지.

경련을 일으키는 입꼬리를 보며, 자현은 웃음을 삼켰다. 현재 민심이 궁궐에 적대적인 것을 가륜도 잘 알고 있을 것이다. 이런 와중에 나라의 영웅이라 칭송받는 자를 벌해 제가 얻을 것이라곤 잠깐의 후련함뿐. 그 이후를 생각하지 않을 수가 없을 것이다.

더군다나 이전처럼 제가 정치판에서 고립된 처지도 아니었다. 자호가를 방문하고 싶어 안달복달하는 고관 대신이 줄을 이루고 있다. 제집에서 일어나는 일을 함구해 줄 것을 약조받았으나 그리 많은 사람들이 오갔다.

은밀히 소문이 나도는 것까지 다 막을 수는 없는 일. 다 죽어 가던 이가 씻은 듯이 낫고, 근심 걱정으로 안색이 어둡던 이가 환한 얼굴로 나다니니 대체 무슨 일이냐, 어찌 된 것이냐, 주변에서 얼마나 달달 볶아 댔겠는가.

그들의 지인 중에는 저처럼 가족이나 친인척이 병을 앓고 있는 이도 있을 터. 그들이 울며불며 비법을 좀 알려 달라 애걸복걸하는데 당해 낼 수 있겠는가. 마지못해 너에게만 알려 주는 것이다, 자호가에는 만병을 치료하는 영약이 있다, 찾아가 도움을 요청해 보아라. 그리 언질을 주었다는 이가 한둘이 아니었다. 그 덕에 명부에도 없는 이들마저 제집을 찾아오기 시작했다.

한마디로 자현에게 신세 진 고관 대신들이 한둘이 아닌 것이다. 어지간한 명분 없이는 저를 어쩌질 못한다는 것을 자현도 잘 알고 있었다. 아닌 게 아니라 붉으락푸르락하던 이가 더는 호통을 치지 못하고 네놈 얼굴 더는 마주 보고 싶지 않다, 어서 물러가라 일갈한다.

자현은 꾸벅 고개를 한 번 조아리고는 방을 나섰다. 문이 닫히기가 무섭게 등 뒤로 물건 깨어지는 소리가 요란하게 울렸다.

'어지간히 속이 타는 모양이군.'

그는 입꼬리를 비틀며 몸을 돌렸다.

머리에서 피를 뚝뚝 흘리며 히죽거리는 제 모습이 꽤나 음험해 보였는지, 문 앞에 대기하고 서 있던 궁녀들이 허옇게 질린 얼굴로 한 걸음 물러섰다.

자현은 그들에겐 눈길 한 번 주지 않고 성큼 걸음을 옮겼다. 머릿속은 앞으로 왕이 어찌 나올 것인가 하는 생각으로 가득 찼다. 그 성질머리에 저를 곱게 두고 보지는 않을 터. 앞으로 무슨 트집을 잡으려 들지 모르니 방비를 단단히 해야겠다, 그런 생각에 잠겨 걷고 있는데 저편에서 누군가가 시녀들을 이끌고 오는 것이 보인다. 무심코 고개를 든 자현은 곱게 차려입은 가란의 화사한 얼굴을 발견하고는 그 자리에 우뚝 멈춰 섰다.

그녀 역시 제 모습을 발견한 듯 걸음을 멈춘다.

"……오랜만입니다, 장군."

머루처럼 까만 눈동자를 당혹스레 깜빡이던 것도 잠시, 가란이 곧장 온화한 미소를 머금으며 말했다.

그 태연한 얼굴에 속이 뒤틀리어 자현은 인상을 찡그렸다. 본래 감정을 쉬이 내비치지 않는 사람이었다. 제가 처음 청혼을 넣었을 때도 싫은 기색도 기뻐하는 기색도 없이 그저 입가를 가리며 온후하게 웃던 이다. 그 모습에 막연히 제가 싫지만은 않은 모양이라고 생각해 왔건만, 그저 아둔한 사내놈의 착각이었나. 자현은 쓰게 웃었다. 그러니 제가 원치도 않는 혼례를 치렀다는 사실을 뻔히 알면서도 이리 평온한 얼굴을 하는 게 아닌가.

태연하게 웃는 여자에게 의례적인 인사말을 하고 싶지 않아, 그는 말없이 고개를 한 번 꾸벅이고는 벽 쪽으로 비켜섰다. 그냥 지나가라

한 뜻이었건만 가란은 스쳐 지나가는 대신 사분사분 다가와 그의 얼굴을 향해 무언가를 내밀었다.

"얼굴에…… 피가 흐릅니다."

자수가 새겨진 노란 천 조각이었다. 그것을 곱게 접어 들어 뺨을 타고 흐르는 피를 부드럽게 훑어 올리더니 상처를 조심스레 누른다. 그녀의 단아하고 아름다운 얼굴에는 걱정스러운 기색이 어려 있었다.

"흉이 지면 어쩌시려고요. 어서 의원에게 가 보세요."

"……동정이십니까."

그는 제 얼굴에 와 닿는 그녀의 손을 움켜쥐며 다소 싸늘하게 내뱉었다.

그녀의 낯빛이 흐려졌다.

"무슨……."

"아니면 이리된 제 처지에 죄책감이라도 느껴 이러십니까."

"……."

"어느 쪽이든 달갑지 않습니다."

아내 삼으려고 결심하였던 이다. 몹시도 탐이 나 손에 넣으려 했던 여인이었다. 그런 이의 얄팍한 호의에 넋 빠진 얼굴을 하는 것은 자존심이 용납하지 않았다. 그는 그녀의 손을 냉정하게 밀어 내고는 몸을 바로 세웠다.

"이만 실례하겠습니다. 폐하를 만나러 오신 모양인데…… 현재 심히 언짢으신 상태일 테니, 부디 마음을 잘 달래 주시지요."

"자, 장군! 어찌 이리 무엄할 수 있단 말입니까!"

파리하게 질려 아무 말 못 하고 서 있는 공주를 대신해, 궁녀가 호통을 쳤다.

자현은 그쪽으로 날카로운 시선을 한 번 던지고는 휙 그녀들을 지나쳐 갔다. 계단을 내려가기 위해 걸음을 내딛는 순간 그녀의 슬픈 듯

한 얼굴이 언뜻 눈에 들어왔으나 그는 모른 척 쿵쿵 걸음을 옮겼다.

밑에서 기다리던 비령이 난간 위로 모든 상황을 지켜보고 있었던 듯 고개를 설레설레 내저었다.

"미움받게 되면 어쩌려고 그러나."

"……싸구려 동정을 받을 바에야 그편이 낫다."

"여인이 한을 품으면 오뉴월에도 서리가 내린단 말 못 들어 봤는가."

자현은 코웃음을 쳤다. 겨우 이 정도 푸대접으로 한을 품는다면 제 안에 쌓인 앙금은 한여름에 서리가 아니라 폭설을 내리게 하고도 남을 것이다. 그는 매몰차게 쏘아붙였다.

"그녀를 원한다고 해서 아양을 떨 생각은 추호도 없어."

"하하하, 과연."

비령이 부채를 펼쳐 들며 유쾌하다는 듯 웃음을 터트렸다.

"자네가 가란 공주에게 품은 감정은 연정이라기보다는 정복욕에 가까운 것이로군."

비령을 지나쳐 저벅저벅 궐문을 향해 걸어가던 자현이 우뚝 멈춰 섰다.

"……그게 무슨 뜻이지?"

"말 그대로의 의미일세."

"어처구니가 없군. 그녀를 얻고자 목숨도 내걸었다. 그것이 연정이 아니면 뭐란 말인가."

"정복욕과 소유욕, 그리고 왕을 향한 반감과 오기에서 기인한 집착이 아닌가."

자현은 이놈이 또 흰소리로 내 머릿속을 어지럽혀 놓을 심산이구나, 하고 크게 코웃음을 쳤다.

"사내가 여인을 제 것으로 삼고자 하는 마음이 바로 연정이다. 남방에서 온 괴상한 연애론 따위가 도성에서 유행이라더니, 네놈도 그런 헛소리에 넋이 빠졌나.”

“연애론 따위라니…… 어디로 보나 사랑에 빠진 사내의 발언은 아니구먼.”

“쓸데없는 잡소리는 집어치우고 앞일이나 생각해라.”

매몰차게 쏘아붙이자 비령이 가볍게 어깨를 으쓱여 보인다.

자현은 인상을 쓰며 다시 몸을 돌려 걸음을 옮겼다.

그 옆을 비령이 촐랑거리며 뒤따라왔다.

“그래서…… 우리의 왕께서 무어라 하시더냐.”

“예상한 대로다. 집에 오가는 이가 왜 그리 많느냐 속을 떠보려 하더군. 아직까지 소루의 비밀이 알려진 것 같진 않아.”

“하하, 아무렴. 다들 이쪽에 하나씩 약점이 잡힌 처지라 자네에게 불리한 짓은 하지 않을 걸세.”

몇몇 놈들이 친지들에게 자호가에 가면 병을 고친다 조심스레 귀띔하기는 하였지만, 약속대로 그 구체적인 내용까지는 언급하지 않은 모양이었다. 비령이 병을 고치고 난 다음 모른 척 입을 싹 닦지 못하도록 가문의 인장이 찍힌 각서나 비밀문서를 미리 받아 낸 탓이다. 그 능수능란한 수법에는 혀를 내두르지 않을 수가 없었다.

“오간 대화는 그게 다인가?”

“또, 나에게 반역자들을 잡아들이는 데 협조하라 하더군.”

의외의 말에 비령이 눈을 동그랗게 떴다.

“그건…… 군병 지휘관 자리에 자네를 임명하겠다는 뜻인가?”

“그럴 리가 있느냐. 내 직위는 그대로 두고 집안의 무인들만 맘대로 가져다 쓰겠다더군.”

비령이 기가 막혀 헛웃음을 흘렸다.

“그래서, 무어라 답했나.”

"내가 미쳤냐고 했다."

"……그래서 그 꼴이구면."

비령이 피딱지가 굳은 이마를 가리키며 혀를 끌끌 찼다.

자현은 인상을 찡그리며 술잔에 얻어맞은 부위를 소매로 대충 쓱쓱 닦아 내었다.

그 모습에 비령이 한숨을 푹 내쉰다.

"아프지도 않나. 우악스럽기는."

"흥, 이까짓 것도 상처라고."

"안 그래도 살벌한 얼굴에 흉까지 생기면 어쩌려고 그러나. 기껏 훤칠하게 태어나서는 그렇게밖에 사용을 못 하는가?"

"계집도 아니고…… 사내 얼굴에 흉터 한두 개쯤 생기는 게 어떻다는 거냐. 시답지 않은 소리 마라."

"제법 길게 찢어졌네. 가륜 왕, 왕년의 실력이 죽지 않았어."

놈이 놀리는 것인지 걱정하는 것인지 알 수 없는 투로 지껄인다.

그는 손끝으로 상처를 더듬어 보았다. 그 말대로 제법 길다. 일부러 피하지 않았지만 기분이 좋지는 않다. 쯧, 하고 혀를 차며 얼굴에 굳은 피딱지를 긁어내는데 비령의 경박한 목소리가 고막을 자극해 왔다.

"뭐, 자네 집 안에 만병통치약이 있으니, 괜한 걱정인가. 어서 가서 부인에게 도움을 받게나."

그는 눈을 가늘게 떴다. 줄곧 의식적으로 생각지 않으려 했던 여자가 불쑥 머릿속에 떠오르자 기분이 착 가라앉는다. 자현은 식은 음성으로 내뱉었다.

"별것도 아닌 걸로 호들갑 떨지 마라."

"호들갑이라니…… 금방 낫게 할 수 있는데 뭣 하러 상처를 끌어안고 있나."

그는 대답 대신 발걸음을 빨리했다. 저를 향하던 유리알 같은 투명한 눈동자가 떠오르자 더욱 불쾌한 기분이 든다. 정말 보이지 않는 게 맞는가 의심스러울 정도로 곧게 자신을 향해 오던 눈길. 그것을 떠올리는 것만으로 마음 한편이 뒤숭숭해졌다. 그 계집을 보고 있자면 실로 생경하고 낯선 감각이 뱃속에서부터 뭉글뭉글하게 일어났다. 그것이 싫어 자현은 일부러 방문하는 이들의 관리도 비령에게 떠넘긴 채 뒤채에는 일체 발걸음을 하지 않았다. 도움을 청하는 이를 만나는 경우는 있었지만 치료 행위를 하는 자리에는 가지 않았다. 그 웃는 얼굴도, 초연한 태도도 보고 싶지 않았다. 조그만 계집애가 덤덤히 제 몸에 칼을 대는 것도 보고 싶지 않았다. 모순적이고 옹졸한 감정이다. 스스로도 알고 있었다. 하지만 정말이지 그 여자가 꺼림칙하고 싫어 참을 수가 없었다.

단순히 제가 왕에게 받은 모욕이 떠오르기 때문만은 아니다. 가란 공주가 아니라, 노비도 꺼리는 귀신 공주와 혼례를 치르게 된 제 처지에 새삼 화가 치밀기 때문만도 아니었다.

"고맙다. 자현⋯⋯."

저로서는 이해할 수 없는 여자의 말과 태도를 떠올리며, 그는 얼굴을 일그러트렸다. 주름이 잡히며 이마가 쓰려 왔다. 하지만 그 여자에게 발걸음할 생각은 추호도 없었다. 있는 듯 없는 듯, 그리 둘 것이다.

너같이 괴상한 여자, 나는 절대로 받아들이지 않아.

그는 소루의 존재를 머릿속에서 떨치듯 뚜벅뚜벅 성문을 향해 걸어 나갔다.

최근 들어 도성에 흉흉한 일이 있는 것을 모르느냐, 네가 이 시간에 어딜 나간다는 것이냐 만류하는 친구를 뿌리치고, 련은 으슥한 밤 몰래 기루를 빠져나왔다. 그녀의 달처럼 고운 얼굴이 어둠 속에서도 하얗게 빛났다. 가슴이 뜨겁게 달아올라 주체할 수 없어 련은 달뜬 숨을 몰아쉬었다.

늘 검은 장포를 입고 저녁에 들러 술 한 병을 마시고 가는 이. 교태를 부리는 기녀들에게는 눈길 한 번 주지 않고 오로지 술 한 상을 비우면 덤덤히 자리에서 일어나 떠나는 그이. 그이를 사모하는 이가 어디 한둘이던가. 매일 밤 그가 찾아오면 기녀들은 앞다투어 신경전을 벌였다. 도도하기 이를 데 없는 홍릉의 기녀들이 그 얼굴 한 번이라도 훔쳐보려고 안달복달을 하였다. 그 사내 앞에서는 체면도 자존심도 챙길 수가 없었다.

사람이 아닐 것이다.

그렇지 않고서는 저리도 아름다울 수가 없다.

그녀는 달빛을 받으며 으슥한 골목 담벼락에 기대서 있는 이를 발견하고는 황홀한 낯을 하였다.

백자 같은 피부, 훤칠한 키와 늘씬한 몸매……. 머리칼은 또 어떤가. 궁궐에 납품되는 비단도 저 폭포수와 같은 검푸른 머리카락에는 비견할 수 없을 것이다. 그 윤기 흐르는 까만 머리채 사이로 드러난 우아한 목줄기는 또 어떻고.

기녀는 숨조차 멈추고서 그의 모습을 탐닉하듯 바라보았다.

시선을 느낀 듯 사내가 돌아본다. 희미한 달빛 아래 드러난 얼굴은 이 세상의 것이라고는 믿을 수 없을 정도로 아름답다. 조각장이가 평생을 다듬은 조각상도 저보다 정교할 수 없으리라. 시원하게 뻗은 반듯한 이마에 사내치곤 좀 가는 우아한 눈썹, 오뚝하고 곧은 콧날에 요염한 입술, 무엇보다…… 무엇보다, 그 두 눈.

혼백을 쏙 빼앗아 갈 듯 아름다운 그 눈.

련은 격정을 이기지 못하고 한달음에 달려가 사내의 품에 뛰어들었다. 그는 결코 마주 안아 주는 법이 없다. 하지만 누구든 밀어 내는 일도 없었다. 그 냉정함에 가슴이 타들어 가는 듯했다. 기녀는 애끓는 눈으로 그를 올려다보았다. 마주 안아 주지 않아도 좋았다. 닿는 것만으로도 황홀해지는 사람이 아닌가.

"저를 불러 주시다니…… 꿈만 같습니다."

사내가 고개를 숙였다. 표정 없는 얼굴. 물끄러미 내려다보는 눈길이 어째서 이리도 사랑스럽게 느껴지는 것일까.

"얼마나 애를 태웠는지…… 사모하는 마음이란 게 이리도 깊고 뜨겁다는 사실을, 천녀賤女는 생전 처음으로 깨달았습니다."

련은 단단한 가슴팍에 얼굴을 묻으며 황홀히 말했다. 하룻밤 유희의 대상일 뿐이라도 좋다. 이 품에 안길 수만 있다면…….

"공자님을 사모하고 또 사모합니다."

"사모……해?"

낮게 울리는 그윽한 음성에 그녀는 눈을 들었다. 사내가 이해할 수 없는 말이라도 들은 것처럼 한쪽으로 고개를 기울였다.

"그건…… 나를 사랑한다는 말인가?"

사내의 물음에 련의 꽃 같은 얼굴이 발갛게 달아올랐다. 심장이 거세게 두방망이질을 친다. 치렁치렁한 소매로 수줍게 얼굴을 가린 채 그녀는 앙탈을 부렸다.

"심술궂으신 분. 뻔히 알면서 물으십니까."

사내의 눈이 어둠 속에서 신묘한 빛을 머금는다. 넋을 잃을 것만 같다. 황홀히 올려다보는 그녀에게 사내가 말한다.

"날 사랑한다면…… 내게 입을 맞추어 봐라."

낮게 울리는 음성에 간장이 다 흐물흐물해진다. 어찌 거부할 수 있을까. 련은 그의 품에 안겨 고개를 치켜들었다. 바라보는 것만으로도 온 마음을 다 빼앗길 듯 매혹적인 그 입술 위에 살그머니 제 입술을 대었다. 얼음장처럼 차가웠다. 데워 주고 싶다.

내가 뜨겁게, 데워 주고 싶어.

그녀는 입을 벌렸다. 풍류 공자들도 살살 녹였던 기교는 어디로 가고 그저 마음이 달아 서툴게 혀를 밀어 넣는 것이 전부인 입맞춤. 제 몸만 뜨거워질 뿐 사내는 차갑기만 하다. 애달픔에 련은 몸서리쳤다. 무정할 정도로 반응 없는 몸을 끌어안고 격렬히 입을 맞추다가 가쁜 숨을 내쉬며 슬며시 떨어졌다.

그러자 그가 팔을 뻗어 그녀의 몸을 제 품 안으로 끌어들인다. 열넷이 되던 해부터 수없이 반복해 온 일에 어째서 눈물이 날 것 같은지 알 수 없다. 가슴이 북받쳐 올라 아무런 말도 내뱉을 수가 없었다.

그렇게 어둠 속에 부둥켜안고 있길 잠시, 이윽고 사내가 입을 열었다.

"역시…… 아무것도 달라지는 게 없다."

"공자……님?"

차가운 음성에 몸을 굳힌 것도 잠시, 옷고름을 풀어 헤치는 손길에 련은 다시 녹아내렸다. 사내가 봉긋한 가슴을 움켜쥐었다. 련은 황홀하게 신음을 토해 냈다. 사내는 거칠었다. 그녀는 매달리듯 단단한 등을 꽉 끌어안았다. 격정적으로 몸이 떨렸다.

거칠다. 이리 격정적인 이였나. 너무나도 거칠…….

'……어?'

얌전히 몸을 내어 주던 련은 우악스러운 통증에 눈을 부릅떴다. 배 속이 불편하다. 대체 무슨 일이 일어난 건가. 그녀는 풀어 헤쳐진 옷가지 사이 드러난 제 가슴을 내려다보았다. 쥐어뜯겨져 덜렁거리는 살덩어리, 가슴을 찢고 살 속으로 파고드는 손.

"아, 아······."

어째서인지 비명이 터져 나오지 않았다. 련은 멍하니 사내의 눈을 올려다보았다. 어둠 속에서 형형히 빛나는 그 눈.

마치 달과 같은 황금색 눈동자.

사내가 더 깊이 들어온다. 몸을 찢고, 더 깊이, 더 깊이.

목으로 넘어오는 피를 왈칵 토해 내며 그녀는 바르작거렸다. 마치 사랑을 나누듯 그의 몸에 붙어 꿈틀꿈틀, 육체를 뒤틀었다. 사내의 얼굴에 제 피가 튀어 오른다. 뼈가 우지끈 부서졌다. 그녀는 가슴을 들썩였다.

사내의 손가락이 몸 안에서 거칠게 움직인다. 절정을 느끼는 것처럼 그녀는 몸을 휘었다. 그가 가슴 속에서 뭔가를 끄집어내었고, 련의 낭창한 몸은 완전히 뒤로 넘어갔다. 사내는 그 육체를 미련 없이 바닥에 내려놓았다. 그리고 손안에 쥔 것을 가만히 내려다보았다.

뜨겁고 붉은 살덩어리. 손아귀에서 제멋대로 박동하는 것을 곧 게걸스레 입 안에 밀어 넣었다. 뜨거운 살점을 뜯고 씹어 목 안에 넘긴다. 잠시간의 포만감. 또다시 밀려드는 허기.

비리다. 쓰다.

먹는 게 고역스럽게 느껴질 정도로 맛없는 살덩어리를 질겅질겅 씹어 넘기던 그는 불현듯 고개를 들었다. 하늘에서 달이 환하게 빛나고 있었다. 온몸에 뜨끈한 피를 뒤집어쓴 제 모습을 고스란히 비추며. 그것을 희번덕이는 눈으로 올려다보던 사내는 이내 빛이 닿지 않는 어둠을 찾아 발걸음을 내디뎠다. 술에 취한 사람의 것처럼 위태로운 걸음걸이가 느릿느릿 이어진다. 그는 무심결에 벽을 짚었다. 거기에 제 그림자가 짙게 드리워졌다.

비대하고 흉측한 몸뚱이. 나뭇가지처럼 앙상하고 긴 팔다리. 거대한 요괴의 머리통. 그림자가 주린 배를 움켜쥐었다. 사내는 얼굴을 일그러트리며 손을 뻗어 그것을 긁어내렸다.

"……아직 턱없이 모자라다."

그르렁거리듯 중얼거린 사내는 다시 휘청휘청 유령 같은 발걸음을 내디뎠다. 그의 모습이 어둠 속에서 점차 희미해졌다.

또 가슴에 구멍이 뚫린 시신이 발견되었다. 도성에서 가장 큰 기루가 자리한 골목, 오물이 쌓인 곳에 널브러진 기녀의 시체. 여인의 옷은 풀어 헤쳐져 바닥 위에 엉켜 있었고 허옇게 드러난 두부 같은 가슴은 우악스레 잡아당기기라도 한 듯 반쯤 찢어진 채 덜렁거렸다. 사이한 음심을 품고 한 행동은 아닌 듯싶었다.

아시타는 가슴골 사이에 움푹 파인 구멍을 보며 눈을 가늘게 떴다. 부러진 갈비뼈 사이에 시커먼 핏덩어리가 선지처럼 굳어 있었다. 그는 조심스럽게 흉부를 벌려 보았다. 심장은 보이지 않았다.

"법령사님, 무언가 알아내신 게 있습니까?"

시체를 발견한 이들이 조심스레 물었다. 가슴에 구멍이 뚫린 채 발견된 시체가 이것으로 총 아홉 구. 들리는 말에 의하면 실종되어 보이지 않는 이들도 한둘이 아니라 한다. 산짐승의 소행이 아닌 것을 눈치챈 몇몇 군졸들이 황급히 수사를 시작하였지만 단서는 찾을 수 없었다. 더군다나 수사하는 군졸 수도 턱없이 모자랐다. 하찮은 양민들 죽는 일보다야 나라님께 반역한 무리를 찾는 게 우선이라 여기는지, 조정은 이 일에 아무런 관심도 기울이지 않았던 것이다. 결국 겁에 질린 백성들이 먼저 저를 찾았다. 한동안 이 사람 저 사람 부적을 써 주었더니 도성에 영험한 법령사가 있다 소문이 난 모양이었다.

'조사하는 데 쓸데없는 의심을 사지 않아도 되고, 편하긴 하지만……'

나랏일에 조정 관료보다 타국의 법령사를 더 의지하는 백성들 처지가 딱하였다.

"아무래도 이리된 지 하루가 지나지 않은 것 같군."

"……이, 이런 소행을 벌인 자가, 이 근방에 살고 있다는 뜻입니까?"

모인 이들이 겁에 질려 웅성거린다. 그는 고개를 흔들었다.

"그제에는 동문 근처에서 시신이 발견되었으니…… 확신할 수는 없네."

"혹 여럿이서 하는 것은 아닙니까?"

"가능성은 있지만……."

말끝을 흐리자 모인 이들이 서로의 얼굴을 불안하게 쳐다본다. 아시타는 차분한 어조로 말을 이었다.

"지금으로선 무엇 하나 분명한 것이 없어. 범인이 잡힐 때까지는 서로서로 조심하게나. 밤에는 되도록 다니지 말고 가능한 한 서넛이 함께 있도록 하게."

그들이 고개를 끄덕이더니 부정이라도 탈까 두려운 듯 후다닥 흩어진다.

아시타는 다시 시체를 내려다보았다. 여인의 붉은 입술에 핏자국이 선연하다. 온몸의 피를 모두 쏟고도 붉은빛을 잃지 않은 입술. 화장을 한 건가. 그는 찢어진 옷가지를 살폈다. 너덜너덜하지만 언뜻 값비싼 물건처럼 보인다. 정인을 만나러 가다 봉변을 당하기라도 한 건가, 아니면…….

"이봐."

부르는 소리에 아시타는 고개를 돌렸다. 여란이 골목 밖에서 고갯짓을 해 왔다.

"뭐라도 발견했느냐?"

"이걸 봐라."

그는 발걸음을 옮겨 여란이 가리키는 것을 보았다. 그늘이 짙게 드리워진 허름한 벽 한쪽에 핏자국이 선명히 나 있다. 아시타는 검붉게 굳은 핏자국과 움푹 팬 흔적을 눈으로 더듬어 나갔다. 다른 이들이 이것을 눈여겨보지 않은 이유를 알 수 있었다. 무엇인지 알 수 없었던 거겠지. 하지만 아시타와 여란은 그 흔적이 무엇인지 단박에 눈치챘다.

손톱자국.

보통 사람의 것보다 네 배는 크고 앙상하며 기괴한 모양의 손톱자국이었다.

"……어떤 요괴인 것 같나?"

그는 고개를 흔들었다. 그 손자국은 그의 머릿속에 들어 있는 어떤 귀물의 모습과도 맞지 않았다.

"……보통 놈이 아니라는 것만은 분명하군."

피안의 것이 차안의 세계에 남긴 발자취, 귀흔鬼痕에는 그 요괴의 요력이 남는다. 아시타는 그것을 신중히 더듬어 보았다. 살殺이 짙게 서려 있었다. 도대체 얼마나 많은 사람을 죽였기에 손자국만으로도 이런 살기를 풍기는 건가. 아시타는 심각한 얼굴을 하고는 바짝 마른 입술을 축였다. 이런 놈이 인겁을 뒤집어쓰고 사람들 속에 숨어 살고 있다니. 생각만으로 간담이 서늘해졌다.

"주술을 통해 지난밤 무슨 일이 있었는지 알아낼 수는 없나?"

여란의 말에 그는 고개를 흔들었다.

"그 장소에 새겨진 기억을 읽어 내려면 어느 정도 시일이 지나 엉킨 넘들이 정돈이 되어야 한다. 지금은 죽어 간 이의 사념과 요괴의 기운이 지나치게 강해, 읽어 내기가 힘들어."

"그래도 한번 시도해 보는 것이……."

"자칫하다가는 심계에 큰 타격을 입을 수도 있다."

"역시 추적술밖에는 도리가 없나."

지난 며칠 동안 추적술을 펼쳐 보았지만 헛물만 켠 여란은 깊은 한숨을 내쉬었다.

"귀물이 사람을 해치는 것이야 하루 이틀 일이 아니라지만, 이리 지독한 짓을 하는 놈은 또 처음이군. 인간의 심장만 빼어 먹다니…… 대관절 무엇이 목적인 거 같나?"

아시타는 눈을 가늘게 떴다. 그녀의 말대로 단순히 파괴 충동에 휩싸여 이런 일을 한다고는 생각할 수 없었다. 잠시 고심하던 아시타는 줄곧 생각해 온 것을 내뱉었다.

"요괴들 사이에 전해지는 몇 가지 속설이 있다."

"……속설?"

"그래. 환생에 관한 속설이지."

여란은 들어 본 적 있다는 듯 아, 하고 작게 탄성을 내질렀다.

아시타는 고개를 주억거리며 말을 이었다.

"첫째는 천인을 잡아먹으면 새 몸 얻어 사람이 될 수 있다는 것이고, 둘째는 덕망 높은 승려 백 명을 잡아먹으면 사람으로 다시 태어날 수 있다는 것, 마지막 세 번째는 사람의 심장 천 개를 먹으면 인간의 몸을 얻을 수 있다……. 귀물들 사이에서 아주 오래전부터 전해 내려오는 이야기지."

"그러니까…… 어느 요괴가 인간이 되길 원하여 이런 짓을 한단 말이지. 대체 무슨 이유로 사람이 되려는 거지?"

"새삼스러운 질문이군. 본디 피안의 것은 차안의 세계에 끌리게 되어 있지 않은가."

그리 답해 놓고는 무언가가 석연치 않아 아시타는 다시 귀흔을 올려다보았다.

강렬한 집념이 느껴졌다. 이토록 인간이 되기를 갈망하는 이유가 따로 있는 것일까? 그것은 생소한 호기심이었다. 사자가 사슴을 잡아먹는 이유를 궁금해하는 이가 어디 있던가. 그와 마찬가지. 요괴가 인세에 집착하는 것은 그 본능에 새겨진 것이었다.

'하지만…… 과연 그것이 다일까?'

갑작스럽게 고개를 치켜든 의문에 아시타는 눈을 가늘게 떴다. 문득 계곡에서 들려온다는 요괴들의 노랫소리가 머릿속을 스쳐 지나갔다. 요괴는 무슨 이유로 그리도 인간이 되고 싶어 하는 것일까.

"어찌 되었든 한시바삐 놈을 찾아 없애야 해."

여란의 말에 그는 머릿속에 든 의문을 떨쳐 냈다. 그래. 중요한 것은 이놈을 서둘러 잡아들이는 일이다.

여란이 한껏 얼굴을 굳히며 덧붙였다.

"심장 천 개라니…… 그리 많은 사람들이 희생되게 놔둘 순 없다. 그 전에 수를 내야 해."

"지금으로서는 계속 조사하는 것밖에는 다른 방법이 없어. 새로운 단서를 찾아낼 때까지 법령사들에게 수색에 힘쓰라고 전해 줘."

무어라 더 다그치려는 듯 입술을 달싹거리던 여란이 이내 고개를 끄덕이고는 자리를 떠났다.

아시타는 마지막으로 한 번 더 요괴가 남긴 흔적을 살폈다. 수많은 요괴들을 만났지만 이 같은 스산함을 느낀 것은 처음 있는 일이었다. 한참 동안 그것을 눈에 새기던 아시타는 곧 결연하게 뒤돌아섰다.

五章

사람의 독니

스르륵, 천을 풀어 내리는 소리에 소루는 눈을 떴다. 누군가 제 팔에 꼼꼼히 약을 바르고 있었다.

염인가.

잠자코 있는데 잠시 뒤 훌쩍거리는 소리가 들려온다. 소루는 당황하여 물었다.

"왜 우느냐?"

"마님……."

소녀가 울음 섞인 음성을 서럽게 토해 냈다.

"해도 해도 너무하지 않습니까. 이런 외진 곳에 두고 발걸음도 한 번 안 하시는 것도 모자라서……."

염이 제가 다 서럽다는 듯 제 가슴을 팍팍 쳤다.

"어디 하나 성한 곳이 없습니다. 여인의 몸에 이게 무슨 짓이랍니까. 아내에게 어찌 이럴 수 있단 말입니까. 정말 너무하십니다. 정말 너무하십니다."

"……난 괜찮다. 얕은 상처일 뿐이야. 곧 아물 거다."

"아물 새도 없이 계속 칼을 대고 또 덧대고 하는데 어느 새에 아문답니까. 이러다 정말 큰일 나십니다. 곪으면 어쩌려고 그러십니까. 상처가 덧나서 온통 벌겋게 부어올랐습니다."

"매일 약을 바르지 않느냐. 네가 매일 붕대를 갈아 주지 않느냐. 괜찮아질 거야."

"마님…… 제발, 며칠만이라도…… 상처가 아물 때까지만이라도…… 쉬게 해 달라, 방문하는 이를 줄여 달라, 주인님께 말씀하십시오."

"나는……."

소녀가 엉엉 목 놓아 우는 것에 소루는 어째야 좋을지 몰라 말을 삼켰다. 누군가가 자신을 위해 눈물을 흘려 준 적이 있던가? 그녀는 당혹감에 쩔쩔맸다.

"내가 돕지 않으면 당장 숨이 넘어갈 이도 있다."

"그럼 세상천지에 아픈 사람이 하나도 없을 때까지 계속 이런 식으로 치료해 주시려구요? 그럼 마님께서는 평생 상처투성이로 사셔야 하지 않습니까. 어찌 그리 삽니까. 그게 사는 거랍니까."

"보기에만 이렇지 그리 심한 것은……."

소루는 말끝을 흐렸다. 보기에 어떠한지 눈이 보이지도 않는 이가 말해 보았자 설득력 있게 들리지 않을 것이다. 그녀는 어색하게 웃어 보였다.

"정말 괜찮다. 이 정도는…… 참을 만해."

진정한 괴로움은 이런 것이 아니다. 귀신들에게 밤낮없이 시달리던 날들. 다른 이들의 절규와 비명, 통곡 소리에 자고 깨던 그 날들에 비하면 이까짓 것쯤이야 고통이라 할 수도 없다. 그녀는 이제야 제가 사람처럼 살고 있다고 느끼었다. 저는 괴물도, 시체도 아니고, 귀신도 아니다. 누군가에게 도움이 될 수 있는 사람이다. 스스로가 처음으로 가치가 있게 느껴졌다. 이 정도야 참을 수 있다.

"더군다나 나는⋯⋯."

그에게 도움이 되고 싶었다.

그녀는 차마 그 말을 내뱉지 못하고 입을 다물었다. 그는 제가 쓸모가 있기 때문에 곁에 머무는 것을 허락한 것이었다. 그녀도 알고 있었다. 자신의 거처를 찾아오는 이들 모두가 자현이 보낸 것임을. 그가 치료하라고 제게 보내오는 이들이었다. 거스를 수 없다. 그에게 도움이 된다면, 그래서 곁에 머무르게만 해 준다면⋯⋯.

"네 말대로 해 주지 못해 미안하다⋯⋯. 그래도 걱정해 줘서 고마워."

"마님⋯⋯."

소녀가 목이 메인 듯 더는 말을 잇지 못한다. 소루는 훌쩍거리는 그녀를 다독여 주려다가 손이 약투성이임을 깨닫고 다시 팔을 내렸다. 어찌 달래야 좋을지 몰라 그리 우왕좌왕하는데, 한참을 훌쩍거리던 염이가 이윽고 눈물을 추스르고는 다시 손에 붕대를 감아 주었다.

"너무⋯⋯ 깊이 찌르지 마셔요."

"그래⋯⋯."

"그냥 살짝만⋯⋯ 조심해서⋯⋯."

"응."

소녀가 다시 훌쩍 울음을 삼킨다.

너는 정말로 마음이 여리고 정이 많구나. 나 같은 것보다 좋은 주인을 만났다면 좋았을 텐데⋯⋯.

소루는 쓴웃음을 지었다. 잠시 뒤 문밖에 인기척이 들려왔다. 다른 시비들이 옷과 식사를 챙겨 주러 왔나 보다. 그녀는 염이를 달래

듯 토닥이며 다정하게 말하였다.

"고맙다. 이제 그만 나가 보거라."

"마님……."

울먹거리던 소녀가 곧 머뭇머뭇 자리에서 일어난다. 문이 열고 닫히는 소리가 들리고 자박자박 다른 시비들의 발소리가 가까워졌다. 팔이 이리된 뒤로는 그들이 일일이 얼굴을 씻기고 머리를 만져 주고 옷을 갈아입혀 주었다.

그들의 손길에 얌전히 몸을 내맡기던 소루는 문득 어깨를 움츠렸다. 괜찮다 한 것이 무색하도록 양팔이 불붙은 듯 화끈거렸다. 그녀는 흘러나오려는 신음을 간신히 삼켰다.

괜찮아. 다른 이들을 돕기 위해서다. 구하기 위해서야. 마음이 아프고 슬프고 외로운 것보다는 낫다.

그녀는 입술을 앙다물며 방문자를 맞이하기 위해 탁상 앞으로 걸어갔다.

자현은 경계 어린 낯을 하고 소화루에 발을 들였다. 무릉도원같이 꾸며진 화려한 정원에 대궐 같은 가옥, 호수 위에 지어진 아름다운 정자. 고관 대신들은 물론 왕족들도 은밀히 즐겨 찾는다는 도성 제일의 기루답게 실로 규모가 웅장하다.

'대낮부터 기루라…….'

일꾼의 안내를 받아 안으로 들어서며 자현은 미간을 모았다. 술을 즐기기는 했지만 그는 주로 친우나 같은 군사들끼리 마셨다. 목석처럼 여인을 아주 멀리한 것은 아니었지만 그는 체질적으로 아양을 떨며 교태를 부리는 여인네들이 불편하였다. 사실 가란 공주를 만나기

이전에는 여인에게 크게 관심을 기울여 본 적도 없었다. 당연 이런 장소에 익숙할 리도 없었다. 그는 거북스레 눈을 굴렸다.

'무슨 속셈인지…….'

일꾼이 안측에 자리한 문 앞에서 잠시 멈춰 섰다. 그리고는 문 너머를 향해 들겠다 이른 뒤에 슬그머니 장지문을 연다.

그는 수행하는 무인들을 밖에 대기시켜 두고 그 안으로 들어섰다. 관료들이 은밀한 이야기를 하기 위해 특별히 마련된 방인지 문이 이중으로 되어 있었고, 다른 방과 거리도 떨어져 있었다. 무의식중에 주변을 살피던 자현은 들려오는 기침 소리에 고개를 돌렸다.

일꾼들이 안측에서 문을 열자 잘 차려진 술상과 그 중간에 떡 자리하고 앉은 이가 드러났다. 희끗한 머리. 잘 정돈된 수염. 잉어가 수놓아진 금의를 잘 차려입은 노구가 자리에서 일어나 자현을 반갑게 맞이했다.

"와 주어 고맙네. 자, 이리 와 앉게나."

그는 아무 말 없이 그 맞은편 자리에 앉았다. 옆자리에 다소곳이 선 기녀가 술잔에 김이 모락모락 올라오는 따뜻한 약주를 채워 주었다. 자현은 눈을 가늘게 떴다.

'뭐 하자는 거지?'

자신을 불러낸 이를 의심스레 바라본다. 그의 이름은 한비. 현직 관료들 중에서도 가장 영향력 있는 인물로, 왕의 최측근이자 자신과는 오랜 앙숙이었다. 그토록 저를 눈엣가시처럼 여겨 온 인간이, 대체 무슨 꿍꿍이인가 싶어 자현은 술잔에 손도 대지 않은 채 퉁명스레 말했다.

"무슨 일로 나를 다 보자 한 것이오."

"다들 이 소화루의 기녀들이 아름답다 예찬하기 바쁘지만, 사실 이 기루는 음식과 술이 더 훌륭하네. 하나같이 정갈하고 모양도 아름다우며 풍미도 뛰어나지. 한번 맛을 보게나."

자현은 내가 당신 얼굴을 보며 밥을 먹게 생겼느냐고 이죽거리고 싶은 것을 참았다. 하지만 표정에 다 드러났는지 남자가 쓴웃음을 짓는다.

"자네에게 대접하기 위해 준비한 것일세. 성의를 봐서라도 한술 들어 보게나."

"내게 식사 한 끼 대접하기 위해 부른 것은 아닐 테지. 본론을 말하시오."

퉁명스러운 말에 한비의 낯이 흐려진다. 그가 술을 한 모금 벌컥 들이켜더니 한숨 쉬며 내뱉었다.

"그래. 자네는 속을 떠보는 것도, 서론을 길게 늘어놓는 것도 싫어하였지. 내 길게 빼지 않고 솔직히 터놓고 말하겠네. 오늘, 자네에게 도움을 구하기 위해 만남을 청한 것일세."

가슴께에 팔짱을 끼고서 무어라 하나 보자, 하던 자현은 실소를 흘렸다. 느닷없이 무슨 소리를 하는 건가. 그는 한비가 뒷말을 잇기도 전에 냉랭하게 내뱉었다.

"대체 무슨 부탁을 하려고 그러는지는 모르겠으나…… 내가 정말로 당신을 도와주리라 생각하진 않으시겠지?"

노골적으로 비웃자 사내의 얼굴이 굳어진다. 그러거나 말거나 자현은 냉랭한 미소를 거두지 않았다. 이자가 어떤 자이던가. 왕의 곁에 붙어 살랑살랑 알랑방귀 뀌느라 제 험담을 입에 달고 사는 인간이었다. 오죽했으면 공을 세워 오라며 저를 사지로 밀어 넣어라 가륜왕 부채질한 게 한비란 말까지 나돌까. 그런 놈을 제가 도와? 웃기지도 않는다. 이놈도 진심으로 하는 말은 아닐 것이다. 왕과 작당해 뭔가 수를 쓰려는 것이겠지. 그는 더는 들을 것이 없다는 듯 자리에서 일어났다.

"뭔 일인가 싶어 예까지 왔다만…… 괜한 걸음을 하였군. 그 귀한 음식, 혼자 맘껏 드시오. 나는 그만 갈 터이니."

"요즘 자네의 집에 오가는 이가 그리도 많다지?"

의미심장한 말투였다. 자현은 돌아서던 발걸음을 멈춰 세웠다. 얼마 전 왕이 저를 부른 일이 떠오른다. 그것을 떠보려고 저를 부른 것인가. 입꼬리를 비트는데, 한비가 차분한 얼굴로 말을 이었다.

"대상인 주호, 백가의 천지호, 민씨 일가의 당주인 민오랑, 동부 유력자인 마 장주, 북구파 관료인 이월……."

제집을 방문한 이들의 이름이었다.

"그 밖에도 다 헤아릴 수가 없더군. 자네 집에서 무슨 일이 벌어지고 있나 조사를 하다가…… 나는 한 가지를 알아차렸네."

"……무엇을 알아냈다는 거요?"

자현은 경계 어린 눈으로 그를 살폈다. 한비가 덤덤하게 내뱉었다.

"하나같이 본인이나 혹은 가족이 몸이 아픈 이들이었네."

"그랬소? 거참, 재밌는 우연이군."

시침을 뚝 떼며 말하자 남자의 눈이 가늘어진다.

"얼마 전 자네 집에 남태후도 들렀다는 이야기를 듣고 직접 그를 찾아가 보았지. 내가 생각하는 것이 맞나 확인하기 위해서였네."

자현은 속으로 이를 갈았다. 남태후라면 대대로 고위 관료를 배출해 온 문관 집안의 가주로, 몇 년 전에 퇴역하고 은거한 고위 관료였다. 희귀병을 고치기 위해 얼마 전에 제집을 방문한 자이기도 했다. 그가 입을 가볍게 놀린 것인가. 제아무리 각서를 받는다고 해도 그들의 입을 다 간수하는 것은 애초에 무리였다. 언제고 말이 퍼질 것을 예상하기는 하였으나 하필이면 한비라니. 이 인간이 저를 못 잡아먹어 안달인 걸 모르느냔 말이다. 속으로 욕설을 퍼붓는데, 한비가 더는 발뺌 말라는 듯 집요하게 말을 잇는다.

"예상은 하고 찾아간 것이었지만…… 내 눈을 의심하였어. 자네도 알다시피 남태후는 희귀병을 앓고 있었네. 피부 껍질이 돌처럼 굳어 썩어 들어가는 괴이한 병이었지. 그 때문에 이른 퇴역을 하고 집 안에서 두문불출한 것이 아니던가. 한데, 이번에 찾아가 보니 피부가 어린아이의 것처럼 깨끗해져 있더군. 소매 안쪽에 얼룩덜룩 곪아 가던 상처까지 멀끔히 아물어 있었어. 남태후뿐만이 아닐세. 자네 집안을 방문한 이들 모두 거짓말처럼 병을 고쳤어. 내 이미 이를 확인했지."

"……."

"자네 집에…… 사람의 병을 고치는 무언가가 있는 게지?"

자현은 입가를 일그러트렸다. 이자는 이미 확신하고 있었다. 발뺌해 보았자 의미가 없다. 아직 소루의 효험까지는 모르는 듯싶지만 이 남자의 뛰어난 수완은 비령도 혀를 내두를 정도다. 비밀을 알게 되는 것은 시간문제일 터. 성가시게 되었구나, 하고 이를 가는데 한비가 소매를 걷어 올린다. 무얼 하나 자현은 의심스레 바라보았다. 그가 제 팔을 앞으로 내밀었다.

"누구에게도 말하지 않았네. 철저하게 비밀로 부쳐 왔지. 남태후 말고는 아무도 몰라. 그와는 약을 찾다가 우연히 서로의 병을 알게 되었지."

자현은 눈을 크게 떴다. 한비의 팔에는 마치 불에 탄 듯한 시커먼 자국이 가득했다. 그가 몸을 돌려 왼쪽 어깨를 보여 주었다. 뼈가 드러나 보일 정도로 피부가 심각하게 패어 있었고, 반대편도 잔뜩 짓무른 상태였다.

"남태후와 같은 병일세. 이런 게 복부와 다리에 수도 없어. 거기에 나날이 커져 가고 있지."

"……용케도 숨겨 왔군."

"언제 어디서 누가 치고 올라올지 모르는 게 정치판이 아니던가. 애를 좀 먹었지. 숨길 수 있을 때까지 계속 숨길 생각이었네만, 병이 점점 심각해지고 있어서…… 최근에는 별수 없이 퇴역해야 하나 하고 있었지."

한비가 씁쓸하게 말하며 소매를 내렸다.

"한계를 느끼던 참이었어. 그러다 멀끔히 병이 나은 남태후를 본 내 심정이 어땠을지 상상할 수 있겠나? 체면도 집어던지고 비밀을 알려 달라 애걸복걸했네만, 굳게 다물고는 열지 않더군. 저는 어찌 병을 고쳤는지 말해 줄 수 없다. 직접 자호가에 가서 도움을 요청해 보게나, 그리 말했네. 그래서 고민하다가……."

"……나를 불러냈군."

잘 차려진 호화로운 상을 내려다보며 남자의 말을 대신 끝맺어 준다. 입꼬리가 절로 씰룩거리며 올라갔다.

내 비위를 맞추려고 이런 준비를 하며 어떤 기분이 들었을까. 별것도 아닌 주제에 오만하기 이를 데 없는 자현이라 그리도 깔보던 이가, 이제는 아쉬운 입장이 되어 우는소리나 해야 하는 처지에 놓이다니, 속이 아주 타들어 갔겠군.

비웃는 기색을 느끼었는지 한비의 낯이 어두워졌다.

"자네가 나를 고깝게 생각하고 있다는 걸 잘 알고 있네. 나도…… 자네를 싫어하였지. 그걸 새삼 감출 생각은 없어. 누구에게도 아부하지 않고, 비위 맞출 줄도 모르고, 늘 지나칠 정도로 솔직하여 모난 돌 같은 자네가 참으로 거슬렸네. 건방지다, 본때를 보여 주자, 작당까지 했었지."

그가 고해라도 하듯 덤덤히 말을 이었다.

"자네도 내가 밉고 싫겠지. 그걸 뻔히 알면서도 도움을 요청하는 것일세. 죽어 가는 마당에 자존심이 다 무슨 소용인가. 나를 좀 살려 주게. 내 무엇이든 하겠네."

그러고는 꾸벅 상 위로 머리를 숙인다. 자현은 한참 동안 내려다 보기만 했다. 마냥 후련하지만은 않았다. 그 뻣뻣하던 고개를 푹 꺾은 모습에 묘하게도 마음 한구석이 불편해진다.

이 작자가 어떤 작자던가. 온갖 암투가 난무하는 궁궐 정치판에서도 꼿꼿하게 살아남아 온 노장이었다. 자존심으로 치자면 저 못지않은 이. 그런 자가 앙숙처럼 여겨 온 새파란 놈에게 고개를 다 조아린다. 몸의 아픔이란 그토록 괴로운 일인가.

'……어찌할까.'

그는 턱을 쓰다듬었다. 동정심은 동정심. 실리는 실리. 이 남자에게 손을 내밀어 줄 의리는 없었다. 제게 품은 적의가 더 거세어지는 것은 성가시지만 어차피 죽어 가는 노인네다. 적수가 못 된다.

'속풀이라도 하게…… 벌떡 일어나 나가 버려?'

허나 앙심을 풀기 위해 그냥 버리기에도 아까운 패다. 그는 입꼬리를 당겼다. 이 남자는 왕의 최측근이요, 남구파 관료의 머리였다. 제 편으로 끌어들일 수만 있다면 이보다 쓸모 있는 이가 또 있을까.

"내가 어찌하면 당신을 믿을 수 있겠소?"

슬쩍 운을 떼자 남자의 얼굴이 밝아진다. 자신이 이렇게 나올 것이라 예상이라도 한 듯 한비가 냉큼 상 위에 무언가를 올려놓았다.

"이것은 여태까지 나에게 은밀히 청을 넣은 이들의 명부일세. 그리고 이것은…… 내가 기록해 온 장부지."

한비가 그것을 제 쪽으로 내민다.

"이것을 맡기겠네. 내 정치생명은 물론이고…… 목숨까지 날릴 수 있는 물건일세."

자현은 기가 막혀 헛웃음을 흘렸다. 대체 뒤로 얼마나 받아 챙겼

152

기에 그러나.

"당신답지 않게 대범하군. 이걸로…… 내 쪽에서 뒤통수를 후려치면 어쩌려고 조심성 없이 덜컥 내미는 거요?"

"자현이 그런 비겁한 짓을 할 리가 없지."

"이제 와서 띄워 줘 봤자."

혀를 차자 한비가 씨익 웃어 보인다. 자존심을 접고 앙숙에게 목숨을 애걸하는 상황에서도 웃을 수 있다니, 닳을 대로 닳은 모사꾼다웠다.

"어차피 이대로는 얼마 못 살고 죽을 팔자일세. 이판사판이지."

"……."

"더군다나 자현은 성질은 급할지언정 바보는 아니잖은가. 그걸 쥐고 있으면 나를 마음대로 이용할 수가 있는데 허투루 날릴까? 이 한비는 제법 쓸모가 있는 인간일세. 이왕이면 건강하게 살아 있는 편이 자네에게도 더 도움이 되겠지."

"……자기 목숨을 가지고 흥정을 하는 건가."

"필요하다면 해야지."

태평스레 하는 말에 자현은 오만상을 썼다. 역시 저는 정치에 물든 인간과는 체질적으로 맞지가 않는다.

"어찌하겠나?"

한비가 대답을 재촉했다.

자현은 부러 그의 애를 태우려 뜸을 들였다. 이 남자를 향한 악감정이 다 풀린 것은 아니었다. 믿는 것도 아니다. 하지만 그의 말대로 자신은 바보가 아니었다. 잠자코 턱을 쓰다듬던 자현은 이내 장부를 받아 들었다.

"내일 중으로, 내 집에 찾아오시오."

"……고맙네."

그가 다시 한 번 고개를 푹 숙였다.

한비의 이야기를 전해 들은 비령은 박장대소했다. 참으로 대단한 작자다. 그리 얼굴을 붉히던 이에게 하루아침에 낯을 싹 바꾸어 어찌 그런 거래를 해 올 수 있단 말인가. 여간내기가 아니야. 우하하하, 하고 웃어 대는 것에 질려 자현은 귀를 틀어막았다.

거리의 바글바글한 이들이 힐끔 시선을 보내온다. 자현은 그들에게 무얼 보느냐 눈을 한번 부라려 주고는 성큼성큼 발걸음을 내디뎠다.

그들은 남방에서 좋은 명마들이 대거 들어왔다는 소식을 전해 듣고 마시장을 찾아가는 길이었다. 상단들이 물건을 들여왔다는 소식이 그새 퍼졌는지 시장은 온통 북새통이다. 그 복작복작한 인파를 헤치고 나아가며 비령이 재주 좋게 떠들었다.

"일이 점점 재밌게 돌아가는군. 북구파에서 발언권이 센 관료들과도 줄줄이 연줄을 만들어 두지 않았나. 거기에 남구파의 한비까지 손아귀에 쥐게 되다니…… 잘만 하면 조정판도 손아귀에서 쥐락펴락하게 되는 거 아닌가. 가륜 왕 허수아비 만드는 것도 이제 시간문제일세."

"설레발치지 마라. 가륜 왕을 무시하지 말라 한 건 너였다."

"물론 가륜 왕은 권모술수에 있어서 자네보다 세 발은 앞서가는 인물일세. 하지만 말이야……."

비령이 답지 않게 말끝을 흐린다.

또 뭔 흰소리를 늘어놓아 내 허파에 바람을 넣으려고. 자현은 미심쩍게 그를 돌아보았다.

그가 어깨를 으쓱이며 대수롭지 않다는 듯 말을 잇는다.

"자네에 관해서는 지나칠 정도로 감정적으로 군단 말이야. 때로는 경솔하게 느껴질 정도로 헛발질을 해 대지."

"원래가 경솔하고 감정적인 인물이다."

"설마. 가룬 왕은 기본적으로는 냉정한 사람이야. 물론, 자존심이 지나치게 세고 관대함이 좀 모자란다는 게 흠이지만……."

"좀 모자라?"

자현은 언성을 높였다.

"관대함이라고는 눈곱만큼도 없는 작자다! 속 좁기로는 천하에……!"

"진정하게나. 내 말은, 그가 자네에 관해서는 이상할 정도로 평상심을 잃는다는 뜻이었네. 물론 자네의 태도에도 심각하게 문제가 있지만…… 감안한다 쳐도 유난스럽단 말이야. 자네에게 필요 이상으로 집착하는 것처럼 느껴질 때도 있으니……."

거기까지 말한 비령이 제가 너무 나갔다 싶었는지 어색하게 웃음을 흘렸다.

"아무튼 일이 아주 잘 풀리고 있으니 인상 풀게. 한비를 다 쥐락펴락할 수 있는 입장이 되다니 좋지 않은가! 귀신 공주가 이런 복덩어리일 줄 누가 알았겠나."

비령이 가볍게 지껄이는 말에 자현은 코웃음을 쳤다.

"복덩어리? 웃기지 마라. 애초에 그 여자와 억지로 결혼하지 않았으면…… 그런 굴욕적인 처지에 놓이는 대신에 약속대로 가란 공주와 결혼하였더라면, 이런 성가시고 번거로운 일에 정력을 낭비하지 않아도 되었다."

"확실히 그 일이 아니었으면 가룬 왕과 자네의 사이가 이 지경까지 오지는 않았겠지……. 하지만 소루 공주가 아니었으면 이만큼이나 가문이 흥할 수 없었다는 것도 분명한 사실이 아닌가."

"애초에 가문을 흥하게 하는 데 이처럼 목숨을 걸지 않아도 되었을 거다!"

자현이 고집스레 말했다. 비령이 눈가를 찡그린다.

"자네, 소루 공주에게 너무하는 것이 아닌가. 이처럼 도움이 되어 주고 있는데……."

너무해? 지금 이놈이 제게 너무하다고 하였나?

자현은 믿기지 않는다는 듯 그를 돌아보았다. 비령이 한 점 부끄럼 없는 얼굴로 멀거니 저를 탓하듯 보고 있다. 기가 차서 말이 안 나온다. 이놈의 무서운 점은 제가 얼마나 비정한 놈인지 자각이 없다는 점이었다.

"생각해 주는 척 말하지 마라! 이 가증스러운……."

울컥하여 버럭 언성을 높이는데 문득 웅성거리는 소리가 들려온다. 자현은 또 무슨 소란인가, 하며 휙 고개를 돌렸다. 골목길에 사람들이 빼곡히 모여 있었다. 싸움이라도 났나 보네, 하며 비령이 냉큼 그리로 달려가 사람들 틈에 고개를 비집어 넣는다. 경박스러운 놈 같으니. 자현은 혀를 찼다.

"쓸데없는 데 시간 허비하지 말고 어서 가자. 말을 고른 뒤에 서둘러 집으로 돌아가야 할 게 아니냐."

"그래그래, 바쁘신 몸이었지. 잠깐만 기다리게, 구경 좀 하고……."

자현은 저놈을 데리고 나오는 게 아니었는데, 하며 고개를 내저었다. 비령은 듣는 척도 않고 인파 속을 연어처럼 뚫고 들어갔다. 그냥 두고 혼자 가 버릴까 고민하고 있는데 어느새 저만치 앞으로 간 비령이 심각한 음성으로 그를 부른다.

자현은 의아한 표정을 지으며 비령의 옆으로 다가섰다. 유난히 키가 큰 자현인지라, 둥글게 에워싼 작달막한 이들의 머리 너머로 어렵지 않게 골목 안의 풍경을 들여다볼 수 있었다. 자현은 눈을 가늘게 떴다. 길모퉁이에 관졸 둘이 굳은 낯을 하고 서서 무언가를 상의하고 있었다. 그 너머로 네 명의 사내가 흉하게 널브러져 있는 것을 본 자현은 흠칫, 얼굴을 굳혔다.

'피 냄새……..'

그는 사람들을 제치며 골목 안으로 발을 들이밀었다. 군졸이 그 앞을 막아서려다가 자현의 얼굴을 알아보고는 황급히 고개를 조아렸다.

"자현 장군님……."

"어찌 된 것이냐."

"가, 강도에게 당한 것 같습니다."

"강도?"

"최근 저잣거리에 강도가 기승을 부려……."

군졸이 쩔쩔매며 말을 흐린다. 자현은 심각한 표정을 지었다.

"그동안 이런 일이 잦았단 말이냐."

군졸들은 서로의 얼굴만 살필 뿐 쉽사리 대답하지 못했다. 자현은 몸을 숙여 시체를 살펴보았다. 한 놈은 팔이 반쯤 떨어져 있었고 다른 하나는 목이 이상한 각도로 꺾여 있었지만, 나머지 둘은 비교적 멀쩡하였다. 가슴만 움푹 파여 있을 뿐, 다른 외상은 보이지 않는다. 정확히 일격에 심장을 노린 것인가.

그는 이마에 주름을 잡았다. 일개 강도의 솜씨가 아니었다.

'어떤 무지막지한 놈이기에……..'

"신분을 알아낼 소지품은?"

"아무것도 없습니다. 넷 다 천민인 듯합니다."

그러므로 길게 수색할 필요는 없다는 뜻이었다. 자현은 지끈거리는 이마를 문지르며 비령을 노려보았다. 저놈 때문에 공연한 일에 발을 들이밀지 않았나. 골치 아픈 일에 상관하고 싶지 않은데……..

"혹시 모르니 지인이나 가족을 찾아 시신을 수습해 주도록 해라."

"알겠습니다."

더는 말해 줄 것이 없었다. 제가 저들의 직속상관도 아니고 이래라저래라 지시를 내리는 것도 우습겠지. 자현은 몸을 돌렸다. 재수가 옴 붙어 흉한 것을 보았구나 하고 혀를 차며 걸음을 옮기는데 어째선지 등줄기가 스산해진다. 그는 다시 시체를 내려다보았다.

'누군지 몰라도…… 심상치 않은 솜씨다.'

골치 아픈 놈이 도성에서 설치는 모양이다. 눈가를 찡그리던 그는 고개를 설레설레 젓고는 여전히 구경에 정신 팔린 비령의 뒷덜미를 낚아채 인파를 헤치고 나아갔다. 어쨌든 저와는 상관없는 일이었다.

오늘은 겨우 세 명이 왔다 갔지만 팔에 상처가 너무 많아 결국 손바닥에 칼을 대어야 했다. 붕대를 꽉 매어 놓았음에도 감각이 예민한 부위인지라 통증이 다른 데보다 심하다. 화끈거리는 통증에 한참을 뒤척이던 소루는 결국 침상에서 몸을 일으켰다. 차가운 밤바람이라도 좀 쐬려고 더듬더듬 문고리를 밀었지만 덜커덩 소리만 들릴 뿐 열리지 않는다. 소루는 시비를 불러 문을 열어 달라 할까 잠시 고민했다.

'역시…… 이 늦은 시간에 괜히 번거롭게 만들고 싶진 않다.'

그녀는 몸을 돌려 더듬더듬 창문을 찾았다. 창살이 대어져 있었다. 흔들어 보았지만 역시나 굳게 잠겨 열리지 않는다. 다른 창문 또한 마찬가지였다. 미간을 찡그리던 소루는 불현듯 떠오른 생각에 멈칫했다.

혹시, 나는 갇혀 있는 것인가.

멍하니 눈을 끔뻑거리던 소루는 손바닥으로 벽을 더듬어 뒷문을 찾아냈다. 있는 힘껏 손잡이를 잡아당겨 보았지만 역시나 걸쇠가 걸려 있는지 꿈쩍도 하지 않았다. 입에서 황망한 웃음소리가 흘러나왔다.

어째서?

여기 머물게 해 달라고 한 것은 저였다.

도망이라도 치리라 생각하는 건가?

방문자가 모두 돌아가고 난 다음이면 시비가 항시 문을 걸어 잠근다는 것은 진즉에 알고 있었지만, 한 번도 왜 그러느냐고 물은 적은 없었다. 드나드는 이가 많으니 혹여 사고라도 생길까 그리하는 것이겠지. 엉성하게 한 번 생각하고 넘긴 게 다였다.

문득 눈시울이 뜨거워졌다.

'나는…… 도망칠 만하다 여겨지는 대우를 받고 있었던 건가…….'

물론 아프지 않은 것은 아니었다. 칼을 쥐고 제 살을 베어 내는 게 어찌 쉬운 일일까. 그래도 나는, 기쁘다고, 누군가를 도울 수 있어 기쁘다고…… 이 집에 머물게 되어 진정으로 평온하다고…… 그리 여기고 있는데…….

'어째서…… 나를 가둬 두는 거야. 나는 겨우 내 생에 의미를 찾았는데…….'

등골이 얼어붙는 듯해 소루는 어깨를 한껏 웅크렸다.

여기가 사당과 다를 게 무엇인가.

그녀는 황급히 그 생각을 떨쳐 냈다.

아니, 아니다. 그런 배부른 생각 하지 마라. 이곳에는 나를 괴롭히는 귀물들이 없다. 자나 깨나 저를 지켜보는 그 시뻘건 눈알들이 없다. 귀를 괴롭히는 그것들의 못된 소리도 없다. 누구와도 닿지 않으려고, 말도 섞지 않으려고 애를 쓰지 않아도 된다. 나에게 고맙다고,

많은 이들이 고맙다고 하였다. 울며 감사한다 하였다. 그러니 괴롭지 않아. 아프지 않아. 제가 얼마나 많은 이들을 괴롭혔던가. 어떤 취급을 받더라도…… 어떤 대우를 하더라도…… 불평할 자격이 없다.

소루는 떨리는 어깨를 끌어안으며, 안에서 치밀어 오르는 무언가를 필사적으로 삼켰다. 속이 뜨거웠다. 팔과 손이 불붙은 듯 화끈거린다.

'나는 괜찮아.'

이런 거, 아무렇지도 않아. 그동안 저는 산 것도 죽은 것도 아니었다. 시체나 다름이 없었다. 그런 저를, 억지로 떠안게 된 사람이다. 내가 얼마나 싫고 밉겠어. 그러니까…… 그러니까 그 사람은 나쁘지 않다.

"……주무십니까?"

어둠 속에서 몸을 떨던 소루는 흠칫 어깨를 굳혔다. 동요한 탓에 인기척을 느끼지 못한 모양이다. 문가에 두어 명이 서 있었다. 이 깊은 밤, 대체 무슨 일인가.

"……왜 그러느냐?"

서둘러 감정을 추스르고 차분한 어조로 답했지만 문밖에서는 한참 동안 대답이 없었다. 그녀는 재차 말했다.

"무슨 일이냐고 물었다."

"……자, 잠시 실례하겠습니다."

그들이 허락도 없이 덜컥 문을 열고 안으로 들어섰다. 목소리를 낸 사내는, 그 기운으로 보아 제 거처를 드나드는 일꾼들 중 하나인 듯싶었고, 그 뒤를 따라 들어선 여인은 저를 시중드는 하녀인 것 같았다.

"이런 시각에…… 대체 무슨 일로……."

그녀는 묘한 불안감을 느끼고 말을 흐렸다. 그들이 한 발짝 가까이 다가선 순간 음산한 긴장감이 느껴졌다. 오싹한 기색을 느끼고 한 걸음 물러서는데 사내가 불안하게 떨리는 목소리로 말했다.

"어, 어머니께서 병이 드셔서……."

뻣뻣하게 굳어져 있던 이가 느닷없이 쿵, 소리가 나도록 바닥에 머리를 찧었다.

"곧, 도, 돌아가실 것 같습니다. 도와주십시오."

그러고는 발치에서 흐느끼는 듯한 소리를 낸다.

"도와…… 제발, 도와주십시오. 어, 어머니를 살려 주십시오."

소루는 당혹스레 손을 내저었다.

"아, 알겠으니 이러지 마라. 내일이라도 이리 모셔 오면 내가……."

"제겐…… 이곳에 드시는 다른 분들 같은 재력도 권력도 없습니다. 주인 나리께서 허락하지 않으실 겁니다."

"그럼…… 피를 내어 줄 테니 가져가서……."

"피는…… 금세 굳어 버리고 말 겁니다."

"허면……."

어찌하면 좋겠느냐 물으려던 소루는 다음 순간 숨을 멈추었다. 무릎 꿇고 있던 사내가 제 발목을 움켜쥔 것이다. 등줄기가 오싹하였다. 뭐 하는 것이냐. 뿌리치려는데, 잠자코 있던 여종이 등 뒤에서 양팔을 꽉 붙잡더니 천 같은 것으로 제 입을 틀어막는다. 소루는 당황하며 몸부림쳤다. 사내가 억세게 제 몸을 붙잡아 바닥에 눕혔다. 우악스러운 손이 치맛자락을 거침없이 걷어 올렸다.

"죄송합니다. 죄송합니다. 정말로 죄송합니다."

잔뜩 겁에 질린 음성으로 쉴 새 없이 흐느끼듯 말하며 사내가 버둥거리는 제 다리를 잡아당긴다. 소루는 공포로 얼어붙었다. 피부를 움켜쥐는 거친 손길에 온몸에 소름이 돋았다. 사내가 걷어 올려진 치마 사이로 다리를 벌려 제 허벅지를 훤히 드러내었다. 딱딱한 손가락이 거기에 말랑말랑한 살을 한 움큼 움켜쥐었다. 그러고는 얼음처럼 차가운 것을 들이댄다.

그가 무얼 하려는지를 깨닫고 그녀는 온몸을 뻣뻣하게 굳혔다. 입을 벌려 비명을 지르려고 했지만 웅웅거리는 소리만 흘러나온다. 몸부림치지 못하게 뒤에서 입을 틀어막은 여인네가 손아귀에 힘을 주었다. 제 몸 위에 올라타 다리를 붙잡은 사내는 손을 덜덜 떨며 한참을 망설였다.

귀기鬼氣. 요괴들이 내뿜는 음습한 귀기가 그들에게서 스멀스멀 피어 올라왔다. 소루는 공포에 질려 창자가 끊어질 듯 온몸을 뒤틀었다. 빛을 잃은 두 눈에 시커먼 귀물의 윤곽이 차오른다. 자욱하게 피어오른 음습한 기운이 마치 괴물의 형상처럼 느껴졌다. 분간할 수 없다. 나를 붙잡은 것이 사람인가 귀신인가.

"정말로, 정말로 죄송합니다."

사내가 그렇게 중얼거리고는 이내 그것을 살 속으로 박아 넣었다. 소루는 끔찍한 고통에 고개를 치켜들었다. 칼날이 살을 스걱스걱 베었다. 그녀는 목구멍 안에서만 비명을 내질렀다.

아프다. 아파. 아파!

"죄, 죄송합니다. 죄송합니다. 조금만, 조금만…… 주십시오. 어머니를…… 어머니를 살리고 싶습니다. 죄송합니다. 용서해 주세요. 용서해 주십시오."

그가 칼을 이리저리 움직여 살점을 도려낸다. 입 안에 들어찬 천을 턱이 아프도록 악물고서, 소루는 온몸을 뒤틀었다. 눈물이 줄줄 흘러내렸다. 사내가 손을 덜덜 떨었다. 터져 나오지 못한 비명 소리가 점점 부풀어 올라 목구멍이 찢어질 듯했다. 그만하라는, 하지 말라는 애원이 입 안에서만 진동한다.

"다, 다 되었다."

한참 만에 칼을 내려놓은 사내가 제 몸을 붙든 이에게 말했다. 소루는 축 늘어진 채 멍하니 눈꺼풀을 끔뻑거렸다. 어마어마한 통증을 도저히 어쩌질 못하고 가늘게 흐느끼자, 제 입을 틀어막고 있던 이가 어찌할 바를 몰라 한다. 손을 떼어도 좋을지 모르겠다는 듯 머뭇거리던 이가 이윽고 떨어져 나갔다. 비명을 지를 기운도 없었다. 그들이 후다닥 달아난다.

소루는 어둠 속에 멍하니 누워 덜덜 떨리는 손으로 허벅지를 만져 보았다. 피가 흥건하다. 그녀는 더듬더듬 손에 잡히는 천을 아무렇게나 주워 들어 상처를 틀어막았다.

아프다. 아파. 너무 아파.

고통을 어쩌질 못하고 짐승처럼 등을 웅크리고서 온몸을 뒤틀었다. 입에서는 흐느끼는 듯한 소리만 흘러나온다. 어둠 속에서 한참 동안 거친 숨을 토해 내길 잠시, 소루는 까무룩 의식의 끈을 놓았다.

"이, 일단 상처를 꿰매야……."

"정신을 차리기 전에 어서 처치해야 한다."

"어쩌자고 겁도 없이 이런 짓을……."

"어, 어쩔 수가 없었어. 하도 간곡히 부탁하여……."

소루는 가물가물 들리는 말을 멍하니 들었다. 정신이 몽롱해지는 향내가 머릿속을 매캐하게 메운다. 그녀는 그 향이 무엇인지 잘 알고 있었다. 때때로 사당의 신녀들이 저를 잠재울 때 피우곤 하던 것이었다.

"어, 어차피 주인 나리께서는 발걸음도 아니 하시니…… 들킬 염려도 없잖아⋯⋯."

차가운 손가락이 제 다리를 벌리고 허벅지 안쪽의 상처를 매만졌다. 소루는 약으로도 채 가시지 않은 통증에 몸을 바르르 떨었다. 여자들이 젖은 천으로 조심스레 피를 닦아 내기 시작했다.

"혹시라도 이 사실을 알게 되시면⋯⋯."

"알게 되신다고 해도, 뒤탈 없을 거야. 그분께서 왕의 명에 의해 억지로 혼인한 사실을 모르는 이가 있어?"

약을 뿌리는 듯 상처 위에 간질간질 뭔가가 와 닿는다. 약을 잘 스미게 하려는 듯 그들이 그 위에 젖은 천을 올려놓았다.

"주인님은 가란 공주님을 사모하고 계시잖아. 그분 얻겠다고 사지에 자진해서 뛰어들 정도인데⋯⋯ 본채 일꾼들 말에 의하면, 궁궐을 자주 드나드는 것으로 보아 아직도 미련을 못 버리신 거 같더래. 그와중에 여기에 신경 쓰시겠어?"

"그래도⋯⋯ 이곳에 방문하려고 고관대작들이 줄을 서 있는데, 감히 일꾼이 이런 짓을 한 줄 아시면⋯⋯."

"그이는 노모를 모시고 오늘 내로 도성을 떠나겠다 했어. 내 목소리는 듣지 못했으니⋯⋯ 혹 문제가 생긴다 해도 내가 다 책임질게."

아무래도 그들은, 제가 이 약에 내성이 있는 줄 모르는 모양이었다. 그러니 의식이 있는 줄도 모르고 마음껏 떠드는 것이겠지.

'⋯⋯원래는 이리도 말이 많은 이들이었구나.'

소루는 멍하니 누워 생각했다. 그들이 살을 도려낸 피부를 당겨 상처를 쓱쓱 꿰맸다. 그러고는 그 위에 고약을 바르고 붕대를 감아 준다. 소루는 침상 위에 축 늘어진 채 눈물을 흘렸다.

이들은 나쁘지 않다.

그자는 어머니를 살리고 싶었을 뿐이다.

이들은 그런 그를 돕고 있을 뿐이다.

그러니까 나는 괜찮아.

무엇이 괜찮다는 것인지 스스로도 알지 못한 채 소루는 되뇌었다.

나는 괜찮다.

나는 괜찮아…….

다음 날 아침, 아무 일도 없었다는 듯 시비들이 시중을 들기 위해 방 안으로 들어섰다. 그러고는 태연히 제 얼굴을 닦아 주고, 머리를 만져 주고, 옷을 갈아입혀 주었다.

소루는 아무런 말도 하지 않았다. 늘 아침이면 마당을 쓸던 사내의 인기척이 느껴지지 않았지만 거기에 대해서도 아무런 말을 하지 않았다. 그에 시비들의 몸에서 긴장이 풀어지는 게 느껴진다.

잠시 뒤 그들이 할 일을 끝내고 방을 나갔다.

그녀는 언제나처럼 자리에 앉아 방문자가 오기를 기다렸다. 허벅지의 상처가 심하게 욱신거려 앉아 있기가 힘들었다. 이마에 맺힌 땀을 훑어 내리다 머리를 부여잡았다. 머릿속이 어지럽고 몽롱하다.

나는…… 여기서 대체 무얼 하는 것일까.

내가 애원하였다.

곁에만 있게 해 달라고…… 내가 애원한 것이었다.

여기는 내가 바란 장소다.

하지만 정말로 나는 이런 고통을 바랐던가.

'나는 그저…… 그저…….'

두서없이 이어지던 생각이 뚝 끊긴다. 그녀는 고개를 돌렸다. 어디선가 마님, 마님, 하는 목소리가 들려온다. 소루는 망설이다 천천히 소리가 난 창가로 걸어갔다. 창틀 사이에 손을 넣어 문을 열자 불쑥 무언가가 얼굴 앞으로 내밀어졌다.

"이것 보셔요. 꽃이 잔뜩 피었습니다."

밝은 염이의 목소리가 귓가를 간질인다. 그녀는 얼굴에 와 닿는 것을 만져 보았다. 꽃잎인가. 곱고 부들부들한 감촉에 손끝이 사릇 떨린다. 소루는 천천히 숨을 들이켰다.

"향기가 참 좋지요?"

"……그래."

그녀는 미소 지으며 답했다. 달콤하게 코를 간질이는 향기. 순간, 눈시울이 뜨거워졌다. 그것을 감추려 꽃 속에 얼굴을 파묻었다.

"……너무 좋다."

"제가 매일, 매일, 꺾어서 선물해 드릴게요."

소녀가 수줍게 말했다.

"그러니 힘을 내셔요."

그녀는 꽃다발을 좁은 창틀 사이로 조심스레 받아 들어 소중히 품에 끌어안았다.

"그래."

소녀가 저를 부르는 소리에 곧 창가에서 후다닥 멀어졌다.

그녀는 꽃 속에 얼굴을 파묻으며 속삭였다.

"……고맙다."

여기는 빛과 어둠이 공존하는 세계. 고독과 위로가 함께 있다. 그러니 조금쯤 무섭고 아픈 일이 있어도 괜찮아. 잠시만 빛을 쬐여 준다면……. 나는 계속해서 참을 수가 있어.

六章 누더기

그날 밤의 일이 아무 탈 없이 지나가자 사용인들 사이에서는 귀신 공주 방에 숨어들면 병을 치료받을 수 있다는 소문이 퍼졌다. 몇몇 대범한 이들이 서로 순서를 정하여 그녀의 방을 들락거리기 시작했다. 어디가 요즘 좋지가 않다. 어디가 아프다. 그리 주절주절 우는소리를 해 피를 받아 가는 이도 있었고, 아무 말 없이 상처를 쥐어짜 훔쳐 가는 이도 있었다. 깊은 밤이면 몰래 숨어들어 살을 베어 가는 이도 있었다. 제 눈이 보이질 않으니 누가 누구이고 누가 누구인지 구별하지 못하리라 생각했는지, 보통 둘이나 셋이 함께 들어와 허벅지나 엉덩이 살을 도려 갔다. 그리고 그들이 일을 마치고 방을 나간 뒤에는 시비들이 들어와 향로를 피우고 상처를 꿰매었다.

그들은 더 이상 들킬까 염려하지 않았다. 벌벌 떨지도 않았고, 미안하다고 하지도 않았다.

하나둘씩 늘어 가는 누덕누덕한 상처.

아침저녁으로 나오는 아편이 든 찻물.

매일같이 오고 가는 방문자.

그들에게 피와 살을 쥐어뜯기며 그녀는 왜 창문에 창살이 달렸는지를 깨달았다. 왜 문에 걸쇠가 걸렸는지. 왜 문 앞에 감시병이 서 있는지.

그녀는 이제 사람과 귀신을 분간할 수 없었다. 이곳에는 분명 귀신이 없을 터였다. 그러나 소루는 여전히 음산한 인기척에 시달렸다. 그들이 저를 탐식한다. 어둠 속에서 호시탐탐 저를 노리고 있었다. 평생 두려움의 대상이던 소루가, 이제는 사람이 두려워 덜덜 떠는 처지에 놓였다. 슬그머니 가까워지는 그 발걸음이 두려워 잠을 못 이루고 살이 닿을라치면 소스라친다. 사당에 있을 때와 같이, 아니, 그보다 더한 공포감에 시달렸다. 주변 이들에게 주었던 고통을 고스란히 되돌려받는 것인가.

그녀는 나날이 초췌해져 갔다. 진통제에 취해 머릿속은 늘 몽롱하였고 식사를 제대로 하지 못해 몸은 점점 야위어 갔다. 그것이 확연히 눈에 보였는지 이른 아침 들꽃을 잔뜩 꺾어 온 염이가 울음을 터트렸다.

"마님, 얼굴이 말이 아니십니다."

"……어제 잠을 잘 못 자 그런가 보다."

"상처가 많이 아프셔서요?"

코를 훌쩍거리며 하는 말에 소루는 애써 웃어 보였다.

"바람 소리 때문에 잠을 못 이뤘을 뿐이다."

"어제…… 바람 한 점 없었는데…….."

소루는 둘러댈 말을 찾지 못하고 입술만 달싹거렸다. 머릿속이 멍하여 아무런 생각도 들지 않았다. 저를 진심으로 위해 주는 유일한 이였다. 슬프고 속상하게 하고 싶지 않은데…….

가물가물 눈꺼풀을 움직이던 소루는 짐짓 어색할 정도로 밝은 표정을 지어 보였다.

"그보다 오늘은 유난히 꽃향기가 좋구나. 매번 어디서 이렇게 꺾어 오는 것이냐. 아직 뒤뜰에 뿌린 꽃씨에서는 줄기밖에 나오지 않았는데……."

"꽃향기가 맡고 싶다 하셨잖아요. 밖에 들판에서 꺾어 오는 거예요. 귀한 것은 아니지만……."

"꽃에 귀하고 귀하지 않고가 어디 있느냐. 참으로 좋다. 물병에 꽂아 주겠니?"

"……네."

소녀가 코를 한 번 더 훌쩍이더니 자박자박 발소리를 내며 방 안에서 물병을 찾는다.

소루는 의자에 앉아 염이가 움직이는 소리에 귀를 기울였다. 부산스러운 인기척에 마음이 놓인다. 유일하게 두렵지 않은 사람의 기척이었다. 그녀는 거기에 귀를 기울이며 탁상에 살짝 몸을 기댔다. 무거운 몸을 잠시만 쉬게 할 생각이었다. 그런데 이상하게도 몸이 점점 아래로 처졌다. 의아한 낯으로 다시 몸을 일으키려 탁상에 손을 짚었지만 힘이 들어가지 않았다. 부들부들 팔에 힘을 주던 소루는 결국 콰당, 하고 탁상 위에 엎어지고 말았다.

놀란 듯 염이가 후다닥 곁으로 달려온다.

"마, 마님, 왜 그러세요?"

그냥 기운이 없을 뿐이다, 나는 괜찮아, 그리 말하려고 했지만 목이 꽉 잠겨 소리가 나오지 않았다. 그녀는 입술만 힘겹게 달싹였다. 그 순간 토기가 치밀어 올랐다. 소루는 시비가 새벽녘에 준 찻물을 왈칵 다 토해 냈다.

염이가 놀라 비명을 내질렀다. 몸을 어떻게든 추슬러 보려고 했지만 도저히 주체할 수가 없었다. 온몸에 식은땀이 줄줄 흐르고 머리가 어지러워 정신을 차릴 수가 없다.

"마님! 마님!"

염이가 깜짝 놀라며 제 몸을 흔들었다. 소루는 배에서 느껴지는 통증에 가늘게 신음했다. 손으로 매만져 보니 끈적끈적하게 피가 배어 나온다. 구역질을 하다 상처가 터졌나 보다.

'피가……'

줄줄 흘러내리는 것을 멍하니 매만진다. 그렇게 내고도 마르질 않는 것이 신기하다.

대관절 얼마나 몸 밖에 내야 나는 죽는 것일까.

느릿느릿, 눈꺼풀을 위아래로 움직이던 소루는 곧 의자 아래로 축 늘어졌다.

어둠 속 깊이 굴러떨어지는 듯한 감각에 어째서인지 안도감이 들었다.

가륜 왕이 아주 약이 바짝 오른 모양이었다. 한비가 보내온 보고서를 읽으며 자현은 웃음을 흘렸다. 보고에 의하면 신료들과 정국을 논하는 자리에서 그 남자가 서방의 야만족들이 판을 치는 변방으로 자현을 보내는 게 어떻겠느냐 말을 꺼냈다고 한다.

자현은 입술을 비틀었다. 당연히 그 제안은 한비를 포함하여 제게 신세를 진 다섯 명의 관료가 무산시켰다. 자현이 가까이에 있어 백성들이 안심하고 있질 않습니까, 거기에 바로 얼마 전에 역적들이 그 난리를 쳤습니다, 도성의 안보가 불안하고 민심이 뒤숭숭한 와중에 영웅을 멀리 보내어 좋을 게 뭐가 있겠습니까. 그리 점잖게 조곤조곤

반론을 했더니 가륜 왕도 더는 밀어붙이지 못하고 언짢은 얼굴로 입을 다물더라는 것이다.

'어지간히도 독이 올랐겠군.'

부당한 제안인 줄 알면서도 작정하고 꺼낸 것일 텐데, 그리 묵살당했으니 모르긴 몰라도 속으로 이를 갈고 있겠지.

'꽤나 조급해진 모양이군.'

현재 민심은 왕실에 적대적이었다. 흉악한 강도가 기승을 부려 백성들은 불안에 떠는데, 정작 왕실에선 역모 죄인 잡아들인다고 애먼 사람이나 데려다 처벌하고 있으니, 오죽 불만이 쌓였겠는가. 그 와중에 나라를 구한 영웅을 부당하게 좌천시킨다면 이래저래 반발이 있을 터. 그것을 감수하고서라도 저를 밟아 놔야겠다 생각한 것이겠지만, 어림도 없다.

자현은 보고서를 촛불에 태우며 코웃음을 쳤다.

'웃기지 마시지. 이전처럼 두 눈 멀쩡히 뜨고서 그리 억울한 일을 당하진 않을 것이다.'

조만간 한비가 자현의 직위를 올려 주어야 하지 않느냐, 넌지시 이야기를 꺼낼 것이다. 그만한 공을 세워 온 이에게 아직까지도 제대로 된 포상을 내리지 않는 것은 나라의 기강을 어지럽히는 일이다, 그리 운을 떼고 몇몇이 동의한다면 어렵지 않게 대장군의 칭호를 얻을 수 있을 것이라 하였다. 그 말대로만 된다면 왕이라 해도 저를 개 부리듯 이리 가라 저리 가라 할 수 없게 될 테지.

'그리만 된다면······.'

자현은 눈을 빛냈다. 물론 가륜 왕이 순순히 동의할 리는 없다. 대장군이 되면 최소 만 명의 사병을 거느리게 된다. 그 꼴을 가만 보겠는가. 찔리는 게 있는지라 강경하게 반대하진 못하더라도 쉽게 승낙해 주지도 않을 터. 만전을 기하기 위해서는 더 많은 이들을 끌어들여 놓아야 한다.

'좀 더…… 좀 더…….'

더 힘을 키워야 한다. 다시는 그 같은 수치를 당하지 않도록. 아무도 두 번 다시는 저를 비웃을 수 없도록.

그는 서탁 위에서 주먹을 움켜쥐었다. 종잇장이 손 아래에서 형편없이 구겨진다. 지그시 그것을 움켜쥐다가 곧 내던져 버리고는 새 종이를 꺼내 들었다. 한비가 남구파 관료들을 은밀히 소개해 줄 터이니 약속 시간을 정해 달라 요청해 온 터였다. 남구파 관료의 대부분은 가륜이 즉위한 뒤에 관직에 올라온 자들이었다. 당연 그들은 왕에게 우호적이다. 그런 이들을 제게 협조하게 만들려면 신경 써야 할 것이 한둘이 아니다. 자현은 적당하다 생각하는 시간을 적은 뒤 봉투에 넣어 인장을 찍었다. 그것을 수하에게 전달하라 시키고 그들에게 먹일 두둑한 뇌물을 직접 챙기기 위해 방을 나서는데 아웅다웅하는 소리가 들려온다. 그는 소란이 일어난 곳을 향해 발걸음을 돌렸다.

"주인님께 드릴 말씀이 있어서 그럽니다!"

"멋대로 행동하지 마라!"

"중요한 이야기입니다. 잠시만 허락해 주세요!"

정원 한가운데에서 한 여종과 일꾼들 두어 명이 실랑이를 하고 있었다.

무슨 일이기에 그러나.

자현은 눈을 가늘게 떴다. 여종의 얼굴은 온통 눈물범벅이었다. 막아 세우려는 놈들의 태도도 심상치 않다.

"주인님께서는 너 같은 걸 상대할 시간이 없으시다!"

"잠시면 된다잖아요! 급한 일이란 말이에요!"

"조용히 못 해!"

사내놈 하나가 그리 호통을 치고는 그 어린 계집종을 밖으로 질질 끌고 가려 한다. 벌어지는 소동을 잠자코 지켜보던 자현이 이내 그를 막아 세웠다.

"무슨 일이냐."

"주, 주인님……."

"무슨 일이냐고 물었다."

"아, 아무것도 아닙니다. 어린 계집종이 말도 안 되는 생떼를 부려……."

그들이 당황하며 고개를 푹 숙인다. 입을 틀어막힌 채 붙들려 있던 여종이 그 기회를 놓치지 않고 일꾼들의 손에서 빠져나왔다.

"주, 주인님께 드릴 말씀이 있어 왔습니다."

"이것이!"

한 놈이 퍼렇게 질린 얼굴로 계집의 입을 틀어막는다.

자현은 무섭게 눈을 내리깔았다.

"놔둬라."

"주, 주인님……."

"놔두라고 했다."

싸늘한 음성에 놈이 찔끔하며 여종을 놓아준다.

그는 가슴께에 팔짱을 끼고서 심드렁하게 고갯짓을 했다.

"무슨 할 말이 있다는 거냐. 해 봐라."

"저, 저는……."

기세 좋게 발악하던 소녀가 잔뜩 어깨를 움츠리고서 고개를 떨군다.

이제야 겁이 난 건가. 쯧, 하고 혀를 차는데 결심을 한 듯 여종이 한 발짝 앞으로 나서며 당차게 외치었다.

"저는…… 주인님께서 소루 마님께 붙여 주신 여종, 염이라고 하옵니다. 주인님께 간청드릴 것이 있어 왔습니다."

"……말해 보라."

소녀가 꿀꺽 침을 삼킨다. 무어라 말문을 터야 좋을지 모르겠다는 듯 잠시 뜸을 들이던 계집이 이내 울먹이며 입을 열었다.

"마님을 단 며칠만이라도…… 그냥 두시면 안 되겠습니까."

자현은 귀를 의심하였다. 기가 찬 얼굴로 내려다보는 것을 아는지 모르는지, 계집종이 북받치는 감정에 못 이긴 듯 원성을 토해 냈다.

"해도 해도 너무…… 너무하시지 않습니까. 부, 불쌍하지도 않으십니까! 아내에게…… 사람에게 이럴 수는 없습니다. 그리도 가녀린 분께……."

"……지금 나에게 훈계를 하는 것이냐."

점입가경이라더니 이어지는 말들이 하도 기가 막혀 자현은 헛웃음만 흘렸다. 이리 주변을 시끄럽게 만든 것만으로도 경을 칠 일인데, 감히 제게 훈장질을 해? 이 여종은 모가지가 서너 개라도 되는 건가. 어느 안전이라고 겁도 없이 떠들어 댄단 말이냐. 그는 음산하게 입꼬리를 비틀었다.

"주인을 생각하는 마음은 가상하나…… 어이가 없군."

"소, 송구하옵니다만……."

"그 여자가 힘들다 우는소리라도 했나. 그 말을 듣고 쫓아와 이리 소란을 부리는 것인가. 제게도 쓸모가 있다 하며 자진한 일이 아니던가. 이제 와서 감히 내게 시비를 보내어……."

"그, 그분께서는 아무런 말씀도 하지 않으셨습니다. 제게는 아무런 말씀도……!"

시퍼런 얼굴을 하던 시비가 무슨 배짱인지 언성을 높였다.

"괜찮다고…… 괜찮다고 하시는 걸…… 제가 멋대로 와서 떠드는 것입니다. 더는 잠자코 있을 수가 없어서…… 목숨을 내걸고 찾아왔습니다. 열병이 나 쓰러지신 분 몸에 또 칼을 대라 하시다니……. 해도 해도, 너무하시지 않습니까. 다른 분들께서 병을 고치기만 한다면…… 마님께서는 죽든 말든 상관없다는 겁니까! 온몸이 그리 만신창이가 되었는데…… 의식도 없는 분께 어찌 그리하실 수가 있습니까. 이러다 정말 돌아가시기라도 하면……!"

"그게…… 무슨 말이지?"

자현이 굳은 얼굴로 물었다. 그 목소리가 하도 음산하여 정신을 못 차리고 흐느끼며 떠들던 계집이 뚝 눈물을 그친다. 자현은 그 앞에 한 걸음 나아가며 살벌하게 물었다.

"……열병이 나서 쓰러져?"

"오, 오늘 아침에 마님께서 쓰러지셔서……."

"듣지 못했다."

"다른 이들이 분명히 주, 주인님께 알렸다고……."

자현은 휙 고개를 돌려 제 거처를 관리하는 하인에게 눈길을 주었다. 그런 말은 전해 듣지 못했다며 손사래를 친다.

어디선가 누락된 건가? 아니면 애초에 전하지 않았나? 대체 왜?

이마에 심각하게 주름을 잡던 자현은 다시 고개를 돌려 염이란 시비에게 물었다.

"그래서…… 그 여자는 의식도 없는 채로 방문자를 받았다는 건가? 대체 어떻게 치료를 했다는 거지?"

"마, 마님을 대신해 일꾼들이 칼을 대어서……."

소녀가 말을 차마 잇지 못하고 눈물을 흘린다.

자현은 몸을 굳혔다. 몸져누운 그 여자의 몸에 몸종이 칼을 대었단 말인가. 순간 머리털이 주뼛 곤두섰다.

"……내가 그리 시켰다 하더냐?"

시비가 고개를 끄덕였다.

얼굴을 일그러뜨리던 자현은 다음 순간 휙 몸을 돌렸다. 뒤채를 향해 성큼성큼 걸음을 옮기자 울던 계집이 몸을 일으켜 황급히 쫓아온다. 그는 돌아보지 않고 곧장 별채를 지나 집 안에서 제일 초라한, 소루의 거처에 발을 들였다. 제 모습을 보자마자 문가를 지키던 이들이 사색이 되어 고개를 황급히 숙였다.

"주, 주인 나리께서 어쩐 일로……."

그는 대꾸도 않고 하인들을 지나쳐 활짝 문을 열어 젖혔다. 방문 앞을 지키던 시비들의 낯빛이 일제히 허옇게 질렸다. 자현은 그들을 싸늘하게 노려보다가 방문을 열고 안으로 들어갔다.

그러자 텁텁하고 매캐한 공기가 코와 눈을 찔렀다. 그는 소매로 얼굴을 가리며 고개를 두리번거렸다. 문 옆에 놓인 향로가 눈에 들어온다.

왜 이런 게 여기에 있나.

자현은 그것을 발로 엎어 향불을 끈 뒤 창가에 쳐진 발을 걷었다. 연기가 가득한 방 안에 탁한 빛줄기가 아지랑이처럼 부유했다.

어째서 환기도 제대로 하지 않은 거지?

인상을 쓰며 좁고 어수선한 방을 쭉 살피는데, 문득 침상 위에 축 늘어진 자그만 그림자가 시야에 잡혔다.

굳은 듯 서 있던 그는 그리로 천천히 발걸음을 옮겼다. 침상 위에 드리워진 얇은 휘장을 걷으니 식은땀에 흠뻑 젖은 하얀 얼굴이 눈앞에 드러났다. 그는 그녀의 이마에 들러붙은 새까만 머리칼을 무의식중에 걷어 냈다. 젖살이 덜 빠진 듯 둥그스름하던 뺨이 해쓱했다. 움푹 팬 눈. 버석한 입술. 멍하니 여자의 모습을 훑어 내리던 그는 이불 아래 드러난 자그만 손에 멈칫 시선을 고정시켰다. 거기에는 불그스름한 상처가 가득했다. 그는 천천히 그 소매를 걷어 올렸다. 칼자국은 손등, 팔목, 팔꿈치를 지나서까지 계속되었다. 앙상한 양팔에 빼곡히 새겨진 흉터.

왜 등줄기가 굳는 것인지 알 수가 없다.

이렇게 되어 있을 줄 몰랐나?

오가는 이가 하루에 몇이나 되는 줄 모르고 있었나?

이 여자가 뭘 어찌해서 그들을 치료해 주는지 몰랐느냐 말이다.

자현은 입술을 깨물었다. 여자의 창백하게 질린 얼굴이 사포처럼 꺼끌꺼끌하게 망막을 긁어내리는 듯했다.

이렇게까지 되어 있을 줄은 몰랐다.

스스로가 듣기에도 어처구니없는 변명이 목구멍까지 올라왔다. 지끈거리는 이마를 꾹 누르던 자현은 곧 여자의 몸을 안아 들었다. 무게감이 거의 느껴지지 않았다.

사람이란 게…… 이렇게까지 가벼울 수도 있는 건가.

조금만 힘을 주어도 부서질 것 같아 등골이 오싹했다.

"주, 주인님, 어디로……."

그녀를 안아 든 채 문을 나서자 엎드려 있던 시비가 벌벌 떨며 묻는다. 자현은 싸늘한 눈으로 그들의 얼굴을 하나하나 노려보았다.

"내가 어디로 가는지 네놈들에게 일일이 보고해야 하나?"

"죄, 죄송……!"

"어째서 이 일을 내게 알리지 않았는지, 후에 따로 묻겠다."

시비들의 낯이 시퍼레진다.

그 푸르죽죽한 낯을 지긋이 내려다보던 자현은 이내 몸을 돌려 본채로 향했다. 여자의 팔이 아래로 축 늘어진다. 가냘픈 목이 뒤로 꺾였다. 순간 등골이 오싹했다. 이 조그만 머리통의 무게도 견디지 못하고 그대로 끊어져 버리는 건 아닐까. 그는 재빨리 여자의 자그만 머리를 제 어깨 위에 얹었다. 손가락에 검은 머리칼이 휘감겼다. 살갗을 벨 듯이 매끄러운 감촉에 순간 몸이 굳었다. 목덜미에 여자의 여린 숨이 슬긋 쏟아져 내린다. 정체를 알 수 없는 낯선 감각에 자현은 이를 악물었다. 마치 자기로 된 것을 가슴에 안아 든 것 같았다. 그는 한시라도 빨리 떨쳐 버리고 싶어 발걸음을 서둘렀다. 터무니없을 정도로 가벼운데도 들고 있기가 힘이 들었다. 품에서 바스락거리며 당장이라도 부서져 내릴 것 같아서…… 께름칙하고, 기분이 나빠.

그는 제 방으로 들어가 여자를 침상에 눕히고는 곧바로 의원을 불러오라 명했다. 대기하고 있던 본채의 시비가 후다닥 달려간다. 그 잠깐의 시간조차 길게 느껴져 그는 초조하게 이마를 쓸었다. 여자의 팔에 가득한 상처가 그물처럼 시선을 옭아매었다. 제가 그렇게 하도록 요구했다. 그런데…… 왜 이리 불편한 기분이 드는 것인지 스스로를 이해할 수가 없었다. 한 손으로 지끈거리는 머리를 감싸 쥐던 자현은 결국 방을 나왔다. 그대로 그 자리를 떠나고 싶었지만 마치 뭔가가 발목을 죄고 있기라도 한 듯 더 나아갈 수 없었다.

문가에 기대어 발로 바닥을 타닥타닥 두드리던 그는 다음 순간 헛웃음을 흘렸다.

지금 죄책감을 느끼는 건가? 그래서 이러나. 웃기지도 않는다. 여자가 어찌 되든지 모르는 척 신경도 쓰지 않은 주제에, 이제 와서…….

'젠장.'

그는 쾅 기둥을 주먹으로 내려쳤다. 뱃속이 불쾌하게 들척거린다. 저 여자는 왜 자꾸 이런 기분이 들게 하는 거지? 그녀를 생각하는 것만으로 속이 술렁거리고 이유를 알 수 없는 초조함에 휩싸인다. 낯설고 불쾌한 감각.

'그게 싫어서…….'

처음 봤을 때부터 공연히 거슬리고 짜증이 나서, 어찌 되든 상관없다고, 돌아보지도 않았는데…….

"부, 부르셨습니까?"

자현은 고개를 들었다. 저만치에서 의원이 허겁지겁 달려오고 있었다. 제가 대체 어떤 표정을 짓고 있었던 것인지, 눈이 마주치자마자 늙은이가 눈에 띄게 굳어진다. 그는 얼굴을 쓸어내리며 문가에서 비켜섰다. 안으로 들어가 보아라 눈짓하자 의원이 고개를 한 번 꾸벅하고는 냉큼 그 안으로 들어갔다.

그는 뒤따라 들어가지 않았다.

의원이 왔으니 이제 괜찮겠지. 왜 저 여자가 쓰러졌다는 사실을 제게 알리지 않았나 추궁이나 하자.

'괜찮다, 별것 아니다, 하는 말만 듣고 난 다음에⋯⋯.'

의원이 그리 말하는 것만 들은 뒤에 가자.

그는 억지로 웃어 보았다.

그래. 원래 계집들은 체력이 병아리만도 못해서 픽픽 잘도 쓰러지고 그러질 않나. 좀 쉬면 괜찮아질 거다, 의원이 그리 말하면 호들갑을 떤 시비에게 무어라 한마디 해 주고⋯⋯.

"나리⋯⋯ 잠시만 이리 들어오시겠습니까?"

그는 상념에서 깨어 몸을 바로 세웠다. 문틈 사이로 고개를 내민 의원의 얼굴이 심각하다. 가슴이 기분 나쁘게 덜컥거렸다.

"왜 그러지?"

"⋯⋯직접 보셔야 할 것 같습니다."

의원이 들어오라는 듯 문을 열고는 한쪽으로 비켜선다. 잠시 굳어져 있던 자현은 이내 안으로 들어섰다. 여자는 여전히 정신을 차리지 못하고 있었다. 그 창백한 얼굴을 바라보다가 의원의 재촉에 못 이겨 침상 가까이 다가섰다. 그러자 의원이 슬쩍 이불을 걷어 내려 여자의 한 줌도 안 될 법한 얄팍한 허리를 보여 주었다.

"⋯⋯피부가 어긋난 것을 보아 살을 도려내고 꿰맨 것 같습니다. 이런 것이 여섯 군데나 있습니다."

그는 얼음물이라도 뒤집어쓴 것 같은 얼굴로 멍하니 여자의 몸을 내려다보았다. 창백하리만치 하얀 몸 위에 듬성듬성 자리한 흉터. 엉성하게 꿰맨 실 자국이 살갗 위에 도드라져 있었다. 그가 허벅지 위에 덮어 놓은 천도 걷어 내 상처를 드러내 보였다.

"이건 최근에 난 상처 같습니다. 상처가 덧나서 염증이 심한 상태입니다."

그의 눈에도 시뻘겋게 부어올라 짓무른 상처가 꽤나 심각해 보였다. 몇 번 터졌는지 잔뜩 부르튼 상처 위로 엉망으로 꿰맨 실이 울퉁불퉁하게 불거져 있었다. 저리 부어오른 상처를 바늘로 아무렇게나 찔러 댔을 걸 생각하니 속이 뒤집어졌다. 자현은 떨리는 손끝으로 입술을 눌렀다. 전쟁터에서 이보다 더 심한 상처도 실컷 봐 왔다. 그런데도 이 자그마한 여자의 몸에 자리한 상처가 너무나도 참혹하게 느껴져 목 안에서 역한 기운이 치밀고 올라왔다.

"무엇보다 약에 중독이 되어서 내장이 제 기능을 못 하는 상태입니다."

"……약?"

"진통제로 아편을 사용한 모양입니다. 그 밖에도 어설픈 지식으로 이 약 저 약을 함께 먹인 것 같은데……."

향로와 사색이 되던 시비들의 얼굴, 부자연스러운 일꾼들의 태도, 제게 알리지도 않고 멋대로 방문자를 받은 일 등등이 차례로 머릿속을 스쳐 지나갔다.

자현은 그녀가 무슨 일을 당했는지 온전히 깨닫고 욕지기를 토해 냈다. 누가 걷어차기라도 한 것처럼 아랫배가 묵직해졌다. 마치 누덕누덕 기운 헝겊 인형 같은 여자의 모습을 차마 똑바로 보지 못하고 그는 눈을 질끈 감았다.

"이 일에 연관된 이가 한둘이 아니다."

탁상에 앉아 지끈거리는 머리를 누르고 있는 자현에게, 비령이 한숨 쉬듯 말했다.

"한두 명도 아니고…… 어떻게 집안의 하인들이 한꺼번에 작당을 할 수가 있는 것인지…… 심지어는 문을 지키던 이까지…….”

비령도 이를 어찌해야 좋을지 모르겠다는 양 머리를 문지른다.

자현은 지그시 눈을 감은 채 아무런 말도 하지 않았다. 감히 모시는 주인을 해한 시비들과 뒤채를 지키라 세워 두었던 무인들은 깡그리 옥방에 가둬 둔 상태였다. 거의 반나절을 매질을 가했다. 소식을 듣고 달려온 비령이 말리지 않았다면 아마 날이 새도록 때리게 했을 것이다.

"심문해 보니 뒤채에 몰래 들락날락한 이가 이 집안 하인의 절반은 되는 모양이야. 대체 이를 어찌해야겠나?"

자현은 대답 없이 깍지 낀 손 위에 쿵쿵 이마를 박기만 했다. 그 심상치 않은 모습에 비령은 잔뜩 긴장했다. 이놈이 이럴 때면 그 이후에 어떤 참사가 일어나는지 잘 알고 있었던 것이다. 혹 칼을 뽑아 들고 온 집 안을 피바다로 만드는 것은 아닌가 하며 우려 섞인 시선을 보내는데 한참 동안 침묵을 유지하던 자현이 천천히 입을 열었다.

"가축으로 여긴 거야."

"……뭐?"

"다 같이 미쳐서 그리한 게 아니다. 그리해도 되는 줄로 알았던 거야. 왕족으로도, 내 처라고도 생각하지 않았던 거다. 집에서 키우는…… 가축 정도로 여긴 거야."

느릿느릿 쏟아지는 음산한 음성에 비령은 입을 다물었다.

자현이 손으로 눈가를 쓸어내리며 허탈한 웃음을 흘렸다.

"그러지 않고서는 상식적으로…… 불가능한 일이지. 감히 종들이 주인을…… 주인이라 여기지 않았던 거야……. 집 뒷구석 허름한 곳에 처박아 두고는 물과 먹이만 챙겨 주면 되는…… 그러고는 매일매일 조금씩 피와 살을 도려내어 먹는, 그런 가축으로 여긴 거다. 하하, 종놈들이 그리 생각한 것도 무리는 아니지. 내가 그렇게 여기게 했다. 그리 대우하였어."

"자현, 이보게……."

"그 여자가 나한테 뭐라고 말했었는지 기억하나?"

"……."

"내 집에 머물게 해 달라 애원하면서 무어라 했었나. 네 곁에서라면 나도 사람처럼 살 수 있을 것이다. 그리 말했었지."

그는 이마를 감싸 쥐고서 웃음을 터트렸다.

"사람처럼…… 사람처럼 살 수 있을 것이라고……."

너덜너덜해진 여자의 모습이 떠올라 속에서 무언가가 치밀었다. 울며 제게 고맙다 하던 모습이 지금도 눈앞에 선연하다. 매달리듯 제 옷가지를 움켜쥐던 일도……, 그 자그맣고 하얀 손에 비수를 쥐여 주던 제 모습까지도…….

자현은 이를 악물었다.

그 모습을 잠자코 바라보던 비령이 조심스레 입을 연다.

"그리 자책하지 말게. 자네도 이렇게까지는……."

"자책?"

자현이 휙 고개를 들었다. 그 형형한 눈길에 비령은 저도 모르게 한 걸음 뒤로 물러났다. 그가 속사포처럼 퍼부어 댔다.

"그래. 종놈들이 살을 베어 먹는 걸 허락하진 않았지! 재물이나 권력을 가진 놈들에게만 그리하게끔 했다. 사람을 정해서 줄줄이 보냈어. 그런데 이제 와서 이렇게까지 할 생각은 없었다. 자책한다고?"

"……."

"웃기지 마라! 나는 네놈 같은 위선은 떨지 않는다. 자책 따위를 하는 게 아니야. 겁도 없이 뒤로 내 것을 축낸 놈들을, 용서할 수 없을 뿐이다. 그래서 화가 난 거야. 너무나 화가 나서……."

제 말처럼 그가 치미는 화를 주체 못 하고 탁상을 쾅 내리쳤다. 그 무지막지한 힘에 상머리가 주먹 모양대로 움푹 파였다.

"참을 수가 없는 거다."

잇새로 살벌하게 새어 나온 음성에 비령은 얼떨떨한 얼굴을 했다. 물론 기함할 만한 일이기는 했지만 이는 지나치게 격한 반응이 아닌가. 소 닭 보듯 관심도 두지 않았던 계집, 비록 참혹한 꼴을 당한 것이 가여우나 이리 열 내는 이유가 뭔가.

"……어찌할 셈인가?"

"우선…… 뒤채에 드나들던 일꾼들을 전부 조사해, 이 일에 가담한 놈들은 철저히 처분하겠다."

"내가 하겠네."

자현은 매서운 눈으로 그를 노려보았다.

비령은 차분히 말을 이었다.

"자네보다는 내가 더 냉철히 대처할 수 있을 걸세."

"내 집안 일이다."

"이제 와 새삼스럽게 무슨 말인가."

비령은 고개를 설레설레 내저었다.

"종들을 감정적으로 징벌하여 좋을 것이 없네. 자네보다는 내가 이성적으로 처리할 수 있겠지."

"지금 내가 이성적이지 않다는……!"

"어디로 보나 그러네."

비령이 단호하게 내뱉었다.

"더군다나 소루 공주의 일은 내가 제안한 것이 아니던가. 네 말대로 나는 얄팍하고 위선적인 인간이라…… 마음 한편이 불편하고 묵직한 것이 싫어. 죄책감을 덜게 해 주게."

자현은 헛웃음을 흘렸다.

죄책감. 그런 것을 느끼는 놈이던가. 입에 발린 말 지껄이지 마라.

그런 빈정거림이 혀끝에 맴돌았지만 그는 입을 다물었다. 비난하는 말을 해 보았자 제 얼굴에 침 뱉는 꼴이었다.

"……맘대로 하게."

이를 악물기를 잠시 결국 고개를 끄덕거렸다. 비령이 작게 안도의 한숨을 내쉰다. 제가 정말 칼부림이라도 할까 걱정한 건가. 자현은 입꼬리를 비틀었다. 그런 짓을 할 하등의 이유가 없다, 그리 말하려는 순간 희미한 통증이 느껴졌다. 그는 주먹을 펴 보았다. 손톱이 살을 파고들어 갔는지 피가 흐르고 있었다.

'자책 같은 거…….'

이를 꽉 악문다. 여자의 몸에 가득한 상처를 머릿속에서 지워 버리듯 그는 눈을 감았다.

여자는 하루 종일 정신을 차리지 못했다. 자현은 벽에 머리를 기댄 채 그 잠든 얼굴을 내려다보았다. 의원이 제대로 된 약을 달여 먹이고 상처를 봐 주었다더니 혈색이 다소 나아졌다. 아직 힘들어 보이기는 하지만…….

'열이 아직 내리지 않은 건가?'

그는 손을 뻗어 여자의 이마를 만져 보았다. 미지근하게 식은 섬세한 피부 감촉에 손끝이 저릿해진다. 여인은 다 이런 걸까. 꼭 아기 같이 피부가 보들보들했다. 멈칫거리며 그녀의 얼굴을 쓸어 보던 자현은 이내 낯빛을 흐렸다. 원래는 손가락도, 팔목도, 이 자그마한 몸뚱이도 이처럼 매끄러웠을 테지.

'사실은…… 이런 꼴이 될 이유가 없었다.'

여자의 상처투성이 손가락을 내려다보며 자현은 이를 악물었다. 이 여자를 보면 제가 당한 일이 떠올라 분이 치밀었지만 사실은 알고 있었다.

너는 아무 잘못도 하지 않았다. 너라고 바라던 혼사였을까. 나를 모욕 주려는 왕의 목적에 멋대로 이용당했을 뿐……. 너는 내게 이런 취급을 받아야 할 이유가 없었다.

'그래도 화가 나서 어찌하지를 못하고…… 그런 나를 두고 웃는 이 여자가, 모진 대우에도 고맙다고 하는 이 여자가 참을 수 없을 만큼 거슬려서…… 너무나 거슬려서…… 그래서…….'

두서없이 이어지던 생각들이 불현듯 뚝 끊어졌다. 어느새 정신을 차린 것인지 그녀의 투명한 눈동자 위에 제 모습이 고스란히 비치고 있었다. 그는 꽁꽁 얼어붙은 채 그것을 가만히 내려다보았다. 여자가 이윽고 입을 열었다.

"……여기가 어디냐?"

자신의 방이 아니라는 것을 어찌 알아차린 것인지 여자가 덤덤하게 묻는다. 뻣뻣하게 굳어져 있던 그는 머뭇머뭇 답했다.

"……내 방이다."

제 목소리에도 여자는 그다지 놀란 얼굴을 하지 않았다. 자신이 곁에 있다는 것을 당연하다는 듯이 알아차린다. 여자의 그런 기묘한 면에 익숙해진 것인지 그게 더는 이상하고 섬뜩하게 느껴지지 않았다. 자현은 차분히 말을 이었다.

"너는 의식을 잃었었다. 네 시비가 사색이 되어 내게 달려와 알리지 않았으면 큰일이 났을 거야."

여자는 유리알 같은 눈동자를 가만히 제게 고정시킨 채 한참 동안 아무런 말도 하지 않았다. 멀었다는 것을 잘 알고 있음에도 이 눈 앞에 서면 늘 발가벗겨진 듯한 기분이 들었다. 자현은 무력하게 고개를 숙이고서 그녀가 원망의 말이나 비난, 혹은 호소를 쏟아 내기를 기다렸다. 하지만 깊은 침묵만이 계속되었다. 기진맥진하여 아무 말도 하고 싶지 않은 것인가. 그는 초조하게 몸을 돌렸다.

"땀을 많이 흘렸다. 물을 좀 줄 테니……."

"혹 이대로 죽는 건가 하고 생각했다."

그는 물병을 향해 뻗던 손을 흠칫, 멈춰 세우며 다시 그녀를 향해 시선을 돌렸다. 여자의 부챗살처럼 기다란 속눈썹이 느릿느릿 아래로 내려갔다. 그녀가 꺼질 듯한 음성으로 말을 이었다.

"이상하게도…… 마음이 놓였어."

"……너를 해코지한 하인들은 모두 처벌할 거다."

그는 굳은 어조로 내뱉었다. 여자가 의아한 얼굴을 한다. 왜 그리하느냐 하는 듯한 그 표정에 속에서 울컥 뭔가가 치밀고 올라왔다. 그는 다소 거칠게 물었다.

"왜 진작 도움을 요청하지 않았나?"

"……."

"그…… 염이라는 시녀에게 진작 이 사실을 알렸더라면 이 지경까지 오는 일은 없었을 거다. 왜 그런 일이 벌어졌을 때…… 바로 도움을 요청하지 않았나."

"……도움을 요청해야 하는 일인 줄 몰랐다."

그는 머리를 한 대 맞은 것 같은 얼굴로 여자를 내려다보았다.

그녀의 입가에 씁쓸한 미소가 걸렸다.

"그런가……. 도와 달라고 했다면, 도와주었을 거였구나."

"그럼, 이 지경이 되기까지……!"

제가 내버려 두리라 생각했나. 목구멍까지 치밀어 오르는 그 말을 삼켰다. 한 번도 발걸음을 하지 않았다. 뒤채에 처박아 두고는 돌아보지도 않았다. 이따금 생각이 나더라도 재빨리 떨쳐 버렸다. 제 입으로 있는 듯 없는 듯 그리 살겠다 하지 않았느냐. 신경 쓸 것 없다. 그리 합리화하고는 머릿속에서 지워 버렸다.

저라고 몰랐을까.

제가 어떤 대우를 받고 있는지.

왜 내게 진작 도와 달라 하지 않았느냐고, 진심으로 따지는 것인가.

자현은 허탈한 웃음을 흘렸다. 불덩어리가 목에 걸린 듯 쓰리다. 이런 꼴로 만들 생각은 추호도 없었다는 얄팍한 변명이 목까지 치밀어 오른다. 그는 그것을 필사적으로 삼키며 딱딱하게 내뱉었다.

"보상하게 하라."

"……무엇을?"

영문을 모르겠다는 듯 되묻는 말에 그는 또박또박 힘주어 말했다.

"네가 겪은 일을."

"……."

"내가…… 하인들의 관리를 소홀히 하였다. 이 지경이 될 때까지 몰랐던 것은 분명한 나의 실책. 원하는 것을 말해라. 내가 어찌 보상해 주길 바라나."

제 귀에도 정떨어지는 말투였다. 비령에게 뭐라 할 처지가 아니다. 나는 보상을 해 주고 이 찝찝한 마음을 떨치려 하는 게 아닌가. 스스로에게 조소하는데 여자의 조용조용한 목소리가 귓가에 울렸다.

"뭐든지…… 들어주는 것이냐?"

"그래."

바라는 것이 있나. 안도감으로 어깨에 힘이 빠지었다. 그는 한결 차분해진 음성으로 말을 이었다.

"내가 들어줄 수 있는 거라면 뭐든 들어주마."

여자는 한참 동안 말이 없었다. 얼마나 대단한 것을 바라기에 이러나. 어떤 무리한 요구를 해 오더라도 들어줄 터이니 말해 보라, 그리 재촉하려는데 여자가 입술을 달싹인다.

"네 얼굴을…… 만져 보고 싶다."

"……뭐?"

머뭇머뭇 흘러나온 말을 바로 이해하지 못하고 그는 눈을 크게 떴다. 여자가 제 쪽을 향해 조심조심 손을 내밀며 말했다.

"네 얼굴을 만져 보고 싶다고 했다."

그는 못 박힌 듯 서서 그 손을 가만 바라보기만 했다. 멍하니 눈만 깜빡거리길 잠깐, 장난을 치는 건가 싶어 조금 격양된 어조로 쏘아붙였다.

"뭐든지 들어주겠다 하였다. 제대로 된 것을 말해라. 정말로 뭐든……."

"눈을 잃은 후로 나는 항상 어둠 속에 있었다."

여자가 빛을 잃은 눈동자로 허공을 응시하며 말했다.

"그리고…… 더 깊은 어둠으로 굴러떨어지는 것 같았어. 두 번 다시 깨어나고 싶지 않았다. 그런데…… 네가 있었다."

"……."

"깨어나 보니, 네가 있었어."

"나는……."

어째서인지 목이 아프도록 조여 왔다. 무슨 말을 하고 싶은지도 모르는 채 그는 입술만 달싹였다. 여자의 입가에 희미한 미소가 어린다. 그 미소가 칼날처럼 뱃속을 찔렀다.

어째서 너는 웃는 건가. 그런 꼴을 당했는데…… 그처럼 참혹한 일을 당했는데…… 이해할 수 없다. 도무지 이해할 수가 없어.

"나는…… 너에게 아무것도 해 준 게 없다. 앞으로도 그럴 거야. 그런데, 그런데 왜……."

"아무것도 하지 않아도 괜찮아."

그리 말하는 여자의 눈에 물기가 고인다. 그렁그렁 고인 것이 웃음기로 가늘어진 눈매 안에서 넘쳐흘렀다.

"참으로 이상하지. 그저 거기에 있어 주는 것만으로 충분하다니. 눈을 뜨는 게 무서웠다. 그런데…… 네가 옆에 있다는 걸 알고 마음이 놓였어. 안도하고…… 그것이면 되었다는 생각을 하였다."

"……."

"너는 꼭 어둠을 밝혀 주는…… 해님 같아. 멀어 버린 이 눈에도, 네 빛만은 또렷하다. 그러니까 무엇 하나 해 주지 않아도 괜찮아. 해는 원래 그러한 것이 아니냐. 그저 거기에 존재해 주는 것만으로…… 그래서 그 빛을 느끼게 해 주는 것만으로 충분한…… 나는 그것만으로도 어떤 아픔도 참아 낼 수가 있다."

젖은 속눈썹이 천천히 아래로 내려갔다. 거기 맺혀 있던 물방울이 주룩, 관자놀이를 타고 흘러내린다.

너는 흐느끼는 법을 혹 모르는 건가.

아무 말도 못 하고 얼어붙어 있는 그를 향해 여자가 미소 지었다.

"다만…… 한 번만, 너에게 닿아 보고 싶다. 네 얼굴을 보고 싶어."

마치 쇠붙이가 자석에 이끌리듯 그는 그 손길을 향해 몸을 숙였다. 여자의 손가락이 이마를 타고 흘러내린 제 머리칼에 와 닿는다. 그것을 조심스럽게 매만지던 여자가 천천히 몸을 일으켜 제 얼굴 위에 두 손을 대었다.

상처가 가득한 가느다란 손가락과 여윈 팔목이 그의 시야를 그물처럼 옭아매었다. 자욱한 안개 속을 걷는 것처럼 머릿속이 흐려진다. 여자가 손바닥으로 그의 뺨을 감싸 쥐고는 광대뼈를 더듬어 나갔다. 마치 나비를 쓰다듬듯이. 자현은 이해할 수 없는 이유로 숨을 멈추었다. 이처럼 깨어지기 쉬운 것을 만지듯 저를 접해 온 이가 세상에 또 있던가. 어미도 이리 애틋하게 어루만져 주지는 않았다. 상처가 가득한 가느다란 손가락이 이마를, 그 아래 숱 많은 눈썹을 더듬다가 천천히 코를 타고 내려왔다. 조심스러운 그 손길에 뱃속이 점점 더 불편하게 꼬여 온다.

그는 거리감을 제대로 재지 못한 것인지 무방비하게 가까워진 얼굴을 내려다보았다. 수수하고 아이 같아 볼품없다고 여긴 용모였다. 하지만 곳곳에 절묘한 미려함이 숨어 있었다. 오똑한 코, 완만한 뺨, 둥그스름한 이마와 자그만 입술, 그리고 유리알 같은 두 눈……. 오싹하게 느껴질 정도로 맑은 그 두 눈은 귀신이 탐을 내 빼앗아 간 것도 무리가 아니라 느껴질 정도로, 아름다웠다.

"더…… 험상궂은 얼굴일 줄 알았다."

여자가 웃으며 중얼거렸다.

그는 낯선 감각에서 깨어나 입술을 떨었다. 여자의 손가락이 거기에 와 닿는다. 그는 어색한 감정을 숨기기 위해 부러 퉁명스레 말했다.

"……험상궂은 얼굴 맞다."

"인상을 자주 써서 그런 거야."

여자가 미간에 팬 주름을 매만졌다. 얼굴의 생김새를 마치 손에 새기듯이 신중하게 더듬어 나가며 미소를 짓는다.

"웃으면, 분명 다를 거다."

"……."

이윽고 창백한 손가락이 제게서 천천히 멀어졌다. 그는 무의식중에 그것을 붙잡았다. 여자가 의아한 얼굴을 한다. 스스로도 왜 붙들었는지 알 수가 없었다. 실타래가 엉킨 것처럼 머릿속이 어지러웠다. 그러다 돌연, 그런 혼란스러움에 화가 났다.

"이런 건…… 아무런 보상이 되지 못한다."

"……나한테는 되었어."

"내게는 되지 않았어! 다른 것을 말해라. 제대로 보상하겠다."

강경하게 말하자 여자의 얼굴에 곤란한 기색이 어린다. 그에 더더욱 화가 치밀었다. 여자에게 마구 퍼부어 대고 싶었다.

바보 같다. 미련스럽다. 이따위 것으로 되었다고 하지 마라. 그런 식으로 웃지 마라…… 그런 식으로…… 그런 식으로…….

"그러면…… 가끔씩…… 생각날 때 한 번씩만, 내게 들러 다오."

그런 식으로 나를 바라보지 마라.

이 세상에 단 하나 남은 빛이라는 듯.

그는 여자의 손을 놓았다. 여자의 고요한 얼굴을 더는 견디지 못하고 고개를 떨구었다. 모래를 삼킨 것처럼 목 안이 꺼끌꺼끌하다. 굉장히 무력한 기분이 들었다.

너무 바보 같아서, 너덜너덜해진 꼴을 하고서도 제게 웃어 보이는 이 여자가 너무나도 어리석어서.

어찌할 바를 모르겠다.

만복은 밤거리를 바쁘게 달려 나갔다. 심장이 격하게 두방망이질을 쳤다. 그는 품 안에 넣은 것이 온전히 제자리에 있는지 쉴 새 없이 손을 넣어 확인했다. 그는 원래가 간이 작은 사람이었다. 잔걱정이 많고 우유부단하여 뭐든 결정하기를 미적거리는. 머뭇거리다 좋은 기회를 놓쳐 버린 게 몇 번이던가. 만복은 이번에야말로 그런 어리석은 손해는 보지 말자고 다짐하였다.

'나만 그런 것도 아니잖은가.'

그는 누구에게 변명하는지도 모르고 속으로 외치었다.

그래. 나는 나쁘지 않다. 다들 좋다고 귀신 공주의 방에 숨어들어 가지 않았나.

물론 저는 아픈 곳도 없었고, 가족 중에 아픈 이도 없었지만……옆방의 삼구는 소변 줄기가 예전 같지 않다는 별 시답잖은 이유로 귀신 공주 피를 훔쳐 마셨다. 고 계집 피를 먹으면 병이 낫는 것뿐 아니라 몸이 더욱 건강해지고, 피부에는 윤기가 흐르며, 좀 더 젊어지는 기분이 들더라는 것이다. 그런 소문 때문에 아프지도 않은데 꾀병을 부려 그 방에 들른 이가 제가 알기로만 다섯이다.

저처럼 돈 때문에 숨어든 이도 있을 것이다.

만복은 품 안에 넣어 둔 것을 또다시 만지작거렸다. 헝겊 주머니 안에 든 새끼손가락만 한 귀신 공주의 옆구리 살이 몰캉몰캉 만져진다. 어머니가 아프시다는 말로 친구의 협력을 구해 얻어 낸 것이다. 물론 병든 어미 따위는 없었다. 제가 먹으려고 한 것도 아니었다.

'적어도…… 은자 오십 개는 주겠지.'

만복은 씩 웃었다.

잘하면, 은자 백 개까지 흥정할 수 있지 않을까.

상상하는 것만으로도 뱃속이 자르르 떨려 온다.

현재 장안에는 자호가에 만병을 고치는 영약이 있다는 소문이 돌고 있었다. 골골거리던 이가 그 집에 들어갔다가 나오면 딴사람이라도 된 듯 두 발로 뛰쳐나오니 제아무리 입단속을 한다 해도 어찌 말이 안 퍼질까. 당연, 자호가의 종놈들을 데려다 대체 그 집 안에서 무슨 일이 일어나고 있는 것이냐 은근히 캐묻는 이도 생겨났다. 만복도 그런 이에게 불려 갔다.

'그 정도 살았으면, 조용히 갈 것이지…….'

탐욕이 좔좔 흐르던 노인네의 얼굴을 떠올리며 만복은 속으로 이죽거렸다. 그에게 자호가의 영약을 빼내 달라 의뢰한 이는 대대로 고위 관료를 지내 온 집안의 팔십이 넘은 꼬부랑한 늙은이였다. 저치는 뒤로 천금을 쌓아 놨을 거다, 저치가 죽으면 재산 싸움 볼만하리라. 장안에서도 아주 소문이 자자한 벼슬아치 노인네.

'그 많은 재산 두고는 차마 눈이 안 감기는 게지.'

만복은 손안에 쥔 것을 꾹 움켜쥐었다. 그는 더 젊어지고, 더 건강해지는 것보다는 돈이 더 좋았다. 돈만 있으면 남의 종노릇 하지 않고서도 얼마든지 떵떵거리며 살 수 있다. 내 이놈의 종놈 팔자를 필히 벗어나리라.

'오늘 내로 은전을 받아서 남방으로 도망하면…… 주인도 나를 찾지 못할 것이다.'

문득 수라와 같던 주인의 얼굴이 떠올라 등줄기가 서늘해진다. 뒤채를 드나들던 일꾼들을 바닥에 꿇어앉혀 놓고는 죽일 듯 노려보던 그 기세가 어찌나 살기등등하던지, 제 몸에서도 식은땀이 줄줄 흐르고 내장이 다 덜덜 떨려 왔었다. 그리 화가 나시었으니 뒤채를 지키던 하인들만 벌하고 조용히 넘어가지는 않을 것이다. 오늘이 아니면 기회가 없었다. 돈을 챙겨 들고 바로 이 나라를 떠야 한다. 멀리멀리 남방에 가서 장사라도 시작하자. 향신료 장사를 하면 평생 돈 걱정 없이 살 수 있으리라.

'그래! 이게 어떻게 찾아온 기회인데……!'

그는 마음을 다잡고는 걸음을 재촉했다. 지레 겁을 집어먹고 천금을 날릴 수야 있나. 오늘 내로 도성을 떠나면 문제없다. 비록 늦은 밤이었지만 그 늙은이가 약을 구하는 대로 밤낮을 가리지 않고 언제든 찾아오라 이른 터이니, 제가 가면 자다가도 벌떡 일어나 대문을 활짝 열어 맞이할 것이다. 그치가 돈 자루를 던져 주면 잽싸게 챙겨 들고 바로 도성을 떠나는 거다. 근래에는 오가는 상인들이 많으니 말 한 마리쯤이야 금방 얻을 수 있을 것이다.

'아니면 상단에 끼어 가도 좋고……'

아, 그게 좋겠다. 그들과 함께 남방에 있다는 대도시로 가는 거다.

만복은 헤죽헤죽 웃었다. 대상인이 된 제 모습을 상상하는 것만으로도 발걸음이 날아갈 듯 가벼워진다. 그는 걱정을 떨치고는 아이처럼 껑충껑충 뛰었다.

그때 누군가가 좁은 골목길에서 슬그머니 걸어 나왔다. 만복은 놀라 걸음을 멈춰 세웠다. 이 야밤에 이런 외진 길을 어슬렁어슬렁 뭐 하는 것인지. 그는 눈을 가늘게 떴다. 둘 다 어지간히도 취한 모양이었다. 걸음걸이가 위태위태하다. 어둠 속에서 어렴풋 보기에도 옷가지가 풀어 헤쳐져 엉망이었고, 어딘가 퀴퀴한 냄새가 나는 것도 같았다. 혹여 괜한 시비라도 붙을까 싶어 그는 몸을 사렸다.

'길을 좀 돌아서 가야 하나.'

그 짧은 고민은 금세 머릿속에서 사라졌다. 오늘 내로 도성을 떠야만 한다. 되돌아갈 여유는 없었다. 만복은 어깨를 한껏 웅크리고서 골목 벽에 붙었다. 그러고는 종종걸음으로 조심스레 그들의 옆을 지나려 하는데, 가까이에 서 있던 이에게 덥석 어깨를 붙들리고 말았다. 만복은 놀라 펄쩍 뛰어올랐다.

"좋은 냄새가 난다 했더니…… 오늘만 벌써 두 번째군."

"왜, 왜 이러시오?"

사내의 손을 뿌리치고는 뒷걸음질을 치자 그들이 낄낄거리며 웃는다. 못으로 쇠를 긁는 듯한 웃음소리였다. 장안에 흉악한 놈들이 판을 치고 있다더니 혹시 그놈들이 아닌가 하며 만복은 몸을 덜덜 떨었다.

"품 안에 든 것을 이리 내놓아라."

아무래도 강도가 맞나 보다. 만복은 더는 생각할 것도 없이 몸을 돌려 왔던 길을 걸음아 나 살려라, 하고 달려 나갔다. 하지만 대로와 이어진 길목 끄트머리에도 누군가 우뚝 서 있었다. 걸음을 주춤한 것도 잠시, 뒤에는 두 명이고 앞에는 한 명이다. 저놈을 제치고 도망치면 될 게 아니냐. 만복은 놈을 밀치려고 달려들었다. 하지만 어떠한 이유에서인지 그의 코앞에 도달하자마자 발바닥이 땅에 들러붙은 것처럼 옴쭉도 하지 않았다. 제가 왜 멈춰 섰는지도 이해하지 못하고 만복은 돌처럼 굳어 사내의 얼굴을 올려다보았다.

'……천인인가.'

기묘하리만치 아름다운 사내였다. 그 범상치 않은 용모에 압도되어 만복은 공포심도 잊었다. 사내가 느린 걸음으로 제게 다가선다. 어둠 속에서도 남자의 황금색 눈동자는 선명하게 빛났다. 기묘하게도 그 눈을 마주하자 도망쳐야 한다는 생각이 머릿속에서 달아나 버렸다. 마치 뱀 앞의 쥐가 된 양 꼼짝도 할 수가 없다. 사내가 두 눈만 슴벅거리는 만복의 앞으로 천천히 다가와 그의 품에서 귀신 공주의 살점이 든 주머니를 꺼내 들었다. 일확천금의 기회를 두 눈 뜨고 빼앗긴 만복은 황망히 눈을 부릅떴다.

"인간 놈들…… 우리가 다가갈 수 없다고 아주 좋다구나 공주를 뜯어 먹는구나."

어느새 다가온 것인지 뒷전에 있던 이가 제 어깨 위로 고개를 내밀고서 코를 킁킁거리며 말한다. 그 서늘한 숨결에 다시 오금이 저려 왔다.

"우리 요괴들은 닭 쫓던 개 신세나 다름없다."

또 다른 이가 중얼거리며 덥석, 제 어깨를 움켜쥐었다. 인간의 것이라고 하기에는 지나치게 크고 투실투실한 손이었다. 꼭 진흙 덩어리 같은 그 차고 축축한 손이 느릿느릿 기어올라 와 제 목을 움켜쥐었다. 만복은 끅, 하고 숨을 들이켰다. 비명조차 나오지 않았다. 등줄기에 식은땀이 주룩주룩 비 오듯이 흐르고 전신이 오들오들 떨렸다. 괴한이 그런 저를 조롱이라도 하듯 낄낄거리며 끈적거리는 차가운 혀를 목덜미 근처에 가져다 댔다.

"제법 맛이 있겠는데……."

"먹으면 안 된다. '그'의 용건이 우선이다."

"아니."

아무 말 없이 주머니를 들어 보이던 사내가 불쑥 입을 열었다. 소름 끼칠 만큼 매끄러운 목소리였다. 무감정한 금색 눈동자로 그를 돌아보며 사내가 느릿느릿 말을 이었다.

"내 '용건'은 마지막으로 해도 좋다. 숨만 붙여 놓아라."

온몸의 피가 식는다는 게 이런 것인가. 제 몸을 붙든 이가 들뜬 음성으로 말했다.

"그럼 사양 않고."

그러고는 덥석, 커다랗고 축축한 입으로 제 어깨를 깨물었다. 가시같이 날카로운 이빨이 살 속으로 파고든다. 그는 비명을 지르려 입을 열었다. 하지만 그 입 안으로 거침없이 나뭇가지 같은 **뻣뻣한** 손가락이 기어들어 왔다.

"나는 혀가 맛있더라."

우두득, 하고 혀가 마치 찰흙 덩어리처럼 쥐어뜯겨 나갔다. 울컥울컥 넘쳐흐른 피가 기도로 넘어와 만복은 쿨럭쿨럭 기침을 하였다. 어마어마한 고통에 얼이 나간다. 양측에서 그들이 제 몸을 꽉 붙들고서 나는 여기, 나는 저기 하며 마구 물어뜯기 시작했다. 정신을 차릴 수가 없었다.

이게 대체 무슨 상황이냐. 지금 나…… 산 채로, 산 채로 잡아먹히는 중인가? 어째서? 대관절 왜 이런 일이 벌어지고 있는 건가.

악몽을 꾸는 듯하였다. 혼이 반쯤 나가 정신을 차릴 수가 없다. 우물우물 소리가 들린다. 제 고기를 먹는 소리다. 만복은 눈을 까뒤집으며 양팔을 허우적거렸다. 마치 끓는 물에 들어간 개구리처럼 버둥거리며 피가 가득 고인 입을 뻐끔거렸다. 그륵그륵거리는 초라한 비명이 목 안에서만 울린다. 그 모습을 무표정하게 내려다보던 사내가 이윽고 천천히 손을 내밀었다.

'아…….'

그는 가슴에 박힌 팔뚝을 멍하니 내려다보았다. 사내의 것치고는 조금 가느다란 손이 제 가슴 속에서 뭔가를 움켜쥐더니 곧 밖으로 끄집어내었다. 그것으로 그의 의식은 완전히 끊어졌다.

축 늘어진 만복을 움켜쥔 이가 쩝쩝 입맛을 다신다.

"산 것이 맛있는데."

"……버리든 먹든 마음대로 해라."

뜨끈뜨끈한 심장을 꺼내 든 사내가 무감정한 음성으로 말했다. 그들은 흥미를 잃은 듯 시체를 바닥에 내버렸다. 그러고는 어슬렁어슬렁 다시 골목으로 기어들어 간다. 축 늘어진 처참한 인간의 시체를 서늘한 눈으로 내려다보던 사내는 곧 손에 쥔 것을 질겅 씹었다.

"여태껏 먹은 것 중에서 가장…… 맛없다."

그는 비난하듯 늘어진 시체를 한 번 노려보고는 뒤돌아섰다. 그들의 처참한 행각에 노한 듯 달빛이 불그스름해진다. 사내는 개의치 않고 홀연히 어둠 속으로 스며들어 갔다.

七章

추적

"최근 자호가에 오가는 이들의 발걸음이 뚝 끊겼다고 합니다. 무슨 일이 있었는지는 알 수 없으나 그 집안의 기세가 한풀 꺾인 것은 분명합니다."

환관장 장재의 말에 가륜 왕은 한껏 미간에 주름을 잡았다. 왕실의 그림자 무사들을 동원해 자현이 놈을 살피라 닦달한 지 근 두어 달이 지났다. 그동안에 들은 보고라고는 자현이 놈이나 그 심복이나 하나같이 보통 실력이 아닌지라 도무지 그 집 안에 숨어들어 살필 수가 없다 하는 가당찮은 변명이 전부. 기껏 뭔가를 알아냈다고 잔뜩 분위기를 잡기에 한껏 기대를 품었건만, 환관장의 입에서 흘러나온 말이라곤 저자를 나다니는 이들이라면 누구나 쉽게 알아낼 수 있을 법한 시시껄렁한 것들뿐이다. 가륜 왕은 쾅 하고 탁상을 내려쳤다.

"내가 알고 싶은 것은 그 '무슨 일'이 대관절 무어냐 하는 것이다! 어찌 이리 무능하단 말이냐!"

불같은 역정에 장재는 산만 한 덩치를 벌벌 떨었다. 화가 나면 뭐든 집어 던지는 왕의 성정을 잘 아는지라, 그는 한껏 몸을 사리고서 조심스럽게 말을 이었다.

"소, 송구하옵니다. 그 집안의 입단속이 매우 철저하여 아직 자세한 내막은 알아내지 못하였사옵니다. 허, 허나! 좋지 못한 일이 있었던 게 분명합니다. 자현 놈이 방문자들을 더는 받지 않겠다 공언하여 귀족들 사이에 불만을 품은 자들이 속출하고 있사옵니다."

"도대체 무엇 때문에 그 집 안에 발을 들이지 못해 그리 안달을 하는지는 알아낸 것이냐?"

왕께서 도끼눈을 뜨고 잇새로 살벌히 물으신다. 다행스럽게도 그에 대한 조사는 마친 참이었다. 장재는 진땀을 닦아 내며 답했다.

"예에, 듣기로는 그 집 안에 다 죽어 가는 이도 단번에 고치는 신묘한 영약이 있다고 하옵니다. 그래서 본인이나 가족 친지 할 것 없이 병에 걸린 이들이 앞다투어 그 집을 찾는 듯합니다."

"……영약?"

가륜이 부리부리한 한쪽 눈썹을 높이 치켜세웠다. 굳은 입꼬리까지 씰룩쌜룩거리며 시커먼 수염을 부들부들 떠는 꼴이 꼭 활화산 같아 장재는 숨을 죽였다.

"그런 걸 내게 꽁꽁 감추었다는 말이지……!"

제까짓 놈이 그리 귀한 것을 어디서 얻었겠는가. 틀림없이 전쟁 중에 입수한 것을 고하지 않고 제가 꿀꺽한 것이다. 가륜 왕은 빠득빠득 이를 갈았다. 전리품은 모두 왕의 앞에 바치는 것이 법도였다. 제가 하사하기 전까지는 어느 대장군이라고 해도 노획물에 손댈 수가 없는 것이다. 그런 것을 빼돌려 제가 떵떵거리고 있었나, 당장 이 놈을 불러들여 경을 치겠다 으르렁거리던 가륜 왕은 다음 순간, 입매를 일자로 굳혔다. 제가 불러내어 추궁한다고 해도 놈이 잡아떼면 그만이다. 예전 같으면 얼마든지 모욕 주고 벌줄 수 있었을 테지만 자현이 꼬드겨 제 편으로 만든 이가 어디 한둘이던가. 일전에 좌천 이야기를 꺼냈을 때처럼 제 체면만 상하고 끝날 게 불 보듯 뻔하였다.

"이 괘씸한 놈을 대체 어찌해야 좋단 말인가……!"

"폐하, 이놈이 더는 방문자를 받지 않겠다고 하는 것으로 보아 영약도 다 떨어진 게 아니겠습니까. 더는 그것을 이용해 다른 이들을 꾀어낼 수 없을 테니 심려치 마옵소서."

"하! 이미 고삐가 놈에게 넘어갈 대로 넘어간 마당에 무슨 헛소리냐! 지난번 회합장에 모여 앉은 것들이 하나같이 자현 놈을 싸고돈 걸 잊었느냐!"

"그, 그렇기는 하오나……."

탁상을 아주 무너뜨릴 작정인지 주먹으로 연이어 탕탕 내려치는 것에 장재는 어깨를 움찔거렸다.

가륜이 씨근덕거리며 연이어 욕설을 토해 냈다.

"이 불측한 놈들이 뒤에서 무슨 작당을 하고 있을지 내 안 봐도 훤하다. 분명 지난번 역적 놈들이 난리를 부린 일도 자현의 소행일 거야. 당장 손쓰지 않으면 또 무슨 음모를 꾸밀지……!"

"폐, 폐하, 고정하시옵소서. 자현을 편드는 이들이 늘어난 것은 사실이나 그 못지않게 눈에 불을 켜는 이들도 늘고 있지 않습니까. 뒤에서 좀 더 부채질하면 능히 자현을 견제할 수 있을 것이옵니다."

장재의 말에 가륜이 번쩍 고개를 들었다.

"자세히 말해 보아라, 어찌 부채질을 한단 말이냐."

"예에, 놈이 누구의 방문도 받지 않겠다고 공언한 이후 병든 노모를 모시는 이들이나 딸자식, 형제가 아픈 이들이 하나같이 자현을 찾아가 애걸하고 있습니다만, 놈은 내 알 바 아니다, 하고 매정하게 뿌리치고 있습니다. 이로 인해 원망을 품은 이들이 한둘이 아니니 이를 이용하자는 것입니다."

"하! 나더러 자현을 미워하는 이들을 모아다가 공모라도 하라는 말이냐."

"왕께서 친히 나서실 필요가 어디 있사옵니까. 제가 하수인들에게 시켜 자호가에 신묘한 영약이 있는데 자현이 혼자서 그것을 독차지하고 있다, 제 친지들에게만 나누어 주고 다른 이들은 나 몰라라 하더라, 그런 소문을 퍼트리겠습니다. 그리하면 영웅 자현의 명성도 한풀 꺾일 것입니다."

가륜은 말처럼 잘될까 하는 미심쩍음이 반, 그리만 된다면 오죽 좋을까 하는 반색이 뒤섞인 표정으로 장재를 노려보았다.

"자현을 칭송하는 말들이 그리 요란한데 과연 네 뜻대로 되겠느냐."

"안 그래도 민심이 사납지 않습니까. 본디 백성들이란 이리저리 휩쓸리기를 잘하는 족속들인지라 명분만 주어지면 하늘님을 향해서도 욕설을 퍼붓습니다. 조금만 바람을 불어넣으면 손바닥 뒤집듯이 태도를 바꾸어 자현을 비난할 겁니다. 그리되면 놈도 전처럼 기를 펴지는 못할 테지요."

자신만만하게 그리 말하니 가륜 왕의 낯빛이 조금은 밝아진다. 그가 턱 밑에 무성한 수염을 한 손으로 쓰다듬며 짐짓 진중한 음성으로 내뱉었다.

"좋다. 그리 자신 있다면 한번 손을 써 보아라."

"예에, 폐하. 제가 폐하의 근심을 반드시 덜어 드리겠습니다."

그러고는 머리를 푹 조아린 뒤 방에서 물러난다. 너른 방에 홀로 남은 가륜은 장재의 말을 곱씹었다.

근심. 자현이 놈이 제게 근심이 되었나.

선이 굵은 부리부리한 얼굴이 옴팡지게 일그러졌다. 불손하게 올려다보던 놈의 범 같은 두 눈이 떠오르자 알 수 없는 초조함이 등을 타고 기어올라 목 언저리를 조여 온다. 처음 보았을 때부터 마음에 들지 않았다.

이리될 줄 알았던 게야. 그래서 놈의 얼굴만 보면 짜증이 났던 게지. 그래, 고분고분 있을 놈이 아니라는 것을 내 단번에 알아보았다.

'안 그래도 눈엣가시 같던 놈, 분수도 모르고 내 딸을 탐내니 그런 꼴을 당한 게 아니냐. 다 제가 판 무덤인 줄도 모르고 나를 원망하여 몹쓸 흉계나 꾸미다니…… 괘씸하기가 이를 데 없다.'

탁탁. 두툼한 손가락 끝으로 탁상을 두드리기를 두어 번, 손바닥으로 탁, 하고 상을 한 번 내려치고는 자리에서 일어났다.

"내게 거역하는 놈은 모조리 싹을 다 잘라 버려야 한다."

그리 음산하게 중얼거리며 방을 나서는 왕의 그림자가 길고 시커멓게 궁성 바닥 위로 늘어졌다.

며칠 사이에 자호가 하인들의 수는 거의 절반으로 줄어들었다. 곤죽이 되도록 매를 맞고 쫓겨난 이들도 있었고, 지레 겁을 먹고 야반도주한 이들도 적지 않았다. 매일매일 끊이질 않던 방문자들의 발걸음도 뚝 그쳐 복작복작하던 집 안은 온통 조용했다.

그 휑한 마당을 지나며 자현은 미간을 찌푸렸다. 물론 아직도 제 집에 방문을 요청하는 이들은 수두룩했다. 하지만 그는 그 모든 청을 완곡히 거절하였다. 소루는 이제야 간신히 몸을 추스른 상태였다. 거기다 대고 또다시 칼을 대라 할 수는 없다.

'겨우 상처가 아물기 시작했는데…….'

그는 지끈거리는 이마를 꾹 눌렀다. 최근 들어 시작된 원인 불명의 두통은 갈수록 심해졌다. 욱신거리는 눈두덩을 누르며 자현은 근원을 알 수 없는 짜증에 입술을 깨물었다.

'남의 상처는 순식간에 아물게 하면서……'

소루는 보통 사람보다 상처가 아무는 속도가 더뎠다. 의원의 말에 의하면 몸의 회복력이 많이 떨어져 그렇다 한다. 확실히 최근 들어서는 식사량도 늘고 잠도 잘 자 안색이 좋아졌지만, 그래도 건강해졌다고 할 정도는 아니었다. 설령 다 낫는다고 해도 이전처럼 방문자들을 줄 세워 받을 생각은 없었다.

'……이만하면 된 게 아니냐 말이다.'

그는 초조함에 휩싸여 탁탁 발을 거칠게 놀렸다. 한비를 주축으로 남구파 관료들을 다수 끌어들이는 데 성공했고, 그동안 한편으로 만든 이들도 셀 수 없었다. 대장군이 되는 것은 이제 시간문제. 이전처럼 소루를 내세워 세를 키우려 하지 않아도 되는 것이다. 그런데도 불구하고 비령은 다시 방문자를 받으라 은근히 압력을 넣기 시작했다.

"몸 고치는 데 혈안인 자들이 한둘이 아닐세. 왜 나는 도와주지 않는 것이냐며 꽤 집요하게 요구해 오는 이들도 있어."

내 알 바 아니다. 세력을 키우겠다고 이놈 저놈에게 손을 내밀어 주었더니 제가 꼬리 흔드는 개로 보이는 건가. 저들이 자현을 소 닭 보듯 했다는 사실은 까맣게 잊고는 뻔뻔스레 도움을 요구해 오는데, 기가 찰 뿐이다. 그는 코웃음을 쳤다. 하지만 비령은 꽤나 집요했다.

"요즘 분위기가 심상치 않아. 계속 그들의 청을 거절하다가는 불필요한 적의를 살 수도 있네."

"하! 내가 도와주는 게 당연한 일인가. 내 집이 의원이라도 되느냔 말이다."

"그런 말이 통하겠는가! 목숨이 걸린 일이다. 어디 이성적으로 굴겠느냔 말이다. 한번 잘 생각해 보게. 이전처럼만 하지 않으면 될 게 아닌가. 하루 한 명 정도는…… 아니, 공주의 몸이 그리 걱정된다면 사나흘에 한 명 정도는 괜찮지 않나."

자현은 들을 것도 없다는 듯 그 제안을 묵살했다. 하지만 돌아가는 분위기가 꽤나 심상치 않다는 것은 그도 느끼고 있었다. 날마다 집에는 도움을 요청하는 전보가 멋대로 날아들었다. 심지어는 소문을 들은 양민 놈들까지 대문을 두드리며 병을 치료해 달라 떼를 썼다. 그것들을 모두 쫓아내 버렸더니 권세 있는 사람 목숨만 귀하더냐고 툭하면 집 앞에서 소란을 부리는 놈들까지 생겨났다. 이래저래 보통 골치가 아픈 것이 아니다.

상황이 이러하니 비령이 기껏 쌓은 신망을 잃는 것이 아니냐며 안달복달하는 것도 무리는 아니었다.

'그렇다 해도…… 받아들일 생각은 없다.'

자현은 단호히 입매를 굳혔다. 한 명을 허락하게 되면 너도나도 줄줄이 밀려들 게 뻔하였다. 그걸 다 받아 주었다가는 소루의 몸은 남아나지 않을 것이다. 그는 코웃음을 쳤다. 누가 뭐라 욕을 하든, 제게 등을 돌리든 상관없었다. 애초에 그의 목적은 집안을 일으켜 세우고 지위를 높여 다신 왕에게 그런 모욕을 당하지 않아도 되는 위치로 올라가는 것뿐이었다. 신망을 얻는 것도, 영웅이라 추앙받는 것도, 모든 권세가를 제 편으로 끌어들이는 것도 아니다.

'대장군 칭호를 받으면…… 더 이상은 이런 시답잖은 일에 시달리지 않아도 되겠지.'

그는 애써 낙관적으로 생각해 보았다. 그만한 지위에 오른다면 감히 누가 저를 들볶아 댈 수 있으랴. 그때까지만 성가신 것을 참자고 결론을 내리니 한결 마음이 가벼워진다.

'……오늘 한비를 만나 한시바삐 내 안건을 올려 달라 재촉해야겠군.'

자현은 발걸음을 서둘렀다. 한비를 만나기로 한 시간까지 아슬아슬하다. 비령과 실랑이를 하느라 시간을 지체하고 말았던 것이다. 그는 말을 끌고 나오기 위해 마구간을 향해 몸을 돌렸다. 그러다 문득 제 거처 앞에 마련된 조그만 정원에 소루가 나와 앉아 있는 것을 발견하고 자리에서 멈춰 섰다. 그녀의 무방비한 모습에 다시 울컥증이 일었다.

지난밤 잔기침을 하는 것을 내 똑똑히 들었는데 왜 밖에 나와 있는 건가.

"나오지 말라고 한 말 못 들었나?"

그는 시간이 없다는 사실도 잊고 한달음에 달려가 싸늘하게 읊조렸다. 여자가 천천히 고개를 들어 올렸다. 긴 머리를 늘어뜨리고서 붉은 비단옷을 정갈히 차려입은 소루는 꼭 자그만 인형 같았다. 병색이 걷힌 그 하얀 얼굴을 빤히 내려다보던 자현은 퉁명스레 덧붙였다.

"바람이 차다. 어서 안으로 들어가라."

그 냉랭한 음성에도 개의치 않고 그녀가 다정스레 웃어 보였다.

"볕이 따뜻하니 괜찮아."

그 태평한 대답에 머리에 열이 오른다. 그런 일을 당해 놓고도 경계심이 이리 없을 수가 있난 말이다.

"호위도 없이 나와 있다가 또 무슨 봉변을 당하려고……!"

"잠깐 있다가 들어가려고……."

호통 소리에 놀란 듯 여자가 어깨를 움츠린다. 무어라 더 한마디

하려던 자현은 그 주눅 든 얼굴을 보고 입을 꾹 다물었다. 원래도 입이 험한 그이지만 이 여자 앞에만 서면 유난히 폭언이 잦아졌다. 그는 성질을 가라앉히기 위해 심호흡을 한 번 한 뒤 한결 차분해진 어투로 말했다.

"멋대로 나와 있지 마라. 하인들을 단단히 단속하였지만…… 그래도 눈이 뒤집혀 허튼짓하려는 이가 있을지 모른다."

"……."

"아니면 그런 일을 당하는 것이 즐거운 거냐."

무신경하게 내뱉은 삐딱한 말에 여자의 낯빛이 창백해진다. 그는 입술을 깨물며 거칠게 머리를 쓸어 넘겼다.

"그런 게 아니라면 방에서 가급적 나오지 마. 정 답답하면 그 염이라는 여종이라도 거느리고 나와라."

"……알겠다. 주의하마."

"……나는 나가 봐야 한다. 나중에…… 들를 테니 얌전히 방 안에 있어라."

머뭇거리며 덧붙이자 여자의 얼굴이 다소간 밝아졌다. 강아지였다면 꼬리라도 흔들었을 듯한 표정으로 응, 그렇게 하마, 하고 답한 소루가 천천히 자리에서 일어나 거처를 향해 몸을 돌렸다.

그 모습에 안도의 한숨을 내쉬던 것도 잠시, 조금 긴 치맛자락을 질질 끌며 울퉁불퉁한 돌담길을 걷는 모습에 그는 다시 인상을 썼다. 눈이 성치 않으면 지팡이라도 들고 다녀야 하는 게 아닌가. 몸도 허약한 주제에 넘어져 다치기라도 하면 어쩌려고. 원인 불명의 초조함에 못마땅한 얼굴을 하는데 시선을 느끼기라도 한 듯 여자가 어깨 너머로 고개를 돌렸다. 그러고는 마치 제가 거기 서서 지켜보는 것을 알고 있기라도 한 듯 손을 흔들어 보인다.

무심코 따라 손을 들던 자현은 그런 스스로의 행동이 어처구니가 없어 실소를 흘렸다. 그런다고 저 여자가 볼 수나 있나. 고개를 절레절레 흔드는데 문득, 여자가 웃는다. 만지면 쨍, 하는 소리가 날 듯 맑디맑은 미소였다. 조금은 슬퍼 보이고, 조금은 기뻐 보이는 그 표정에 일순 폐부에서 모든 공기가 쑥 빠져나갔다. 불가사의한 감각에 그는 목 언저리를 쓰다듬었다.

누군가가 혹시나 뒤에서 조르고 있는 것은 아닌가. 그렇지 않고서야 이렇게 숨이 차오를 리가 없지 않나.

여자가 두어 번 더 손을 흔들더니 곧 몸을 돌려 방 안으로 들어섰다. 그제야 그는 참았던 숨을 토해 냈다.

생각날 때 들르겠다는 약속을 지키기 위해 하루 한 번씩 그녀의 거처로 고개를 디밀고 있었지만 소루를 대할 때마다 느껴지는 그 거북한 기분은 좀처럼 사라지지 않았다. 아니, 오히려 날이 갈수록 심해졌다. 그녀를 대하는 제 태도는 스스로가 생각하기에도 엉망진창이다.

곁에 있으면 불편하고 어색한 기분이 들어 필요 이상으로 퉁명스럽게 굴게 되고, 그리 싸늘하게 대하고 나면 기분은 더욱 나빠지고, 기분이 나빠지면 또다시 냉랭한 태도를 취하게 되고…… 그것이 무한 반복.

자현이 기분 좋은 날이 오기는 하는가 하던 비령의 빈정거림이 머릿속을 맴돌았다. 저 여자를 아내로 두고 있는 한 나는 평생 불쾌한 상태겠지. 눈가에 주름을 잡던 자현은 이내 몸을 돌렸다.

컴컴한 방 한가운데 앉은 사내는 가만히 흐느끼는 소리를 듣고 있었다. 천장에 거꾸로 매달아 놓은 인간들의 울음소리가 귓가에 끈적끈적하게 들러붙는다. 그들의 자줏빛 얼굴을 물끄러미 올려다보던 사내가 문득 미간을 좁혔다. 바닥에 고인 시커먼 피 웅덩이가 점점 커져 제 발가락을 적신 것이다.

의자에 앉아 뜨끈뜨끈한 고기를 물어뜯던 사내의 무감정한 눈동자에, 언뜻 불쾌감이 스쳐 지나간다. 하지만 사내는 그 감정이 불쾌감이라는 사실조차 인지하지 못했다. 그는 허기 이외의 감각을 느껴본 적이 거의 없어 설령 그 이외의 무언가를 느낀다고 해도 제가 느끼는 감정이 무엇인지조차 알아차릴 수 없었다.

당연히 사내는 자신이 왜 그들의 괴로워하는 모습을 보고 싶어 하는지도 몰랐다. 이유 따위는 생각지 않은 채, 그저 벌벌 떠는 인간들을 물끄러미 바라보며 배를 채우는 일만을 계속할 뿐이다. 한 요괴가 그런 그의 앞에 사람 하나를 질질 끌고 와 패대기치며 말하였다.

"별나군."

바닥에 내팽개쳐진 인간이 네 발로 엉금엉금 기어와 그의 발치에 매달렸다. 사내는 제발 살려 달라 애걸하는 소리를 귓등으로 흘려들으며 요괴를 돌아보았다.

"뭐가…… 별나다는 거지?"

"네가 화를 내다니. 별나잖아. 수백 년을 알고 지냈지만 처음으로 보는 것 같군."

사내는 이해할 수 없는 말을 들은 것처럼 고개를 한쪽으로 기울였다. 질겅, 먹던 것을 마저 입 안에 밀어 넣으며 한참 동안 요괴의 말을 곱씹던 사내가 멍하니 중얼거렸다.

"내가 화를 냈다고?"

그는 바닥에 널린 시체들을 내려다보았다.

모르겠다. 그리고 잘 모르는 것은 생각해 보았자 무의미하다.

사내는 제 옷자락을 쥐어뜯으며 살려 달라, 살려 달라 앵무새처럼 시끄럽게 떠드는 인간의 가슴팍으로 손을 밀어 넣었다. 팔딱팔딱 뛰는 뜨끈한 심장을 끄집어낸 뒤에는 성가시게도 발 위로 굴러떨어지는 고깃덩어리를 걷어차 피 웅덩이 속에 처박았다. 그러고 나니 묘한 기분이 들었다. 가슴에 불쾌하게 엉켜 있던 게 조금은 풀린 듯한⋯⋯.

"그렇군. 이게 '화'로군⋯⋯."

사내는 새로운 사실을 배운 아이처럼 중얼거리고는 손에 쥔 것을 베어 물었다. 뜨거운 피가 얼굴을 온통 더럽힌다. 뚝뚝 떨어지는 비릿한 것을 핥으며 그가 반복해서 말했다.

"그래. 나는 화가 난 거였어. 그것도 몹시⋯⋯."

요괴가 천장에 매달아 놓은 인간들 중에서 하나를 골라 다시 발치로 질질 끌고 왔다. 사내는 질질 끌려온 인간이 애벌레처럼 버둥거리는 꼴을 가느다란 눈으로 내려다보았다.

"그리고 왜인지⋯⋯."

그러고는 손을 뻗어 인간의 가슴팍 안으로 밀어 넣었다.

"이러면, 기분이 조금 나아지는군."

온몸에 피를 뒤집어쓰고서 사내는 두 눈을 아득히 빛냈다.

이것으로 벌써 마흔 구였다.

강 위에 버려진 세 구의 시체를 내려다보며 아시타는 신중히 눈을 빛냈다. 발견된 시체만 헤아린 것이었다. 행방불명된 사람 숫자까지 포함하면⋯⋯ 예상컨대 백은 족히 되리라. 그 요괴는 대체 언제부터 이런 사냥을 시작했으며, 여태까지 몇 명이나 잡아먹은 것일까. 그리고 앞으로는 몇 명을 더 잡아먹을 셈인가.

'적어도…… 수백 개의 심장은 더 구해야 하겠지.'

그는 다리를 내려가 졸졸졸 흐르는 물줄기에 흐느적거리는 시신을 하나하나 신중히 살폈다. 서른은 되어 보이는 허름한 옷차림의 여인 하나, 비슷한 연배로 보이는 사내 둘. 역시나 셋 다 가슴에 구멍이 뚫려 있었다.

"죽은 자를 그리 살핀다고 뭘 더 알아낼 수 있겠어?"

혹시 다른 상처는 없는지 살피는데 옆에 다가선 여란이 신랄하게 말했다. 그 요괴를 잡기는커녕 실마리조차 잡지 못한 채 며칠 내내 시체만 목도해 온 탓에 그녀는 신경이 잔뜩 곤두선 상태였다.

"다 죽은 다음에 시체를 뒤적거리는 게 무슨 의미가 있느냐 말이야."

"조금이라도 그 요괴와 관련된 단서를 찾아내야 할 게 아니냐."

여란이 가슴에 팔짱을 낀 채 코웃음을 쳤다.

"이해가 안 된다. 이렇게까지 설쳐 대는데도 자취를 찾을 수가 없다니…… 요괴를 추적하는 것은 네놈 주특기가 아니었느냐 말이야."

"내 추적술이 어디 만능인 줄 아느냐?"

아시타는 한숨을 푹 내쉬었다. 초조한 심정은 이해하나 화풀이는 자중해 주었으면 했다.

"나로서도 어쩔 수가 없다. 정말 거짓말처럼 놈의 요력을 찾을 수가 없어. 몸을 숨기는 게 보통 능한 놈이 아니야. 지금으로서는 놈이 남긴 흔적을 면밀히 조사하는 수밖에 없다."

"흥, 그렇게 해서 여태 뭐라도 하나 알아낸 게 있어?"

"몇 가지는."

집요한 빈정거림에 간결하게 답하자 여란이 의심스레 눈을 치뜬다. 어지간히도 저를 못 미덥게 여기는 모양이다. 그는 조금 울컥하여 언성을 높였다.

"내가 정말 할 일이 없어 시체를 뒤적거리고 다닌 줄 알았느냐? 이리 열심히 조사하고 있는데……."

"그래서 뭘 알아냈다는 거냐?"

여란이 잡설 집어치우라는 듯 성급하게 다그쳐 왔다. 아시타는 또다시 한숨을 폭 내쉬었다.

"우선 심장을 취하는 요괴는 한 마리뿐이라는 사실이다."

"그쯤이야 나도……."

"하지만 놈에게 협조하는 요괴들은 다수 있다. 어림잡아도 백 이상."

"……백 이상?"

여란이 무슨 헛소리냐는 듯 한쪽 눈썹을 들어 올린다. 요괴들 사이에도 힘의 차이에 따른 서열은 존재한다. 하지만 그들은 결코 서로 협력하는 법이 없었다. 애초에 복종을 모르는 존재. 작은 요괴는 큰 요괴가 나타나면 재빨리 도망치거나 속임수를 쓴다. 큰 요괴도 작은 요괴를 만나면 잡아먹거나 죽일 뿐이었다. 그들이 한데 마구 뒤엉켜 분쟁하는 것은 보았어도, 한 가지 목적을 위해 서로 협력하는 것은 본 적이 없었다. 간혹가다가 약한 요괴를 제 수족으로 다루는 요괴도 있었지만 끽해야 서넛이었다. 열만 모여도 통제 불능인 것이 요괴다. 그러니 어느 요괴가 그리 많은 요괴를 통솔할 수 있단 말인가.

하지만 아시타는 확신을 담아 말했다.

"한 마리가 주동하고 있고 나머지…… 무수히 많은 수의 요괴가 그를 따르고 있는 게 분명하다."

"……왜 그렇게 생각하지?"

"일전에 요괴들이 소란을 일으킨 것을 잊었느냐."

여란의 낯이 대번 심각하여졌다.

"그때의 소동도 이 요괴가 일으킨 것이라고 생각하는 건가? 뭘 근거로 그리 생각하는 거지?"

단순히 추측일 뿐인지라 아시타는 섣불리 대답하지 못하고 인상만 찡그렸다. 그가 머뭇거리자 여란이 성마르게 재촉했다.

"네 말이 사실이라면 이는 보통 심각한 일이 아니다. 어디 충분히 설명해 봐라."

아시타는 한숨을 내쉬며 천천히 생각하는 바를 말하였다.

"그 당시에도 요괴들이 누군가의 지시를 받는 것처럼 일사불란하게 움직이기에 기이하다고 여겼다. 그리고 이 요괴 놈의 행적을 조사하다가…… 문득 알아차렸지. 심장을 갈취해 가는 놈은 필요 이상 인간의 몸을 훼손하지 않아. 표적에게 접근한 뒤 가슴을 열어 원하는 것을 취하고는 가 버리지. 놈이 인간을 살해하는 방법은 매우 단순하고 간결하다. 하지만…… 그래, 예를 들어 저 여인."

그가 축 늘어진 여자의 시체를 가리켰다.

"어깨와 팔에 꼭 갈고리 같은 것으로 낚아챈 것 같은 흉터가 남아 있다. 피부가 찢어진 것으로 보아 거칠게 움켜쥐고 짓누른 것이 틀림없어. 저 사내들은 발목을 뭔가로 죄어 놓았던 흔적이 있다. 발이 시퍼렇게 변한 것으로 보아 장시간 거꾸로 매달아 놓은 것이겠지. 모두 심장을 갈취해 가는 '그놈'이 아닌 다른 귀물들이 남긴 흔적이다."

"일전에도 처참한 꼴이 된 시체를 봤었잖아."

"그것도 분명 다른 귀물들이 한 짓일 거야. 놈이 인간에게 취해 가는 것은 심장뿐이야. 그 외에는 아무런 관심도 드러내지 않아. 그 요괴한테서는 묘한 자제심이 느껴진다."

그렇게 내뱉어 놓고 아시타는 스스로의 말이 어처구니가 없다는 듯 고개를 내저었다.

"요괴에게 자제력이라니…… 이상한 말이지만 달리 설명할 말이 없다. 놈이 하는 행동은 일관되어 있어. 그리고 다른 요괴들은 그런 놈의 일관된 명령을 따르고 있는 것 같다. 그 수를 정확히 파악할 수는 없지만…… 각기 다른 흔적들로 보아 최소 열 이상이다. 이리 많은 요괴를 부리는 것으로 보아……."

"일전의 그 소동을 주동한 것도 이놈일 확률이 높다, 그리 생각하는 건가."

만일 아시타의 추측이 사실이라면 무수히 많은 요괴를 거느린 어마어마한 괴물이 사람을 마구잡이로 잡아먹고 있다는 뜻이었다. 여란은 가볍게 진저리 쳤다.

"하지만…… 어떻게 다른 요괴들을 부리는 거지?"

"그 방법까지는 아직 나도 모르겠다."

아시타는 이마에 주름을 잡았다.

"이해가 안 되는 점은 그뿐만이 아니야. 많은 요괴들을 부릴 수 있는 귀물이라면 틀림없이 이무기나 구미호보다도 강력한 요력을 지니고 있을 텐데…… 그만한 요력을 가지고서 이처럼 감쪽같이 숨을 수 있다니…… 제아무리 인겁을 뒤집어쓰고 있다고 해도 요력만큼은 완전히 숨길 수 없다. 그런데도 도무지 놈의 자취를 찾을 수가 없어."

"그건 이 나라 전체가 음기에 뒤덮여 있기 때문이 아니냐."

"음기로 천지가 뒤덮여 있다고 해도 대요괴가 기척을 숨기기란 쉽지 않은 일이야. 뭔가 다른 방법으로 몸을 숨기고 있는 게 분명해."

"……그 방법이 무엇이든지 간에 한시라도 빨리 놈을 찾아내야해. 서두르지 않으면 계속해서 사람들이 죽어 나갈 거야."

누가 그것을 몰라 가만있나. 사제의 닦달에 아시타는 눈을 가늘게 떴다. 남의 일이라고 쉽게 말하기는.

"그러는 그쪽은 어떠냐? 혹 자호가 주변을 알짱거리는 요괴는 발견 못 했나."

"누누이 말했잖아! 그 근처를 얼씬거릴 요괴는 없다고. 괜히 헛고생만 시키고……!"

격하게 말을 토해 내던 여란이 불현듯 말을 멈춘다. 괜한 걸 물었다. 잔뜩 푸념을 듣겠구나 어깨를 움츠리고 있던 아시타는 의아한 눈으로 그녀를 바라보았다. 여란이 자갈밭 위에 널브러져 있는 여인을 유심히 살폈다.

"뭐라도 발견했어?"

"……자호가에서 일하던 여자다."

뜻밖의 말에 아시타는 눈을 가늘게 떴다.

"이 사내들은?"

"내가 그 집안 일꾼들 얼굴을 어찌 다 알겠어! 이 여자는 얼마 전 자호가에서 쫓겨나 내가 머무는 여관에서 일하기 시작했다. 그 때문에 기억하고 있을 뿐이야."

"……쫓겨나?"

"그 집안에서 하인들이 뭔가 문제를 일으킨 모양이야. 며칠 동안 거의 서른 명이 넘게 쫓겨났어."

"자세한 내막은 모르나?"

"거기까진 알아보지 않았다."

여란이 눈가를 찡그렸다.

"뭔가 연관이 있으리라 생각하는 거야?"

"단순한 우연의 일치일 수도 있지만……."

아시타는 처참한 여인의 모습을 내려다보며 한숨 쉬듯 말했다.

"어차피 아무런 단서도 없는 상황이다. 조사해 보는 것도 나쁘지 않겠지."

덜커덩 소리에 창가에 기대 꾸벅꾸벅 졸던 소루는 소스라치며 고개를 들었다. 놀라 몸을 굳히던 것도 잠시, 곧장 안도감에 어깨에서 힘이 빠져나갔다. 문을 열고 들어온 이가 멋쩍은 듯 조금 뜸을 들이며 말했다.

"놀라게 했나 보군."

"아니다. 깜빡 잠이 든 모양이야."

계속 밤잠을 설친 탓인지 매일 먹는 약 기운 때문인지 정오만 지나면 소르르 졸음이 몰려왔다. 소루는 흐트러진 모습을 보인 게 민망하여 어색하게 얼굴을 쓸어내렸다.

"……몇 시진이나 되었느냐."

"유시酉時다. 저녁은 먹었나."

"아니. 아직……."

"곧장 내오라고 이르지."

그러고는 대답도 듣지 않고 문밖에서 여종을 불러다가 식사를 준비해 오라 이른다.

그녀는 입가를 가린 채 조용히 미소를 머금었다. 제가 앓아누운 뒤로 그는 약속을 지키기 위해서인지 이렇게 매일 한 번씩 제 방으로 고개를 내밀었다. 하는 말이라고는 약은 먹었느냐, 밥은 먹었느냐, 몸은 좀 괜찮으냐, 하는 의례적인 말이 다였지만 그것만으로도 어찌할 바를 알 수 없을 정도로 기뻤다. 비록 당찮은 죄악감 때문이라도 신경을 써 주는 것이 고마웠다.

"불편한 곳은 없나."

"괜찮다. 몸도 많이 나아졌고……."

소루는 뒷말을 흐렸다. 괜찮아졌으니 이만 제가 지내던 뒤채로 돌아가야 하는 게 아닌가, 하는 생각이 들었기 때문이다. 그녀는 앓아 누운 뒤로 계속 그의 옆방에 머무르고 있었다. 혹시라도 종들이 또 제 방에 숨어들까 그리 조치한 듯싶다.

그의 가까이에 있는 것이 기쁘기는 하지만, 언제까지고 안채에 머무를 수는 없는 일이다. 이 집안의 가솔들이 두려워할 게 뻔하고, 손님들도 꺼림칙하게 생각하여 발길을 끊을 수도 있는 일이 아닌가.

소루는 무의식중에 붕대가 감긴 팔을 쓸어내렸다. 그에게 맨 처음 약조한 것이 떠올랐다. 안사람으로 대우하지 않아도 좋다, 여종 중의 하나로 여기어도 좋으니 곁에만 머무르게 해 달라고 매달리며 어떤 폐도 끼치지 않겠다고 하였다. 그러니 제가 먼저 이제 몸이 다 나았으니 원래 머물던 곳으로 돌아가겠다고 해야 옳을 것이다.

"왜 그러지? 혹 상처가 아픈가?"

아무 말도 않고 입술을 깨무는 것에 착각을 하였는지 사내가 성마르게 묻는다. 소루는 고개를 내저었다. 하지만 그는 이미 문밖을 향해 의원을 불러오라 이르고 있었다.

"괜찮다. 아프지 않아."

"불편한 데가 있으면 참지 말고 말을 해라."

화들짝 옷자락을 움켜쥐며 말하자 그가 무뚝뚝하게 내뱉는다. 퉁명스럽지만 우직하고 정직한 목소리. 정말로 무슨 말을 하든 다 들어줄 것 같았다.

그녀는 무언가를 말하려고 입을 열었다가 급히 다물었다. 제가 여기서 더 바라여도 되는 건가. 아무 쓸모도 없는 계집, 억지로 신경을 써 주어야 하는 것이 사실은 번거롭고 성가신 건 아닐까. 불안한 마음에, 결국 기어들어 가는 음성으로 내뱉었다.

"아니, 그냥 잠이 덜 깨서…… 멍한 것뿐이야."

"……밤잠을 설치는 건가."

그가 머리맡에서 꽉 잠긴 음성으로 내뱉었다. 그제야 소루는 그가 지나치게 가까운 곳에 있다는 것을 깨닫고 슬쩍 뒤로 물러섰다. 당황스러워하는 그녀와 달리, 이어지는 자현의 목소리는 무심하기만 했다.

"자주 가위에 눌리는 것 같던데……."

"어, 어떻게 그걸……."

"이따금 신음 소리가 들린다."

소루는 얼굴을 붉혔다. 혹 그의 잠을 방해한 걸까.

"워, 원래 잠을 잘 못 잔다."

"이제는 두 번 다시 그런 일이 없도록 할 거야."

무뚝뚝하게 내뱉은 자현이 잠시 망설이더니, 이내 크고 단단한 손을 그녀의 머리 위로 툭 올려놓았다. 느닷없는 손길에 소루는 몸을 굳혔다. 그가 어색함을 숨기려는 듯 거칠게 쓱쓱 쓰다듬어 온다. 여전히 서툴기 그지없는 손길이었다.

"그러니…… 안심하고 자라."

"……그, 그래."

마치 어린 누이동생이라도 달래는 듯한 말에 울적하던 마음이 차분하게 가라앉는다. 동시에 눈시울이 뜨거워졌다. 혹시라도 울먹거릴까 싶어 소루는 입을 꾹 다물고서 눈을 내리깔았다. 때마침 염이가 문밖에서 식사를 준비해 왔다 이른다. 그가 손을 거두며 바로 몸을 돌려세웠다.

"그럼, 식사를 해라. 나는 남은 일을 하러 가야 한다."

그녀는 입술만 옴쭉거려 다녀와라, 하고 중얼거렸다. 들었는지 못들었는지 그는 대꾸도 없이 그대로 문을 열고 나가 버린다.

멀어지는 그의 빛을 가만히 바라보며 소루는 눈언저리를 만져 보았다. 저를 둘러싼 모든 것이 검은 장막에 뒤덮인 것처럼 희미하고 불분명한데, 어째서 그만이 저리도 선명하고 격렬하게 타오르는 것일까. 그 기운을 접할 때면 제 안에서도 불가사의한 열기가 피어올랐다. 모든 것을 체념했을 때도 그를 보면 간절히 생을 움켜쥐게 된다.

"마님, 식사가 준비되었습니다. 이리로……."

마치 해바라기처럼 그가 떠난 방향을 향하고 있던 소루는 염이의 손길에 겨우 몸을 돌렸다.

또, 같은 꿈을 반복한다.

요괴가 어둠 속에서 그 불길처럼 타오르는 눈으로 저를 바라보고 있다. 집요하게 들러붙는 그 시선. 요괴의 갈급함이 제 뇌수로 흘러 들어 온다.

먹고 싶다. 먹고 싶다. 너를 먹고 싶다.

요괴는 온몸으로 부르짖는다. 그 비통한 울음소리에 머리가 다 어지러웠다.

온몸을 뒤틀며, 주린 배를 움켜쥐며, 요괴는 계속해서 울부짖었다. 그 시뻘건 두 눈이 격정에 출렁거린다.

그리도 배가 고픈 것인가. 그리도 괴로운 것인가.

괴로움에 굴복해 차라리 죽음을 바라 온 공주로서는 그 격정을 이해할 수가 없다. 죽은 시체나 다름없는 저보다, 어찌할 수 없는 허기 짐을 채우기 위해 온몸을 뒤트는 이 요괴야말로 진정 살아 있는 것이 아닌가. 마르지 않는 욕망에 괴로워 바닥을 기는, 그 절박함이야말로 생生이 아닌가.

그리하여 소녀는 요괴에게 손을 뻗었다.

요괴가 그것을 붙들었다. 앙상하고 마른 손이 탐욕스레 저를 끌어당긴다. 거대한 몸에 짓눌리면서도 그녀는 비명 한 번 내지르지 않았다. 나뭇가지 같은 긴 손가락이 무자비하게 눈 안으로 파고들었다. 귀신의 눈이 타오른다. 사방을 둘러싼 불꽃이 시리게 느껴질 정도로 탐욕에 절절 끓어오른다. 그 시뻘건 안광을 마지막으로 소루의 세계는 깜깜한 어둠에 잠겼다. 요괴는 무자비하게 제 눈의 빛을 빼앗아 갔다.

어둠.

어둠. 짙은 어둠이 저를 뒤덮어 왔다.

"소루!"

어깨를 흔드는 힘에 그녀는 벌떡 몸을 일으켜 세웠다. 잠시 동안 정신을 차릴 수가 없었다. 그녀는 버릇처럼 눈꺼풀을 어루만졌다. 제가 눈을 뜨고 있는지 감고 있는지 확인하기 위해 하는 행동이었다. 차안을 보는 눈은 완전히 닫혔지만, 피안을 보는 눈은 아직 반쯤 열려 있었다. 이런 식으로 구분하지 않으면 어둠 중에 느껴지는 게 산 것인지 죽은 것인지 분별할 수가 없었다.

"아픈 건가? 또 신음 소리가 들려서……."

'아…….'

단단하고 차가운 손가락이 제 이마에 조심스레 와 닿았다. 소루는 눈꺼풀을 느릿느릿 위아래로 움직여 보았다. 뒤숭숭한 꿈의 자취가 말끔히 가셨다. 그녀는 그의 손을 절박하게 붙들었다.

"자현……."

갈라지는 듯한 음성으로 그의 이름을 부르며 그 손에 이마를 꾹 눌렀다. 사내의 손이 움찔 경직되었다. 뿌리치려는 줄로 알고 그녀는 애원하듯 말했다.

"잠시만…… 이대로 있어 다오."

손을 꽉 쥐었다. 아무 말 없이 굳은 듯 서 있던 사내가 무뚝뚝하게 말했다.

"……아픈 곳이 있다면 바로 말해라. 의원을 불러 주마."

"아니, 그저…… 꿈을 꾸었을 뿐이다."

사내의 온기를 만끽하자 등줄기로 서서히 안도감이 퍼져 나갔다. 그녀는 작게 한숨을 내쉬며 그의 손을 놓아주었다.

자현이 천천히 몸을 일으켜 세운다. 잠시 뒤 등불에 불을 붙인 것인지 심지 타는 소리가 들려왔다. 하지만 그 빛이 제게 닿는 일은 없었다. 오로지 그가 내뿜는 빛만이 제 세계를 밝혀 주었다.

"……뒤채에서 있었던 일이 악몽으로 나타나는 거냐?"

그가 굳은 음성으로 물었다. 소루는 고개를 흔들었다.

"……아니다. 그런 게 아니라……."

그녀는 설명할 말을 찾지 못하고 뒷말을 흐렸다. 반복하여 꾸는 그 꿈을, 타인에게 설명한다는 것 자체가 해서는 안 될 일처럼 느껴졌다. 입술을 깨물며 이불자락만 쥐어뜯자 자현이 작게 한숨을 토해 낸다.

"아직 해가 뜨려면 멀었다. 좀 더 자."

그러고는 서툰 손길로 이불자락을 어깨 위로 끌어 올려 준다. 말과 태도는 차가웠지만 그는 은근히 세심하게 저를 신경 써 주었다.

'자기 때문이라고 생각하는 거겠지.'

너 때문이 아니라는 말을, 그녀는 굳이 입 밖에 내지 않았다. 애초에 나도 쓸모가 있다 이용하라 말한 것은 자신이었다.

너는 거기에 응했을 뿐이다. 내게 있었던 일도…… 네 탓은 아니야. 내가 그러한 존재였기에 일어난 일이었다. 너는 그저 내게 관심이 없었을 뿐이다. 내가 어찌 되든, 상관없었을 뿐이야. 그건 네 잘못

이 아니다. 너는 나를 원한 적도 없고, 필요로 한 적도 없으며, 나를 받아들여야 할 이유도, 돌보아야 할 이유도 가지고 있지 않았다. 그 일 때문에 책임감을 느낄 필요가 없어.

'그렇게 말하면, 네 마음은 가벼워지겠지.'

그녀는 지그시 눈을 감았다. 제계도 이런 욕망이 있었던가. 조금만 더 곁에 있어 주었으면 한다. 만나러 와 주는 것이 기쁘다. 억지로라도 신경을 써 주는 것이 기뻐서…… 괜찮다. 네 책임이 아니다. 원래 있던 곳에 내버려 두어도 된다. 그리 입 밖에 낼 수가 없다.

'있는 듯 없는 듯 살겠다고…… 여종으로 여기어도 좋다고…… 해 놓고는…….'

잠시 후 그가 방을 나갔다. 얇은 장지문 하나를 두고 그가 옆방 침상에 몸을 누인다.

소루는 잠시 그의 인기척에 귀를 기울이다 이불 속에 얼굴을 파묻었다. 욕심은 자꾸만 커져 간다. 생소하기 그지없는 갈망에 가슴을 움켜쥐며, 소루는 몸을 웅크렸다.

아시타는 최근에 발견된 시체의 대부분이 자호가에서 쫓겨난 하인들이었다는 사실을 알아냈다.

왜 하필 자호가의 하인들인가. 소루 공주에게 남은 미련 때문에 분풀이를 하는 건가.

혹시나 실마리를 잡을까, 하여 여란에게 그들이 쫓겨난 이유를 조사하게 하였지만 아직까지 알아낸 것은 없었다.

'깊이 파고들 생각은 없는데…….'

그는 지끈거리는 머리를 감싸 쥐었다. 자호가에 권력자들이 드나들고 있다는 것은 그도 풍문으로 들었다. 영웅 자현과 가륜 왕의 대립에 관해서도 몇 가지 주워들은 것은 있다. 하지만 그는 이 나라에 요괴를 퇴치하기 위해 왔을 뿐이다. 내정 깊숙한 곳까지 발을 들일 생각은 추호도 없었다.

'근데…… 아무래도 연관이 있는 것 같단 말이야.'

그의 야생적인 감이 자호가의 뒤를 캐 보라 외쳐 댔다. 아시타는 고개를 흔들어 그 생각을 떨쳐 버렸다. 요괴들이 이런 짓을 하는 '이유'에 그리 집착할 필요는 없지 않은가. 그 요괴를 잡아 죽이면 그만이다. 아무래도 놈은 자호가에서 일하던 이들을 특별히 표적으로 삼는 모양이니…… 이제부터 그가 할 일은 겨우 찾아낸 이 꼬랑지를 있는 힘껏 잡아채 몸통을 끌어내는 것뿐이었다.

'아직 살아남은 이가 있으니, 다행인가.'

자호가를 나온 하인들 중에 숨이 붙어 있는 자는 겨우 둘. 그중 한 명은 여란이, 나머지 한 명은 그가 지켜보기로 했다.

아시타는 그 일꾼이 머무는 여관 근처에 두 명의 호법을 거느리고 잠복했다. 이윽고 해가 저물고 사위에 어둠이 내려앉았다. 그는 사방에 결계를 치고서 요괴가 접근해 오기를 기다렸다. 그 일꾼은 시장에서 짐 심부름을 하며 먹고살았다. 그는 늘 모든 가게가 다 문을 닫고 난 다음에서야 삯을 챙겨 들고 외곽에 위치한 허름한 오두막으로 미적미적 향한다. 요괴들이 노리기 딱 좋은 대상이었다.

'그 흉악한 놈의 얼굴을 드디어 보게 되려나.'

여란이 지키고 있는 이를 먼저 노릴 수도 있지만, 아시타는 이 사내가 유력하다고 여겼다. 특히나 오늘은 그믐. 음의 기운이 가장 강해지는 날이었다. 요괴가 행동하지 않을 리가 없다. 그의 예상대로 사내가 오두막에 다다르자 음습한 기척이 느껴졌다. 아시타는 바로 경계 태세에 들어갔다.

뭣도 모르고 촐랑거리며 걷는 사내의 등 뒤로 스멀스멀 검은 그림자가 다가섰다.

놈이 미리 쳐 두었던 결계 안으로 발을 들이밀자마자 아시타는 결계를 발동시켰다. 사방에서 불꽃이 피어오르며 어둠 속에 숨어 있던 요괴의 모습이 온전히 드러났다.

'까마귀 요괴인가.'

앙상하게 깡마른 몸. 뾰족한 얼굴. 인겁을 쓰고 있었지만 그는 어렵지 않게 그 본질을 꿰뚫어 볼 수 있었다. 대기하고 있던 법령사들이 법문을 읊자 놈이 고음의 비명을 내지르며 몸을 뒤틀었다. 그러자 얇은 인겁이 찢어지고 검은 날개가 어깻죽지 위로 삐죽 솟아올랐다.

갑작스러운 봉변에 놀라 바닥에 주저앉아 있던 일꾼이 그 광경을 보고 비명을 내지르며 오줌을 질질 지렸다.

아시타는 그를 잡아채 뒤로 밀쳐 내며 술법을 펼쳤다. 소매에서 쏟아져 나온 수백 장의 부적이 결계를 빠져나오려 몸부림치는 요괴를 사슬처럼 옭아매었다.

주술에 걸린 요괴는 순식간에 본래의 형태로 돌아갔다. 네 장의 거대한 날개와 다섯 개의 붉은 눈, 시커먼 부리, 그 안에 빼곡하게 자리한 가시 같은 이빨······.

"역시나 이암이었군."

제법 상위에 속하는 요괴지만 수백 마리의 귀물들을 부릴 만한 요력을 가진 놈은 아니다. 그는 쯧, 하고 혀를 찼다.

'놈의 하수인인가.'

"이 빌어먹을 인간 놈이!"

요괴가 날개를 퍼덕거리며 꽥꽥 소리를 질러 댔다. 온몸을 옭아맨 부적이 놈의 요력에 반응해 시뻘건 불꽃을 일으켰다. 그에 까마귀가 겁에 질려 날개를 퍼덕댔다.

"얌전히 있지 않으면 온몸이 다 불타 버린다."

요괴가 시뻘건 안광을 반항적으로 빛냈다. 아시타는 씩 웃으며 뒷말을 이었다.

"새구이가 되고 싶다면야 말리지는 않겠지만."

"하, 하지 마라!"

아시타는 법문을 외웠다. 불꽃이 격렬하게 타올라 요괴의 시커먼 몸통을 온통 휘감는다. 깍깍 날카로운 비명을 지르며 이암이 온몸을 뒤틀었다.

"얌전히 있겠다! 얌전하게 있겠다!"

아시타는 손을 휘저었다. 불꽃이 거짓말처럼 사그라든다.

온몸이 홀라당 다 타 버릴 줄 알았던 요괴는 황망히 다섯 개의 눈을 끔뻑였다. 어지간히 간이 쪼그라들었는지 요괴의 몸은 그새 반 정도 크기로 오그라들었다.

그 볼품없는 몸을 아시타가 손끝으로 덜렁 집어 들었다.

"말을 듣지 않으면 아주 잿더미로 만들어 버릴 줄 알아라."

그리 말하는 얼굴이 어찌나 음산하고 음흉해 뵈던지, 요괴는 온몸을 부들부들 떨었다. 아시타는 능글능글 웃으며 요괴를 날개째 집어 질질 끌며 다른 법령사들에게 눈짓했다.

"포획했으니 돌아가자."

거의 실신하기 직전인 자호가의 하인에게 싱긋 한 번 웃어 준 뒤, 아시타는 유유자적 몸을 돌렸다.


"배후에 있는 요괴가 누구냐."

도성 한편에 마련된 작은 사원으로 요괴를 데리고 간 아시타는, 도술로 사방에 불을 환히 밝히며 요괴에게 질문을 던졌다. 부적에 휘감긴 채 바닥에 던져진 요괴가 붉은 눈을 깜빡인다. 보통내기에게 붙잡힌 게 아니라는 것을 깨달았는지 팔뚝만 한 크기로 쪼그라든 몸이 잔뜩 경직되었다. 아시타는 다시 물었다.

"네게 인간을 잡아 오라고 시킨 요괴의 정체가 무엇이냥 말이다."

"……말할 수 없다."

"그 요괴가 숨은 곳은 어디지?"

"……그 역시 말할 수 없다."

"그놈은 어떤 방법을 써서 요력을 감추고 있나."

"……말할 수…… 하, 하지 마라!"

불꽃을 일으키려 하자 요괴가 납작 몸을 숙이며 온몸을 벌벌 떤다. 그 모습을 내려다보며 아시타는 인상을 썼다. 사람을 납치해 죽이려고 한 흉악한 요괴 놈 주제에 그리 불쌍한 척을 하다니. 꼭 제가 작은 동물을 괴롭히는 나쁜 인간처럼 느껴지지 않나.

"너를 살려 둔 이유는 단 하나, 정보를 캐내기 위해서다. 도움이 되지 않는다면 살려 둘 필요가 없지."

"자, 잠깐! 나라고 말하고 싶지 않아서 말하지 않는 게 아니다!"

"그게 무슨 뜻이지?"

눈을 가늘게 뜨며 묻자 요괴가 한참을 망설이다가 입을 뗀다.

"이, 이름을 빼앗겼다. 나는 '그'가 금지한 사항은 무엇 하나 입 밖에 낼 수가 없다."

"이름을 빼앗겨?"

아시타는 고개를 갸우뚱했다.

"설마…… '진명'을 들켰다는 건가?"

"그래! 그는 요괴들의 이름을 닥치는 대로 빼앗아 지배하에 두었다. 우리는 그를 거역할 수가 없어!"

요괴의 외침에 아시타는 멍하니 입을 벌렸다. 요괴는 스스로에게 이런저런 이름이나 별명을 멋대로 붙여 사용하지만, 사실은 따로 가지고 있는 이름이 있었다. 절대로 입 밖에 내는 법이 없지만, 날 적부터 그 혼에 간직하고 있는 이름. 그것이 진명이다. 진명을 누군가에게 빼앗기면 요괴는 그의 권속이 된다. 하지만 사실상 진명을 알아낼 방법은 전무했다. 요괴들은 애초에 제 이름을 소리 내어 말할 수가 없고, 심지어는 다른 이에게 빼앗길 것을 우려해 아예 머릿속에서 지워 버리는 요괴도 있었다.

'그런 것을 대체 어떻게······?'

아시타는 그 의문을 바로 입 밖에 내어 물었다.

"······놈은 어떤 방법을 써서 그 많은 요괴들의 이름을 알아낸 거냐."

"그 역시 말할 수 없다."

"어떤 요괴인지도 말할 수 없고, 그놈이 숨은 곳도 밝힐 수 없으며, 어떤 수법을 사용해 너희들을 지배하는지도 알려 줄 수 없다면······ 대체 무엇을 입 밖에 낼 수가 있나."

"······."

"아무 쓸모가 없다면 죽이는 수밖에 없다."

짐짓 음산하게 말하자 요괴가 겁을 먹은 듯 검은 날개를 파르르 떨었다.

"내가 그에 관해서 말해 줄 수 있는 것은 그가 인간이 되려 한다는 사실뿐이다."

"······어째서 인간이 되기를 원하는 것이지?"

요괴가 인간이 되려 하는 이유에는 집착할 필요 없다고 스스로를 설득한 게 불과 얼마 전이건만, 그는 어느새 물음을 던지고 있었다. 까마귀가 그처럼 괴상한 질문은 처음이라는 듯 고개를 갸웃하며 붉은 눈을 끔뻑였다.

"요괴가 인간이 되기를 바라는 것은 당연한 일이 아닌가. 우리는 차안의 세계를 갈망한다. 우리는 온전한 육신을 갈망한다. 우리는 그러한 존재들이다."

"나도 알고 있다. 하지만…… 나는 이와 같은 기이한 집념은 어느 요괴에게서도 느껴 본 적이 없다."

수많은 요괴들을 지배하에 두고, 인간을 닥치는 대로 잡아먹어 가면서까지 사람의 육신을 손에 넣고자 하는 요괴. 막연히 차안에 이끌리어 설쳐 대는 여타 요괴들과는 다르다.

"그처럼 그가 인간이 되고자 갈망하는 이유는 무엇인가."

"……거기까지는, 나도 모른다."

아시타는 이마에 주름을 잡았다. 기껏 붙잡은 요괴가 아무짝에도 쓸모가 없자 절로 어깨에서 힘이 빠져나갔다.

"그러면…… 너희는 그 요괴를 무어라 부르나. 가명이라도 좋으니 말해 보아라."

그 정도는 답할 수 있겠지, 하며 빤히 노려보자 요괴가 머뭇머뭇 입을 열었다.

"야토夜土."

"야……토……?"

"그래. 우리는 그를 야토라고 부른다."

야토.

그 이름을 입 안에 되뇌이며 아시타는 몸을 일으켜 세웠다. 힐끔 까마귀 요괴를 돌아본다. 이 요괴에게서 더는 캐낼 것이 없어 보였다.

이제부터 어찌할까.

역시 죽여야 하나 고심하고 있는데 밖에서 다급한 발소리가 들려온다. 아시타는 고개를 돌렸다. 여란과 여란을 따르는 법령사 셋이 사원 안으로 뛰어 들어왔다. 그 심상치 않은 모습에 아시타는 얼굴을 굳혔다.

"무슨 일이냐?"

"이리 와 봐라."

"무슨……."

"빨리!"

다짜고짜 잡아끄는 손길에 아시타는 영문도 모른 채 질질 끌려갔다. 여란이 사원 계단을 내달려 가 거리를 질주한다. 아시타는 치렁치렁한 법의를 한 손에 모아 치켜들고서 그 뒤를 따랐다.

어느새 하늘은 새벽빛으로 밝아 오고 있었다. 벌써부터 일할 준비를 시작하는 것인지 거리에는 사람들이 가득했다. 여란이 그들을 헤치고 상가가 즐비한 대로로 나아갔다.

"대관절 무슨 일이기에……."

이러느냐, 버럭 외치려던 아시타는 눈앞에 펼쳐진 광경에 말을 잃었다. 마차 서너 대가 지나도 너끈할 너비의 도로에 붉은 피가 융단처럼 깔려 있었다.

그는 멍하니 고개를 돌렸다. 피비린내가 사방에서 진동을 했다. 어림잡아도 백 구가 넘는 시체가 길 좌우에 쭉 늘어서 있었고, 몇 구는 푸줏간에 걸린 고기처럼 지붕 위에 매달려 있었다. 그 처참한 꼴을 보고, 일을 하기 위해 나온 상인 하나가 바닥 위에 마구 토악질을 해 대었다.

아시타는 바닥에 고인 끈적한 피를 첨벙첨벙 밟으며 그 지옥 같은 도로를 망연히 거닐었다. 가슴이 뚫린 시체들. 온몸의 피를 바닥에 뿌리며 죽어 간 이들의 허연 얼굴이 비수처럼 망막을 파고들었다.

아시타는 주먹을 그러쥐었다.

'야토…….'

어느 요괴를 이처럼 결연하게 죽이기로 결심한 것은 처음 있는 일이었다. 그는 턱이 나가도록 이를 악물었다. 무슨 수를 써서라도 잡아서 이 흉악한 짓의 대가를 치르게 해 주리라. 그리 굳은 다짐을 하는 아시타의 두 눈이 노기로 맹렬하게 타올랐다.

八章　참상의 여파

총 백하고도 열아홉 구의 시체가 차곡차곡 짐수레에 실렸다. 골목 골목마다 고개를 삐죽 내민 이들이 제 친지가 혹여나 거기 실려 있는 것은 아닌가, 하며 두 눈을 부릅뜨고 살폈다. 개중에는 바닥에 엎어져 목 놓아 우는 이들도 있었다. 시퍼렇게 변한 자식의 얼굴을 보고서 꺼이꺼이 울어 대는 노파, 아내의 주검을 발견하고는 넋을 잃은 사내, 가까이 지내던 이웃의 시체를 보고는 충격에 빠진 여인들…….

군졸들이 그들을 제치고 나아가 정리된 시신 위에 거적을 덮자 여덟 구의 주검을 실은 수레가 달그락 소리를 내며 굴러가기 시작했다. 병사들은 바로 다음 수레에 시신을 날랐다. 피가 시커멓게 굳은 도로 위에 그들의 발자국이 얼룩덜룩 찍혔다. 그 분주한 등 뒤로 거리에 모인 이들이 하나같이 사나운 시선을 던졌다.

'백 명은 죽어야 나라님은 관심이 가시는 모양이다.'

그동안 시체가 줄줄이 나왔음에도 제대로 관심도 기울이지 않았던 조정이다. 이 사달이 나고서야 부랴부랴 병사들을 파견하는 꼴이 고깝기 그지없다. 진작 치안에 더 신경을 썼어야 하는 게 아니냐, 백 명이 넘는 인간이 저 꼴이 되도록 대체 뭘 했느냐 말이다. 괜히 애먼 사람 역적으로 의심해 잡아갈 줄만 알지 군병들 무능하기 짝이 없다. 그리 숙덕숙덕하는 소리가 골목골목에서 끊이질 않았다.

'생각보다도 흉흉하군.'

대로가 한눈에 들어오는 길목 끝에 서서 잠자코 그 상황을 지켜보 던 비령은 한껏 심각한 얼굴을 하였다. 피비린내 가득한 거리의 참상 도 참상이었지만 살벌하여진 백성들의 낯이 그로서는 더 큰 근심이 었다.

'이들의 적의가 왕실로만 향한다면 문제없지만……'

"……이는 분명 귀신들의 소행일 거야."

그 생각에 응하기라도 하듯 살벌한 음성이 고막을 자극해 온다. 그는 소리 난 쪽을 향해 고개를 돌렸다. 상인으로 보이는 이들 서넛 이 얼굴을 가까이에 붙이고서 수군거리고 있었다.

"귀신이 아니고서야 어찌 하룻밤 새 이런 끔찍한 참상을 만들어 낼 수가 있었겠어? 필시 사람 가슴을 파먹는 그 흉악한 귀신 놈이 한 짓이여. 그놈이 한밤중에 소리도 없이 사람 백을 잡아먹은 게 분명 해."

"대체 어떤 끔찍한 귀물이기에 이처럼 미쳐 날뛰어 대는 겐 지……."

"염병. 이게 다 귀신 공주가 궁궐을 나온 탓이라고."

비령은 한숨을 삼켰다. 우려한 대로였다. 전대미문의 참상에 온 도성이 술렁거린단 소리를 들었을 때부터 그는 이것을 걱정하였다.

'괜한 불똥이 튀게 생겼군.'

안 그래도 자호가에 영약이 있단 소문이 퍼져 장안에는 묘한 기류가 흐르고 있던 참이다. 이번 일까지 더해져 방패막이 되어 주던 민심이 완전히 떠나가 버리면 어쩌나. 비령의 낯빛이 근심으로 어두워졌다. 왕이 이 일을 빌미 삼아 귀신 공주 데리고 도성을 나가라 할지도 모를 일. 그 전에 어떻게든 손을 써야 한다.

"그년이 뒈져야 더는 애먼 사람이 안 죽는다."

곰곰이 생각에 잠겨 있는데 모여 앉은 이들의 음성이 점차 격해졌다. 참다못한 비령은 그들의 대화에 불쑥 끼어들었다.

"귀신 공주 탓이라는 근거가 어디 있소. 정작 자호가 사람이 흉한 일 당했단 소리는 내 듣지 못했소만."

"흥, 소식이 늦구먼. 젊은이는 그 집안에서 일하다 나온 이들이 하나도 빠짐없이 다 죽었다는 말 못 들었나?"

그런 말까지 나도는 것인가. 제 생각보다 심각한 상황일지도 모른다는 생각에 절로 얼굴이 굳어졌다. 비령은 애써 초조한 기색을 감추며 천연덕스레 대꾸했다.

"정작 그 집안에는 좋은 일만 있지 않소. 오히려 그 집 안에만 다녀가면 만병을 고칠 수 있다던데…… 귀신 공주 때문에 사람이 저리 죽어 나가는 거라면 자호가를 드나들던 이들도, 병 고침 받기는커녕 다 귀신 붙어 죽었어야지."

그들이 서로 눈짓을 주고받으며 듣고 보니 일리가 있군, 한다. 귀신 공주는 대체 언제 뒈지는가, 하며 마구 욕설을 토해 내던 사내만 오만상을 찌푸렸다.

"나도 그 집안에 영험한 약이 있다는 소문은 들었네만 그럼 뭐 하나. 재물 있고 권세 있는 이들만 그 집안 문지방 넘을 수 있는데."

침을 튀기며 말하는 품새가 필요 이상으로 격한 것을 보아 혹 자호가에 도움을 요청했다가 거절당한 사내인가. 비령은 눈을 가늘게 떴다. 이자는 그 악감정으로 나쁜 소문에 열을 올리는 것처럼 보인다.

'역시 병자들을 치료해 민심을 되돌려야 한다.'

그런 제 생각에 반발이라도 하듯 곧장 완고한 친우의 얼굴이 떠올랐다. 그 역시 자현의 걱정을 이해 못 하는 것은 아니었다. 같은 귀족 관료들의 입을 간수하기에도 벅찬데, 천것들을 어찌 감당할까. 이놈들이 떠들어 대기 시작하면 금세 소루의 비밀은 도성 전체에 퍼질 테고, 자현의 집 앞에는 오늘내일하는 병자들이 떼로 몰려들 테지.

하지만 그리되는 한이 있더라도 일단은 민심을 붙들어 둬야 한다. 몰려드는 이들은 잘 통제하면 될 일. 오히려 사람을 구제하는 데 적극적으로 나선다면 자호가의 세는 걷잡을 수 없이 뻗어 나갈 것이다.

허나 자현이 이를 받아들일 리 없다. 그를 어찌 설득해야 하나 속으로는 고심하면서도 비령은 가벼운 태도를 잃지 않고 유들유들 말을 이었다.

"그거 너무한 일이오만, 이 흉악한 일이 귀신 공주 탓이라는 근거는 아니지 않소."

"흥, 뻔한 것을. 그년이 시집가던 날부터 귀신들이 미쳐 날뛰기 시작했는데 무얼. 고년 못 잡아먹어 안달인 귀신 놈들이 사람을 해치고 있는 것이 틀림없어."

계속되는 사내의 사나운 말에, 비령은 반박하길 포기했다. 여기서 입씨름이나 하고 있을 때가 아니었다. 돌아가 대처할 방도를 찾는 것이 급선무가 아닌가.

그는 시큰둥하니 어깨를 한 번 으쓱이는 걸로 논쟁을 종결시키고는 그들에게서 돌아섰다. 사내가 등 뒤에서 무어라 구시렁거린다. 그걸 한 귀로 흘려들으며 골목을 나서는데 때마침 시체가 가득 찬 짐수레가 제 앞을 지나갔다. 그는 엉성하게 짠 거적때기 아래로 백지장처럼 새하얀 얼굴과 딱 마주치고는 인상을 썼다.

'……보통 일이 아니긴 아니군.'

고통에 일그러진 잿빛 얼굴에, 채 다 감겨지지 않은 퀭한 눈, 피가 시커멓게 굳어 있는 입가…… 전쟁터에서 지겹게 봐 온 모습임에도 일순 뒤숭숭한 기분이 들었다.

'어서 범인이 붙잡혀야 할 텐데…….'

그는 새삼스레 걱정스러운 눈길로 피로 시커멓게 얼룩진 도로를 쭉 훑어보았다. 그러다 골목 귀퉁이에서 묘한 사내를 발견해 내고는 우뚝 걸음을 멈추었다. 진즉 발견하지 못한 게 이상하게 느껴질 정도로 키가 큰 사내였다. 그는 막 잠자리에서 일어난 듯 흐트러진 옷차림에 어깨 위에는 검은 도포 한 장을 어설프게 걸쳐 두고 있었고, 머리에는 챙이 넓은 삿갓을 하나 올려 두고서 졸린 듯 벽에 기대서 있었는데, 그 모습이 마치 산책이라도 나온 듯 태평스럽기 그지없었다. 비령은 눈가를 찡그렸다.

'……어느 할 일 없는 한량께서 구경이라도 나오셨나.'

그 유유자적한 모습을 빈정거림을 담아 노려보는데, 사내가 시선을 느낀 것처럼 이쪽을 향해 고개를 돌렸다. 비령은 무심코 숨을 들이켰다. 귀기가 느껴질 정도의 미모였다. 매끄럽게 빛나는 하얀 피부와 계집의 것보다 곱고 섬세한 턱선, 높게 솟은 날렵한 콧대와 옆으로 시원스레 뻗은 섬세한 눈매, 모양 좋은 붉은 입술…….

대체 어느 집안 자제인가 하고 넋 놓고 바라보는 사이에 사내가 무심히 몸을 돌렸다. 비령은 저도 모르게 그 뒤를 따랐다.

막 출발하려는 수레를 다급히 지나쳐 사내가 사라진 골목으로 뛰어들자 빽빽이 들어찬 사람들이 무어라 불평을 한다. 그는 입으로만 건성으로 미안하다 중얼거리며 그들을 제치고 나아갔다. 작달막한 이들 위로 사내의 머리가 우뚝 솟아 있었다. 자현만큼이나 키가 크다.

혹, 무인인가.

그는 자신이 무슨 말을 하려는지도 모르고 무작정 불러 세우기 위해 그 넓은 등에 바짝 따라붙었다. 그러자 앞서가던 이가 성가시다는 듯 뒤를 돌아본다.

'금색…… 눈동자?'

그 무표정한 눈과 마주한 순간, 이해할 수 없는 한기가 온몸을 휩쓸어 발걸음이 얼어붙었다.

사내는 마치 들짐승의 것 같은 무미건조한 눈길로 얼마간 주시하다가, 흥미를 잃은 듯 다시 몸을 돌려 사람들 틈을 헤치고 나아갔다.

가만히 굳어 서 있기를 잠시, 비령은 다시 허겁지겁 그 뒤를 쫓았다. 하지만 어디로 사라졌는지 이미 사내는 자취도 찾아볼 수가 없었다.

'대낮에, 귀신에게 홀리기라도 한 건가.'

길 한복판에 우뚝 서서 그는 멍하니 눈을 깜빡였다. 대체 왜 쫓아온 것인지 스스로도 알 수가 없었다.

'그저 어딘가 낯이 익기에……'

비령은 스스로의 생각에 깜짝 놀랐다. 낯이 익다니? 대체 어디에서 봤단 말인가. 잠깐 스치기만 하였어도 저런 자를 기억하지 못할 리가 없다.

'하긴…… 어디서 봤든 무슨 상관인가. 기억할 만하면 하였겠지.'

문득 허탈감이 밀려들어 비령은 헛웃음을 흘렸다. 아름다운 여인네도 아니고 산만 한 사내놈 뒤를 홀린 듯 쫓다니. 엉뚱한 짓으로 시간을 낭비하였구나 하고 고개를 절레절레 내젓는데 좀처럼 찝찝한 마음이 가시질 않았다. 그는 다시 한 번 어둑한 골목을 돌아보았다.

키가 몹시도 큰, 황금색 눈의 사내.

'대체 어디서 보았더라?'

좀처럼 뇌리에서 떠나지 않는 그 형상을 곱씹어 보아도 역시나 떠오르지 않는다. 비령은 쯧, 하고 혀를 한 번 차고는 성큼 걸음을 내디 뎠다.

한비가 보내온 전보를 읽어 내려가는 자현의 얼굴은 점차 험악하 게 일그러졌다. 장황하기 그지없는 기나긴 문장의 내용을 한 줄로 요 약하자면 이러했다.

「때가 좋지 않다. 기다리라.」

그는 종잇장을 가차 없이 구겨 바닥에 패대기쳤다. 그 사달이 났 으니 당장 수월하게 대장군이 될 수 있을 것이라 기대한 것은 아니었 다. 하지만 도대체 언제 일이 수습될 줄 알고 마냥 기다리라 하는 것 인가.

'하필이면 이런 때에……'

대로 한복판에서 전대미문의 참상이 벌어진 지 막 보름이 지났다. 민심은 온통 뒤숭숭하고 가륜 왕은 수사가 어찌 진척이 없느냐며 매 일같이 불호령을 치시니, 이 와중에 자현을 대장군으로 임명하라 감 히 말이나 꺼낼 수 있겠나. 한비의 곤혹스러운 심정을 모르는 바는 아니다. 머리로는 이해하고 있었다. 설상가상 병을 고쳐 달라는 요구 를 거절당한 이들마저도 제게 단단히 앙심을 품은 상황이 아니던가. 거기에 이런 흉사까지 더해졌으니 제아무리 한비라고 해도 쉽사리 자신의 얘기를 꺼낼 수 없을 테지.

'그렇다고 해도, 다소 무리를 해서라도 밀어붙여 주기를 바랐건 만……'

자현은 지끈거리는 관자놀이를 꾹 눌렀다. 병자를 받으라는 주변의 압박은 점차 심해지고 있었다. 비령은 물론이고 제 세력으로 끌어들인 다른 관료들조차도 은근슬쩍 옆구리를 찔러 댔고, 심지어는 양민 놈들도 툭하면 대문 앞에 몰려와 우는소리를 해 댔다. 그것을 계속 무시했더니 자호가의 평판에도 금이 가기 시작했다. 시간을 끌면 끌수록 상황은 제게 불리한 쪽으로 기울어진다.

한시라도 빨리 대장군이 되어 이 상황을 타개해야 하는데, 별 흉측한 일이 다 터지어 입신立身마저 무기한으로 연장되어 버리다니……. 나처럼 재수 옴 붙은 놈이 또 있을까.

앞으로 비령이 또 얼마나 들볶아 댈까. 천지 사방에서 병자들이나 다친 이들이 몰려와 성가시게 굴 게 분명한데 그걸 또 어찌 감당하나.

생각하면 할수록 넌더리가 난다.

'젠장, 내가 왜…… 이런 성가신 일을 견뎌야 하는 건가.'

이렇게 궁지에 몰릴 때까지 주변의 압력을 물리치고 있는 이유를 스스로도 알 수가 없었다. 자현은 이를 악물었다.

내가 왜. 내가 대체 왜, 버티고 있는 것인가.

'그래…… 비령의 말대로 이삼일에 한 명 정도는, 괜찮지 않나.'

이전과 같은 일이 일어나지 않도록 감시를 철저히 하면 된다. 그 정도는 그녀에게도 큰 부담이 되지 않을 것이다. 사람이 살고 죽는 일에 비하면 작은 생채기쯤은 사소한 것이 아닌가. 몸이 상하지 않도록 각별히 신경을 써 주면 될 거야. 지켜 주면 될 게 아니냐. 분명 소루도 납득하고 받아들여 줄 거다.

거기까지 생각한 자현은 불현듯, 몸을 굳혔다. 고맙다 하며 웃던 얼굴이 떠오르자 그런 스스로의 생각이 견디지 못할 만큼 역겹게 느껴졌다. 제가 하는 말이라면 무엇이든 따르려 할 것이 분명한 여자다. 그런 그녀에게 또다시 다른 이들을 위해, 아니, 나를 위해 몸에 상처를 내어라 할 수 있나. 정말 그런 말을 입에 담을 작정인가.

"주인 나리."

문 너머에서 들려온 음성에 그는 번쩍 고개를 들었다. 어찌나 깊게 생각에 잠겨 있었는지 이리 가까이 올 동안 인기척도 느끼지 못했다. 그는 굳은 음성으로 답했다.

"무슨 일이냐."

"그것이…… 낮부터 마님께서 보이시질 않습니다. 말씀드려야 할 것 같아서……."

머뭇머뭇 이어지는 말에 일순 온몸에 소름이 돋았다. 그는 벌떡 자리에서 일어나 벌컥 문을 열어젖혔다. 여종이 놀라 뒤로 나자빠진다. 그는 그리로는 눈길도 주지 않고 성큼 걸음을 옮겼다.

서재에서 거처로 향해 가는 발걸음이 스스로도 이해할 수 없을 정도로 다급하다. 심장이 아픔을 느낄 정도로 둔탁하게 뛰었다. 그런제 반응을 깊이 생각해 볼 새도 없이 그는 소루가 머물고 있는 방 문을 거칠게 열어젖혔다. 여종의 말대로 텅 비어 있었다.

그는 바로 몸을 돌려 정원으로 달려 나갔다. 툭하면 거기 나앉아 있는 모습을 몇 번이나 보았던 것이다. 하지만 하인들이 정성껏 가꾼 화원 역시 휑했다.

그는 울퉁불퉁한 자갈길을 빠르게 가로지르며 이리저리 눈을 돌렸다. 건물을 돌아 공터까지 둘러보았지만 그녀의 모습은 발견할 수가 없었다.

혹, 납치라도 당한 게 아니냐. 또다시 종놈들이 작당을 하고 흉한 짓을 하고 있는 것은 아닐까.

조그만 몸에 가득했던 시뻘건 상처들이 떠오르자 등 뒤로 식은땀이 흐르고 창자가 다 뒤틀렸다. 그는 목청을 높였다.

"소루!"

정원에 제 목소리가 쩌렁쩌렁 울린다. 그는 성큼 걸음을 내디디며 조금 더 크게 외쳤다.

"소루!"

보초를 서는 무인들이 놀라 무슨 일인가 하고 멀리서 달려온다. 그가 막 그들에게 소루를 찾으라 명하려는 순간 정원 한 귀퉁이에 무성한 수풀 속에서 조그만 목소리가 들려왔다.

"자, 자현……."

그는 재빨리 소리가 난 쪽으로 걸음을 옮겼다. 우거진 나뭇가지를 헤치니 덤불 뒤에 제 아내가 웅크리고 앉은 것이 눈에 들어온다. 대체 거기서 뭐 하는 것이냐 호통을 치려던 자현은 그녀의 모습을 보곤 입을 다물었다.

대관절 무슨 일이 있었던 것인지 새까만 머리칼은 다 풀어 헤쳐져 있고 옷가지는 군데군데 찢어져 어깨며 가슴골이며 허벅지까지 훤히 다 드러나 있었던 것이다. 그걸 멍하니 내려다보던 자현은 곧 황급히 고개를 돌려 다가오는 무인들을 멈춰 세웠다.

"되었으니, 물러가라."

"무슨 일이신지……."

"물러가래도!"

버럭 언성을 높이자 서로 눈짓을 주고받던 이들이 몸을 돌린다. 그들이 멀어지기 무섭게 자현은 이를 갈며 소루의 몸 위에 겉옷을 벗어 던져 주었다.

"이런 곳에서 뭘 하고 있는 거냐!"

"잠깐, 산책을 하려다가……."

"산책?"

그 태평스러운 단어에 자현은 하, 하고 허탈한 한숨을 내쉬었다. 혹여 무슨 일이 생겼을까 봐 쏜살같이 달려온 제 꼴이 우스웠다. 그는 이마를 짚으며 짜증 어린 음성으로 말했다.

"산책을 어찌 하면 이 꼴이 되나."

"가, 갑자기 인기척이 느껴지기에 놀라 숨다가…… 넘어졌다."

"……넘어지면서 어디 다치기라도 한 건가?"

그래서 바닥에 주저앉아 있는 건가. 눈을 가늘게 뜨고서 여자의 다리를 살피는데 소루가 기어들어 가는 음성으로 말했다.

"아니. 괜찮다. 단지…… 신이 벗겨졌는데…… 도무지 찾을 수가 없어서……."

그러면 시녀를 불러 도움을 요청하면 될 것을 멍청하게 이러고 있었느냐고 윽박지르려던 자현은 곧 입을 다물었다.

이 여자가 대체 누굴 믿고 도움을 청한단 말인가.

종들에게 그런 일을 당한 후인데. 대책 없이 여기 숨어 신발을 찾고 있었을 여자를 더는 책망 못 하고 그는 낮은 신음을 토해 냈다.

'그나마 누군가에게 붙들리어 험한 꼴을 당한 것은 아니니, 다행인가.'

"일어나라. 방까지 데려다주겠다."

"하지만 신발이……."

그는 몸을 굽혀 수풀을 뒤적였다. 여자가 주저앉은 자리에서 불과 한 발짝 떨어진 거리에 신발이 나뒹굴고 있었다.

바로 코앞에 있는 것도 찾지를 못해 여태껏 헤매고 있었나.

그는 인상을 찡그렸다. 사람은 그리도 신통방통하게 잘 구분해 내면서 사물은 바로 눈앞의 것도 알아차리지 못하는 모양이다. 그는 허리를 굽혀 신을 주워 들고는 그녀의 앞에 한쪽 무릎을 꿇고 앉았다.

"발을 이리 내밀어라."

"괘, 괜찮다. 내가 신을 수 있어."

"이리 내라 하였다."

"하, 하지만……."

그는 그녀의 대답을 기다리지도 않고 치맛자락 밑에 숨은 조그만 발을 집어 들었다. 소루가 힉, 하고 작게 숨을 들이켠다. 자현은 그것을 싹 무시하고 제 쪽으로 잡아당겨 신을 가져다 대었다.

손안에서 여자가 발가락을 움츠린다. 그 바람에 안 그래도 작은 발이 조막만 해졌다. 이런 것으로 용케도 걸어 다니는군. 그런 얼빠진 생각을 하며 그녀의 발을 조심스레 비단신 안으로 밀어 넣는데, 여자의 발목이 희미하게 떨리는 게 눈에 들어온다. 그는 혹 넘어지다가 어딜 다치기라도 한 건가, 하며 고개를 들었다.

그러자 새빨갛게 변한 여자의 얼굴이 눈에 들어왔다. 자현은 그 모습에 놀라 쥐고 있던 발을 툭 내려놓았다. 소루는 정말이지 머리끝에서 발끝까지 붉게 물들어 있었다. 저까지 덩달아 민망해질 정도였다. 그는 당황하여 얼른 질문을 던졌다.

"왜…… 왜 얼굴을 붉히는 거냐."

겨우 신을 신겨 주었을 뿐인데. 그 뒷말을 어물거리는데 소루가 어리둥절한 표정을 지었다.

"……내가 붉어졌느냐?"

그는 꿀 먹은 벙어리처럼 입을 다물었다. 더듬더듬 분홍빛 손가락을 들어 제 얼굴을 어루만진 뒤에야 그 열기를 자각한 듯, 여자가 당황스레 고개를 숙인다. 제가 덮어 준 옷가지가 흘러내리며 흰 어깨가 고스란히 드러났다. 그 위로 까만 머리칼이 사락거리며 쏟아져 내린다. 자현은 마른침을 삼켰다. 검은 머릿결 사이로 언뜻 드러난 살결마저 옅은 분홍빛을 띠고 있었다. 피부가 워낙 하얘서 홍조가 더 눈에 띄었다.

"보, 보지 마라. 보기 흉하다."

그녀가 얼굴을 감싸 쥐고서 울먹거린다.

그는 당황스레 내뱉었다.

"흉……하지 않다."

"어, 얼굴이 붉어졌으니, 보기 흉할 게 아니냐."

긴 속눈썹에 반쯤 가려진 커다란 눈동자가 그렁그렁 물기를 머금어 간다. 정말로 붉어진 제 얼굴이 보기 흉하고 추하리라 생각하는 모양이었다.

"보기 흉하지 않다. 오히려……."

무슨 말을 하려는지도 모르는 채로 입을 달싹거리던 자현은 흠칫 말을 멈추었다. 그녀가 고개를 들어 물기에 젖은 눈동자로 그를 올려다보았다. 아니, 올려다보았다는 말은 적합하지 않을 것이다. 그녀는 그저 제가 있는 방향을 향해 고개를 들었을 뿐이다. 하지만 늘 그렇듯이 그 맑은 눈동자는 어설픈 풋내기처럼 구는 제 모습을 고스란히 비춰 내고 있었다. 그는 숨조차 멈춘 채 그것을 가만히 들여다보았다. 가슴 속에서 이상한 떨림이 일었다.

그녀의 눈동자는 햇빛을 받아 평소보다 더욱 투명하게 반짝거리고 있었고, 초점이 없는 맑은 동공은 어딘가 아련한 색조를 띠었다. 반짝이는 은빛 호수 같기도 하고, 어둠 속에서 은은히 빛나는 달 같기도 한 눈동자…….

귀신에게 빛을 빼앗겼다고 하였지. 본래는 어땠을까. 세상을 담고서, 어떤 식으로 빛났을까. 지금도 이렇게나 아름다운데, 본래는 얼마나…….

"오히려……?"

그녀가 기나긴 침묵에 기다리지 못하고 뒷말을 재촉해 온다. 무의식중에 그녀의 눈언저리를 향해 손을 뻗던 자현은 그제야 정신을 차리고는 벌떡 몸을 일으켜 세웠다. 어째서인지 귓불이 뜨거웠다.

혹 제 얼굴도 붉어진 것은 아니겠지?

여자가 보지 못한다는 것을 알면서도 그는 손을 들어 얼굴을 가리며 딱딱하게 내뱉었다.

"언제까지 땅바닥에 주저앉아 있을 건가. 어서 일어나라."

갑자기 돌변한 태도에 놀란 듯 여자가 어리둥절한 얼굴을 한다. 자현은 성급한 음성으로 일어나지 않음 두고 가겠다 으름장을 놓았다. 그러자 소루가 허둥지둥 자리에서 일어선다. 그는 무뚝뚝한 손길로 그녀의 팔을 붙잡아 이끌었다.

문득 짜증이 치밀었다. 이 여자는 손목마저도 왜 이리 가는 것인지. 살이 있기는 한지 의심스럽다. 조금만 힘주면 우득 하고 부러질 것 같아 손대고 있기 겁이 날 정도였다.

"오히려…… 그다음은 뭐냐?"

남의 조마조마한 속도 모르고 여자가 난감한 물음을 던져 왔다. 자현은 대답 대신 똑바로 걸으라는 핀잔만 주었다. 그녀가 굴하지 않고 끈질기게 답을 재촉했다.

"좀 전에 무어라 말하려고 했잖느냐."

"아무 말도 안 했다."

"내가 똑똑히 들었는데……."

"쓸데없는 소리 말고 걷기나 해."

그러자 소루가 입술을 삐쭉거린다. 정작 화낼 일에는 조용하더니 왜 이런 시답잖은 것에 그리 뿡한 얼굴을 하는 건가. 계집 속은 도통 알 수가 없다.

괜한 초조함에 걸음을 빨리하자 옆에서 따라오던 여자가 살짝 휘청거렸다. 그에 놀라 그녀의 발치에 시선을 두니 어딘가 어설프고 위태로운 걸음걸이가 눈에 들어온다. 이 여자는 걷는 것마저도 시원치 않은 건가. 꼭 갓 태어난 망아지처럼 휘청휘청한 발걸음을 보며, 그는 그녀를 붙든 손에 단단히 힘을 주었다. 혹시라도 이 팔을 놓아 버리면, 그대로 바닥을 굴러 와장창 깨져 버리는 게 아닐까 마음이 조마조마했다. 구석구석 가늘지 않은 데가 없고 자그맣지 않은 데가 없는 계집이니 그러고도 남을 것 같았다.

"왜…… 그러느냐?"

붙잡힌 팔이 아픈지 여자가 살풋 미간을 모았다. 그러면서도 놓으라는 말이나 뿌리치려는 기색은 없다. 아무 의심 없이 무방비하게 제게 기댄 그 모습에 가슴이 지끈거렸다. 그녀가 얼마나 정에 굶주렸는지 어렵지 않게 알 수 있었다. 그러니 저같이 무정한 사내도 남편이랍시고 의심 없이 따르는 게 아닌가. 지금까지 얼마나 가혹한 취급을 당해 왔을지 안 봐도 눈에 훤했다. 그러니 그런 끔찍한 일을 당하고도 원망 한마디, 불평 한마디 하지 않는 거겠지.

'……동정하지 않는 게 이상하다.'

"자현?"

무력하고, 아무 가진 것이 없고, 누구도 보호해 주거나 아껴 주지 않는 여자. 불쌍하다고 느끼는 게 당연하다.

그래서 너를 보면 가슴이 답답해져 오는 거겠지. 바라만 보고 있어도 팔다리가 돌덩어리라도 된 것처럼 무거워지고, 신경이 바짝 곤두서서 초조해지는 거야. 가엽고 애처로워서.

그는 속으로 중얼거렸다.

주변의 성화에도 불구하고 이리 감싸고도는 것도 분명 죄책감 때문이다. 이토록 무방비하게 내게 의지해 오는 사람, 차마 더는 상처 줄 수가 없어…… 그런 거야.

그는 고개를 돌려 다시 앞을 보았다. 멈춰 세운 걸음을 말없이 다시 이어 나가자 여자가 자박자박 뒤를 따라온다. 그 발소리에 가슴 한구석이 애잔해지는 것마저도, 그는 연민 탓으로 돌려 버렸다.

아무런 소득 없이 여관으로 돌아온 아시타는 침상에 털썩 주저앉으며 어깨를 축 늘어뜨렸다. 지난 보름간 도성을 구석구석 조사해 보았지만 놈의 흔적은 찾을 수가 없었다. 심지어는 밤이면 이리저리 쏘다니며 사람들을 납치해 가던 요물들조차 코빼기도 보이지 않는다.

혹, 그 야토란 놈의 목적을 이루고 귀신 계곡으로 돌아가 버린 건 아닐까.

아시타는 바로 고개를 내저었다. 까마귀 요괴, 이암의 말에 의하면 놈이 인간이 되기 위해서는 어림잡아도 삼백 이상의 심장이 더 필요했다. 아마도 사방이 떠들썩하니 몸을 사리고 있는 것일 테지.

아시타는 이를 갈았다. 저잣거리에서 벌어진 참상이 떠오르자 절로 살기가 끓어올랐다. 요괴들이 인간에게 해를 끼치는 것은 천성이다, 자연스러운 일이다, 하고 여겨 온 아시타마저도 놈이 저지른 흉악한 살상을 떠올리면 치가 떨렸다. 서둘러 제거하지 않으면 또 무슨 짓을 할지 알 수가 없다.

'……놈이 움직이기 전에 먼저 찾아내야 한다.'

또다시 그 같은 참상이 벌어지게 놔둘 수는 없다.

'하지만 도대체 무슨 수로……?'

아시타는 머리를 감싸 쥐었다. 심상치 않은 힘을 지닌 것이 분명한데도 그 요괴 놈의 요력은 도무지 감지되지 않았다. 심지어는 수십 명의 법령사들이 눈에 불을 켜고 있는 와중에 제 요력을 철저히 감춘 채 그 같은 살육을 저지르기까지 했다. 놈이 하고자 마음만 먹으면 지금으로서는 막을 방도가 없는 것이다.

'대체…… 어떤 방법으로 놈을 찾아내야 하나.'

"이봐, 인간."

곰곰이 생각에 잠겨 있던 아시타는 소리가 난 쪽을 향해 힐끔 시선을 돌렸다. 부적을 덕지덕지 붙여 놓은 조그만 새장 안에서 얼마 전에 포획한 요괴 이암이 다섯 쌍의 붉은 눈을 끔뻑거리며 물었다.

"나는 언제 풀어 줄 거냐."

한껏 불쌍한 척 몸을 웅크리고서 하는 말에 아시타는 헛웃음을 흘렸다.

"요괴도 농담을 다 하나. 풀어 주다니, 모가지를 몸뚱이 위에 붙여 두는 것만으로도 감사한 줄 알아야지."

그 살벌한 말에 요괴의 몸이 반절로 쪼그라든다. 그 꼴을 보고 아시타는 히죽 웃었다. 이암은 본디 사람의 공포심을 먹으면 곰만큼이나 커질 수 있는 요괴였다. 그처럼 위풍당당하던 요괴가 손바닥만 해져서는 오들오들 떨고 있으니 참으로 우습지 않은가. 아시타는 새장이 매달려 있는 기둥을 툭툭 차며 짐짓 위험스럽게 말했다.

"뭣하면 지금이라도 불에 노릇노릇 구워 주리?"

"휴, 흉한 소리 말아라! 날 풀어 주면 다신 인간을 공격 않겠다니까."

"이봐, 이봐. 이름을 빼앗긴 처지에 어떻게 야토의 명령을 거역하겠다는 거냐?"

"그, 그건…… '그'의 눈을 피해 잘 숨으면……."

"애쓸 것 없다. 설령 이름을 빼앗기지 않았다고 해도 사람을 해하려 한 요괴를 풀어 줄 생각은 없어."

그리 말하고는 관심 없다는 듯 고개를 돌려 버리자, 이암이 필사적으로 외쳤다.

"나, 나를 풀어 주면, 내가 모은 황금을 다 주겠다!"

아시타는 그야말로 번개 같은 속도로 벌떡 일어나 새장 앞에 달라

붙었다. 그 전광석화와 같은 움직임에 요괴가 다 놀라 주저앉는다. 그러거나 말거나 아시타는 양손으로 새장을 꽉 붙들고서 침을 튀기며 물었다.

"화, 황금이라 했느냐?"

그 격한 반응에 요괴가 옳다구나 하고 줄줄 내뱉는다.

"그래. 황금이라 하였다. 나는 빛나는 것을 아주 좋아하여 근 백 년간 인간들에게서 보석이며 금화를 야금야금 훔쳐다 계곡 안에 있는 내 둥지에 쌓아 두었다. 나를 풀어 주면 그걸 네게 전부 주마!"

"그, 금이 얼마나 있느냐."

"이 방을 가득 채울 만큼 있다!"

"이 방을 가득······."

상상만으로도 황홀하여 아시타는 입을 헤벌렸다. 그것을 보고 요괴가 한층 신이 나 떠들어 대었다.

"금뿐이랴. 홍옥, 비취, 호두알만 한 진주가 한가득이요, 잘 세공된 금강석까지 수두룩하다! 내 둥지에는 온갖 금은보화가 차고 넘친다."

"그, 금은보화······."

"날 풀어 주면 당장이라도 눈앞에 대령하마."

"풀어 주면····· 그대로 도망칠 셈이지?"

"설마! 난 네 도술을 피해 숨을 수 있을 만큼의 요력을 가지고 있지 않다. 정 미심쩍다면 언령으로 약속하마."

아시타는 꿀꺽, 하고 요란하게 침을 삼켰다. 이놈이 거짓말을 하는 것 같진 않았다.

진짜로 놓아줘? 도망친다 해도 까마귀 요괴 따위야 추적술로 금세 다시 붙들 수 있을 터인데 그냥 확 저질러 버릴까.

머리를 팽팽 돌리며 고민하고 있는데, 느닷없이 뒤통수에 어마어마한 충격이 가해졌다. 아시타는 머리를 감싸 쥐며 억, 하는 비명을 내질렀다. 핑글 눈물이 고인 눈으로 뒤를 돌아보니, 여란이 주먹을 움켜쥔 채 경멸 어린 눈빛을 보내고 있었다.

"이런 써어 빠진 놈……."

"여, 여란…… 아하하, 언제 왔느냐. 제아무리 사형의 방이라지만 인기척도 없이…… 조금 무례하지 않느냐."

"흥, 금은보화 소리에 눈이 뒤집혀 듣지 못한 거겠지."

"누, 눈이 뒤집히다니! 지금 막 단호히 거절하려고 하던 참이었다. 네가 때리지만 않았어도 허튼수작 부리지 말라는 내 사자후를 들을 수 있었을 거야!"

"씨알도 안 먹힐 소리 하지 마라."

여란은 코웃음을 치며 가차 없이 아시타의 발을 콱 밟았다.

그는 발을 붙들며 깡충깡충 뛰었다. 어찌나 우악스레 짓밟았던지 찔끔 눈물이 다 나왔다.

이 계집애랑은 전생에 무슨 악연으로 얽혔기에 이리 번번이 치이는 건가.

그리 눈물을 짜는 모습을 칼바람 같은 눈길로 쏘아보던 여란이 사납게 일갈했다.

"법령사란 놈이 세속에 찌들어서는…… 이 사문의 수치."

그러고는 새장을 향해 살벌한 시선을 보낸다.

"두 번 다시 수작 부리지 못하게 재로 만들어 주마."

"재, 재로 만들다니! 아이고, 아름다운 법령사님, 무슨 그런 흉한 소리를 하십니까."

여란은 코웃음을 쳤다.

"요괴 따위가 흉함을 논하나. 천지 만물 중에 가장 비천하고 흉한 것이 요괴거늘."

"히익!"

진짜로 죽겠구나 싶었는지 요괴가 새장 안에서 날개를 퍼덕거리며 야단법석을 떨었다. 그러거나 말거나 무미건조한 눈길로 내려다보며 여란이 품에서 부적을 꺼내 들었다. 퇴마 부적이었다. 그걸 들고 법문을 외우는 것을 아시타가 다급하게 멈춰 세웠다.

"그만둬라! 내가 포획한 요괴다! 이놈은 내가 알아서 하겠다."

"지금 이 요괴를 감싸는 건가?"

설마 보물이 탐이 나 그러는 건 아니겠지 하며 여란이 눈꼬리를 치켜세웠다.

아시타는 기겁을 하며 손을 휘휘 내저었다.

"감싸다니! 내가 요괴를 왜 감싸겠느냐! 이놈을 죽이면 야토를 찾아낼 작은 실마리마저 잃는 것이 아닌가 하여……."

"이까짓 놈이 무슨 도움이 된다는 거냐."

매몰찬 말에 아시타는 어깨를 축 늘어뜨렸다. 눈을 가늘게 뜨고서 그 꼴을 내려다보던 여란이 더는 들볶기 싫다는 듯 부적을 도로 집어넣었다.

"좋아. 알아서 해라. 한가하게 입씨름이나 하려고 온 게 아니야."

"그럼 왜 왔느냐."

입술을 부루퉁하게 내밀고서 꿍얼거리자 여란이 품에서 조그만 주머니를 꺼내 들어 던진다. 아시타는 얼결에 그것을 받아 들었다.

"이게 무엇이냐?"

"일전에 자호 가문에서 쫓겨난 하인들을 조사하라고 시켰던 거 기억나나?"

"뭔가 알아낸 거라도……?"

이 주머니가 무언가 중요한 단서라도 되는 건가 싶어 유심히 들여다보았지만, 양민들이 흔히 엽전을 넣고 다니는 낡은 주머니에 지나지 않는다. 그는 끈을 풀어 안을 들여다보았다. 안에는 쪼글쪼글 말라비틀어진 고기 조각이 들어 있었다. 이게 대체 무엇이냐 꺼내 들고는 요리조리 살피는데 새장에서 웅크리고 떨던 요괴가 날개를 퍼덕거리며 외친다.

"뭐냐, 그거! 좋은 냄새가 난다."

아시타는 코에다 가져다 대고 킁킁 냄새를 맡아 보았다. 아무 냄새도 안 나는데 무슨 냄새가 난다는 건가. 이상하다는 듯 요괴를 노려보는데 여란의 목소리가 벼락처럼 귓가에 꽂혔다.

"그거…… 귀신 공주의 살점이다."

손가락 사이에서 그것이 툭, 하고 굴러떨어졌다. 아시타는 다시 주울 생각도 못 하고 화등잔만 해진 눈으로 여란을 돌아보았다. 그녀가 싸늘하게 내뱉었다.

"자호가에 영약이 있단 소문을 너도 들었겠지. 그게 바로…… 소루 공주였다."

"……설마, 여태껏 이런 방법으로 사람을 치료한 건가?"

"아니, 매번 살을 도려낸 건 아닌 것 같아. 보통은 병자들이 찾아오면 생피를 먹게 해 병을 치료해 줬다더군. 그걸 보고 몇몇 종들이 몰래 숨어들어 가 이 작당을 한 모양이야. 그걸 주인에게 들켜 쫓겨나게 된 거지. 죽어도 입 밖에 낼 수 없다는 걸, 말하지 않으면 가슴 파먹는 귀신이 잡아먹으러 와도 지켜 주지 않겠다고 협박하여 겨우 알아낸 것이다."

종들이 주인의 살을 도려내다니…… 세상에 그런 하극상이 어디 있단 말인가.

아시타는 기가 막혀 고개를 설레설레 내저었다.

"그런 일이 있었는데 용케도 조용히 지나갔군."

"그 집안에서 철저하게 입단속을 한 모양이야."

여란이 입꼬리를 비틀며 말했다.

"하긴, 사람의 피를 가지고 병 고친단 말을 어디 떳떳이 할 수 있을까. 더군다나 아내의 생피를 가지고. 영웅은 무슨 얼어 죽을 영웅!"

소루의 처지에 동정심을 느낀 모양인지 여란이 분한 얼굴을 하고서 성토했다.

아시타는 흐음, 하는 심드렁한 추임새를 내뱉어 건성건성 맞장구를 쳐 주었다. 그는 소루 공주가 당한 험한 일보다는 이 사실이 의미하는 바에 더 신경이 쏠렸다.

"이봐, 여기서 좋은 냄새가 난다고 했지?"

아시타는 바닥에 떨어진 소루 공주의 살점을 집어 들어 이암을 향해 내밀어 보였다. 까마귀가 대가리를 힘차게 끄덕였다.

"그래, 단내가 아주 풀풀 흐른다."

"혹시, 야토는 이것을 노리고 자호가에서 쫓겨난 이들을 잡아먹은 건가."

"……그건 대답할 수 없다."

"충분한 대답이군."

아시타는 입꼬리를 비틀며 그것을 다시 주머니 안으로 밀어 넣었다. 여란이 이해할 수 없다는 듯 눈살을 찌푸렸다.

"그놈은 이미 인간의 심장을 모으고 있잖아. 어째서 소루 공주까지 노리는 거지?"

"미련을 떨치지 못해 그런 거겠지."

그 야토란 요괴 놈이 그 옛날 소루 공주의 눈을 빼앗은 요괴와 동일하다면 더더욱. 아시타는 그 요마가 공주의 신력을 이용해 다른 요괴들도 부리고, 제 요력도 감추고 하는 게 아닐까 하고 의심하고 있었다.

'그만한 힘을 지니고 있으면서 왜 진즉에 공주를 잡아먹으려 하지 않았는지는 모르겠지만…… 아직 포기하지 못한 게 분명하다.'

그러니 혼롓날에도 요괴들을 사주해 그 난리를 피운 게 아닌가. 천기를 타고난 이에게 시집을 가면 후일 공주를 잡아먹는 데 빙해가 될 테니 미리 훼방을 놓은 것일 테지.

"그걸 가지고 야토란 놈을 유인해 낼 수 있을까?"

여란의 물음에 아시타는 고개를 흔들었다.

"이것만 가지고는 부족하다. 아주 영악한 놈이야. 그 난리를 일으킨 뒤에는 얌전하게 몸을 사리고 있지 않나. 뻔히 보이는 함정에 스스로 기어들어 가진 않을 거야."

"하면 어찌하면 좋겠나?"

그는 주머니를 꽉 움켜쥐었다. 놈이 움직이기를 기다리면 늦는다. 바로 지척에서 그런 일이 벌어지는데도 눈치채지 못했다. 야토가 다음번엔 어디에서 어떤 짓을 저지를 줄 알고 잠자코 기다린단 말인가. 그 전에 찾아내야만 한다. 찾아낼 수 없다면 유인해 내기라도 해야 한다. 요만한 것으로는 턱도 없었다. 더 탐스러운 미끼가 필요하다. 함정인 줄 뻔히 알면서도 기어 나오지 않을 수 없을 만큼 탐나는 것이.

"소루 공주다."

"뭐?"

"소루 공주를 미끼로 쓰는 거야. 제아무리 조심성 많은 놈이라도 나오지 않고는 못 배기겠지."

"너…… 제정신인 거냐! 무고한 이를 미끼로 쓰자니! 감히 어찌 그런 소리를……!"

"인간 백이 죽었다."

펄쩍 뛰는 여란에게 아시타가 날카로운 어조로 내뱉었다.

"그전에도 놈의 손에 무수히 많은 이들이 목숨을 빼앗겼을 테지. 내버려 둔다면 앞으로도 수백 명이 희생될 거다. 그것을 막기 위해서라면 무엇이든 해야 할 게 아니냐."

"대를 위해서라면 무구한 소녀 한 명쯤 위험으로 몰아넣어도 된다 이거냐!"

여란이 분개한 어조로 외친다. 제게야 잔학무도하게 굴지만 본디 고지식하고 정의감이 강한 성품의 소유자다. 이 정도 반발은 예상하였다. 아시타는 살살 구슬리듯 말했다.

"우리가 지켜 주면 될 게 아니냐. 손가락 하나 다치지 않도록 보호해 주면 돼. 다소간의 위험은 있겠지만 수백 명의 목숨을 지키기 위해서다. 그 정도는 감수해야지."

"다른 방도를 찾아! 난 힘없는 이를 미끼로 쓰는 일은……!"

"다른 방도를 찾는 사이에 또다시 누군가가 그 요괴 놈의 먹이가 되면 어쩔 거냐! 공주의 처지가 딱한 것은 사실이나, 다른 이들의 안전도 생각해야지!"

여란이 반박할 말을 찾지 못하고 입술을 깨문다. 아시타는 그 갈등의 기색을 놓치지 않고 강하게 밀어붙였다.

"동의하지 않겠다고 하면 나 혼자서라도 하겠다. 너는 빠져. 나는 더 이상 두 손 놓고 있을 수 없다."

"젠장……."

그녀가 거칠게 머리를 쓸어 넘기며 욕설을 토해 냈다.

"좋아. 네 계획을 따르겠어. 단, 공주의 호위는 내가 맡을 거야."

아시타는 좋을 대로 하라는 뜻에서 어깨를 으쓱여 보였다. 하지만 결정을 내리고도 여란은 영 내키지 않는 듯 구겨진 인상을 펼 줄 몰랐다. 그녀가 뚱한 음성으로 물었다.

"그래서…… 자호가에는 언제 갈 거냐?"

"놈이 언제 다시 행동을 개시할지 모를 일. 질질 끌 여유는 없지. 내일 당장 찾아가 보도록 하마."

"다짜고짜 찾아간다고 해서 그 집주인이 만나 줄까."

자현을 떠올리며 아시타는 애매한 웃음을 흘렸다.

그렇군. 이 계책을 실행하려면 그 무시무시한 사내를 만나 아내를 미끼로 쓰게 해 주십사 하고 설득해야만 한다. 그자가 아내를 아끼지는 않을지라도 쓸모 있다고는 여기고 있을 터. 과연 타국에서 온 법령사의 말을 듣고 흔쾌히 부인을 내어 줄까.

'……제 백성들 수백이 죽어 나가는데 설마 모른 척하진 않겠지.'

그는 애써 밝은 쪽으로 생각했다.

"다소 강경한 방법을 써서라도 만나서 설득해야지 별수 있나."

여란이 또 무슨 짓을 하려고 그러나 하는 의심이 어린 눈초리로 노려본다. 아시타는 품 안에 든 주머니를 두어 번 툭툭 두드리며 씩 음흉한 미소를 머금었다.

"사태가 생각보다 심각해."

한참 동안 수하들이 조사해 온 내용을 읽어 내려가던 비령이 두루마리를 내려놓으며 말했다. 그의 얼굴은 한껏 심각하게 굳어져 있었다.

"소문이 점차 나쁜 쪽으로 퍼지고 있어."

"소문은 늘 나쁜 쪽으로 퍼지게 되어 있어."

"여유를 부릴 때가 아니란 말일세!"

제가 여유로워 보였나 싶어 자현은 헛웃음을 흘렸다. 그에 비령이 울컥하여 탁상을 내려쳤다. 전쟁터 한복판에서도 실없는 소리나 하

는 녀석이 이리 여유를 잃을 정도면 상황이 좋지는 않은가 보군 하며
자현은 쓰게 웃었다.

"초조해하면 어디 일이 저절로 해결된다더냐."

"해결할 마음은 있는 겐가?"

비령이 보고서를 탁상 위에 던지듯 내려놓으며 빈정거렸다.

"정 병자들을 받지 않을 거라면 이 일이 해결될 때까지 소루 공주
를 도성 밖으로 잠시 요양 보내라 하지 않았나! 한데 이것도 싫다 저
것도 싫다. 아무 대책 없이 내놓는 방도마다 퇴짜를 놓으면 어디 일
이 해결된단 말인가!"

"하인들도 그 작당을 하는 마당이다. 밖으로 내돌렸다가 무슨 짓
을 당하게 될 줄 알고 내보내란 거냐!"

"호위를 붙여 주면 되지 않나!"

"그놈들을 대체 무슨 수로 믿느냔 말이다!"

계속되는 닦달에 자현은 언성을 높였다.

"영약의 정체가 소루라는 것을 아는 이들이 어디 한둘이던가! 그
들 중에 누군가가 소루를 탐내 손을 쓰고자 한다면 호위 몇을 붙여
주든 무슨 소용이냐! 거기다……."

"자네, 소루 공주를 곁에 두는 이유가 무언가."

자현은 속사포처럼 쏟아 내던 말을 멈추었다. 비령이 예리한 눈길
로 제 표정을 살핀다. 평소 같았으면 그 뱀 같은 시선에 음흉스러운
놈, 하며 욕설을 토해 냈을 터인데 어째서인지 입이 얼어붙었다. 아
무 말 못 하는 그를 대신해, 비령이 한 자 한 자 힘주어 내뱉었다.

"쓸모가 있어서였잖은가."

"……"

"본래는 혼례가 끝나는 대로 도성 밖으로 내보낼 예정이던 것을,
이용 가치가 있겠다 싶어 집 안에 둔 거 아니었나? 한데, 지금 자네

262

가 하는 것을 보면 주객이 전도돼도 한참 전도되었어. 집안에 이런 누를 끼치면서까지 그 여자를 싸고도는 이유가 무언가?"

"나 때문에……."

자현은 마른침을 삼켰다.

"나 때문에, 그런 꼴이 되었다."

"그게 왜 자네 때문인가!"

"집 구석에 가둬 두고는, 한 번 돌아보질 않았다. 무슨 꼴을 당하든 신경도 쓰지 않았어. 그리 하찮게 대했으니 종놈들이 그런 하극상을 벌인 게 아니냐!"

비령은 입을 다물었다. 집안 사람들이 모두 귀신 공주를 꺼리니 하는 수 없이 뒤채에 둔 것이 아니냐, 감시자는 소루 공주의 효용을 알게 된 누군가가 허튼짓이라도 할까 걱정되어 붙여 놓은 것이고, 신경도 쓰지 않은 것은 네가 일이 많아 그런 것이다. 설마 종들이 그 작당을 할 줄 누가 상상이나 했겠느냐 말이다. 얼마든지 청산유수로 반박할 수 있었다. 하지만 비령은 굳은 자현의 얼굴을 본 순간 어떤 말도 통하지 않을 것임을 깨닫고 입을 다물었다.

"그 여자는 나를 돕겠다고 그토록 참혹한 꼴을 당했다. 한데…… 나보고 나쁜 일이 터지어 욕을 좀 먹게 됐다고 해서 그 여자를 그냥 내버리라 하는 건가."

자현이 주먹을 꾹 쥐고서 씹어뱉듯 말했다.

비령은 이마를 감싸 쥐며 한숨 내쉬듯 말했다.

"그럼…… 대체, 어쩌자는 건가. 이대로 두 손 놓고 있을 수도 없는 일이 아니냐."

"그 짓거리를 한 놈이 잡히면 언제 그랬냐는 듯 조용해질 거야."

"조정 군사 수백이 나서서 조사하고 있는데도 아무 단서를 못 찾고 있는데, 대관절 언제 일이 해결될 줄 알고……!"

답답함에 가슴을 탕탕 두드리며 열을 내던 비령이 문득 말을 멈추었다. 문밖에서 호들갑스러운 발소리가 들려온 것이다. 저들이 의논을 할 때는 중한 일이 아니고서는 아무도 얼씬하지 말라 미리 일러둔 터였다. 또 뭔 일이 터졌나 싶어 자현의 낯빛이 대번 어두워졌다.

"무슨 일이냐."

"주, 주인 나리…… 밖에 손님이 찾아오셨습니다."

"손님?"

"예에…… 저잣거리에서 영험하기로 소문 자자한 법령사라는데……."

법령사가 저를 찾을 이유가 어디에 있나. 혹 자호가에 영약이 있단 소문을 듣고 웬 놈이 또 허튼수작을 부리는 게 아닌가 하며 그는 눈을 치떴다. 허구한 날 별별 인간이 다 몰려와 집 앞에서 행패를 부렸던지라 곧장 고런 의심부터 들었다.

"사전에 허가를 받지 않은 방문자는 내쫓아 버리라 내 미리 일러두지 않았느냐!"

"소, 소인도 쫓아내려 하였습니다만…… 그 법령사란 인간이 심상치 않은 말을 하기에……."

"심상치 않은 말?"

한참 뜸을 들이던 하인이 기어들어 가는 음성으로 답했다.

"그자가 마, 마님에 관한 비밀을 알고 있다면서…… 주, 주인님께서 만나 주시지 않으면 이를 포, 포, 폭로하겠답니다."

대번 자현의 얼굴이 살벌하게 일그러졌다. 하인이 어물거리며 말을 이었다.

"주, 주변에 사람이 많아 일단 대문 안으로 들였습니다만…… 어, 어찌할까요?"

비령은 머리를 짚었다. 종놈이 사색이 되어 그 법령사란 놈을 안으로 들였을 테니 뭔가 숨겨진 비밀이 있다 시인한 꼴이 아닌가.

'무얼 알고 있다는 것인지 확실치도 않은 마당에⋯⋯.'

"일단 안으로 들여 이야기를 들어 보게나."

비령은 이를 빠득빠득 가는 자현에게 어쩔 수 없다는 듯 말했다. 자현이 대번 도끼눈을 뜬다.

"그런 시답잖은 협박을 하는 잡놈을 내 집에 들이라고?"

"뭘 알고 있다는 건지 모르겠으나 일단 입막음부터 해야 할 게 아닌가. 여기서 더 나쁜 소문이 퍼지면⋯⋯ 나로서도 감당하기 힘들어."

잔뜩 피로한 얼굴로 그리 말하니 더는 무어라 못 하고 자현은 하인에게 놈을 데려오라 일렀다.

잠시 뒤 종놈이 치렁치렁한 검은 옷차림의 남녀를 대동하고 나타났다. 비령은 눈을 가늘게 뜨고서 그들의 모습을 면밀히 살폈다. 가무잡잡한 피부의 남방 여자와 계집처럼 허여멀건 하여 곱상하게 생긴 사내놈이다. 둘 다 남방계 승려 특유의 치렁치렁한 옷차림에 손목과 목에는 염주를 주렁주렁 매달고 있었다. 확실히 법령사처럼 보이는 이들이었다.

'위장일 수도 있지만⋯⋯.'

이 집 안의 비밀을 캐내기 위해 누군가 보낸 이들일 수도 있다. 의심스러운 눈길로 그들을 신중히 살피는데, 사내놈이 앞으로 나와 정중하게 합장을 취한다.

"무례한 청을 들어주어 감사합니다."

"무례한 청이라 함은, 만나 주지 않으면 비밀을 폭로하겠다 협박한 것을 말하나."

"협박이라니⋯⋯ 무슨 그런 흉한 말씀을. 이리하지 않으면 만나 주시질 않을 것 같아, 좀 강경한 방법을 취했습니다만⋯⋯."

살기등등한 자현을 눈앞에 두고 사내놈이 겁도 없이 화사하게 웃어 보였다.

"정말로 대인을 곤혹스럽게 만들 생각은 없습니다. 부디 노여움을 푸십시오."

그 맹랑한 태도에 자현의 눈꼬리가 스르륵 치켜 올라간다. 허튼 놈은 아닌 것 같다. 자현이 문가에 선 이들을 향해 가볍게 손짓했다.

"안으로 들어오라."

남녀가 고개를 꾸벅이더니 성큼 방 안으로 들어선다. 심상치 않은 분위기에 안절부절못하던 하인 놈이 그들의 등 뒤로 문을 닫고는 후다닥 멀어졌다. 자현은 앉으란 말도 없이 바로 본론을 꺼냈다.

"무슨 용건으로 왔는지, 뭘 알고 있다는 것인지, 어디 한번 떠들어 봐라."

그 고압적인 태도에도 사내는 웃음을 잃지 않았다.

"우선 저희들의 소개부터 드리지요. 소인의 이름은 아시타, 여기 이 여인의 이름은 여란. 저희들은 남방에서 온 법령사로, 현재 도성에 숨어 사람들을 해치고 있는 요괴를 뒤쫓는 중입니다."

"……요괴?"

"예, 희란국 어딘가에 숨어 사람의 심장을 꺼내 먹는 위험한 요괴입니다. 대로의 참상도 놈이 일으킨 일이지요. 저희는 그놈을 잡기 위해 대인의 도움을 구하고자 찾아왔습니다."

자현은 황당한 얼굴을 했다. 곁에서 조용히 이야기를 듣고 있던 비령조차 멍하니 눈을 끔뻑였다. 장안에 귀신이 판을 친다, 요괴가 판을 친다, 별별 소문이 다 돌고 있다는 것은 진작부터 알고 있었으나 정말로 귀물의 소행일 거라고는 한 번도 생각해 본 적이 없었다. 자현은 이 무슨 허무맹랑한 소리인가 하며 헛웃음을 흘렸다.

"감히 어디서 그런 황당무계한 소릴……."

"그럼 영웅 나리께서는 하룻밤 새 백 명이 넘는 인간을 그 꼴로 만든 게 인간이라 생각하셨습니까?"

사내의 옆에서 팔짱을 끼고 서 있던 여자가 시건방진 태도로 쏘아붙였다. 사분사분 구는 사내놈과는 달리 거만하기 그지없는 말투였다.

"귀물의 짓이니 인간들이 천지 사방 곳곳을 뒤지고 다녀도 흔적조차 찾아볼 수가 없는 게 아닙니까. 예부터 놈들은 사람으로 둔갑하여 이런 흉측한 짓을 저지르고 다녔습니다."

"뭐, 이번처럼 어마어마한 살상을 저지르는 요괴는 흔치 않습니다만……."

아시타는 끼어들지 말라는 듯 여자에게 슬쩍 눈총을 주고는 유들유들 말을 이었다.

"그 말대로 요괴는 사람들 틈에 숨어들어 소동을 일으키기를 좋아하는 족속입니다. 그리고 저희가 쫓는 이 요괴 놈은 그중에서도 특히나 지독하여 무려 사람 천 명을 잡아먹으려는 목적을 가진 놈이지요. 부디 더 이상 희생자가 늘어나지 않도록 도움을 주십시오."

"……느닷없이 찾아와 돼먹지도 않은 협박을 하는 놈을, 내가 왜 도와야 하지?"

"그야 많은 사람들의 안위가 걸린 일이니……."

"네 말이 사실이라는 보장이 없다."

"……."

"설령 사실이라 치더라도 네 말대로라면 사람의 힘으로는 어찌할 수 없는 요물. 내가 무얼 도울 수 있단 말이냐. 나는 귀물과는 다투어 본 적이 없다."

"귀물과 다투어 달라는 게 아닙니다."

계속되는 자현의 냉랭한 태도에 웃음을 잃지 않던 아시타의 얼굴도 살짝 경직되었다.

"요괴 놈과 대적하는 것은 저희 법령사들이 할 일입니다. 저희가 구하고자 하는 것은…… 정확히 말하자면, 소루 공주의 도움입니다."

느닷없이 튀어나온 아내의 이름에 자현의 입매가 눈에 띄게 굳어 졌다. 그 냉혹한 표정에 내심 찔끔하면서도 아시타는 겉으로는 태연 한 척 덤덤히 설명을 이어 나갔다.

"대로에서 참상이 벌어지기 이전부터 강도가 기승을 부렸다는 사 실을 알고 계실 겁니다. 그 또한 요물의 소행입니다. 우리는 놈의 표 적이 된 이들을 조사하던 중에 한 가지 사실을 알게 되었습니다. 바 로 이 집안에서 일하다 쫓겨난 이들 대부분이 요괴에게 죽임을 당했 다는 사실입니다."

"……그거참, 재미난 우연이군."

"우연이 아닙니다. 이것이 바로 그 원인이지요."

그가 품에서 작은 주머니 하나를 꺼내 들고는 탁상 위에 두고 탈탈 흔들었다. 그 안에서 말라비틀어진 육편 같은 게 툭, 하고 떨어져 내 렸다. 아시타가 그것을 집어 들어 자현의 앞으로 내밀었다.

"무엇인지 아시겠습니까?"

자현은 제가 알 턱이 있나 하고 코웃음을 쳤다.

"질질 끌지 말고 본론만 말하라."

"이것은 바로…… 소루 공주의 살점입니다. 이 집에서 쫓겨난 하 인 한 명이 가지고 있던 것이지요. 요괴는 바로 이것을 노리고 이 집 안에서 일하던 일꾼들을 해친 것입니다."

느릿느릿 진중하게 쏟아지는 말에 자현의 어깨가 뻣뻣하게 굳어 졌다. 거무스름하게 그슬린 얼굴은 핏기가 사라져 그야말로 백지장 처럼 허옇게 질렸고, 말라비틀어진 고기 조각을 내려다보는 눈길은 서슬이 퍼렇게 서다 못해 파르르 떨리고 있었다. 그 참혹한 표정에, 아시타가 다 움찔했을 정도였다.

"대체 원하는 게 무언가."

아무런 말도 못 하고 굳어 있는 자현을 대신해 비령이 날카로운 어투로 물었다. 법령사란 놈이 이런 소리를 지껄이고 다니면 이게 다 귀신 공주의 탓이다 하고 떠들고 다니는 놈들이 얼씨구나 하고 달려들 게 아닌가. 그는 여차하면 살인 멸구도 불사할 생각으로 싸늘하게 법령사를 노려보았다.

"소루 공주의 도움이 필요하다고 하였지? 혹 살점이라도 더 내어 달라는 뜻인가?"

"그런 천인공노할 짓은 생각하지도 않았습니다. 저희가 원하는 것은……."

"소루를 미끼로 쓰고 싶다는 거군."

자현이 꽉 잠긴 음성으로 중얼거렸다. 아시타는 고개를 주억거렸다.

"그 요괴 놈은 꼭꼭 숨어 있어, 우리들의 술법으로도 도무지 찾아낼 수가 없습니다. 소루 공주께서 놈을 유인해 주신다면 저희들이 제거하겠습니다. 부디 다른 희생자가 나오기 전에 도움을 주십시오."

"거절하지."

자현은 생각할 것도 없다는 듯 단박에 내뱉었다. 그 무성의한 대답에 아시타의 얼굴에서 여유로운 기색이 싹 가셨다.

"어째서입니까?"

"초면의 수상쩍기 그지없는 놈이 허무맹랑한 소리를 늘어놓으며 아내를 내어 달라 하는 것을, 그럼 순순히 들어주리라 생각했나. 이만 내 집에서 나가라."

"원하신다면 저희들의 신분을 증명할 수도 있습니다!"

당장이라도 내쫓을 듯한 기세에 아시타는 다급하게 외쳤다.

"이 집안이 왕실과 대적하고 있다는 것은 풍문으로 들어 잘 알고 있습니다. 하지만 저희는 타국에서 온 법령사일 뿐, 어떤 정치 세력도 배후에 지고 있지 않으며, 따로 품은 목적도 없습니다. 사문의 이름을 걸고 맹세할 수도 있습니다."

"이는 귀문에 의뢰하여 신분을 조사하면 금세 증명할 수 있는 일이다. 금방 밝혀질 일을 꾸며 낼 만큼 어리석어 보이진 않네."

비령까지 슬그머니 끼어들어 법령사에 동조했다.

"이들이 정말로 그 흉악한 요괴 놈을 퇴치할 목적이라면 마땅히 도와야 하는 게 아니냐. 안 그래도 그놈 때문에 고역을 치르고 있던 참이다."

비령은 이미 머릿속에서 계산을 끝낸 상태였다. 조정에서도 어찌하질 못한 살인귀를 없애는 데 일조한다면 단순히 무너져 내리는 위상을 회복하는 데서 그치지 않을 것이다. 자호가는 여타 세도가를 압도하고도 남을 명성을 손에 넣게 될 터. 그때에는 제 무능함이 낱낱이 드러나게 된 관료들은 물론, 왕조차도 자현을 함부로 할 수가 없게 된다.

이놈들이 소루 공주에 관해서 마구 떠들어 댈 것 같지도 않아 뵈고, 잘만 이용하면 그동안의 골칫거리를 한 번에 해결할 수 있을 터이니 일석이조다. 속으로는 고런 음흉한 계산을 하면서도 비령은 겉으로는 천연덕스레 선량한 척을 하였다.

"타국민이 이리 두 발 벗고 나서는데 가만있을 수는 없는 일 아니냐."

자현은 사납게 그를 노려보았다. 그리고 비령의 얄팍한 속내를 모를 리가 없었다.

요괴인지 뭔지, 안 그래도 방해가 되던 차에, 때마침 잘되었다고 여기고 있겠지.

"웃기지 마라. 소루는 내어 줄 수 없다."

자현도 저잣거리에서 벌어진 참상을 두 눈으로 확인한 터였다. 그처럼 잔학무도한 놈의 코앞으로 그 여자를 내어놓을 수는 없다. 그는 단호하게 내뱉었다.

"다른 방법을 찾아라."

"수백 명의 목숨이 달린 일입니다. 어찌 고민도 않고 안 된다고만 하십니까!"

계속되는 완고한 거절에 아시타의 온화하던 음성도 격하여졌다.

"혹, 공주의 안위가 걱정되어 그러시는 거라면 저희 사문의 법령사들이 전력을 다해 보호해 드릴 터이니……."

자현은 크게 코웃음을 쳤다.

"법령사들이 그리도 대단하다면 왜 미끼까지 동원해야 하는 거지? 그 술법이라는 게 별 볼 일이 없어 그런 게 아니냐! 그런 것을 믿고 아내를 내어 줄 놈이 천지 어디에 있나!"

"꽤나 아내를 아끼는 것처럼 말하시는군요."

뒤에 서서 방관자처럼 지켜보던 여자가 불쑥 끼어들었다.

"아내를 그런 식으로 이용한 자라고는 생각할 수 없겠습니다."

"여란!"

여자의 무례한 언사에 아시타가 초 치지 말라는 듯 그녀의 옷자락을 거세게 잡아당겼으나 여란은 안하무인이었다.

"우리들의 술법은 남방에서도 제일입니다. 도성에 숨어 있는 요괴가 보통 귀물이 아닌 것은 분명하나, 뛰어난 법령사 오십 인이 그놈과 대적해 싸울 계획이지요. 소루 공주에게는 어떤 해도 닿지 않게 할 겁니다."

"……."

"영웅께서는 두려움에 떠는 백성들을 구하고 싶지 않은 겁니까?"

계집이 부러 영웅이란 단어를 힘주어 말한다. 그 시건방진 도발에 자현은 이마에 핏대를 세웠다.

누가 영웅이란 허울 따위를 얻기 위해 그 고생을 한 줄 아느냐. 나는 나라를 위해서 싸웠던 게 아니다. 오로지 자신의 입신을 위하여, 연모하는 여인을 얻기 위하여 싸웠다. 그런데 원한 적도 없는 그 단어로 감히 저를 옭아매려 하는 건가.

그는 목울대를 바짝 세우고서 주먹으로 탁상을 내려쳤다.

"다른 방법을 찾으라고 하였다!"

"그럴 시간이 없습니다!"

아시타란 놈이, 계집을 따라 밀어붙이기로 결심하였는지 강경한 태도를 취한다.

"또다시 저번 같은 참사가 벌어졌을 때, 백성들이 자호가에서 이를 막을 수 있었음에도 두 손 놓고 있었다는 것을 알게 되면 어찌 나오겠습니까?"

"지금, 나를 협박하는 건가."

"저희는 그저 절박하게 대인의 도움을 구하고 있을 뿐입니다. 이는 공주를 위한 일이기도 합니다. 요괴를 없애는 데 기여한다면 소루 공주께서도 귀신 공주라는 오명을 벗을 수 있을 것입니다."

"그 말이 맞다."

비령까지 그들에게 가담했다.

"다소의 위험은 있지만 이 방법이라면 소루 공주를 상하게 하지 않고서 백성들의 반감을 가라앉힐 수 있네. 그리되면 나도 더 이상 공주에게 병자를 보내란 얘기는 하지 않겠어. 아니, 그럴 필요도 없어지지. 이 일이 해결되면 자네는 곧장 대장군이 될 터이고, 그리되면 가륜 왕도 더는 자네를 걸고넘어지지 못할 걸세. 다른 이들도 더는 생떼를 쓸 수 없을 테지."

"……."

"오히려 지금의 상황이 장기화되는 쪽이 공주에게 해가 된다는 것을 잘 알고 있지 않은가. 공주를 탐내는 것은 비단 요괴만이 아닐세. 그녀를 보호하고 싶다면 우선 자네의 위치부터 견고하게 만들어야 해."

"그만…… 입 다물어라."

자현이 한 손으로 얼굴을 감싼 채 잔뜩 억눌린 음성을 토해 냈다. 십 년이 넘도록 붙어 다녔던 놈. 그 지껄이는 말은 항상 그의 성질을 긁었지만, 근래만큼 울화가 치민 적은 없었다. 실컷 이용해 위험에 노출시키고, 그들의 탐욕의 대상이 되게 한 것이 바로 저희들이다. 한데 이제 와 그 여자를 지켜야 하니 힘을 키워라 한다. 구역질 나는 궤변이다.

'하지만……'

영약을 요구하던 이들의 절박한 얼굴을 떠올리며 그는 질끈 눈을 감았다. 소루의 비밀이 언제 민가에까지 퍼질지 모르는 일. 사실을 알게 된 이들이 그녀의 피와 살을 요구하며 떼거리로 집 안에 밀려든 다면, 과연 왕에게 밉보인 지방 귀족 출신의 장군이 이를 막을 수 있을까. 자현은 낮은 신음을 토해 냈다.

"잠시…… 생각을……."

소루의 얼굴이 눈앞에 아른거렸다. 그는 제 대답을 기다리는 세 쌍의 눈을 바라보았다. 머릿속에는 빠르게 자신의 형편, 왕의 경멸과 제가 그동안 당해 온 굴욕, 그리고 다시 여자의 얼굴이 스쳐 지나갔 다. 한참을 망설이던 그는 이내 힘겹게 입을 열었다.

"소루와 이야기해 보겠다."

아시타의 얼굴이 다소간에 밝아지었다.

"그럼 내일 답변을 들으러 오겠습니다."

九章

금안의 요괴

소녀의 눈에 세상은 마치 지옥도와 같다.

눈에 비치는 이들마다 어찌 그리도 혼잡하고 어지러운 형상을 하고 있는지. 그 눈에는 사람의 생과 사, 과거와 미래, 욕망과 절망, 그 모든 것이 혼잡하게 뒤섞여 어지럽게 보였다.

어둠 속에 숨어 있는 것들은 또 어떤가. 빛이 닿지 않는 저 깊은 계곡의 시커먼 진흙 속에서 태어난 그것들은 심해의 물고기처럼 빛을 몰라 검고 불그죽죽하고 하나같이 괴이하게 뒤틀린 형상을 하고 있다. 그처럼 흉한 것들이 밤낮없이 숨어 저를 지켜보는 것이다.

너를 먹고 싶다. 너를 먹고 싶다.

그 말만을 머리가 이상해질 정도로 반복하며…….

소녀가 매달릴 곳이라고는 말더듬이 여종의 품속뿐이다. 그녀의 젖가슴에 얼굴을 파묻고서 그 모든 것에서 필사적으로 눈을 돌렸다. 울며불며 오들오들 떠는 저를 여자가 필사적으로 마주 안아 준다. 그 순박한 눈망울만이 저를 이 세상에 붙들어 매 주었다.

'우, 우지 마…… 우지 마…….'

귓불 위로 쏟아지는 어물어물한 음성에 끅끅거리며, 저 귀신들이 나를 해치지 못하게 해 달라, 나를 지켜 달라, 어린 짐승처럼 보채면 그녀가 아플 정도로 꽉 끌어안으며 응, 응, 내가 지켜 주께, 지켜 주께, 하고 거듭 말한다. 제가 파고들 수 있는 유일한 품. 갓 태어난 짐승처럼 머리를 들이밀며 애정을 요구할 수 있는 유일한 사람.

제발, 나를 떠나지 마.

하지만 스멀스멀 검은 연기처럼 피어오른 죽음이 기어코 그녀의 모가지를 옭아매 왔다. 가지 말라고 붙드는 제 손을 꼭 한 번 마주 잡아 준 그녀가 금방 올게, 하고는 뒤돌아섰다. 그녀의 등이 새까만 그림자에 뒤덮여 보이지 않는다. 소녀는 자지러지며 엉엉 울었다.

다음 날 아침, 여자는 주검이 되어 돌아왔다. 눈도 감지 못하고 죽은 그녀를 보며, 소녀는 이제 세상에 저를 사랑하는 것은 무엇 하나 남지 않았다는 것을 깨달았다.

이 참혹한 세상에, 나 혼자인 것이다.


덜커덩 소리에 소루는 잠에서 깨어났다. 잠시 동안 정신을 차릴 수가 없었다. 등 뒤로 주룩 식은땀이 흐르고 팔뚝에는 오소소 소름이 돋았다. 파르르 떨리는 손으로 팔을 쓸어 올리는데 지척에서 염이의 목소리가 들려왔다.

"죄, 죄송해요. 저 때문에 놀라셨죠. 손에 약을 발라 드리러 왔는데 대답이 없으셔서……."

"염아……."

그녀의 다감한 음성에 어깨에서 긴장이 풀린다. 어째서인지 눈물이 날 것 같았다. 소루는 그것을 애써 삼키며 태연하게 말했다.

"벌써 시간이 그렇게 되었구나."

"많이 피곤하신가 봐요. 침상에 누워서 주무시지……."

"아니다. 날이 좋아 깜빡 잠들었을 뿐이야."

해가 들어오는 창가에 할 일 없이 앉아 사락사락 불어오는 바람을 맞던 참이었다. 깜빡 존 새에 해가 저문 것인가. 공기가 싸늘했다. 염이가 호들갑스럽게 창문을 닫았다.

"그래도 아직 바람이 차요. 고뿔이라도 걸리면 어쩌시려고 그래요."

"이 정도는 괜찮아."

"괜찮긴요. 안색이 좋지 않으세요. 따뜻한 차라도 내올까요?"

소루는 고개를 내저었다.

"별생각 없다."

"그럼…… 약을 발라 드릴게요. 이리로 오셔요."

그녀가 조심스레 제 옷자락을 잡아 탁상 앞으로 이끌었다. 소루는 자리에서 일어나 의자를 빼 앉았다. 염이가 가지고 온 고약을 꺼내어 뚜껑을 열었다. 확 올라오는 약 냄새에 코끝이 싸해진다.

"상처가 많이 희미해졌네요."

소매를 걷어 올리자 옆자리에 앉은 염이가 고약을 잔뜩 찍어 발라 주었다.

"딱지도 깨끗하게 떨어졌고, 흰 자국도 많이 옅어졌어요. 의원 나리께서 특별히 만들어 주신 거라더니…… 연고가 아주 효능이 좋아요. 꾸준히 계속 바르면 아주 멀끔해지실 거예요."

그녀의 말대로 상처로 거칠거칠하고 울퉁불퉁하던 팔뚝이 요 며칠 사이에 보들보들해졌다. 상처에 박혀 있던 두꺼운 굳은살도 녹아서 사라졌고, 거미줄같이 팬 흔적들도 점차 옅어지고 있었다. 소루는 얌전히 팔을 내맡긴 채 조금 수줍게 중얼거렸다.

"그럼…… 조금은 흉한 꼴을 벗을 수 있겠구나."

"흉하다니요! 무슨 말씀이세요! 마님께서는 지금도 꽃처럼 어여쁘세요."

손가락에도 꼼꼼히 약을 발라 주던 염이가 정색을 한다.

소루는 민망함에 얼굴을 붉혔다.

"그리 말해 주지 않아도 된다."

"입에 발린 말이 아니에요! 마님께서는 정말로 고우셔요. 희고 조막만 한 얼굴은 사랑스럽고, 윤기 흐르는 까만 머리채도 아름답고, 특히나 눈은 꼭 보석 같아서…… 보고 있으면 넋을 잃을 정도인걸요."

난생처음 들어 보는 칭송에 소루는 어찌할 바를 몰랐다. 저에 관해서 사람들이 하는 말이라곤 늘 꺼림칙하다, 불길하다, 하는 것들뿐. 때문에 그녀는 막연하게 자신이 흉측한 생김새를 하고 있다고 생각해 왔다. 특히나 두 눈은 잿빛으로 흐릿한 것이 실로 괴이쩍고 섬뜩하여 마주하는 것만으로 간이 다 떨려 온다, 귀가 따갑도록 들어온 것이다. 그런 것을 아름답다고 하니 얼떨떨하고 민망한 기분만 든다. 소루는 그저 제 기분을 신경 써 해 주는 말인 줄로만 알고 고개를 푹 숙였다.

"……용모가 어떠하든 난 전혀 신경 쓰지 않는다."

주변에 불행을 몰고 오는 귀신 공주 주제에, 여느 평범한 계집처럼 외모에 신경 쓰는 게 가당키나 한가. 제 모습이 추하다는 생각조차 그저 희미한 인식이었을 뿐 크게 마음 쓰고 있었던 것은 아니다.

"그러니까 그런 말 하지 않아도 된다."

"아이참! 참말이라니까요! 몸이 작고 앳되어 그렇지, 요기조기 뜯어보면 안 이쁘신 데가 없는걸요! 계곡서 들려오는 노랫말 때문에 괜히 사람들이 선입견을 가지고 보아 그렇지, 분명 몇 년만 지나면 가란 공주님보다도 빼어난 미인이 되실 거예요! 그리되면 주인 나리께서도……!"

열띤 어조로 다다닥 쏟아 내던 염이가 급히 말을 멈춘다. 경솔하게 입을 놀려 제 기분을 상하게 한 것은 아닌지 살피는 기색이었다. 소루는 신경 쓸 것 없다는 뜻에서 미소 지어 보였다.

"마음 써 주어 고맙다."

"마음을 써 하는 말이 아닌데……."

그녀가 낙담한 것처럼 휴, 하고 한숨을 푹 내쉬었다.

"마님께서는 스스로에게 너무 박하세요."

"나는 그저……."

"잠시 들어가도 되겠나."

염이의 풀 죽은 음성에 당황하며 더듬거리던 소루는 소스라치며 고개를 벌떡 들었다. 어찌 문 앞에 올 때까지 눈치채지 못하고 있었던 건가. 지척에서 희미한 빛과 열기가 느껴졌다.

"여의치 않은 상황인가."

그가 성질 급한 사람답게 잠시의 침묵을 기다리지 않고 재차 물었다. 소루는 급하게 내뱉었다.

"아, 아니다. 들어와라."

허락이 떨어지기 무섭게 드르륵 소리를 내며 그가 문을 열고 안으로 들어왔다. 그것만으로 사위가 환하게 밝아지는 듯하여 소루는 잠시 말을 잃었다. 이제 슬슬 익숙해질 만도 한데 그를 마주 대할 때마다 늘 그 강렬한 기에 압도되는 듯했다.

"잠시, 앉아도 되겠나."

아무 말 없이 손가락만 꼼지락거리고 있자 그가 무뚝뚝한 음성으로 물어 온다. 소루는 고개를 끄덕였다.

"내 허락을 구할 것 없다. 여긴 네 집이 아니냐."

“……실례하지.”

드르륵 거칠게 의자 끌리는 소리가 나더니, 그가 맞은편 자리에 털썩 앉는다. 원래 무뚝뚝한 사람이기는 했지만 오늘은 유독 기분이 나쁜 듯했다. 그에게서 묘한 긴장감이 느껴졌다. 소루의 낯도 근심으로 어두워졌다. 혹 밖에서 무슨 일이 있었나.

“마, 마실 것을 내올까요?”

“되었다.”

“그, 그럼…… 저는 잠시 물러가 있겠습니다. 필요한 게 있으시면 불러 주십시오.”

불편한 침묵이 흐르는 사이 어색하게 곁에 서서 꼼지락대던 염이가 약을 챙겨 들고는 조심스럽게 방을 나갔다. 하지만 자현은 그 뒤로도 한참 동안 아무런 말도 하지 않았다. 머뭇머뭇 그의 기색을 살피던 소루는 잠시 뜸을 들이다가 입술을 떼었다.

“오늘은 늦게까지 일이 많았던 모양이구나.”

“……그래.”

“혹, 안 좋은 일이라도 있었느냐?”

“……그래. 안 좋은 일이 있었다.”

자현이 무뚝뚝하게 내뱉었다. 그가 이처럼 자기 얘기를 하는 것은 처음 있는 일인지라, 소루는 깜짝 놀라 걱정스레 물었다.

“혹시 나 때문에…….”

“너 때문이 아니다.”

그가 곧장 부인해 온다. 그녀는 그가 뒷말을 잇기를 기다렸다. 그런 이야기를 꺼낸 이유가 있을 터. 한참 동안 침묵하던 그가 곧 굳은 어조로 이야기를 시작하였다.

“최근 도성 안에는 흉흉한 일이 벌어지고 있다. 어느 놈이 사람들을 마구 잡아 죽이는데도 조정에서는 손도 못 쓰고 있는 상황이지.

그 때문에 희란국 전체가 발칵 뒤집어졌다고 봐도 과언이 아니다."

처음으로 듣는 이야기에 소루는 멍하니 입을 벌렸다. 대화를 나누는 사람이라고는 자현과 염이뿐이라 밖에서 무슨 일이 벌어지고 있는지 깜깜무소식이었던 것이다. 예전에는 귀신들이 천지 사방에서 벌어지는 오만 사건들을 시끄럽게 떠들어 대 사당 안에 가만 앉아서도 세상 돌아가는 일을 모두 알 수 있었는데, 이제는 누군가가 전해 주지 않으면 이런 큰일이 벌어져도 알 수가 없는 건가. 그녀는 굳은 얼굴로 중얼거렸다.

"……그런 일이 있었는지 몰랐다."

"흉한 일이다. 귀를 더럽혀 좋을 게 뭐가 있나."

그렇게 생각한다면 지금 이렇게 제게 전하는 이유가 무엇인가. 번뜩 머리를 스치는 한 가지 생각에 소루는 어깨를 굳혔다. 아닌 게 아니라 자현이 심각한 어조로 말을 이었다.

"네가 알 필요 없다고 생각했다. 한데…… 오늘 법령사라는 이들이 내 집을 찾아와 이는 요괴의 소행이라고 하더군."

그 청천벽력과도 같은 말에 온몸의 피가 싹 식는 듯했다.

나 때문에 벌어진 일인가.

제일 먼저 그 생각부터 들었다. 조금 전 꿈에서 보았던 여인의 참혹한 얼굴이 떠올라 손끝이 덜덜 떨렸다. 이 집에서 지내는 동안 제가 얼마나 주변을 불행하게 만드는 존재인지 잠시 망각하고 있었던 것인지, 새삼스레 두렵고 참담한 마음이 들었다.

"그래서, 내게……."

누를 끼치지 말고 이 집에서 나가라, 그리 말하려는 거냐. 차마 그 뒷말을 잇지 못하고 마른침을 삼키는데, 자현이 먼저 무뚝뚝하게 내뱉었다.

"그들이…… 요괴를 퇴치하기 위해 너를 미끼로 쓰고 싶다고 부탁해 왔다.”

“미……끼?”

“그래. 네가 미끼가 되어 놈을 유인해 주면 법령사들이 요괴를 퇴치하겠다고 하더군. 물론, 네가 위험에 처하지 않도록 보호해 주겠다는 약조도 하였다.”

속사포처럼 내뱉은 자현이 덧붙였다.

“싫으면, 거절해도 좋다.”

“하마. 내가 미끼가 되겠다.”

그나마 제가 뭔가 할 수 있는 일이 있다는 게 다행스러워 소루는 생각할 것도 없다는 듯 흔쾌히 답했다. 그러자 싸늘한 침묵이 흐른다. 제가 무얼 잘못 말했나, 어리둥절한 얼굴을 하는데 자현이 조금 거칠어진 어조로 내뱉었다.

“혹시라도 위험한 일을 당할 수 있다. 상대는 수백 명을 잔인하게 죽인 요물이야. 그자들이 보호해 준다고 했지만 만에 하나라도…….”

“걱정하지 마라. 나는 어떤 일을 당해도 괜찮아.”

안심시키기 위해 애써 미소를 지어 보이자 지척에서 쾅, 하는 소리가 들려왔다. 소루는 놀라 어깨를 움츠렸다. 그가 사납게 외쳤다.

“어째서 너는……!”

무언가를 억누르려는 듯, 잇새로 거칠게 숨을 몰아쉬던 자현이 도저히 참을 수 없다는 듯이 다시 한 번 쾅, 하고 탁상을 두드렸다.

“뭐가 괜찮다는 거야! 이용만 당하는 주제에…… 나쁜 일만 잔뜩 겪어 놓고는……! 대체 왜 웃는 거냐!”

“나, 나는…… 그저 도움이 될 수 있다는 게 기뻐서…….”

그가 왜 화를 내는 것인지 영문을 알 수가 없었다. 혹 제 웃는 얼굴이 그의 심기를 건드린 건가 싶어 소루는 손바닥으로 입가를 가렸다.

그러고는 야단을 맞은 강아지처럼 어깨를 축 늘어뜨렸다.

"나는…… 늘 주변에 안 좋은 일만 일으켰다. 다른 이들이 괴로워할 때 아무것도 하지 못하고…… 무력하게 있어야만 했어. 뭔가 할 수 있는 게 있다는 건…… 내게 기쁜 일이다."

"……"

"그러니, 거리끼지 마라. 나를 이용해도 좋아. 나는 네게 도움이 되고 싶다."

"……그런 일을 당해 놓고도."

그는 뭔가를 참는 사람처럼 억눌린 음성으로 말했다.

"너는 아직도 다른 이들을…… 나를 돕고 싶은 건가."

"……그래."

"사람이 밉지도…… 않나."

밉다니. 어불성설이다. 이 세상에 잘못된 것은 오로지 자신뿐이다. 제 존재만이 잘못되었다.

"무서울 때는 있지만…… 미울 때는 없다."

"바보 같은 여자."

자현이 한숨 쉬듯, 혹은 신음하듯 낮게 토해 냈다.

소루는 희미하게 웃었다. 그가 보기에는 바보 같은 건가. 본심으로는 저도 그처럼 아프고 무서운 일은 두 번 다시 겪고 싶지 않았다.

그래도 염이가, 그리고 네가, 나를 구해 주었으니까, 모른 척하지 않았으니까, 괜찮아.

"……좋아. 내일, 그들에게 그렇게 전하겠다."

"그래."

"그럼 쉬어라."

그러고는 자리에서 일어난다. 그녀는 가만히 자리에 앉아 그의 발소리를 들었다. 드르륵, 하고 문이 열리고 닫히는 소리. 옷을 벗어 아무렇게나 던져 놓는 소리. 털썩 침상에 걸터앉는 소리. 그저 그뿐인데도 마음이 놓였다. 깜깜한 밤중에 모닥불을 피워 놓고 앉아 불을 쬐는 기분이 이럴까. 다정하지 않고, 무뚝뚝하고, 늘 제게 화가 나 있는 사람이지만…… 곁에 있으면 역시 안심이 되었다.

'아무것도 하지 않고, 그저 방에서 당신이 오기를 기다리는 날들이 도리어 불안했다는 것을 알까. 제가 아무 쓸모가 없어져 버려서, 어디 멀리 보내 버리는 건 아닐까 하고……'

그녀는 낯빛을 흐렸다. 제 마음속에 희미하게 피어오르는 안도감을 자각하자, 곧이어 죄악감이 밀려들었다.

많은 사람들이 목숨을 잃었다는 소리를 듣고도 저는 그가 자신을 필요로 한다는 사실만을 기뻐하고 있는 건가.

누가 보고 있는 것도 아닌데 스스로가 부끄럽게 느껴져 그녀는 소매로 얼굴을 가렸다. 틀림없이 지금 저는 흉한 얼굴을 하고 있겠지.

탐욕스러운, 귀신 같은 얼굴을…….

비령은 곧장 사람을 보내 아시타와 여란의 신분을 확인해 오도록 했다. 둘 다 법령사가 맞았다. 그것도 남방에서 명성이 자자한 젊은 법사들로, 희란국에 온갖 요괴들이 판을 친다는 소문을 듣고 온 것이었다.

그는 곧장 자현에게 그 사실을 전했다. 듣는 듯 마는 듯 묵묵부답으로 장부만 뒤적이던 자현은, 정오가 되어 법령사들이 다시 찾아와서야 협조하마, 하고 무뚝뚝하게 말하였다. 그 이야기를 들은 아시타는 안도의 한숨을 푹 내쉬었다.

"그렇다면 놈이 또다시 살상을 저지르기 전에, 바로 계획을 시행하겠습니다."

그들이 세운 계획은 매우 단순했다. 하수인들에게 사흘 뒤에 소루 공주가 도성 밖으로 요양을 나간다는 소문을 퍼트리게 한 뒤, 실제 떠나는 척을 하여 요괴를 끌어내겠다는 것이었다. 요괴는 본디 태어난 곳을 멀리 떠날 수가 없는 존재. 만약 그 요괴가 공주에게 미련을 두고 있다면 도성 밖으로 나가는 것을 그냥 두고 보지는 않을 것이다. 더군다나 방해가 되는 자현도 없으니 이 적기를 놓치지 않으려 할 터. 아시타는 미리 준비해 온 지도를 펼쳐 구체적으로 마차가 지나갈 경로까지 일러 주었다.

"소루 공주가 탈 마차와 위장용 의복 서른 벌을 준비해 주시면 저희 법령사들이 하인으로 위장하여 공주를 모시고 도성을 떠나는 시늉을 하겠습니다. 그리하면 요물들이 때를 보았다가 급습해 올 테지요. 저희는 놈들이 출현할 만한 곳마다 미리 함정을 파 놓을 생각입니다."

"나도 호위로 위장하고 동행하겠다."

잠자코 그의 설명을 듣던 자현이 툭 내뱉었다. 아시타는 고개를 내저었다.

"영웅께서 가까이에 계시면 요괴들은 접근하지 않을 겁니다. 애초 위장을 해도 당신의 정체는 감추어지지도 않습니다."

"그러고 보니 일전에 소루 공주도 그런 말을 했었지. 어떤 귀물도 자현에겐 해를 끼칠 수 없다고……. 이놈이 보통 기가 센 게 아니기는 하네만, 그 흉한 요물조차 피할 정도인가."

비령이 너스레를 떨며 하는 말에, 아시타는 진지하게 고개를 끄덕였다.

"그 말이 맞습니다. 선천적으로 양기를 강하게 타고난 것도 있습니다만…… 영웅께서는 천기를 타고나 하늘의 보호를 받는 분이십니다. 그런 이를 피안에 속한 불완전한 존재가 범접할 수 있을 리 만무하지요. 차안의 세계에서도 당신은 특히나 선명하고 강렬한 존재여서, 귀물들은 가까이 가는 것만으로 그 존재가 흐려지거나 붕괴해 버리고 말 겁니다. 그러니 소루 공주를 그렇게나 탐내면서도 자호가에는 감히 침범해 오지 못하는 게 아닙니까."

그 거창하기 그지없는 말에 자현은 코웃음을 쳤다. 저를 꽤나 대단한 존재라는 듯 띄워 주는데 어깨가 으쓱해지기는커녕 수상쩍고 미심쩍은 마음만 든다. 애초에 제가 그리 좋은 기를 타고났다면 이만큼 궁지에 몰릴 일도 없어야 하는 게 아니냐. 그는 아시타의 말을 한 귀로 흘려들으며 냉소적으로 쏘아붙였다.

"그러니까 난 빠져 있어라, 이 말인가."

"저희만으로 미덥지 않으시다면 자호가의 무인들을 호위로 붙여 주셔도 됩니다. 하지만 영웅께서는……."

"자현이다! 그놈의 영웅 소리, 집어치워."

"……자현 님께서는 그 요괴가 출현할 때까지 소루 공주와 멀리 떨어져 있으셔야 합니다."

"아내를 미끼로 내어놓고 나보고 손가락이나 빨고 있으라고?"

"그리 걱정이라면 내가 대신 따라가겠네."

자현은 미심쩍은 눈으로 비령을 돌아보았다. 네가 웬일이냐, 하는 시선에 그가 한숨을 푹 내쉬었다.

"소루 공주에게 만에 하나라도 무슨 일이 생기면 자네가 두고두고 나를 원망할 게 아닌가. 자네만큼은 아니어도, 나 역시 희란국에서 손꼽히는 장수일세. 내가 호위로 따라간다면 자네 마음도 조금은 놓일 테지."

그러니 고집부리지 말고 얌전히 있으란 뜻이다. 자현은 인상을 찌푸렸다. 놈의 실력을 모르는 바는 아니나 상대는 인간이 아닌 존재. 그런 놈을 상대로 하는 것이니 보통의 전투와는 다를 것이다. 제아무리 비령이라고 해도 과연 제대로 대적할 수 있겠는가. 골목길에서 보았던 참혹한 시체가 떠올라 마음이 몹시도 불안하다. 법령사란 놈은 꽤나 자신만만하게 굴지만 그다지 신뢰가 가진 않았다.

"……나중에라도 뒤따라가겠다."

"사람 말 좀 듣게! 굳이 자네까지 나서지 않아도……."

"놈이 모습을 드러낼 때까지 충분히 떨어져 있다가 후에 합류하면 될 게 아니냐! 만에 하나라도 네놈들이 그 요괴 놈을 처리하지 못했을 시에는 내가 상대하겠다."

"……어지간히도 저희가 미덥지 못한 모양이군요."

아시타가 어쩔 수 없다는 듯 한숨을 푹 내쉬었다.

"좋습니다. 대인께서 가까이에 있기만 해도 요괴는 타격을 입을 테니 후에라도 가담하여 주신다면 저희로서도 든든하지요. 다만……."

아시타가 손가락 하나를 척 들어 올리며 짐짓 엄한 얼굴을 하였다.

"충분한 간격을 두고 오셔야 합니다. 놈이 출현하기도 전에 대인께서 나타나시면 모든 계획이 수포로 돌아갑니다. 아니, 아예 신호를 정해 두지요. 제가 신호탄을 쏘아 올리면 그때 달려와 주십시오."

더 이상 우겨 보았자 받아들여 줄 것 같지 않아, 자현은 고개를 끄덕였다.

"그럼…… 신호를 기다리고 있겠다."

"이걸 쓸 새도 없이 끝날지도 모릅니다."

"……입만 산 놈이 아니길 빌지."

소루 공주가 도성 밖으로 나간다 하는 소문을 퍼트린 지 사흘째, 사람들은 이제나저제나 귀신 공주 언제 떠나나 하며 자호가를 힐끔거렸다. 도성에서 벌어지는 흉흉한 일들이 소루 공주의 탓이라며 모두가 원망하고 있는 상황이었다. 고년이 떠난다고 하니 이제 한시름 놓겠구나, 그리 안도하는 소리가 장안에 가득하였다.

이윽고 정오가 지나 자호가 대문이 열렸다. 커다란 마차와 하인들, 짐을 실은 망아지, 열댓 명쯤 되어 보이는 호위 무사가 줄을 지어 대로로 쏟아져 나왔다. 사람들은 하던 일을 멈추고 모두 자리를 비켜섰다. 어떤 이들은 냉큼 가게 안으로 들어가 버리기도 하였고, 어떤 이는 후다닥 골목으로 숨어 버리기도 하였다. 길목에 버티고 선 이들도 만에 하나라도 귀신 붙을까 두렵다는 듯 시선을 돌려 버렸다.

그런 냉랭한 침묵 속에서 마차는 조용히 길 위를 지나갔다. 그 행렬 맨 앞자리에 선 아시타는 미리 정해 둔 대로, 큰길 한가운데로 나아갔다. 혹 도성 어딘가에 숨어 있을지 모를 야토란 놈을 도발하기 위해서였다. 양우陽雨에서 가장 번화한 거리로 나아가 보란 듯이 행렬을 한 뒤에는 북문으로 갈 생각이었다. 그 주변이 가장 한적하다고 하니 혹시라도 피해를 입는 사람이 생길까 싶어 정한 경로였다.

'미리 함정을 준비해 놓기에도 딱 좋은 지형이고…….'

지난 사흘 동안 여란과 그는 요괴가 출몰할 만한 곳곳에 함정을 설치해 두었다. 자호가에서 그 부근에는 접근하는 사람이 없도록 통제해 주기로 했으니, 방해 없이 요마와 싸울 수 있을 것이다.

'호락호락 당하지는 않을 터.'

상대는 보통 비범한 요물이 아니다. 강력한 주술을 준비해 두지 않으면 제압할 수 없을 것이다. 그는 밤새 준비한 부적 다발이 든 주머니를 툭툭 두드리며 어깨에 잔뜩 힘을 주었다. 그동안 필사적으로 뒤쫓아 온 요물을 드디어 만나게 된다고 생각하니 절로 피가 뜨거워진다.

'내 법력을 모두 쏟아붓는 한이 있더라도 없애 주마.'

단단히 결심한 아시타는 광장 한복판에 마차를 멈춰 세웠다. 사람들이 골목 구석구석에 몸을 숨기고서 흉한 시선을 던져 온다. 그것을 싹 무시하며 아시타는 말 머리를 북쪽을 향해 돌렸다. 휑한 길을 따라 마차가 느릿느릿 이동했다. 큰길에 나와 있던 사람들은 역병이라도 피하듯 후다닥 몸을 피했다. 아시타의 어깨 위에 올라앉은 까마귀 요괴가 그것을 보고 낄낄거리며 웃었다.

"저 바보 같은 꼴을 보아라. 인간들은 눈이 어두워 천계의 것이 지척에 있는데도 뭣 피하듯 하는구나. 하여간에 어리석기 그지없다."

"다 네놈들이 공주 주변의 사람들을 못살게 굴어 그런 게 아니냐."

귀신 공주라 불리우며 벌벌 떨게 만든 것이 제 놈들인데 그리 비웃다니. 부아가 치밀어 아시타는 까마귀의 꽁지를 휙 잡아당겼다.

"다 너 같은 요괴가 꾀여 드는 것을 피하기 위해 저리하는 거다!"

"악! 잡아당기지 마라! 내 우아한 꽁지가 망가지잖아!"

"우아한 꽁지 좋아하시네."

아시타는 코웃음을 쳤다. 야토 이외의 다른 요괴가 출몰하여 습격할지도 모르는 일. 요괴들을 구별하기 위해 데리고 나온 까마귀 놈은 간만에 바깥 공기 마시는 게 그저 신이 나 겁도 없이 까불어 댔다.

"흥, 너희 인간 놈들은 수틀리면 남 탓이지. 인간들이 과연 요괴들 때문에 공주를 저리 모질게 대접하는 것일까. 그럴 리가 없지. 그나마 우리가 있어 그동안 공주가 온전히 살아온 것이다."

온전히 살아와?

아시타는 기가 막힌 눈으로 제 어깨에 올라앉은 것을 노려보았다.

요괴 놈들 때문에 사당에 갇혀 홀로 외롭게 자란 소녀다. 온갖 이들에게 역병처럼 여겨지며 산 것이 어찌 온전하게 살아온 것이란 말이냐. 요괴 놈의 말이 하도 괘씸하여 아시타는 놈의 꽁지를 또다시 확 잡아당겼다.

"헛소리 집어치워라! 뻔뻔스러운 요물 같으니……."

"대체 뭐가 뻔뻔스럽다는 거냐! 우리 요괴들이 공주에게 떨어져 나가서, 어디 인간들이 공주를 다정히 대접하기라도 했단 말이냐!"

놈이 꽁지를 뒤로 빼며 빽 외쳤다. 주먹을 들어 그 머리통을 쥐어 박으려던 아시타는 제 품에 든 공주의 살점이 떠올라 움찔 손을 멈추었다. 아무 말도 못 하고 입을 꾹 다물자 놈이 거 보라는 양 깃털이 수북한 가슴을 빵빵하게 내밀어 보인다.

"그나마 우리들이 공주를 빼앗기지 않으려고 둘러싸고 경계하였기에 이제껏 온전하였지, 아니었으면 공주는 진작에 인간들에게 먹혔을 것이다. 내 보기에 너희 인간들이 하는 짓도 우리와 별반 다를 것이 없다. 아니, 때때로 너희들은 우리보다 잔혹하지. 요괴는 그 근원부터가 혼란이라 그리한다 치더라도 너희 인간들은 요괴와 달리 태어났으면서도 요괴와 같이 행동하지 않나."

"……뚫린 입이라고 아주 멋대로 지껄이는군."

아시타는 음산하게 중얼거렸다. 분명 인간에게도 악한 부분이 존재하는 것은 사실이나 어디 요괴에 비할까. 세상에 난 이래 하는 일이라고는 환란을 일으키는 것들뿐인 놈들이 인간이 잔학하다 하니 어처구니가 없고 기가 막혔다. 그는 가차 없이 놈을 어깨 위에서 휙 쳐 내 버렸다. 까마귀가 굴러떨어지며 날개를 파드득댔다.

"말로 하란 말이다!"

일정 거리 이상 떨어지면 몸에 불이 붙는 주술을 걸어 놓은 터였다. 놈이 제 날개에 붙은 불꽃을 끄며 시끄럽게 꽥꽥거렸다. 그 꼴을 피싯거리며 내려다보던 아시타는, 불현듯 말을 멈춰 세웠다. 어디선가 희미하게 요기가 느껴진 것이다.

'드디어 나타나셨나?'

그는 사위를 살폈다. 어느새 행렬은 도성 외곽에 다다라 있었다. 북문과 불과 삼 리 정도 떨어진 거리. 행상이 자주 드나드는 곳이 아닌지라 사방이 온통 휑하였다. 눈에 보이는 것이라고는 무성한 수목과 덩그러니 솟은 성문, 정돈되지 않은 흙길과 흑산 태화로 이어진 가파른 언덕뿐……

그 우거진 수풀 속에 검은 옷을 입은 괴한 서른 명이 그림자처럼 서서 화살을 겨누고 있었다. 인겁을 뒤집어쓴 요괴들이었다.

아시타는 재빨리 품에서 부적을 꺼내어 법문을 외웠다. 그들이 쏜 화살이 주술로 일으킨 바람의 장벽에 부딪혀 날아가 버렸다. 그것을 본 요괴들의 기색이 대번에 돌변했다. 법령술사가 있으리라고는 예상치 못한 모양이었다.

그는 요괴들이 도망치기 전에 미리 설치해 둔 주술을 발동시켰다. 발밑에서부터 불꽃이 일어나 거대한 원을 그렸다. 함정이라는 것을 알아차리고는 사방으로 우르르 흩어지던 요괴들이 그 원 안에 갇혀 비명을 내질렀다. 그들이 뒤집어쓰고 있던 인겁이 일시에 찢어지고, 그 안에 숨겨져 있던 요괴 본연의 모습이 드러났다.

이무기의 몸에 인간의 머리를 지닌 요괴, 교였다. 놈들이 거대한 몸을 꿈틀거리며 시뻘겋고 긴 혀를 위협적으로 날름거렸다.

아시타는 재빠르게 그들을 하나하나 살펴보았다. 특별히 강한 요력을 지닌 요괴는 없다. 어느새 다시 제 어깨 위에 올라앉은 이암을 돌아보니, 놈이 고개를 흔든다.

"이 중에 야토는 없다."

설마 다른 요괴들만 보내고 저는 모습을 드러내지 않을 셈인가.

아시타는 얼굴을 굳혔다. 기껏 놈을 잡기 위해 판 함정이 무용지물이 되게 생겼으니, 마음이 몹시도 초조했다.

'이놈들이 모두 전멸해도, 어디 모습을 드러내지 않나 보자!'

그는 흐트러지려는 마음을 다잡으며 호기롭게 법문을 외웠다. 그러자 하늘 높이 솟아오른 불의 방벽이 점차 좁아지며 요괴들을 옥죄어 갔다. 뱀들이 서로 몸을 뒤얽은 채 괴성을 내질렀다. 그중 한 마리가 불 벽을 빠져나오려 버둥거리다 기어코 틈을 하나 내어 꼬리를 휘둘렀다. 법령사 중 한 명이 재빨리 바람의 술법을 펼쳐 그것을 막아 내었다. 댕강 잘린 기다란 뱀의 꼬리가 땅바닥 위에서 격렬하게 꿈틀거리며 요동쳤다. 그것을 불꽃으로 태우며, 아시타는 다른 법령사들에게 퇴마술을 시작하도록 지시를 내렸다. 그러자 요괴들이 발악하며 마구잡이로 독을 내뿜기 시작한다.

"모두 결계를 쳐!"

놈들이 하늘을 향해 분사한 독이 소나기처럼 우수수 쏟아져 내렸다. 황급히 바람을 조종해 방벽을 치지 않았다면 모두 살이 녹아내렸을 것이다. 바닥에 고여 지글지글 끓어오르는 독물을 내려다보던 아시타가 마차 행렬을 향해 외쳤다.

"모두 연기를 마시지 않도록 주의해라!"

그러고는 한 손에 염주를 쥐고서 침착하게 법문을 읊었다. 잠시 후, 사방에서 돌풍이 일어나 독 기운을 일시에 날려 버렸다. 그가 독을 정화하는 사이에 법령사들은 일제히 퇴마술을 시작했다. 요괴들의 요력을 남김없이 빨아들인 뒤, 그 빨아들인 요력을 이용해 요괴의 몸을 불태워 버리는 강력한 술법이었다. 법령사들이 법문을 읊조리고 부적을 던지자 난동을 부리던 요괴들이 순식간에 숯 더미가 되어 버렸다. 하지만 야토는 끝내 모습을 드러내지 않았다.

"이걸로 마물은 모두 퇴치한 건가?"

소루 공주가 탄 마차에 딱 붙어 호위를 하던 비령이 다가와 물었다.

고개를 돌리니 자호가의 무인들이 마차를 둘러싸고 있는 게 눈에 들어온다. 그는 요괴들이 마구 토해 낸 독 기운에 혹시나 다친 이가 없나 살핀 뒤, 비령을 향해 고개를 돌렸다.

"애석하게도 저희가 찾던 요괴는 없었습니다."

"그 말은…… 계획이 실패했다는 소리인가?"

"요괴를 보낸 것으로 보아 공주에게 미련이 남은 게 분명합니다. 다만……."

그는 말끝을 흐렸다. 보낸 요괴들이 모두 죽었는데도 놈이 직접 모습을 드러내지 않으니, 혹 법령사들이 있다는 걸 알고 포기해 버린 것은 아닌지 걱정이 되었다.

"……일단 성 밖으로 나가는 시늉을 해 보지요."

가느다란 눈으로 말없이 저를 살피던 비령이 곧 고개를 끄덕이고는 마차 쪽으로 향한다.

아시타는 다시 행렬을 추슬러 북문 쪽을 향해 말 머리를 돌렸다. 하지만 성문에 다다를 때까지 아무런 일도 벌어지지 않았다. 그곳에서 머뭇거리기를 잠시, 아시타는 한숨을 내쉬며 다시 말 머리를 되돌렸다.

어쩔 수 없다. 일단 다시 돌아가는 수밖에.

비령에게 그리 전달하려는 순간 사위가 어두워지며 공기가 사납게 진동을 한다. 어마어마한 요기를 느끼고 아시타는 고개를 쳐들었다. 맑디맑던 새파란 하늘이 온통 시커멓게 물들어 있었다. 하늘을 가득 메운 것들이 모두 요괴라는 것을 깨달은 아시타는 경악하며 입을 딱 벌렸다.

"아시타 님!"

법령사들도 당황하여 그를 불렀다. 수십 년 동안 요괴 퇴마를 하였지만 이처럼 어마어마한 수의 요괴 떼는 처음으로 본 것이다.

아시타는 언성을 높였다.

"침착하게 방어진을 펼쳐라. 너희들은 공주를 모시고 뒤로 물러나 있어!"

그의 지시에 따라 법령사들이 사방에 황급히 결계를 둘러쳤다. 그들을 향해 날아들던 요괴들이 무형의 장벽에 쾅, 하고 부딪혔다. 아시타는 품에서 재빨리 부적 다발을 꺼내 들었다. 휘리릭, 그의 손에서 휘몰아친 바람에 부적이 길게 나선을 그리며 공중을 가른다. 그것이 하늘에서 결계를 깨부술 듯 마구 공격을 퍼붓던 까마귀 요괴를 향해 채찍처럼 날아들었다. 허나 요괴는 하늘 높이 솟구쳐 그것을 피했다.

"젠장!"

"아시타! 법력을 낭비하지 마라!"

여란이 사납게 외친다. 그녀의 얼굴 역시 비장하게 굳어져 있었다. 그도 그럴 것이 그들이 예상한 숫자의 거의 네다섯 배는 훌쩍 넘는 요괴들이 나타난 것이다.

음곡이 요물들의 소굴인 것은 진작 알고 있었으나, 이리 많은 요괴가 살고 있었단 말인가. 설마 그 야토란 놈은 이놈들을 전부 부리고 있는 것인가.

'아니, 소문을 듣고 희란국 요괴들이 모두 기어 나온 것인지도……'

그는 곧바로 고개를 흔들었다. 그런 것이라면 제 놈들끼리도 다투어야 옳다. 저들끼리 전열을 맞추어 질서 정연하게 공격해 들어오는 것으로 보아, 분명 지휘하는 이가 있을 터. 놈을 찾아 없애야 한다.

"이암! 야토는, 놈은 어디에 있나!"

"보이지 않는다."

그 말의 사실 여부를 확인할 여유도 없었다. 아시타는 법령사들을 지휘해 술법을 펼쳤다. 요괴들이 그들의 공격을 피해 우르르 물러났다가 밀려들기를 반복한다. 실로 어마어마했다. 무수히 많은 수의 교와, 독수리의 몸에 여자의 얼굴을 한 요괴 가암, 인간의 몸에 돼지의 머리를 한 고호, 사자의 몸에 도깨비의 머리를 지닌 파후, 대왕 지네와 고양이 요괴, 독두꺼비 떼에 한 무리의 외눈박이 요괴……. 그가 알고 있는 요괴란 요괴는 모두 모인 듯하다.

"아시타! 술법을 펼치겠다!"

여란이 앞서 나오며 외쳤다. 아시타는 그녀가 펼쳐 든 부적을 본 것만으로도 무엇을 하려는지 눈치챘다. 어떤 귀물이든 단숨에 집어삼키는 불의 용, 염왕의 소환술을 펼치려는 것이다. 아시타는 자신이 거느린 법령사들을 동원해 여란을 보좌했다. 그녀의 신호에 따라 동시에 법령사들이 일제히 법문을 외우자, 땅바닥에서 거대한 화룡이 솟아올라 요괴들을 향해 매섭게 날아간다.

"바로 다음 주술을 준비해라!"

염왕을 땅 위에 붙들어 둘 수 있는 시간은 불과 일각. 그 정도 가지고는 저 많은 놈들을 모두 없앨 수 없다. 아시타는 재빨리 허공 위에 좌르륵 부적을 펼쳤다. 그가 막 새로운 소환술을 펼치려는 순간, 황소 같은 몸집의 요괴가 방망이를 휘둘러 결계를 뚫고는 그를 향해 곧장 달려들었다. 미처 방어 주술을 펼칠 여유도 없었다. 그 무지막지한 요괴가 순식간에 그를 덮쳐 왔다.

"뒤로 물러나!"

그 앞을 누군가가 섬광처럼 튀어나와 막아섰다. 비령이었다.

'요괴의 완력을…… 보통의 인간이 받아 내다니!'

경악한 것도 잠시 아시타는 그가 맞서는 사이 재빨리 바람의 술법을 펼쳐 단박에 요괴의 머리를 베어 버렸다. 비령이 칼을 바로 쥔 채 아시타를 향해 소리쳤다.

"저놈들을 다 없앨 수 있는 거냐?"

"버겁습니다."

"그럼 당장 자현을 불러라. 자현이 있으면 요괴는 약해진다 하지 않았나!"

그는 이의를 제기하지 않고 곧장 품에서 신호탄을 꺼내 들었다. 그것에 불을 붙이자 하늘을 향해 불덩어리가 치솟더니 강한 빛을 뿌리며 사라진다. 자현이 저걸 보고 여기까지 당도하는 데 제아무리 서둘러도 일각은 걸릴 터.

'그때까지 버틸 수 있겠지.'

그리도 자신만만하게 물리칠 수 있다 호언하였는데, 이 무슨 꼴인가.

아시타는 얼굴을 굳히며 부적을 꺼내 들었다. 당장이라도 깨어지기 일보 직전인 결계 안측에 재빨리 새 결계를 치고는 곧장 새로운 소환술을 펼쳤다. 그가 불러낸 것은 거대한 바람의 새, 가루다였다.

땅에서 솟아난 새는 곧장 염왕의 곁으로 날아가 요괴들을 공격하기 시작했다. 독기를 분사하던 요마들의 몸뚱이가 가루다의 칼바람을 맞고 갈가리 찢어졌다. 염왕보다는 약하지만 거의 비견될 정도로 사납고 강한 소환수였다. 웬만한 요괴는 상대도 되지 않는다.

"가루다는 얼마나 유지할 수 있지?"

"일각도 어렵다."

아시타는 줄줄 흘러내리는 땀을 닦으며 여란의 질문에 답했다. 사실 그 정도도 어마어마한 것이었다. 소환술은 보통 두세 사람분의 법력을 소모해야 가능한 고위의 술법. 그런 것을 다른 법령사들의 도움 없이 혼자서 펼쳤으니 기진하여 뒤로 넘어가도 이상하지 않은 상황이다. 하지만 아시타는 떡 버티고 서서 결계를 깨고 들어오려는 요괴를 향해 새 술법을 펼치기까지 하였다.

'젠장, 끝이 없군.'

하지만 아무리 공격을 퍼부어도 요괴들의 수는 좀처럼 줄어들지 않는다. 혹시 야토란 놈, 이전에 법령사와 싸워 본 경험이 있는 것인가. 교묘하게 공격해 들어왔다가 물러났다가 하는 꼴이, 꼭 저희들의 법력을 모두 소진시키려 하는 것 같았다.

'처음에 보낸 요괴들은 우리의 전력을 확인하기 위한 미끼였군.'

아시타는 이를 악물었다. 모습을 감춘 채 숨죽이고 있는 요괴 따위, 찾아내기만 하면 쉽사리 없앨 수 있다 자만하였건만 놈의 지략은 그들이 짜 놓은 허술한 함정을 웃돌고 있었던 것이다.

"비겁하게 숨어 있지만 말고 모습을 드러내라!"

이러다가는 법력만 모두 소진한 채 전멸할지 모른다는 위기감에 그는 쩌렁쩌렁 목청을 높였다. 자현이 도착할 때까지 시간을 끌 수도 있겠지만 그리되면 놈을 찾아낼 길이 또다시 막히게 된다. 무리를 해서라도 이번 기회에 끝장을 봐야 한다.

그는 남은 법력을 총동원해 거대한 불 회오리를 불러일으켰다. 어떻게든 야토를 불러내어 처단하면 남은 요괴들은 서로 우왕좌왕 흩어질 터. 그는 불기둥을 일으켜 요괴 떼거리를 향해 날렸다. 요괴들이 허둥지둥 흩어지며 불꽃을 피해 달아났다. 아시타는 곧장 불의 경로를 틀었다. 그러자 약속이라도 한 듯 요괴들이 우르르 한 방향으로 도망친다.

그곳에는 아가리를 크게 벌린 염왕이 기다리고 있었다. 요괴들 수십 마리가 순식간에 염왕이 토해 낸 불꽃에 잿더미가 되어 버린다. 그것으로 만족하지 않고 그는 계속해서 불꽃을 조종해 요괴들을 한곳으로 몰았다. 한 마리도 남기지 않고 모조리 불태워 버리마, 그리

이를 악물며 법력을 쥐어짜 내는데 저 멀리서 시커먼 그림자가 날아들었다. 미처 피할 새도 없었다.

"크으윽!"

날카로운 칼날이 어깻죽지에 깊숙이 내리박혔다. 비령이 급히 사내를 공격하지 않았더라면 그대로 팔이 떨어져 버렸을 것이다. 아시타는 피가 흐르는 어깨를 꽉 움켜쥐며 고개를 쳐들었다.

형형하게 빛나는 금빛 눈의 사내가 장검을 쥐고 우뚝 서 있었다.

"……왜 그런 눈으로 보나. 나를 부른 게 아니었나. 좀 더…… 반겨 달라."

기묘하게 느껴질 정도로 아름다운 얼굴 가득 오싹한 미소를 머금고서 사내가 나직하게 읊조렸다. 굳이 이암에게 확인하지 않아도 알 수 있었다.

"야토……."

사내가 피에 젖은 기다란 칼날을 바로 세우며 의아한 얼굴을 한다.

"그 이름을 어찌 아나. 아…… 쓸데없는 걸 떠들었구나, 까마귀."

"나, 나로서는 별수 없었다!"

주술 때문에 도망가지도 못하고 아시타의 곁에 앉은 이암이 바들바들 떨며 외쳤다. 야토는 별 관심 없다는 듯 요괴에게서 시선을 거두었다.

"뭐, 아무래도 좋다."

그러고는 곧바로 저를 막아선 비령을 향해 검을 휘둘렀다. 비령은 그 공격을 간신히 막아 냈다. 야토는 머뭇거리지 않고 곧장 다시 공격해 들어왔다. 눈 깜짝할 사이에 검이 세 번이나 휘둘러졌다. 세 번 다 막아 냈지만 상상을 초월한 어마어마한 완력에 손목이 다 끊어질 듯하였다. 비령은 이를 악물었다.

"당신이…… 그 참상을 만들어 낸 요괴인가."

칼을 맞댄 채 간신히 버티고 서서 묻자, 야토가 희미하게 인상을 찡그린다. 사내는 다른 추하디추한 요괴들과 달리 보통의 인간과 같은, 아니, 인간을 아득히 뛰어넘는 아름다운 용모를 지니고 있었다.

"참상이라 하면, 나의 만찬을 말하는 건가."

"……이 괴물 놈이…… 무어라 지껄이는 게냐."

"왜 화를 내지? 너희 인간들도 가축을 잡아 한 상 잘 차려 먹질 않던가."

칼을 맞댄 채로 그가 성큼성큼 걸음을 내디뎠다. 속수무책으로 뒤로 밀리면서도 비령은 검을 놓지 않았다. 그런 비령을 내려다보며 야토가 이해하기 힘들다는 듯 중얼거린다.

"너희도 짐승을 먹잖느냐. 왜 요괴가 인간을 먹는 것을 나쁘다고 하는지 알 수가 없어."

"크윽……!"

"인간이 되면, 알 수 있으려나."

야토가 검을 쥐지 않은 손을 그의 가슴을 향해 내뻗었다. 비령은 급히 몸을 뒤로 뺐다. 하지만 요괴가 민첩하게 따라붙었다. 비령보다 두 배는 빠른 속도였다. 피할 수 없다. 이대로 심장을 내어 주나 보다 하는 순간 사내를 향해 불꽃이 날아들었다.

"물러나라!"

여란이 한 손에 부적을 들어 올렸다. 비령은 그 틈을 놓치지 않고 황급히 요괴에게서 멀리 떨어졌다. 사내의 발밑에서 화르륵 불의 장벽이 치솟아 올라 그를 둘러쌌다.

"걸렸구나."

여란이 회심의 미소를 지어 보였다. 야토의 발밑에는 미리 설치해 놓은 강력한 봉인 결계식이 펼쳐졌다.

"각오해라. 어느 요괴도 그 안에서 빠져나올 수 없다."

여란은 곧바로 퇴마 부적을 꺼내 들어 야토를 향해 던졌다. 천년 묵은 이무기도 순식간에 잿더미로 만들어 버리는 강력한 부적이었다. 하지만 그 회심의 일격은 어이없으리만치 허무하게 막혀 버렸다. 요괴가 마치 평범한 종잇장을 움켜쥐듯 그것을 한 손에 붙잡더니 와그작 구겨 버린 것이다.

여란은 황망한 얼굴로 그 광경을 바라보았다. 도대체 무슨 일이 벌어진 것인지 두 눈으로 보고도 믿어지지가 않았다. 야토가 쓰레기를 버리듯 종잇장을 휙 바닥에 던져 버리더니 저벅저벅 불 속에서 걸어 나왔다.

그것을 바라보며 아시타가 침통한 음성으로 중얼거렸다.

"이미 요괴를 벗어난 건가……."

보통의 요괴라면 절대로 불가능한 일. 놈의 몸은 이미 인간화되기 시작한 것이다. 반인반요의 몸. 거기에 원래라면 지니고 있어 봤자 독밖에 되지 않는 신력이 인간화된 부분과 융화를 이루었다. 놈은 반은 요괴, 반은 천인이 된 것이다. 그러니 술법이 통하질 않는 게 아닌가.

'그래서…… 요력도 숨길 수가 있었던 거군.'

"덕망이 높은 승려 백을 먹으면, 사람이 될 수 있다. 그러니까……."

야토가 칼끝으로 여란을 겨누며 중얼거렸다.

"너 하나가 열 명의 몫을 한다는 말이지?"

여란은 황급히 바람의 장벽을 일으켰다. 하지만 야토는 한 손을 휘둘러 간단하게 그것을 깨어 버렸다. 신력은 법력보다 우위에 있는 힘이었다. 놈에게는 어떤 술법도 통하지 않는다.

"여란, 피해!"

아시타는 아무런 타격도 입히지 못한다는 것을 알면서도 불꽃을 일으켜 놈을 향해 날렸다. 야토가 검을 휘둘러 그것을 간단히 흩어 버렸다.

"혼자 여러 마리를 잡으려니…… 성가시군."

그러고는 아시타의 목을 낚아채듯 한 손으로 움켜쥐었다. 아시타는 컥컥거리면서도 재빨리 야토의 팔에 염주를 휘감았다. 법력을 주입하자 염주가 시뻘겋게 달아오른다. 그 열기를 느낀 듯 놈이 화들짝 손을 놓았다. 피부가 검게 타서 눌어붙어 있었다. 그것을 찡그린 눈으로 내려다보던 야토가 다음 순간 반대편을 향해 몸을 날렸다.

놈이 무엇을 하려는지 깨달았지만 막을 새가 없었다. 야토가 칼을 휘두르자 법령사들이 간신히 유지하고 있던 결계가 마치 종잇장처럼 간단하게 찢어졌다.

"젠장!"

아시타는 황급히 멀쩡한 한쪽 손으로 부적을 모두 꺼내 허공 위에 펼쳤다. 마치 봇물이 쏟아져 들어오듯 요괴들이 부서진 결계를 뚫고 밀어닥치기 시작한 것이다. 염왕과 가루다가 서둘러 요괴를 집어삼켰지만 그 수가 너무 많았다.

"여란! 마차를……!"

그가 외치기도 전에 여란은 이미 마차를 향해 달려가고 있었다. 그녀가 황급히 마차 주변에 결계를 쳤다. 하지만 그녀 역시 법력이 거의 바닥난 상황일 터. 오래 버틸 수 없다. 이제 정말 끝장인가.

'대체 어떻게 해야…….'

"소루!"

갑자기 울려 퍼진 우렁찬 목소리에 사방에 흐르는 요기가 요란하게 뒤흔들렸다. 아시타는 크게 안도의 한숨을 내쉬었다. 자현이 당도한 것이다.

그가 무사들을 이끌고 달려와 마차를 에워싼 요괴들을 향해 검을 휘둘렀다. 그러자 요마들이 기겁을 하며 우르르 흩어진다. 어디 그뿐인가. 저 하늘을 가득 메우고 있던 까마귀 요괴들이나 살기등등하게 여기저기에서 몽둥이를 휘두르던 요괴들까지 일시에 물러나니 마치 썰물이 빠지는 듯하였다.

"그리 자신만만하더니…… 이게 대체 무슨 꼴이냐?"

그 광경에 반쯤 기가 질려 멍한 얼굴을 하는데, 자현이 성큼성큼 다가와 싸늘하게 으르렁거렸다. 아시타는 힘없이 중얼거렸다.

"……면목 없습니다."

"너는 나중에 보지."

기절 직전인 그를 향해 일말의 자비 없이 중얼거린 자현이, 곧 야토를 향해 고개를 돌렸다.

"네놈이…… 도성에서 행패를 부리는 요괴냐."

야토는 대답 대신에 칼을 들어 올렸다. 법력이 통하지 않게 된 것처럼 자현이 지닌 천기에도 버틸 수 있게 된 것인지, 그는 다른 요괴들처럼 도망칠 생각이 없어 보였다. 야토가 자현을 마주 보고 서서 형형히 눈을 빛냈다.

"왜지……?"

문득 요괴의 입에서 거친 음성이 흘러나왔다. 자현은 눈을 가늘게 떴다.

"뭘 묻는 거냐?"

"왜…… 너를 본 순간에, 나는 화가 치민 거지?"

요괴가 가면을 쓴 것 같은 무표정한 얼굴로 중얼거렸다. 영문을 모를 말에 자현은 미간을 모았다. 하지만 그가 무어라 대꾸하기도 전에 요괴가 먼저 벼락처럼 몸을 날렸다. 거의 동시에 자현이 검을 휘둘렀다. 허공에서 그들의 검이 격돌하며 불꽃이 튀었고, 사방에 굉음이 울려 퍼졌다. 법령사들은 황급히 뒤로 물러났다. 야토에게는 그들의 술법이 통하지 않았다. 섣불리 거들고 나섰다가는 도리어 자현을 위험에 처하게 만들 수도 있었다. 그들이 숨을 죽이고서 지켜보는 사이에, 자현과 야토는 격렬하게 검을 주고받았다.

"너를…… 갈기갈기, 찢어 버리면…… 기분이 조금 나아지려나."

"어디…… 할 수 있으면 해 보시지!"

칼을 맞댄 채 한 치의 물러남도 없이 힘을 겨루던 자현이 슬쩍 몸을 틀었다. 일순간 요괴의 옆구리에 허점이 드러났다. 자현은 그 순간을 놓치지 않고 재빨리 검을 휘둘렀다. 하지만 놈은 허리를 베이고도 통증을 느끼지 못하는 것처럼 곧장 반격해 들어왔다. 눈으로 보고도 믿어지지 않을 정도로 날쌘 움직임이었다. 힘과 속도만 놓고 보자면 자현보다 한 수 위였다.

'하지만 칼을 다루는 솜씨만큼은 여느 무뢰배와 다름이 없다.'

자현은 요괴의 공격을 간신히 막아 내면서도 그 움직임을 면밀히 분석했다. 그저 빠른 속도와 힘으로 밀어붙일 뿐 놈의 움직임에는 기교가 없었다. 자현은 마치 벼락처럼 떨어지는 공격을 아슬아슬 흘려 버리며 자잘한 빈틈을 놓치지 않고 계속해서 요괴의 몸에 검상을 입혔다.

"칫……."

제 몸에만 상처가 늘어나고 있다는 것을 깨달았는지 요괴가 얼굴을 일그러트린다. 그 모습이 마치 날파리 한 마리를 잡지 못해 안달하는 아이처럼 보였다. 자현은 이를 악물었다.

인간이 아닌 놈답게 이 정도 가지고는 눈 하나 까딱 않는 건가. 결정적인 공격을 날릴 틈을 노려야 한다.

그는 교묘하게 요괴의 공격을 흘려 버리며 잔뜩 약을 올렸다. 그러자 짐승처럼 마구잡이로 달려들던 요괴가 어느 순간 짜증을 참지 못한 것처럼 칼을 크게 내리 그었다. 동작이 커지며 가슴팍에 허점이 드러났다. 그 순간을 놓치지 않고 자현이 단번에 파고들어 흉부에 검을 찔러 넣었다. 요괴의 얼굴이 일그러졌다.

자현은 우악스레 칼을 비틀어 쥐었다. 하지만 가슴을 꿰뚫린 놈이 가만 웃더니 그대로 팔을 들어 올리는 게 아닌가. 자현은 눈을 크게 떴다. 거의 본능적으로 몸을 뒤로 빼지 않았다면 놈이 휘두른 칼에 목이 댕강 잘렸을 것이다. 그는 연이어 쏟아지는 공격을 피해 급히 뒤로 물러났다. 제 가슴에 박힌 검을 거침없이 빼어 든 요괴가 그 모습을 보고 광소를 터트렸다.

"이건 들고 가야지!"

그러고는 검을 내던진다. 자현은 화살보다 빠르게 날아드는 칼을 간신히 피해 냈다. 그것을 낚아채어 다시 쥘 새도 없이 요괴가 그 뒤를 이어 달려들었다. 하지만 상처 때문인지 움직임이 매우 조잡했다.

자현은 재빨리 몸을 틀어 그 공격을 피하고는 요괴의 가슴팍을 걷어찼다. 하지만 요괴는 상처를 걷어차이고도 물러나기는커녕 도리어 그의 다리를 꽉 붙잡아 거칠게 잡아당겼다. 서둘러 뿌리쳤지만 자현은 균형을 잃고 휘청거렸다. 그 순간을 놓치지 않고 요괴가 달려들어 그의 어깨를 가차 없이 물어뜯었다.

"젠……장!"

자현은 신음을 삼키며 놈의 머리통을 후려갈겼다. 소도 때려잡은 주먹이다. 그 우악스러운 힘에 요괴의 몸도 휘청하였다. 하지만 요괴는 머리를 두어 번 흔드는 것으로 충격을 털어 버리더니 곧장 다시 자현에게 주먹을 휘둘렀다. 아슬아슬 빗겨 맞았는데도 일순 골이 띵하였다.

자현은 놈의 복부를 연이어 걷어찼다. 그들의 몸이 한데 엉켜 바닥을 굴렀다. 순식간에 전투가 육탄전으로 돌변한 것을 보고 물러서 있던 비령이 기합하며 칼을 들고 달려들었지만 놈이 단번에 날려 버린다.

그의 팔은 어느새 뒤틀리고 변형되어 본래 요괴의 형상으로 되돌아와 있었다. 보통 인간의 팔보다 두 배는 길고, 열 배는 단단하며, 몹시도 괴이쩍은 형태의 시커먼 팔. 요괴가 그것을 접근해 오는 이들을 향해 휘두르며 고함을 내질렀다.

"방해……하지 마!"

그 음성은 인간의 성대에서 나올 만한 것이 아니었다. 피를 본 맹수처럼 동공을 세운 요괴가 괴이쩍은 음성으로 으르렁거렸다.

"네놈, 모조리 먹어 주마……!"

"크윽……!"

"먹어 주마, 먹어 주마, 먹어 주마, 먹어 주마……! 너를……! 네 심장을……! 네 살을! 뼈를! 남김없이 먹어 치워 주마……!"

자현과 맞닿은 몸이 점점 기이한 형태로 어그러져 갔다. 반은 인간이지만 아직 반은 요괴. 요괴로 남아 있는 부분이 자현과의 직접적인 접촉을 견디지 못하고 꿈틀거리며 요동을 치기 시작한 것이다. 황금색 눈동자에는 붉은빛이 감돌기 시작했고 등줄기는 점점 부풀어 올라 흡사 꼽추처럼 변해 갔다. 육체가 요동치는 고통에 얼굴을 일그러트리면서도, 요괴는 자현을 짓누르며 씹어뱉듯 외쳤다.

"네놈을 죽여서, 먹어 치워서 나는…… 난 인간이……!"

자현은 필사적으로 놈의 머리를 밀어 냈다. 놈의 힘을 견디지 못하고 팔이 부들부들 떨리며 점점 밀려났다. 얼굴이 터질 듯 시뻘겋게 달아올랐다.

그를 내려다보는 요괴의 두 눈이 사나운 열기를 담고서 타오른다. 희열, 굶주림, 갈망과 분노, 그리고 증오…… 온갖 감정이 뒤범벅되어 금색 눈이 회오리쳤다.

어째서 그런 눈으로 저를 보는 것인지 알 수가 없었다. 자현은 괴물의 팔에서 벗어나기 위해 필사적으로 몸을 뒤틀었다. 요괴가 산 채로 뜯어 먹어 버리겠다는 양 피에 젖은 입을 쩍 벌린다.

"그만……!"

그 입이 막 제 가슴팍을 향해 내려오려는 찰나 요괴가 움직임을 멈추었다. 자현은 소리가 난 쪽으로 고개를 돌렸다. 순간, 심장이 철렁 내려앉았다. 소루가 아수라장 한가운데에 덩그러니 서 있는 게 아닌가.

그냥 처박혀 있을 것이지 왜 기어 나온 거야!

그렇게 소리치고 싶었지만 너무 놀라 입도 뻥긋할 수 없었다. 그녀가 비틀비틀 그들을 향해 걸어오며 허공에 양팔을 허우적거렸다.

"제발…… 그만해라."

그 위태로운 모습에 자현의 얼굴은 백지장처럼 창백하게 질렸다. 심장이 쿵쾅거리고 머리칼이 쭈뼛 선다. 그것이 공포심임을 자현은 미처 몰랐다. 괴이하기 짝이 없는 이 괴물을 눈앞에 두고도 느끼지 못했던 감정이, 겁 없이 다가오는 여자의 모습을 보자마자 울컥 치솟아 올랐다.

'제발 오지 마.'

그는 소리 없이 입술을 달싹거렸다.

도망치란 말이야.

그 애원이 들리지 않는지 여자가 겁도 없이 내뱉는다.

"나를 원한다면…… 주마."

그 말에 요괴가 어깨를 움찔하더니 천천히 상체를 세웠다. 여자가 그들을 향해 한 발짝 더 다가왔다. 한바탕 소란으로 흐트러진 옷자락 아래로 당장이라도 부러질 듯 가느다란 몸이 어렴풋이 드러났다. 두 팔을 벌려 무방비하게 자신을 드러낸 여자가 담담히 말한다.

"자, 나를 먹어라."

"……."

"어째서 보고만 있는 것이냐. 사람이 되기를 원하지 않았나. 나를 먹고 싶어 하지 않았느냐. 얼마든지 주겠다. 원하는 만큼 내 피와 살을 가져가도 좋다. 그러니…… 그는…… 놓아주어라."

"입 닥쳐!"

자현은 결국 더는 참지 못하고 고함을 내질렀다. 그러고는 요괴의 밑에서 빠져나오기 위해 발작적으로 몸을 비틀며 바닥을 더듬었다. 무엇이든 무기가 될 만한 것이 잡히기를 바라며 필사적으로 손을 뻗는데 요괴가 입술을 달싹였다.

"내가 원하는…… 것……."

자현은 흠칫, 움직임을 멈추었다. 요괴의 음성은 어느새 사람의 것으로 돌아와 있었다. 그가 자현의 몸 위에서 천천히 일어나며 중얼거렸다.

"내가 그대에게 원하는…… 것은……."

저를 짓누르는 힘이 약해졌건만 어찌 된 노릇인지 자현은 꼼짝도 할 수 없었다. 요괴의 눈동자 위에 도무지 말로는 형용할 수 없는 격렬한 감정이 일렁거리고 있었다. 뭔가에 홀린 듯이 소녀를 바라보던 요괴가 느릿느릿 내뱉었다.

"나는…… 그대를 만져 보고 싶다."

자현은 눈을 크게 떴다. 지금 이 괴물이 대관절 무슨 헛소리를 하는 건가. 요괴는 본인 스스로도 제가 무슨 말을 하는지 이해하지 못하는 것 같았다. 멍하니 고개를 한쪽으로 기울이던 요괴가 입술을 달싹거렸다.

"그대의 머리카락을……."

마치 태어나 처음으로 입을 뗀 아이처럼 어눌하고 무미건조한 음색이었다. 요괴가 형형한 눈길로 그녀를 바라보며 천천히 한 손을 들어 올렸다.

"그대의 손가락을…… 그대의……"

나뭇가지처럼 길고 앙상한 손가락이 그녀를 향해 느릿느릿 나아간다. 사람들의 몸을 갈기갈기 찢어발기던 잔혹한 손이, 그녀의 얼굴 언저리를 맴돌았다.

"그대의 얼굴을…… 만져 보고 싶다."

꼿꼿하게 굳어 서 있던 소루가 느리게 눈을 깜빡거렸다. 요괴의 손이 그 흐릿한 눈동자 앞에서 주저하듯 멈춰 선다. 검은 손가락이 파르르 떨리는 것이 그의 눈에도 똑똑히 보였다. 요괴의 손가락이 천천히 움츠러들었다. 마치 닿는 것을 두려워하는 것처럼…… 겁을 내는 것처럼…….

'마치……'

굳은 얼굴로 요괴를 올려다보며 자현은 소리 없이 입술을 달싹였다.

'마치 이 괴물이 그녀를……'

머릿속이 얼음물을 뒤집어쓴 것처럼 굳어 돌아가질 않았다.

소루의 눈가에 서서히 물기가 고였다. 맑은 눈동자 위에서 출렁거리던 것이 흘러넘쳐 뺨을 타고 내려갔다. 그것을 만지려던 요괴가 다음 순간 재빨리 손을 거두었다. 가면을 쓴 것처럼 무표정했던 얼굴이 다음 순간, 참혹하게 일그러졌다. 상처 입은 짐승처럼 거칠게 신음하던 요괴가 흉측하게 뒤틀린 제 몸을 감싸 안으며 휘청휘청 뒷걸음질을 쳤다. 그러다 이내 몸을 돌려 산속으로 달아나 버린다. 기가 빠지고 넋이 나간 사람들은 그 뒤를 쫓을 생각도 하지 못했다.

한바탕 폭풍이라도 지나간 듯 사방에 싸늘한 침묵이 내려앉았다.

붉은 안광을 빛내던 수백 마리의 요괴들은 어느새 싹 자취를 감추었고, 남은 것이라곤 불에 타 잿가루가 된 요괴들의 사체와 참혹하게 찢겨져 나간 주검, 그리고 바닥을 구르며 신음하는 사람들뿐이었다. 그 난장판 한가운데 유령처럼 서 있던 소루가 요괴가 사라진 곳을 향해 천천히 고개를 돌렸다. 가늘게 떨리는 입술 새로 한숨처럼 요괴의 이름이 흘러나왔다.

"야토······."

후두둑, 쏟아진 눈물이 그녀의 목덜미를 축축하게 적셨다.

"······너였느냐."

그녀는 흐느낌을 삼키기 위해 입술을 깨물었다. 벗어날 수 없는 검은 늪이 다시금 저를 옭아매 온다.

내 어둠의 반이, 다시 나를 움켜쥔다.

어디로 가는지도 모르고 휘청거리며 몇 걸음을 내딛던 소루는, 이내 무너지듯 주저앉았다. 어디선가 싸늘한 바람이 몰아쳐 왔다. 그녀는 먼 하늘을 향해 눈을 고정시키고서 깊은 탄식을 토해 냈다.

十章

소루와 야로

이제 요괴의 이야기를 하겠다.

생과 사의 경계를 정처 없이 헤매던 그들이 막 형체를 얻었을 때, 그들은 그저 움직이는 살덩어리에 불과했다. 검은 진흙 덩어리 같은 형체를 하고서 어둠 속을 기어 다니던 미물들은 제일 먼저 입을 갖추었다. 그 시커먼 구멍을 벌려 첫 호흡을 한 뒤에는 무언가를 먹었다. 무엇인지는 모른다. 컴컴한 어둠 속에서 그저 입을 벌리고 그 안으로 끊임없이 무언가를 밀어 넣었을 뿐.

어느 날 자신들이 팔을 갖추었다는 것을, 다리를 갖추었다는 것을, 두 눈을 갖추었다는 것을 알게 되었지만 그들에게 가장 중요한 것은 언제나 '입'이었다. 그것만이 의미가 있는 기관이었다. 나머지는 '입'의 활동을 돕기 위한 부속물일 뿐. 앙상한 두 손은 무언가를 움켜쥐어 입 안으로 밀어 넣기 위해서만 존재했고, 두 다리는 먹이에게 도달하기 위해서만 존재했다.

'눈'은 가장 쓸모가 없었다. 빛 한 점 들지 않는 그 컴컴한 어둠 속에서는 제 모습조차 볼 일이 없다. 그들은 자아조차 온전히 갖추지 못한 채 그저 어둠 속을 기어 다니며 먹고 또 먹기만 하였다.

그것이 반복된 지 수십 년.

어느 날 한 마리가 말하였다.


지겹다.


그게 그들 사이에 나타난 최초의 감정이었다.

가장 먼저 자아를 완성한 요괴는 먹는 것을 멈추고 어둠 바깥쪽을 바라보았다. 굶주림이 아닌 다른 욕구가 그의 발길을 그리로 이끌어 갔다. 그 욕구의 이름이 '무료함'이라는 것을 알게 된 것은 한참 후의 일.

요괴는 떠나갔고 그 뒤를 따르듯 다른 요괴들도 하나둘 어둠 밖으로 기어 나갔다. 그들은 빛을 통해 서로의 모습을 구별한 뒤 형태도 조금씩 바꾸어 나갔다. 뱀, 거북이, 지네, 쥐, 사자, 소, 말과 까마귀, 여우, 고양이 등등…….

참으로 많은 형태가 있었지만 그중에서도 그들이 가장 선호하는 것은 인형人形이었다.

누가 맨 처음 그 모습을 흉내 내었는지는 지금에 와서는 알 길이 없다. 다만 그 모습이 가장 '온전함'에 가깝다는 사실만은 무의식중에 알고 있었다. 그들은 '완전함'에 집착했다. 사람의 형태를 추구한 요괴 대부분이 온전한 인간의 모습을 갖추지 못하고 신체의 일부만 어설프게 흉내 내는 수준에서 그쳤지만 그들은 자신의 불완전함조차 인지하지 못했다.

마치 경쟁이라도 하듯 인간에 가까운 형태로 변해 서로 뽐내기도 하고, 그 때문에 다투기도 하고, 때때로 서로를 죽이기도 하며, 계곡은 전과 달리 번잡스러워졌다. 마치 자신들이 태어난 그 혼란으로 되돌아가려 발버둥 치기라도 하는 것처럼, 그들은 어지러이 뒤섞여 요란하게 날뛰어 댔다.

그러나 그런 변화에서 동떨어진 채 어둠 속에 홀로 남아 오로지 먹는 것만을 반복하며 살아온 요괴도 있었다.

그는 태어난 이래 탐식을 잠시도 쉬어 본 적이 없었다. 바닥을 기며 무의미하게 입 안으로 밀어 넣고 또 넣기만 하는 그를 두고, 다른 요괴들은 너는 살덩어리에 구멍이 난 것에 불과하다며 조롱했다. 그는 그 요괴들마저도 집어삼켰다. 분노를 느끼고 그리한 것은 아니었다. 때마침 먹을 것이 떨어졌을 뿐. 그는 자아조차도 완성하지 못해 모욕의 의미가 무엇인지 알지 못했으며 따라서 분노는 존재하지 않았다.

그는 태곳적 모습 그대로 원형을 유지해 온 유일한 요괴였다. 그가 느끼는 것이라곤 오로지 허기짐뿐이요, 하는 것이라고는 먹는 것뿐이니, 세상천지에 이보다 더 비천하고 흉한 귀물이 있으랴.

같은 요괴조차도 비웃는 이 요괴는 아귀餓鬼라 불리었다.

비대하게 살찐 몸뚱이를 출렁이며, 앙상하게 마른 팔다리를 휘청거리며, 컴컴한 계곡 밑바닥을 기고 또 기며, 흙을, 돌을, 나무를, 때때로 생물을, 동족을 게걸스레 먹고 또 먹는 탐욕귀.

그저 구더기와 다름없는 모습 그대로 계곡에 계속 틀어박혀 있었으면 좋았을 것이다. 그랬다면 세상도 저 자신도 평온하였을 테지. 그 어떤 혼란도 고통도 자각하지 못한 채 평온하게 살아갈 수 있었을 것이다.

하지만 불운하게도 그 역시 어느 날 계곡 밖을 바라보게 된다.

제가 있던 구덩이의 모든 것을 먹어 치운 뒤 비척비척 동굴에서 기어 나와 계곡을 헤매던 날이었다. 손에 잡히는 대로 와구와구 먹어 치우며 걷다 보니 그는 어느새 어둠의 가장자리에 도달해 있었다. 연기가 희미하게 밴 바람이 그의 얼굴을 스쳤고 요괴는 생전 처음 맡아 보는 냄새에 늘 땅바닥에 처박고 있던 고개를 높이 치켜들었다.

그리고 요괴는 난생처음으로 빛을 보았다. 해 질 녘 산 너머로 가라앉아 가는 불덩이 같은 태양. 거기서부터 뻗어 나오는 붉은 빛줄기를 넋을 잃고 바라보던 요괴는 무언가에 이끌리듯 점차 사그라지는 빛을 쫓아갔다. 어찌하여 쫓는지도 모르는 채로 흐느적거리며 달려가다 보니 어느덧 계곡 밖이었다.

요괴는 어리둥절하였다. 해는 어느새 저물었지만 이상하게 주변은 밝았다. 그는 곧 하늘에 떠 있는 달 때문이라는 것을 깨달았다. 밤조차도 빛 속에 있는 것인가 하며 멍하니 그것을 올려다보기를 잠시, 지상에서도 반짝반짝한 빛무리를 발견해 내었다.

요괴는 그리로 비척비척 기어갔다. 한 무리의 인간들이 그곳에 부락을 이루며 살고 있었다. 요괴는 의아했다. 저들은 어째서 한자리에 있으면서도 다투지 않는 것인가. 한시도 조용할 날이 없는 계곡을 떠올리며 요괴는 호기심에 사로잡혀 그 안으로 숨어들었다.

그곳에서 그가 맨 처음 본 것은 자그만 움집 앞에 불을 피워 놓고 기대앉은 남녀의 모습이었다.

그로서는 이해할 수 없는 광경이었다. 그들은 서로의 어깨를 딱붙이고 앉아 손을 맞잡고 있었다. 대체 무얼 하는 것일까. 흥미를 느낀 요괴는 그들을 당장에 집어삼키는 대신, 잠시 시간을 두고 지켜보았다. 그러자 돌연 남자가 여자의 얼굴 위에 입을 가져다 대는 것이 아닌가. 요괴는 드디어 한 놈이 다른 한 놈을 잡아먹으려 한다고 생각했다. 하지만 놈은 그저 입술을 겹쳤다가 떼기를 반복할 뿐, 여자를 집어삼키지는 않았다.

대체 무얼 하는 건가.

어리둥절하여 바라보고 있는데 더욱 불가사의한 광경이 펼쳐졌다. 여자가 즐거운 듯 키득키득 웃더니 사내의 몸을 꽉 끌어안는 것이었다.

요괴는 혼란에 휩싸였다. 미지의 것을 향한 생경한 호기심이 요괴를 온통 사로잡았다.

저들은 대체 무얼 하는 것일까.

두 개가 나란히 있으면 하나가 반드시 다른 하나를 죽인다. 눈앞의 타자他者는 먹이일 뿐.

그것이 요괴가 알던 세계.

하지만 저들은 어찌하여 저리하는 것일까.

한 몸처럼 붙어 있는 두 인간의 그림자를 내려다보며, 요괴는 생각했다.

알고 싶다. 저들이 대체 무엇을 하는 것인지 알고 싶어.

그날부터 요괴는 조용히 인간들의 모습을 관찰하기 시작했다. 그들은 매일 부지런히 움직이며 땅을 갈거나 물건을 내놓고 서로 교환하거나 하였다. 그들끼리도 가끔씩 다투기는 하였지만 요괴들처럼 닥치는 대로 서로를 죽이는 일은 드물었다. 성난 두 놈이 서로 주먹질을 하다가 다음에는 나란히 앉아 술을 마시지를 않나, 목청껏 싸우다가 다음 순간 깔깔거리며 웃어 대지를 않나. 이해하기 힘든 행동이 한두 가지가 아니었다.

젊은것이 늙은것을 등에 업은 채 언덕을 오르기도 하고, 한 줌도 안 되는 갓난것을 품에 안고 젖을 먹이며 머리를 쓰다듬고, 어린것 둘이 손을 잡고 언덕을 뛰어다니기도 하는 등 요괴에게는 알 수 없는 일들투성이였다.

호기심은 그의 안에서 나날이 부풀어 올랐다.

어찌하여 저들은 먹지도 않는 것에 입을 맞추는 것일까.

어찌하여 저들은 얼싸안고 웃는 것일까.

어찌하여 등을 주물러 주고, 끊임없이 어루만지고, 손을 맞잡는 것이며, 한자리에 모여 깔깔거리며 떠들고, 먹을 것을 나누며, 때때로 서로의 눈물을 훔쳐 주는 것일까.

그 의문들은 이내 감당할 수 없을 만큼 커져 요괴를 완전히 장악해 버렸다.

답을 구해야 한다.

그 생각에 사로잡혀 그는 어느 날 홀연히 그들 앞에 모습을 드러냈다. 그는 그저 물으려 하였을 뿐이었다.

너희들은 대체 무엇을 하고 있는 거냐.

하지만 그를 본 인간들은 곧장 요괴와 같아졌다. 하나같이 비명을 내지르며 우왕좌왕 도망치거나 달려들어 돌이나 창을 던진다. 입을 크게 벌리고 저주의 말과 고함을 쏟아 낸다. 요괴는 혼란하여 물러났다.

어째서 저리 돌변한 것일까.

의문이 한 가지 더 더해졌다. 하지만 이 의문은 곧바로 풀렸다.

요괴는 물에 비친 자신의 모습을 내려다보았다.

추악한 괴물.

그들의 외침을 그제야 이해한다. 개구리처럼 부풀어 오른 눈두덩과 쭈글쭈글한 얼굴, 형형하게 빛나는 시뻘건 눈알. 불에 타 눌어붙은 것처럼 울퉁불퉁하고 시커먼 피부에 두꺼비처럼 비대하게 살찐 복부, 나뭇가지처럼 길고 앙상한 팔다리. 인간들의 완전한 몸과 달리 제 육체는 어그러지고 뒤틀려 추하기 그지없었다. 요괴는 그제야 제 흉함을 깨달았다.

이래서는 답을 해 주지 않는다.

요괴는 멍하니 그런 생각을 했다. 방법은 어렵지 않게 떠올릴 수 있었다. 그는 마을 끄트머리에 숨어 제가 처음으로 보았던 남자를 기다렸다. 그리고 그를 잡아먹은 뒤, 껍질을 뒤집어썼다. 뒤룩뒤룩 부푼 몸을 인겁 안에 욱여넣어 완전히 사람의 모습을 갖춘 요괴는 곧 그들이 살던 거처로 향했다.

여자는 아무것도 모르는 채 환히 웃으며 그를 맞이해 주었다. 어서 오세요 하며 양손을 다정히 맞잡고는 뺨에 입을 맞추는 행위에 요괴는 머리를 갸웃거렸다. 그로서는 역시나 이해할 수 없는 행위.

요괴는 물었다.

"왜 그리하나."

"그리하다니요?"

"왜…… 입을 맞추는 거냐."

눈을 끔뻑이던 여자가 싱긋 웃으며 답하기를

"그야 사랑하니 입 맞추지요."

하였다.

"사……랑……?"

처음으로 듣는 단어에 요괴는 한쪽으로 고개를 기울였다.

"사랑이 무엇이냐."

농담이라 생각하였는지 여자가 입가를 가리며 깔깔 웃는다.

"사랑이 사랑이지요. 가군, 오늘 이상하십니다. 왜 그런 엉뚱한 질문을 하십니까?"

여자는 제대로 답해 줄 생각이 없는 모양이다.

요괴는 눈을 끔뻑였다. 직접 눈으로 확인해 보면 무엇인지 알 수 있으려나.

"사랑은 어디에 있는 것이냐."

여자가 씩 웃으며 두 손을 가슴께에 가져다 대었다.

"이 가슴 속에 있는 것이지요."

"그런가."

요괴는 손을 뻗어 여자의 가슴을 열었다. 피가 분수처럼 쏟아졌다. 여자가 단말마의 비명을 내지르며 눈을 까뒤집는다. 요괴는 개의치 않고 살을 넓게 찢어 벌리고 뼈를 부수어 여자의 가슴을 뒤적였다.

"이것인가?"

팔딱거리는 심장을 가리키며 물었다.

여자는 답하지 않는다. 피거품을 그륵그륵거리는 입과 동공이 열린 퀭한 눈을 내려다보며 고개를 갸웃하기를 잠시, 아니면 이것인가 하며 간을 꺼내 들었다. 특별한 것을 모르겠다. 그는 폐를 끄집어내었다. 피가 줄줄 흘러내리는 말캉한 붉은 살덩어리. 그것을 뭉개어 안을 확인해 보아도 사랑이란 것은 도통 보이질 않는다.

"무엇이 사랑이냐."

대답 없는 허연 얼굴을 가만히 내려다보다가 먹어 보면 알 수 있으려나 하며 원래의 제 본성대로 그것들을 마구 입 안으로 밀어 넣었다. 여태까지 먹어 온 것과 무엇이 다른지 알 수 없었다. 의문에 휩싸인 채로 그는 먹고 또 먹었다. 몸통 안에 들어 있는 것을 모두 긁어먹은 뒤에는 뼈와 살까지 으적으적 씹었다. 그래도 그는 여전히 이해하지 못한 채였다.

"사랑은…… 대체 뭐지?"

피 웅덩이 속에 황망히 서서 입가를 피로 진득하니 적신 채 요괴는 멍하니 중얼거렸다. 그는 아직 몰랐다. 그 물음이 자신을 어디까지 몰아갈지를.

까맣게 탄 요괴의 시체가 지천에 깔려 있었다. 아시타와 자호가의 무인들이 입은 피해도 만만치 않았다. 자호가의 무인들 열댓 명과 법령사 다섯이 크게 다쳤고 셋이 죽었다. 수백 마리의 요괴를 퇴치했으나 야토를 놓쳤으니 그리도 자신만만하게 준비한 계획은 결국 실패로 돌아간 셈이다.

그들은 도성 외곽에 급히 천막을 치고 병자들을 옮겼다. 사람을 불러 부상자들을 자호가로 옮길 수도 있었지만 그리했다가는 도성 백성들이 무어라 수군댈지 모를 일. 비령은 뒤늦게 당도한 무인들에게 천막을 치고 부상자들을 옮기도록 지시했다. 그들을 한자리에 모은 뒤에는 하나하나 돌아가며 소루의 피를 먹였다. 상태가 하도 심각하여 말릴 수도 없었다.

다친 이들에게 칼로 살을 베어 피를 내어 주는 소루를 지켜보는 자현의 얼굴은 그야말로 참혹하였다. 저 꼴을 보지 않으려고 위험천만한 이 계획에 동참한 것인데 그 요괴 놈은 코앞에서 놓치고 소루의 손에는 또다시 무수히 많은 상처가 생겼다.

당연, 천막 안으로 들어오는 법령사들을 보는 자현의 눈초리는 살벌하였다.

"설마 치료를 받겠다고 기어들어 온 것은 아니겠지."

내내 팔짱을 낀 채 굳은 얼굴을 하고 있던 자현이 으르렁거리며 말하자 소루가 놀란 표정을 지으며 고개를 들었다. 그러고는 새로이 느껴지는 인기척을 향해 머리를 돌리며 물었다.

"다친 이가 또 있느냐."

"네가 신경 쓸 필요 없다."

자현이 싸늘하게 내뱉었다.

"저는 치유술에 뛰어난 법령사에게 도움을 받았으니 크게 신경 쓰지 않으셔도 됩니다."

아시타가 쓴웃음을 지으며 말했다. 말은 그렇게 하였지만 겨우 독기를 해독하고 염증을 가라앉힌 정도. 사실은 통증이 말도 못할 정도다. 의료 지식이 해박한 법령사가 상처를 잘 꿰매었으니 시간이 지나면 멀끔히 아물겠지만 공주의 피를 먹고 몸이 낫는 것에는 비할 바가 못 되었다. 하지만 도움을 받겠다고 그녀의 천막을 찾은 것이 아니었다.

"잠시 이야기를 나누어도 되겠습니까. 묻고 싶은 것이 있습니다."

그는 고개를 숙이며 정중히 청했다. 자현이 의외로 노려보기만 할 뿐 아무런 말도 하지 않는다. 그 침묵을 허락이라 여겼는지 소루가 고개를 끄덕였다.

"사람을 물려 주실 수 있으십니까?"

아무 말 없는 자현을 대신해 비령이 사람들을 물렸다. 천막 안에는 소루와, 자현, 그리고 아시타와 비령뿐이었다. 무거운 침묵 끝에 아시타가 소루의 말간 얼굴을 내려다보며 입을 뗐다.

"정식으로 인사드리겠습니다. 제가 이번 계획을 주도한 법령사 아시타입니다. 험한 일을 겪게 만든 것을 사과드리고 싶습니다."

그가 직접 마차를 끌고 나오기는 했지만 얼굴을 대면한 것은 이것이 처음이었다. 하여 아시타는 우선 제 소개부터 하였다. 소루가 흐린 낯으로 고개를 수그린다.

"……사과하지 않아도 된다. 내가 하겠다고 한 일인걸."

앳된 목소리. 말투는 거만한데 목소리가 다감하여 영 위엄이 없다. 제 나이보다 앳되어 보이는 자그만 소녀를 복잡미묘한 눈길로 내려다보며 아시타는 곧장 본론을 꺼내 들었다.

"야토에 관해서 물어도 되겠습니까?"

여자의 어깨가 살짝 굳었다. 그것을 예리하게 내려다보며 그는 대답을 기다리지 않고 물음을 던졌다.

"야토의 그 황금색 눈, 본래는 소루 공주의 것이었지요?"

"……내 눈이 본래 황금색이었던 것은 맞다."

소녀가 제 눈언저리를 쓸며 답했다.

"야토가, 내 눈을 가져간 것도 맞다."

가장 추한 요괴가 공주의 눈을 훔쳐 달아났다는 노랫말을 떠올리며 비령과 자현은 얼굴을 굳혔다. 그 무시무시한 요괴 놈이 계곡에서 들려오는 노랫말의 주인공이었나.

"그 눈은 본래 어떤 힘을 지니고 있었습니까."

혼란한 그들과는 달리 아시타는 미리 예상한 듯 덤덤하게 다음 질문을 이어 갔다. 무어라 답해야 좋을지 모르겠다는 양 낯빛을 흐리던 소루가 더듬더듬 답한다.

"힘 같은 것은 모른다. 다만……."

"다만?"

"그 눈은 너무나 밝아서…… 다른 이들에겐 보이지 않는 것이 다 보였다. 요괴나 귀신, 때때로…… 사람의 마음이나 과거, 미래, 죽음까지…… 보고자 하는 것은 뭐든 볼 수 있었다."

아시타는 턱을 쓰다듬으며 곰곰이 생각에 잠겼다.

천인의 눈은 삼라만상의 모든 것을 꿰뚫어 볼 수 있는 신물인가.

"야토는…… 그것으로 요괴들의 진명까지 들여다본 모양이군요."

"진명?"

"요괴의 혼에 새겨진 이름입니다. 그것을 알아내기만 하면 어떤 요괴든 제 수족처럼 부릴 수 있지요. 공주께서는 눈을 잃기 전에 요괴의 이름을 본 적이 없으십니까?"

"나는…… 글을 읽을 줄 모른다. 배운 적이 없어서……."

소녀의 얼굴이 민망함에 빨갛게 달아올랐다. 아시타는 풍문으로 들은 이야기를 떠올리며 낯빛을 흐렸다.

선왕에게 내쳐져 비천한 여종의 손에 길러진 처지라 하였지. 글을 배울 수 있었을 리 만무하다. 두 눈을 잃은 뒤에는 더더욱 그럴 기회가 없었겠지.

탄식이 절로 흘러나왔다. 글을 읽는 법만 익혔다면 요괴들의 행패에 속수무책으로 시달릴 일도 없었을 터인데. 어디 그뿐이랴. 이 소녀가 만약 제대로 된 교육을 받았다면 얼마나 대단한 법령사가 되었을까. 진리를 꿰뚫어 보는 눈으로 천하의 모든 귀물을 다스리고, 타고난 신력으로 천지를 뒤흔들 만한 술법을 자유로이 부리며, 온 세상에 신녀로 명성을 떨쳤을 것이다. 한데 요괴에게 신안神眼도 신력神力도 빼앗겨 귀신 공주라 불리고 있다.

남은 것이라곤 기껏 신체神體로 사람을 치료하는 재주뿐. 그는 딱한 시선으로 소녀를 내려다보았다. 기구한 출생. 그 하나로 그녀의 운명은 이토록 뒤틀린 것이다.

"지금 야토는 공주의 신안을 사용해 희란국의 모든 요괴를 다스리고 있습니다. 그뿐만이 아닙니다. 사람 수백을 잡아먹고 이미 육체의 반은 인간이 되어 본래라면 요괴의 몸으로는 손댈 수도 없을 터인 공주의 부군조차 위협하였지요. 지금으로서는 놈을 제지할 방도가 없습니다."

착 가라앉은 음성에 소루가 파르르 입술을 떨었다. 창백하게 질린 얼굴을 푹 숙이며 그녀가 꽉 잠긴 목소리로 말하였다.

"그렇군…… 이 또한 결국, 나 때문에 벌어진 일이었나."

투명한 눈동자에 물기가 고인다. 조그만 어깨가 애처롭게 떨리는 것을 무거운 눈으로 내려다보며 아시타는 묵묵히 말을 이었다.

"야토에 관해 알고 있는 모든 것을 이야기해 주십시오. 놈을 저지할 방도를 찾고 싶습니다. 이대로 가다간 또다시 사람들이……."

그 뒤에 이어질 말을 짐작이라도 한 듯, 소녀가 입술을 깨물었다. 눈을 지그시 감고서 침묵하기를 잠시 그녀가 다시 입을 열었다.

"야토는 나를 먹으러 온 요괴 중 하나였다."

"요괴 중 하나라면……."

"어릴 적부터 내 주변에는 무수히 많은 요괴들이 득실거렸다. 어떤 이유에서인지 가까이 다가오지는 않았지만…… 그들은 나를 둘러싸고서 틈을 살피듯 자나 깨나 지켜보곤 했지."

혹 야토의 정체를 알아낼 수 있을까 싶어 자세한 생김새를 물으려던 아시타는 이어지는 말에 그만 할 말을 잃고 말았다.

"어느 날 한자리에 모인 요괴들이 나를 두고 크게 다투었다. 저들끼리 싸우고 싸우다, 단 한 마리만 남게 되었는데…… 그것이 야토였다. 나는 부상을 입고 죽어 가는 그를 치료해 주고 그에게 이름을 주었다. 야토라는 이름은, 내가 준 것이다."

천막 안에 싸늘한 침묵이 내려앉았다. 멍하니 소녀를 내려다보던 아시타가 곧 추궁하듯 언성을 높였다.

"어찌하여 그런 짓을 하셨습니까. 자신을 잡아먹으려 한 괴물을……!"

"잡아먹히기를 원하였기에, 그리하였다."

덤덤히 내뱉는 말이 하도 섬뜩하여 아시타는 움찔 몸을 굳혔다.

소녀는 손가락에서 피가 배어 나오는데도 아픔을 느끼지 못하는 듯, 옷자락을 꽉 움켜쥐고서 힘겹게 말을 이어 나갔다.

"다른 이들은 볼 수 없는 것들을 본다는 게…… 얼마나 괴로운 일인지 상상도 못 할 것이다. 모든 것이 지옥 같았어. 더는 다른 이를 괴롭히고 싶지도 않았다. 사는 것이, 그저 괴롭고 괴로워서……."

그리 바라게 된 것이 소녀의 나이, 열이 채 안 되었을 때였다. 태어나 십 년도 살지 않은 소녀가 사는 것이 괴로워 괴물에게 제 몸을 내어 주려 했단다. 그제야 아시타는 천인도, 귀신 공주도 아닌, 그저 자그마하고 앳된, 눈먼 소녀를 보았다. 그녀가 눈물을 주룩 흘리며 무겁게 말하였다.

"그래서 그랬다."

"……."

"이렇게 될 줄은 몰랐어. 미안하다. 내…… 내 탓이다."

자그만 머리통을 힘없이 떨구며 그녀가 가늘게 흐느꼈다. 무거운 죄악감이 소루의 마음을 짓눌러 왔다. 그때 제가 그에게 손을 뻗지 않았더라면, 그때 제가 야토를 치료하지 않았더라면, 그때 제가…… 편해지려고 하지 않았더라면…….

"정말로…… 미안하다……."

소녀는 죄인처럼 고개를 떨구었다.

요괴의 이야기를 계속하자.

가슴속에 풀리지 않는 의문을 품게 된 요괴는 그 후로도 사람들 속에 숨어들기를 계속하였다. 금세 답을 구할 수 있으리란 기대와는 달리 그날의 물음은 조금도 해소되지 않은 채 그의 가슴속에서 점점 무거워지고 커져 가기만 하였다. 요괴는 정처 없이 인계를 헤매며 끊임없이 모습을 바꾸고 형태를 바꾸며 묻고 또 물었다.

어느 해에는 한 여자의 남편이 되었다. 그녀와 오랜 시간을 보냈지만 답은 구할 수 없었다. 여자의 시체를 찢어 입으로 밀어 넣은 뒤에는 어느 사내의 첩이 되었다. 그의 곁에서 수년을 살았지만 역시나 그는 사랑이 무언지 알 수 없었다. 그 사내를 죽여 몸을 먹고 난 뒤엔 한 여인의 아이가 되었다. 지극한 어미의 보살핌 속에서 딱 십 년을 보내었다. 하지만 그 역시 소용이 없었다. 아무도 그로 하여금 깨닫게 하지 못했다.

사랑이 무어냐.

그 질문에 누군가는 가슴이 따뜻해지고 서로를 귀중히 아끼는 것이라 하였다. 그 답변은 그의 안에 의문만 더 부풀려 놓았다.

귀중히 아낀다는 게 무언가. 가슴이 따뜻해진다는 것은 또 무어지?

누군가는 격렬하며 뜨거운 감정이라 하였다. 여전히 알 수 없었다. 새로운 의문이 꼬리에 꼬리를 물었다. 요괴는 그 무수한 질문들 속을 정처 없이 헤매며 다양한 인간의 껍질을 벗었다 뒤집어쓰기를 반복하였다. 하지만 어떤 형태를 취하더라도 끝은 항상 같았다.

답을 구하지 못하고 속여 온 상대를 먹은 뒤에는 떠나는 것이다.

그것을, 헤아릴 수 없는 긴 세월 동안 반복하여 마음 한구석에 슬그머니 체념이 스며들 즈음 요괴는 한 노승을 만났다.

그는, 인겁을 뒤집어쓰고서 사람을 잡아먹는 괴물을 퇴치하기 위해 온 것이었다. 그 늙은 법사에게 공격당해 위기에 몰린 상황에서도 요괴는 답을 구했다.

"나는 알고 싶을 뿐이다! 어찌하여 너희는 입을 맞추느냐. 어찌하여 너희는 얼싸안느냐. 어찌하여 너희는 함께하는 것이냐. 사랑이 대체 무엇이기에!"

그 질문에 노승은 답하였다.

"평생을 추구하여도 요괴, 너는 그 답에 도달할 수 없다. 오로지 인간만이 사랑을 한다. 그것은 이해를 벗어난 이타利他의 감정."

요괴는 타오르는 눈으로 달 아래 선 승려를 노려보았다. 그 말이 칼날처럼 요괴의 고막을 찔렀다.

"탐욕에 휩싸여 살육만을 반복해 온 괴물은 절대로 알 수 없는 감정이다. 부질없는 짓 하지 말고 피안의 세계로 되돌아가라!"

그러고는 부적을 꺼내 들어 법문을 왼다. 요괴는 노승이 공격하기 전에 달려들어 그의 팔을 뜯어냈다. 방심하고 있던 노승은 미처 대처하지 못하고 속수무책으로 당했다. 단박에 노승의 숨통을 끊어 놓은 요괴는 그 자리에 서서 한참을 곱씹었다.

탐욕에 휩싸여 살육만을 반복해 온 괴물은 알 수 없다 하였지.

그렇다면 탐욕을 부리지 않고 살육하지 않으면 알아낼 수 있는 것인가.

요괴는 오로지 답을 얻는 것만을 추구하여 제가 왜 그리도 '사랑'에 집착하는지도 모르는 채 결심하였다.

사랑을 흉내 내어 보자.

그저 묻고 또 묻고, 관찰하던 것을 그만두고, 직접 해 보는 것이다. 그들을 따라 하다 보면 알게 될지도 모른다.

요괴는 노승의 인겁을 뒤집어썼다. 그러고는 인가를 돌아다니며 마땅한 대상을 찾아 헤맸다. 사랑이란 것은 반드시 타자를 필요로 한다. 그는 정처 없이 사랑할 대상을 찾아 돌아다녔다.

그러던 어느 날 거리를 헤매는 눈먼 소년을 보았다. 왜소한 체격에 허름한 옷차림을 한 인간의 아이는 맨발로 흙바닥 위를 유령처럼 배회하며 음식을 구걸하고 있었다. 피골이 상접한 얼굴을 힘겹게 치켜들고서 다 죽어 가는 목소리로 동냥을 하는 그를 본 순간, 요괴는 생각했다.

이 아이로 하자. 백 년 넘게 인간을 관찰해 알아낸 것 중 하나가 그 사랑이란 것은 대개 강한 것이 약한 것을 돌보는 외형을 취한다는 사실이었다. 강한 수컷이 약한 암컷을. 장성한 인간이 어린 인간을. 그 격차가 클수록, 한쪽이 다른 한쪽을 의존하면 의존할수록 관계는 긴밀하여진다.

그리하여 요괴는 그 무력하고 야윈 소년에게 다가가 손을 내밀었다. 잔뜩 굶주린 아이는, 소도 제대로 들어 있지 않은 딱딱한 만두 한

덩이에 그를 따라왔다.

요괴는 미리 마련해 둔 거처로 그를 데려와 인간이 제 어린것에게 하듯이 깨끗이 몸을 씻기고, 음식을 먹이고, 새 옷을 입히며, 극진히 돌보았다.

의미를 알 수 없는 행동이었지만 때때로 그 자그만 머리통을 쓱쓱 쓰다듬어 주기도 하고, 뺨에 입을 맞추어 보기도 하였다. 이제는 알 수 있으려나 저제는 알 수 있으려나. 밀려드는 극심한 허기를 참고 또 참으며 그렇게 사랑을 흉내 내기를 여러 해…….

시간이 흐르고 흘러 어느새 소년의 키는 제 가슴팍까지 올라왔다. 앙상하게 마른 몸에는 토실토실 살집이 붙었고, 상처투성이였던 손발은 뽀얗게 변했으며, 어두웠던 얼굴에는 미소가 가득했다.

그리고 소년은 언제부터인가 그를 '아버지'라 부르기 시작했다.

때때로 요괴는 그 사랑이란 것을 알 수 있을 것 같은 기분을 느끼기도 하였다. 소년이 제게 환하게 웃으며 사랑한다 할 때면 가슴속에서 무언가가 희미하게 꿈틀거렸다.

요괴는 환희에 차올랐다. 자신이 느끼는 것이 기쁨이라는 것도 모르는 채로 그는 기뻐했다. 무수한 세월 동안 뒤쫓아 온 의문의 실마리를 겨우 붙잡았다.

나는 알고 싶다. 나는 느끼고 싶다.

요괴는 어느새 허기보다 깊어진 열망이 해소되는 순간만을 고대하며, 소년을 더더욱 극진히 보살폈다. 그러던 어느 날, 소년이 말하였다.

"단 한 번만이라도 좋으니 아버지의 얼굴이 보고 싶어요. 그러면 죽어도 여한이 없을 것 같아요."

가냘프게 떨리는 목소리에 요괴는 희미한 전율을 느꼈다. 가슴속에 묘한 확신이 들어찼다.

이 소원을 이루어 주면 나는 분명 사랑을 알게 될 것이다. 소년이 저를 올려다보며 기쁨에 찬 눈으로 제게 사랑을 말한다면 이번에야 말로 비로소 깨닫게 되리라.

그는 인간 아이의 소망을 들어주기 위해 백 년 만에 계곡으로 되돌아갔다. 강대한 요력을 타고나 온갖 기괴한 것을 할 수 있는 요물, 검은 여우를 만나기 위해서였다.

어두컴컴한 계곡 속을 더듬더듬 걷고 또 걸어, 구불구불한 나무뿌리를 넘고 넘어, 그는 겨우 여우를 찾아냈다. 그러고는 그에게 사람의 눈을 밝게 하는 약을 달라 청했다.

"탐욕귀, 네놈 재미난 짓을 하는구나."

사정을 들은 여우는 낄낄거리며 웃더니 그냥은 안 된다 하며 제가 올라앉아 있던 바위 위에서 훌쩍 뛰어내렸다. 어둠 속에서 여우의 붉은 눈동자가 요염하게 가늘어진다. 희롱하듯 제 주변을 빙글빙글 돌던 여우가 이내 말하였다.

"약값으로 그 인겁을 달라."

"이 인겁을?"

"그래, 그것은 필시 승려의 껍질일 테지? 매우 좋은 냄새가 난다. 나는 그것이 탐이 나."

"이것이 없으면 약이 있어도 소용이 없지 않나."

"두 눈이 먼 인간이다. 네 모습이 바뀐 것쯤은 큰일이 아닐 테지. 눈을 치료해 주었으니 필시 인간은 네 모습에 상관 않고 깊이 감사하리라."

그런가 하며 요괴는 흔쾌히 거래에 응했다. 오랫동안 추구해 온 사랑을 알게 되기 직전이다. 마음이 조급하여 요괴는 깊이 생각하지 않고 껍질을 벗어 여우에게 내어 주었다. 그러자 여우가 약병을 건네주고는 승려의 껍질을 물고 만족스레 제 동굴로 사라졌다.

그는 병을 품에 넣고 서둘러 거처로 돌아왔다. 어느덧 밤이 깊어져 소년은 깊이 잠들어 있었다. 요괴는 성마른 손길로 그를 깨웠다. 소년이 부스스 고개를 들며 어리둥절한 얼굴을 한다.

"왜 그러세요."

"네 눈을 고칠 약을 구해 왔다."

잠이 싹 달아났는지 소년이 화들짝 몸을 일으켜 세웠다.

"저, 정말이요?"

열망이 어린 음성에 요괴는 정말이다 하고 중얼거리고는 병을 꺼내 들었다. 그러다 방 안이 너무 컴컴하다는 데 생각이 미친다. 이래서는 기껏 눈을 고쳐 주어도 아무것도 볼 수가 없을 것이다.

그는 불을 피울 만한 것을 찾았다. 집에는 양초는커녕 작은 호롱 하나 없었다.

고심하던 요괴는 곧 소년을 밖으로 데리고 나왔다. 유난히 달이 밝은 날. 이 정도면 충분히 주변을 식별할 수 있겠지.

그는 소년에게 약병을 건넸다.

"자, 이것을 먹어라."

소년은 무엇이냐 묻지도 않고 의심 없이 받아 마셨다. 소년은 그가 하는 말이라면 뭐든 믿었다. 그가 하는 말은 무엇이든 들었다. 소년은 그를 사랑한다. 이제 그도 그것의 의미를 알게 될 것이다.

요괴는 들뜬 눈으로 소년을 내려다보았다. 맛이 이상하다며 오만상을 쓰던 아이가 곧 두 손으로 눈을 감쌌다.

"뜨, 뜨거워요! 누, 눈이 불타는 거 같아!"

"조금만 참아라. 이제 곧 보일 거다."

소년이 어지러운 듯 휘청거리며 신음을 토해 냈다.

슬그머니 불안감이 든다. 혹 그 여우가 저를 속여 괴상한 약을 준 게 아닐까. 안절부절못하고 있기를 잠시, 소년이 눈에서 손을 뗐다.

바로 명료하게 보이지는 않는 듯 한참 동안 눈을 깜빡이던 아이가 곧 떨리는 음성을 토해 냈다.

"보, 보여요. 조, 조금씩…… 서, 선명하게……."

소년의 자그만 어깨가 격정에 덜덜 떨려 왔다. 주먹을 쥐었다 폈다 하며 제 손을 내려다보던 그가 이내 감격에 겨워 고개를 쳐들었다. 그 얼굴에는 환희가 가득했다.

"보, 보여요! 잘 보여요! 아버지, 아버지의 얼굴도……!"

소년이 불현듯 말을 멈춘다. 끔뻑끔뻑 눈꺼풀을 오르락내리락하기를 몇 번, 아이의 얼굴에서 천천히 미소가 사라졌다. 그 의미를 알지 못한 채 요괴는 늘 하던 대로 그의 머리를 쓰다듬어 주기 위해 손을 뻗었다.

멍하니 입을 벌리고 있던 소년이 그에 소스라치며 뒷걸음질을 쳤다. 요괴는 의아한 얼굴을 하였다. 머리를 만져 주면 볼을 붉히며 기뻐하지 않았나. 왜 피하는 건가, 의아해하며 아이에게 한 발짝 다가섰다.

"히, 히익……!"

그러자 그가 기겁하며 뒤로 물러난다. 동공이 열린 형형한 두 눈 위에는 공포감이 완연하였다. 시퍼렇게 질려 제게서 멀어지는 소년을 황망히 바라보며 요괴는 물었다.

"어째서…… 물러나는 것이냐…… 내가……."

너의 소원을 들어주었는데.

눈을 떠 나를 보고 싶다고 하지 않았느냐.

요괴는 소년을 향해 한 걸음을 더 내디뎠다.

"오, 오지 마!"

아이가 퍼렇게 질린 얼굴로 비명 같은 흐느낌을 토해 낸다. 벌레처럼 슬금슬금 뒷걸음질 치며 오줌까지 질질 지린다. 그 공포에 질린 눈길에 요괴는 입술을 달싹였다.

"어찌하여……."

어찌하여 그런 눈으로 나를 보는 건가.

니를 사랑한다고 하지 않았던가.

사랑은 대체 무엇인가.

사랑이 대체 무엇이기에.

요괴는 소년에게 손을 뻗었다.

앙상하고 울긋불긋한 팔뚝을 들어, 뼈마디가 불거져 나무토막 같은 손가락을 펼쳐, 갈고리처럼 휘어진 긴 손톱을 파르르 떨며, 흉측하기 그지없는 손을 아이의 얼굴을 향해 내민다.

소년이 그것을 피하다 휘청, 엉덩방아를 찧었다. 그러고도 주춤주춤 땅바닥을 기며 저에게서 떨어지려 애를 쓴다. 다급히 돌멩이를 주워 들어 던지며 다가오지 말라 외친다. 그것을 보는 요괴의 눈이 타올랐다.

어찌하여,

어찌하여,

어찌하여서!

내게서 멀어지려 하는가.

요괴는 소년의 몸을 붙잡았다. 자그만 몸을 끌어안고 입을 맞춘다. 그것이 사랑이라고 하지 않았던가. 품에 안고서 입을 댄다. 인간은 그리한다. 그것이 사랑이다.

하지만 요괴의 행위가 남긴 것은 줄줄 흐르는 시뻘건 피 웅덩이뿐. 요괴는 멍하니 부른 배를 움켜쥐었다. 입 안에는 아직 소년의 살덩어리가 남아 있었다. 인간의 아이는 고깃덩어리가 되어 위 속을 구르고 있다. 찰나의 포만감. 그가 얻을 수 있는 것은 오로지 그뿐.

요괴는 입을 벌렸다. 소년의 체액이 흉측하게 일그러진 입가를 적

시며 질질 흘러내린다. 문득, 웃음인지 울음인지 알 수가 없는 소리
가 터져 나왔다. 그는 우는 듯 웃으며 앙상한 팔다리를 휘청거렸다.

밤바람이 더운 피부를 감싸 온다. 희롱하듯 달이 밝다. 하얀 달이
흉악한 제 모습을 고스란히 비쳐 내었다.

그제야 요괴는 온전히 깨달았다. 노승이 한 말의 의미를.

사랑은 오로지 인간의 것이다.

오로지 인간만의 것이다.

이 입은 오로지 포식하기 위한 것.

이 손은 오로지 그 살을 움켜쥐고 찢어 게걸스레 입으로 밀어 넣기
위한 것.

비대하게 살찐 몸으로도 기아에 허덕이며 끝없이 탐식하는 나는,
요괴.

그 무엇도 사랑할 수가 없다.

아시타는 기나긴 돌계단을 오르며 거친 숨을 토해 냈다. 다 낫지
않은 상처가 심하게 욱신거려 진땀이 줄줄 흘렀다.

뒤따라오는 여란이 그것을 보고 무리하지 말라 하였지만 그는 듣
는 척도 않고 계단 위를 올려다보았다.

비죽 솟은 왕실의 신당이 보인다. 대왕이 머무르는 본궁에서 멀
찍이 떨어진 곳, 후궁전이 위치한 궁궐의 동쪽 끝에는 가파른 언덕
이 자리하고 있었다. 그 언덕배기에 댕그라니 놓인 소담한 건물은
예상 이상으로 볼품없고 황량하였다. 신녀들이 제를 지내는 전각이
근처에 지어져 있지 않았다면 영락없이 버려진 사당으로 보였을 것
이다.

'하기는. 십 몇 년간 제를 지낸 적이 없을 터이니 버려진 사당이 맞지⋯⋯.'

그 낡은 건물을 가만히 올려다보고 있는데 여란이 바로 곁으로 다가와 투덜거렸다.

"그리 기 쓰지 마라. 혹여 네놈이 여기서 기절이라도 하면 내가 업고 내려가야 하잖아."

"⋯⋯그리 걱정해 주니 고맙구나, 사제."

아시타는 이를 악물며 말했다.

이 계집앨 왜 달고 왔을까. 이리 속만 긁는 것을.

한숨을 내쉬며 다시 계단을 오르는데 이제는 제 자리인 양 어깨 위에 올라앉은 까마귀가 좀 더 속도를 내라 훈계를 해 댄다. 그는 매몰차게 놈을 어깨에서 털어 냈다.

"너무하잖아! 네놈 곁에서 떨어질 수 없게 주술을 걸어 놓고는⋯⋯!"

"조금은 떨어질 수 있잖아! 안 그래도 몸이 무거운데 어딜 태평하게 올라앉아 있는 것이냐."

"요괴와 실랑이할 기운이 남아 있는 걸 보니, 쓰러질까 걱정하지 않아도 되겠군. 어서 올라가라. 그 비령이라는 자가 해가 저물기 전에 내려오라 하지 않았나."

요괴와 티격태격하는 것을 보고 여란이 도끼눈을 뜨며 말한다.

아시타는 또다시 한숨을 내쉬며 걸음을 서둘렀다. 진땀이 뻘뻘 흘렀지만 여란의 말대로 시간이 넉넉지 않다.

그들은 정식으로 허가를 받고 궁궐에 들어온 것이 아니었다. 최근 도성에 흉흉한 일이 자자하니 이 나라에 낀 액운이 걷히도록 궁궐에서 제를 드리고 싶다는 핑계를 대어 겨우 반 각 정도 머무는 것을 허락받았다. 들여보내 준 이가 다른 이들의 눈에 띄지 않게 재빨리 들어갔다 나오라 신신당부를 한 터.

"서둘러. 어서 볼일을 끝내고 돌아가자."

"알겠다. 나도 안간힘을 쓰는 중이다."

"쯧, 그 몸을 해 가지고 굳이 저길 가야 할 필요가 있는 건지……."

여란의 구시렁거림에 아시타의 낯빛이 흐려졌다. 그녀의 말대로, 그 요괴의 과거를 알아낸다고 해서 놈을 없앨 방도를 찾아낼 수 있을 것 같진 않았다. 그럼에도 불구하고, 아시타는 야토를 향한 강박적인 궁금증을 떨칠 수가 없었다. 그 요괴가 어째서 인간이 되고자 하는지, 어째서 소루에게 집착하는지, 그 내막을 알아내고 싶었다.

"만져 보고 싶다."

그리 말하던 요괴의 황망한 얼굴을 떠올리며, 아시타는 입매를 단단하게 굳혔다. 그토록 끔찍하고 흉악한 짓을 일삼아 온 괴물의 바람이란 게 겨우 그거였단다. 무수히 많은 이들을 처참하게 죽이면서까지 추구해 온 게 겨우 작은 소녀에게 닿는 일이었다니, 납득할 수 있을쏘냐. 절대로 있을 수 없는 일이다. 뭔가 숨겨진 의도가 있을 것이다. 반드시 있을 것이다.

요괴는 혼돈이었다.

이기와 욕망, 혼란의 덩어리일 뿐이다. 구제할 길이 없는 해충이었다. 이타가 끼어들 여지가 없는 순수한 악. 그런 것의 안에 타애他愛가 존재할 리 없다.

'그렇다면…… 어찌하여 요괴는 소녀에게 닿기를 바라는가.'

공주를 바라보던 요괴의 얼굴을 떠올리는 것만으로도 아시타는 혼란을 느꼈다. 야토의 말과 행동은 그가 그동안 품어 온 생각의 기반을 뒤흔들어 놓았다. 마음의 미혹을 떨치기 위해서라도, 그 요괴의 진정한 목적이 무엇인지 알아내야만 한다.

아시타는 마지막 계단을 오르며 거칠어진 호흡을 가다듬었다. 늘어진 소매로 이마에 맺힌 땀방울을 닦아 내고 사당이 자리한 곳을 향해 고개를 돌리자, 노을빛에 물든 낡은 건물이 눈에 들어왔다.

그는 그곳을 향해 저벅저벅 걸음을 옮기며 신중한 눈빛으로 육각형의 건물을 살펴보았다. 네 개의 장지문과 창살이 촘촘히 난 창문……. 처마 끝에는 새끼줄이 길게 늘어져 있었고 바람이 불 때마다 어디선가 짤그랑거리는 소리가 들려왔다. 아마도, 지붕 위에 액땜용 은방울을 달아 놓은 듯싶었다.

그는 주위를 빙 둘러보다가 사당 입구에 다가서서 문을 잡아당겨 보았다. 걸쇠가 걸려 있는지 꿈쩍도 하지 않는다. 인상을 찌푸리던 아시타는 고개를 들어 문설주 위에 덕지덕지 붙어 있는 부적을 쭉 훑어보았다. 귀를 쫓는 주문이 적혀 있었지만, 그다지 효과가 있어 보이진 않았다.

쯧, 하고 혀를 차며 몸을 돌려세우는데, 문득 문 아래쪽에 무언가가 시선을 잡아끌었다. 아시타는 허리를 굽혔다. 안쪽으로 연기가 스며들도록 한 것인지, 움푹 팬 공간 안에 커다란 향로가 놓여 있었다. 그것을 끄집어내 들여다보니 검게 눌어붙은 잿더미가 보였다. 그는 손끝으로 재를 조금 긁어내 냄새를 맡아 보았다. 오래된 것이라 확신할 순 없었지만, 사람의 정신을 몽롱하게 만드는 향초를 태운 듯싶었다.

어째서 이런 것을 피운 건가. 살짝 인상을 찌푸리는데, 주위를 탐색하고 돌아온 여란이 못마땅하다는 듯 혀를 차며 말했다.

"공주는 줄곧 이런 곳에서 지낸 건가."

본래는 신녀로 떠받들려야 마땅한 소녀가 이런 외진 곳에 갇혀 지냈다는 사실이 영 마뜩잖은 모양이었다.

아시타는 복잡한 표정을 지으며 향로를 다시 제자리에 놓았다. 마음 한구석이 뒤숭숭했다. 어둡게 가라앉은 눈빛으로 황량한 풍경을 바라보길 잠시, 그는 상념을 떨쳐 내듯 품에서 부적 다발을 꺼내어 들었다.

그것을 펼쳐 들고 법문을 읊자 부적 다발이 새처럼 파드득거리며 날아가 사당을 둥그렇게 둘러쳤다.

그 장소에 새겨진 과거의 념念을 찾아내어 읽어 내려가는 주술이었다. 필시 요괴들이 싸웠던 때의 흔적이 이 장소에 깊게 남아 있을 터. 그는 그것을 찾기 위해 염주를 들어 법력을 불어넣었다.

부적이 화르륵 타오르더니 허공에 붉은 글자를 그려 냈다. 그 문자들이 시간을 거슬러 올라가 이 장소에 가장 강렬하게 새겨진 기억 하나를 찾아내었다.

아시타는 감고 있던 눈을 부릅떴다. 어디선가 강한 바람이 몰아쳐 굳게 닫힌 신당 문을 벌컥 열어젖혔다.

그 안에는 뼈만 앙상한 계집아이가 마룻바닥 위에 엎드려 울고 있었다. 아시타는 천천히 기억의 잔상 속으로 걸어 들어갔다. 그러자 등 뒤로 쾅, 하는 소리와 함께 문이 닫히더니 침침한 어둠이 그를 둘러쌌다. 아시타는 숨통을 조여 오는 듯한 어마어마한 귀기에 몸을 바짝 긴장시켰다. 소녀는 그의 존재를 인식하지 못하는 듯 바닥에 엎드려 흐느끼기만 하였다.

"죄송합니다…… 죄송합니다……."

고사리 같은 손으로 가슴을 쥐어뜯으며 소녀가 웅얼거린다. 그는 잠시 망설이다가 그 자그만 몸뚱이 위에 조심스럽게 한쪽 손을 가져다 대었다. 그녀의 념이 그의 안으로 흘러들어 왔다. 절망과 슬픔, 그리고 체념. 소녀에게 유일하게 상냥하게 대해 주던 신녀가 죽었다. 매일 사당 안으로 간식거리를 넣어 주던 그이가 절벽에서 굴러떨어졌다고 한다.

그녀의 곁을 맴돌던 요물의 짓이었다. 그 짓을 한 놈이 찾아와 말하기를, 너를 대신하여 그 여자의 혼백을 먹었다 하였다. 너 때문이라 하였다.

소녀는 아니라고 하지 못했다. 그 신녀뿐만이 아니었다. 짐승이 제 새끼를 보듬어 안듯 저를 품에 안고 놓아주지 않았던 그 여인도 처참하게 죽었다. 차마 저를 배 속에서 긁어내지 못했던 어미도 죽었다. 모두 죽었다.

어째서 나는 세상에 태어나 이런 고통을 당하는가. 왜 사는 것, 그것만으로도 누군가를 이토록 고통스럽게만 하는 건가.

소녀는 짐승처럼 웅크리고서 울고 또 울었다.

"죄송합니다. 나 같은 것…… 때문에…… 나 같은 거 때문에…… 정말 죄송합니다."

저를 낳은 죄로 사약을 먹고 죽은 어미의 시퍼런 얼굴이 눈앞에 아른거린다. 자신을 키웠다는 이유로 괴물의 이빨에 물어뜯겨 난자당한 여인의 얼굴도 떠오른다. 머리가 깨져 피를 콸콸 흘리는 여인의 얼굴. 목을 매고 죽은 이의 퍼런 얼굴, 기를 다 빨려 바짝 말라 죽은 여종의 얼굴…… 그 참혹한 얼굴들이 밤낮없이 눈앞에서 아른거렸다.

만물을 보는 두 눈이 그들의 죽음을 반복해서 보여 준다. 괴로움으로 가슴이 찢겨 나가는 듯했다.

싫다.

더는 이런 거 보고 싶지 않다.

더는 보고 싶지 않아.

그리 비통하게 흐느끼던 소녀가 고개를 들어 올렸다. 그리고 공허한 눈빛으로 어둠 속을 바라본다. 세상에 존재하리라고는 믿어지지 않을 정도로 아름다운 황금색 눈이 고요하게 일렁거렸다. 소녀가 어둠 속으로 손을 뻗었다.

"이제 그만…… 나를 가져가라. 나를…… 가져가."

아시타도 고개를 돌려 어둠 속을 바라보았다. 컴컴한 그늘 속에서 수백 쌍의 붉은 눈동자가 번뜩이며 빛을 발했다. 마치 그녀의 허락을 기다리고 있었다는 듯이 그들이 일시에 어둠 속에서 기어 나왔다.

"그래. 전부 다 가져가."

그녀의 명령에 따라 요괴들이 일시에 소녀를 덮쳐 온다. 하지만 그들은 나눌 줄을 모르는 종족. 한 요괴가 그들을 제치고 뛰어나왔다. 소녀를 독차지하려는 속셈이다.

그러자 개의 머리를 지닌 요괴가 앞서가는 요괴의 팔뚝을 물어뜯었다. 한쪽에서는 거대한 원숭이의 모습을 한 요괴가 몽둥이를 휘둘러 경쟁자를 쫓아내고 있었다.

그야말로 아비규환이었다. 괴물들이 폭풍우를 몰고 오는 먹구름처럼 끝도 없이 몰려들었고, 사당은 순식간에 피바다가 되었다. 그들의 괴성과 울음소리가 고막을 찌를 듯이 울려 퍼졌다.

장엄하기까지 한 광경에 아시타는 넋을 놓았다. 요괴들은 공간의 개념조차 왜곡해 사당을 평야처럼 넓혀 나갔다.

하지만 아무리 공간을 팽창시켜도 수백 마리 요괴의 부피를 감당할 수는 없었다. 결국 그들의 존재가 넘쳐 올라 지붕을, 벽을 일시에 불태워 버렸다. 요괴들의 요력이 기어코 피안의 문까지 열어젖혀 연옥의 업화를 불러일으킨 것이다.

아시타는 무의식중에 소매를 들어 얼굴을 가렸다. 과거의 기억일 뿐인데도 독한 열기에 일순 숨이 막혀 왔다.

그 지독한 불길 속에서도 요괴들은 다툼을 멈추지 않았다. 괴성과 비명 소리가 계속해서 울려 퍼졌고, 도깨비와 까마귀, 여우와 뱀, 개와 원숭이, 범과 이리가 한 덩어리가 되어 요동쳤다. 그리고 마침내, 한 마리만이 남았다.

마치 거대한 진흙 덩어리를 아무렇게나 뭉쳐 바닥에 패대기친 듯한 형상의 요괴였다. 동족의 몸을 밀어 넣고 밀어 넣어, 터질 듯이 팽창한 배를 한 팔로 움켜쥐고서 요괴가 끄윽끄윽 괴로운 숨을 몰아쉬었다.

아시타는 얼굴을 찌푸렸다. 차마 똑바로 바라보기 힘들 정도로 흉측한 요괴였다. 산처럼 부푼 배와 화상을 입어 녹아내린 듯한 얼굴. 기형적으로 야윈 팔다리…….

이것이, 야토의 본모습인가.

이 추하고 괴이한 괴물이?

비대하게 부풀어 오른 몸을 주체하지 못해 바닥을 기던 요괴가 타오르는 눈으로 소녀를 바라보았다. 그 꼴이 되고서도 포기를 못 해 너덜거리는 손을 내뻗는다.

"나는 인간이…… 인간이…….."

기묘한 목소리가 공기를 거북하게 긁어내렸다. 뻣뻣하게 굳어져 있던 아시타는 요괴를 향해 걸음을 내디뎠다. 요괴의 몸뚱이는 당장이라도 펑 소리를 내며 터질 것처럼 출렁거리고 있었다. 제 허용량을 초월한 탐식의 대가로 형태를 잃고 녹아내려 가는, 실로 비참하기 그지없는 모습이었다.

이 지경에 이르러서도 놓지 못하는 그 열망의 정체는 대체 무어냐.

"나는 인간이 되어……."

요괴가 필사적으로 팔을 뻗었다.

"이, 인간이 되어서……를…….."

아시타는 눈을 가늘게 떴다. 이 괴물은 대관절 무엇을 이토록 맹렬하게 갈망하는 것인가.

그는 요괴의 몸 위에 손을 올려놓았다. 야토의 사념이 그의 안으로 해일처럼 밀려들었다. 내장이 녹아내리는 듯한 고통 속에서도 꺼지지 않는 강렬한 열망. 뱃속을 가득 채우고도 모자라 뇌수까지 점령한 의문. 죽음의 끄트머리에서도 차마 놓지를 못하는 단 하나의 바람.

사랑을 알고 싶다.

인겁을 뒤집어쓰고 사람을 흉내 낸다고 한들 요괴는 절대로 사람의 마음을 알 수가 없다.

하여 요괴는 인간이 되기로 결심하였다.

그는 모든 요괴가 탐내 마지않는 것을 손에 넣기 위해 희란국 왕성으로 스며들었다. 그리고 모습을 감추고서 어둠 속에 숨어 공주를 지켜보았다.

조그만 인간의 계집아이는 마치 천상의 향기 같은 달콤한 냄새를 풍기며 그들의 식욕을 자극했다. 저것을 먹으면 사람이 되어 완전한 육체를 얻을 수 있다는 사실이 아니었더라도, 요괴는 그녀를 탐내었을 것이다. 그녀의 존재는 그들에게 있어서 감로수와도 같았다. 세상에 그와 같은 향기가 존재한다는 사실만으로도 요괴는 미쳐 갔다. 그 황홀한 냄새에 취한 귀물들이 천지 사방에서 몰려와 그녀의 주위를 배회했고, 어둠 속에서는 매일같이 치열한 신경전이 벌어졌다.

당장은 소녀가 가지고 있는 신력 때문에 접근할 수가 없지만 분명 그녀의 마음이 약해지는 순간이 있을 것이다. 그 순간을 기다렸다가 집어삼키자. 모든 요괴들이 그런 꿍꿍이를 품고서 때를 기다렸다.

아귀 역시 어둠 속에 숨어 그녀를 집어삼킬 순간을 기다렸다. 혹시라도 누군가에게 가로채일까, 단 한시도 소녀에게서 시선을 떼지 않았다. 그렇게 몇 년을 지켜보는 사이 어느덧 요괴는 묘한 감정을 느끼게 되었다.

계집아이의 얼굴을 보고 있을 때면 창자에서부터 끓어오르는 기묘한 충동. 제가 길러 집어삼킨 그 소년에게서조차 느껴 본 적 없는 강렬한 감정이었다.

굳이 이름 붙이자면,

미움.

그래. 그는 저 아름다운 것이 미웠다.

계집아이는 소년을 집어삼키던 그날 밤 저를 비추던 그 환한 달과 닮았다. 닿을 수 없는 곳에서 홀로 고고하게 빛나며 제 추함을 깨닫게 하는 흰 달과 같다.

때때로 소녀의 황금색 눈동자가 어둠 속의 제 모습을 꿰뚫어 볼 때면, 요괴는 지독한 증오심에 휩싸였다. 그녀의 아름다움은 그로 하여금 끝없이 자신의 흉측한 모습을 되새김질하게 하였다.

저주스럽다.

소녀가 수줍게 웃을 때면, 슬픈 얼굴로 창밖을 내다볼 때면, 때때로 눈시울을 적실 때면, 두려움에 밤잠을 설치며 훌쩍일 때면, 그 감정은 더더욱 격해져 불길과 같아졌다.

먹고 싶다. 먹고 싶다. 저 미운 것을 먹어 세상에서 없애고 싶어.

오로지 그 생각만이 머리통을 점령하여 요괴는 한순간도 그 음습한 시선을 공주에게서 거두지 않았다.

매일매일 그 하얀 살을 물어뜯고, 그 아름다운 눈알을 목구멍 안으로 밀어 넣고, 밤하늘 같은 그 머리칼까지 한 올도 남기지 않고 집어삼키는 것만을 반복하여 생각하였다. 버러지처럼 어둠 속에 웅크리고 앉아 그는 그런 시커먼 탐욕만을 무럭무럭 키워 왔다. 그녀를 자신의 것으로 독차지하는 순간만을 애타게 기다리며……

그처럼 음습하기 그지없는 괴물에게, 소녀가 무방비한 모습으로 다가왔다. 불길 속에서 비참하게 녹아내리던 요괴는 자박자박 다가오는 그 조그만 발등을 형형한 두 눈으로 바라보았다.

제 품새보다 큰 옷을 질질 끌면서 걸어온 소녀가 한 걸음을 두고 멈춰 섰다. 요괴는 괴성을 쏟아 냈다.

내게 무엇을 하려는 건가. 조롱하며 비웃으려 하는가. 저주를 퍼부으려 하는가.

지금까지 너무나 당연하게 이어져 온 일에, 두려움과 같은 감정이 뭉클거리며 치솟는다. 저를 향한 혐오감으로 일그러져 있을 그녀의 얼굴을, 차마 바라볼 수가 없었다. 바라보고 싶지 않았다. 최후의 순간마저도 혐오당하고 싶지 않다.

"너는…… 살고 싶은 것이냐."

하지만 예상과는 달리 잠잠한, 평온하기까지 한 음성이 지척에서 울려 퍼졌다.

그는 천천히 눈을 들었다. 소녀가 물기 어린 금빛 눈으로 그를 고요히 응시하고 있었다. 뺨을 타고 흐르는 눈물이 불빛을 받아 하얗게 반짝거렸다.

"그리도, 인간이 되고 싶은 것이냐."

자멸해 가는 내게 어떤 의중을 품고 그런 것을 묻나. 그리 대꾸하는 말조차 그으으, 하는 소리로밖에 들리지 않았다. 비통한 외침조차도 그처럼 초라하다.

요괴는 어그러진 얼굴을 더더욱 어그러뜨리며 반쯤 뜯겨 나가 말을 듣지 않는 팔을 소녀를 향해 내밀었다. 위장조차 허물어지고 입조차 흐물흐물 녹아 뭔가를 먹을 수 있는 처지가 아님에도 그리했다. 조롱당하느니 두려움의 대상이 되는 편이 낫다. 나를 피해 도망가라. 다 죽어 가는 몰골로 그 같은 호기를 부리는 저를, 공주가 고요한 눈빛으로 올려다본다. 그녀가 채 닿지 못하고 허공을 맴도는 그의 손을 살그머니 마주 잡았다.

"그리도…… 나를 원하느냐."

요괴는 멍하니 입을 벌렸다. 대관절 무슨 일이 벌어진 것인지 이해할 수가 없었다. 제 손을 피해 흐느끼며 뒷걸음질을 치던 소녀의 모습이 눈앞을 스쳐 지나갔다. 저를 보고 비명을 지르며 달아나던 공포에 질린 얼굴들도 떠오른다.

그토록 흉물스러운 것을 소녀가 조심스레 감싸 쥐고는 고개를 숙였다. 그는 숨을 멈추었다. 팔 위에 난 상처가 빠르게 아물어 갔다. 입 안을 깨물어 제 피를 낸 공주가 그것을 상처에 살금살금 바른다. 그것으로 충분하지 않다는 듯 소녀가 그의 몸 위에도 젖은 입술을 가져다 대었다.

요괴는 혼란하여 몸을 떨었다. 녹아내리던 살들이 요동을 치며 제 형체를 되찾아 갔다. 하지만 몸이 치유될수록 머릿속은 혼란으로 뒤범벅이 되었다. 생경한 고통에 몸을 떨며, 어지러운 혼란에 잠겨, 그는 속수무책으로 그녀의 손길을 받아들였다. 그녀가 고요하게 속삭였다.

"나에게는 없다."

"흐으으……."

"나에게는 아무것도 없다."

그는 소녀의 얼굴을 황망히 내려다보았다. 그녀의 행동은 그의 이해를 아득히 넘어서고 있었다.

어째서 내게 손을 뻗는 것인가. 어째서 나를 구하려 하는가. 나는 너를 미워하였는데. 너를 먹으려 하였는데.

소녀의 혀가 쓰린 상처를 핥아 내렸다. 마치 짐승이 상처를 핥아 주듯이. 보드라운 손가락이 시커먼 피부를 살그머니 어루만지고 서늘한 머리칼이 제 피부를 감미롭게 스친다.

요괴는 가슴속에서 무언가가 약동하는 것을 느끼었다. 뜨겁게, 저릿하게, 가슴속에서 뭔가가 꿈틀거렸다. 그것이 이내 목까지 울컥 치밀고 올라왔다. 넘쳐흐를 듯하여 요괴는 마른침을 삼켰다. 그럼에도 홧홧한 기운은 조금도 가라앉지 않고 점점 더 부풀어 오르기만 하였다. 그것을 견디지 못해 그는 손톱이 부러지도록 바닥을 긁었다.

이게 대체 뭐지. 가슴을 태우는 이 뜨거운 열기는, 눈가가 시큰거리는 듯한 이 기분은, 대체 무어냐.

"그러니…… 나를 먹어라. 야토……."

그녀가 부드러운 팔로 그를 감싸 안으며 중얼거렸다. 그는 그동안 무수히 많은 이름으로 불리어 왔다. 하지만 그 어느 것도 제 이름은 아니었다. 그녀가 부른 것만이 제 이름이 되었다. 어째서 그렇게 되는지는 알 수 없었다. 그저 평생 그리 불리어 온 것만 같았다.

"나는 더 이상, 눈 뜨고 싶지 않아. 그러니 나를 먹고 사람이 되어서…… 네가…… 사는 것이다."

희고 부드러운 손가락이 무엇이든 게걸스레 먹어 치워 온 그의 흉악한 입가에 살며시 와 닿았다. 이렇게 추한 나를, 어째서 어루만져 주는 것이냐.

요괴는 가늘게 신음했다. 목 안쪽이 뜨겁다. 소녀를 제 몸 가까이 끌어당기고픈 충동으로 두 손이 덜덜 떨리었다. 그런데도, 그의 손가락은 차마 그 자그만 몸뚱이를 움켜쥐지 못하고 허공만 헤맸다. 고동치는 심장. 척추를 타고 흐르는 기이한 전율. 이게 대체 뭐냐. 대체 뭐야. 이런 거 난 모른다. 난 모른다.

격정에 몸을 떨던 요괴가 다시 소녀의 얼굴을 향해 시선을 내렸다. 그리고 흠칫, 몸을 굳혔다. 달 같은 눈동자 위에 제 모습이 고스란히 비친다. 기형적으로 뒤틀린 비대한 육체와 기이하게 일그러진

얼굴, 욕망에 달아오른 시뻘건 두 눈……. 그 안쪽에는 바닥없는 구
멍이 크게 입을 벌리고 있었다. 아무리 삼켜도 만족할 줄 모르는 그
입이 쌕 웃는다.

그것을 바라보던 요괴는 흉측한 얼굴을 더더욱 끔찍하게 일그러
뜨렸다. 가슴속에서 뜨겁게 부풀어 오르던 것이 거짓말처럼 사그라
들었다. 그 자리를 절망감 같은 것이 대신한다. 요괴는 고통스럽게
머리를 감싸 쥐었다.

……그럴 리가 없다. 나는 요괴.

사랑은 오로지 인간만의 것.

제아무리 가슴을 쥐어뜯어도, 몸부림을 쳐도, 나는 누구도 사랑할
수가 없는 것이다.

요괴는 그녀를 향해 손을 뻗었다. 소녀가 신음한다. 그 자그만 몸
을 바닥에 깔아뭉개고 눈자위에 손을 가져다 대었다. 그리고 요력을
이용해 그 안에 깃든 빛을 끄집어내었다. 나를 보지 마라. 이렇게 추
한 나를 보지 마. 찬연하게 빛나는 것을 그녀의 안에서 빼앗아 든 뒤
에는 목구멍 안으로 밀어 넣었다. 불을 삼킨 것처럼 속이 뜨겁다. 그
빛이 제 내장을 녹이고 뼈를 시커멓게 태우는 듯했다. 그럼에도 그는
그것을 토해 내지 않고 배를 움켜쥐고서 어둠 속으로 사라졌다.

사당에서 걸어 나오는 아시타의 얼굴은 창백하다 못해 백지장 같
았다. 여란이 내키지 않는다는 듯 얼굴을 찡그리며 그를 부축해 주었
다.

"그래서…… 뭔가 알아낸 게 있나."

"……그다지."

아시타는 한 손으로 이마를 감싸 쥐며 한숨을 내쉬었다. 어느새 해는 산등성이 너머로 가라앉아 가고 있었다. 그는 높게 솟은 두 봉우리 사이에 붉은빛이 잠시간 머무는 것을 지켜보았다. 아시타의 두 눈에 혼란의 기색이 감돌았다.

"모르는 편이 나았을 법한 것만…… 알게 되었다."

퍼드득, 까마귀가 다시 그의 어깨에 올라앉아 길게 운다. 아시타는 까마귀 요괴의 붉은 눈을 내려다보았다. 여태껏 너무나 잘 알고 있다고 여겨 온 생물이 마치 미지의 것처럼 생경하게 느껴졌다.

요괴란 대체 무엇인가.

'……내가 해야 할 일은 요괴를 죽여 사람들을 구하는 것. 그것뿐이다.'

그는 가슴속에서 솟아난 의문을 의식적으로 억누르며 붉게 물든 하늘을 향해 다시 시선을 돌렸다. 검은 산이 마치 해를 삼키는 것처럼 보였다.

"무얼 보았는지는 모르겠다만……."

여란이 몸을 돌리며 말했다.

"이만 내려가자. 완전히 깜깜해지기 전에 돌아가야 해."

"그래……."

아시타는 뒤돌아섰다.

등 뒤로 딸랑딸랑, 방울 소리가 들려왔다. 바람결에 음산한 노랫소리가 들려온다. 요괴들의 노랫소리가…….

十一章 사모함

요괴 퇴치가 아무 소득 없이 끝이 나고 장안에는 더욱 흉흉한 소문이 퍼졌다.

"귀신 공주에게 홀린 요괴가 사람을 잡아먹고 다닌다."

하늘을 뒤덮은 요괴 떼거리를 보고서 겁에 질린 자호가의 무인 하나가 도망하여 그리 떠들어 댄 것이다. 그의 증언은 안 그래도 흉포하여진 민심을 더욱 부채질했다.

자호가의 대문 앞에는 사람들의 욕설이 끊이질 않았고 몇몇은 인분을 가져와 뿌리기까지 했다. 자현의 영웅으로서의 명성은 오물 범벅이 된 것이다.

일각에서는 왕에게 속아 어쩔 수 없이 귀신 공주와 결혼한 영웅이지 않느냐, 그에게 무슨 죄가 있나 하고 동정하는 목소리도 있었으나 형제자매, 부모나 자식 혹은 이웃을 참혹하게 잃은 이들은 분노를 멈추지 않았다.

영웅이 무고하다면 도대체 왜 귀신 공주를 도성 밖으로 쫓아 버리지 않느냐. 그자도 다 한통속이다. 저 집안이 도성을 떠나야 더는 사람이 안 죽는다. 그리 떠들어 대는 격한 분노는 들불처럼 번져 영웅을 지지하는 목소리를 압도해 버렸다.

상황이 이리되니 이제나저제나 눈에 불을 켜고서 자현을 내쫓을 궁리만 하던 가룬 왕은 신이 났다. 옳다구나 하고 곧장 자현을 관료들이 모인 자리에 불러내 놓고는 제 웃는 낯을 감출 생각도 않고 대뜸 말한다.

"민심이 어지럽다. 백성들의 진노가 극심하니, 어쩌겠나. 자네가 도성을 떠나 주어야겠다."

이리 나올 줄 알고 있었음에도 자현은 기가 찼다. 마지막까지 저를 이렇게 대접하는가. 백성들의 진노가 그를 향해 온 것이, 제가 억지로 붙여 준 왕실의 애물단지 때문임을 모르느냐 말이다.

"제가 무엇을 그리 잘못하였기에 쫓겨나야 하는 겁니까."

"쫓겨나다니…… 무슨 말이 그런가. 이민족이 판을 치는 북방지를 나라 제일의 장수인 자네가 방비해 준다면 국가의 안위에도 크게 도움이 될 터. 나라 안의 혼란은 잠재우고, 바깥의 방비를 굳건하게 만들기 위해 내린 특단의 결정일세."

"기나긴 전쟁을 치르고 귀성한 지, 아직 한 해도 지나지 않았습니다."

자현은 거의 으르렁거리듯 말하였다. 사지로 밀어 넣어진 지 삼 년. 전지에서 구르고 구르다 이제 막 귀국한 참이 아니냐 외치는 두 눈이 치열하다.

"선처해 주십시오."

"민심이 저리 시끄러운데, 어거지를 부릴 셈인가!"

"백성들의 뜻에 따라 국정 일을 좌지우지하실 작정이라면, 자호가를 향한 적의는 그렇다 치더라도, 조정에 대한 불신감은 어찌 처리하시겠습니까. 민의에 따라 대왕께서도 저와 같이 나란히 변방에 가시겠습니까.”

이죽거리는 말에 왕의 낯이 대번 일그러진다.

“가라 하면 가고, 기라 하면 길 것이지, 이 시건방진……!”

쾅, 하고 단상을 두드리며 성마르게 토해 내는 말에도 자현은 눈 하나 깜짝 않았다.

“고위 무관의 발령은, 전시가 아닌 이상 삼 년을 주기로 하는 것이 군법입니다.”

그것을 예외로 하고 저를 북방으로 차출하려면 고관대작 삼분지 이 이상의 찬성이 있어야 할 터. 그것을 잘 아는 왕이 까득, 이를 갈며 자리한 신료들을 쏘아본다. 그에 자호가와 연이 닿아 있는 관료들은 황급히 고개를 숙여 시선을 피하였다. 그 순간을 놓치지 않고 자현이 밀어붙였다.

“헛소문 따위야, 그 살인귀 놈이 잡히면 해결될 일입니다.”

“하! 누군 그놈을 잡고 싶지 않아 못 잡는다더냐! 그리고 내 듣자 하니 자네는 그 살인귀를 코앞에서 놓쳤다지? 자네가 괴물에게 속수무책으로 당하였다 하는 소문을 나도 들었다. 영웅이란 자도 어찌하질 못하는 것을 과연 어느 세월에 해결한단 말인가.”

악의에 찬 조롱에 자현의 낯도 일그러졌다. 왕을 향한 분노 때문만은 아니었다. 그 괴물에게 제대로 대적도 못 하고 허무하게 당할 뻔한 것이 저 스스로도 분하여 그런 것이었다. 자현은 주변에 모인 이들이 모두 주춤할 정도로 살벌한 얼굴을 하고서 씹어뱉듯 말하였다.

“그렇기에 더더욱 떠날 수 없다 하는 것입니다. 터무니없는 괴물이 판을 치는 것을 뻔히 알면서 어찌 제가 도성을 떠날 수 있겠습니까.”

"폐하, 송구하오나 그의 말도 일리가 있습니다. 누가 무어라 하더라도 그는 희란국 제일의 장수가 아닙니까. 자현조차 어찌하질 못하는 괴물을 무능한 군관들이 당해 낼 수 있을 리 없지요."

두 눈을 매처럼 가느다랗게 뜨고서 끼어들 기회를 살피던 한비가 이때다 하고 거들고 나섰다.

"살인귀는커녕 역적 떼도 여태껏 어찌하질 못한 군관이 아닙니까."

그리 말하고는 왕당파에 속한 고위 무관들을 향해 힐끗 조롱하는 듯한 시선을 보낸다. 조정의 고위 군관들은 빠짐없이 왕의 사위 용후가 뽑은 인재들. 할 말이 궁색해진 왕이 헛기침을 하였다.

그러나 한비는 거기서 그치지 않았다. 애먼 자현이 아니라 살인귀를 붙잡기는커녕 그 정체조차 알아내지 못하였던 무능한 자들을 좌천시켜야 하는 게 아니냐. 오히려 살인귀의 정체를 밝혀내고 목숨을 내걸고 다투기까지 한 자현에게는 상을 주어야 할 일이다. 그리 청산유수로 늘어놓자 기회만 엿보던 다른 관료들도 옳소 하고 한마디씩 거든다. 분위기가 그리 돌아가자 으름장을 놓던 왕의 낯이 딱딱하게 굳어졌다.

"그대들의 뜻은 잘 알겠으나 성난 백성을 진정시킬 다른 방법이 없지 않은가."

"그에 관해서는 제게 한 가지 생각이 있습니다만."

한비의 말에 왕은 물론이고 자현마저 의아한 표정을 지었다. 왕이 미심쩍은 얼굴로 말해 보라 하자, 한비가 주름진 눈가를 초승달 모양으로 휘며 유들유들하게 내뱉었다.

"사태가 진정될 때까지 소루 공주를 왕실 사당에 머무르게 하는 것이 어떻겠습니까."

그 말에 자현은 휙 고개를 돌려 한비를 노려보았다. 다른 관료들도 술렁거리며 서로 시선을 교환한다. 그들의 반응을 살피듯 쭉 좌중을 둘러본 한비가 다시 왕을 올려다보며 말하였다.

"본디 소루 공주는 궁궐 사당에 머무르시던 분. 그분께서 사당에 계실 적에는 백성들이 이처럼 죽어 나가는 일이 없지 않았습니까. 도성 백성들이 그분께서 민가에 머물고 있기에 이런 흉사가 벌어지는 것이라 생각한다면 그분을 다시 궁궐로 불러들이면 될 게 아닙니까?"

"어디 말 같잖은 소리를! 출가외인이다! 시집간 지 얼마나 되었다고……!"

"출가하신 첫째 공주께서도 궁궐에 머무르는 일이 더 잦은데 무엇이 문제입니까. 이는 백성들의 안심을 위한 일입니다."

가룬 왕은 반박할 말을 찾지 못하고 입을 꾹 다물었다.

소루는 본디 왕실의 사람. 그걸 자호가에 부당하게 떠넘긴 것이 가룬이니 도로 가져가라 하는 말을 거절할 명분이 없다. 그걸 잘 아는지라, 가룬은 한껏 초조한 낯을 하였다.

안 될 말이다. 그 애물단지를 도로 끌어안았다가는 기껏 자현에게 집중된 백성들의 적의가 왕실로 돌아올지 모를 일. 혹을 떼기는커녕 덧붙이게 생겼으니 물러나야 할 때인가. 가룬은 잠시 뜸을 들이다가 마치 적선이라도 하듯 말했다.

"일단은, 추이를 지켜보도록 하지."

손바닥 뒤집듯 태도를 바꾸어 하는 말에 자현은 헛웃음을 흘렸다. 제게는 백성들의 분노를 가라앉히기 위해 불모지로 떠나라 하더니 저는 조금의 손해도 보고 싶지 않다는 건가.

목까지 차오르는 조롱의 말을 간신히 삼키며 자현은 고개를 숙여 재고해 주어 감사하다 하였다. 왕이 태연히 물러가라 손짓한다. 그는 고개를 한 번 더 꾸벅하고는 뒤돌아서 성큼 대회의장을 나왔다.

그리고 복도를 뚜벅뚜벅 걷기를 잠시, 자현은 치미는 울화를 참지 못해 주먹으로 벽을 내려쳤다.

'빌어먹을⋯⋯.'

해결해 보겠다고 나선 일마다 도리어 독이 되어 되돌아오고 있으니 미칠 노릇이었다. 세를 키우기 위해 소루를 이용한 일이 이제 와 발목을 붙잡았고, 살인귀를 잡아 문제를 해결하겠다고 나선 것이 도리어 더 큰 해가 되어 돌아왔다. 그는 머리를 감싸 쥐었다.

이제는 대체 어찌해야 하나. 모르겠다. 더는 아무런 생각도 안 나.

그는 주먹을 움켜쥐며 화를 삭였다. 욱신거리는 눈두덩을 문지르며 다시 가던 길을 가려 하는데 등 뒤에서 발소리가 들려온다. 자현은 휙 고개를 돌렸다.

"잠시 이야길 나누겠나."

한비였다. 어느새 대회의장을 빠져나온 것인지 그가 복도 한편에 뒷짐을 지고 서 있었다.

"궁궐 안에서는 말을 주고받는 것을 조심하라 하지 않았던가?"

슬쩍 뒤를 살피며 묻자 한비가 쯧쯧, 혀를 찬다.

"이미 자네와 내가 한배를 탄 것은 공공연히 알려진 사실이네. 이제 와 숨겨 뭣 하나. 따라오게."

그러고는 뒤돌아서 손짓한다. 눈을 가늘게 뜨던 자현은 곧 그 뒤를 따랐다.

한비는 대회의장과 멀리 떨어진 곳에 자리한 방으로 그를 인도했다. 남구파 관료들이 회의를 마치고 저희들끼리 모여 은밀히 의논을 하곤 한다는 비밀 회의실이었다. 그가 대여섯이 둘러앉기 적당한 크기의 탁상 앞으로 의자를 빼 앉더니 그에게도 자리를 권했다.

"예상보다도 왕의 움직임이 빨랐네. 어지간히도 자네를 치우고 싶은 모양이더군."

자현은 의자를 빼 앉으며 삐딱하게 대꾸했다.

"그것을 이제 알았소? 이제 와 새삼스레······."

"물론, 진즉부터 알고 있었던 일이네만 이처럼 집요하리라곤 예상 못 했어."

그가 생각에 잠긴 듯한 얼굴을 하고 말했다. 자현은 의아한 시선을 보냈다.

"집요하다니?"

가룬치고는 비교적 쉽게 물러나 주지 않았나 하며 이마에 주름을 잡는데, 한비가 목소리를 깔고서 은밀히 말한다.

"소문이 퍼지는 속도가 지나치게 빠르다고 생각하진 않나? 저잣거리에서 끔찍한 참상이 일어나기 전에는 자호가에 대한 원망보다는 조정을 향한 반감이 더 극심하였네. 한데 단 며칠 만에 여론이 자네에게 불리한 쪽으로 기울었어. 이는 정상적이지 않네."

성질이 급하고 불같아 그렇지 제법 머리가 돌아가는 자현이다. 그의 말에 단박에 상황을 파악하고는 두 눈을 살벌하게 빛냈다.

"······여론을 조작했단 말이오?"

"그렇네. 왕당파 관료들의 손을 빌려 공작하였다면 진작 알아차릴 수 있었을 테지만······ 환관들을 동원하여 은밀히 진행한 모양이야."

자현은 쾅, 하고 거칠게 탁상을 내려쳤다.

"제아무리 내가 눈엣가시라도 그렇지······!"

"이렇게까지 하는 것은 이해가 안 되지."

한비가 말을 받았다.

"자네가 급히 세력을 키우는 것이 위협적이긴 하였을 테지만, 이는 왕당파 귀족들로 하여금 견제하게 하면 될 일. 직접 손을 써야 할 만큼 자네의 행보가 불순한 것도 아닌데······ 왜 이리 과민하게 구는 것인지."

저를 두둔하는 말임에도 자현은 헛웃음을 흘렸다. 제가 불순하지 않으면 누가 불순하였나. 스스로도 왕에게 도를 넘어서서 대들고 있다는 자각은 있는지라 한비의 말이 어처구니없게 들렸다. 하지만 한비는 빈말이 아니라는 듯 냉정하게 말을 이었다.

"자네 같은 인간은 큰 위협이 안 되네. 자현은 도대체 뭘 숨길 줄 모르는, 아니, 숨길 생각도 없는 인간이 아니던가. 세를 키우는 것조차 그리 대놓고 보란 듯이 할 정도이니 말 다 했지."

"……."

"자네가 떵떵거리는 꼴이 거슬리고 언짢더라도 이는 왕당파 귀족들이나 궁전의 다른 세력을 이용해 견제하면 될 일. 직접 손을 쓸 정도로 큰 위협은 못 되네. 정치판에서 가장 경계해야 할 대상은 도통 속을 알 수 없는 인간일세."

"……당신처럼 말이지?"

"그렇네."

비꼬는 말에 한비가 순순히 동의한다.

"자네의 성정이 불측하고 오만하긴 하네만 역심을 품을 만한 그릇은 못 되지."

"한참 잘못 보았군. 나는 뒤집어엎을 마음 만만이오."

"궁궐 한복판에서 겁도 없이 그런 말을 하는 인간이 말인가?"

한비가 헛웃음을 흘린다.

"어림없는 말 말게. 자네가 원하는 것은 기껏해야 대장군, 왕에게 부당한 대우를 받지 않을 위치 정도일세. 불같은 성정에 울컥하여 역심을 품어도 그때뿐이지, 진심으로 반역할 생각은 없지 않은가."

"……."

"한데, 왕이 자네에게 품은 적대감은 이해할 수 없을 정도야. 도대체 왜 그렇게 못 잡아먹어 안달을 하는 것인지…… 귀신 공주를 붙여 그리 모욕을 주었으면 자네를 향한 적의가 누그러질 만도 한데, 도리어 한술 더 뜨고 있으니……. 심지어는 온 도성이 뒤집혀 그 난리인데도 문제를 해결하는 것보다 이를 빌미로 자네를 좌천시키는 데에나 열을 올리고 있지를 않나."

자현은 인상을 찌푸렸다. 비령도 이 비슷한 말을 하지 않았나. 한비의 눈에도 그리 비칠 정도이면 왕이 제게 품은 독기가 보통이 아니긴 아닌 모양이다.

"생각해 보면…… 가룬 왕은 자네에 관해서 처음부터 과민하게 굴었네. 자네의 태도에도 분명 문제가 있었지만…… 자신만만한 신출내기 무관이 어디 자현 하나뿐이던가. 왜 그리 눈엣가시로 여겨 번번이 걸고넘어지는지 나도 이해가 안 되네."

"그런 것치고는 짝짜꿍이 잘도 맞아 툭하면 날 물 먹이지 않았소?"

해묵은 옛일을 떠올리며 살벌하게 말하자 곰곰이 생각에 잠겨 있던 한비가 하하 웃으며 대번 화제를 바꾼다.

"아무튼 지금이야 가룬 왕이 한발 물러섰다지만 일이 해결되지 않으면 분명 또다시 자네를 걸고넘어지겠지. 어찌 대처할 텐가."

"소루를 보낼 수는 없소."

그는 미리 선수를 쳐 말했다. 대회의장에서 그가 소루를 궁궐로 돌려보내라 얘기했을 때부터 반발하고 싶어 입이 근질근질했던 것이다.

"그녀를 노리는 자가 한둘이 아니오. 소루를 무방비한 상태로 둘 수는 없소."

이는 비단 사람의 이야기만은 아니었다. 제 눈으로 흉악한 요물 떼거리를 보지 않았던가. 자현은 그날 맞붙었던 요괴의 얼굴을 떠올리며 턱을 꽉 조였다.

분노와 비슷한, 아니, 분노보다 거칠고 원초적인 감정이 스멀스멀 피어올랐다. 그 무지막지한 괴물 놈이 언제 또 소루를 노릴지 모르는 일. 잠시도 제집 밖에 내놓을 수 없었다.

"나도 찬성일세. 왕이 물러서게 하기 위해 그리 제안했지만, 정말로 왕실로 보내라 할 생각은 없네. 가륜 왕의 손에 공주를 넘길 수는 없는 일이지."

의외의 대답에 자현은 의심스러운 시선을 보냈다. 뱃속이 시커먼 인간이 웬일이냐 하는 눈길에 한비가 고개를 설레설레 내젓는다.

"내가 비령처럼 그녀를 도성 밖으로 내보내라 할 줄 알았나? 나는 애초에 그 의견에 반대였네. 다소의 불이익을 무릅쓰고라도 소루 공주는 자네가 직접 보호하는 편이 나아."

"소루의 안전을 걱정하는 것은 아닐 테고…… 대체 뭐가 낫다는 거지?"

"자네의 세를 유지하는 일 말일세."

한비가 당연하다는 듯 말했다.

"난 소루 공주의 영험함을 직접 체험한 사람이야. 그녀의 쓸모는 자네가 생각하는 것 이상일세. 그 힘이 다른 이의 손에 들어가는 것만큼은 경계해야 하네."

"나는…… 소루에게 더는 사람을 치료하게 할 생각이 없어."

"그렇다고 하더라도 그녀의 힘은 분명 유사시에는 큰 도움이 될 테지. 예를 들어…… 자네가 죽을 위기에 처하였을 때나 당장 자네 주변의 누군가가 숨이 넘어가기 직전에 놓였을 때……."

뱀 같은 미소를 지으며 한비가 요사스럽게 웃었다.

"그 손에 자그만 생채기 하나를 허락 못 하겠는가."

그는 바로 얼마 전에 치른 전투를 떠올렸다. 요괴들에게 당해 피흘리며 신음하는 집안 무인들을 소루의 피로 치료해 주지 않았던가.

반박할 말을 찾지 못하는 그에게 한비가 묵직하게 가라앉은 어조로 말한다.

"내가 이 위기를 타개하기 위해 생각하는 방안은 소루 공주를 내보내라 하는 가벼운 것이 아닐세."

"대체 무슨 말을 하려고 이리 사설이 긴가."

"정말로 역모를 저지를 생각은 없나."

대범하기 그지없는 자현도 그 발언에는 놀라지 않을 수가 없었다. 깡마른 노인의 얼굴을 보며 눈을 깜빡이길 몇 차례, 그는 헛웃음을 흘렸다.

"그런 농담을 다 할 줄 아셨나."

"농이 아닐세. 이미 상당수 관료들이 왕에게서 돌아섰어. 원래가 독선적이고 감정 기복이 심한 자라 알게 모르게 불만을 품은 이들이 많았는데…… 거기에 이번에 저잣거리에서 벌어진 참사까지 더해졌지. 왕의 폭언에 시달릴 대로 시달린 여러 관료들이 아주 마음에 독을 품었네. 무엇보다 군관들의 불만이 실로 대단하지. 전지에서 공을 세워 왔음에도 제대로 된 포상은커녕 그 공마저 무능하기 짝이 없는 왕의 인척들에게 빼앗긴 장수가 태반이 아니던가. 게다가 고위 무관 자리는 첫째 공주의 남편 용후가 꽉 틀어쥐고서 용호가의 사람으로만 채워 넣고 있으니, 제아무리 능력이 출중하여도 출세할 길이 없지. 자네조차도 그 대접을 받는 판이 아닌가."

"……."

"거기에 역적 떼들도 못 잡는다, 흉악한 살인귀 놈도 못 잡아들인다, 욕에 욕을 먹고 있는 상황. 젊은 무관들의 불만은 이루 말할 수 없을 정도일세. 아마 현 조정에 품은 반감은 자네 못지않을 게야."

굳은 얼굴로 조용히 듣고 있던 자현이 입을 뗐다.

"군을 선동하여 모반이라도 벌이란 말이오?"

"무능하고 존재감 없는 왕자들, 영문을 알 수 없는 증오심에 사로잡혀 도의를 저버린 왕, 사치스러운 공주들, 주제도 모르고 날뛰는 부마駙馬……. 명분은 충분하네만."

"……당신 속이 시커면 것은 진즉에 알고 있었지만."

자현은 기가 찬 얼굴로 중얼거렸다.

"설마 왕좌도 탐내고 있는 줄은 몰랐군."

"왕이 되는 것은 자네일세."

자현은 코웃음을 쳤다. 저를 꼭두각시로 세워 놓으려는 것을 모를 줄 아나. 그는 두 눈을 부리부리하게 뜨고는 이죽거렸다.

"우리가 한배를 타게 되었다고 해서, 내가 당신을 진심으로 믿고 있다고 생각하는 것은 아니겠지? 날 이용하려는 생각이거들랑 집어치우시오."

"자네가 어디 남의 뜻대로 되는 사람이던가. 다루기에는 가륜 왕이 자네보다는 낫지. 가륜은 단소리라도 먹히는 사람이잖나."

겁도 없이 그런 불경한 소리를 내뱉은 한비가 이내 한숨을 푹 내쉰다.

"내게도 이는 어쩔 수 없는 선택이야. 나는 이미 왕의 눈 밖에 단단히 난 처지일세. 이런 상황에서 자네가 변방으로 좌천되어 버리면 나나 자네를 편든 다른 관료들은 끈 떨어진 뒤웅박 신세가 되겠지."

"……."

"다들 그런 위기의식을 느끼고 이미 여러 차례 의견을 주고받았네. 가륜 왕은 실로 의심이 많고, 거만하며, 용서를 모르는 인물일세. 한 번 돌아선 이를 다시 포용해 줄 그릇이 절대 아니지. 자네가 실각하면 우리도 줄줄이 축출될 거야. 그리 허무하게 몰락하느니……."

모시는 군주를 치겠다, 이 말인가.

자현은 심각하게 미간을 모았다. 비령과 있을 적에 뒤집어엎는다
느니 일을 칠 거라느니 별별 소리를 다 하였으나 저 스스로 왕이 되
겠다 하는 생각을 해 본 적은 없었다. 갑작스러운 그 제의가 피부에
확 와닿지 않아 인상을 팍 찌푸리자, 그의 당혹감을 느낀 한비가 한
숨을 푹 내쉬었다.

"왕과 대적하는 처지에 온갖 귀족들을 끌어들였을 때는 그만한 각
오는 했어야지."

"……."

"아무튼 생각해 보게. 일단 시간은 벌어 놓았으니……."

자현은 냉큼 그러마 하지도 못하고, 헛소리 말라 일갈하지도 못한
채 그 야윈 얼굴을 가만 노려보기만 했다. 한비의 두 눈은 진중하기
그지없었다. 어디까지가 진심인지는 알 수 없으나…….

'왕……이라.'

그 단어가 묘한 여운을 주며 뇌리에 울렸다.

자현과 한비가 만나 은밀히 이야기를 주고받더라 하는 말을 전해
들은 가란은 심각하게 얼굴을 굳혔다.

그녀는 최근 관료들의 동향이 심상치 않다는 사실을 진작부터 알
아차리고 있었다. 듣기로는 북구파 관료들과 한비를 주축으로 한 남
구파 관료들이 자주 은밀한 회담을 가지고 있었고, 심지어 최근에는
젊은 무관들마저도 이들과 접촉하기 시작했다.

대관절 뒤에서 무슨 말을 주고받는 것인가.

성 안팎으로 왕실을 향한 불만이 알게 모르게 쌓여 가는 상황에
서, 신료들이 불온한 움직임까지 보이니 마음이 몹시도 불안하였다.

'그 약삭빠른 노인네가 자현에게 무슨 말로 부채질을 했을지……'

그녀는 초조하게 입술을 깨물었다.

가륜은 아직 깨닫지 못한 모양이었지만, 그는 지금 정치적으로 고립된 상황이었다. 민심이 왕실을 떠난 지 오래였고 왕당파 귀족들마저도 상당수 등을 돌렸다.

그들을 살살 달래고 구슬려도 모자랄 판에 매일 역정을 내시어 그나마 곁에 남은 이들도 언제 뒤돌아설지 모르는 판국. 이 와중에 적대적인 세력들에게 구심점이 되어 줄 인물이 생긴다면 무슨 일이 벌어질지 상상만으로도 눈앞이 캄캄하였다.

'일단, 아바마마를 설득해야……'

상황이 이러하니 부디 마음을 누그러뜨리시고 신하들을 포용하십시오, 자현과도 그만 화해를 하십시오, 그리 간언을 드려 보는 거다.

완고한 부친의 얼굴이 떠올라 망설여졌지만 무엇이든 하지 않고서는 불안하여 견딜 수가 없었다. 가란은 한참의 고심 끝에 마음을 다잡고서 자리에서 일어났다.

"아바마마께 가 보려고 한다. 채비를 해 다오."

"……알겠습니다, 마마."

시녀들이 재빠르게 옷차림과 머리를 손질해 준다. 붉은 비단 장의를 어깨 위에 걸친 뒤 방을 나왔다. 반주라도 챙겨 들고 가 애교를 부려 볼까. 그리하면 설득하기가 조금 쉽지 않겠는가 하며 그녀는 시비에게 좋은 술을 챙기게 하였다. 그런 뒤에는 미모가 빼어난 시녀들 다섯 명을 골라내어 뒤를 따르라 명했다.

"나라 안에 끔찍한 일이 연이어 터졌는데…… 괜히 트집 잡힐 수 있다. 얼굴을 가리고 조용히 따라오거라."

"네, 마마."

제가 머무는 별궁은 본궁과 조금 거리를 두고 있는 터라 다른 이들의 눈에 띌 리는 없을 테지만 혹 모른다. 백성들은 비탄에 빠져 있는데 왕께서는 궁녀들을 데리고 술을 즐기고 계시더라 하는 뒷말이 나올 수도 있는 일.

그녀는 혹시라도 신료들과 마주칠까 싶어 호롱불도 들지 않은 채 본궁 안으로 조용히 들어섰다. 그녀를 본 호위병들이 화들짝 놀라며 급히 허리를 굽힌다. 가란은 그들에게 고개를 한 번 까딱하고는 곧장 부왕의 사실로 향했다. 그녀를 본 환관이 반색을 표했다.

"공주마마, 오랜만에 발걸음을 하셨습니다."

"최근 아바마마께서 안 좋은 일이 많아 골머리를 앓고 계신다고 들었다. 위로를 드리고 싶어서 찾아왔다."

시녀들의 손에 들린 술과 악기를 가리키며 말하자 그가 안도의 한숨을 푹 내쉬었다.

"마침 잘되었습니다. 지금 폐하께서 기분이 많이 좋지 않으십니다. 공주마마께서 얼굴을 내비치시면 기분이 풀어지시겠지요. 제가 가서 오셨다 고하고 오겠습니다."

"아니다. 번거롭게 하고 싶지 않다. 오랜만에 아바마마를 놀래켜 기쁘게 해 드리고 싶구나."

화사한 미소를 머금고서 그리 말하니 환관이 반쯤 녹아내리며 예에, 그러십시오 한다.

그녀는 성큼 문 안으로 들어갔다. 기나긴 복도를 지나자 그 안측에 자리한 커다란 문이 눈에 들어온다. 그녀는 궁녀들에게 조용히 하라 눈짓을 보낸 뒤, 그 앞으로 자박자박 걸어가 문고리를 움켜쥐었다. 그리고는 막 목을 가다듬으며 제가 찾아왔다 이르려는 순간, 안에서 고함 소리가 터져 나왔다.

"그럼 이대로 놈을 놔두어야 한다는 거냐!"

그녀는 불에 덴 듯 화들짝 놀라 문고리를 놓았다. 안에서 탕탕, 하고 주먹으로 무언가를 내려치는 듯한 소리가 울려 퍼졌다.

"자현 놈을 좌천시키기는커녕 되레 귀신 공주를 돌려받을 판이지 않느냐!"

공교롭게도 자현에 관해 이야기를 나누고 있었던 모양이다. 그녀는 어째야 하나 잠시 망설였다. 제게만은 누구보다 다정한 아비이니 얼굴을 내비치면 분명 금세 기분이 풀어지실 것이다. 하지만 저리 펄펄 뛰는데 거기다 대고 자현의 이야기를 꺼낼 수 있겠나. 그녀가 우물쭈물하는 사이 안에서는 대화가 계속해서 이어졌다.

"폐하, 도성에서 시체가 한 번 더 나오면 그때에는 자현도 버틸 수 없을 것입니다. 조금만 더 기다려 주십시오."

"언제 다시 사고가 터질 줄 알고! 놈이 비록 살인귀를 놓쳤다고는 하나 거의 다 잡을 뻔하였다지 않느냐! 다음에는 정말로 붙잡아 올지도 모른다. 그리되면 천하 만민이 그놈을 떠받들 터인데……!"

"제, 제아무리 자현이라고 해도 설마 요물을 어쩌겠습니까."

"네놈은 모른다! 자현이 어떤 놈인지! 열 배의 병력 차를 꺾고 승리하여 적장의 목까지 베어 온 놈이다. 귀신 공주를 붙여 놓아도 죽기는커녕 되레 가문의 세를 키운 놈이야! 이번에도 분명……!"

"폐, 폐하, 고정하십시오. 다음번에는 놈도 버티지 못하고……."

"그다음이 대체 언제냐 말이다! 그 귀신 놈이 영영 나타나지 않으면 다음은 없는 것이다! 그리되면 자현을 욕하던 소리도 잠잠해지고말 터! 어리석은 것들이 또다시 영웅 자현이라 떠들어 대겠지! 그 전에, 그 전에 어떻게든…… 어떻게든 해야 한다."

왕의 초조한 목소리에 간이 서늘해져 가란은 문에서 한 발짝 뒤로물러났다. 늘 위풍당당하던 부왕의 음성이 마치 궁지에 몰린 사람의 것처럼 초라하게 들려왔다.

"그래…… 손을 써야 해. 내가 직접…… 그러지 않으면 놈이……."

그 음산한 중얼거림을 마지막으로 가란은 황급히 뒤돌아섰다. 사색이 되어 머리를 푹 숙이는 시녀들에게 상황이 좋지 않으니 이만 돌아가자 눈짓을 보내고는 황급히 그 자리를 떠났다.

문을 지키는 환관이 왜 그냥 가시냐며 붙잡는다. 가란은 바쁘신 듯하여 떠난다, 제가 왔다 간 사실은 알리지 마라 신신당부한 뒤 후다닥 본궁을 나왔다.

"마, 마마, 괜찮으십니까……."

"안색이……."

뒤를 쫓으며 시녀들이 걱정스러운 듯 묻는다. 그녀는 대꾸도 않고 별궁을 향해 도망치듯 걸음을 옮겼다. 심장이 불안으로 쿵쿵거렸다.

왕께서 자현을 눈엣가시처럼 여긴다는 사실은 진작부터 알고 있었으나 저리 맹목적인 적의를 품고 계셨나.

'마치…… 지난번과 같은 참상이 또다시 일어나길 바라고 계신 것 같지 않나.'

심지어는 혹시라도 자현이 그 살인귀를 처단할까 두려워하는 듯하였다. 가란은 떨리는 손으로 입가를 감쌌다.

자현만 내쫓을 수 있다면 백성들은 죽든 말든 상관없다는 뜻인가. 비록 자애로운 군주는 아니시지만 그래도 본디 백성과 나라를 사랑하는 분이셨다. 어쩌다 저리 강퍅해지셨나.

'초조해서 그러신 거다……. 마음에 여유가 없어 그러시는 거야…….'

그녀는 필사적으로 아비를 위한 변명거리를 만들어 냈다. 민심이 떠나가고 역모까지 벌어지는 등 올해 흉한 일이 얼마나 많았나. 그 와중에 자현이 세를 키워 위협해 오니 심정적으로 궁지에 몰리셔서 눈이 잠시 어두워지신 것뿐이야.

'여유를 찾으면…… 다시 돌아오실 거다.'

필사적으로 마음을 추스른 가란은 거처로 돌아와 시비들에게 오늘 들은 이야기를 발설했다간 목숨이 성치 못할 줄 알라 으름장을 놓았다.

시비들이 사색이 되어 납작 엎드린다. 그 모습을 엄한 눈길로 내려다보다 곧 몸을 돌려 침실로 뛰어 들어갔다. 머릿속이 온통 복잡하였다.

이제는 대체 뭘 어찌해야 하나.

'……자현과 먼저 이야기를 해 볼까.'

일전 복도에서 마주쳤을 때 저를 보던 자현의 차가운 눈빛을 떠올리며 가란은 낯빛을 흐렸다.

마음이 단단히 식은 듯한데 과연 제가 말한다고 듣겠는가.

'잘 설득하면…….'

그래, 사람 마음이라는 게 그리 쉽게 돌아서던가. 비록 아비 때문에 화가 나 있지만 저를 사모하는 마음은 아직 남아 있을 것이다. 비록 이리 엇갈려 버렸지만 본래라면 진짜 아내가 되어야 할 사람은 자신이 아니던가. 자현도 그리 생각하고 있을 것이다. 그걸 아쉽게 느끼고 있을 게 분명해.

'그래…… 일단은 그 사람의 마음부터 돌려 보자. 내가 말하면 들을 거야.'

그 사람의 태도가 누그러지면 왕께서도 마음을 푸실 것이다.

부친의 격노에 찬 음성이 귓가에 아른거렸지만 가란은 필사적으로 스스로를 설득했다.

왕실의 안녕을 위해, 할 수 있는 것은 무엇이든 해 봐야 한다.

그녀는 굳은 결심으로 눈을 빛냈다.

한비가 제안한 일에 관해 상의하려고 비령을 찾았지만 놈은 하루 종일 코빼기도 내비치지 않았다. 약에 쓸래도 쓸 수 없는 놈이다 하고 구시렁거리며 자현은 서재를 나왔다.

'어차피 또 그 빌어먹을 법령사 놈들과 붙어 있겠지.'

무슨 꿍꿍이인지 비령은 법령사들과 함께 요괴의 행방을 뒤쫓고 있었다. 당연히 정의감에 불타 그리하는 것은 아니었다.

이 상황을 타개하려면 역시 그 요괴 놈을 없애야 한다. 그래야 자호가의 명성이 다시 살아날 게 아니냐 하는 다분히 계산적인 속셈 때문이었다.

'……과연 뜻처럼 될까.'

그날 본 요괴의 모습을 떠올리며 자현은 냉소했다.

대체 무슨 방법으로 놈을 죽이겠다는 건가. 저조차도 그 손에 거의 죽을 뻔하지 않았나. 그리 자신만만하게 굴던 법령사들도 속수무책으로 당했다. 퇴마는 고사하고 놈을 찾아낼 방법조차 없을 것이다.

'설마…… 또 소루를 이용해 그 괴물을 불러낼 셈은 아니겠지?'

자현은 살벌하게 얼굴을 굳혔다.

어림도 없는 일이다. 그날 겁 없이 요괴의 앞으로 걸어가던 소루의 모습만 떠올리면 자다가도 경기가 났다. 요괴가 물러났기에 망정이지 아니었으면 정말로 죽었을 것이다.

손가락 하나 안 다치게 하겠다, 지켜 주겠다, 큰소리를 쳐 놓고는 그런 위험에 노출시켰다. 두 번 다시 그놈들이 소루에게 상관하도록 두지 않을 것이다.

그는 어금니를 지그시 사려물었다.

'요괴고 뭐고…… 아무래도 좋아. 더는 엮이지 않겠다.'

뇌리를 맴도는 요괴의 얼굴을 떨쳐 버린 자현은 제 방으로 저벅저벅 걸음을 옮겼다.

이미 자정을 훌쩍 넘어 사위는 어둠에 잠겨 있었다. 그는 힐끔, 소루가 머물고 있는 옆방을 한 번 살핀 뒤 제 방 문고리를 잡았다. 혹시라도 깨울까 싶어 조용히 안으로 들어가려 인기척을 죽이는데 드르륵 문이 열리는 소리가 들려왔다.

그는 화들짝 놀라 고개를 돌렸다. 소루가 반쯤 열린 문 사이로 고개를 내밀었다.

"······자현."

"······아직까지 안 자고 뭐 하는 거냐."

"할 말이 있어서 기다리고 있었다."

그는 미간에 주름을 잡았다. 막 침상에서 일어난 것인지 여자는 얇은 속치마에 덧옷 한 장을 어깨 위에 덜렁 걸쳐 입고 있었다. 사내 앞에 그리 무방비하게 나온 꼴이 못마땅하다.

부주의한 계집 같으니라고.

그는 속으로 투덜거리며 무뚝뚝하게 내뱉었다.

"시간이 늦었다. 내일 이야기하지."

그러고는 휙 몸을 돌리는데, 여자가 제 옷자락을 다급하게 붙잡았다.

"매일 그럴 새도 없이 나가질 않느냐."

"······."

"잠시면 된다."

그냥 뿌리치고 들어가 버리면 될 일인데 어찌 된 영문인지 다리가 얼어붙어 옴쭉도 하지 않았다. 자현은 인상을 쓰며 그녀를 돌아보았다.

소루는 언젠가 제 곁에 머물게 해 달라며 매달렸을 때처럼 간절한 표정을 짓고 있었다. 그는 결국 뿌리치지 못하고 몸을 바로 세웠다.

"말해 봐라."

"그 이후로…… 야토가…… 또다시 나쁜 일을 벌이진 않았느냐."

어물거리면서 내뱉는 말에 자현은 인상을 굳혔다. 짜증이 울컥 치밀고 올라왔다. 그 일 이후 여자가 안절부절못하면서 밖에서 무슨 일이 벌어지진 않았는지 수시로 묻고 다니는 것은 잘 알고 있었다.

바보 같은 계집이 터무니없는 죄책감을 느끼고 있다는 것도. 그 꼴을 보면 속이 부글부글 끓어올라 요 며칠간 계속해서 그녀를 피해 오지 않았던가. 그는 난폭하게 그녀의 손을 뿌리치며 사납게 쏘아붙였다.

"기껏 그런 걸 물으려고 이런 시간까지 나를 기다리고 있었던 건가? 쓸데없는 일에 신경 소모하지 말고 잠이나 자라!"

"어, 어찌 쓸데없는 일이라 하느냐! 많은 사람들이 죽었다. 이대로 내버려 두면 야토가 또다시……."

"내버려 두지 않으면 어쩌겠다는 거냐."

싸늘하게 내뱉는 말에 여자가 마른침을 삼킨다.

"내가…… 뭔가 할 수 있는 게 있을 거다. 나를 법령사에게 데려가 다오. 야토를 어떻게든 하지 않으면……!"

그는 쾅, 소리가 나게 문을 밀어젖혔다. 그리고는 여자의 팔을 거칠게 잡아당겨 그의 방 안으로 끌어당겼다.

창문에서 쏟아져 내려온 달빛이 여자의 놀란 얼굴을 파리하게 비추었다. 그는 휘청거리는 소루를 벽으로 밀어붙이며 사나운 눈길을 던졌다.

"가서…… 또 미끼 노릇이라도 하겠다는 거냐?"

"나, 나는…….."

부서질 듯 야윈 어깨를 움켜쥔 손에 꽉 힘을 주며 씹어뱉듯 말하자 여자가 겁먹은 것처럼 목을 움츠린다. 그는 주먹으로 쾅, 벽을 내려쳤다.

"아니면 놈의 손에 죽기라도 하려고? 정말로 그 괴물에게 잡아먹히고 싶어서 그러는 거냐?"

"하지만…… 뭐, 뭐라도 하지 않으면…… 사람들이 목숨을 잃게 될 거다. 또 나 때문에…… 나는 더 이상 누구에게도 해가 되고 싶지 않다. 더는…… 견딜 수 없어! 차라리 내가……."

그녀의 얼굴이 울음으로 일그러졌다. 무겁게 아래로 내려가는 자그만 머리통을 내려다보며 그는 으득 이를 갈았다.

속에서 불길이 일었다. 무언가 심한 말을 퍼붓고 싶어서 목울대가 부풀었다.

왜 너는 조금도 스스로를 보호하려고 하지 않는 거냐. 아무도 너를 지켜 주지 않는데. 온 천지에 너를 이용하려는 이, 해하려는 것들뿐인데. 저 스스로라도 자신을 지키려 안간힘을 써야 하는 게 아니냐 말이다.

"잡아먹히기를 원하였다."

그는 거칠게 숨을 들이켰다. 많은 것을 체념하고 살아온 이 여자가 가여우면서도 밉다. 안쓰러운 마음이 들다가도 체념 어린 얼굴만 보면 울화가 치밀었다. 도무지 스스로를 주체할 수가 없었다. 그는 자제력을 끌어모아 그녀에게서 한 발짝 떨어지며 꽉 잠긴 음성으로 말했다.

"잘 들어라. 밖에서 무슨 일이 벌어지든 너 때문이 아니야."

"……"

"그 요괴 놈이 무슨 짓을 저지르고 다니든, 네 탓이 아니란 말이다. 너는 할 만큼 했어. 더는 그 요괴의 일에 신경 쓰지 마라."

"하지만……!"

"이건 명령이다. 놈들 때문에 충분히 더러운 꼴을 보았어. 더는 엮일 생각 없다. 더는…… 그런 헛소리로 귀찮게 하지 마라."

그러고는 무언가 말하려는 그녀를 잡아당겨 가차 없이 제 방 밖으로 내보낸 뒤 문을 닫아걸었다.

여자는 문 앞에 덩그러니 서서 한참 동안 미동도 하지 않았다. 그런 행동 하나하나가 다 짜증스러웠다.

미련스러운 여자. 바보 같은 여자. 차라리 제 거친 행동에 화라도 내면…… 이런 기분이 들지는 않을 텐데.

그는 문에 머리를 기대며 욕설을 삼켰다. 그녀의 얼굴만 보면 가시 돋친 말들만 쏟아져 나왔다. 그녀의 순한 눈망울을 보고 있자면 때때로 잔인하게 상처 주고 싶은 충동이 들기도 했다. 스스로도 이해할 수가 없다.

이토록 몸서리치게 싫은 여자를, 저는 대관절 무엇 때문에 필사적으로 보호하려 하는 것인가. 더 이상 그녀를 이용할 수도 없었고, 이용당하게 둘 수도 없었다. 누군가가 상처를 입히는 꼴도 볼 수 없다.

'난 도대체 저 여자를 어쩌고 싶은 거지?'

문 앞에 비친 희미한 그림자를 무력한 눈길로 바라보던 자현은, 무의식중에 손을 들어 올렸다. 손끝으로 그녀의 그림자를 더듬어 나가는데, 불현듯 그녀를 향해 손을 뻗던 요괴의 모습이 떠오른다.

"네 얼굴을…… 만져 보고 싶다."

그 모습은 이내 제 얼굴을 어루만지던 소루의 모습과 겹쳐졌다.

불가사의한 감정이 밀려들었다. 꼭 물에 빠진 것처럼 가슴이 답답했다.

아니. 더 이상 생각하지 말자. 더는 상관하지 않기로 하지 않았나. 저 여자도 관련시키지 않을 것이다. 만약 그 괴물이 또다시 그녀의 앞에 나타난다면, 그때는 무슨 일이 있어도 이 손으로 죽여 버리면 그만이다. 나타나지 않는다면 그대로 내버려 두면 돼.

그 괴물 놈이 저 밖에서 무슨 짓을 하고 다니든 그와는 상관없는 일이었다. 그에게는 그 밖에 심사숙고해야 할 일이 태산처럼 쌓여 있었다.

자현은 지끈거리는 이마를 한 손으로 문지르며 침상에 몸을 뉘었다. 하지만 어수선한 마음이 좀처럼 가라앉지를 않아 그는 늦게까지 잠을 이룰 수 없었다.

며칠 뒤 또다시 대로변에서 가슴이 갈라진 시체가 발견되었다. 허름한 옷을 걸쳐 입은 젊은 여인이 칼로 도려낸 듯 흉부가 활짝 벌어진 채 길 한가운데에 널브러져 있었다. 언제나 그렇듯 심장은 보이질 않았다.

그 참혹한 모습을 본 사람들은 광분했다. 화약고에 불똥이 튄 격이다. 팽배한 불안이 기어코 폭발하여 대로변에 모인 사람들은 일제히 자호가의 대문으로 몰려가 농성을 시작했다.

"도성 백성 다 죽어야 성이 차느냐! 어서 귀신 공주를 쫓아내라!"

그리 외치는 소리가 어찌나 우렁차고 사납던지 집 안에 얌전히 앉아 있던 소루의 귀에까지 쩌렁쩌렁 들려왔다. 창가에 앉아 볕을 쬐던 소루는 놀라 고개를 쳐들었다.

"……이게 무슨 소란이냐."

"아, 아무것도 아닙니다, 마님."

염이가 급히 일어나 창문을 닫는다. 그 손을 소루가 붙잡았다.

"밖에 무슨 일이 있는 것이지?"

"아, 아닙니다! 수, 술에 취한 이들이 소란을 피우나 봅니다."

염이가 어설픈 거짓말로 둘러대었다.

소루는 입술을 깨물었다. 얼핏 들려오는 소리만으로도 무슨 일이 벌어지고 있는지 어렵지 않게 짐작할 수 있었다. 또다시 흉한 일이 벌어진 것이다. 그래서 노한 이들이 제게 원망을 퍼부으러 온 거야.

치맛자락을 꽉 움켜쥐던 소루는 만류하는 염이도 뿌리치고는 그대로 정원 밖으로 뛰쳐나갔다. 소리가 나는 쪽을 향해 걸음을 옮기니, 그들의 말이 좀 더 분명하게 들려왔다.

"그년 때문에 다 죽게 생겼단 말이다! 이대로 둘 것이냐! 이 집 주인을 불러오라!"

"귀신 공주가 애먼 사람 다 잡아먹어야 직성이 풀리는가! 그년이 사라져야 나라가 조용해진다."

악에 받친 외침에 소루는 몸을 떨었다. 저도 모르게 뒷걸음질을 치는데, 툭 튀어나온 조약돌을 밟았는지 몸이 크게 휘청거렸다. 그때, 등 뒤에서 커다란 손이 뻗어 나와 그녀의 허리를 꽉 붙들었다.

"왜 나와 있는 거냐."

머리맡에서 들려오는 싸늘한 음성에 소루는 어깨를 움츠렸다. 무뚝뚝한 손길로 그녀의 몸을 바로 세워 준 자현이 매몰차게 일갈했다.

"당장 방으로 돌아가!"

"하, 하지만…… 자현, 밖에……."

"어서 안으로 데려가지 않고 뭣 하나!"

"예, 예에……."

그가 소리치자 뒤따라 나온 염이가 급히 팔을 붙든다.

소루는 와락 그의 옷자락을 움켜쥐었다.

"나, 나 때문이잖느냐. 내가…… 내가 나가겠다."

"나가서 뭘 어쩌겠다는 거지?"

채찍처럼 날카로운 목소리에 소루는 목을 움츠렸다. 그가 그녀의 턱을 붙잡아 고개를 치켜들게 하더니 바로 코앞에 대고 으르렁거렸다.

"저 인간들 분이 다 풀릴 때까지 매질이라도 당해 줄 테냐?"

소루는 아무런 대답도 못 하고 입술만 달싹였다. 그가 내뿜는 위압감에 손끝이 벌벌 떨렸다. 그것을 감추려고 양손을 꾹 맞잡았지만 떨림은 좀처럼 멈추지 않았다. 그것을 보았는지 자현이 거칠게 욕설을 토해 냈다.

"당장 방 안으로 모셔라."

그가 염이에게 명령하고는 냉랭하게 뒤돌아섰다.

"예, 예에…… 마님, 이리로 오셔요……."

"자, 잠시만……!"

자박자박 멀어지는 그의 옷자락을 한 번 더 움켜쥐었지만 자현은 그 손을 거칠게 뿌리쳐 버렸다. 그러고는 곧장 소란이 벌어진 곳을 향해 성큼성큼 나아갔다.

소루는 더는 붙잡지 못하고 망연히 서서 그 발소리를 듣고만 있었다. 보다 못한 염이가 강하게 그녀의 팔을 잡아당겼다.

"마, 마님, 그만 안으로 들어가세요. 이러고 계시면…… 제가 나중에 주인 나리께 혼이 나요."

울먹이며 하는 말에 결국 그녀는 염이의 뒤를 따랐다. 하지만 온 신경은 밖에서 들려오는 소리에 쏠려 있었다.

문이 열리는 소리와 웅성거리는 소리가 들려오자 간이 콩알만 해진다.

혹, 성난 누군가가 그를 해코지라도 하면 어쩌나. 나 때문에 다치기라도 하면…….

언뜻 그를 향해 퍼부어지는 욕설이 들려왔다. 소루는 치맛자락을 꽉 움켜쥐며 입술을 깨물었다.

결국 나 때문에 그도 곤욕을 치르게 되는구나.

조르는 게 아니었다. 곁에 있게 해 달라고 매달리는 게 아니었다.

'재수 없는 계집을 떠맡아 험한 꼴을 겪는다 생각하겠지…….'

집안에 화가 될 것이 뻔한 계집, 끼고 살고 싶지 않다 하였다. 그런 그에게 네게 아무런 해가 가지 않도록 하겠다며 매달렸다. 제가 그랬다.

소루는 질끈 눈을 감았다. 후두둑 눈물이 떨어진다.

대관절 내가 뭘 할 수 있다고 그런 허언을 하였을까.

"마님, 많이 놀라셨죠? 주인님께서 잘 타일러 돌려보내실 거예요. 걱정 마세요."

우는 것을 보았는지 염이가 걸음을 멈추며 서툴게 달랜다. 소루는 암말도 못 하고 고개만 끄덕거렸다. 결국 그의 말대로 되었다. 저는 화밖에 되지 않는 존재였다. 원치도 않았던 계집 때문에 요괴에게 죽임을 당할 뻔한 것도 모자라 이런 일까지 겪게 되었으니 얼마나 억울하고 분할까.

'나를 어디 멀리 보내도 된다고…….'

그리 말해야 옳다. 더는 폐를 끼치고 싶지 않으니, 나를 어디로든 보내 다오, 낯이 있다면 그리 말해야 한다.

제 존재는 분명 계속해서 그를 곤경에 빠뜨릴 것이다. 아무리 손가락을 찔러 피를 내어도 제가 우환거리라는 사실은 변하지 않는다.

그녀는 흐느낌을 삼켰다. 불현듯, 어둠 속에서 뻗어 오던 검은 손이 떠오른다. 그 손을 제가 잡았다. 저는 이미 귀에 속한 존재였다.

존재하는 것만으로도 불화를 낳는, 귀신 그 자체다.

'그래도…… 조금만 더…….'

곁에 있고 싶다. 떠나라 할 때까지. 지긋지긋하다, 더는 못 견디겠다, 눈앞에서 사라져라 할 때까지. 하루라도 더, 한시라도 더, 그의 곁에 머물고 싶다.

소루는 어깨를 다독여 주는 염이의 어깨에 머리를 기대며 눈물을 떨구었다.


자현은 손쉽게 성난 군중을 압도해 버렸다. 그가 어디 보통 인물이던가. 희란국 왕조를 통틀어 가장 대가 세기로 유명한 가륜 왕 앞에서도 위세 등등하고, 적지 한복판에서도 겁 없이 날뛰는 인간이다.

저보다 머리 하나는 작은 이들 백이 몰려오든 천이 몰려오든 기가 죽을 리가 없었다. 그는 바글바글 몰려든 사람들 앞에서도 조금의 움츠러듦 없이 남의 집에서 이게 웬 소란이냐 일갈하였다.

그 당당하다 못해 위압적인 태도에 기세등등하던 인간들이 자라처럼 목을 움츠렸다. 자현은 그 꼴을 살벌하게 노려보며 외쳤다.

"시끄럽게 하지 말고 썩 물러가라!"

"귀신 공주를 도성 밖으로 내보낸다 하기 전까지는 떠날 수 없습니다!"

맨 앞줄에 서 있던 곰처럼 험상궂은 얼굴의 사내가 용감하게 외쳤다.

"나으리께서는 귀신 공주가 온 도성에 화를 불러일으키고 있는 것을 모른 척하시려는 겝니까!"

"살인귀가 날뛰는 것이 왜 소루의 탓이지?"

"귀, 귀신 공주의 탓이 아니면 누구의 탓이오!"

"날뛰는 귀신의 탓이다."

자현은 가슴께에 팔짱을 끼고서 당연하지 않냐는 듯 고개를 쳐들고 말했다.

"날뛰는 귀신을 막지 못하는 무능한 조정의 탓이다!"

그리 포효하며 손가락으로 궁성을 가리켜 보인다.

"그 외에 누구의 탓이란 말이냐! 내게 와 따질 배짱과 기력이 있으면 궁궐로 가라! 거기 가서 해결해 달라 하란 말이다."

"채, 책임을 전가하시는 겁니까!"

"책임?"

위험스레 높아진 언성에 사내가 커다란 몸을 웅크린다. 자현이 그리로 한 발짝을 내디디자 주위에 우글우글한 인간들이 본능적으로 한 걸음 물러섰다. 눈앞에 있는 것이 사람이냐, 불야차냐. 근육질의 크고 훤칠한 몸을 곧게 펴고서 시퍼렇게 타오르는 두 눈으로 이글이글 노려보는데 그 심상치 않은 기백에 질려 모인 이들이 일제히 숨을 죽였다.

"나와 내 집안에 대체 무슨 책임이 있다는 것이지? 내가 무고한 그이들을 죽이기라도 했단 말이냐."

"그, 그런 말이 아니오라……."

"소루가 도성을 떠난다고 그 살인귀가 얌전해지리라 생각했다면 오산이다. 놈은 제가 좋아서 사람을 죽이고 다닐 뿐이야! 애먼 데 와서 행패 부리지 말고 시간이 남아돌면 궁성에 가서 해결해 달라 외쳐라! 아니, 그리 피가 끓는다면 직접 그 요괴 놈을 잡아 해치우는 것은 어떤가!"

"저, 저희 같은 양민 놈들이 어찌……."

다들 슬금슬금 발을 빼며 서로 눈치만 본다. 인간 백을 한꺼번에 잡아먹었을 정도로 무지막지한 요물을 제 놈들이 어쩐단 말인가. 그런 비굴한 얼굴들을 내려다보며 자현은 입꼬리를 비틀었다.

"그래. 무지막지한 요괴와 싸우느니 힘없는 여인에게 와 행패를 부리는 것이 속 편하고 쉽겠지."

"저…… 저자도 귀신 공주에게 홀린 것이다!"

꿀 먹은 벙어리가 된 군중 속에서 누군가가 손가락을 들고 외치었다. 자현은 소리가 난 쪽을 향해 무섭게 눈을 부라렸다. 그러고는 으득 이를 갈며 그리로 저벅저벅 걸어 나갔다. 사람들이 위축되어 절로 길을 터 주었다.

"귀족의 집에 찾아와 이 같은 소동을 벌인 것만으로 경을 칠 일인데, 지금 내게 손가락질을 한 것이냐?"

사내가 그 무시무시한 기세에 도망칠 생각도 못 하고 주춤주춤 뒷걸음질만 친다. 그걸 무서운 눈으로 노려보던 자현은 뒤에서 떡 버티고 서 있던 수하들에게 손짓을 하였다.

그러자 무관들이 달려가 단박에 그를 바닥에 내리누른다. 사람들은 느닷없이 벌어진 일에 우왕좌왕 흩어졌다. 개중에 몇몇은 혹시나 불똥이 튈까 허둥지둥 자리를 떠 버리기까지 했다.

"다시 한 번 말해 보라. 내가 뭣에 홀렸다고?"

그러거나 말거나 자현은 무릎을 꿇린 사내에게 잇새로 살벌하게 내뱉었다. 사내가 허옇게 질려 오돌오돌 떤다. 그 모습을 서슬 퍼런 눈빛으로 내려다보던 자현은 고개를 들어 좌중을 훑어보았다. 시선을 받은 이들은 허겁지겁 고개를 숙였다.

그새 이미 많은 이들이 도망하여 겨우 삼십여 명 남짓 남아 있었다. 그 무력한 얼굴들을 하나하나 주시하던 자현이 사납게 으르렁거렸다.

"또다시 내 집 앞에 와 이런 행패를 부리면 깡그리 관군에 넘기겠다. 두 번은 봐주지 않아! 썩 물러가라!"

그가 손을 휘젓자 사람들이 마치 바퀴벌레처럼 허둥지둥 흩어진다. 저승사자처럼 우뚝 서서 그 꼴을 지켜보던 자현은 곧 몸을 돌려 집 안으로 들어갔다.

소동은 그렇게 일단락되는 듯하였으나 이 일로 자호가의 평판은 땅에 떨어졌다.

도성에는 영웅도 귀신에게 홀려 제정신이 아니다 하는 소문이 파다하게 퍼졌다. 설상가상 문하생들마저 하나둘 짐을 싸 들었다.

안 그래도 이 집 안에 있으면 귀신에게 심장을 뺏긴단 소문이 파다하던 차에 자호가에 발을 담그고 있단 이유로 온갖 악담을 다 듣고 있으니 어디 사기土氣가 생기겠는가. 마음이 꺾인 이들이 하나둘 떠나 며칠 새 바글바글하던 문하생의 수는 절반가량으로 줄어들었다.

이렇듯 가세가 기울어져 가는 것을 기다리기라도 한 듯 가륜 왕은 또다시 자현을 궁궐로 불러들였다.

"더는 도성을 어지럽게 하지 말고 떠나라."

일방적인 통보에 자현은 꽉 주먹을 틀어쥐었다. 자현에게 악감정을 품은 이들마저 가세해 언제까지 시끄럽게 해야 직성이 풀리겠느냐, 어명을 받들라 거들었다. 한비나 다른 관료들은 민심이 돌아선 것을 잘 아는지라 전처럼 편들지 못하고 눈만 데굴데굴 굴린다. 자현은 이를 악물고 말하였다.

"정녕 소인을 보내야 직성이 풀리시겠습니까."

"이는 백성들의 뜻이다. 어차피 자네가 그 귀신을 물리칠 수 있는 것도 아니지 않은가. 이런 혼란을 감수하면서까지 자네를 도성에 머무르게 둘 이유가 없다."

그 뻔뻔스러운 말에 자현은 주먹을 움켜쥐었다. 입을 열었다가는 격한 말을 마구 쏟아 낼 것 같아 필사적으로 꾹 다물고 있는데, 왕이 제 딴에는 아량을 베풀 듯 덧붙였다.

"떠나기 전에 준비할 게 많을 터 보름 정도 시간을 주겠다."

이미 떠나는 것이 결정된 듯한 투였다. 그러고는 대답도 듣지 않고 불렀을 때처럼 심드렁하니 손을 한 번 흔들며 물러가라 명한다. 굳은 얼굴로 서 있던 자현은 고개를 한 번 꾸벅하고는 휙 몸을 돌려 방을 걸어 나왔다.

'이미 대장군 자리는 멀어져 버린 거 같군.'

쫓겨나지 않으면 다행인 처지인가.

분노가 극에 달하면 도리어 무감각해지는 듯하다. 피식, 웃음이 흘러나왔다.

'이제…… 내게 남은 수단은 단 하나뿐인가.'

그는 일전에 한비와 밀담을 나누었던 곳으로 걸음을 돌렸다. 곧 의전이 끝날 터. 감이 좋은 인간이니 따로 부르지 않아도 그리로 오겠지.

"장군님……."

단단히 결심한 얼굴로 성큼성큼 걸음을 옮기는데 누군가가 말을 건다. 그는 소리가 난 쪽으로 고개를 돌렸다. 저만치에 흰 비단옷 차림의 시비 하나가 오도카니 서 있었다. 옷에 새겨진 문양으로 보아 내궁 소속의 시녀. 관료들이나 드나드는 본관에는 무슨 일인가.

"뭐지?"

"저의 주인님께서 잠시 만남을 청하십니다. 잠시 시간을 내어 주시겠습니까."

"……주인님?"

내궁에 속한 자라면 왕의 후궁들과 공주들, 친인척들……. 제게 개인적으로 만남을 청할 만한 이는 없었다. 그가 주인의 신분을 제대로 밝히라 말하려는 순간, 시비가 뭔가를 내밀었다.

"이걸 보시면 아실 것이라 하셨습니다."

진주와 금으로 만든 꽃 모양의 화려한 머리 장식이었다. 눈을 가늘게 뜨던 자현은 이내 그것이 가란 공주의 것임을 알아보고는 놀란 표정을 지었다.

분명히 그가 처음 그녀를 보았을 때 하고 있던 장식이었다. 후원을 홀로 거닐다 나뭇가지에 요란하기 그지없는 이 머리 장식이 걸려 애를 먹고 있던 것을 도와주었었지. 그는 눈살을 찌푸렸다. 추억이라면 추억이라 할 만한 기억이 깃든 물건이었으나, 반가운 마음보다는 의심부터 들었다. 혼사도 엎어진 마당에 그녀가 저에게 따로 만남을 청할 일이 어디에 있나.

"무언가…… 바쁜 용무라도 있으십니까?"

그가 한참 동안 아무런 말도 하지 않자, 시녀가 초조하게 대답을 재촉해 왔다. 망설이던 자현은 곧 고개를 흔들었다.

"아니, 안내해라."

시비가 안심한 얼굴로 이리 오십시오 하며 뒤돌아선다. 자현은 그 뒤를 따르며 눈을 가늘게 떴다.

여자가 환관들만 다닌다는 좁은 문을 열어 어둑한 복도로 쓱 들어간 것이다.

이토록 은밀하게 저를 청하는 이유가 대체 무엇이지?

혹 함정이 아닌가 하는 의심이 들었지만 궁금증이 더 컸다. 그는 경계 어린 눈으로 주변을 살피며 조심스레 여자의 뒤를 따랐다.

"여기입니다."

그녀가 저를 안내한 곳은 외진 곳에 자리한 조그만 방이었다. 본 궁에 이런 곳이 다 있었나. 고개를 두리번거리며 침침한 방을 살피는데 시녀가 그 안쪽에 위치한 문을 향해 고개를 조아리며 말했다.

"마마, 모시고 왔습니다."

"……안으로 모시거라."

확실히 가란 공주의 목소리였다.

시비가 문을 열자 온통 비단과 황금으로 꾸며진 방과 그 방 한가운데 앉은 가란 공주의 모습이 한눈에 들어왔다.

그녀가 자리에서 일어나며 우아한 미소로 그를 맞이했다.

"갑작스러운 요청에 응해 주어 고맙습니다."

그 모습이 희란국 제일의 미녀라는 명성에 걸맞게 한 폭의 그림처럼 아름다웠다. 그는 그녀의 모습을 생경한 눈빛으로 훑어 내렸다.

옥같이 매끄럽게 빛나는 흰 얼굴, 흑수정 같은 커다란 눈동자와 풍만한 몸매를 한껏 돋보이도록 맵시 있게 차려입은 붉은 금의, 매끄럽게 빛나는 흑단 같은 머리채…….

어째서인지 그 숨 막힐 듯 매혹적인 모습이 낯설게 느껴진다. 자현은 의아함에 눈가를 찡그렸다.

제가 그토록 열을 올리던 이가 아닌가. 왜 이리도 마음이 심드렁하고 건조한 것인가.

"이리로 와 앉으십시오."

"……무슨 용건으로 부르셨습니까."

안으로 발걸음도 들이지 않고 그리 묻자 여인의 낯빛이 흐려진다.

"안으로 들어오시지요."

"……."

"장군, 서서 말하고 싶지는 않습니다."

다소 강경한 태도에, 장승처럼 버티고 서 있던 자현이 저벅저벅 걸어 들어가 탁상 앞에 앉았다. 그러자 시비가 조용히 문을 닫고 물러났다.

자현은 감각을 곤두세워 주변을 살폈다. 다른 인기척은 느껴지지 않았다. 방 안에는 저와 그녀, 단둘뿐이었다. 섣부른 판단은 금물이라지만 함정은 아닌 듯하다.

"막 차를 우려낸 참입니다. 남방에서 새로 들여온 것인데 찻잎이 붉고 매우 독특한 향기가 나지요. 조금 즐겨 보시겠습니까."

그녀가 다소곳이 찻주전자를 들어 조그만 잔을 채우더니 제 앞에 놓아 준다. 그는 멀거니 내려다보기만 하였다. 이 여자는 제 것이 아니었다. 그는 적의 딸이 내어 주는 것을 거리낌 없이 입에 댈 만큼 어리석지 않았다.

자현은 무뚝뚝하게 내뱉었다.

"부르신 연유를 말씀하십시오."

"내게…… 화가 나셨습니까."

생뚱맞은 질문에 그는 한쪽 눈썹을 치켜들었다. 공주가 잠시 뜸을 들이다가 침착하게 말을 이었다.

"나 때문에 부왕께 모진 수모를 당하고, 원치 않는 혼례까지 치르지 않았습니까."

"……."

"나를 원망하십니까."

그리 묻는 가란의 얼굴 위에는 처연함이 어려 있었다. 슬픔과 고뇌가 어린 그 표정에 자현은 미간을 모았다. 늘 왕의 곁에 앉아 화사하게 미소 짓는 모습만 보아 왔던지라, 감정을 드러내는 모습이 낯설고 거북했다. 잠시 어색한 침묵에 빠져 있던 자현은 천천히 입을 열었다.

"공주를 원망한 적은 없습니다."

그 말은 사실이었다. 그녀는 오로지 가륜 왕에게서 쟁취해 내야
할 대상일 뿐이었다. 거기까지 생각한 자현은 불현듯 일전에 비령이
한 말을 떠올렸다.

"자네가 가란 공주에게 품은 감정은 연정이라기보다는 정복욕에
가까운 것이로군."

그는 둘의 차이를 알 수 없었다. 왕의 귀애하는 딸. 누구나 사랑하
고 탐내 마지않는 그녀를 제 것으로 하고 싶어 애가 끓었다. 그게 연
정이 아니면 무엇인가.
"부왕은, 원망하고 계시겠지요."
그녀가 옥구슬이 굴러가는 듯한 음성으로 속삭였다. 자현은 애써
혼란을 떨쳐 냈다.
왜 이제 와서 제가 품고 있던 마음에 의구심을 느껴야 하는 건가.
나는 이 여자를 얻기 위해 목숨도 걸었다. 지옥 같은 전쟁을 견뎌 냈
다. 그게 열정이 아니면 무엇인데.
"원망……하시나요?"
다시 한 번 묻는 그녀에게 그는 무정하게 내뱉었다.
"예."
그 무례하리만치 짤막한 대답에 여인이 작게 웃음을 흘린다.
"그대는 내게도 입에 발린 말은 하지 않는군요."
"……."
"거짓투성이인 이 궁궐 안에서…… 그대의 솔직함은 놀라운 것입
니다. 자현은 기분이 좋지 않으면 억지로 웃는 법이 없고, 화가 나면
화를 참는 법이 없고, 누구에게도 아부하지 않지요. 그런 점을……
나는 참 좋게 보았습니다."

찻잔을 만지작거리던 가란이 머뭇거리듯 덧붙였다.

"그대가 부왕께 청혼을 넣었다는 이야기를 전해 들었을 때는……
뛸 듯이 기뻤습니다."

처음으로 듣는 말이었다. 애틋한 눈을 하며 여자가 손을 뻗어 제
팔뚝을 만졌다. 자현은 그 가냘픈 손가락을 흔들리는 눈으로 내려다
보았다. 잘 다듬어진 손톱, 흠집 하나 없는 희고 매끄러운 피부.

소루의 상처투성이 손이 그 위로 겹쳐졌다. 그 거미줄 같은 흉터
들을 떠올리자 관자놀이가 쑤셔 왔다.

그토록 바라 마지않았던 이가 저를 만지고 있는데, 왜 나는 네 모
습을 떠올리고 있는 것인가.

"그대가 사지로 떠난다는 이야기를 전해 들었을 때는 속으로 얼마
나 애를 태웠는지 모릅니다. 매일 그대가 무사히 돌아오기만을 손꼽
아 기다렸지요. 부왕께서 그대를 다른 이와 혼인시키겠다고 하셨을
때는…… 억장이 무너지는 것 같았습니다."

"……왜 이제 와 이런 말씀을 하시는 겁니까."

"그대가 변방으로 떠나고 나면, 평생 내 마음을 전할 수 없을 것
같아…… 용기를 내었습니다."

혼란스러운 마음이 차갑게 식는다.

그랬지.

개처럼 구르고도 물을 먹었다. 그것으로 모자라 북방의 황량한 땅
으로 내쫓기게 생겼다.

그는 스스로의 결심을 떠올리며 냉랭한 눈으로 여자의 얼굴을 쏘
아보았다.

내가 제 아비에게 대적하여 모반을 일으켜도 이처럼 애틋한 눈으
로 보아 줄까.

쓰디쓴 조소가 흘러나왔다.

"떠날지 아닐지는 두고 봐야겠지요."

혼잣말처럼 흘러나온 말에 여자의 낯빛이 흐려진다. 아비에게 제 말을 그대로 고해바쳐도 상관없다. 그는 그녀의 손을 매정하게 떼어내고는 자리에서 일어났다.

"하실 말씀이 다 끝나셨으면, 저는 이만 실례하겠습니다."

"하, 한비와……!"

가란이 따라 벌떡 일어나며 다급하게 외친다. 몸을 돌리던 자현은 의아한 얼굴로 다시 그녀를 돌아보았다. 그녀가 자박자박 그의 바로 코앞으로 걸어와 고개를 높게 쳐들었다.

"자주 만난다고 들었습니다."

"그자와 내가 근래 가까워진 사실을 모르는 이가 없다 듣긴 했습니다만……."

그는 길게 말을 끌며 의심스러운 시선을 보냈다.

"공주께서도 관심을 가지시는지는 몰랐습니다."

"한비를 주축으로 관료들이 수상한 움직임을 보이더란 얘기를 들었습니다."

여자가 날카로운 눈빛으로 올려다보며 노골적으로 캐물었다.

"이는 그대와 아무 연관이 없는 일인지요."

이 여자가 정세에 이리도 밝았던가.

자현은 경계 어린 눈길로 여자의 얼굴을 살폈다. 한비는 매우 신중하고 조심스러운 인물이었다. 그리 쉽게 덜미를 잡혔을 리 없다. 단순히 떠보는 걸 거다, 하며 그는 어설프게 시치미를 떼었다.

"수상한 움직임이라는 게 도통 무엇을 말하는 것인지 모르겠습니다."

"근래에 젊은 군관들이 그의 집에 초청되는 일이 잦다는 이야기도 들었습니다만."

제 대답을 듣기도 전에 벌써 움직이고 있었던 건가.

자현은 속으로 구렁이 같은 영감이라 욕설을 토해 내며 다소 짜증스레 내뱉었다.

"그게 어쨌다는 겁니까."

"부왕께서 안팎으로 고립되어 가고 계시다는 걸 저도 알고 있습니다. 많은 신료들이 왕실에 불만을 품고 있다는 것도……."

결국 그런 거였나.

그는 냉소로 입매를 뒤틀었다. 이 여자는 궁궐에 감도는 불온한 기색을 감지하고 그 중심에 있다 생각한 저를 불러들인 거였다. 제게 푹 빠진 사내, 다디단 말 몇 마디면 쉽사리 구슬릴 수 있으리라 생각하고.

"그게 저와 무슨 상관이 있다는 것인지 감을 잡지 못하겠습니다만."

"……자현은 거짓말을 하지 않는 줄 알았습니다."

"소인을 얼치기, 머저리로 보셨군요. 공주 전하."

그는 황홀하도록 아름다운 여자의 얼굴을 싸늘하게 내려다보며 입꼬리를 비틀었다.

"변방으로 쫓겨나는 판에 궁궐에서 무슨 일이 벌어지든 소인이 알 바가 아니지요. 제 코가 석 자인 마당에……."

"제가 부왕을 설득해 보겠습니다."

냉소하는 사내의 옷자락을 와락 움켜쥐며 여자가 간절하게 말하였다. 그 절박한 모습에 자현의 눈이 살짝 흔들렸다.

늘 한 폭의 그림처럼 단정한 이였다. 어느 때나 한 치의 흐트러짐도 없이 고고하고 우아하게 행동하던 이가 채신머리없이 제 가슴팍에 매달려 오는데, 천하의 자현이라 할지라도 동요하지 않을 수가 없었다.

"제가 그대를 내버려 두라고 말하겠습니다! 그러니…… 자현이 그들을 막아 주십시오. 그대는 할 수 있지 않습니까."

여자가 열띤 어조로 애원해 왔다. 자현은 무의식중에 뒷걸음질 쳤다. 그러자 여자가 더욱 찰싹 달라붙어 온다. 풍만한 가슴이 그의 명치 언저리에 부드럽게 눌렸고, 달콤한 향기가 물씬 코를 자극해 왔다. 동요하는 그를 애절한 눈빛으로 올려다보며, 여자가 붉게 부푼 입술을 요염하게 달싹거렸다.

"자현, 이리 부탁하겠습니다."

여자는 한비와 저 사이에 모종의 음모가 오갔다는 사실을 확신하는 모양이었다.

'한데 어째서 제 아비에게 고해바치지 않고 내게 이러는 건가.'

머릿속이 복잡하여 나가는 말이 과도할 정도로 신경질적이 되었다.

"저는 힘없는 일개 무관에 지나지 않습니다. 제가 대체 뭘 할 수 있다고 이러시는 겁니까. 차라리 한비를 찾아가……."

"나는 그대를 연모하고 있습니다."

그녀가 주절주절 내뱉는 그의 말을 뚝 끊고 열렬히 외쳤다.

"사랑하는 이와 친부가 다투는 것을 보고 싶지 않습니다. 자현, 부디……."

문득, 그녀의 얼굴 위에 깊은 고뇌의 흔적이 떠올랐다. 본인의 말처럼 그녀는 그와 부친 사이에서 그 나름대로 갈등해 온 것인지도 모른다. 그 처연한 얼굴에 일순 마음이 흔들렸지만, 그는 곧바로 다잡았다.

"공주께 왕을 설득할 능력이 있었다면 왜 제 혼례가 있기 전에 하지 않았습니까."

여자의 몸이 딱딱하게 굳어졌다. 그는 단호한 손길로 그녀를 제 몸에서 떼어 냈다.

"나를 연모하였다면서, 어찌하여 진즉 왕을 설득하지 않았난 말입니다."

원망하는 마음에 내뱉은 말은 아니었다. 여인의 혼처는 오로지 그 아비의 권한. 상인이나 신흥 귀족의 집안에서는 발칙하게도 남편감을 제가 고르겠다 조르는 여식이 늘고 있다곤 하지만 왕실의 법도는 엄중한 법. 감히 부왕의 뜻을 거스를 수 없었다는 것을 그도 잘 알고 있었다. 그저 가란 공주가 왕을 설득할 수 없으리란 뜻에서 한 말이었다. 스스로도 그 완고한 이의 마음을 돌릴 자신이 없지 않느냐 하는 의미로 그는 심드렁하게 덧붙였다.

"큰 기대는 하지 않습니다만…… 뭐, 소인이야 공주께서 왕을 설득해 주신다면 그저 감사하지요."

이처럼 냉정하게 나오리라 예상하지 못하였는지 가란의 얼굴이 희미하게 일그러졌다. 찡그린 모습조차 그림처럼 아름다운 여자였다. 새삼 감탄스러운 기분으로 바라보던 것도 잠시, 그는 덤덤하게 몸을 돌렸다.

"오늘 해 주신 말씀은 적게나마 제 마음에 위안이 되었습니다. 감사를 드리지요. 부디 강녕하십시오."

하지만 한 발짝을 채 떼기도 전에 악착같은 손길이 다시 그의 옷자락에 달라붙었다.

작작 하라 매몰차게 쏘아붙이려던 자현은 다음 순간 뻣뻣하게 굳어졌다. 여자의 말캉한 입술이 제 입술 위를 뒤덮었다. 끈적한 혀가 잇새를 밀고 들어와 과감하게 입 안을 훑어 내렸고, 콧속으로 달짝지근한 향내가 확 퍼졌다. 자현은 눈을 크게 떴다.

희고 가녀린 손이 목덜미를 타고 올라와 그의 턱과 귀를 어루만졌다. 그 요염한 손길에 아랫배가 자르르 떨린다.

몸 안에서 이는 당혹스러운 열기에 자현은 여자의 어깨를 밀어 내며 거친 숨을 몰아쉬었다. 여자의 부풀어 오른 입술이 눈에 들어오자 하체가 더욱 단단해졌다.

그걸 눈치챈 여자가 조롱기 어린 미소를 머금으며, 그의 가슴팍에 제 몸을 바짝 밀어붙였다.

"나를 원하지 않습니까?"

벌어진 옷자락 사이로 흰 젖가슴이 반이나 드러나 있었다. 황망히 뜨인 눈으로 그것을 내려다보자, 여자가 미소 지으며 그의 손을 가슴께로 이끌었다. 손안에 가득 차는 부드러운 감촉에 그는 짧은 숨을 들이켰다.

아랫도리로 홧홧한 춘기가 오른다. 여자가 무릎을 들어 부풀어 오른 욕망을 노골적으로 자극해 왔다.

"내가 아름답지 않습니까?"

귓불을 간질이는 목소리에 등줄기를 타고 소름이 돋았다. 여자가 나른하게 미소 지으며 그의 몸을 침상으로 떠밀었다. 의외라고 할 정도로 억세고 강압적인 손길이었다. 그녀가 마치 뱀처럼 허벅지 위로 기어오르며 다시 입술을 부딪혀 왔다.

"나를 주겠습니다. 자현, 그러니…… 부디…… 나를 위해서라도……."

"나를 원한다면…… 주마."

자현은 멍하니 눈을 깜빡였다.

'왜……?'

열기 어린 여인의 새까만 눈 위로, 눈물 젖은 소루의 잿빛 눈동자가 아른거리며 떠오른다. 제 얼굴을 감싸 오는 희디흰 손가락 위로 상처투성이 손이 겹쳐지고, 부드럽고 풍만한 육체 위로 꺾어질 듯 여위고 자그마한 몸이 덧대어졌다.

그 고독한 눈동자가, 저를 향해 뻗어 오던 자그만 손이, 살그머니 얼굴을 어루만지던 손길이 연이어 그의 머릿속을 뒤덮어 버렸다.

기가 막혔다.

이런 순간에조차 나는 어떻게 너를 떠올릴 수가 있는 거냐.

그는 여자의 숨 막힐 듯 아름다운 얼굴을 올려다보았다. 마치 장인이 정성 들여 세공한 듯 손끝에서 발끝까지 아름다운 여자를.

그 녹을 듯 부드러운 육체가 제 몸을 뒤덮고서 물결치고 있었다. 바라 마지않았던 상황. 줄곧 원해 왔던 여자가 품 안으로 기어들어 온 것이다.

너 같은 거, 머릿속에서 사라져야 옳다.


"당신의 얼굴을…… 만져 보고 싶다."


어둠 속에서 자신의 얼굴을 어루만지던 소루의 손가락이 떠올랐다. 상처로 거칠거칠했던 그 손 위로 요괴의 검은 손이 겹쳐진다. 그녀의 얼굴 언저리를 헤매다 차마 닿지 못하고 멀어지던 검은 손. 급작스레 뱃속이 끓어올랐다.

'괴물 주제에…….'

영문을 알 수 없는 격한 살심에 자현은 으르렁거리듯 신음했다. 제 애무 때문인 줄 알았는지 여자가 만족스럽게 미소 짓는다. 옷자락을 벗겨 내리는 대범한 손길에 몸을 부르르 떨면서도 그는 요괴를 향해 나아가던 소루의 고요한 얼굴을 되새김질하였다.

어째서 너는 그 괴물을 혐오하지 않는 건가. 그놈에게 연민이라도 느꼈나. 나 같은 놈도 남편이랍시고 맹목적으로 따르는 여자니, 그런 괴물이라도 얼마든지 감싸 안을 수 있겠지. 그 광경을 상상하는 것만으로도 속에서 천불이 일었다. 그는 주먹으로 화끈거리는 눈두덩을 짓눌렀다.

나는 네가 싫다. 미련스러울 정도로 다감하여 저를 먹으러 온 귀물에게조차 손을 뻗는 네가, 아무렇지도 않게 자신을 내던지는 네가, 그런 주제에…… 나를 바라는 네가, 끔찍하리만치 싫어.

너는 내 무엇도 아니다.

내가 바라는 것은, 계속 바라 온 것은, 지금 내 앞에 있는 이 여자야.

그는 제 가슴팍에 입을 맞추는 여자의 허리를 낚아채듯 움켜쥐었다. 몸을 뒤집어 밑에 가두고 옷을 벗겨 내리자 여자가 헐떡이며 신음한다.

그는 미끈한 다리를 넓게 벌리며 젖은 비부를 손으로 쓸어내렸다. 풍만한 가슴에 얼굴을 묻고서 거칠게 숨을 들이쉬자, 마치 미약처럼 달큼한 향기가 코를 찔러 왔다.

그 매혹적인 육체를 낱낱이 핥고 깨물며 비단 이불 위에 마구 풀어 헤쳤다.

그녀가 몸을 뒤틀며 가볍게 앙탈한다. 검은 머리채를 흐트러뜨리고서 두부처럼 흰 몸을 뒤틀었다.

자현은 그 모습을 짐승처럼 형형한 눈으로 내려다보았다. 손 닿지 않는 곳에서 고고하게 아름다움을 뽐내던 왕의 딸을.

그는 마치 진창으로 끌어 내리는 것처럼 그 몸뚱이를 제 아래로 끌어 내려 난폭하게 소유해 나갔다. 그녀의 다리 사이에 저를 밀어 넣고서 낭창한 몸을 마구 뒤흔든다.

괴로운 듯 두 다리를 버둥거리면서도 여자는 허리에 착 휘감겨 왔다. 백옥 같은 얼굴을 상기시키며, 입가는 타액으로 흥건히 적시며,

영명한 두 눈을 흐리며, 그저 한낱 계집이 되어 흐트러진다.

왕이여. 이 얼굴을 보여 주고 싶다. 네 보물이 내 밑에서 어찌 하는지 당신에게 보여 주고 싶어.

그는 여자를 짓누르며 섬뜩한 미소를 머금었다.

줄곧 이것을 손에 넣고자 하였다.

이 승리감.

이 정복감.

미끈한 팔다리를 엮고 엮어 틈 없이 밀착한다. 그는 여자의 끈적한 내부에 부푼 살덩어리를 쉼 없이 밀어 넣었다.

밀가루 덩어리처럼 부드럽고 흰 몸을 단단한 육체로 짓뭉개며 거칠게 신음한다. 머릿속이 쭈뼛 설 정도로 강렬한 쾌락이 뇌수를 더럽혀 왔다.

아, 그래, 이거야.

그는 속삭였다.

내 머릿속을 새까맣게 물들여 줘. 가슴속에 이는 모든 혼란을 뒤덮어 줘.

그는 여자의 육체에 숨어, 그 저열한 쾌락에 젖어, 짐승처럼 신음하며 머릿속에서 계속해서 부정하였다.

가슴속에 들러붙어 떨어지지 않는 그녀를.

十二章 함정

추적추적 비가 내리고 있었다.

잠시 후미진 골목에 자리한 잡화점 처마 밑에서 비를 피하던 사내는 고개를 들어 빗물을 쏟아 내는 검은 하늘을 올려다보았다.

먹구름 낀 하늘은 꼭 까만 연기가 뒤덮인 것처럼 보인다. 그는 기둥에 뒤통수를 기대며 습기 찬 한숨을 토해 냈다. 마음이 점점 차분해졌다. 싸늘한 공기도, 발가락을 적시는 축축한 물기도, 그에게는 전부 친숙한 것이었다.

"아, 공자께서 처량맞게도 흠뻑 젖으셨네요. 가엾어라."

그가 서 있는 골목 바로 맞은편, 이 층 기루에서 떠들썩하게 술을 마시던 기녀 하나가 그를 발견하고는 난간 밖으로 몸을 내밀었다. 사내는 고개를 들었다. 그러자 여인이 깜짝 놀란 듯 하얗게 드러낸 어깨를 움찔거렸다.

"어머, 아름다운 눈동자……."

"어디, 어디."

화려한 옷차림의 남자들 틈에 앉아 깔깔거리며 웃던 또 다른 여자가 난간 너머로 고개를 내민다. 사내는 그저 말없이 올려다보기만 하였다. 여인이 황홀한 탄성을 내지르자 그 반응에 호기심을 느낀 듯, 술판을 벌이던 다른 기녀들과 그 손님들까지 난간 앞으로 모여들었다.

"세상에나…… 천상에서 내려오셨는지요."

"공자님, 우리 가게로 와서 비를 피하지 않으시겠어요? 옷자락이 다 젖습니다."

"……나는 비가 내리는 것을 가까이서 보고 싶다."

무심하게 내뱉는 말에 여인들이 한숨을 내쉬었다.

"멋있으셔라. 시인이셨군요."

"시라면 나도 좀 알지!"

여인네들의 관심을 빼앗긴 것에 골난 얼굴을 하던 남자가 돌연 술잔을 들며 큰소리를 쳤다.

"내가 그대들을 위해 한 수 읊어 주겠네."

그러고는 엣헴, 하고 헛기침을 하더니 분위기를 착 잡고 운을 뗀다.


「구름 온통 해와 달과 별을 가리우니
볼 것이라고는 여인의 고운 얼굴뿐이구나
애타는 이 내 마음 몰라주는 무정한 이여
어찌 나를 보아 주지 않는 것인지!」


마지막 수를 읊은 남자가 난간에 매달린 여인의 허리를 한 팔로 와락 끌어안았다. 여자가 까르르 웃으며 그의 목에 팔을 휘감았다. 입술과 얼굴을 서로 문대며 웃는 그들을 가만 올려다보던 사내가 물었다.

"……시가 무엇이냐."

"이보게, 미남 공자. 무슨 그런 엉뚱한 질문을 하나."

술 취해 얼굴이 벌겋게 된 다른 사내가 난간 너머로 팔을 내밀어 흔들며 말하였다.

"시가 시지 무어겠나! 말로는 설명 못 할 이 뜨거운 마음을, 여인을 향한 애타는 그리움을, 노래한 것이지."

"어머, 나리. 그건 연가戀歌지요."

"그게 그거지! 이보게. 우리의 즐거운 술자리를 방해한 대가로 자네도 어디 한 수 읊어 보게나."

"……난 시를 모른다."

"모르는 게 어딨나. 느끼는 바를 운율에 맞추어 그저 읊조리면 되는 것을."

"이놈 말하는 거 보게나. 순 빈 수레였구먼."

남자들이 서로를 향해 발길질을 하며 낄낄거린다. 그것을 물끄러미 바라보던 사내는 다시금 흐린 하늘을 향해 눈길을 돌렸다. 비가 점점 잦아들었다. 희미해진 구름 새로 금색 빛줄기가 내려온다. 그 날카로운 햇살을 향해 손을 뻗던 사내가 조용히 입술을 떼었다.

「어찌하여 나는…… 닿을 수도 없는 것에 번번이 손을 뻗는가」

"어허! 운율이 하나도 안 맞잖는가."

사내가 야유했다. 그는 돌아보지 않았다. 그저 찬연한 빛을 하염없이 올려다보며 되뇌인다.

「스스로를 끝없이 비참하게 만드는 것에서, 어째서 나는 미련을 버리지 못하는 것인가」

빛을 바라보는 그의 두 눈이 고요히 일렁거렸다.

「……이 목마름은
대체 어디서 오는 것인가」

그 목소리에 감도는 음산한 기색을 느끼었는지 낄낄거리는 소리
가 희미해지었다. 그는 천천히 처마 밑에서 걸어 나와 잦아드는 빗줄
기를 온 얼굴로 맞았다. 몸을 돌리는 그의 모습을 여인들이 애타는
눈으로 바라보았다. 가지 말라 붙잡는 소리에도 무정하게 발걸음을
옮기며 그는 느릿느릿 내뱉었다.

「일생 답이 없는 물음 속을 헤매며
나는 괴로워하겠지……」

멀어지는 사내의 그림자는 기이할 정도로 거대하고 짙게, 빗물로
얼룩진 땅을 뒤덮었다.

새벽부터 추적추적 내리기 시작한 비는 아침까지 계속되었다. 이
른 아침 조용히 궁궐을 빠져나와 집으로 돌아온 자현은 대문 앞에서
잠시 젖은 옷자락을 털어 냈다. 곤죽이 되어 지쳐 잠든 여인을 두고
돌아오는 귀갓길, 기분은 말도 못할 정도로 씁쓸했다.

"제 부탁을…… 들어주실 거죠?"

계집의 치마폭에 휘둘리는 줏대 없는 놈이 되게 생겼군. 그는 쓴 웃음을 지었다. 묘한 무력감 같은 것이 어깨를 무겁게 짓눌러 왔다. 노곤하고 피로하였다. 제가 예전에는 그토록 기운차고 패기 넘쳐 눈에 뵈는 것이 없었다는 게 믿기지가 않을 정도였다. 그는 반쯤 자포자기하는 심정으로 될 대로 되라고 중얼거렸다.

'가란이 가륜 왕을 설득할 수만 있다면…… 굳이 위험을 무릅쓸 이유가 없다.'

그래. 조금만 기다려 보는 거다. 그녀에게도 못 박아 두었다. 왕이 내게 남긴 시일은 보름. 그 안에 가륜 왕의 마음을 돌리지 못하면 나로서도 어쩔 수 없다.

그리 말하자 여인은 가슴팍에 매달리며 절대 그 먼 곳으로 쫓겨나지 않도록 손쓰겠다고 맹세하였다.

정사의 열기로 발갛게 달아오른 그 육체를 끌어안으며 자현은 이것으로 되었다, 아무래도 좋아 하고 읊조렸다.

애초에 제가 바란 것은 권력도 왕좌도 아니었다. 그저 이 아름다운 여인을 손에 넣고자 하였을 뿐. 저를 그리 대우한 왕에게 화가 풀린 것은 아니었으나 가란을 안은 순간 어째서인지 그에게 충분히 모욕을 준 기분이 들었다.

'내가 이리도 단순한 사내였나.'

새삼스러운 깨달음에 맥이 탁 풀린 얼굴로 흐린 하늘을 올려다보던 자현은 이내 고개를 설레설레 저으며 발걸음을 옮겼다.

썰렁해진 정원을 지나 본채로 들어가는데, 문득 정원 한편에 자리한 조그만 정자 위에 소루가 무릎을 끌어안고 앉아 있는 게 눈에 들어온다. 그 가녀린 모습에 일순 가슴이 철렁 내려앉았다.

왜 그러고 나와 있는 거야.

얼어붙은 것처럼 서서 그 모습을 바라보고 있는데 그 염이라는 계집종이 우산을 들고 그 앞으로 달려가는 것이 보인다.

창백한 얼굴을 힘없이 무릎에 파묻고 있던 소루가 그리로 고개를 들더니 희미한 미소를 머금어 보였다.

"염이야."

"이제 그만 들어가셔요. 고뿔이라도 걸리면 어쩌시려고……."

그녀가 자신이 서 있는 방향으로 머리를 살짝 돌리다가, 천천히 고개를 끄덕였다.

"응. 이제…… 들어가마."

여자가 우산을 씌워 주는 여종을 따라 자리에서 일어선다. 그녀의 옷자락이 빗물에 얼룩덜룩했다. 축축한지 치맛자락을 한데 모아 쥐고서 여자가 희고 가느다란 종아리를 손바닥으로 쓱 문질렀다.

염이라는 몸종이, 가지고 나온 웃옷을 소루의 어깨에 걸쳐 주고는 조심스레 안채로 인도했다.

그제야 자현은 소루가 제 귀가를 기다리고 있었음을 깨달았다.

'항상…… 정원에 나와 앉아 있던 것도 나를 기다리던 건가.'

그는 이마를 문질렀다. 어째서인지 온몸이 빗물을 머금기라도 한 것처럼 무겁게 느껴지었다.

혹시 지난밤에도 자신의 귀가를 기다렸을까. 제가 가란과 침상에서 뒹구는 동안에 컴컴한 방에서 홀로 누워 뒤척거렸을 소루를 생각하자, 칼에 찔린 것처럼 가슴이 욱신거렸다. 그는 곧장 고개를 흔들어 그 감정을 떨쳐 버렸다.

아니. 상관없다. 저를 기다리든 말든 무슨 상관이냔 말이다. 제멋대로 하는 일에 왜 내가 책임감을 느껴야 하나.

'……젠장.'

그는 몸을 돌려세웠다. 방으로 돌아갔다가 여자가 밤새 어딜 다녀왔냐고 묻기라도 한다면 저는 또다시 잔인한 말을 퍼부어 대겠지. 더 심한 말을 할지도 모른다. 그 상처받은 듯한 얼굴을 보는 게 두려워 그는 도망치듯 서재로 향했다.

거기서 대충 젖은 장포를 벗어 아무렇게나 던져 놓고 하인에게 새 의복을 가져오라 이르자, 시비가 재빨리 옷과 수건을 가져다준다. 그것을 집어 들어 대충 머리의 물기를 털어 내는데 관자놀이가 쑤셔 왔다. 그는 시큰거리는 머리를 한 손으로 꾹 눌렀다. 두통이 점점 극심하여진다. 탕약이라도 먹어야 하나 고심하고 있는데 느닷없이 벌컥 문이 열렸다.

"대체 밤새 어딜 다녀온 겐가!"

비령이 안으로 성큼성큼 걸어 들어와 바가지 긁는 계집처럼 앙칼지게 소리쳤다.

"내가 얼마나 애를 태우며 자네를 기다렸는지 아나!"

그동안 코빼기도 비치지 않더니 이런 날에는 또 귀신같이 알고 달려와 닦달을 하는 건가.

그는 기가 막혀 고개를 내저었다.

"자네가 내 마누라라도 되나. 제발 징그러운 소리 집어치워라."

"허! 내가 누굴 위해 이 고생을 하는데! 자네를 위해서 밤낮없이 뛰어다니는 사람을 이렇게 괄대해도 되는가!"

누가 그러라 하였나 하는 매몰찬 대꾸가 목까지 차올랐지만 인간적으로 참았다. 이놈이 항상 제 일에 열성인 것을 모르지 않았다. 자현은 조금 수그러든 어조로 물었다.

"그새 무슨 급한 일이라도 있었던 거냐."

"그리 궁궐로 불려 간 인간이 밤새 보이질 않으니, 내가 걱정을 안 하고 배기겠나? 무슨 사달이라도 났나 싶어 간이 다 철렁 내려앉았단 말일세! 한비도 자네를 찾은 모양이던데…… 대체 어디에 있다가 온 건가?"

가란 공주의 처소에 있다가 왔다는 말은 차마 할 수가 없어 자현은 그의 눈길을 피했다.

"내가 세 살배기도 아니고, 수선 부리지 마라. 심란하여 술 한잔 하고 온 것뿐이다."

"기껏 걱정한 사람에게……."

도끼눈을 뜨던 비령이 이내 한숨을 푹 내쉬었다.

"궁궐에서 있었던 일은 한비에게 들었네. 한비는 곧장 저를 찾아올 거라 생각한 모양이야. 아직 결심이 서지 않은 것이냐고 묻더군."

"……."

"아직 결심이 서지 않은 겐가."

자현은 입매를 일그러트렸다. 가란이 왕의 마음을 돌릴 수 있을지 없을지는 모르지만 이미 기다리기로 약조하였다. 그런 사정을 시시콜콜 이야기할 수는 없어 그는 애매한 어투로 내뱉었다.

"……조금 더 생각해 보고 싶다."

"자현에게 이리 소심한 구석이 있었을 줄은 몰랐군."

비령이 빈정거리듯 말했다.

"이미 결론이 나와 있는 상황에서 질질 끌다니…… 자네답지 않아."

"이게 그리 쉽사리 결정 내릴 일인가!"

"정말로 망설이고 있는 것뿐인가?"

미심쩍게 바라보는 눈초리에 자현은 인상만 써 보였다. 뱀 같은 시선으로 살피던 비령이 이내 어깨를 으쓱이는 것으로 추궁을 관두고는 탁상 앞에 의자를 빼 앉았다.

"그럼 내가 자네의 결심을 도와주지."

자현은 의아한 눈길로 그를 보았다.

"내가 그동안 그 요괴에 관해 조사하고 있었다는 것을 자네도 알고 있지?"

"……무언가 알아낸 사실이라도 있나?"

"근래 자네의 집 앞에서 농성이 벌어지게 한, 대로에서 발견된 젊은 여자의 시체 말일세. 미심쩍은 부분이 있어 내 은밀히 몇 가지를 조사했네."

"미심쩍은 부분?"

"벌어진 상처가 지나치게 말끔하더군. 직접 살펴보기까지 하였네만 칼로 낸 것이 분명하였네. 그 후에 발견된 시체도…… 칼로 낸 상흔으로 보이는 게 다수 있었네."

자현은 미간을 찌푸렸다.

"그게 어쨌다는 건가."

"그 요괴의 행적을 철저히 조사하였지만 놈이 사람의 심장을 훔칠 때 칼을 쓴 일은 일절 없었어. 마치 손으로 우악스레 잡아 뜯은 듯 상처 부위는 늘 너덜너덜하였지. 그래서 처음 가슴이 뚫린 시체가 발견되었을 때 짐승의 짓이라는 말까지 오간 게 아닌가."

"그날 보지 못했나. 놈은 검을 소지하고 있었다. 어느 날 마음이 바뀌어 그것을 사용하기로 했다고 해도 이상할 게 없지."

"그 칼은 부상을 입은 자호가 무인이 떨어뜨린 것일세. 그 자리에서 주워 사용하고는 멀지 않은 곳에 버리고 갔더군. 그 일대를 수색하던 무인이 발견했네."

그렇다고 해도 칼쯤은 어디서든 구할 수 있지 않은가. 그게 어쨌다는 건가, 하고 심드렁한 표정을 짓던 자현은 다음 순간 비령이 말하고자 하는 바를 알아차리고는 느슨하던 자세를 바로 했다.

"누군가 사람을 죽이고는 귀신의 짓으로 위장하고 있다는 뜻인가."

비령이 고개를 끄덕였다.

"온 도성이 뒤숭숭하니 제 죄를 요괴의 탓으로 돌리고자 하는 이들이 나와도 이상한 일은 아니지. 그래도…… 그날 자호가 앞에서 벌어진 농성도 그렇고 여러모로 석연치가 않아 죽은 이의 신원을 알아보았네. 시신의 연고를 찾을 수가 없어 꽤 애를 먹었지."

설마 하며 눈을 가늘게 뜨는 자현에게 비령이 굳은 어조로 내뱉었다.

"결론만 말하자면, 그날 발견된 시체는 궐에서 일하던 노비의 것이었네."

줄줄 설명하지 않아도 무엇을 말하고자 하는지 어렵지 않게 짐작할 수 있었다. 자현은 지끈거리는 이마를 감싸 쥐었다.

"……단순한 우연의 일치일 수도 있다."

"물론, 우연의 일치일 수도 있고 자네에게 앙심을 품은 다른 관리가 꾸민 짓일 수도 있지. 하지만 가장 가능성이 높은 배후 인물은 가륜 왕일세. 한비가 왕이 직접 나서서 여론을 조장한다고 한 것을 듣고, 나도 궁궐에 심어 둔 이들을 통해서 그의 움직임을 면밀히 살펴왔어. 밤중에 본궁의 환관들이 수상한 움직임을 보였다는 증언이 꽤 되는 데다가…… 조사에 의하면 그날 농성을 선동한 자들도 가륜 왕의 사주를 받은 이들이었다고 하네."

"……백성들의 원성은 내 집안에만 쏟아지고 있는 것이 아니다. 조정을 향한 불신감도 깊은 터. 도성 안에 불안감이 극심하여지면 제게도 득 될 것이 없다. 그런데도 그런 일을 꾸몄다는 건가."

"자네가 그만큼 위협적이라는 뜻이겠지."

"……모반을 꾸미고 있다는 것을 알아차렸나?"

"그런 것 같진 않아. 하지만 아마 본능적으로 느끼고 있는 거겠지."

비령이 의미심장하게 목소리를 내리깐다. 자현은 의아한 눈으로 그를 보았다.

"무엇을 느끼고 있단 말이냐."

"자네가 타고난 숙명 말일세."

느닷없이 튀어나온 거창한 단어에 자현은 눈을 깜빡였다. 비령이 씩 웃으며 말을 이었다.

"전부터 그가 자네에게 품은 과한 적대감이 의문스러웠네. 근래에 들어서야 알았어. 왕은 본능적으로 자네에게 위협을 느낀 거야."

자현은 헛웃음을 흘렸다.

위협?

지방 귀족 출신의 신출내기 무관이라 별 볼 일이 없는 처지에 콧대만 높구나 하고 비웃던 왕의 얼굴이 떠오른다.

자존심이 상하고 이가 갈렸지만 그 말대로 제 처지가 별 볼 일이 없음을 자현 자신도 잘 알고 있었다. 그렇기에 더더욱 실력을 갈고닦아 공을 세우는 데 목을 맨 게 아니던가.

"겨우 장수 하나가 왕에게 무슨 위협이 된단 말이냐."

"그 법령사가 일전에 말하지 않았나. 자현 자네는 하늘이 내린 사람이라고. 확실히 자네에겐 남들과는 다른 무언가가 있어. 이를테면…… 운명이라고 해야 할까. 그런 사람의 이치를 벗어난 강력한 힘이 자네를 따르는 것처럼 느껴질 때가 있네. 이는 비단 뛰어난 무예 실력이나 그 화마와 같은 기질만을 말하는 것은 아닐세. 거듭되는 불운조차 꼭 자네를 어느 자리로 끌어올리기 위한 것처럼 보여."

친우의 어조는 그 열띤 내용과는 달리 담담하였다. 자현은 냉소적으로 입매를 비틀었다.

"그 '어느 자리'가 왕좌란 말인가?"

"그래."

"반역질에 가져다 대는 이유치고는 거창하군."

자현의 삐딱한 대꾸에도 비령은 차분한 태도를 잃지 않았다.

"나라 제일의 모략가인 한비와 희란국 제일의 상인인 주호의 후원, 왕실에 반감을 품은 젊은 장수들의 열렬한 지지, 그리고 어느 장군이라도 압도하고 남을 만한 실적까지……. 차곡차곡 필요한 요소가 쌓여 가고 있질 않은가. 이제 계기만 있으면 되네."

"……."

"단순히 잘나고 출중하다고 해서 왕좌를 거머쥘 수 있는 것이 아닐세. 주변을 움직이지 못한다면 아무 소용이 없지. 그것이 의도한 것이든 의도하지 않은 것이든 여러 사람의 의지와 이해관계가 절묘하게 맞아떨어지면서 어떤 강한 흐름이 형성되었을 때 새 왕조가 만들어지는 것일세. 륜倫 왕조 또한 그리 탄생한 것이 아닌가."

"……현炫 왕조라도 만들라는 말인가."

교묘하게 꼬드기는 말에 빈정거리듯 대꾸하자, 비령이 쌕, 교활한 미소를 머금어 보인다.

"자네는 좀 더 자각해야 해. 자네가 지금 어떤 움직임 속에 있는지. 설령 자네에게 그럴 생각이 없더라도 주변인들이, 가룬 왕이, 자네를 가만 놔두지 않을 걸세."

제 품에 매달려 부친과 대적하지 말아 달라 애원하던 가란의 얼굴이 언뜻 머릿속을 스쳐 지나갔다. 그녀가 과연 그만큼 강렬한 적의를 품은 왕의 마음을 돌릴 수 있을까.

"보름."

그는 단호하게 내뱉었다.

"그게 왕이 내게 준 시일이다. 그동안 생각해 보겠다."

"그 안에 뭔가가 바뀌리라 생각하나? 설령 그 귀물이 잡혀 상황이 일단락된다고 해도…… 왕은 자네를 잘라 내는 것을 멈추지 않을 걸세. 노비들을 죽여 위장을 할 정도가 아닌가. 여차하면 자네의 신상을 위협해 올 수도 있어."

"내가 암살 따위에 당할 것 같나."

"……지나치게 자신하는군."

"네 말대로 내게 숙명 같은 것이 지워져 있다면 안달하지 않아도 언젠가는 그리될 터."

자현은 고집스레 말하였다.

"그것을 시험해 보는 것도 나쁘지 않겠지."

더는 설득할 수 없다 판단했는지 비령이 한숨을 푹 내쉬었다.

"……정 그러하다면 어쩔 수 없지. 뜻대로 해 보게."

어둠 속에서 검은 손이 기어 나온다. 그녀는 바닥에 꿇어앉은 채 그 손을 물끄러미 바라보았다. 저를 물끄러미 바라보는 두 눈이 세차게 타오른다. 그 염화와 같은 눈동자가 어째서인지 슬프고 비통해 보였다.

그녀는 요괴를 향해 손을 뻗었다. 하지만 채 닿지 못하고 허공에 멈춰 세운다. 검고 앙상한 그 손이 점점 피로 흥건히 젖어 들었다. 요괴의 손바닥에 고여 있던 검붉은 피가 뚝뚝 떨어져 바닥을 적신다.

사람이 되고 싶다.

무수히 많은 이들의 피가 한데 뒤섞여 강을 이룬다. 붉은 융단처럼 새빨간 선혈이 점점 퍼져 나가 제 발치까지 적셨다. 그녀는 그 손을 피해 달아나지도, 다가가 감싸 쥐지도 못하고 멀거니 바라보기만 하였다.

사람이 되고 싶다.

반복하여 들려오는 목소리에, 소루는 얼굴을 일그러뜨렸다. 그렇다면 어째서 나를 먹지 않은 거냐. 어째서 내 생명을 가져가지 않은 거야.

그 손이 제게서 멀어진다. 이해할 수 없는 충동에 이끌려 그 손을 덥석 붙잡았다. 하지만 요괴의 손은 마치 연기처럼 흩어져 버렸다.

그 순간, 그녀는 번쩍 꿈에서 깨어났다. 소루는 침상에서 상체를 일으켜 세우며 거친 흐느낌을 토해 냈다. 자신이 왜 울고 있는지도 알 수 없었다. 주체할 수 없을 정도로 감정이 격렬하게 요동쳤다. 그녀는 무릎을 끌어안고서 떨림이 멎기를 기다렸다. 하지만 불안감은 좀처럼 사그라지지 않았다. 결국 그녀는 초조함을 견디지 못하고 침대에서 내려와 더듬더듬 겉옷을 걸쳐 입었다.

'역시, 야토를 이대로 내버려 둘 수는 없다. 내가 어떻게든 하지 않으면……'

바닥에서 신발을 찾아 신고 손으로 벽을 더듬어 가며 침실 밖으로 나가자, 차가운 공기가 얼굴에 와 닿았다. 느지막한 시간인 듯싶었다. 그녀는 자현의 처소를 살피다가 그의 인기척이 없는 것을 깨닫고 서고를 향해 발걸음을 돌렸다.

자현에게 다시 한 번 법령사들을 만나게 해 달라고 요청해 볼 생각이었다. 지금쯤이면 그 사람들이 야토의 행방을 알아냈을 것이다.

그녀는 휘청거리며 복도를 빠져나왔다. 그러고는 머리를 쉴 새 없이 이리저리 돌리며 집 안에 남아 있을 그의 기척을 찾는데, 어디선가 말소리가 들려왔다. 아마도 여종들이 모여 앉아 수다를 떠는 모양이었다. 그녀는 자현의 행방을 묻기 위해 그들을 향해 조심스레 걸음을 옮겼다. 그 순간, 여종의 목소리가 귓가에 또렷하게 박혔다.

"주인님께 따로 정인이 생기신 게 틀림이 없어."

소루는 흠칫거리며 자리에서 멈춰 섰다. 빨래를 하는 듯 치덕거리는 소리가 들려오더니, 곧이어 여종이 소곤거리는 소리가 이어졌다.

"거의 이틀에 한 번꼴로 외박을 하시잖아. 그것도 비령 님과 동행하지도 않으시고 혼자 나가셔서는 날을 꼬박 새우고 돌아오시는데, 이는 필시 여인네를 만나고 오시는 걸 거야."

"설마, 때가 때이니만큼 일이 많으신 거겠지……."

"일은 무슨 일! 장포에 귀부인이 쓰는 향유 냄새가 아주 진득하게 배어 있던걸. 내가 듣기로는 이삼 일에 한 번꼴로 느지막한 저녁이면 주인님께 전보가 하나 들어오는데, 그걸 받으시면 잠시 뒤에 꼭 외출을 하신다는 거야. 그렇게 나가시면 다음 날 아침에 옷이 엉망으로 구겨져서는 여자가 쓰는 향 냄새가 진득하니 배어 돌아오시지. 이쯤이면 말 다 한 거 아니니?"

"웬일이시래. 본래 기루 같은 데는 일절 발걸음을 하지 않는 분이신데……."

"귀한 향을 쓰시는 것으로 보아 기녀가 아니라 어느 집 귀부인인 것 같아. 내 생각에…… 혹, 가란 공주가 아닐까 싶어. 최근 궐에 드나드는 일이 잦으시잖아."

즐거운 듯 숙덕대는 말에 등줄기가 얼어붙는 듯했다. 소루는 멍하니 가슴께를 움켜쥐었다.

어째서 이렇게 마음 한구석이 시리고 아플까. 아내로 여기지 않아도 좋으니, 곁에만 있게 해 달라고 한 것은 자신이었다. 그러니 그가 누구와 함께 있든…….

"주인님께는 잘된 일이지. 근래 얼마나 안 좋은 일만 거듭되었어? 주인님께서도 위안을 얻을 곳이 한 군데쯤은 있어야 하잖아. 귀신 공주를 안을 것도 아닌데……."

"쉿, 누가 들으면 어쩌려구……."

"내가 뭐 틀린 말 했나. 누구 때문에 집안이 이 꼴이 되었는데! 어디 오싹해서 부인이라고 맘 편히……."

종알거리던 소녀가 갑자기 말을 멈춘다. 소루는 여자들이 제 모습을 발견해 냈다는 것을 깨달았다. 그들이 겁에 질려 하던 일도 놓아두고 후다닥 도망가 버린다.

소루는 멀어지는 그 발소리를 가만히 듣고만 있었다. 바람 한 줄기가 식은땀에 젖은 얼굴을 거칠게 훑고 지나갔다.

"그렇군. 그에게는 잘된 일이다……."

중얼, 흘러나오는 말이 제 귀에도 덧없게 들린다. 소루는 지그시 눈을 감았다.

평온한 일상, 오로지 그것만을 바라던 제가 지금 다른 이의 마음까지 탐내는 건가.

웃음이 나왔다.

욕심이라는 것은 충족되기는커녕 점점 커지기만 하는 거구나. 채울 수 없는 갈망에 애가 끓는다는 것은 이리도 괴로운 일이었어.

'야토, 너도 이런 아픔 속에 있는 것이냐.'

사르륵사르륵, 나뭇잎이 흔들리는 소리가 저를 비웃는 귀신들의 웃음소리처럼 들렸다. 언제까지고 이런 곳에 움츠리고 앉아 헛된 꿈만 꾸고 있을 것이냐, 그리 말하는 듯하다.

소루는 방을 향해 몸을 돌렸다. 아슬아슬하게 내디디는 발걸음이 마치 검은 늪 속으로 잠겨 가는 것처럼 무겁다.

땅속으로 가라앉아 가는 것 같았다.

가륜은 자현이 떠날 채비를 하기는커녕 태평스레 잦은 밤놀이나 나가더라 하는 보고를 듣고 눈을 가느다랗게 떴다.

궁지에 몰려 자포자기한 것인가.

아니, 그럴 리가 없다. 가륜은 곧바로 그 생각을 부정했다.

그놈이 어디 보통 질긴 놈이던가.

'밟고 또 밟아도 다락같이 기어오르는 놈이다. 체념했을 리 없다.'

거의 강박에 가까운 확신에 차서 가륜은 종잇장을 파헤칠 듯 바라보았다. 놈이 어딜 그렇게 쏘다니는지는 나와 있지 않았다. 그저 허구한 날 밖에 나가 밤을 꼴딱 새우고 돌아온다더라 하는 내용이 보고서에 적힌 전부였다.

"무능한 놈들……."

그는 우득 이를 갈며 종이를 내던졌다. 귀신같은 놈이니 미행하기가 쉽지 않으리라는 것은 잘 알고 있었지만 명색이 왕실 그림자 무사라는 것들이 번번이 이러니 속이 뒤집어진다.

'그래도, 지금에 와서는 저놈도 어쩔 수 없을 것이다.'

뒤에서 무슨 수작을 부리든, 다시 백성들을 선동해 압박하면 그만이다. 가륜은 아무런 반박도 하지 못하고 주먹만 틀어쥐던 자현의 모습을 떠올리며 히죽 웃었다. 그 얼굴만 떠올리면 십 년 묵은 체증이 가신 듯 속이 다 후련했다. 몇 년간 손끝에 박혀 있던 가시를 드디어 제거할 수 있게 되었으니, 어찌 시원하지 않을쏘냐. 가륜은 만족스러운 얼굴로 턱수염을 쓰다듬었다.

'이제야 해방되는구나.'

문득 가륜은 미간을 모았다.

해방이라니? 대관절 무엇에서 해방된다는 말인가. 자현이 제 신경을 거스르는 것은 분명하나 해방이라니. 이상하지 않은가. 그깟 놈이 뭐라고 왕인 저가 해방감까지 느끼느냐 말이다.

'그저…… 후환이 될 싹을 제거하는 것뿐이다.'

왕은 마음속의 묘한 위화감을 지워 버렸다. 그래. 자신은 처음부터 자현이 골칫거리가 될 것을 직감적으로 알아보았던 것이다.

그 불온한 눈빛, 오만방자한 태도, 하늘 높은 줄 모르는 자만심……. 어떻게든 저걸 꺾어 누르지 않으면 큰 화가 미치리라는 것을 진즉부터 알아차리고 있었다. 결국 제 예상대로 되지 않았나. 한낱 하찮은 지방 귀족 출신의 무관에서 특출난 장수, 그리고 나라의 영웅이 되더니 이제는 권세가들을 줄줄이 꿰어다가 저를 위압해 오고 있었다. 이다음에는 무엇이 될지 알 수가 없다.

'내 눈앞에서 어서 치워 버리지 않으면…….'

손끝으로 탁상을 두드리던 가륜은 이내 자리에서 벌떡 일어났다. 이럴 게 아니라 놈을 다시 궁궐로 불러다가 닦달을 해야겠다. 질질 끌 것 없이 당장 도성을 떠나라 일갈하는 거다. 만약 놈이 반발하면 노비의 시체를 몇 구 더 길바닥에 늘어놓고 양민들을 부채질할 생각이었다. 어리석은 백성들은 분명 겁에 질려 자호가로 득달같이 달려가겠지.

그 광경을 상상하는 것만으로도 가슴속에 만족감이 차올랐다. 영웅이라 그리 떠받들던 이들이 등을 돌려 비난을 퍼붓는 광경을 지켜보는 기분이란 어떤 것일까. 자현을 불러 세워 놓고 묻고 싶을 정도였다.

'못 할 것도 없지.'

그는 한껏 음산한 미소를 머금으며 시녀들에게 장포를 내오라 일렀다. 그러곤 환관을 불러다가 당장 자현에게 전보를 띄우라 명하려는데, 문밖에서 다급한 발소리가 들려왔다.

"폐하, 장재이옵니다. 잠시 실례해도 되겠사옵니까?"

환관장의 목소리였다. 가륜은 눈살을 찌푸렸다.

"무슨 일인가."

"그, 급히 아뢸 일이 있어 달려왔사옵니다."

"아뢸 일?"

잠시 미간을 모으던 가륜은 안으로 들어와도 좋다 일렀다. 그러자 장재가 총총거리는 걸음으로 방 안에 들어서더니 시녀들을 향해 물러나라는 눈짓을 보낸다. 그것을 본 가륜은 눈살을 찌푸렸다.

"대관절 무슨 일이기에 그러느냐."

"마, 말씀드리기 송구하오나……."

그가 말끝을 흐리며 한참 동안 우물쭈물했다. 그 모습에 묘한 불안감을 느낀 가륜이 서둘러 시녀들을 물리치고는 장재를 다그쳤다.

"무슨 일이냐! 질질 끌지 말고 어서 말해 보라!"

그의 호통에 장재가 허둥지둥 입을 열었다.

"가, 가란 공주님에 관한 것입니다."

"……가란이 왜?"

제가 애지중지하는 딸아이의 이름에 대번 가륜 왕의 낯이 심각하여졌다. 가란이 어떤 딸인가. 일찍 죽은 제 어미를 쏙 빼닮아 곱디고운 자태에 온유하고 사려 깊어 늘 아비의 마음을 헤아려 주는 영민한 딸이 아니던가. 혹 가란의 신상에 무슨 일이 생긴 것인가 하는 걱정에 가륜은 환관장 앞으로 한달음에 달려갔다.

"어서 말을 해 보아라. 무슨 일이기에 그리 뜸을 들이느냐!"

"가, 가란 공주님의 별궁에…… 남몰래 사내가 드나드는 듯하옵니다."

순간 방 안에 깊은 침묵이 내려앉았다.

가륜은 제가 들은 말이 도무지 이해가 가지 않아 멍하니 되풀이하였다.

"지금…… 무어라 했느냐? 가란의 궁에 사내가 드나들어?"

"예, 예에, 별궁을 드나드는 본궁의 시녀가 공주 전하의 여종이 몰래 사, 사내의 족의足衣를 빨고 있는 것을 보고 의아하게 생각해서 훔쳐보았는데 잠시 뒤 웨, 웬 사내가 이른 새벽에 공주 전하의 침실을 나오는 것을 보았다고 합니다."

까드득, 이 가는 소리가 섬뜩하게 울려 퍼졌다. 장재는 어깨를 한껏 웅크리고서 왕의 험악한 기색을 살폈다.

시집도 안 간 딸의 방에 밤손님이 드나든다는 이야기를 듣고 어느 아비가 격분하지 않겠는가. 더군다나 가륜 왕의 막내딸을 향한 유별난 사랑은 온 궁궐에 자자한 일. 제 딸에게 청혼을 넣었다는 이유만으로 모진 대우를 받은 이는 비단 자현만이 아닌 것이다. 그 귀애하는 딸이 부친의 눈을 피해 밀회를 즐기고 있다는 소리에 가륜은 눈이 뒤집혀 대뜸 칼부터 뽑아 들었다.

"네 이놈……! 그 말이 사실이 아니라면 네 목이 달아날 것이다!"

"소, 송구스럽게도…… 사실이옵니다. 이 사실을 전해 듣자마자 제가 직접 공주 전하의 시비 중 하나를 족쳐 확인하였습니다. 아흐렛날 전부터 웬 사내가 가란 공주님의 별궁을 드나들며…… 저, 정분을 나누었다는데……."

제 목에 겨누어진 칼자루가 바르르 떨리는 것을 보며 침을 꿀꺽 삼킨 장재가 힘겹게 토해 냈다.

"그자가…… 자현이더랍니다."

섬뜩한 침묵이 내려앉았다.

심히 두려워 장재는 감히 왕의 얼굴을 똑바로 바라볼 수도 없었다. 부들부들 떨리던 칼끝이 천천히 바닥을 향해 내려갔다.

"네놈이 지금…… 뭐라 한 것이냐."

궁궐 생활만 삼십 년이 넘어 잔뼈가 굵은 장재이지만, 또다시 그 말을 입에 올릴 담력은 없었다. 그는 그저 바닥에 몸을 납작 엎드리고서 송구하다, 송구하다, 반복해 외치기만 하였다. 그것을 이글거리는 눈빛으로 내려다보던 가륜이 이내 문을 박차고 나갔다.

복도에 대기하고 선 궁녀들이 그의 손에 들린 시퍼런 칼날을 보고 사색이 되어 황급히 바닥에 엎드렸다. 그것을 아는지 모르는지 가륜은 귀신 같은 얼굴을 하고서 본궁 밖으로 성큼성큼 걸어 나갔다.

호위와 하인들이 그를 보필하기 위해 우르르 따라붙었으나 그마저도 인지할 수 없었다. 그는 그저 뭔가에 씐 사람처럼 정원을 가로질러 제 딸의 거처를 향해 나아갔다.

열네 살 때부터 빼어난 미태를 뽐낸 가란이다. 궁궐을 드나드는 놈들이 혹여라도 제 순진한 딸을 꾀어 허튼수작을 부릴까 부러 내궁에서도 가장 외진 곳에 덩그러니 지어 놓은 별궁. 제 아비가 저를 위해서 특별히 지은 궁전에서 설마 가란이 그놈과 밀애를 즐겼을 리 없다.

가란이 그런 식으로 이 아비를 배신했을 리 없어.

그렇게 되뇌면서도 왕의 시퍼런 낯빛은 돌아올 줄을 몰랐다.

그는 왕이 찾아왔다는 소리를 듣고 허겁지겁 뛰쳐나와 조아리는 시녀들을 제치고 성큼 가란의 방으로 향했다. 제아무리 왕이라 할지라도 기별도 없이 불쑥 공주의 사실에 들이닥칠 수는 없는 법. 하지만 눈이 뒤집힌 가륜은 궁궐의 법도를 깡그리 무시한 채, 곧장 가란의 침실 문을 열어젖혔다.

그러자 침상 위에 벌거벗고 누워 곤히 자던 가란이 소스라치며 벌떡 몸을 일으켜 세웠다. 문가에 선 부친의 얼굴을 발견한 그녀의 낯빛이 시퍼렇게 질렸다. 그녀는 대경실색하여 황급히 비단 자락으로 몸을 가렸다.

하지만 이미 가륜은 지난밤 날이 새도록 벌어진 정사로 울긋불긋 물든 몸뚱이를 낱낱이 확인한 후였다. 그의 얼굴이 흡사 염라대왕의 것처럼 시뻘겋게 달아올랐다.

"네가, 네가 감히······!"

"아, 아바마마······."

구깃한 이불자락으로 몸을 가리며 가란이 바닥에 엎드렸다. 그의 손에 쥐여진 시퍼런 칼이 서슬 퍼렇게 빛나며 파르르 떨렸다. 가란은 겁에 질려 오들오들 떨었다.

"부, 부디 제 이야기를······."

"네가 감히 나를 우롱해!"

번쩍 칼을 치켜드는 가륜의 모습에 가란은 더는 말을 잇지 못하고 악 소리를 내며 머리를 부여잡았다.

이성을 잃고서 씩씩거리던 가륜은 차마 칼부림은 못 하고 어깨만 부르르 떨다가 이내 검을 바닥에 내팽개쳤다.

"네가! 네가! 어떻게 네가 이런 식으로 내 뒤통수를 후려갈길 수가 있단 말이냐!"

고함을 내지르는 왕의 얼굴은 그야말로 아수라와 같았다. 그가 주먹으로 가슴을 탕탕 두드렸다.

"감히 그놈과······ 하필이면 자현, 그 자식과!"

그놈이 제 딸과 놀아나며 저를 비웃었을 것을 생각하니 속에서 천불이 일었다. 가륜은 머리를 쥐어뜯었다.

당신이 다 이긴 줄 알았지?

머릿속에 놈의 음흉스러운 목소리가 들려오는 듯했다.

어쩌면 그리 모자라고 어리석을 수가 있단 말인가. 당신 딸이 희롱당하는 동안 멍청이같이 희희낙락하였지? 왕이란 이름이 아깝다. 하기는. 그 허울 좋은 자리도 잘나신 형님이 죽어져 손아귀에 떨어진 것. 그 손에 쥔 모든 것이 다 허상과도 같은 것이지.

가륜은 끓어오르는 분노를 삭이지 못하고 탁자에 놓인 자기들을 내던지며 불같은 고함을 내질렀다.

"네가 그놈과…… 그놈과 붙어 나를 이리 조롱하다니……!"

"아, 아닙니다! 아바마마! 절대 그리하지 않았습니다. 소녀는 오, 오로지 아바마마를 위해서……!"

정신 줄을 놓은 듯한 왕의 모습에 가란이 흐느끼며 토해 냈다.

"단지, 단지 소녀는 아바마마를 위해서 그, 그를……."

"나를…… 위해?"

가륜이 딸의 얼굴을 꿰뚫을 듯 노려보았다. 광기가 일렁거리는 그 형형한 눈길에 가란은 어깨를 움츠렸다. 왕이 그 앞에 무릎을 꿇어앉으며 딸의 어깨를 억세게 부여잡았다.

"그래! 이 아비를 위해 그리한 것이지? 그렇지? 암, 란이 네가 이 아비를 배신했을 리가 없지. 너는 나를 위해 그를 속인 것이야. 속은 것은, 그놈! 그놈이야! 틀림이 없을 테지!"

가란은 지금 제 아비가 정상이 아님을 알아차리고 혹여라도 이를 부정했다가는 죽임을 당할까 부들부들 떨며 고개를 끄덕였다. 왕의 낯이 극적으로 밝아지었다.

"하하하! 그럴 줄 알았어! 어리석은 놈! 어리석은 자현!"

그리 껄껄 웃어 대는 얼굴을 보는 가란의 눈이 아득하게 가라앉았다. 그제야 제 아비의 안에 저로서도 어찌할 수 없는 아득한 수렁이 있음을 깨닫고 그녀는 깊은 탄식을 토해 냈다.

자신의 말이라면 무엇이든 다 들어주는 다정한 아비. 이따금씩 그 안에서 광기의 편린을 엿보았지만, 그래도 제게만은 설탕같이 다디단 부친이라 노력하면 마음을 누그러트릴 수 있으리라 믿었건만……

'이리 감정의 골이 깊었나.'

가란의 눈에 핑글 눈물이 고였다. 아니, 사실은 은연중에 느끼고 있었다. 그 안에 자리한 정체 모를 앙금을. 그리해, 왕을 설득하고 있느냐는 자현의 질문에 조금만 더 기다려 달라 살살 달래며 차일피일 미루고 있었던 것이 아닌가. 부친의 안에 똬리를 튼 분노가 혹여라도 터져 나오는 게 아닐까 두려워…….

"나를 위해 그자를 불러오너라, 딸아."

가륜이 애처롭게 흐느끼는 가란의 턱을 한 손으로 들어 올리며 부드럽게 말하였다. 그 온화함이 도리어 두려워 가란은 등줄기를 떨었다.

"아, 아바마마……"

"당연히 그리할 테지? 란이 너만은 나를 거스르지 않을 게야."

상냥하게 웃으며 그가 어린 딸을 어르듯 머리를 쓰다듬는다. 몸을 움츠리며 후두둑 눈물을 쏟아 내던 가란은 이내 고개를 끄덕였다. 흐느낌을 삼키기 위해 깨문 입술에서 핏물이 튀었다. 제 딸의 공포에 질린 얼굴조차 보질 못하고 왕은 즐겁다는 듯 호방하게 웃었다.

식은땀에 젖어 깨어난 소루는 거친 숨을 토해 냈다. 사방에 어둠이 진득하게 고여 있었다. 그녀는 아직도 자신이 악몽 속을 헤매고 있는 것은 아닌지 의심하며 눈꺼풀을 어루만져 보았다.

축축한 물기가 만져졌다. 땀방울이 맺힌 것인 줄로 알고 손끝으로 몇 번인가 쓸어내리다가 주룩주룩 흐르는 것을 느끼고는 그게 눈물임을 알았다.

'무슨 꿈이었지?'

매일 꾸는 그 꿈과는 달랐다. 잘 기억나지 않는데도 다르다는 것만큼은 분명하였다. 그녀는 오한이 돋아난 팔을 쓰다듬으며 몸을 일으켰다.

머리가 어지럽고 몸이 으슬으슬하다. 요즘은 날이 춥다며 나와 있지 말라던 염이의 말이 떠올랐다.

설마 고뿔이라도 걸린 것인가.

의아한 얼굴로 침상에서 내려서던 소루는 문득 인상을 썼다. 심장이 불안하게 요동쳤다.

'대체…… 왜 이러지?'

으스스하게 느껴질 정도로 주변이 조용했다. 혹시 한밤중인가. 요 며칠 동안 계속해서 밤잠을 설친 탓인지 정오가 지나고부터 수마가 쏟아져 일찌감치 침상에 누운 것이 미시未時가 조금 지났을 즈음. 그로부터 얼마나 지났는지 알 수 없었다. 그녀는 창문을 열어 밖으로 손을 내밀어 보았다. 희미하게 햇살의 열기가 느껴졌다.

'아직 해가 지진 않을 것 같은데…….'

그녀는 고개를 두리번거렸다. 온 세상이 죽은 듯이 고요했다. 다들 어디에 간 걸까. 문득, 불안감에 휩싸인 소루는 신발도 제대로 신지 않고 밖으로 뛰쳐나갔다.

'왜 이렇게 어둡지?'

평소보다도 주위가 컴컴했다. 모든 것이 어둠 속에 녹아 버린 듯했다. 소루는 세상에 저 혼자만 남아 버린 듯한 공포심에 잠겨 복도를 배회했다. 그때, 어디선가 염이의 목소리가 들려왔다.

"마님! 그러다 다치시면 어쩌려고 나와 계세요."

반가운 얼굴로 소리가 난 쪽을 향해 고개를 돌리던 소루는 흠칫 몸을 굳혔다. 도무지 그녀의 기척을 느낄 수가 없었던 것이다. 비단 염이의 기운만 흐려진 것은 아니었다. 마치 온 세상이 검은 연기에 휩싸인 것처럼 흐릿했다. 좌우는 물론, 순간적으로 위아래조차 구분할 수 없었을 정도였다. 소루는 희미한 어지럼증을 느끼고 살짝 휘청거렸다. 그 모습을 본 염이가 한달음에 달려와 재빨리 그녀를 부축해 주었다.

"어디 불편하신 데라도 있으세요? 얼굴이 창백하세요."

"……자현은…… 아직 돌아오지 않았느냐."

"낮에 돌아오셨어요. 곧장 서재로 가서서 일을 보고 계십니다."

소루는 고개를 들었다. 그가 집 안에 있을 때면 늘 따사로운 빛을 느낄 수 있었다. 한데 어찌 된 영문인지 그의 기척마저도 전혀 느낄 수가 없었다. 불길한 예감이 점점 더 부풀어 올랐다. 그녀는 염이의 손을 꽉 움켜쥐었다.

"지금 나를 그리로 인도해 줄 수 있느냐."

"예?"

"자, 잠시 확인할 일이 있어서 그런다. 지금 당장, 나를 그에게 데려가 다오."

당황스러운 기색을 보이던 염이가 이내 이리 오셔요 하며 손을 잡아끌었다. 소루는 어미의 뒤를 따르는 아이처럼 그녀의 뒤를 졸졸 쫓았다.

좀처럼 제 방에서 나오는 일이 없는 안주인이 홀연히 등장한 것에 놀랐는지, 일꾼들이 다급히 숨을 들이켜는 소리가 들려왔다.

본래라면 그들의 두려움을 예민하게 느끼고 몸을 사렸을 테지만, 지금은 제 두려움이 너무나 극심하여 신경 쓸 여력이 없었다. 소루는 염이의 손을 동아줄처럼 꽉 붙잡고서 휘청휘청 걸음을 옮겼다.

이윽고 목적지에 당도했는지 염이가 발걸음을 멈추었다. 그녀가 야무진 손길로 제 치맛자락을 정리해 주더니 흠흠 헛기침을 해 목청을 가다듬었다.

"주인 나리…… 마님께서 오셨습니다. 잠시 안으로 들어도 되겠습니까?"

소루는 긴장하며 그의 대답을 기다렸다. 두 눈이 불안으로 흔들렸다.

가까이 가니 그의 기운이 느껴지긴 하였지만, 그래도 역시나 평소보다 희미했다. 어디가 아픈 것일까. 안 좋은 일이 생긴 건 아닐까.

그런 두려움이 무색하리만치 담담한 음성이 들려왔다.

"들어와라."

드르륵, 문이 열리는 소리가 들렸다. 염이의 인도에 따라 서고 안으로 들어선 소루는 참았던 숨을 토해 냈다.

그는 걱정했던 것이 허무하게 느껴질 정도로 강건했다. 금색과 붉은색이 한데 뒤섞여 휘몰아치는 듯한 빛의 아지랑이를 바라보며 그녀는 가슴을 쓸어내렸다. 아무래도 꿈자리가 뒤숭숭해 일시적으로 착각을 한 듯했다.

"무슨 일이지?"

염이가 말씀 나누십시오 하고 문을 닫기 무섭게 그가 무뚝뚝한 음성으로 물었다. 소루는 네게 무슨 일이 생긴 줄로 알았다 하려다가 입을 다물었다.

왜 그런 생각을 했느냐 물으면 무어라 답한단 말인가. 갑자기 안 좋은 예감이 들어서? 꿈자리가 사나워서?

굳이 입 밖에 내지 않아도 그의 비웃음 소리가 들려오는 듯했다. 아무 말 못 하고 입술을 깨물고만 있자 남자가 다그쳤다.

"뭣 때문에 왔느냐고 물었다. 혹 또다시 지난번 같은 소리를 하려거든……."

"나, 나는 단지 네가…… 걱정이 되어서……."

난폭해지는 어조에 더듬거리며 내뱉자 어색한 침묵이 내려앉았다. 그녀는 허둥지둥 덧붙였다.

"요 며칠 동안…… 계속 돌아오지 않길래 조금 걱정이 되었다. 그뿐이야. 방해해서 미안하다."

"……잠시 쉬려는 중이었다."

또다시 냉담한 대꾸가 돌아오는 것이 두려워 황급히 돌아서려는데 조금 가라앉은 음성이 들려왔다. 그녀는 움직임을 멈추었다.

자현이 덜커덩 소리를 내며 의자에서 일어나더니 저를 잡아당겨 탁상 앞으로 이끌었다.

"차나 한잔하고 가라."

"아……."

그러고는 대답도 듣지 않고 하인을 불러 차를 내오라 이른다. 소루는 그가 빼 주는 의자 위에 얼떨떨하게 앉아 손가락을 꼼지락거렸다. 예상치 못한 친절에 가슴이 술렁거렸다.

일전에도 한 번씩 제 방에 들러 함께 차를 마시곤 했지만, 야토와의 싸움 이후로는 처음 있는 일이다. 무슨 말을 해야 좋을지 알 수가 없다.

"편히 있어라."

안절부절못하는 것을 알아차렸는지 자현이 무뚝뚝하게 내뱉는다. 소루는 볼을 붉히며 고개를 끄덕였다.

잠시 뒤 시비가 차와 다과를 가지고 돌아왔다. 그동안 그는 말없이 반대편에 앉아 종잇장을 부스럭거렸다. 제가 옆에 있든 없든 신경도 쓰지 않는 눈치였다. 그 무심함에 도리어 마음이 편안해졌다. 제가 옆에 있기만 해도 벌벌 떠는 이들투성이이지 않은가.

"……식사를 못 한다고 들었다."

묘한 감동 같은 것을 느끼며 따뜻한 찻잔을 감싸 쥐는데 불현듯 그가 말을 걸었다.

"음식이 입에 맞지 않나."

"아, 아니다. 아주 맛있어."

"뭐든 좋아하는 게 있으면 말해라. 준비하라 이르마."

"난 뭐든 잘 먹는다."

"그래서 뼈밖에 안 남았나."

　다소 날이 선 음성에 그녀는 어깨를 움츠렸다. 그렇게 제 모습이 볼품이 없나 싶어 귀가 뜨거워졌다.

"그저, 입맛이 없어서……."

"그러니까 먹고 싶은 것을 말하라는 게 아니냐."

　그가 인내심의 한계를 느끼는 것처럼 딱딱 끊어 말했다.

　뭐라도 말하지 않으면 화를 낼 것 같아 아무 음식이나 떠올려 보았지만 생각나는 것이 없다. 우물쭈물하기를 잠시, 옛날 저를 젖 먹여 키운 이가 몰래 궁궐을 나가 사다 주곤 하던 엿가락이 생각났다.

"……꽃잎이 든 엿을 먹고 싶다."

"꽃잎이 든 엿?"

"저잣거리에서 파는 것인데…… 어릴 적에 아주 좋아했다."

　그것은 제게 쏟아지던 유일한 애정의 증표였다. 조그만 엿가락을 양손으로 움켜쥐고서 입 주변이 끈적끈적해질 때까지 물고 빨고 하던 것을 떠올리며 소루는 살포시 미소 지었다. 한때는 떠올리는 것만으로 가슴이 쥐어뜯기는 듯하였건만 지금은 그저 그립기만 했다.

　잠시 옛 추억에 잠겨 있는데, 자현이 별 시답잖은 것을 다 먹고 싶어 한다며 면박을 주었다. 조금 무안했지만 그가 관심을 기울여 주는 것 자체가 기뻐 소루는 웃기만 하였다.

　그게 못마땅한지 쯧, 하고 작게 혀를 차던 자현이 오가다 눈에 띄면 하나 사다 주마 하고는 다시 제 할 일을 하기 시작한다. 그 무심한 한마디가 가슴속에 울렸다.

"……고맙다."

그는 못 들은 척 대꾸도 않고 종잇장만 사박거렸다.

눈치껏 차를 비우고 자리를 비켜 줘야 한다는 것은 알고 있었지만 소루는 많지도 않은 차를 홀짝이며 시간을 때웠다. 조금이라도 이 시간을 연장하고 싶었다. 그렇게 하릴없이 앉아 미적거리고 있는데 문밖에서 하인의 목소리가 들려왔다.

"주인님, 전보가 도착했습니다."

소루는 낯빛을 흐렸다. 이삼일에 한 번꼴로 온다던 전보가 머릿속에 떠올랐다. 아니, 오늘 낮에 들어왔으니까 아닐 것이다. 그녀는 모른 척 찻잔을 만지작거리며 그가 자리에서 일어나는 소리에 귀를 기울였다. 부스럭거리는 소리가 들려오더니 잠시 후 그가 입을 열었다.

"외출하겠다. 말을 준비해라."

"예에……."

그러고는 저를 향해 무뚝뚝하게 내뱉는다.

"시녀에게 방으로 데려가 달라 일러라."

"아……."

그녀가 무어라 대답하기도 전에 자현은 문밖으로 걸어 나갔다. 그 순간, 다시 주위가 캄캄해졌다.

'뭐지……?'

등 뒤로 식은땀이 주륵 흘러내렸다. 그녀는 마치 눈앞에 드리워진 장막을 걷어 내려는 듯 고개를 이리저리 흔들어 보았다. 좀 전까지만 해도 환하던 세상이 점점 시커멓게 물들어 갔다. 아찔한 현기증을 느끼며 눈두덩을 감싸 쥐던 소루는, 불현듯 그것이 거대한 그림자 때문이라는 것을 깨닫고 자리에서 벌떡 일어났다. 온몸의 피가 얼어붙는 듯했다. 그녀는 허겁지겁 그를 뒤쫓아 나갔다.

"자현!"

복도를 걸어 나가던 자현이 놀란 듯 멈춰 섰다. 소루는 숨을 멈추었다. 시커먼 먹구름 같은 것이 자현의 몸을 뒤덮고 있었다.

그녀는 그게 무엇인지 잘 알고 있었다. 그 옛날 금방 올게 하고 뒤돌아서던 이의 머리 위에, 장난감을 밀어 넣어 주던 신녀의 가슴 위에, 제 곁을 지키던 어느 어린 여종의 배 위에, 뭉글뭉글 피어오르던 죽음의 그림자.

소루는 그것을 떼어 내려는 듯 그의 옷자락을 와락 거머쥐고서 거세게 흔들었다.

"안 된다! 가지 마라, 자현."

그의 몸이 희미하게 굳어졌다. 그녀는 겁에 질려 벌벌 떨었다. 죽음의 기운이 점점 더 짙어지고 있었다.

그 악의의 출처가 그가 손아귀에 쥔 물건이라는 것을 깨달은 소루는 그것을 낚아채듯 빼앗아 들었다. 조그만 종잇장이 손아귀에서 와그작 구겨졌다. 그 서한을 작성한 이의 살의가 제게 들러붙는 듯하여 순간 속이 다 울렁거렸다.

"이게 무슨 짓이냐!"

"가면 안 돼!"

소루는 역정을 내는 그를 두 손으로 꽉 붙들고서 외쳤다.

"나가면 나쁜 일이 생길 거야. 죽을 수도 있어!"

"갑자기…… 무슨 뚱딴지같은 소리를 하는 거냐!"

"정말이야! 여태껏 그래 왔다. 내 곁에 있던 이들은 전부……!"

소루는 이성을 잃고 언성을 높였다. 차분히 설득해야 한다는 것은 알고 있었지만 마음이 불안하고 조급하여 혀끝이 자꾸 얼어붙었다. 과거 처참하게 죽어 간 이들의 모습이 떠올라 도무지 진정할 수 없었다. 어떻게든 못 가게 막아야 한다는 생각에 그녀는 구겨 놓은 종잇장을 붙들고 속사포로 토해 냈다.

"이, 이걸 보낸 사람이 너를 해치려고 한다. 가면 큰일을 당할 거야!"

"하! 무슨 헛소리를……! 누가 보냈는지, 어떤 내용인지 네가 뭘 안다고 그런 말을 하는 거냐!"

"알아! 네 정인이잖아! 나도 다 안다. 네가 다른 이를 사모하고 있다는 것쯤은……! 네가 행복하다면 그래도 상관없었다. 하지만, 하지만 지금 이 사람은 너를 해치려고……!"

"헛소리 집어치워!"

그가 그녀의 손을 거칠게 뿌리쳤다. 소루는 휘청거리며 바닥 위로 나동그라졌다. 머리맡에서 격한 욕설이 터져 나왔다.

"그런 허황된 소리를…… 지금 나보고 믿으라고 하는 거냐!"

"저, 정말이야. 너는 내가 가진 재주를 알잖느냐! 내, 내 말을……."

"그만해!"

내뻗어 오는 그녀의 손을 그가 가차 없이 내치며 소리쳤다.

"있는 듯 없는 듯 있겠다, 아내로 여기지 않아도 된다, 그리 지껄여 놓고는……! 너는 늘 나를 헤집고 들어오려 하지! 대체 내게 뭘 바라는 거냐! 나는, 나는……!"

그가 무언가를 삼키려는 듯 거칠게 숨을 몰아쉬었다. 그러다 도저히 스스로를 주체할 수가 없다는 듯 고함을 내질렀다.

"처음부터……! 처음부터 너 같은 걸 곁에 두는 게 아니었다! 매달리든 말든, 쓸모가 있든 없든, 너 같은 골칫거리 진작 멀리 보내 버렸으면, 내가, 내가 이런……!"

비수처럼 가슴을 찌르는 말에 소루의 입에서 작은 흐느낌이 터져 나왔다. 그가 쿵, 하고 벽을 내려쳤다.

"제기랄! 그러게 왜 나를 찾아와서……! 왜 나를 붙잡아서……! 왜 나한테 이런 말을 들어! 왜 내가 이런 말을 하게 해!"

"미, 미안……하다. 미안해……. 두 번 다시 기대하지 않으마. 다가가지도 않으마. 나를 어디 먼 곳으로 보내도 돼. 그, 그러니까……."

어깨를 떨며 울면서도 소루는 내뱉었다.

"……가지 마라."

"그만하라고 하잖아!"

다시 한 번 쿵, 하는 소리가 울려 퍼졌다. 그녀는 필사적으로 울음을 삼켰다. 머리맡에서 들려오던 거친 숨소리가 서서히 잠잠해지더니, 그리 격렬한 행동을 한 사람의 것이라고는 믿을 수 없을 정도로 차분한 음성이 들려왔다.

"그나마 네게 품은 동정심마저 식게 만들지 마라."

"내 말을 믿어 줘. 정말로 이대로 나가면 네게 안 좋은 일이……!"

비웃는 소리가 선연하게 귓가에 울렸다.

"저도 계집이라고 사내를 붙들려 드는 게 그저 우습군."

소루는 뻣뻣하게 몸을 굳혔다. 서릿발처럼 잔인한 말에 더는 무슨 말을 해야 좋을지 알 수가 없었다. 넋 나간 얼굴로 입술만 달싹거리는데, 자현이 그대로 몸을 돌려 가 버린다. 그녀는 멀어지는 그의 발소리를 듣고만 앉아 있었다. 그러자 차마 끼어들지 못하고 뒤에서 지켜보고 있던 염이가 훌쩍거리며 다가와 그녀를 일으켜 세워 주었다.

"……마님, 이, 이만 방으로 돌아가요."

잡아끄는 손길에도 그녀는 꼼짝하지 않고 서서 자현이 떠난 자리만 멍하니 바라보았다. 뭉게뭉게 피어난 검은 기운이 기어코 그를 집어삼켜 버린다. 마치 제 세계가 죽어 가는 것처럼 느껴졌다.

그녀는 발작적으로 염이의 손을 뿌리치고 달려 나갔다. 뒤에서 새된 비명 소리가 들려왔지만, 그녀는 잠시도 지체하지 않았다. 몇 번이나 벽에 부딪히고 바닥을 굴러 가며 어찌어찌 건물 밖으로 나오자, 멀리서 말 울음소리가 들려왔다. 그녀는 필사적으로 외쳤다.

"자현!"

이럇, 하는 외침과 함께 말발굽 소리가 요란하게 울려 퍼진다. 그녀는 양손으로 허공을 휘저으며 허둥지둥 그를 뒤쫓아 갔다. 미처 문을 닫지 못한 이들이 황급히 물러나는 게 느껴졌다. 귀신 공주에게 닿으면 저주받는다는 소문 때문인지 누구도 그녀를 막아 세우려 하지 않았다. 소루는 대문을 뒤로하고 곧장 대로변으로 뛰어들었다. 저 멀리서 염이의 다급한 목소리가 들려온다.

"마님!"

그녀는 귀가 먹은 사람처럼 인파를 헤치고 나갔다. 조금이라도 지체하면 영영 그를 놓칠 것만 같았다.

"자현!"

가지 마.

숨이 턱까지 차서 제 귀에도 희미하게 들리는 소리를 힘겹게 토해 낸다. 그녀는 어디로 가야 하는지도 모르고 계속해서 나아갔다. 캄캄한 어둠 속에 사람들의 그림자가 어지럽게 일렁거린다. 말 울음소리, 수레바퀴 소리, 물건을 파는 상인들의 쩌렁쩌렁한 목소리가 혼란스럽게 마구 뒤섞였다. 낄낄낄, 귀신들의 웃는 소리도 들려왔다.

여기다. 여기야. 이쪽으로. 아니야, 이리로. 아니, 이리로!

그것들이 제가 나오기를 기다리기라도 한 듯 사방에서 몰려와 귀가 먹먹하도록 떠들어 댄다. 그녀는 다시 목청껏 외쳤다.

"자현!!!"

쿵, 하고 뭔가와 부딪혀 소루는 길바닥에 나동그라졌다. 와장창 무언가가 깨어지는 소리와 함께 거친 욕설이 들려왔다.

"웬 미친년이!"

소루는 다리에서 느껴지는 통증에도 괘념치 않고 벌떡 자리에서 일어났다. 저와 부딪히는 바람에 무언가가 깨어진 모양이었다. 짐을 나르던 이들이 험악하게 으르렁거렸다.

"이거 다 어쩔 거야!"

"미, 미안하다……."

"미안하다고 하면 다야!"

무슨 소란인가 하며 주위에 웅성웅성 사람들이 몰려온다. 그녀는 하얗게 질린 얼굴을 어지럽게 이리저리 돌리다가 다급하게 내뱉었다.

"정말 미안하다. 사, 사람을 급히 찾고 있어서……."

"어딜 그냥 내빼려고!"

서둘러 그들을 지나치려 하자 누군가가 그녀를 와락 붙잡더니 거칠게 돌려세웠다. 그 순간, 헉, 하고 숨을 들이켜는 소리가 들려왔다.

불길한 예감이 밀려들었다. 그녀는 재빠르게 미안하다 웅얼거리고는 도망치듯 반대편으로 내달렸다. 하지만 채 몇 발짝을 못 가 누군가에게 배를 걷어차였다.

"어딜 도망가!"

소루는 땅바닥 위로 쓰러지며 복부를 감싸 안았다. 순간적으로 숨이 쉬어지지 않았다. 쿨럭쿨럭 잔기침을 토해 내는데, 사나운 외침이 귓가에 꽂혀 들었다.

"이년이 귀신 공주다!"

소루는 허옇게 질린 얼굴로 황망히 고개를 휘저었다. 그러자 지척에 선 이가 그녀의 머리채를 움켜쥐더니 사납게 잡아당겨 고개를 쳐들게 했다.

"그 집구석에서 나오는 것을 내가 똑똑히 보았다! 이 허연 눈깔을 봐라! 귀신에게 눈을 빼앗겼다는 소루 공주다! 이년이 사람 잡아먹는 그 귀신 공주가 틀림이 없어!"

"나, 나는⋯⋯."

"거짓말할 생각 말어! 자현이라고 외치는 거 내가 똑똑히 들었어! 니 서방 찾으러 나온 거지?"

그리 험악하게 외친 사내가 내던지듯 머리채를 놓아주더니 발길질을 퍼부었다.

"내가 이제나저제나 니년이 나오기만을 밤낮없이 지키고 있었다! 네년 때문에 내 마누라가 무슨 꼴을 당했는지 알어!"

소루는 비명을 지르며 동그랗게 몸을 말았다. 몸을 강타하는 충격에 정신을 차릴 수가 없었다. 구타를 피하기 위해 슬금슬금 바닥을 기며 사내에게서 멀어지려 애쓰는데, 이번에는 돌멩이가 날아와 이마를 때렸다.

"우리 아부지도 저년 때문에 죽었어!"

피 끓는 외침이 귓가에 쟁쟁 울려 퍼졌다. 소루는 이마를 감싸 쥐며 겁에 질린 얼굴로 주위를 살폈다. 저를 둘러싼 사람들의 혼이 마치 불꽃처럼 너울너울 요동치기 시작했다. 어디선가 돌멩이가 하나 더 날아들었다. 그녀는 억, 하는 소리를 토해 내며 양팔로 머리를 감싸 안았다. 날아오는 돌멩이의 수가 점점 늘어나더니, 이윽고 사나운 매질이 쏟아졌다.

"니년이 죽어야 사람이 더는 안 죽는다!"

"죽어! 이 귀신아!"

소루는 바닥에 납작 엎드려 끅끅거렸다. 온 얼굴이 축축이 젖어

들었다. 피인지 눈물인지 땀인지 분간할 수 없었다. 쏟아지는 매질을 피하기 위해 바닥을 기자, 누군가가 옆구리를 걷어찬다. 숨이 턱 막혔다. 그녀는 죽어 가는 짐승처럼 헐떡거렸다. 그렇게 쏟아지는 몰매를 무력하게 받아들이고 있기를 얼마일까, 어느 순간 매질이 뚝 멎었다.

소루는 감히 달아날 생각도 하지 못하고 바닥에 축 늘어져 부들부들 떨기만 하였다. 전신에서 느껴지는 어마어마한 통증에 손가락 하나 까딱할 수가 없었다. 그저 숨을 죽이며 미안하다, 미안하다, 잘 들리지도 않는 사과만 연이어 토해 내는데, 어디선가 찢어지는 듯한 비명 소리가 울려 퍼졌다.

그녀는 울음을 멈추었다. 무슨 일이 벌어지고 있는 것인지 알 수가 없었다. 죽음의 기운이 폭풍처럼 사방에 몰아치기 시작했다. 사람들은 혼비백산하여 달아났고, 자욱하게 일어난 검은 먹구름이 그들을 빠르게 집어삼켜 나갔다. 그녀는 혼란스레 눈을 끔뻑거렸다. 온 세상이 검은 불길에 휩싸인 듯했다. 대관절 무슨 일이 벌어지고 있는 것인가. 겁에 질려 부들부들 떨고만 있는데, 고막을 찢을 듯이 울려 퍼지던 비명 소리가 어느 순간 뚝 그치고 천지 사방이 쥐 죽은 듯 조용해졌다.

세상이 끝나기라도 한 걸까.

진득한 피비린내가 코를 찔렀다. 몸을 일으켜 세우고 싶었지만 팔다리가 옴쭉도 하지 않았다.

어쩌면 이미 나는 죽었는지도 모른다. 죽어 혼백뿐인 채로 연옥 한가운데 뚝 떨어진 것인지도.

멍하니 그런 생각을 하는데 저벅저벅, 묵직한 발소리가 들려왔다.

약간 느리고, 약간은 위태로운 발소리.

소루는 입을 벌렸다. 무어라 말하고 싶었지만, 거친 쇳소리만 흘러나왔다. 제 바로 지척에 다다른 이가 천천히 몸을 숙였다. 그러고 는 한참 동안 머뭇거리다가 조심스럽게 그녀를 안아 들었다.

넓은 품에 안겨 소루는 가는 흐느낌을 토해 냈다. 그의 옷에서는 피 냄새와 함께 희미한 풀잎 냄새, 그리고 짙은 흙냄새가 났다. 언젠 가 맡아 본 적 있는 그윽한 밤의 향기.

가슴속에서 무언가가 복받쳐 올랐다.

"……야토."

겨우겨우 흘러나온 것은 비난의 말도, 책망의 말도, 원망의 말도 아니었다. 소루는 꺼질 듯한 음성으로 애원했다.

"내…… 남편을 살려 다오."

지천에 시체를 깔아 놓고 그 시체를 만든 장본인의 품에 안겨 오로 지 제 바람 하나에만 매달리는 나는, 틀림없이 귀신일 테지.

울음이 터져 나올 것 같았다. 아니, 이미 울고 있었다.

요괴가 답하였다.

"……그대가 바란다면."

먼 곳에서 들려오는 듯한 그 아득한 음성을 마지막으로, 소루는 의식의 끈을 놓았다.

十三章　왕실의　그림자

시녀들이 드나드는 조그마한 쪽문을 통해 궐 안으로 들어서자 대기하고 있던 하인이 냉큼 튀어나온다. 자현은 그에게 말고삐를 건네고는 성큼 후원을 향해 발을 내디뎠다. 하지만 채 서너 걸음을 못 걷고 수목이 무성한 정원 한가운데에서 우뚝 멈춰 서고 말았다.

"자현!"

등 뒤에서 아직도 그 여자가 부르고 있는 것 같았다. 뒤돌아보지 않기 위해 그는 턱이 부서져라 이를 악물었다.

그런 바보 머저리 같은 짓 하지 마. 뿌리치고 왔으면 언제나처럼 머릿속에서 지워 버리고 제 내키는 대로 하는 거다.

그는 굳어 선 다리를 떼어 내 앞으로 옮겼다. 하지만 가란의 침실 앞에 당도할 때까지도 소루의 우는 얼굴은 머릿속에서 사라지지 않았다. 그는 지끈거리는 머리를 감싸 쥐었다.

'대체 왜 나를 이리 몰아붙여! 대체 왜!'

공연히 분노가 치밀었다. 가란과 있을 때는 이런 난폭한 기분을 느끼지 않아도 되었다. 소루를 대할 때처럼 제 말과 행동을 통제하지 못해 초조해진 적도 없었다. 그녀의 곁에 있을 때는 아무것도 생각할 필요가 없었고, 그저 그녀가 제공하는 쾌락을 탐하면 그만이었다. 그는 가란의 다리 사이에 열중하는 것으로 현실에서 눈을 돌렸다.

그래서 그게 뭐 어떻다고.

그는 이를 악물며 문고리를 움켜쥐었다. 애초에 저는 왕좌를 탐낸 적도 없고 귀신 공주를 원한 적도 없다. 제 야망은 오로지 입신하여 가문을 일으켜 세우고 아름다운 여인을 아내로 맞이하는 것, 겨우 그 정도였다. 제멋대로 기대를 품고서 부채질을 해 대는 비령이나 억지로 맞이하게 된 아내나 다 성가시고 귀찮을 뿐이다.

그는 가란의 처소 안으로 문을 열고 들어섰다. 푸른 비단옷을 아름답게 차려입은 가란이 기다렸다는 듯 자리에서 일어나 그를 맞이해 주었다.

금빛 등불 아래 발갛게 빛나는 그 고운 얼굴을 가만히 바라보던 자현은, 이내 성큼성큼 다가가 그녀의 몸을 와락 끌어안았다. 그러자 여자가 호응하듯 그의 목에 팔을 휘감아 온다.

"자현……."

애원하는 듯한 음성에 그는 고개를 수그렸다. 그녀의 입술에 제 입술을 문대며 가느다란 허리를 끌어당기자, 이제는 익숙해진 화사한 향기가 콧속으로 스며들었다.

'이거면 돼…….'

그는 여자의 목덜미에 얼굴을 묻으며 눈을 감았다. 캄캄한 나락으로 가라앉는 듯한 기분이 들었다. 그 진득한 감각에 잠겨 소루의 슬픔에 잠긴 얼굴을 떨쳐 버린다.

더는 생각하고 싶지 않다. 아무것도 생각하고 싶지 않아.

자현이 도착했다는 소식을 전해 듣고도 가륜은 의자에 앉아 옴쭉도 하지 않았다. 사실은 문틈으로 놈이 무슨 수작질을 하는지 톡톡히 두 눈에 새겨 두고 싶었지만 참았다.

놈은 한계까지 오감을 단련한 무사였다. 타인의 시선쯤은 쉽사리 감지할 수 있을 것이다. 이미 몇 차례 암살자를 보내어 확인하지 않았나. 일류 살수도 주검으로 돌려보낸 놈이다. 제 기척 따위야 어렵지 않게 눈치챌 수 있겠지.

하여 가륜은 검을 단단히 틀어쥐며 끓는 속을 진정시키었다. 제아무리 가란이라고 해도 저 경계심 강한 놈이 인사불성이 되도록 술을 마시게 하는 것은 쉽지 않을 터. 적당히 취기가 돌았을 즈음 약을 먹여 아주 옴짝달싹 못 하게 만들어야 한다. 그 후에 제 손으로 직접 목을 베어 내는 거다.

'어디 목뿐이냐. 온몸을 갈기갈기 찢어 주마.'

가륜은 한껏 음산한 미소를 머금었다. 자현이 놈이 제 앞에서 무력하게 빌빌댈 것을 생각하니 벌써부터 피가 뜨거워졌다. 그리고 마음 한편에서는 도저히 부인할 수 없을 정도로 짙은 안도감을 느꼈다.

이제야 괴로움에서 해방되는구나. 그 기분에 도취되어 가륜은 다소 여유롭게 제 안에 자리한 수렁을 인정하였다. 가슴 안에 들어 있는 시커먼 웅덩이 위에 비치는 한 사람의 얼굴을.

'형님……'

누구나 매료되고 마는 고매한 인품과 하나를 알면 백을 깨우치는

지력, 그리고 단명의 숙명에도 불구하고 쉬이 꺾이지 않았던 강인한 정신력까지…….

그 비범함을 아쉬워하며 모두가 탄식하였다. 하늘도 무심하시지, 어찌 그 같은 인물에게 저리 병약한 육체를 주었단 말인가. 선왕조차도 차라리 가륜의 강건함이 세륜의 것이었더라면 하며 아쉬움의 한숨을 내쉬었다.

'그 말대로, 차라리 당신이 왕이 되었다면…… 내가 이처럼 왜곡된 인간이 되는 일도 없었겠지.'

그는 시퍼런 눈으로 형의 잔상을 노려보았다. 당신과 비교되는 일이 없었더라면 저는 그저 훌륭한 형님을 존경하는 동생으로 남을 수 있었을 것이다. 어째서 그토록 병약하게 태어나 제 안에 이런 수렁을 만들었나.

이제 와서는 닿을 길이 없는 원망의 말들이 그의 안에서 소용돌이쳤다.

무엇 하나 흠잡을 데 없는 완벽한 인간과 하나부터 열까지 비교당해야 하는 고통과 굴욕을 그 누가 이해할 수 있을까.

그는 언제까지고 모자란 왕이었다. 세륜이 왕이 되었다면 희란국에 유례없는 성군이 나셨을 것이다 하는 말을 평생 짊어지고 살아야만 하는 것이다. 그런 수치심을 죽는 날까지 견뎌야 하다니, 생각만 해도 치가 떨렸다. 그리고 설마 그런 일을 바라였겠는가.

처음 태자 자리를 거부한 것도 사실은 그를 배려하여 그런 것이 아니었다. 그저 고고한 척 형님이 계신데 제가 감히 하고 지껄이는 것으로 제 자존심을 지켰을 뿐이었다. 세륜은 동생의 우애에 탄복하였지만 제 안에서는 그런 음습한 열등감이 휘몰아치고 있었다.

그는 불타는 것처럼 뜨끈한 눈두덩을 손바닥으로 감쌌다. 형의 얼굴은 곧 자현의 얼굴이 되었다. 그를 본 순간 하늘을 원망하고 싶은 기분이었다. 이제야 벗어났는데 또다시. 자각할 새도 없이 그런 생각을 하였다.

차라리 알아볼 눈이 없었으면 좋았을 것을.

애꿎게도 누구보다 먼저 그 비범함을 알아보고야 말았다. 모를 수가 없었다. 줄곧 갈망해 온 것이다. 보통의 인간과는 다른, 특별한 유형의 인간만이 가지는 기개. 범인凡人은 흉내 낼 수도 없는 압도적인 존재감.

아아, 나는 저렇게 되기를 원했다. 형님이 얼마나 잘났든지 간에, 제가 얼마나 못났든지 간에, 그 무엇에도 개의치 않고, 그 누구의 평가도 신경 쓰지 않고, 그저 스스로에게 긍지를 품고서 살아가기를 원했다.

가륜은 평온함을 벗고 괴롭게 신음했다. 창자에서부터 증오심이 끓어오르고 마음은 요동을 쳤다.

제가 원하여 온, 제가 죽어도 될 수 없는 인간 군상이 눈앞에 나타난 심정을 그 누가 헤아릴 수 있을까. 구멍 나고 뒤틀린 자신의 인격을 정면에서 마주 보아야 하는 고통을 누가 감히 이해할 수 있나.

그릇에 맞지 않는 비대한 자의식이 비명을 질러 댔다.

누군가가 혹 알아보고 조롱하는 게 아닐까.

자현을 봐라. 기백이 다르지 않나. 역시 가륜은 범인의 그릇에 지나지 않는다. 뒤에서 숙덕숙덕 저를 비웃는 게 아닐까. 그런 생각들이 밤낮없이 그를 괴롭혔다. 그런 두려움을 도무지 떨칠 수가 없었다. 그는 머리를 쥐어뜯었다. 이제 벗어날 방법은 하나뿐이다.

'그러게 떠나라 할 때 떠났어야 했다, 자현.'

그는 핏대가 곤두서도록 검 손잡이를 꽉 움켜쥐었다. 잠시 후, 슬그머니 샛문이 열리더니 굳은 얼굴의 시녀가 걸어 들어와 모든 준비가 끝났다 일러 왔다. 그는 자리에서 일어나 가란의 방으로 향했다.

이미 다른 종들은 모두 자리를 피한 상태였다. 그는 으스스하게 느껴질 정도로 조용한 복도를 지나 가란의 침실 문을 열었다.

방 안으로 걸어 들어가자 침상 한구석에 웅크리고 앉은 제 딸과 그 옆에 곤히 잠들어 있는 자현의 모습이 한눈에 들어왔다. 그 광경을 싸늘한 눈빛으로 바라보던 가륜은 천천히 검을 빼 들었다.

스르릉, 하는 소리에 놈이 번쩍 눈을 뜬다.

그래. 자는 새에 쥐도 새도 모르게 죽는 것은 자현답지가 않지.

그는 씩 웃으며 침상 옆으로 다가섰다. 놈이 곧장 상황을 파악하고는 더듬더듬 제 검을 찾지만, 무기는 이미 치워 둔 뒤였다. 가륜은 약 기운에 몽롱하게 흐려진 눈동자를 내려다보며 입꼬리를 비틀었다.

"그래, 즐거운 시간 보내셨는가."

"……독을 쓴 건가."

"아니. 독 따위에 죽게 할 수는 없지. 다만 몸에서 힘이 빠져나가는 약을 썼을 뿐이다."

그가 몸을 일으켜 세우며 눈에 힘을 주었다.

"송구스럽군. 친히 손을 더럽혀 주시다니."

여유롭게 지껄이는 말에 분노가 치밀어 올랐다. 어쩔 줄을 몰라 하며 살려 달라 비는 꼴을 보고자 하였지, 그리 태연한 얼굴을 보려고 이런 번거로운 일을 꾸민 게 아니었다. 그는 검을 치켜들어 가차 없이 휘둘렀다.

가란이 날카로운 비명을 내질렀다. 하지만 정작 자현은 눈 하나 깜짝 않고 몸을 날려 아슬아슬하게 공격을 피했다. 가륜은 침상에 박힌 검을 뽑아 들며 이를 드러냈다.

"과연 나라 제일의 장수답다! 약에 취하는 정도로는 쉽게 죽지 는다 이건가!"

"과분한 칭찬에…… 몸 둘 바를 모르겠나이다."

자현이 가물가물 흐려지려는 정신을 간신히 붙들려는 듯 눈을 가늘게 뜨고 대꾸하였다. 이 와중에도 호기를 부리는 그 모습에 가륜의 인내심도 바닥을 드러냈다. 그는 눈에 불을 켜고서 칼을 휘둘렀다.

자현은 이불자락을 잡아당겨 가륜의 면전에 집어 던졌다. 비단 자락이 장검에 휘감겨 길게 찢어졌다. 왕이 거슬리는 천 조각을 치우는 동안, 그는 바닥으로 뛰어 내려와 무기가 될 만한 것을 찾았다. 하지만 손아귀에 힘이 들어가지 않아 저분 하나 들기도 벅찬 상태였다. 그는 떨리는 손을 움직이기 위해 안간힘을 썼다.

"전부터 자네 키가 지나치게 크다는 생각을 하였지. 내, 다리를 좀 잘라 줌세."

가륜이 비틀거리는 자현을 뒤쫓아 와 그의 다리를 향해 칼을 휘둘렀다. 급히 피했지만 종아리를 베이고 말았다. 자현은 이를 악물었다. 화끈거리는 통증에 의식이 약간이나마 명료해진다.

그는 의자 등받이를 한 손에 움켜쥐고서 혼신의 힘을 다해 휘둘렀다. 가륜 왕이 그것에 얻어맞고 휘청거리며 균형을 잃는다. 자현은 그 틈을 놓치지 않고 왕의 몸을 밀치며 문밖으로 뛰쳐나갔다.

등 뒤로 가륜의 고함 소리가 쩌렁쩌렁하게 울려 퍼졌다.

"그래 봤자 독 안에 든 쥐다!"


자현은 후들거리는 다리에 힘을 주어 필사적으로 걸음을 이어 나갔다.

'……방심했다.'

복잡한 머릿속을 비우려 권하는 술을 넙죽넙죽 마신 것부터가 실수였다. 머릿속이 몽롱하고 온몸이 돌덩이라도 된 듯 무거운 상태에서도 그는 스스로를 비웃었다.

'한 번 마음을 놓으면 그것으로 끝이라는 걸 질릴 정도로 잘 알고 있었으면서…….'

궁궐이 전쟁터보다 더하면 더했지 결코 못하지 않다는 사실을 지겹게 체험해 놓고도 여직 정신을 못 차렸나.

'꽤나 시시한 최후로군.'

치열한 전투를 셀 수도 없이 거치고 그 무시무시한 적장과 대결하고서도 살아남은 저가 겨우 미색에 홀려 이런 위기에 처하다니. 희극도 이런 희극이 없다. 이휼이 무덤에서 벌떡 일어날 노릇이군.

필사적으로 출구를 찾아 헤매면서도 그는 오래전에 해치운 적의 얼굴을 떠올리며 웃음을 흘렸다. 그 순간, 휙, 하고 바람을 가르는 소리가 들려왔다. 자현은 거의 본능적으로 몸을 숙였다.

"놀랍군. 아직까지도 그렇게 재빠르게 움직일 수 있다니……."

가룬이 기둥에 박힌 검을 뽑아 들며 감탄했다. 자현은 식은땀을 흘렸다. 조금만 늦었으면 단칼에 목이 베였을 것이다. 그는 쓰러지지 않기 위해 한 손으로 벽을 짚고 서서 재빨리 탈출구를 살폈다. 가룬이 다시 한 번 검을 휘둘렀다. 서둘러 피했지만 그만 팔뚝을 베이고 말았다. 상처를 감싸 쥐던 자현은 돌연 몸을 돌려 왕을 향해 돌진했다. 예상치 못한 반격이었는지, 가룬의 몸이 맥없이 뒤로 넘어갔다.

자현은 그 순간을 놓치지 않고 출구를 향해 달려갔다. 하지만 부들부들 떨리는 팔에 힘을 주어 필사적으로 문을 밀어 보아도, 자물쇠를 단단히 걸어 잠갔는지 옴쭉도 하지 않았다.

"하하하! 자현이 문 하나를 못 열어 낑낑거리다니 볼만하구나!"

뒤쫓아 온 가룬이 그 모습을 보고 광소를 터트린다. 더 이상 말대꾸를 할 여유도 없었다. 그는 온몸으로 문을 쿵 하고 밀었다.

가룬이 또다시 칼을 휘둘렀다. 급히 몸을 숙였지만 움직임이 굼떠 어깨를 깊숙이 찔리고 말았다. 자현은 바닥으로 무너져 내리며 신음을 토해 냈다. 왕의 얼굴에 만족스러운 기색이 어린다.

"어디 살려 달라고 애걸해 보아라."

"……애걸하면 살려 줄 텐가."

심드렁한 대꾸에 남자의 얼굴이 극적으로 일그러진다.

"네놈은 이런 순간조차 자존심을 세우는 건가."

그가 어깨에 박힌 칼을 비틀었다. 자현은 이가 다 나가도록 턱을 다물어 비명을 삼켰다. 가륜이 가차 없이 칼을 뽑아 들며 미친 듯이 외쳤다.

"나 따위에게는 굴복할 수 없다 이거냐! 네놈은 이 와중에도 나를 업신여기는 것인가!"

자현은 거의 쓰러지듯 옆으로 몸을 기울여 날아드는 칼날을 아슬아슬하게 피했다. 가륜의 검이 나무로 된 문에 들어박혔다. 자현은 그 틈을 놓치지 않고 다리를 들어 그의 복부를 가격한 뒤, 손잡이가 박살 난 문을 밀어 밖으로 뛰어나갔다. 다리에서 지독한 통증이 느껴졌지만 이를 악물며 버텼다.

'숨어 있을 곳을…….'

그는 피가 줄줄 흐르는 어깨를 감싸 쥐며 점점 흐려지는 시야에 애써 힘을 주었다. 가란의 별궁은 내궁에서도 가장 외진 곳에 위치하고 있었다. 다른 누군가와 마주칠 확률은 극히 희박하다. 성문을 통해 빠져나갈 수 있을 것 같지도 않다. 정원 어딘가에 숨어 상처를 추스르는 수밖에는 없다.

'적어도 약효가 떨어질 때까지는 시간을 끌어야 한다.'

그는 비틀거리며 수풀이 무성한 곳을 향해 걸음을 내디뎠다. 하지만 엉망진창이 된 몸으로 그리 빨리 숨을 수 있을 리가 없다. 금세 가륜이 뒤따라왔다.

재빨리 몸을 숙여 검은 피할 수 있었지만, 균형을 잡지 못하고 바닥으로 나동그라지고 말았다. 곧장 반대편 다리에 가차 없이 검이 틀어박힌다. 자현은 끅, 하는 소리를 내며 흙바닥을 긁었다.

"이제 더는 미꾸라지처럼 도망치지 못하겠지."

그는 이를 악물며 왕의 희번덕이는 눈을 노려보았다. 더는 도망칠 기운도 없었다. 왕이 다리에서 검을 뽑아 보란 듯 들어 올린다. 피가 줄줄 흐르는 검이 희미한 등불 아래 요요하게 빛났다.

"네놈의 가슴을 열어 길바닥에 버려두면 다들 그 살인귀의 소행인 줄로 알겠지. 하하. 영웅이라는 이름에 어울리지 않는 비참한 최후가 아닌가. 더 이상 누구도 너를 추앙하지 않을 것이다!"

가륜이 피로 흥건히 젖은 그의 가슴팍을 가차 없이 짓밟았다. 더는 발버둥 칠 기운도 남아 있지 않았다. 그는 출혈로 인해 흐려진 눈을 가늘게 떴다.

결국 이리 한심하게 끝나는군.

가지 말라 붙들던 소루의 얼굴이 떠오른다.

네 말을 무시하여 이 꼴이야. 꼴좋다 마음껏 비웃어라.

하지만 눈앞에 아른아른 떠오른 여자는 웃기는커녕 슬픈 듯 고개를 떨군다.

그런 얼굴 하지 마. 절대 슬퍼하면 안 돼.

'……지독한 말만 퍼부어 댄 나 같은 인간 때문에, 울지 마.'

그는 흐릿한 눈을 가늘게 떴다. 점점 흐려지는 그녀의 모습에, 믿을 수 없게도 가슴이 미어져 왔다.

내 멋대로 살아왔다.

언제 끝나도 이상하지 않은 생. 이 꼴사나운 최후가 마음에 드는 것은 아니지만 스스로도 제 명이 길지 않으리라 생각하고 있었다.

결국 이렇게 되는군, 하는 스스로를 향한 조소만이 있을 뿐 억울하고 분한 마음이 드는 것은 아니었다.

'하지만 너는…… 내가 사라지면 어떻게 되는 건가.'

저를 이용하려 드는 이, 저를 원망하고 증오하는 사람들만이 가득한 이 세상에서 너는 대체 어떻게 살아갈 건가.

오로지 그 생각만이 머릿속에 가득 차올랐다. 자신을 따르는 이들, 충성하는 친우, 저를 사랑한다 지껄이고는 배신한 여자, 그 모든 게 희미하다.

선명한 것은 줄곧 하찮게 취급해 온 그 조그만 여자뿐이다. 오로지 그녀만이 삶의 미련이 되어 그를 움켜쥐어 온다. 그는 절박하게 숨을 들이쉬었다.

그녀에게 퍼부어 댄 말들이 후회가 되어 목을 졸라 왔다.

이 잔혹한 세상에, 그녀를 홀로 두고 싶지 않다.

"이것으로 나는 해방된다."

왕이 의미를 알 수 없는 말을 중얼거리며 칼을 높이 치켜들었다.

자현은 질끈 눈을 감았다. 하지만 아무리 기다려도 몸을 찢는 통증은 느껴지지 않았다. 대신에 가륜의 사나운 비명 소리만이 귀청을 찢었다.

"누, 누구냐……!"

자현은 간신히 눈을 떴다. 가륜이 피가 흐르는 한쪽 팔뚝을 움켜쥐고서 어둠 속을 응시하고 있었다. 그 잠깐 사이에 무슨 일이 벌어진 것인지 그의 오른쪽 팔은 기묘한 각도로 꺾여 있었다. 왕이 악에 받친 고함을 내질렀다.

"누구냐고 묻지 않느냐!"

어둠 속에서 키가 큰 사내가 말없이 뚜벅뚜벅 걸어 나왔다. 그 얼굴을 본 가륜은 눈을 부릅떴다.

"너, 너는……!"

금색 눈동자가 무심하게 왕의 얼굴과 자현의 얼굴을 훑어 내린다.

그 미려한 얼굴을 멍하니 바라보며 가륜은 휘청, 한 걸음 뒤로 물러났다. 사내의 모습에 혼란한 머릿속에서 겹겹이 쳐진 장막이 걷히고 제 수렁의 밑바닥에 자리하고 있던 이가 고개를 쳐들었다.

"기쁘시겠어, 형님."

세륜이 숨지던 날, 제 귓가에 은밀히 닿았던 속삭임. 존경한다 지껄이던 이의 시체를 눈앞에 두고 희열에 들뜬, 안도감에 눈물을 흘리는 저를 꿰뚫어 보고서 조롱해 온 그 아름다운 동생이 쌕 웃는다.

"그 같은 인간과 항시 비교당해야 하다니, 가엾은 둘째 형님. 차라리 나처럼 서자로 나는 편이 나았을 텐데……. 륜이라는 이름에 옭아매일 일이 없었다면 당신도 좀 더 자유롭게 살 수 있었을 테지."

가륜은 세륜의 발끝에도 못 미친다 하던 아비의 탄식을 엿듣고 수치심에 떨던 제게 희롱하듯 지껄여 오던 그 나른한 음성이 귓가에 선연하다. 제 고뇌를 알아채고서 귀신과 같은 말들로 제 안에 도랑을 깊이 판 동생.

"하지만 당신은 결코 도달할 수 없는 이상에, 평생을 애태워야 하는 운명인 거군. 비참하게도……."

"신……율……."
십수 년 만에 불러 보는 그 이름은 가늘게 허덕이는 소리가 되어 허공에 흩어졌다.
그는 제 가슴에 박힌 손을 내려다보며 입을 벌렸다. 울컥 피가 넘어왔다. 그것을 온몸에 뒤집어쓰고서도 사내는 눈 하나 까딱 않는다.

가륜은 필사적으로 그의 옷자락을 움켜쥐었다. 무슨 말을 하고 싶은지도 모르는 채로 입술을 달싹였다.

채 쏟아 내지 못한 원망의 말을 퍼부으려 했던 것인가. 피가 줄줄 흘러내리는 입을 뻐끔거리던 가륜은 이윽고 허망하게 무너져 내렸다.

그 모습을 무심하게 내려다보던 사내가 곧 자현을 향해 고개를 돌렸다. 자현은 의식을 간신히 붙들고서 그를 노려보았다.

비통한 눈빛이었다. 눈물이 일렁이는 것처럼 사내의 금빛 눈이 출렁인다. 왜 그런 얼굴을 하는지 의문을 느낄 새도 없이 그가 몸을 돌렸다.

기다려.

입술을 달싹였다.

왜 나를 죽이지 않는 건가.

'어째서 나를……'

뒤따라가 따져 묻고 싶었지만 점점 시야가 어두워진다.

자현은 멀어지는 사내의 뒷모습을 마지막으로 눈을 감았다.

희미한 달빛 아래 폐궁은 더욱 을씨년스럽게 보였다. 아시타는 잡초가 무성한 정원을 지나 그 흉물스러운 건물 앞에 우뚝 섰다.

줄곧 이 부근을 살펴 왔지만 사람의 출입이 엄격히 금지되어 있던 터라 이리 가까이에서 본 건 처음이었다.

'야토는 줄곧 이곳에서……'

그는 고개를 길게 빼고서 짐승의 아가리 같은 시커먼 입구 안을 들여다보았다. 요력이 느껴지진 않았다.

이 부근을 감시하던 법령사가 놈이 성을 나오는 것을 똑똑히 보았다 하였으니 안에 숨어 있지는 않겠지.

"결계를 설치해 둘까?"

옆에 조용히 서 있던 여란이 물었다. 아시타는 고개를 끄덕였다.

"서둘러라. 놈이 언제 돌아올지 모른다."

그의 허락이 떨어지자 뒤에 대기하고 서 있던 이십여 명의 법령사들이 일제히 성을 둘러쌌다.

그들이 바닥에 진을 깔고 주변에 겹겹이 결계를 치는 동안 아시타는 내부를 살피기 위해 건물 안으로 들어섰다. 뒤따라 들어온 여란이 부적 하나를 꺼내어 불을 붙였다.

"……최소 십 년은 사람의 손이 닿지 않은 거 같군."

그녀가 팔을 높이 들어 내부를 훤히 밝히며 말했다. 확실히 건물 안은 바깥보다 으스스하였다. 천장은 온통 거미줄로 뒤덮여 있었고 기둥이며 벽에는 먼지가 뽀얗다. 어디선가 쥐 울음소리도 들려왔다. 도저히 사람이 살고 있다고는 생각할 수 없는 모양새.

'비령이라는 자의 말이 맞았군.'

그 뻔뻔스러운 남자의 얼굴을 떠올리며 아시타는 인상을 썼다.

야토와의 싸움이 있은 지 사흘째 되던 날, 홀연히 찾아온 그 남자는 야토가 숨을 만한 곳을 알려 줄 터이니 퇴치에 성공하면 그 공을 자호가에 돌려 달라는 요구를 해 왔다. 내심으로는 기가 막혔지만 아시타는 순순히 응했다. 놈을 찾을 길이 막막하던 참에 사내의 말이 더없이 반가웠던 것이다.


"그놈의 얼굴, 이전에 본 적이 있다. 눈동자 색과 분위기가 판이하게 달라 바로 알아보지 못하였지만…… 일전의 대결로 생각났어. 그 비범한 용모, 틀림없이 신율 왕제의 것이야.”

신율 왕제라면 선왕의 여인을 농락한 대가로 폐궁에 유폐되었다는 왕자가 아니던가.

희란국에 들어오던 날 들었던 야담꾼의 이야기를 떠올리며 아시타는 얼굴을 심각하게 굳혔다.

야토가 왕제의 인겁을 뒤집어쓰고 궁궐 어딘가에 숨어 있다면, 타국민인 저희들로서는 그에게 접근할 방도가 없었다.

“폐궁을 조사하는 것을 도와줄 터이니 나와의 약속을 잊지 말게나.”

그리 다시 한 번 신신당부를 한 비령이 그를 포함한 몇몇 법령사들에게 위장 신분을 만들어 주었다. 그걸 가지고 그들은 은밀히 폐궁을 조사했다. 외부인의 접근이 엄격히 금지되어 있는 터라 그 안을 살필 수는 없었지만, 확실히 그 주변에는 음산한 기운이 흐르고 있었다. 그들은 반경 이 리里 밖에서는 항시 진을 치고서 놈의 움직임을 면밀히 주시했다.

‘그럼에도 불구하고 또다시 한발 늦고 말았지만⋯⋯.’

해 질 녘, 저자에서 벌어진 두 번째 참상을 떠올리며 아시타는 주먹을 움켜쥐었다.

놈이 폐궁에서 나오는 걸 본 법령사들이 서둘러 뒤를 쫓았지만 이미 수십 명의 사람들이 죽은 뒤였다.

그 끔찍한 광경을 보고 아시타는 오늘에야말로 놈과 결판을 내자 결심하고서 수십 명의 법령사들을 데리고 예까지 숨어들었다.

후에 남방민인 저희들이 멋대로 궁궐에 침투한 것이 알려지면 크게 문제가 될 수 있으나, 더 이상 놈이 설치게 둘 수는 없었다.

"아시타, 이리로……."

문득 앞서가던 여란이 심각한 음성으로 그를 부른다. 아시타는 그녀가 가리키는 방으로 고개를 디밀었다.

순간 온몸에 소름이 쫙 끼쳤다. 열댓 명이 넘는 이들이 마치 푸줏간에 걸린 고기처럼 거꾸로 매달려 길게 혀를 쭉 빼고 죽어 있었던 것이다. 방 안에서는 썩은 피 냄새가 진동을 했고 바닥은 온통 검은 피가 눌어붙어 있어 본래 색을 알아볼 수 없을 정도였다.

"모두 심장을 빼앗겼다."

여란이 참담한 음성으로 말한다. 부적을 든 그녀의 손이 파르르 떨린다.

시체를 추슬러 위령제를 드려 주고 싶었지만 그럴 만한 시간이 없었다. 놈이 언제 다시 돌아올지 모른다.

"……일단, 함정을 파 놓는 게 우선이다."

"안다."

그녀가 굳은 얼굴을 하고 돌아선다. 그 순간이었다. 어둠 속에서 무언가가 튀어나와 그를 향해 달려들었다. 아시타는 거의 본능적으로 부적을 날렸다.

"끼아아아아악!"

인겁을 뒤집어쓴 요괴였다. 두꺼비같이 생긴 흉한 얼굴이 찢어지고 거기에서부터 검은 진흙 같은 것이 부풀어 올랐다. 아시타는 곧장 법문을 외웠다. 놈이 순식간에 잿더미가 되었다.

"젠장!"

그 옆에 숨어 있던 놈이 그 광경을 보고 재빨리 도망친다.

여란이 재빨리 염주를 펼쳐 들었다. 그것이 길게 늘어나며 요괴의 몸을 휘감았다.

"이거 놔!"

여란이 염주를 잡아당겼다. 그러자 요괴를 휘감은 구슬에서 뇌전이 번쩍번쩍 튀었다. 요괴가 고통스레 꺽꺽거리며 경련을 한다. 아시타는 급히 그녀를 만류했다.

"아직 죽이지는 마라. 물어볼 것이 있다."

살의를 주체할 수 없는 듯 어깨를 파르르 떨던 여란이 작게 욕설을 토해 내며 주술을 푼다. 요괴가 바닥에 주저앉아 가느다란 몸을 바들바들 떨었다. 아시타는 눈을 가늘게 뜨고 그 모습을 살폈다. 쫙 찢어진 눈에, 앙상한 얼굴, 시뻘건 두 눈…….

"지네 요괴인가."

"……뭘 원하는 거냐."

"다른 요괴들은 어디에 있지?"

"나와 저놈뿐이다. 나머지는 야토가 부르지 않으면 오지 않아."

폐궁 내에 요력이 거의 느껴지지 않는 것으로 보아 사실일 듯싶었다.

"야토는 어디로 갔나."

"몰라, 공주를 두고는 말도 없이 나가 버렸다."

도망칠 길을 찾는 듯 눈을 이리저리 굴리던 요괴가 툭 내뱉는다.

아시타는 눈을 크게 떴다.

"공주……? 지금 소루 공주를 말하는 건가?"

"네놈들 공주를 어찌한 거냐!"

요괴가 몸부림치며 비명처럼 내질렀다.

"아무 짓도 하지 않았다! 야토가, 야토가 인간들에게서 구해 내 방에 데려다 놓았을 뿐이다!"

여란이 법력을 풀었다. 요괴가 또다시 고통이 쏟아지는 것이 두려운 듯 오들오들 떨면서 복도 제일 끝에 자리한 방문을 가리킨다.

"저, 저기에 있다."

여란이 염주를 놓고는 그리로 급히 달려간다. 아시타는 요괴가 도망치지 못하도록 단단히 붙들고서 급히 그 뒤를 쫓았다. 요괴가 짐짝처럼 질질 끌려오며 앓는 소리를 해 댄다. 그것을 싹 무시하고는 반쯤 열린 문 안으로 고개를 내미니, 희미한 불빛이 보인다.

그는 성큼 그 안으로 들어섰다. 먼저 들어간 여란이 자그만 화롯불과 그 앞에 켜켜이 쌓인 이불을 뒤적거렸다.

"소루 공주인가?"

"……그래."

여란이 침통한 음성으로 답한다. 그는 그 앞으로 가 몸을 숙였다.

겹겹이 쌓아 올린 낡은 비단 이불 위에는 상처투성이의 공주가 죽은 듯 누워 있었다. 그 처참한 모습을 보고 아시타는 얼굴을 굳혔다.

이마는 찢어져 시뻘겋게 부어올라 있었고, 팔뚝과 종아리는 온통 멍투성이다. 그는 급히 손을 내려 그녀의 코 밑에 대어 보았다. 다행히도 숨은 쉬고 있다.

"네놈들의 소행인가?"

굳은 얼굴로 공주를 살피던 여란이 살기등등한 시선을 요괴에게 던진다. 요괴가 기겁을 하며 외쳤다.

"우리는 공주에게 상처 하나 내지 않았다. 인간들이 해코지하는 것을 야토가 구해 왔다고 하지 않았나!"

"확실히…… 구타를 당한 것 같다."

혹 심각한 상처는 없는지 주의 깊게 살피던 아시타가 덤덤히 동의했다.

"장안에 소루 공주에 대한 원망이 자자하다더니 성난 군중들이 이리 만들어 놓은 모양이군."

그렇다면 이곳에 오기 전 보았던 저잣거리에 널린 시체는 공주를 구타하던 이들의 것인가. 그래서 그리 처참하게 갈기갈기 찢어 놓았나.

"전후 사정이 어찌 되었든 이대로 둘 수는 없다. 내가 안전한 곳으로 피신시켜 놓지."

멍투성이 소녀를 복잡한 눈으로 내려다보는데, 여란이 소루를 어미 새처럼 품에 번쩍 안아 든다.

"너는 서둘러 준비한 함정을 설치해라."

"그래. 법령사들에게도 서두르라고 전해 줘."

야토가 이 소녀를 두고 오래 떠나 있을 리 없다. 머지않아 돌아올 것이다.

여란이 소녀를 안아 들고 나가자마자 아시타는 방 안을 살폈다. 이 방은 놈이 주로 머무는 공간인 듯 이전에 본 다른 방과는 달리 깨끗하다.

천장 한 모퉁이에는 거미가 집을 지어 놓았고, 구석에는 먼지가 쌓여져 있었지만 적어도 끔찍한 시체는 보이지 않았다.

그는 준비해 온 부적을 방 한쪽에 눈에 띄지 않게 조심스레 붙였다. 그러고는 공주가 누워 있던 이불 안에도 주술을 걸어 놓기 위해 돌아서는데, 탁, 하고 뭔가가 발에 차인다.

고개를 숙여 그것을 확인한 아시타는 인상을 찌푸렸다. 시커먼 먼지에 쌓인 해골이 바닥을 구르고 있었다.

"……빌어먹을 요괴 놈."

대체 얼마나 죽여 놓은 건가 하고 욕설을 내뱉으며 그것을 주워 들었다. 그러자 그 안에 숨어 있던 거미가 눈구멍을 통해 기어 나와 솜털이 부숭부숭한 다리를 하느작거린다. 아시타는 화들짝 놀라 두개골을 내던졌다.

순간 등골이 오싹해질 정도로 진득한 사념이 바짝 마른 해골에서 스멀스멀 흘러나왔던 것이다.

'혹시……'

그는 염주에 꽁꽁 묶인 채 구석에서 바동거리고 있는 요괴를 향해 물었다.

"저거, 혹 신율 왕제의 유골인가?"

"나는 신율 왕제가 누구인지 모른다."

그리 내뱉고는 퉁명스레 덧붙인다.

"그 뼈는 본래 이 궁의 주인이었던 자의 것이다."

아시타는 굳은 얼굴로 빤히 그 해골을 내려다보았다.

왜 하필 야토는 신율 왕제의 모습을 하고 있는 건가.

쓸데없는 호기심이 번쩍 고개를 치켜들었다.

'시간이 얼마 없는데……'

굳은 듯이 서서 망설이던 아시타는 결국 호기심을 이기지 못하고 부적을 꺼내 들었다. 법문을 외우고 부적에 불을 붙이자 주변의 공기가 일렁이며 과거의 그림자가 신기루처럼 펼쳐졌다. 그는 고개를 들고 펼쳐진 풍경을 둘러보았다.

마치 폭풍우가 지나간 듯 엉망이 된 방 한가운데 야토가 씩씩거리며 서 있었다. 아니. 야토가 아니었다. 무자비해 보이는 새까만 눈동자와 비웃는 듯 얄팍한 입매, 요염함이 흐르는 미려한 자태와 신경질적인 표정…….

'이자가…… 신율인가.'

"그 계집애를 죽이고 와."

씩씩거리던 사내가 어느 한곳을 보며 말하였다.

"그년을 죽이고 오면, 얼마든지 안아 주마."

그 말에 구석에서 오돌오돌 떨고 있던 이가 번쩍 고개를 든다. 마흔은 되어 보이는 추한 외모의 노비였다. 사내가 비척비척 늘어진 옷자락을 질질 끌고 그 앞으로 다가서서 여자의 머리칼을 우악스레 움켜쥐었다.

"평생 사내에게 안겨 볼 일 없는 네년을, 왕의 아들이 안아 주겠다는 거다. 목숨을 내놓아도 아깝지 않겠지?"

노비가 흐느끼는 듯한 소리를 더듬더듬 토해 냈다. 그걸 내려다보는 사내의 아름다운 얼굴에는 혐오감이 뚜렷하였다. 감출 생각도 않고 경멸하듯 노려보며 사내가 노비의 머리채를 던지듯 놓았다.

"그년이 살아 있는 한 아비는 나를 용서해 주지 않을 거다. 그 계집애가 죽어야 내가 이 지옥 같은 곳을 나갈 수 있어!"

날카로운 목소리가 방 안에 예리하게 울려 퍼졌다. 씩씩거리며 흐트러진 숨을 토해 내던 사내가 돌연 한없이 애처로운 얼굴을 하였다. 그가 흐느끼는 노비의 품으로 마치 어미 잃은 짐승처럼 기어들어 가 안겼다.

그러자 여인의 풍뚱한 몸이 벼락이라도 맞은 듯 가늘게 떨리기 시작한다. 그 창백하던 얼굴은 금세 발갛게 달아오르고 두 눈은 촉촉하게 젖어 들었다. 그 열에 들뜬 듯한 얼굴을 애절하게 바라보며 신율이 간절하게 말하였다.

"나를 구할 수 있는 사람은 너뿐이다. 오로지 너뿐이야."

"……."

"여기에 계속 있다가는 미쳐 버리고 말 거야. 광인이 되어 목을 매고 죽을지도 모른다."

여자가 그러지 말라는 듯 도리질한다. 신율은 여자의 뺨을 어루만지며 속삭였다.

"내 부탁을 들어줄 테지? 이렇게 가여운 나를, 너만은 뿌리치지 않을 거야."

여자가 고개를 끄덕인다. 신율은 고맙다 하며 여자의 몸을 와락 끌어안았다.

그 광경을 바라보던 아시타는 진절머리 쳤다. 그 품에 안긴 노비는 볼 수 없을 테지만 여자의 어깨에 놓인 신율의 얼굴은 실로 냉랭하였던 것이다.

그를 알 길이 없는 여자는 그저 행복한 얼굴을 하고서 방을 나선다. 신율은 곧장 더러운 것이라도 떨치듯 입고 있던 옷을 벗어 바닥에 내팽개쳤다. 그러고는 화풀이를 하듯 탁상을 걷어찼다.

"젠장, 여기서 나가기만 하면 저 끔찍한 계집은……!"

사내의 몸에서 뿜어져 나오는 사념이 하도 지독하여 아시타는 흠칫 뒤로 물러섰다.

그의 안에는 타자를 사랑하는 마음 따윈 티끌만큼도 없었다. 태어나 한 번도 본 적 없는 딸 따위는 제 인생에서 급히 치워야 할 오물일 뿐이고, 주제도 모르고 저를 연모하는 노비 따위는 부리기 좋은 가축일 뿐이다. 저 들개와 같은 여자와 성교를 한다는 생각만으로 구역질이 치밀었지만 본궁으로 돌아갈 수만 있다면 그는 못할 짓이 없었다.

그래, 개에게 먹이를 준다고 생각하고 한 번 안아 주자. 여길 나가면 그 뒤에 저 구역질 나는 몸을 갈가리 찢어 개밥으로 던져 주면 된다.

그리 의기양양하게 생각하며 사내는 저 여자를 어찌 죽여야 속이 시원할까 하며 웃었다.

아시타는 구역질을 삼켰다.

세상천지에 이처럼 뒤틀린 심성을 가진 인간이 다 있는가.

아름다운 것은 외양뿐, 안에는 구더기가 드글드글하다. 온갖 악인들을 보아 왔지만 이처럼 썩어 빠진 내면을 가진 인간은 처음이었다.

자기 딸조차 아무렇지도 않게 죽이려고 하는 그 악랄한 심성에 치를 떨며 아시타는 주술을 중지하기 위해 부적에 손을 뻗었다. 더는 이 끔찍한 인간을 보고 싶지 않았다.

하지만 그가 술법을 파훼하기도 전에 잔상이 흩어지더니 곧이어 다른 풍경이 연기처럼 피어올랐다.

아시타는 음산한 기척을 느끼고 휙 고개를 돌렸다. 어느 정도 시간이 지난 듯 사위가 깜깜하다.

벌컥 문이 열리더니 좀 전의 그 노비가 방으로 들어섰다. 사내는 자리에서 벌떡 일어나 그녀에게 달려갔다. 그러고는 그 계집애를 죽였느냐고 물었다. 노비는 아무 말 없이 물끄러미 그를 바라보기만 하였다. 사내가 성마르게 다그쳤다.

"그년을 죽였느냐고 묻잖아! 성공했으면 고개를 끄덕여 보아라."

"왜…… 너는…… 사랑……."

벙어리 계집이 느닷없이 말을 내뱉는 것에 놀라 신율은 눈을 크게 떴다. 여자가 혼란스러운 듯 고개를 갸웃하며 입술을 옴쭉거렸다.

"사……랑……하지…… 않나…… 인간은……."

"헛소리 집어치우고, 그 계집애를 죽였는지 아닌지만 대답해!"

사내의 살벌한 으름장에 여자의 눈이 마치 타오르는 듯 일렁이더니 서서히 금빛으로 뒤바뀌었다. 아시타는 몸을 굳혔다.

야토다.

놈이 손을 신율의 배 속에 박아 넣었다. 신율이 황망하게 눈을 부릅떴다. 야토는 태연히 사내의 몸속에서 창자를 끄집어내었다. 그제야 신율이 고통을 인지한 듯 비명을 내지르며 뒤로 물러섰다. 야토가 손에 쥔 것을 잡아당겼다. 팽팽히 당겨진 창자가 끊어질 듯하여 신율이 양팔을 허우적거리며 외쳤다.

"그거 놔아아!"

요괴가 그것을 잡아당겨 기어코 끊어 놓는다. 사방에 피와 오물이 줄줄 흘렀다. 신율이 배를 끌어안고서 도망치려 몸을 돌렸다. 요괴가 그의 다리를 움켜쥐고서 거칠게 끌어당기더니 고개를 숙였다. 으적으적 사내의 살코기와 내장을 씹는 소리가 질척하게 들렸다. 신율은 마지막까지 온몸을 뒤틀며 몸부림을 쳤다. 요괴는 저를 할퀴고 걷어차는 것을 무시하며 배 속에 고개를 처박고 걸신들린 것처럼 먹고 또 먹었다.

아시타는 올라오는 구토를 간신히 삼켰다. 잠시 후, 피 웅덩이 속에서 요괴가 고개를 쳐들었다.

어느새 입고 있던 껍질을 벗고 새 껍질을 입은 요괴가 피에 젖은 입가를 훔쳐 내린다. 그만큼이나 먹어 치워 놓고도 그는 여전히 굶주림에 겨운 얼굴을 하고 있었다.

"어째서 인간은……."

휘청, 피 웅덩이에서 왕자의 모습을 한 요괴가 몸을 일으키며 혼란스러운 듯 중얼거렸다.

"인간은…… 왜……."

피투성이 얼굴을 감싸며 그가 형형히 눈을 빛낸다.

"사랑은…… 인간만의 것이 아니던가. 한데…… 왜 그녀를…… 어째서……. 나는 이리도 바라건만……."

두서없이 쏟아지는 말을 들으며 아시타는 얼굴을 일그러트렸다.

누구보다 사랑을 갈망하는 요괴와 아무도 사랑하지 않는 인간. 그 대비가 뼈아프게 가슴팍으로 파고들었다.

이윽고 부적이 다 타 버리고 방 안에는 요괴와 해골, 그리고 요괴가 소녀를 위해 피운 화롯불만이 댕그라니 남았다.

타닥타닥 불씨가 타는 소리를 들으며 아시타는 이마를 감싸 쥐었다. 곤충의 다리를 잡아 뜯는 순진무구한 어린아이처럼 아무렇지 않게 사람을 잡아먹는 귀신이다. 동정의 여지가 없다. 그럼에도 불구하고 그 요괴의 괴로움이 그의 머릿속을 어지럽혔다.

"제길……."

그 순간, 여란이 문 안으로 뛰어 들어와 외쳤다.

"놈이 오고 있다!"

"결계는?"

"모두 설치했어."

아시타는 굳은 얼굴로 주먹을 그러쥐었다. 어떠한 이유에서든 사람을 해치는 요괴를 살려 둘 수 없다.

'내가…… 네놈을 번뇌에서 해방해 주마.'

그는 함정을 쳐 두고는 서둘러 방에서 나왔다.

야토는 잡초가 무성한 정원을 지나 폐궁 앞에 섰다. 하늘에 달이 훤하다. 막 안으로 들어서려던 그는 그 빛에 이끌린 듯 고개를 들었다.

어느 날 추한 제 모습을 여과 없이 비추던 그 달이 오늘은 피에 흥건히 젖은 제 모습을 비추고 있다.

그는 끈적끈적하게 젖은 시뻘건 손을 내려다보았다. 인가에 숨어들 때가 아니고서는 별로 신경 써 본 적 없는 일이다. 피를 뒤집어쓰든 오물을 뒤집어쓰든 그는 개의치 않았다.

하지만 공주는 싫어할 테지.

그런 제 생각에 요괴는 고개를 한쪽으로 기울인다.

공주가 싫어하든 말든 무슨 상관인가. 그는 아직 인간이 아닐 터였다. 그 누구의 미움도, 애정도, 제 마음에 닿는 일은 없다. 그렇다면 왜 상관하는가?

'아직은 아니지만…… 곧 인간이 될 터이니…….'

납득이 가는 답변은 아니었다. 곧 인간이 될 터이지만 아직은 아닌 것이다. 귀신인 제가 타자의 마음을 신경 쓸 이유가 하등 없다. 거기까지 생각한 요괴는 곧 스스로에게 질문을 던지는 것을 관두었다.

지겹도록 묻고 또 물었지만 답을 얻는 일은 없다. 그렇다면 깊이 파고들지 않는 게 이롭다는 것을 수백 년이 지나서야 겨우 깨우쳤다. 요괴는 그저 제가 인간 흉내를 내는 일에 익숙해져서 그런 것이다 하고 대충 결론을 내고는 비척비척 궁 안으로 들어섰다.

하지만 그녀가 잠들어 있는 방으로 향하는 동안 머릿속은 또다시 혼란에 휩싸인다.

그녀를 데리고 검은 여우를 찾아가 인간의 상처에 잘 듣는 약을 달라고 청해야 하는 게 아닐까. 아니면 그녀를 다시 인간의 집에 데려다줘야 하나.

어느 쪽도 그로서는 이해할 수 없는 생각이었다.

왜 요괴인 제가 인간의 상처를 신경 쓰는 거지? 그야 그녀가 죽으면 곤란하니까. 나는 인간이 되어 그녀를…… 하고 싶은 게 아니던가. 그럼 왜 그녀를 인간의 집에 데려다줘야 하지? 그야 그녀가 그것을 원할 테니까. 어째서 그녀가 원하는 것을 들어줘야 하는 거지?

또다시 의문에 의문이 꼬리를 물었다. 그는 머리를 감싸 쥐었다.

그만둬. 더는 생각하지 마라. 아무리 생각해도 요괴는 결코 알 수 없다. 인간이 되지 않으면 안 되는 것이다.

'그래, 조금만 더…… 조금만 더 있으면…….'

사실은 완전한 인간이 되기 전에는 공주의 앞에 나타나지 않을 생각이었다. 결코 닿지 않을 생각이었다.

그런데 왜 자꾸 공주는…….

혼란스레 얼굴을 감싸던 요괴는 문득 초조함을 느끼고는 걸음을 서둘렀다. 그녀가 혹시라도 깨어났을지 모른다는 데 생각이 미쳤다.

그녀가 방에서 나와 헤매고 있는 것은 아닐까.

그는 그녀를 뉘어 놓은 방으로 황급히 뛰어 들어갔다.

'아직…… 깨지 못한 것인가.'

발갛게 빛나는 화롯불 옆에 누운 조그만 등을 보고 안심한 것도 잠시, 슬그머니 걱정이 밀려든다. 아니, 요괴는 제가 걱정을 하고 있다는 사실조차 자각하지 못하고 그저 어깨를 축 늘어뜨리고서 살금 그 앞으로 다가섰다. 부러 인기척을 내었지만 그녀는 이불 속에 축 늘어져 미동도 하지 않았다.

그는 공주의 상태를 확인하기 위해 허리를 구부렸다. 그리고 그녀의 어깨를 덮은 이불을 걷어 냈다.

그 순간, 이불이 부풀어 오르며 그 안에서 수천 장의 부적이 날아들었다. 요괴는 뒷걸음질 쳤다.

이불 속에는 공주 대신 나무로 만든 인형이 누워 있었다. 그 인형의 몸에 빼곡히 새겨진 문자들이 푸른 빛을 내뿜으며 그의 몸을 사슬처럼 휘감았다.

야토는 급히 신력을 끌어 올렸다. 하지만 문자들은 흩어지기는커녕 그 숫자를 더욱 늘려 가더니 이윽고 제 몸을 뒤덮었다.

'신력이…….'

야토는 불타는 듯한 열기를 느끼고 몸을 뒤틀었다. 내부에 억눌러 둔 힘이 부풀어 오르며 꿈틀꿈틀 거칠게 약동한다.

그는 터질 듯이 팽창하는 몸을 필사적으로 끌어안았다. 요력을 끌어 올려 어떻게든 술법에서 벗어나려 하였지만 이미 바닥이며 천장까지 법문이 깔려 있었다.

'대체 어느새?'

황망히 시선을 옮기던 야토는 이윽고 방을 뛰쳐나왔다. 하지만 복도에도 술법이 걸려 있었다. 벽을 따라 빼곡히 새겨진 푸른 문자들이 그를 향해 화살처럼 날아들었다.

몸 안쪽에서 피어오르는 지독한 열기에 야토는 거친 신음을 토해 냈다. 요력과 신력이 통제를 잃고 육체 안에서 격렬하게 충돌한다. 몸이 당장이라도 펑, 소리를 내며 폭발할 것 같았다.

그는 끄어어억, 하고 궁지에 몰린 짐승처럼 울부짖으며 궁 밖으로 뛰쳐나갔다. 하지만 밖에는 법령사들이 진을 치고 있었다.

"야토!"

그 맨 가운데에 선 아시타가 목청껏 그의 이름을 외쳤다.

"오늘에야말로, 끝을 보자!"

법령사들이 일제히 법문을 외우기 시작했다. 그러자 사방에서 새파란 불꽃이 피어올라 그의 몸을 둘러쌌다.

야토는 온몸을 뒤틀었다. 신력이 더욱 크게 부풀어 오르더니 요괴인 부분을 공격해 들어갔다. 몸 안에 간신히 이루어 놓은 힘의 균형이 무너져 내리며 요괴인 부분, 인간인 부분, 천인인 부분들이 제각각 요동을 쳤다.

야토는 머리를 쥐어뜯었다. 온몸이 산산조각 나는 듯하다. 견갑골이 비대하게 부풀어 올라 등가죽을 찢었고, 온몸의 뼈마디가 흉측하게 불거졌다. 얼마 전, 간신히 인간의 형태를 수복해 놓은 손이 본래 요괴의 것으로 돌아갔다.

그뿐이 아니다. 척추뼈가 등 뒤로 우둘투둘 튀어나오며 육체가 뒤틀렸고, 몸 가죽은 그 격변을 견디지 못하고 찢어져 버렸다.

야토는 전신을 강타하는 격통에 얼굴 가죽을 손톱으로 긁어 내렸다. 두 눈이 불타는 것처럼 뜨겁다. 몸이 타 녹아내린다. 불타 버린다. 전부 새까맣게 타 버린다.

"끄아아아아아아아아아아악!"

요괴도 아니고, 인간도 아니고, 천인도 아닌, 괴이하게 일그러진 모습이 달 아래 드러났다. 사방에 거센 회오리가 휘몰아쳤다. 시커먼 기류를 뿜어내며 야토가 부풀어 오른 뻣뻣한 손가락 사이로 불길 같은 금안을 형형히 빛내었다.

"고, 공주는……."

법문을 외우던 아시타는 흠칫 어깨를 굳혔다. 그으으, 하고 낮게 울리는, 인간의 성대에서 난다고는 할 수 없는 기묘한 음성으로 요괴가 토해 내듯 말한다.

"공주는…… 어디에……."

고통에 웅크리고 있던 몸을 펴고서 요괴가 마치 돌려 달라는 듯 팔을 뻗어 온다.

"그녀를…… 어디로……."

아시타는 대답 대신에 법문을 외웠다. 그러자 죽어 가는 짐승처럼 괴롭게 헐떡이던 야토가 목청을 찢을 듯 고함을 내질렀다.

"어디로 데려갔냐고 묻고 있잖아!"

마치 폭발하듯 시커먼 기류가 야토를 중심으로 퍼져 나갔다. 그는 몸의 붕괴를 가속화하면서까지 요력을 한계까지 끌어 올렸다. 그러자 주술이 그 힘을 견디지 못하고 붕괴하기 시작했다. 야토는 그 틈을 놓치지 않고 법령사들을 향해 몸을 날렸다.

"그녀를…… 내놔!"

"대체 네놈은 요괴이면서……!"

아시타는 반발하듯 외치며 법력을 끌어 올렸다. 결계와 야토의 요력이 충돌하며 사방에서 불꽃이 튀어 올랐다. 아시타는 안간힘을 써 대항했다. 그의 안에서도 울분 비슷한 감정이 터져 나왔다.

이 와중에 왜 타자의 안위를 걱정하는 것인가. 요괴이면서! 어째서 그리도 허망한 바람에 몸을 태우는 것인가!

그 외침을 알아듣기라도 한 듯 요괴가 얼굴을 일그러뜨렸다. 금색 눈이 우는 것처럼 출렁거렸다.

"요괴이기에…… 요괴이기에…… 요괴이기에, 요괴이기에, 요괴이기에! 이렇게 발버둥 치는 게 아닌가!"

"크윽……!"

요괴가 몸을 크게 펼치며 결계를 내려쳤다. 신력과 요력이 상충되면서 일어나는 어마어마한 파동에, 일순 공간이 출렁거렸다. 법령사들이 그 힘을 버티지 못하고 무너지듯 우르르 뒤로 밀려났다.

요괴가 한 발짝을 더 내디디자 대지가 뒤흔들리더니 땅이 쩍 갈라졌다. 그야말로 천지가 뒤집어지는 듯하였다.

"나에게는 불가능하다, 나에게는 그녀를 생각하는 것조차 불가능하다! 바라는 것조차 불가능하다! 요괴에게는! 이 귀신에게는! 마음을 품는 것조차 불가능한 것이다! 그렇기에…… 이토록! 이토록! 이토록!"

야토가 짐승처럼 울부짖으며 제 가슴을 쥐어뜯었다.

"몸부림을 치고 있는 게 아니냐……! 그런데 어째서, 어째서! 그것을 방해하는 거냐!"

그가 내뿜는 요력에 결계 곳곳에 쩍쩍 금이 갔다. 아시타는 죽을힘을 다해 법력을 쏟아부었다.

하지만 야토가 가진 요력은 예상한 것 이상이었다. 그가 내뿜는 거대한 힘이 천지를 뒤흔들었다.

"방해하지 마라! 나는 알고 싶을 뿐이다! 느끼고 싶을 뿐이다! 나는……! 나는……!"

요괴가 높이 뛰어올라 결계를 향해 온몸을 내던졌다. 묵직한 충격에 사방에서 뇌전이 일었다. 그 점멸하는 빛 속에서 요괴의 금색 눈이 불덩어리처럼 격하게 타올랐다. 요괴는 제 몸을 태우는 열기에도 물러서지 않고 계속해서 밀어붙였다. 그의 입에서 짐승 같은 괴성이 흘러나왔다. 모든 법력을 총동원해 대항하던 아시타는 몰아치는 어마어마한 열풍을 견디지 못하고 뒷걸음질 쳤다. 다른 법령사들은 이미 멀리 나가떨어진 뒤였다.

"단지……."

요괴의 목소리가 기묘하게 갈라졌다.

"그녀를……."

끝내 결계가 와장창 소리를 내며 부서져 내렸다. 하지만 요괴의 몸도 거의 붕괴한 상태였다.

"사……하고…… 싶……."

요괴가 반쯤 불탄 몸뚱이를 질질 끌면서 비척비척 결계 밖으로 걸어 나왔다. 놈은 이미 한계였다. 여기서 더 힘을 사용했다간 육체가 완전히 부서지고 말 테지.

아시타는 그가 제각각 날뛰는 힘을 가라앉히려 애쓰는 동안 재빨리 거리를 벌리며 제령술을 시작했다. 하지만 목이 쉬어 쉬이 법문을 읊을 수가 없었다. 그는 바짝 마른 목구멍 안으로 연신 침을 넘겼다. 요괴는 계속해서 비척비척 그를 향해 걸어오고 있었다. 그처럼 궁지에 몰려서도 요괴의 안광에서 타오르는 열망은 꺼질 줄을 몰랐다. 그 처절하기까지 한 모습에 울컥, 무언가가 북받쳐 올랐다.

제령술의 마지막 한 줄을 남기고 아시타는 억눌린 신음을 토해 냈다. 수백 명의 사람을 끔찍하게 살해한 괴물이, 어찌 그 같은 소망을 품을 수 있단 말인가. 그처럼 집요하게 인간이 되고자 한 이유가 단 한 명의 소녀를 사랑하기 위해서라니, 그런 걸 인정할 수 있을 것 같으냐. 네놈은 악이다. 네놈은 해충이다. 네가 사라져야 평화가 온다.

'인간인 척하지 마!'

아시타는 흔들리는 마음을 다잡으며 남은 법력을 모두 끌어 올렸다. 하지만 요괴는 그가 주저한 틈을 놓치지 않았다. 당장이라도 쓰러질 듯 비척거리던 야토가 돌연 번개처럼 날아들었다. 급히 염주를 들어 방어술법을 펼쳤지만 요괴의 완력을 이기지 못하고 손목이 으스러졌다.

아시타는 비명을 내지르며 바닥 위로 나동그라졌다. 다른 법령사들이 급히 결계를 펼쳐 주지 않았다면 그 자리에서 목숨을 빼앗겼을 것이다. 그를 향해 달려들던 요괴가 법령사들이 주변을 둘러싼 것을 보고는 단박에 몸을 틀어 폐궁의 지붕 위로 뛰어올랐다. 그러고는 좌중을 빠르게 훑어 여란의 등에 업힌 소루의 모습을 확인하더니, 성 반대편으로 몸을 던져 버렸다. 바닥에 엎드려 신음하던 아시타는 다급하게 외쳤다.

"어서 뒤쫓아! 놈이 몸을 다시 회복하기 전에 없애야 한다!"

법령사들이 무성한 수풀을 헤치며 요괴의 뒤를 쫓아갔다. 아시타는 욱신거리는 손목을 꽉 움켜쥐며 이를 악물었다.

제가 망설이지만 않았다면 이번에야말로 없앴을 터인데……. 분한 마음에 성한 손으로 바닥을 두드리던 아시타는 곧 몸을 일으켜 세웠다. 자책하고 있을 때가 아니었다. 서둘러 추격해야 한다. 이번에도 놓칠 수는 없다.

"또 실패한 건가? 형편없군."

야토가 흑산 태화로 도망쳐 버렸다는 이야기를 전해 들은 비령이 한심하다는 듯 말했다.

바닥에 주저앉아 손목에 붕대를 둘둘 감던 아시타는 발끈하여 그를 노려보았다. 아무것도 하지 않고 지켜보기만 한 주제에 마치 지휘관이라도 된 양 책망을 해 오니 화가 나지 않을 수가 없다.

"놈이 얼마나 강한 요괴인지 알기나 하는 거요? 반은 천인이고 반은 요괴인 터무니없는 괴물이라고!"

"그렇다고 해도 그런 함정까지 준비해 놓고 놓치다니. 무리하게 자네들을 폐궁으로 들인 내 입장도 생각해 줘야지. 왕실의 허가도 없이 이만한 인원이 숨어들 수 있도록 도와준 게 들통난다면 경질당하는 것만으로 끝나지 않을 거라고."

"많은 사람들의 목숨이 달린 일에 자신의 안위만을 걱정하다니 참으로 대단하시구려."

"내 안위만을 걱정하였으면 애초 이런 성가신 일에 뛰어들지도 않았네."

비령이 눈 하나 까딱 않고 말한다. 아시타는 세상에 뭐 이런 뻔뻔스러운 인간이 다 있나 하며 헛웃음을 흘렸다. 이 남자가 제게 협조하는 것도 다분히 자신들의 이익을 위해서이지 않던가. 그는 퉁명스럽게 내뱉었다.

"자호가의 무인들로 하여금 도와주게 했어도 되었지 않소."

"그때의 전투로 다섯이 죽는 바람에 쓸 만한 문하생들은 다 도망가 버렸고, 무인들의 사기도 떨어졌어. 또다시 그런 괴물을 상대한다고 귀한 목숨을 내버릴 수는 없지."

"우리 목숨은 귀하지 않단 말이오!"

비령은 대답 대신에 씩 웃기만 하였다. 아시타는 부아가 치밀었지만 참았다. 적어도 제 음흉스러운 속내를 감추고 위선을 떨지는 않으니 솔직하다면 솔직한 그 태도가 차라리 마음 편하다. 그는 어깨에서 힘을 쭉 빼고 말했다.

"비록 놓쳤지만 놈은 심각한 내상을 입었소. 추적하고 있으니 금세 찾아낼 수 있을 거요."

"그 말이 사실이길 바라네. 이렇게까지 했는데도 요괴를 없애지 못하면 내가 입을 타격은……."

거기까지 말한 비령이 문득 입을 다문다. 그의 수하로 보이는 무인 둘이 황급히 달려오는 광경이 눈에 들어온 것이다. 비령이 잠시 실례하마 하고는 그리로 성큼 다가가 무슨 일이냐 하고 물었다. 그러자 헉헉 숨을 고르던 무인이 귀에다 대고 무어라 숙덕거린다.

아시타는 의아한 시선을 보냈다. 무슨 말을 들었는지 비령의 얼굴이 대번 백지장이 되더니 무어라 급히 무인들에게 지시를 내리고는 다시 저를 향해 성큼 다가섰다.

"소루 공주는 어디에 있지?"

그가 폐궁에서 정신을 잃은 채 발견된 공주를 그제야 찾는다. 아시타는 눈을 가늘게 뜨면서도 순순히 답했다.

"저쪽에서 여란이 상처를 치료해 주고 있소. 아직 정신을 차리지 못하여……."

"내가 데려가지. 자네들은 그 요괴 놈을 쫓아 주게. 이번에는 무슨 일이 있어도 해치워야 하네."

"무슨 일이 생긴 거요?"

"내부 사정일세."

상관하지 말라는 뜻이다. 그리 단호하게 내뱉은 사내가 소루 공주를 향해 성큼성큼 걸어간다. 그가 축 늘어져 있는 공주를 가볍게 안아 드는 모습을 보며 아시타는 미간을 모았다. 뱀 같은 사내의 품 안에서 소녀가 힘없이 팔을 늘어트렸다. 어둠 속에서도 그 가녀린 팔뚝에 피멍이 가득한 게 똑똑히 보였다.

불현듯 야토의 비통한 울부짖음이 떠올라 아시타는 얼굴을 굳혔다.

"나는 공주를……."

그는 서둘러 그 절규를 떨쳐 버렸다.

'그게 어쨌다는 거냐.'

허튼 생각 하지 마라. 다음번에는 절대로 망설여서는 안 된다. 설령 그 요괴의 마음 안에 티끌만 한 타애라는 게 존재한다 치더라도 이미 그 업이 태산과도 같다.

야토는 구제의 여지가 없었다. 아시타는 다시 마음을 다잡고서 야토를 추적하는 걸 돕기 위해 태화로 향했다.

十四章. 고별

소루가 정신을 차렸을 때 맨 처음으로 들은 것은 염이의 울음소리였다. 그녀가 제 손을 조심스레 쥐고서는 울먹울먹 말하였다.

"왜 그리 무모한 짓을 하셨어요."

마치 꿈을 꾸는 듯 몽롱하던 머릿속이 그 한마디에 명료해졌다. 소루는 급히 몸을 일으켜 세웠다. 염이가 비명을 지르며 그 몸을 간신히 붙들었다.

"일어나시면 안 돼요. 오, 온몸이 멍투성이예요. 갈비뼈도 두 개나 부러졌대요. 특히나 머리에 충격을 받았으니 조심하라고 의원님이 신신당부하셨어요. 마님께서는 거의 하루 종일 정신을 못 차리시고……."

"자……현은……?"

목소리가 꽉 잠겨 꼭 개구리 울음같이 들렸다. 소루는 바짝 마른 입술을 축여 간신히 뒷말을 이었다.

"어찌…… 되었느냐."

"……."

"호, 혹 자현에게 무슨 일이라도……."

"……바, 방에……."

염이가 뭔가를 참는 사람처럼 꽉 잠긴 음성으로 말하였다.

"방에 계십니다."

그제야 소루는 마음을 놓고 몸에서 힘을 빼었다. 그것을 보고 염이가 느닷없이 울음을 터트린다. 소루는 깜짝 놀라 몸을 굳혔다. 소녀가 제 옆구리에 고개를 파묻고서 애처롭게 흐느낀다.

"마님은…… 마님은, 바보예요! 천하에서 제일가는 바보 멍청이세요."

제 주인을 향해 그리 폭언을 퍼부어 놓고는 소녀가 요란하게 코를 훌쩍였다.

"그렇게 잔인하신 분, 그렇게 야멸차고 모진 사내가…… 뭐가 좋다고 뒤쫓아 가서는…… 흐윽, 이 모양 이 꼴이 된 것도 모자라서 눈 뜨자마자 어떻게 그분 안위부터…… 물으세요."

"염이야……."

"그, 그런 취급을 받아 놓고, 끔찍한 일만 잔뜩 겪었으면서 어떻게 남 걱정부터 하세요. 세상에 이런 미련퉁이가 또 어디 있어요."

염이가 속상해 죽겠다는 듯 제 가슴을 팍팍 두드렸다. 소루는 어쩔 줄을 몰라 하며 염이의 손을 맞잡았다. 버릇처럼 나는 괜찮다 하고 중얼거리는 말에 소녀가 더 크게 운다.

"뭐가 괜찮아요. 뭐가!"

"염아…… 울지 마."

소녀가 와락 저를 끌어안으려다가 혹 상처라도 덧날까 두려운 듯 어깨만 살포시 만지며 고개를 푹 떨군다.

소루의 눈가에도 핑글 눈물이 고였다. 누군가가 저를 위해서 운다. 가슴이 뭉클해졌다.

염이의 말대로 저는 바보 멍청이가 맞는 모양이다. 머리를 쓰다듬어 주는 서툰 손길, 신을 신겨 주는 무뚝뚝한 손, 제가 아픈 것이 속상하여 펑펑 쏟아 내는 눈물, 다정하게 건네주던 한 아름의 꽃다발……. 그런 것이면, 아픈 일도 괴로운 일도, 전부 괜찮아진다니 천하에서 제일가는 미련퉁이가 분명 맞을 것이다. 소루는 주룩 눈물을 흘리며 미소 지었다.

"울지 마. 울지 마라."

"흐으윽."

울음으로 떨리는 등을 토닥이자 소녀가 더 자지러지게 운다. 소루는 더듬더듬 손을 뻗어 그녀의 뺨에서 물기를 훔쳐 주었다. 한참을 그렇게 엉엉 울던 염이가 겨우 눈물을 추스르고는 코를 팽, 하고 요란하게 풀었다.

"이, 이럴 게 아니라 당장 의원 나리님을 불러오겠습니다. 깨어나시면 바로 알려 달라 하였는데……."

소녀가 스스로를 책망하듯 말하고는 자리에서 일어나 문을 열고 나간다. 소루는 멍하니 기대 누워 더듬더듬 제 몸을 만져 보았다.

팔이며 다리에 붕대가 둘둘 감겨 있었고 머리에도 천이 휘감겨 있었다. 그제야 온몸이 욱신거리는 게 느껴진다. 그녀는 고통을 참으며 손발을 움직여 보았다. 아프기는 하였지만 별 무리 없이 몸을 가눌 수 있는 것으로 보아 팔다리는 부러지지 않은 모양이었다.

작게 안도의 한숨을 내쉬는데 저벅저벅, 발소리가 들려오더니 방문이 벌컥 열렸다.

의원인가 하며 그녀는 문 쪽을 향해 고개를 돌렸다. 그러자 낯익은 음성이 들려왔다.

"몸은 좀 어떠십니까."

늘 자현의 곁을 지키는 이의 목소리였다. 이름이⋯⋯.

"비령?"

"예, 맞습니다. 제가 집으로 모셔 왔는데, 혹시 무슨 일이 있었는지 기억하십니까?"

그녀는 멍하니 입술만 달싹였다. 머릿속이 흐릿하였다. 자현의 위험을 느끼고 저택 바깥으로 뛰쳐나갔다가 물매를 맞았다. 그리고⋯⋯.

"공주께서는 폐궁 안에 계셨습니다. 그 요괴가 숨어 있던 곳에서 정신을 잃고 계셨지요. 하인들의 말에 의하면 자현을 쫓아 집 밖으로 뛰쳐나갔다고 들었습니다만⋯⋯ 어찌 된 연유로 그런 곳에 계셨던 겁니까?"

"나도 잘⋯⋯ 모르겠다."

사내가 내뱉는 말에 반도 이해하지 못하고 그녀는 멍한 얼굴을 하였다. 비령이 작게 한숨을 내쉬었다.

"아무래도 그 요괴 놈이 저자에서 참살극을 일으키다 공주를 발견하고 그리로 데려간 듯합니다."

"차, 참살극?"

소루는 화들짝 놀라 벌떡 몸을 일으켰다. 등이 욱신거렸지만 그런 게 문제가 아니었다. 의식을 잃기 전에 들었던 사람들의 비명 소리가 번뜩 머릿속에 떠올랐다. 그 겁먹은 얼굴을 보고 비령이 다소 다감한 어투로 달래듯 말하였다.

"걱정하지 마십시오. 요괴 놈은 산으로 도망갔다고 합니다. 지금 법령사들이 그 뒤를 쫓고 있지요. 그들의 말에 의하면 비록 퇴치하는 데는 실패했지만 큰 타격을 입혔다고 하니 곧 잡힐 겁니다."

그 말에 가슴이 철렁 내려앉았다. 저를 조심스레 안아 올리던 요괴의 손길이 떠올랐다. 그에게 제가 자현을 구해 달라 하였었다. 하지만 그 이후 무슨 일이 벌어졌는지는 알 길이 없었다. 혼란스러움에 머리를 짚는데 비령이 문득 심각하게 말하였다.

"요괴는 그렇다 치더라도…… 지금은 자현의 일이 걱정입니다."

"자, 자현이 왜? 혹 어딜 다치기라도……."

"왕의 함정에 빠져 크게 부상을 입었습니다. 상태가 위중하여 다급한 마음에 정신을 잃은 공주의 손가락에서 피를 내어 자현에게 먹였습니다만……."

거기까지 말하고는 말끝을 흐린다. 소루는 제 안색을 살피는 기색을 느끼고는 대번 괜찮다 하고 내뱉었다. 제가 깨어 있었어도 그렇게 했을 것이 분명하였다. 비령이 작게 한숨을 내쉬며 말을 이었다.

"공주의 피 덕에 다행히 위급한 상황은 넘겼습니다. 하지만 피를 하도 많이 흘린 상태라 아직 정신을 차리지는 못한 상태입니다. 의원의 말에 의하면 기력이 다해 잠든 상태라고 하니, 하루 이틀이면 정신을 차리겠지요."

"……다행이구나."

안도의 한숨을 내쉬던 소루는 무사하다면 대관절 무엇이 문제라는 건가 하며 고개를 들었다. 의아해하는 기색을 느꼈는지 비령이 한층 가라앉은 어조로 말한다.

"자현이 무사한 것은 다행스러운 일입니다만…… 자현을 함정에 빠트린 가륜 왕이 죽었으니, 앞으로 큰일이 벌어지겠지요."

"왕이…… 죽다니?"

덤덤하게 흘러나온 말에 소루는 흠칫 몸을 굳혔다. 비령은 마치 길거리에 똥개 한 마리가 죽어 있더라는 사실을 전하는 것처럼 무미건조한 어투로 말을 이었다.

"어찌 된 영문인지는 알 수 없으나…… 하인들을 취조한 바에 의하면 가륜 왕이 자현을 죽이려는 순간에 요괴가 홀연히 나타나 가륜 왕을 해하고는 사라졌다고 하더군요."

소루는 얼굴에서 핏기가 가시는 것을 느꼈다. 비령이 쓴웃음 섞인 어조로 덧붙였다.

"한마디로 자현은 그 요괴에게 목숨을 빚진 셈이지요."

그녀는 망연자실한 얼굴로 입술을 깨물었다. 하지만 비령의 말은 거기서 끝난 게 아니었다.

"우리는 이제부터 군란을 일으킬 생각입니다."

"……군란?"

소루는 느닷없는 말에 멍하니 반문하였다. 하지만 비령은 담담했다.

"예, 무사 계급을 결집시켜 무능한 왕족들을 몰아내고 자현을 새로운 왕으로 추대할 생각입니다."

"왕……."

어마어마한 이야기에 멍한 얼굴을 하던 것도 잠시, 소루는 순순히 납득하고는 고개를 끄덕였다. 확실히 자현은 다른 이의 밑에 있을 수 있는 사내가 아니었다. 본인도 견딜 수 없을뿐더러 자현의 위에 있는 사람도 그것을 견딜 수 없다. 그녀는 그가 말하고자 하는 바를 깨닫고는 쓰게 웃었다.

"그리되면, 내가 방해가 되겠구나."

뒷말을 더 듣지 않아도 그가 제게 왜 구구절절 이러한 사실을 말하는지 알 수 있었다. 비령은 부정하지 않고 묵묵히 말을 이었다.

"새로운 왕조를 만들려면 백성들의 지지가 필요합니다. 하지만, 공주께서 계시면 그것이 매우 힘이 들지요."

저를 향한 맹목적인 적의를 떠올리며 소루는 고개를 끄덕였다. 너 때문에 사람이 죽었다 하는 그들의 비통한 외침이 아직도 귓가에 저

렁저렁하였다. 그의 집 앞에 몰려와 귀신 공주를 내놓으라던 외침도 떠오른다. 예상하고 있었던 일이다. 언제까지고 그의 곁에 머무를 수 없다는 사실을 진작부터 깨닫고 있었다.

"……하지만, 자현은 소루 공주에게 책임감을 느끼고 있습니다. 제 의견에 반대할 수도 있습니다. 하여 그가 깨어나기 전에 도성을 떠나 주셨으면 합니다."

"……."

"지낼 곳은 제가 마련해 드리지요."

그녀는 입술만 달싹였다. 이미 마음 한구석에서는 각오하고 있던 일. 그런데도 알겠다 하는 대답이 입천장에 달라붙은 듯 떨어지지 않는다. 파르르 입술을 떨던 소루는 간신히 목소리를 내었다.

"그 전에…… 부탁이 있다."

"무엇입니까?"

"요괴가 도망쳤다는 산으로 나를 데려가 다오."

"……어째서 그런 것을 요구하십니까."

그녀는 잠시 침묵하였다. 어떤 식으로 말해야 좋을지 알 수 없어 헤매기를 잠시 곧 한 자 한 자 신중하게 내뱉었다.

"그의 눈은 본래 나의 눈이었다. 한 번도 해 본 적은 없지만…… 집중하면 그가 있는 곳을 찾아낼 수 있을지도 모른다."

"……."

"나를 산으로 데려가 주면 내가 그를 찾아보겠다."

그는 어째서 진작 그것을 말하지 않았느냐 따져 묻지 않았다. 대신 그러마 하고 답하고는 당장 채비를 하라 이르겠다며 방을 나섰다. 그 서두르는 기색에 소루는 맥없이 웃었다.

염이가 몸도 성치 않은 소루를 어딜 데려가느냐고 겁 없이 따져 물었지만, 비령은 듣는 척도 안 했다. 소루는 곧 다녀오마 하고는 말 위에 올라앉았다. 그 뒤에 올라탄 비령이 말고삐를 쥐고는 박차를 가했다. 그녀는 안장을 꽉 움켜쥐었다. 몸이 앞뒤로 흔들릴 때마다 전신에 격통이 내달렸고 이마에는 식은땀이 맺혔다. 갈비뼈가 욱신거려 숨 쉬기도 힘들었지만, 그녀는 이를 악물며 고통을 견뎌 냈다.

그렇게 일각 정도를 달려가자 습기를 머금은 싸한 공기가 얼굴에 훅 끼쳐 왔다. 그녀는 고개를 들어 깊이 숨을 들이켰다. 축축한 바람 속에 짙은 흙냄새와 나무 냄새가 물씬 배어 있었다. 어디선가 벌레 우는 소리와 새 우는 소리도 들려왔다.

'숲인가…….'

사방에 나무가 많아서인 듯 말이 속도를 늦추었다. 사박사박, 마른 낙엽을 밟으며 한참을 더 나아가던 말이 어느 순간 멈춰 선다.

비령이 먼저 말에서 뛰어내리더니 저를 번쩍 안아 들어 땅에다 내려놓는다. 그녀는 욱신거리는 전신의 통증을 꾹 참고서 고개를 두리번거렸다.

"여기가 어디냐?"

"태화와 이어진 숲입니다. 법령사들이 이 근방에서 요괴를 수색한다 하였으니 금방 찾을 수 있을 겁니다. 발밑이 울퉁불퉁하니 조심해서 따라오십시오."

사내가 제 팔을 잡아 조심스레 이끌었다. 그녀는 고르지 못한 지면을 조심스레 밟아 나가며 그를 따라갔다.

지형이 가파르고 불규칙해 잠시 걸었을 뿐인데도 숨이 턱까지 차올랐다. 비틀거리며 필사적으로 그를 쫓아 얼마 정도 걸었을까. 근처에서 다른 이들의 인기척이 느껴졌다.

"저기 있군."

아무래도 법령사 일행을 찾은 모양이었다. 소루는 얼굴에서 땀을 닦아 내며 안도의 한숨을 내쉬었다.

"여기는 어쩐 일이십니까?"

그들의 모습을 발견한 법령사가 한달음에 달려와 물었다. 유독 맑고 깊은 기운으로 보아 일전에 만난 그 아시타라는 이름의 사내인 듯싶었다.

"이 산에는 귀물들이 많아 공주께 위험합니다. 어서 데리고 돌아가십시오."

"공주가 요괴가 있는 곳을 알아낼 수 있다고 하여 데려온 것이다."

"그게 정말입니까?"

사내의 물음에 소루는 고개를 끄덕여 보였다. 밤새 어지간히도 고생한 듯 아시타가 반색하며 말했다.

"그렇다면 부디 도움을 주십시오. 놈이 숨은 곳을 알려 주시면 저희가……."

"아니. 나 혼자서 그를 찾고 싶다."

그녀는 그의 말을 뚝 끊고 말했다.

"나 혼자 가서, 그를 설득해 보겠다. 그러니…… 수색은 이만 중지해 다오."

무거운 침묵이 내려앉았다. 그녀의 창백한 얼굴을 굳은 눈으로 바라보던 아시타가 믿어지지 않는다는 듯 내뱉었다.

"지금…… 설득이라고 하셨습니까?"

"그래. 내가 직접 가서 이야기를 해 보마. 더는 사람을 해치지 못하게 할 테니…… 부디 야토를 쫓지 말아 다오."

"지금 그 요물을 감싸시는 겁니까?"

그녀는 아무 말도 못 하고 고개를 떨구었다. 대번 아시타의 기세가 사나워졌다.

"제정신이 아니군요! 그 괴물이 얼마나 많은 이들을 죽였는지 아십니까? 무슨 짓을 했는지 아냔 말입니다! 설득이라니! 어림도 없습니다. 죽여 없애지 않고서는 절대 놈은 살육을 멈추지 않을 겁니다!"

"그때는 내가 그의 먹이가 되마."

덤덤히 흘러나온 말에 펄펄 뛰던 아시타도, 다른 법령사들도, 비령까지도 아연한 얼굴을 하였다.

제 목숨에 미련이 없는 사람이라는 것은 진즉부터 알고 있었지만 이 기이할 정도의 초연함은 대체 무언가.

아시타는 이해할 수 없다는 듯 중얼거렸다.

"도대체⋯⋯ 왜 그렇게까지 하시겠다는 겁니까?"

그 목소리에는 깊은 혼란이 어려 있었다.

"왜 그런 요괴를 위해⋯⋯."

그녀는 대답을 하기 위해 입을 벌렸다. 하지만 마땅한 말을 찾지 못하고 얼굴을 일그러트렸다.

너와 나를 무슨 말로 설명할 수 있을까. 내가 느끼는 이 감정에는 어떤 이름을 붙여야 하나. 연민, 죄책감, 동질감, 안타까움⋯⋯. 그 모든 게 혼재되어 있는 듯도 하고 그 어느 것도 아닌 듯도 하다.

그녀는 질끈 눈을 감았다. 입술 새로 흐느끼는 듯한 소리가 흘러나왔다.

"알고 있기 때문이다. 나만이⋯⋯ 알고 있기 때문이야."

무엇을 알고 있다는 것인지 스스로도 명확히 알지 못하는 채로 내뱉었다.

"도, 도무지 외면할 수가 없다. 모른 척할 수가 없어. 이 세상에서⋯⋯ 야토만이 내 존재를 요구해 주었다."

그녀의 눈가에는 어느새 물기가 어려 있었다. 그것이 금세 넘쳐 주룩 흘러내린다. 뱃속에 응어리진 뜨거운 것이 목구멍을 꽉 틀어막았다. 그것을 어떻게든 삼켜 보려고 했지만 목에 걸린 것은 기어코 좁은 목구멍 위로 역류해 올라왔다. 그녀는 가슴에 맺힌 말들을 힘겹게, 숨 가쁘게 토해 냈다.

"나는 줄곧, 그런 이를 기다려 왔다. 누구라도 좋으니, 단 한 사람이라도…… 나를 필요로 해 주기를, 나를 원해 주기를……. 소망하고 또 소망했다. 있을 곳을 가지고 싶었다. 함께 있어 줄 누군가를…… 가지고 싶었어."

차마 입 밖으로 내어 본 적도 없는 바람이 마구 터져 나온다. 사는 것조차 무언가를 잘못하고 있는 것처럼 느껴지는 제겐 너무나 과분하게 느껴지던 소원.

"나는 알고 있다. 그런 부질없는 바람에 애태운다는 게 어떤 것인지. 닿을 수 없는 것을 향해 손을 내뻗는 일이 얼마나 괴롭고 아픈 것인지. 그런 내가, 어떻게 모른 척할 수 있겠느냐. 그렇게나 나를……."

뒷말을 채 잇지 못하고 그녀는 울음을 삼켰다. 내뱉고서야 제 마음의 형태를 깨달을 수 있었다. 제 안에 고여 소용돌이치고 있던 것들이 보였다. 그녀는 힘겹게 말을 이었다.

"그가 설령 잘못된 존재라고 해도, 이 세상에 해를 끼치는 존재라고 해도, 나는 그를 구하고 싶다. 어떻게든 해 주고 싶어. 나 역시도 그만큼이나 잘못된 존재인걸……."

"당치 않은 말은 그만하십시오! 당신은 아무런 잘못도 없습니다. 나쁜 것은 전부……!"

어떻게든 그녀를 설득해 보려 다급하게 입을 놀리던 아시타는 문득 뒷말을 삼켰다. 제 입으로도 떠들어 댄 것이다. 그 태생부터가 잘못된 공주. 하늘의 실수로 이 땅에 태어난 천인. 그리하여 이 세상에 혼란만 가져다주는 존재.

그녀라고 몰랐을까. 소루 스스로도 이 세상에 제 자리가 없다는 것을 뼛속까지 느끼고 있었다. 작은 평화, 오로지 그것만을 바랐건만 결국은 가질 수 없었다. 자현의 집에서 조용히 숨죽이고 사는 것조차 허락되지 않았다.

소루는 울음으로 기어코 얼굴을 일그러뜨렸다. 가슴 밑바닥에서부터 존재하는지도 몰랐던 감정들이 계속해서 북받쳐 올랐다. 슬픔, 울분, 괴로움……. 폐부가 쥐어짜듯 저려 온다.

가슴이 부풀어 터질 듯해 꾹 내리누르는 손바닥 밑으로 심장이 쿵쿵 거세게 뛰었다. 이렇게나 빠르게, 격하게 뛸 수도 있었나 싶을 정도로 아프게, 원통하게 뛰고 있다.

"다시는, 이 세상에 모습을 드러내지 않으마. 다시는 누구에게도 해를 끼치지 않겠다. 더는 아무것도 기대하지 않으마. 이 세상에서 더는, 무엇도 바라지 않아! 그저 어둠 속에 묻혀 조용히 살 테니 그것만 허락해 다오."

"그럴 수는…… 그럴 수는 없습니다!"

"정녕…… 잘못된 것은 이 세상에 존재해서도 안 되는 건가!"

계속되는 거절에 그녀가 목청을 높였다. 마치 궁지에 몰린 짐승의 울음소리와도 같은 음성에 아시타는 저도 모르게 뒷걸음질을 쳤다.

"그저 세상의 모퉁이에서 숨죽이고 사는 것, 그것조차 용서되지 않는 건가."

"……소루 공주."

"그렇다면 나도 죽여 다오. 야토에게 그만한 힘을 준 것은 나다. 그가 사람을 먹는 요괴라는 것을 알면서도 그랬다. 그저 내 눈에 불쌍하고 안타깝게 비친다고 그리하였다. 내 죄가 얼마나 깊은지 나로서는 도저히 가늠할 수가 없다. 그러니 네가 나도 벌해 다오."

"그런 말도 안 되는 말씀은 그만하십시오!"

"그럴 수 없다면……!"

그녀가 질끈 눈을 감았다. 주룩주룩 흘러내린 눈물이 소녀의 얼굴을 온통 뒤덮었다.

"제발 한 번만 모른 척해 달라. 평생을 속죄하는 마음으로 살 테니…… 제발 자비를 베풀어 다오."

"그럴 수는……."

아시타는 괴롭게 숨을 들이켰다. 소녀의 눈물 젖은 눈이 어둡게 일렁거린다. 입 안에 고인 말들이 바람처럼 흩어졌다.

그는 아이처럼 울며 흐느끼는 소녀의 모습을 참혹하게 내려다보았다. 앙상한 팔다리에 퀭한 두 눈, 어디 한 군데 성한 데가 없다. 이 지경이 될 때까지 사람들에게 잔뜩 상처만 받고 이용만 당해 온 소녀의 애원을 차마 뿌리치지 못하고, 그는 지그시 눈을 감았다.

"공주께서 그를 찾겠다면 말리지 않겠습니다. 제가 드릴 수 있는 답은…… 그뿐입니다."

이제 와 수색을 접을 수는 없다. 그녀가 먼저 그를 찾아내어 계곡으로 돌아가게 한다면 어차피 더는 뒤쫓을 수 없을 터. 그 의중을 읽고 소루가 희미한 미소를 머금는다.

"고맙다."

그러고는 우거진 나무 사이로 몸을 돌렸다. 미처 붙잡을 새도 없었다. 숲이 출렁이더니 어디선가 바람이 몰아쳐 왔다. 새들이 요란하게 울며 하늘 빼곡히 날아올랐다.

날아드는 나뭇잎과 흙먼지를 피해 아시타는 급히 얼굴을 가렸다. 그녀가 몰아치는 바람 속으로 걸어가며 입을 열었다.

"길을 열어라."

그 목소리는 마치 천공에서 들려오는 것처럼 울려 퍼졌다. 그녀의 명령에 따르듯 나뭇가지가 일제히 갈라져 길을 터 준다.

아시타는 숨을 들이켰다. 잠시 뒤를 돌아본 소루의 창백한 잿빛 눈동자에 희미하게 금빛이 감돌았다. 그녀가 다시 앞을 보며 열린 길로 걸어 들어간다.

그 뒤를 쫓으려 무의식중에 발을 뗴었지만 나뭇가지가 의지를 가진 것처럼 앞길을 막아섰다. 그는 멀어지는 그 등을 못 박힌 듯 서서 한참을 바라보았다. 소녀의 모습이 이내 숲의 그림자 속으로 사라졌다.

아주 어릴 적에 소루는 제가 남들과 다르다는 사실을 몰랐다. 저를 키운 여인은 짐승이나 다름없을 정도로 어리석어서 제 기괴함을 눈치채지 못하고 그저 예뻐했다.

그러다 그녀가 죽고 사당 신녀들의 손에 맡겨져 새로 말을 배우면서 제가 남들과는 다르다는 사실을 알게 되었다. 아무도 귀신을 보지 못한다. 산짐승더러 오고 가라 할 수 없었고 사람의 마음이나 미래, 과거를 들여다보는 일도 할 수 없었다.

제 불길함을 알아차린 사람들은 바로 저를 멀리하기 시작했다. 그녀는 늘 혼자였다. 사당 밖으로 나가는 일도 할 수 없었고 다른 이들과 이야기를 나누는 일도 할 수 없었다. 하는 것이라고는 그저 먹는 것, 그리고 자는 것뿐.

어느 날 그런 저를 불쌍하게 여긴 신녀가 공을 하나 사서 사당 안으로 밀어 넣어 주었다. 그녀는 하루 종일 그것을 가지고 놀았다. 벽에도 던지고, 바닥에 통통 튕기기도 하고, 발로 차서 쫓기도 하고. 그러면 어느새 하루가 지나가 있고 또 새로운 하루가 온다. 텅 빈 사당 안에서 그것을 정말로 너덜너덜해질 정도로 가지고 놀았다.

그러다가 공이, 음식이 들어오고 나가는 구멍 밖으로 굴러 나가고 말았다. 소루는 어떻게든 그것을 주워 보려고 안간힘을 썼다. 짤막한 손을 구멍 바깥으로 내밀고 낑낑거리기도 하고 지나는 이에게 그걸 주워 달라 요청해 보기도 했다. 모두가 모른 척한다. 구멍을 통해 하염없이 공을 바라보던 소루는 결국 훌쩍이며 울음을 터트렸다.

그때였다. 불쑥, 앙상하고 시커먼 손이 구멍 안으로 들어온 것은.

소루는 울음을 멈추고 그 커다란 손을 가만 바라보았다. 제 몸통만 한 거대한 손 위에 우스꽝스러울 정도로 조그만 공이 놓여 있었다.

그것을 멍하니 바라보고만 있자 요괴가 공을 바닥에 놓아두고는 스르륵 손을 거두었다. 구멍 밖을 내다보았지만 이미 요괴는 몸을 숨긴 뒤였다. 항상 어둠 속에 숨어 자신을 바라보고 있는 요괴들 중 하나라는 것만은 알 수 있었다.

그 후 소루는 이따금 실수인 척 구멍 밖으로 공을 굴려 보냈다. 그러고 나서 우는 시늉을 하면 잠시 뒤에 공이 돌아온다. 그것을 반복하는 사이 소루는 그 검은 손의 요괴를 다른 요괴들과 구별하여 부르기 시작하였다.

야토夜土.

요괴의 손에서는 풀 냄새와 흙냄새, 그리고 밤의 냄새가 났다. 깊은 밤, 차게 식은 바람에 배어든 희미한 냄새.

그녀는 야토만은 무섭지 않다고 느꼈다. 아니, 가끔은 그 눈에 어리는 열기가 두렵게 느껴지기도 하였지만 제게 공을 건네던 그 손만큼은 무섭지 않았다.


나는 네가 밉다.


때때로 요괴는 그렇게 말했다. 제게 직접 말한 것은 아니었으나 소루는 요괴의 안에서 요동치는 그 음성을 들을 수 있었다.

내가 미운데 왜 나를 그리 슬픈 눈으로 보느냐.

소루는 소리 내어 묻는 대신에 공을 바깥으로 굴려 보냈다. 요괴는 어김없이 그것을 되돌려 주었다.

'이상한 요괴.'

어쩌면 외롭고 외로워서, 아주 작은 호의의 흔적만 발견해도 거기에 매달리고 싶었던 것인지도 모른다. 그저 누구라도 좋으니 곁에 있어 주었으면 하였다. 그게 설령 요괴라 할지라도 상관없다. 제 옆에 있어 주기만 한다면.

그녀는 계속해서 공을 굴려 보냈다. 때로는 주먹밥을 남겨서 밖으로 밀어 놓기도 했다. 그러면 다음 날에는 꼭 접시 위에 주먹밥 대신에 나무 열매가 몇 개 놓여 있었다.

굉장히 시큼한 그것을 입에 넣고 오물거리며 맛나게 먹으면 다음 날 몇 개가 더 사당 안으로 굴러 들어왔다.

야토는 실로 괴상한 요괴인지라 저를 미워하며, 저를 먹고 싶은 생각뿐이라고 하면서 그 같은 행동을 하였다. 상대에게 뭔가를 준다는 게 어떤 의미인지조차 모르는 듯하였다. 그녀는 중얼거렸다.

바보 같은 야토. 제 안에 바닥없는 슬픔이 있는 줄도 모르는 야토. 누군가를 사랑하고 싶어 하는 가엾은 요괴.

'나 잡아먹힌다면…… 네가 좋다.'

눈물이 찔끔 날 정도로 새콤달콤한 나무 열매를 먹으며 그녀는 그렇게 생각했다.

이 사당 안에서 언젠가 무의미하게 죽을 운명이라면 누군가의 피와 살이 되는 편이 나을지도 모른다. 아무에게도 요구받지 못하고, 누구의 기억에도 머물지 못한 채 그저 이 작은 세계 안에서 하루하루를 흘려보내다 시체가 될 운명이라면, 차라리 누군가의 먹이가 되는 편이 더 낫다.

그렇다면 나는 네 생명이 되고 싶어. 네 몸의 일부가 되어 이 세상을 살고 싶다. 너와 함께 누군가를 사랑하고 싶어.

진심으로 그렇게 생각하였다.

소루는 비척비척 걸음을 옮겼다. 아지랑이처럼 세상이 흔들거리며 어두워졌다 밝아지기를 반복했다. 갑자기 열린 시야에 눈앞이 어지러웠다. 마치 휘몰아치는 불길 속을 걷는 듯했다.

'야토.'

나무 기둥을 손으로 짚으며 울퉁불퉁한 땅을 끊임없이 밟아 나갔다. 어두운 그늘 속에서 붉은 눈자위가 번쩍거린다. 그 눈동자의 수는 갈수록 점점 많아졌다. 그들이 키덕키덕거리며 요란하게 떠들어 대었다.

공주가 골짜기 가까이에 왔다.

공주가 야토를 찾고 있다.

눈을 잃은 공주가 어둠 속을 헤맨다.

낙상하여 죽으면 우리가 그 시체를 먹자.

"물러나라."

그녀는 입술을 옴쭉거렸다. 그 신언을 거역하지 못하고 귀물들이 길을 터 준다. 몸에서 진땀이 흘렀다. 아득해지는 정신을 입술을 깨물어 간신히 붙들어 매고는 다시 걸음을 이어 나갔다.

어디로 가야 하는지는 자연스럽게 알 수 있었다. 그녀는 어둠 속에서 눈을 깜빡였다. 그와 자신의 사이에 연결이 점차 선명해진다. 그의 힘이 지나치게 불안정해지고 약해진 탓이었다. 야토가 가져간 힘이 얼마간 제게로 되돌아와 시야가 조금이나마 밝아졌다.

소루는 그 힘을 따라 쉬지 않고 걸었다. 그의 숨소리를 바로 곁에 있는 양 생생하게 들을 수 있었고, 그의 고동을 제 것인 양 선명하게 느낄 수 있었다. 그에게 가까워질수록 점점 시야가 선명해졌다. 이제는 깊은 어둠 속에 웅크리고 있는 야토의 모습까지 볼 수 있었다.

그녀는 후들거리는 다리에 힘을 주며 가쁜 숨을 토해 냈다. 너는 줄곧 거기에서 내가 발견해 주기를 기다리고 있었던 거구나. 거듭된 꿈은, 네가 나를 향해 부르짖는 비명이었어.

슬픔이 북받쳐 오른다. 화도 났다.

그래도 그런 짓은 말았어야지. 그런 식으로는 절대로 원하는 것을 가질 수 없다는 사실을 왜 몰라.

원망하는 마음이 밀려들었다. 하지만 그래도 역시 그가 가여웠다. 안타까웠다.

'야토……'

자신의 안에 마음이 없다고 믿고 있는 너는 끝까지 깨닫지 못하였다.

네가 나의 친구였다는 것을.

아무도 돌아보지 않는 보잘것없는 내게, 너는 손을 뻗어 주었다. 나를 그저 먹이로만 보는 요괴들 틈에서 너만은 나를…… 소루를 보아 주었어. 그래서 나는…….

그녀는 거대한 바위 앞에 섰다. 그 틈에서 그으으, 하는 낮은 신음 소리가 들려온다. 그녀는 어둠 속을 향해 손을 뻗었다. 언젠가 그가 저를 향해 손을 내밀었던 것처럼.

"거기에 있느냐…… 야토."

느린 숨소리가 들려온다. 어둠 속에서 금색 눈이 빛난다. 요괴들의 붉은 눈과는 다른 황금빛 눈동자. 일찍이 제가 짊어지고 있던 것이다.

그 눈에 비친 세상이 얼마나 어지러울지, 저는 안다.

그녀는 그리로 살그머니 다가섰다. 그러자 어둠 중에 숨어 있던 요괴가 두려운 듯 몸을 웅크렸다.

"만지지 마라."

소루는 허공에서 손을 멈춰 세웠다.

"공주는 달과 같다."

정말로 달을 올려다보는 짐승처럼 하염없는 눈으로 저를 바라보며 요괴가 말하였다.

"달처럼 아름답다."

"……"

"그대는 이처럼 추한 것에 손을 대서는 안 된다."

소루는 손을 내려 그의 어깨 위에 살그머니 올려 두었다. 그가 괴로운 듯 몸을 떤다. 요괴의 몸은 피와 땀으로 축축이 젖어 있었다. 그 엉망이 된 몸뚱이를 이내 양팔로 꽉 끌어안았다. 엉망진창이 된 제 몸뚱이도 부서질 듯 아파 왔다.

그도 그럴 테지. 하지만 요괴는 뿌리치지도 마주 안지도 않고, 그저 떨리는 숨을 몰아쉬기만 했다.

너는 항상 그랬다. 나를 먹겠다고 하면서도 내가 다가가면 몸을 숨겼지. 끝끝내 너는 나를 해치지 않았다. 기껏 가져간 것은 그 눈 하나뿐……. 어리석은 나는 이제야 그 의미를 깨달았어. 너는 내 짐을 가져간 것이었다. 괴로워하는 나를 위해…… 내가 더는 보고 싶지 않다고 해서 내게서 덜어 내 준 거였어.

소루는 그의 눈가를 어루만졌다.

497

"……울고 있었느냐."

"요괴는 눈물을 흘리지 않는다."

"이게 눈물이 아니면 무어야."

"……모른다. 나는 망가져 버렸다."

그녀가 위로하듯 양손으로 그의 뺨을 감싸 쥐었다. 야토는 끓어오르는 격정에 괴롭게 신음했다.

어찌하여 이 괴물을, 너는 그리도 두려움 없이 안아 주는 것인가. 나는 알지 못한다. 인간이 아니기에. 나는 제아무리 가슴을 쥐어뜯어도 알 수가 없다. 이 거대한 몸뚱이의 안은 텅 비어 있는 것이다. 그렇기에 나는, 어떻게든 채우려 몸부림치고 또 몸부림쳐 왔다. 하지만 어째서일까. 안달을 할수록 답에서 멀어져 간다. 이제는 무얼 해야 할지도 모르겠다.

그 격렬한 마음을 달래 주듯 소루가 잠잠한 음성으로 말하였다.

"이제 그만해도 된다."

"……."

"이제 그만해도 돼. 사람이 되지 않아도 된다. 답을 모르는 채로도 괜찮다. 불완전한 모습 그대로…… 괜찮아. 요괴인 네 곁을 내가 지켜 주겠다. 같이 떠나자. 야토."

요괴는 망연히 중얼거렸다.

"나는…… 괴물이다."

"나도 괴물이다."

"그대는 괴물이 아니야."

소루는 쓸쓸하게 웃으며 그의 이마 위에 제 이마를 부드럽게 내리눌렀다. 고독한 짐승이 몸을 맞대어 온기를 나누듯 그렇게 어둠 속에 몸을 붙이고서 서로의 상처를 감싸 안는다.

"정말로…… 내 곁에 있어 주는 것인가."

"그래."

공주가 어둠 속에서 미소 짓는다. 요괴는 그 모습을 하염없이 바라보았다. 가슴이 술렁거렸다. 몸이 찢기는 듯하였다. 그럼에도 불구하고 이것은 사랑이 아니다.

나는 너를 사랑하고 싶었다. 그저 사랑하고 싶었을 뿐이다. 평생 닿지 못해도 좋았다. 곁에 머물지 못해도 좋았다. 먼발치에서 애태우는 것, 오로지 그것만을 소망하였건만, 여전히 나는 요괴일 뿐이다.

그것이 괴롭고 또 괴로워 요괴는 흐느꼈다.

"나는 그대에게 줄 것이 없다. 내 마음 안에는 아무것도 없다."

"나도…… 그렇다."

"……."

"내 마음은 이미 다른 이에게 주어 남은 것이 얼마 없다. 그래도 남은 것은 모두 네게 주겠다. 너를 채우기에는 턱없이 부족할지도 모르지만…… 그래도 내가 가진 전부를 네게 주겠다."

소루의 눈에도 눈물이 고였다. 조용히 눈물을 떨구며 그녀는 요괴의 얼굴을 어루만졌다. 야토는 어둠 속에서도 투명하게 반짝이는 그녀의 눈물을 하염없이 바라보았다.

너는 어찌하여 그리도 아름다운가.

그 우는 얼굴에 입을 맞추고 싶었다. 인간 사내가 그리하듯이. 그 머리카락에 쉴 새 없이 입맞춤을 거듭하고 싶었다. 하지만 이 마음조차 진짜가 아니다. 진짜가 아니다.

"이 몸도 주마. 허기를 견딜 수 없을 것 같을 때는 나를 먹어도 좋아. 그러니…… 이제 다른 사람은 해치지 마라. 그것만 약조해 다오."

"그대가……."

요괴의 눈에서도 눈물이 흐른다. 야토는 그저 그것이 어리둥절하기만 하였다. 진짜 눈물일 리는 없었다. 마음이 없는 짐승이 울 리가 없지 않은가. 나는 정말로 단단히 망가져 버렸구나 하며 그는 답했다.

"그대가 원하는 것이라면 그 무엇이든……."

그녀가 희미하게 웃는다. 그 미소가 날카롭게 요괴의 눈을 찔렀다. 야토는 그녀의 좁은 어깨 위에 조심스레 머리를 기대었다. 어디선가 바람 한 줄기가 불어와 그들의 몸을 휩쓸고 지나갔다. 공주가 온기를 전하려는 듯 그를 감싸 안은 팔에 바짝 힘을 주었다. 그러고는 세상 어디에도 있을 곳이 없는, 죄 깊은 우리 둘이서 조용히, 소리 없이 살자 하고 속삭였다. 야토는 지그시 눈을 감았다. 귀신들의 웃음소리조차 서서히 멀어진다. 어둠이 모든 것을 감싸 안는다.

더는 괴로워하지 않아도 돼. 찾을 수 없는 것을 찾아 헤매며 방황하지 않아도 된다.

이 고요한 어둠 속에 앞으로는 계속 단둘뿐이다.

소루는 거의 자정이 다 되어 자호가의 저택 앞에 홀연히 나타났다. 그 이야기를 전해 들은 비령은 급히 대문 앞으로 뛰어나갔다. 그녀는 마치 산책이라도 다녀온 사람처럼 덤덤한 얼굴로 물었다.

"그는…… 깨어났느냐?"

"아직입니다."

그 말에 소녀의 낯빛이 흐려진다.

마지막으로 제대로 인사를 나누고 싶었는데…….

'차라리 잘되었는지도 모른다. 그 사람은, 내 얼굴을 마주하고 싶지 않을 테니…….'

쓰게 웃으며 그녀는 그에게 조심스럽게 부탁했다.

"마지막으로 그를 한 번 보고 싶다."

"……떠나는 것입니까."

"그래."

"그렇군요."

그게 다였다. 그는 산에서 무슨 일이 있었냐, 어디로 떠날 생각이냐, 그런 구구절절한 질문 따위는 하지 않았다. 그에게 있어서는 불필요한 물음이었다.

그는 소루의 팔을 붙잡아 자현의 방으로 인도했다. 이미 밤이 깊어 대부분의 하인들은 처소로 물러간 뒤였다. 비령은 곁을 지켜 선 하인들을 조용히 물리며 소루를 문 앞으로 이끌었다.

"이 방입니다."

"……단둘이만 있어도 되겠느냐."

"……"

"잠시면 된다."

굳은 눈으로 소녀의 얼굴을 살피던 그가 곧 한숨을 내쉬며 문고리를 밀었다. 그러곤 소루가 들어갈 수 있도록 옆으로 비켜서며 딱딱하게 말했다.

"문밖에서 기다리고 있겠습니다."

설마 그녀가 자현을 해하려 하지는 않겠지만 이미 한 번 여자에게 속아 죽을 뻔하지 않았나. 경계심이 쉬이 가시질 않는다.

비령은 경고하듯 그녀를 노려보았다. 그의 위협적인 시선을 아는지 모르는지 소루는 혹시라도 자현의 잠을 방해할까 싶어 조심스레 방 안으로 발을 들였다. 그 모습에 문득, 마음 한구석이 불편해진다. 성한 곳이 하나 없어 여기저기 붕대를 감은 꼴만 해도 안쓰러운데 옷자락은 온통 흙투성이고 머리는 풀어 헤쳐져 그녀의 모습은 엉망진창이었다. 마음 둘 곳이라고는 하나도 없는 이 집에서 온갖 험한 꼴 다 보고 떠나는 저 여자가 조금은 가엾게 느껴졌다.

'……그래도 어쩔 수 없는 일이다.'

그는 흔들리는 마음을 다잡고는 다시 문고리를 당겼다.

등 뒤로 문이 닫히자 소루는 침상을 향해 걸어갔다. 색색 숨소리가 들려온다. 가슴속에 안도감이 스며들었다. 죽음의 그림자가 완전히 사라져 있었다.

그의 몸에서 뿜어져 나오는 밝은 빛을 가만히 바라보고 서 있기를 잠시, 그녀는 천천히 고개를 숙여 그의 가슴팍에 귀를 가져다 대었다. 쿵쿵, 일정하게 뛰는 심장 소리에 가슴이 저릿해진다.

"자현…… 빨리 나아라."

손을 올려 조심스레 그의 얼굴을 만져 보았다. 깊게 주름이 잡혀 있던 미간이 매끈하다. 잘 때는 인상을 쓰지 않는 모양이구나 하며, 그녀는 살짝 웃었다.

"네 곁에서 생전 처음으로 평온함을 느껴 보았다. 네 가까이에 있으면 세상이 밝고, 안온하게 느껴졌어……."

비록 그 세상에는 제 자리가 없었지만 그래도 너는 내 빛이었다. 네가 거기 있다는 것만으로 이 캄캄한 어둠이 밝아지는 것 같아서 마음이 놓이고 안심이 되었어. 그래서 욕심을 부렸다. 그래서…….

"폐를 잔뜩 끼쳤구나. 미안해."

그녀는 입 안을 깨물어 상처를 내었다. 비릿한 피맛이 입 안에 퍼진다. 소루는 더듬더듬 그의 어깨에 덮인 붕대를 풀어내 거기에 입술을 대었다. 손끝에서 상처가 완전히 아물어 가는 게 느껴진다. 그녀는 손끝으로 계속 그의 피부를 더듬어 나갔다.

뺨에 난 작은 상처, 옆구리에 난 상처, 팔에, 가슴팍에, 다리에……. 작은 생채기 하나 놓치지 않고 입을 맞추었다. 마치 짐승이 제 새끼를 핥듯이 상처마다 혀를 대고는 끝내 그의 입술 위에까지 제 입술을 가만히 가져다 대었다.

혀를 내밀어 살짝 벌어진 입 안에 밀어 넣자 낮은 신음 소리가 들려온다. 재빨리 그 안에 피를 흘려 넣고 입을 떼려는데 그의 손이 제 팔뚝을 덥석 움켜쥐었다. 소루는 놀라 몸을 움찔거렸다.

"소루……."

맞닿은 입술에서 한숨처럼 제 이름이 나온다. 소루는 놀라 눈을 크게 떴다. 남자의 혀가 입 안으로 버거울 정도로 깊이 들어왔다. 말 캉말캉한 살덩어리가 입천장을 훑고는 볼 안쪽에 난 상처를 훑어 내린다.

쓰린 통증에 목을 움츠리자 크고 단단한 손이 제 목덜미를 움켜쥐고는 아플 정도로 강하게 잡아당겨 왔다. 숨을 쉴 수가 없었다. 그녀는 얼굴을 빨갛게 물들였다. 숨과 숨이 뜨겁게 섞이고 끈적한 타액이 목구멍을 채운다. 그녀는 괴롭게 허덕였다. 그 가쁜 숨소리에 입 속을 샅샅이 배회하던 혀가 겨우 빠져나갔다.

"울지 마……."

그가 입술 위에 대고 중얼거렸다. 얼떨떨한 얼굴로 가쁜 호흡을 몰아쉬던 그녀는 놀라 눈을 깜빡였다. 그제야 제가 또 울고 있었다는 것을 깨달았다. 커다란 손이 쓱쓱, 젖은 뺨에서 눈물을 훑어 내린다.

"자현, 정신이……."

소루는 입술을 달싹였다. 하지만 이내 그의 손이 아래로 축 늘어졌다. 잠결에 한 행동이었는지, 색색거리는 소리만이 들려왔다. 붉어진 얼굴로 입술을 감싸고서 멍하니 서 있던 소루는 이내 웃음을 흘렸다.

"……못된 잠버릇이 있구나."

너에 대해서 좀 더 알 기회가 있었으면 좋았을 텐데.

평범한 여자로 태어나서 네게 시집왔으면 더 많이 알 수 있었겠지.

'아니…… 너는 나 같은 거 거들떠도 안 보았을까.'

하지만 아마 나는 너를 숨어 훔쳐보며 애를 태웠을 거야.

그냥 어느 평범한 여인들이 그러하듯이.

그녀는 눈꼬리를 휘며 웃었다. 주룩, 고여 있던 눈물이 흘러내린다.

"이런 나를 받아 주어서 고맙다. 잠시라도, 곁에 머물게 해 주어서 고마워."

소루는 천천히 몸을 일으켜 세웠다. 몸을 돌려 나가는 발걸음이 무겁다. 그녀는 떨리는 입술을 깨물고는 애써 의연하게 걸어 나갔다.

괜찮아.

앞으로 내가 네 빛에 닿는 일이 없다고 하더라도, 네가 이 캄캄한 세계의 어딘가를 밝히고 있다는 사실만은 내 안에서 계속된다.

그 사실이 꺼지지 않는 등불이 되어 내 안에서 계속해서 빛날 거야.

"부디 건강하기를."

마지막 한마디를 남기고 그녀는 방을 나갔다.


그녀는 마지막으로 조용히 염이의 거처를 들여다보았다. 제가 돌아오는 것을 기다리는 듯 탁상에 엎어져 자는 모습에 가슴이 아려 온다. 소루는 조용히 그녀의 머리맡에 한 아름의 꽃을 놓아두었다.

매일매일, 나를 위해 꽃을 꺾어다 주어서 고맙다. 인사도 없이 가서 미안해.

입술만 달싹여 그리 중얼거리고는 정원으로 나와 야토를 불렀다. 어둠 속에 숨어 있던 요괴가 슬그머니 모습을 드러내었다.

"……정말로 나와 함께 갈 건가."

"이미 약속하지 않았느냐."

"혹, 마음이 바뀌었다면……."

"아니. 네 곁에 있으마. 이제는, 너를 혼자 두지 않을 거야."

요괴는 한참 동안 말이 없었다. 그녀는 다가오지 않는 그를 대신해 걸음을 내디뎠다. 사분사분 걸어가 요괴의 가슴에 머리를 기대자 그가 낮은 신음을 토해 낸다.

"……가슴이 요동을 친다."

"그래. 나한테도 들린다."

"이건 기쁨인가 슬픔인가. 요괴도 인간도 되지 못한 나로서는 알 길이 없다."

그녀는 희미하게 웃었다.

"앞으로…… 둘이서 천천히 알아보도록 하자."

그리 말하며 두 팔을 뻗자 머뭇거리던 요괴가 조심스럽게 제 몸을 안아 든다. 그 팔에 안겨 소루는 조그맣게 속삭였다.

"가자. 야토. 우리가 편히 쉴 수 있는 곳으로……."

"……그대가 원하는 그 어디든."

공주를 안아 든 요괴의 그림자가 어둠 속으로 스멀스멀 사라져 갔다.

"폐를 잔뜩 끼쳤구나. 미안해."

꿈인 듯 현실인 듯 몽롱하게 그녀의 얼굴을 올려다보았다. 그녀의 입술이 제 입술에 살그머니 와 닿았다. 자그만 혀가 입언저리로 들어

온다. 그것이 못내 애가 탔다.

좀 더 깊이.

칭얼거리며 그것에 매달렸다. 숨조차 제대로 쉬어지질 않았다. 달콤한 향기가 입 안 가득 퍼진다. 맞닿은 입술이 저릿했다.

말랑말랑한 입술을 좀 더 맛보고 싶다.

무거운 팔을 들어 떨어지려는 그녀를 붙들고서 마음껏 탐했다. 혀끝이 마비될 듯 다디단 액체가 목 안으로 넘어간다.


"곁에 머물게 해 주어서 고마워."


그는 가물가물 감기려는 눈에 애써 힘을 주었다. 흐릿한 시야에 눈물범벅인 얼굴이 들어온다.

또 우는구나. 눈이 다 녹아 없어지겠어.

그는 입술을 달싹였다. 손을 뻗어 그녀의 뺨에서 눈물을 훔쳐 내고서야 그는 줄곧 제가 그렇게 하고 싶었다는 것을 깨달았다.

네가 올 때마다 나는 사실은 달래 주고 싶었던 거구나. 이렇게 만져 주고 싶었던 거였어. 대체 왜 그렇게까지 제 마음을 부정하고 부정했던 건가. 인정하면 저 자신이 무너져 내리기라도 할 줄 알았나. 자존심이 상하는 게 그렇게 두려웠던가. 대체 뭘 지키려고 그렇게 널 밀어냈던 것인지, 이젠 나도 모르겠어, 소루.

'뭣 때문에 그리 아등바등했었나. 처음부터 이랬으면 됐을 것을……'

이 팔에 안고 달래 주고, 안심시키고, 지켜 주면 되었다. 그러면 되는 거였어.

깨어나면, 그래, 같이 변방으로 가자. 조용한 곳이니 너한테는 오히려 여기보다 살기 좋겠지. 너를 욕하는 사람이 없고, 너를 상처 입

506

히는 사람이 없는 곳으로 같이 가자. 추운 날씨가 걱정이지만 겨울옷을 잔뜩 사 줄게. 거기서 같이 눈이 오는 걸 보자. 둘이서 조용히 살자. 이제 나는, 다른 건 아무래도 좋아.

그렇게 말해 주고 싶었다. 하지만 졸음이 쏟아져 한마디도 내뱉을 수가 없다.

지금은 조금만 자고, 일어나서 말하는 거다. 미안하다고.

심한 말 해서 미안해. 밀쳐서 미안해.

그녀가 입술을 달싹거리며 무어라 말한다.


"부디 건강하기를."


그는 번쩍 눈을 떴다. 심장은 쿵쿵거리고 몸이 식은땀에 흠뻑 젖어 축축했다. 곧장 상황이 파악되지 않았다. 천장을 올려다보며 눈을 깜빡이기를 잠시 정신을 잃기 전의 일이 제일 먼저 떠올랐다.

가륜의 함정에 빠진 일. 홀연히 나타나 왕을 죽이고는 사라진 요괴. 그리고…… 어떻게든 살아남았나.

'일단, 내 집인 걸 보아, 최악의 상황은 아닌 모양이군.'

그는 손으로 더듬더듬 몸 상태를 확인했다. 칼에 꿰뚫렸던 어깨는 흠 하나 없이 깨끗이 아물어 있고 팔다리도 멀쩡하였다. 눈을 가늘게 뜨던 자현은 곧 소루를 떠올리며 작게 욕설을 내뱉었다.

소루의 피로 치료한 게 분명하다. 어렴풋, 몸에 와 닿던 그녀의 자그만 입술이 떠오르는 듯도 했다. 꿈이 아니었나 하며 그는 한 손으로 얼굴을 감싸 쥐었다. 화끈거리는 열기가 느껴진다. 겁 없이 사내 몸에 입술을 들이대었을 소루를 떠올리니 풋내기처럼 몸이 단다. 그는 한숨을 내쉬었다.

그 여자는 너무 무방비하다.

'……설마 남녀 관계에 대해서 아무것도 모르는 건 아니겠지?'

그는 한껏 인상을 썼다. 정말 그렇다면 앞날이 보통 심란한 것이 아닐 터였다. 투덜거리며 침상에서 몸을 일으키던 자현은 불현듯 멀어지던 그녀의 모습을 떠올렸다. 그는 미간을 모았다. 어디서부터가 꿈이고 어디서부터가 현실인지 애매하다.

"주, 주인 나리! 깨셨습니까!"

지끈거리는 머리를 문지르고 있는데 문을 열고 들어선 하인 놈이 놀라 꽥 소리를 지른다. 자현은 인상을 찡그렸다.

"내가 얼마나 누워 있었느냐."

"꼬박 이틀 동안 정신을 잃으셨습니다. 잠시만 기다려 주시면 바로 비령 나리를 모셔 오겠습니다."

그놈이 제 마누라도 된단 말인가. 왜 깨어나자마자 녀석을 불러오겠다는 건지, 그는 어이가 없어 헛웃음을 흘렸다.

"소루는?"

"……마님을 말씀하시는 겁니까?"

"소루가 또 있느냐?"

날 선 음성으로 쏘아붙이자 종놈이 어깨를 움츠리며 눈치를 본다. 자현은 인상을 찡그리며 왜 아무 말 않느냐 일갈했다. 우물거리던 놈이 이윽고 고한다.

"계속 찾고 있습니다만……."

"찾다니?"

또 정원 어딘가에 숨어 있기라도 한 건가 하며 쯧, 하고 혀를 차는데 그의 다음 말이 거칠게 고막을 긁었다.

"아무래도 집을 나가신 거 같습니다. 방을 정리해 두고는 홀연히……."

무슨 헛소리인가 하며 그는 종놈의 둔해 뵈는 얼굴을 노려보았다.

소루가 집을 나가 어디로 간단 말인가. 세상천지에 그 여자가 기댈 곳이 어디 있다고. 헛소리 말고 당장 소루를 데려오라 하려던 그는 문득 희미한 의식 중에 보았던 그녀의 얼굴을 떠올리고 딱딱하게 몸을 굳혔다.

"부디 건강하기를."

그 나직한 속삭임이 귓가를 맴돌아 온몸이 싸늘하게 식었다.

꿈이 아니었나.

그는 벌떡 일어나 소루의 방 문을 열었다. 텅 비어 있다. 숨을 멈춘 채 그 휑한 방을 바라보고 있길 잠시, 자현은 이내 밖으로 뛰쳐나갔다.

"소루!"

분명 또 정원 어디에 숨어 있는 거야. 멍청한 것들이 그걸 못 찾고서 실종되었다 헛소리를 하는 게 틀림없다.

그는 쩌렁쩌렁 외쳤다.

"소루!!!"

그 소리를 듣고 하인들이 놀라 달려왔지만 그는 시선도 주지 않고 실성한 사람처럼 정원을 마구 뒤졌다. 늘 나와 앉아 있던 정자, 나무 뒤, 뒤뜰, 일전에 주저앉아 있던 수풀까지 모두 헤집었다.

나뭇가지에 긁혀 손가락에서 피가 흘러나왔지만 그는 통증을 느끼지 못하는 사람처럼 가지를 마구 꺾으며 소리쳤다.

"소루! 당장 이리 나와!"

하지만 어디에서도 그녀의 모습은 찾아볼 수가 없다. 그는 바짝 조여 오는 목을 감싸 쥐었다. 점점 눈앞이 캄캄해진다. 발밑이 흔들렸다.

천재지변이라도 일어난 건가. 땅바닥이 출렁거려 온전히 서 있을
수도 없었다. 그는 휘청거리며 발걸음을 내디뎠다. 소루가 다칠지도
모른다.

"빨리 찾아야⋯⋯."

그는 멍하니 중얼거리며 비틀비틀, 그녀가 예전에 지내던 뒤채를
향해 몸을 돌렸다. 그 순간 어디선가 비령이 달려와 제 어깨를 움켜
쥔다.

"자현, 깨어난 건가! 아직 몸도 회복되지 않았는데 왜 나와
서⋯⋯!"

"소루는?"

자현은 그의 말을 뚝 끊고 물었다. 비령이 놀라 눈을 크게 떴다.
자현은 그의 어깨를 움켜쥐며 다그쳤다.

"소루는 어디 있나? 대체 어떻게 된 거야!"

"⋯⋯이틀 전에 사라졌다."

"이틀 전에⋯⋯ 사라져?"

타국의 언어라도 듣는 양 넋 나간 얼굴을 하던 자현은 다음 순간
험악하게 외쳤다.

"여태까지 찾지도 않고 뭐 한 건가!"

"찾았네. 찾고 있어. 하지만 그보다 중요한⋯⋯."

"대체 뭐가 더 중요하단 거야!"

자현이 악을 쓰며 소리쳤다.

"눈도 보이지 않는 여자가 혼자 집을 나갔는데⋯⋯! 지금 제정신
으로 하는 말인가! 그 여자가 세상천지 어디에 갈 곳이 있다고⋯⋯!"

그 처절한 음성에 비령이 놀라 뒷걸음질을 하였다. 그의 얼굴을
충혈된 눈으로 노려보던 자현은 다음 순간 머리를 감싸 쥐었다.

"젠장! 처음부터 곁에 두는 게 아니었다. 매달리든 말든, 쓸모가 있든 없든, 너 같은 골칫거리 진작 멀리 보내 버렸으면, 내가 이런……!"

그녀를 뿌리치며 내뱉은 말이 비수처럼 제 가슴에 꽂혔다.

진심이 아니었어. 진심이 아니었다.

"어서 찾아서……."

나는 아직 아무것도 말하지 않았다. 고집을 부리며 진심이 아닌 것만 실컷 말했어. 몰라서 그랬다. 나는 어리석어서, 죽는다고 생각한 순간까지 제 마음도 못 보고 있었다. 그러니까…… 돌아와.

떨리는 숨을 토해 냈다. 후드득 뭔가가 떨어진다. 비가 오는 건가 하며 멍하니 그것을 내려다보았다. 그러다 설마, 설마 하며 제 얼굴을 만져 본다.

아. 젖어 있다.

어처구니가 없어 웃음이 나왔다.

내가 지금 울고 있는 건가. 천하의 자현이, 울고 있는 것인가.

"하, 하하…… 하하하하하!"

그는 미친 듯이 웃음을 터트렸다. 우스워 죽겠다는 듯 배를 부여잡고 웃다가 견디질 못하고 주저앉아 주먹으로 바닥을 쳤다. 눈물이 후두둑 떨어져 흙바닥 위에 검게 얼룩진다. 눈으로는 울고 입으로는 웃는다. 그렇게 괄대한 아내가 사라졌다고, 그렇게 밀쳐 낸 여자가 떠났다고, 눈물을 떨구는 제 꼴이 우습고도 슬퍼서.

"하하……."

망연히 얼굴을 감싸 쥔다. 다신 보지 못할지도 모른다는 선뜩한 예감이 가슴을 관통했다. 심장이 뭉개지는 듯했다.

그는 지그시 눈을 감았다. 주룩 고인 물줄기가 뺨을 타고 흐른다.

목 안쪽에서 끅, 하는 소리가 흘러나왔다. 그는 가슴을 움켜쥐었다.

"……건강하기를."

그녀가 남긴 인사말만이 바람 속에 섞여 귓가를 계속해서 맴돌았다.

終章

붉은 골짜기

공주가 사라진 이후 더는 심장을 잃은 채 죽은 시체가 발견되는 일은 없었다. 그럼에도 마음을 놓지 못하고 아시타는 약 한 달 정도 더 도성에 머무르며 요괴가 다시 사달을 일으키진 않나 감시했다.

하지만 장안 어디에서도 귀물의 자취는 찾아볼 수 없었다. 인겁을 뒤집어쓰고서 돌아다니던 요물들의 모습도 더는 보이지 않았고, 여기저기 숨어 장난을 치던 잡귀들조차 어디로 갔는지 싹 사라졌다. 도성 전체에 감돌던 음산한 기운마저 가셔 사나운 낯을 하고서 숙덕거리던 백성들의 얼굴도 밝다. 되레 심상치 않은 기색을 보이는 것은 왕성이었다.

"희란국에 드리워져 있던 흑운이 걷혔으니 이만 돌아오라 하는 연락이 왔다."

폐궁 내부에 부적을 붙이던 아시타는 휙 고개를 돌렸다. 못마땅한 표정을 한 여란이 사문의 문양이 찍힌 서한을 들고 그에게 다가왔다.

"믿어지나? 그 요괴 놈을 내버려 두고 어떻게 이 나라를 뜨라고 할수 있는지……!"

"이제는…… 놈이 사람들에게 해를 끼치는 존재가 아니라는 뜻이겠지."

"그걸로 납득하겠다고?"

"점괘가 그리 나왔다면 따라야지. 우리로서는…… 별수 없는 일아니냐."

한숨 쉬듯 답한 아시타는 고개를 돌려 황량한 폐궁의 내부를 쭉 훑어보았다.

당분간 궁궐 출입이 제한될 것이다, 폐궁에서 무언가 조사할 것이있다면 서둘러라 하는 비령의 말에 사념 정화를 위해 다시 찾은 거였다.

진작에 성안에서 나온 시신과 신율의 유골을 정리해 장례를 치르고 위령제를 드렸지만 곳곳에는 아직도 강한 원념이 남아 있었다. 그것을 정화하기 위해 짧막한 법령을 외운 뒤 그는 무뚝뚝하게 내뱉었다.

"내가 쫓고 싶다고 해도, 놈이 계곡으로 떠나가 버린 이상에는 방법이 없다. 여기서 평생 죽치고 앉아 지킬 수도 없는 일이지 않나."

"그렇기는 하지만……."

그래도 역시나 납득할 수 없다는 듯 여란이 불만스레 구시렁거렸다. 그것을 한 귀로 흘려들으며 아시타는 계속해서 기둥에 부적을 붙였다. 폐궁 곳곳에는 채 씻겨 내지 못한 핏자국이 검게 얼룩져 음습한공기를 내뿜고 있었다. 완전히 정화하려면 시간이 꽤나 걸릴 듯하다.

'차라리, 궁을 불태워 버리는 게 편할 텐데…….'

당분간 궁궐은 폐궁의 처지 따위에는 신경 쓸 여력이 없을 것이다. 사실 사문에서 귀환을 서둘러라 하는 데는 희란국 궁궐에서 벌어지는 정치적 혼란 때문이기도 했다. 야토에 의해 희란국의 왕이 죽고, 현재 자현을 중심으로 한 무인 세력과 일왕자를 중심으로 한 왕실 세력이 첨예하게 대립하고 있는 상황. 조만간 난국이 벌어질지 모르는 일이다. 타국의 정치 분쟁에 휘말리는 것을 피하기 위해서라도 서둘러 떠나야 한다.

'결국, 내가 한 것은 아무것도 없군.'

"그러고 보니…… 궁금한 것이 하나 있다."

쓴웃음을 짓는데 구석에서 새장을 툭툭 차며 그 안에 든 까마귀 요괴를 괴롭히던 여란이 불쑥 내뱉었다.

"뭐가 말이냐?"

"야토 말이다. 왜 신율 왕제의 모습을 그대로 유지한 거지? 보통, 요괴들은 인간을 잡아먹고 금방 새 인겁을 뒤집어쓰지 않나."

"……그 모습이 이 궁에 숨어 있기 편해서였겠지."

"어차피 왕제가 폐궁 밖에 모습을 드러낼 일도 없는데 무슨 상관이라고……. 숨어 있고자 한다면 모습 따위는 아무래도 좋지 않나. 그리 눈에 띄는 모습으로 돌아다녀 도리어 정체를 들킬지 모를 일. 실제로 그리되었다."

그는 고개를 들어 올려 야토가 머물던 방을 바라보았다. 눈 위로 신율을 잡아먹던 요괴의 모습이 스쳐 지나간다. 그는 중얼거렸다.

"소루 공주와 가까운 모습이었기에…… 집착한 게 아닐까."

"……참으로 이상한 요괴다."

여란이 도무지 이해할 수 없다는 듯, 납득할 수 없다는 듯, 싸늘하게 내뱉는다. 그는 쓴웃음을 지었다. 동감이다. 저 역시 놈이 한 짓을 용납할 수 없었다. 죽어 마땅한 놈이라고 생각한다. 지금이라도 눈에 띄면 없애 버릴 것이다.

'그러니…….'

어둠 속에서 조용히 살고 있을 요괴를 향해 그는 중얼거렸다.

'그러니 평생 내 눈에 띄지 마라.'

그는 마지막 부적을 붙이고는 몸을 돌렸다. 그대로 방을 나서려는데, 무언가가 창가에 길게 그림자를 드리우고 있는 게 보였다.

아시타는 그곳으로 걸음을 옮겼다. 창가에 낡아 빠진 공이 댕그라니 놓여 있었다. 그는 그것을 손에 쥐고 빤히 들여다보았다.

척 보기에도 오래된 것이었다. 바람이 반쯤 빠져 있었고 군데군데 너덜너덜하다. 그래도 제법 귀중하게 보관해 온 듯하다.

'신율 왕제의 것일 리는 없고…….'

그는 미간에 주름을 잡았다. 창가에 앉아 자그만 공을 손에 쥐고 만지작거렸을 요괴의 모습이 언뜻 머릿속을 스쳐 지나갔다.

지금 공주와 함께 있을까.

그는 그것을 다시 창문 위에 올려두고 방을 나왔다.

여란이 기둥에 기대선 채 왜 이리 미적거리냐 투덜거린다. 아시타는 바닥에 놓아둔 새장을 집어 들며 한숨을 푹 내쉬었다.

"제발 잔소리 좀 그만해라."

"네놈이 좀 빠릿하게 굴어 봐라. 내가 왜 잔소리를 하겠나."

이제는 네놈이라는 호칭이 너무나 당연해졌다. 그는 또다시 한숨을 내쉬었다. 새장 안에서 꾸벅꾸벅 졸던 까마귀가 창살에 머리를 박고는 살살 좀 걸으라며 날개를 파드득거린다. 그걸 보며 여란이 눈살을 팍 찌푸렸다.

"저건 도대체 언제 없앨 거냐."

"히익, 없애다니요. 아이고, 여란 님. 왜 자꾸 그런 흉한 말씀을 하십니까."

"내가 끽소리만 내도 불태워 버린다고 했지?"

여란의 위협적인 말에 요괴가 부리를 합 다문다. 아시타는 그 우스운 꼴을 보며 킬킬거렸다.

"이왕 잡아 길들인 거, 식신으로 삼아 볼까 한다."

"요괴를 식신으로? 네가 드디어 미쳤구나. 정줄을 놓았어."

아시타는 여란의 폭언을 설렁설렁 흘려들으며 폐궁을 빠져나왔다. 그러다 문득 생각났다는 듯 새장을 번쩍 들어 올렸다. 심상치 않은 눈길에 요괴가 본능적으로 몸을 움츠렸다. 그리로 고개를 바짝 가져다 대며 아시타는 요괴에게만 들릴 정도로 작은 목소리로 말하였다.

"남방으로 떠나기 전에."

히죽 웃는 아시타의 얼굴은 요괴의 눈에도 음흉스럽기 그지없어 보였다.

"조용히 네놈의 둥지에 들르자. 일전에 말한 금은보화를 챙겨 가야 할 게 아니냐."

"……귀신보다 지독한 인간."

"응? 지금 뭐라 했느냐?"

"아, 아닙니다요. 아무 말도 안 했습니다요."

"좋아, 좋아. 어서 가자고. 남방까지 갈 길이 멀다."

희란국에 새로운 왕조가 탄생했다.

무인 세력이 자현을 중심으로 결집해 왕권을 두고 왕족들과 길게 대립하기를 반년. 기나긴 다툼은 자현이 가란 공주와 혼인하여 현炫 왕조를 세우는 것으로 종결되었다.

다수의 고관 대신들이 열렬히 자현을 지지했고 무엇보다 무관들의 지지가 막강했다. 한동안 자현을 비난하던 백성들은 저자에 은근히 도는 소문, 자호가에서 끔찍한 살인을 일삼던 요괴를 퇴치하였다

하는 말을 듣고 다시 자현을 추앙하기 시작했다.

그럴 줄 알았다, 자현이 어디 보통 인물인가, 자현이 또다시 백성들을 구하였구나, 그런 칭찬의 말들이 도성 곳곳에 요란했다.

결국 여론에 밀려 륜倫 왕자들은 왕좌를 포기했다. 궁궐에는 대대적으로 물갈이가 일어났고, 몰락하여 도성을 떠나는 귀족들의 행렬이 한동안 쭉 이어졌다. 이러한 격변이 몰아치는 사이 희란국은 어느덧 장안에서 벌어진 끔찍한 참상이나 귀신 공주에 관한 것은 까맣게 잊었다.

새로운 왕조가 세워지고, 새로운 질서가 세워졌다.

자현이 왕위에 오른 지 삼 년.

희란국에는 유례없는 태평성대가 시작되었다.

"또다시 토벌에 나가신다는 말을 들었습니다."

갑주를 벗어 던지던 자현이 소리가 난 쪽을 향해 고개를 돌렸다. 문가에 황금색 잉어가 수놓아진 푸른 금의를 우아하게 차려입은 가란이 조심스러운 눈길로 저를 바라보고 있었다. 그는 칼자루를 벗어 걸며 무심하게 대꾸했다.

"그렇소."

"폐하…… 돌아오신 지 얼마 되지 않았습니다. 이리 궐을 자주 비우시는 것은 좋지가 않습니다. 굳이 폐하께서 가실 필요는 없지 않습니까."

그는 힐끔 시선을 한 번 주고는 대답도 없이 그 옆을 스쳐 지나가 버렸다. 옷자락을 움켜쥐며 입술을 깨물던 가란이 그 팔을 황급히 붙잡았다.

"후, 후계자도 없는 상황에서, 혹 폐하께서 다치기라도 하면 어쩌시려고……!"

"지금, 내가 죽기라도 할까 봐 걱정해 주는 건가?"

나른하게 웃으며 하는 말에 여자의 어깨가 눈에 띄게 경직된다. 그는 손끝으로 그녀의 턱을 집어 얼굴을 들어 올렸다. 여자의 입술이 파르르 떨린다. 바로 코앞에서 그것을 조롱 어린 눈길로 내려다보던 자현이 차갑게 내뱉었다.

"과부로 만들어 입장을 난처하게 하는 일은 없게 할 테니 걱정하지 마오."

"……단지, 폐하의 몸이 걱정이라고 해 봐야 진심으로 들리지 않겠지요."

여자가 처연하게 내뱉는다. 새하얀 얼굴이 슬픔으로 흐려졌다. 하지만 그 모습을 바라보는 제 마음은 오싹하리만치 잠잠하기만 했다. 자현은 손을 놓았다. 조금은 딱한 마음이 든다. 마음 한구석이 씁쓸하였지만 여자를 아예 이해 못 하는 것은 아니었다.

그녀로서는 가륜을 거역할 수 없었을 것이다. 제 목숨을 아비에게 가져다 바친 일을 두고 배신감에 치를 떠는 것도, 원망하는 것도 아니다.

단지, 이 여자를 보면 한 가지 생각을 뿌리칠 수 없는 탓이다.

'그때, 당신의 부름에 답하지 않았더라면.'

그런 덧없는 후회를 거듭하는 자신이 진절머리가 나 견딜 수가 없었다.

그는 매몰차게 여자를 등지고 돌아섰다. 뒤에서 여자가 애달픈 시선을 보내오는 게 느껴졌다. 하지만 자현은 돌아보지 않고 성큼 복도를 걸어 나왔다.

그 앞에서 대기하고 서 있던 비령이 작게 한숨을 내쉰다.

"폐하, 왕비마마의 말씀도 일리가 있습니다. 최근 너무 자주 성을 비우시지 않습니까. 영토 분쟁을 해결하는 것도 중한 일입니다만, 굳이 폐하께서 나서지 않으셔도……."

"어차피 너와 한비만 있으면, 궁궐은 아무 문제 없이 돌아가지 않느냐."

빈정거리는 말에 비령이 넉살 좋게 웃는다.

"유능한 측근들이 있다고 해서 국정을 아주 나 몰라라 하시면 곤란하지요. 어디서 역심을 품을지 모를 일입니다."

겁 없이 내뱉는 말에 자현은 코웃음을 쳤다.

"제가 왕으로 만들고 제가 끌어내리고, 아주 재밌는 취미군. 네 하고 싶은 대로 해라."

"무슨 그런 흉흉한 말씀을 하십니까. 제가 만들다니, 다 폐하의 타고난…… 제발, 얘기를 하면 좀 끝까지 들어 주십시오!"

휙 몸을 돌려 걸음을 옮기자 놈이 바로 뒤따라 붙는다. 자현은 본 척도 않고 척척 연무장으로 향했다.

특별히 만든 정예 군관들이 군열을 맞추어 훈련을 진행 중이다. 털썩, 상석에 마련된 자리에 앉아 그 모습을 살피는데 쫄랑쫄랑 쫓아온 비령이 곁에 딱 붙어 말한다.

"차라리 제가 출병하겠습니다. 당분간은 좀 성에 붙어서……."

"네놈, 문관이 아니던가?"

"무관입니다! 폐하와 함께 무관 시험을 보고, 같은 부대에 배치되어, 같은 전장에서 싸운, 장수입니다!"

스스로도 제 정체성에 자신이 없었던 모양인 듯 꽤나 격렬히 외친다. 자현은 심드렁하게 대꾸했다.

"사람은 제가 할 수 있는 일을 하면 된다. 나보다는 네가 국정에 능하고, 네놈보다는 내가 살육에 능하다. 고로, 내가 나가 싸우는 게 낫지."

"살육이라니…… 선두에 서서 난동을 부린다는 게 사실이셨습니까."

뒤에 서서 얌전히 지휘만 하리라 기대한 것은 아니었으나 이제는 나라의 머리가 된 인간이 그리 위태로운 짓을 한다 생각하니 간담이 서늘해졌다.

"그리고 다니실 거라면 후계 문제를 서둘러 해결해 주십시오!"

"……."

"군주라면 당연히 짊어져야 할 의무입니다. 특히나 구 왕조의 피가 섞인 왕태자라는 정당성을 위해서라도……!"

"시끄럽게 할 거면 썩 물러가라."

날카롭게 쏘아붙이자 비령이 입을 다문다. 자현은 의자의 손잡이를 탁탁 손끝으로 두드렸다. 잠시간의 침묵 끝에 비령이 한숨 쉬듯 내뱉었다.

"아직도 잊지 못하신 겁니까."

자현은 쾅, 하고 손잡이가 부서지도록 내리쳤다. 비령이 무거운 시선을 보낸다. 그런 눈길이 더욱 신경을 긁었다.

그를 사나운 눈으로 노려보던 자현은 곧 벌떡 일어나 몸을 돌렸다. 성큼 가 버리는 그의 등 뒤로 비령의 깊은 한숨 소리가 들려왔다.

"폐하, 오랜만에 잠행을 나가시지 않겠습니까?"

다음 날, 이른 아침부터 연무장에 나와 땀범벅이 되도록 검을 휘두르던 자현은 힐끔, 비령을 돌아보았다. 그는 왕실 관료들이 입는 붉은 장포가 아닌, 수수한 검은 옷을 입고 있었다. 자현은 눈을 가늘게 떴다.

"……네가 웬일이냐."

"폐하께서 고집을 꺾으실 리도 없고, 토벌에 나가시면 또 한동안 도성을 떠나 계실 텐데 단둘이서 오붓한 시간이라도 가져 볼까 하여…… 으악!"

자현이 휘두르는 목검을 피해 비령이 후다닥 기둥 뒤로 몸을 숨겼다. 자현은 그리로 살기등등한 시선을 던졌다.

"내, 한 번은 그 머리통을 갈라 보고 싶다고 생각했지."

"하하, 고정하십시오. 농입니다. 농."

자현은 코웃음을 한 번 치고는 바닥에 검을 내던졌다. 그 뒤로 비령이 살살거리며 들러붙었다.

"저자에서 홍등 축제가 벌어진다고 합니다. 오랜만에 저잣거리를 헤집고 다니며 기분 전환이라도 하시지요."

자현은 물병을 집어 들며 그 웃는 얼굴을 미심쩍은 눈빛으로 살폈다. 아무런 의중 없이 이런 제안을 할 놈이 아니라 수상쩍은 생각이 먼저 들었던 것이다. 그것을 눈치챈 듯 비령이 한숨을 푹 내쉬었다.

"정말로, 별다른 뜻은 없습니다. 그동안 몰아치듯 여기까지…… 폐하께서도 많이 쌓이셨을 테지요. 그러니 그리 전쟁으로 풀지 못해 안달이 아니십니까."

"하! 혈기 왕성한 개를 한 번씩 풀어놓지 않으면 물어뜯는다 이거냐."

"허허…… 꼭 그렇게 곡해해서 받아들여야 직성이 풀리십니까? 싫으면 마십시오."

자현은 휙 돌아서는 놈을 붙잡았다.

"내 옷을 챙겨 오라고 일러라."

비령이 씩 웃으며 진작 챙겨 왔지요 하며 의복을 내민다. 자현은 피식 웃으며 그 옷을 받아 재빨리 갈아입었다. 그러고는 환관들을 물린 뒤 조용히 후문으로 향했다.

당연히 단둘이서 나가는 것은 아니었다. 호위 무사 넷이 조용히 그들의 뒤를 따라왔다. 마음만 먹으면 얼마든지 따돌릴 수 있었지만 나중에 시끄러워지는 게 귀찮아 그냥 내버려 두었다.

'그래도 역시 거슬리는군.'

왕이라는 신분은 실로 재미가 없고 거추장스러운 것이었다. 그는 궐을 나오며 새삼 생각했다. 궁궐 밖으로 한 발짝만 내디디려고 해도 주렁주렁 달고 다녀야 하는 것도 많고 거쳐야 하는 절차도 많다.

검 한 자루만 덜렁 들고 다녀도 아무 문제가 없는 것이 자현이건만 왕이라는 명패가 붙었다는 이유로 최소 둘에서 열 이상의 호위를 데리고 다녀야 하고, 그마저도 잘 허가가 나지 않아 전쟁터에 있을 때를 제외하고는 궁궐 안에 틀어박혀 지내야 한다.

십년지기에게는 낯간지럽게 존칭을 들어야 하고 어디를 가나 몸종을 달고 다녀야 하며 억지로 여자를 안아야 한다.

'차라리 가륜이 변방으로 가랄 때 재깍 갈 것을 그랬다.'

스스로의 생각에 자현은 쓴웃음을 지었다.

제가 배가 불렀구나. 언제는 아무도 자신을 무시할 수 없는 위치에 오르겠다더니.

"본격적인 축제는 해가 넘어간 뒤에나 시작된다고 합니다. 일단…… 무얼 하시겠습니까?"

"그새 또 시장이 커졌군."

"구경을 하시겠습니까?"

그는 고개를 끄덕였다. 대로를 조금 지났을 뿐인데도 사방이 휘황찬란했다. 건물들은 층수가 올라가 있었고, 길에는 온갖 진귀한 것들을 파는 행상인이 우글우글했다. 어디선가 이국적인 음악 소리와 노랫소리도 들려온다.

"폐하께서 전쟁에 열을 올려 주신 덕이지요. 영토 분쟁의 종결, 평야의 약탈족 토벌, 산적들과 해적들 토벌, 토벌, 토벌, 아주 깡그리 쓸어 주신 덕에 나라의 치안은 실로 공고해져서 온갖 나라에서 상인들이 물밀듯 들어오는 판입니다. 요 몇 년 사이, 더 거두는 것도 아닌데 세수가 거의 네 배로 늘었다는 거 아닙니까."

자현은 심드렁하게 그러냐 하며 천장 곳곳에 대롱대롱 매달린 붉은 등을 바라보았다. 아직 해가 저물지도 않았는데 벌써부터 거리에는 등을 올리는 사람들이 가득했다. 그들을 무심히 훑어 내리던 자현은 문득 걸음을 멈추었다.

길 한구석에 자리한 좌판 위에 꿀을 굳혀 만든 듯한 노란 엿가락이 가지런히 놓여 있었다. 그는 눈을 가늘게 떴다. 투명한 엿 안에 붉은색 꽃잎이 들어 있다. 그것을 물끄러미 내려다보고 있자 비령이 설마 하며 물었다.

"드시고 싶으십니까?"

"……그래. 하나 사라."

"정말로요?"

자현은 두 번 말하게 하지 말라는 듯 매서운 시선을 던졌다. 그가 떨떠름한 얼굴로 그것을 두어 개 사 들고 왔다. 달짝한 것을 입에 물며 자현은 다시 걸음을 옮겼다. 비령이 그 뒤를 쫓으며 별일이라는 듯 말한다.

"단것이라면 질색을 하시는 분이 웬일이십니까. 혹, 축제라고 들뜨신 겁니까?"

그는 대답하지 않고 이에 끈적끈적하게 들러붙는 것을 우물우물 녹여 먹었다. 혀가 아릿할 정도로 달다.

꽃잎은 대체 왜 들어 있는지 모르겠다. 별맛도 없는데.

그는 끈적끈적해진 손을 핥으며 중얼거렸다.

"……맛없어."

"다 드셔 놓고는……."

비령이 어이없다는 듯 고개를 흔든다. 자현은 비령이 투덜거리든 말든 할 일 없이 거리를 구경했다.

번화가로 나가자 사람들이 우글우글했다. 시장이 성황이라더니 실로 어마어마한 인파였다. 길에는 좌판이 쫙 깔려 있었고 가게란 가게는 모두 만석.

일하는 이들은 땀을 뻘뻘 흘리면서도 입이 귀에 걸려 있었다. 건물마다 층수를 높인다고 난리라더니 목수들마저 분주한 모양이다.

'무료한 것은, 저뿐인 모양이군.'

자현은 문득 쓴웃음을 흘렸다. 물론 자신이라고 한가할 리는 없었다. 왕이라는 자리가 어떤 자리던가. 제아무리 주변이 유능하다고 해도 해야 할 일이 태산이다.

어떤 날에는 하루 종일 인장만 찍다가 끝나기도 한다. 하지만 바쁘고 정신없는 날들을 보내도, 전쟁터 한복판에서 미친 듯이 검을 휘둘러도, 무료하고 지루하기만 하다. 마음 어딘가가 버서석, 메말라 죽어 버린 것 같았다.

'무엇을 하든, 어디에 있든, 누구와 있든, 무엇을 보든…….'

마음이 미동도 안 해.

어둑한 눈으로 활기찬 사람들의 얼굴을 훑어 내리던 그는 힐끔, 높게 솟은 태화를 돌아보았다. 어느 날부터인가 노랫소리가 그쳐 잠잠해진 그 검은 산봉우리를 하염없이 바라보고 있는데, 비령이 불현듯 말한다.

"자호가 근처까지 왔는데…… 한번 들르시겠습니까?"

자현은 고개를 돌려 그의 얼굴을 바라보았다. 비령의 얼굴에는 씁쓸한 기색이 어려 있었다.

"왕위에 오르신 뒤로 한 번도 가 보지 않으셨잖습니까."

가만히 그 얼굴을 응시하던 자현은 이내 고개를 끄덕였다.

둘은 말없이 걸음을 돌렸다. 빽빽한 인파를 헤치고 대로를 통과해 얼마간 가자, 비교적 한적한 거리가 눈에 들어온다. 그 조용한 거리를 얼마간 걸어 도성 외곽 쪽에 이르자, 투박한 대문이 모습을 드러냈다.

그는 걸쇠가 단단히 걸린 문고리를 괜히 움켜쥐어 보았다. 그가 왕위에 오르고 가솔들은 모두 궁궐로 들어오거나 고향으로 떠나 버린 터라 몇 년간 비워 둔 채 찾지 않은 집이다. 여태껏 관심도 두지 않았으면서 막상 싸늘하게 버려진 것을 보니 기분이 좋지 않았다.

"열쇠도 없이…… 괜한 발걸음을 하였군."

"잠깐만 기다려 보십시오, 여기 옆에 샛문이……."

휙 돌아서려는 것을 비령이 붙들며 담벼락 옆에 자리한 좁은 길로 고개를 디민다. 그러고는 뭔가를 발견한 듯 어랏, 하는 소리를 내며 골목 안으로 성큼 들어갔다.

"문이 열려 있습니다."

자현은 인상을 찡그리며 골목 안으로 따라 들어갔다. 하인들이 사용하곤 하던 샛문이 반쯤 열려 있었다.

그 안쪽으로 슬그머니 밀고 들어가니 잡초가 무성한 정원이 나온다. 제 허리까지 올라오는 무성한 풀을 보며 자현은 미간을 접었다.

몇 년 비워 둔 것만으로 이리 변하나. 고개를 두리번거리는데 어디선가 희미한 노랫소리가 들려왔다. 흥얼흥얼, 앳된 콧노래에 자현은 돌처럼 굳어졌다. 비령이 고개를 돌린다.

"누가 멋대로 들어온 모양입니다."

심장이 쿵쾅거려 그 말소리는 거의 들려오지 않았다. 저벅저벅 걸음을 옮기니 점점 노랫소리가 커진다. 저택 맨 구석진 곳, 뒤채에서 들려오는 게 분명했다.

그는 거의 달려가다시피 해 폐가나 다름없는 건물 뒤편으로 고개를 디밀었다. 그러자 붉은 꽃이 무성한 넓은 화단과 그 앞에 쪼그리고 앉은 자그만 체구의 여자가 눈에 들어온다.

자현은 잠시 숨을 멈추었다. 설마, 설마 하며 겨우 그리로 한 발짝을 떼자 여자가 인기척을 느낀 듯 뒤를 돌아본다.

"주, 주인 나리……."

황망히 두 눈을 크게 뜨던 여자가 곧 새파랗게 질려 바닥에 급히 엎드렸다.

"아, 아니, 폐, 폐하…… 여, 여기는 어쩐 일로……."

자현은 허탈한 얼굴로 그 모습을 물끄러미 내려다보았다. 맥이 탁 풀려 일순 아무런 말도 할 수 없었다. 그런 그의 곁으로 비령이 다가서서 물었다.

"자호가에서 일하던 여종인가?"

"예, 예에…… 이곳에서 일하던 여종, 염이라고 하옵니다."

"모두 떠나라고 했을 터, 여기에서 대체 뭘 하는 거냐?"

"그, 그것이……."

소녀가 꿀꺽 마른침을 삼키더니 기어들어 가는 음성으로 답했다.

"꼬, 꽃을 돌보려……."

"꽃?"

그 생뚱맞은 대답에 비령이 눈썹을 들어 올렸다. 그러고는 힐끔, 무성한 꽃밭을 바라본다.

화려하게 만개한 아름다운 꽃이 바람에 살랑살랑 기분 좋게 흔들리고 있었다. 꽤나 아름다운 장면이기는 하다만 텅 빈 집에 숨어들어 수고스럽게 화단을 가꾸는 이유를 알 수가 없었다. 인상을 찌푸리는데 소녀가 더듬더듬 덧붙였다.

"소루 마님께서……."

불쑥 튀어나온 이름에 꽃밭을 바라보던 자현이 휙 고개를 돌렸다. 그 형형한 시선에 움찔 놀라며 소녀가 입을 다물었다. 자현이 다그치듯 물었다.

"소루가…… 뭐지?"

"이 뒤채에 머무실 적에…… 직접 가꾸신 밭입니다. 여기에 꽃씨를 심어 놨었는데…… 거, 걱정이 되어 제가 가끔씩 들러 돌보고 있습니다."

"……."

"허락도 받지 않고 이리 멋대로 드나든 것이 불경한 일인 줄은 잘 압니다. 하지만…… 옛날에 마님께서 제게 바람결에 꽃향기를 맡아 보고 싶다고 하신 게 생각이 나서…… 마, 말라 죽게 내버려 둘 수가 없었습니다."

그는 오들오들 떨고 있는 여자의 작은 어깨를 내려다보다가 멍하니 고개를 돌렸다.

바람에 붉은 꽃잎이 하늘하늘 흔들린다. 좀 전에 시장에서 먹은 엿가락처럼 달큰한 향기가 물씬 풍겨 온다. 그 여자와는 조금 어울리지 않는 진한 향기.

'너는…… 단것을 좋아하였구나.'

흐린 눈으로 그것을 바라보며 자현은 여종에게 툭 내뱉듯 말했다.

"잘 가꾸었군."

"화, 황송하옵니다."

"잠시 머물다 가도 되겠나."

소녀는 왕이 제게 허락을 구하는 것에 깜짝 놀라는 눈치였다. 동그란 눈을 휘둥그렇게 뜨더니, 몸 둘 바를 모르겠다는 양 물론이지요 하며 고개를 조아린다.

자현은 말없이 툇마루에 앉았다. 그 옆에 비령이 조용히 따라 앉는다. 서늘한 침묵이 그들을 휘감았다. 자현은 붉은 꽃이 바람에 살랑거리는 것만 한참을 바라보았다. 이렇게 툇마루에 앉아 조용히 볕을 쬐었을 그녀의 모습이 눈앞에 아른거린다.

"한 번은……."

그는 불쑥 중얼거렸다.

"한 번은, 잘해 줄 것을 그랬다."

늘 퉁명스럽게 굴었지. 단 한 번도 다정한 말 한마디 해 준 적 없다는 사실이, 이토록 저를 괴롭힌다.

그는 지그시 눈을 감았다. 그녀의 얼굴이 머릿속에서 떠나질 않는다. 한없이 고독하고, 한없이 외로웠던 여자. 하염없이 사람을 그리워하였던 내 아내.

이제 와서는 후회라는 말조차 입 밖에 낼 수가 없다. 그는 천천히 고개를 떨구었다.

축 처진 어깨가 물먹은 듯 무겁다.

이마를 짚는 손이 차다.

바싹 말라 죽어 버린 듯, 만사에 무감각해진 가슴이 시큰거리며 아려 온다.

그는 한동안 자리를 뜨지 못했다.


"오늘 하루는, 예서 머무르시지요."

대로로 나온 비령이 권유해 왔다. 그가 재주 좋게 휙휙 사람들을 뚫고 지나가며 도성에서 제일가는 여관으로 척 그를 안내했다.

"하루 정도, 궁궐을 나와 자유를 만끽하는 것도 좋은 기분 전환이 되시겠지요. 골치 아픈 일은 다 잊고 실컷 놀다 들어가는 겁니다. 궁궐에는 제가 연락을 취하겠습니다."

"……대관절 무슨 속셈인지, 이젠 무섭기까지 하군."

"속셈이라니요! 소인의 충심을 꼭 그렇게 곡해하셔야 기분이 풀리십니까?"

비령이 툴툴거린다.

"가끔 이렇게 풀어 주지 않으면 정말로 뭔 짓을 저지를지 모르는 분이시니 예방 차원에서⋯⋯."

자현은 네놈이 그러면 그렇지 하며 도끼눈을 뜨고 그를 노려보았다.

비령은 그 살기등등한 시선을 넉살 좋게 웃어넘기고는 성큼 여관 안으로 들어갔다. 그러고는 문가에 선 종업원에게 가서 가장 좋은 방으로 내어놓아라 큰소리를 친다.

자현은 그 뒤에 서서 쭉 가게 내부를 훑어 내렸다. 깨끗하고 넓은 공간에 손님들이 와글와글하다. 따로 분리된 방에도 어디 하나 빈 곳이 없었다. 과연 자리가 있겠나 싶은데 아닌 게 아니라 점주가 고개를 흔들었다.

"식사를 하실 곳은 딱 한 군데 남아 있습니다만, 빈방은 없습니다. 특실까지 모두 가득 차 있어서⋯⋯."

"허허, 거참. 다른 곳으로 가야 하나."

"다른 곳도 모두 마찬가지일 겁니다. 아, 그러고 보니 저녁에 방이 하나 새로 나는군요. 특실입니다만 괜찮으시겠습니까?"

"괜찮다마다! 마침 딱 좋구먼. 누가 이 저녁에 방을 다 내어놓는가?"

축제가 벌어지는 날 저녁, 없는 방도 잡아야 할 판에 방을 내놓다니 별나구나 하고 묻자 점주가 사람 좋아 뵈는 웃음을 흘리며 답했다.

"축제를 구경 온 이들이 아니라 그렇습니다. 사흘 전에 도성에 들어온 젊은 부부인데, 부인이 아파 의원을 찾아왔다고 합니다. 소란스러운 것이 싫어 오늘 저녁에 떠난다고 하더군요."

"저런, 어디가 아파서?"

젊은 부부라는데 안되었구나 하고 딱하다는 듯 혀를 차자 점주가 손을 내젓는다.

"심한 병은 아니고, 몸이 본래 약해 자주 앓는 모양입니다. 젊은 아씨께서 얼굴이 아주 해쓱한 것이 제가 다 안쓰럽더군요."

"미인인가 보지?"

비령이 짓궂게 묻자 점주가 얼굴을 다 붉히며 고개를 끄덕인다.

"예에, 천하절색이 따로 없습니다. 부인뿐만이 아니라 남편 되는 분께서도 세상에 보기 드문 절세미남이시지요. 부부가 둘 다 그리 미색이 빼어나니 고새 소문이 퍼져 구경 오는 사람이 다 있지 않았겠습니까."

"오호, 그 정도인가?"

점주가 고개를 끄덕였다.

"참으로 오순도순 보기 좋은 한 쌍입니다. 특히나 사내가 아내에게 어찌나 극진하던지 잠시도 곁을 떠나질 않고 애지중지하는 게 보는 이가 다 애장간이 녹을 정도가 아니겠습니까."

비령이 오지랖 넓게 캐묻는 말에 점주가 구구절절 쓰잘머리 없는 수다를 늘어놓는다. 그 뒤에 서 있던 자현은 잔뜩 짜증 난 음성으로 재촉했다.

"얼마나 기다려야 하는 건가."

"아이고, 이거 참. 죄송합니다. 일단 식사 자리를 내어 드리겠습니다. 방이 비워지는 대로 정리해서 알려 드릴까요."

"그렇게 해 주게."

점주가 일꾼을 불러다가 가게 안측에 자리한 방으로 안내해 준다.

자현은 자리에 앉자마자 술부터 주문했다. 점원들이 금세 음식과

술을 날라다가 넓은 상을 가득 채워 주었다.

"자, 한잔 받으십시오."

"⋯⋯오늘따라 유별나군."

"이럴 때도 있어야지요."

그가 따라 준 술을 입에 털어 넣으며 자현은 피식 웃었다.

확실히 궐에서 한비나 고관 대신들의 잔소리에 시달리는 것이나, 가란의 처연한 얼굴을 마주 대하는 것보다 마음 편하지.

그는 안주에는 손도 가져다 대지 않고 연거푸 술을 들이켰다. 비령이 웬일로 말리지 않고 비우는 족족 잔을 채워 준다.

"오늘 하루는 마음껏 드십시오."

"⋯⋯."

"그리고 이걸로⋯⋯ 마음을 비우시는 겁니다."

술잔을 입에 댄 채로 자현이 눈을 들었다. 비령이 잠잠한 눈으로 마주 보며 천천히 입을 열었다.

"이제 그만 정리하셔야 합니다. 삼 년이 지났습니다."

자현은 입꼬리를 비틀었다.

그래서 데리고 나왔나. 미련 떠는 제 모습, 더는 못 봐 주겠어서 이제 그만 정리시키려고?

자현은 아무 대꾸도 않고 술을 들이켰다. 쓰디쓴 술이 화끈거리며 식도를 데운다. 그가 다시 한 번 되풀이했다.

"그만 잊으십시오."

뭔가가 울컥, 치밀고 올라와 자현은 탕, 하고 거칠게 술잔을 내려 놓았다. 그만하라는 뜻에서 사납게 노려보자 비령이 씁쓸한 미소를 머금는다.

"저도 때때로 생각합니다. 그때⋯⋯ 말렸으면 어떻게 됐을까⋯⋯ 못 가게 했더라면⋯⋯."

"······."

"위한다고 그랬습니다. 앞길에 방해가 될 것 같아서, 그냥 가게 뒀습니다. 하지만 폐하를 생각한다고 그런 것이지······ 불행하게 되길 바라고 그런 게 아닙니다."

쏟아지는 말을 무표정한 얼굴로 듣던 자현은 내가 불행한가 하며 쓴웃음을 흘렸다.

천하를 손아귀에 쥐었는데도 내가 불행하단 말인가.

"애석하게도 그때로 시간을 되돌릴 재주가 있는 것도 아니고, 그분을 찾아낼 능력이 있는 것도 아닙니다. 이제 와서는 어쩔 수 없는 일입니다."

"······."

"그러니, 잊는 수밖에는 없습니다."

그 말이 맞다. 제아무리 후회한다고 해도 돌이킬 수 없다. 한동안 희란국을 이 잡듯이 뒤졌지만 결국 어디서도 찾아낼 수 없었다. 죽었는지 살았는지도 불분명하다. 아니, 마음 한편에서는 죽었을 것이라는 생각마저 하고 있었다. 그래도 제 상실감을 마주 보고 싶지 않아서, 인정하고 싶지 않아서, 덮어 두고 그저 외면했다. 생각하지 않는 것으로 여태껏 질질 끌어왔다.

그는 체념하듯 내뱉었다.

"그렇군."

술을 물처럼 입 안에 털어 넣고는 탁, 하고 내려놓았다. 입 안이 썼다.

"이제는 잊는 수밖에는, 없는 거군."

둘은 한참 동안 말없이 앉아 서로 술을 주거니 받거니 했다. 한 시진을 그러고 있는 동안 빈 병이 점점 바닥에 쌓여 간다.

원체 둘 다 술에 강해 심하게 취하지는 않았지만 점점 어깨가 무겁게 축 처졌다. 자현은 상 위에 팔을 올려놓고 푹 머리를 수그렸다. 머릿속이 점점 멍해진다.

창밖은 점점 어두워지고 있었다. 그는 붉게 물들어 가는 거리를 하릴없이 바라보았다. 그때, 점주가 다가와 방이 비워졌다고 일렀다. 비령이 그리로 고개를 돌리며 고부장한 어투로 말했다.

"어, 그럼 저잣거리에 소문이 자자하다던 미남미녀 부부는 벌써 떠난 겐가? 슬쩍 구경하려고 했더니만."

"하! 봐서 뭐 하려고?"

"궁금하잖습니까. 눈요기도 하고……."

"지금 막 나갔으니 창문으로 보일 겁니다. 아…… 저기 마차 앞에 서 있군요. 저들입니다."

비령이 그리로 고개를 돌린다. 자현은 흥, 하고 콧방귀만 한 번 뀌고는 술을 들이켰다. 그런데 비령의 기색이 이상하다. 뭔가 떠들고도 남았을 놈이 입을 벌리고서 멍하니 창밖을 내다보고만 있다. 자현은 의아한 눈으로 그의 시선을 좇았다.

창틀 사이로 말 두 필이 이끄는 사륜마차와 그 앞에 선 키 큰 남자의 모습이 보였다. 눈을 가늘게 뜨고서 어딘가 낯익은 얼굴을 가만히 살피던 자현은 문득, 등줄기를 굳혔다.

사내의 품에는 기묘하리만치 미려한 용모를 지닌 여인이 안겨 있었다. 그녀가 피곤한 듯 창백한 낯빛으로 사내의 귀에 대고 무어라 속삭이자, 사내가 여인의 뺨을 감싸 쥐고서 부드럽게 어루만졌다. 그녀는 당연하다는 듯 그 손에 얼굴을 기울였다. 그 광경이 자현의 눈 속으로 아프게 파고들었다.

그녀가 그의 목에 팔을 두르고서 넓은 어깨 위에 머리를 기대었다. 사내가 그녀의 등에 두른 옷자락을 더욱 단단히 여미더니, 그대로 마차 위에 훌쩍 올라앉았다. 멍하니 창틀을 부여잡고 있던 자현은 그제야 번쩍 정신을 차렸다.

그는 자리를 박차고 일어나 밖으로 달려 나갔다. 놀란 비령이 뒤에서 제 이름을 불렀지만 인식할 수도 없었다.

자현은 미친 사람처럼 인파를 헤치고 나가며 고개를 이리저리 돌렸다. 이미 마차는 저만치 멀리 가 있었다. 그것을 붙잡으려 숨이 다 넘어가도록 달렸다. 말을 빌릴 여유도 없었다. 잠시만 눈을 돌리면 놓칠 듯해 무작정 뒤를 쫓기만 하였다.

"소루!"

축제를 알리는 폭죽이 여기저기서 터진다. 자현은 욕설을 내뱉었다. 부르는 소리마다 소음 속에 묻혀 버렸다. 그는 사람들을 마구 밀치며 나아갔다.

"소루!"

술기운 때문에 다리가 따라 주질 않는다. 마차가 조금씩, 조금씩 멀어지더니 이윽고 시야에서 사라져 버렸다.

자현은 망연히 서서 턱까지 찬 숨을 토해 냈다. 흐린 시선으로 멍하니 마차가 떠나간 도로를 바라보고 있기를 잠시, 떠날 거라고 하였으니 분명 성문으로 향했을 거라는 데 생각이 미친다.

고개를 두리번거리던 자현은 누군가가 가게 앞에 매어 놓은 말을 발견하고는 다짜고짜 올라탔다.

말 주인인 듯한 사내가 고함을 내질렀지만 듣는 척도 않고 말에 박차를 가했다. 요란하게 울음을 터트린 말이 마차가 간 방향을 향해 달려갔다.

일각 정도를 달리자 돌담을 쌓아 만든 높은 성문이 모습을 드러낸다. 그는 말에서 뛰어내려 문지기를 붙들고 물었다.

"혹시 마차를 타고 온 남녀를 못 보았느냐?"

놀란 얼굴을 하던 병사가 자현의 다급한 얼굴을 보고는 순순히 답한다.

"마차에서 내려서 저쪽으로 갔습니다."

그가 붉은 빛에 감싸인 태화를 가리킨다. 자현은 그리로 한달음에 달려갔다. 골짜기와 이어진 산기슭 끝에 남녀의 그림자가 길게 늘어졌다.

그는 입을 벌렸다. 하지만 숨이 차 부르는 소리는 희미하기만 하다. 그들은 점점 멀어져 갔다.

"기다려⋯⋯."

그는 손을 뻗었다. 그림자가 계곡 속으로 사라진다. 시뻘건 태양이 골짜기 사이로 점점 가라앉아 갔다.

자현은 붉은빛에 물든 계곡 안으로 거침없이 뛰어들었다. 귀신들이 산다는 음곡은 실로 괴이하였다. 썩은 낙엽과 벌레들이 우글거리는 바닥, 수천 마리 뱀이 한데 뒤엉켜 요동치는 듯한 형세의 구불구불한 나뭇가지, 날카롭게 솟은 높은 바위, 웅웅거리는 요란한 바람 소리⋯⋯. 그 속에 그들이 있었다.

붉은 빛에 휩싸인 커다란 남자, 그 품에 안긴 여자. 그녀의 모습이 타오르는 노을빛에 어렴풋이 비친다. 희미하게 웃는 그 얼굴이 망막에 아프게 스며들었다. 그는 입을 벌려 소리쳤다.

"소루!"

계곡에 잠시 머물던 빛이 완전히 사그라지고 이내 깊은 어둠이 내려앉았다. 얼굴을 긁는 나뭇가지를 밀어 내며 그는 다시 한 번 고함을 내질렀다.

"소루!"

바람 소리에 파묻혀 그 음성은 제 귀에도 덧없이 들려왔다. 그는 머리를 부여잡았다. 눈앞이 깜깜하다. 한 치 앞도 내다볼 수가 없었다. 요란한 바람 소리에 귀가 다 먹먹했다. 제 모습조차 알아볼 수 없을 정도로 깊은 어둠 속에 갇혀 그는 낮은 흐느낌을 토해 냈다.

"소루……."

대답 없는 공허한 부름. 질끈 눈을 감았다. 정말로 잊을 수 있겠느냐고, 누군가가 조롱하는 듯하다.

잔인했던 만큼 잔인함이 되돌아온다.

무정했던 만큼 무정함이 되돌아온다.

잊을 수 없다.

잊을 수 없다.

붉은 빛에 감싸여 있던 그 모습을, 그 미소를. 다른 사내의 품에 안락하게 안겨 웃던 그녀를.

제가 놓친 것을…… 죽는 날까지 잊을 수 없다.

나는 평생 너를 그리워하며 살게 되는 것일까. 해 질 녘마다 네 그림자를 찾게 되는 것일까.

진득한 절망이 밀어닥친다. 그것을 힘겹게 삼키며 그는 천천히 몸을 돌렸다. 손을 더듬으며 비틀비틀 계곡 밖을 향해 걸어 나가는데 문득 윙윙 부는 바람 속에 웃음소리가 섞여 들었다.

그는 고개를 들어 올렸다.

새까만 어둠 속에서 무언가가 노래한다.


「빛이 닿지 않는

깊고

깊은

계곡에

공주가 있다

만물을 집어삼키던 요괴
야토가
항상 그 곁을 지키고 있으니
그 발은 땅에 닿을 일이 없고
그 피부는 상할 일이 없으며
그 몸은 식을 날이 없다」

망연히 그 소리를 듣다가 다시 고개를 내려 어둠 속을 응시했다.
느린 발걸음이 힘없이 이어진다. 무겁게 처진 어깨 위로 산 그림자가
너울너울 춤을 추고, 허공에는 삐뚤어지고 기묘한, 요괴들의 연가가
울려 퍼진다.

「어둠 속에서 공주가 미소를 지으나
그 얼굴을 볼 수 있는 것은
해 질 녘의 찰나뿐
심연 속에서
공주가 웃는다」

終

외전

심연深淵 속에서

.

환기를 위해 잠시 열어 둔 창문 안으로 습한 바람이 흘러들었다. 화톳불 앞에 앉아 질그릇 안을 뒤적이던 야토는 머리를 들어 올렸다. 컴컴한 어둠 속에서 누군가가 붉은 눈을 번뜩이며 그들을 지켜보고 있었다. 그는 다시 고개를 돌려 곤히 잠든 그녀의 얼굴을 살폈다. 이마 위에 송골송골 맺혀 있던 땀방울이 주륵 흘러내려 그녀의 속눈썹에 맺혔다. 그것을 수건으로 조심스럽게 닦아 낸 뒤, 소리가 나지 않도록 주의하며 밖으로 나갔다.

그러자 나무 사이에서 시커먼 그림자가 천천히 걸어 나왔다. 야토는 칠흑 같은 어둠 속에서도 방문자의 정체를 똑똑히 알아볼 수 있었다. 엄숙해 보이는 각진 얼굴과 부리부리한 눈매, 늙은이답지 않은 우람한 어깨와 크고 다부진 몸집……. 한때 자신의 것이었던 얼굴을 노려보며 그는 짜증스럽게 내뱉었다.

"검은 여우, 네가 여기엔 어쩐 일이지?"

"공주가 열병을 앓고 있다고 하여 약을 준비해 왔다."

승려의 인겁을 뒤집어쓴 여우가 치렁치렁한 옷자락을 질질 끌며 느릿느릿 다가왔다. 야토는 요괴의 손에 들린 작은 약병을 의심스러운 눈길로 바라보았다.

"네놈이 대가도 없이 약을 만들어 왔다고?"

"물론 값을 치를 마음이 있다면 굳이 사양하진 않겠다. 예를 들어, 공주의 피를 몇 방울 나눠 준다거나……"

여우가 채 말을 끝맺기도 전에 그의 몸이 맥없이 뒤로 날아갔다. 요괴를 굵은 나무줄기로 밀어붙인 야토가 어둠 속에서 황금빛 눈동자를 흉흉하게 빛냈다.

"내가 네 '이름'을 가지고 있다는 걸 잊었나. 나는 지금 당장이라도 네 존재를 이 세상에서 없던 것으로 할 수 있다."

여우가 다리를 버둥거리며 캑캑거렸다. 그 모습을 무자비한 눈길로 올려다보던 야토가 손아귀에 더욱 힘을 주었다. 인간의 형태를 취하고 있던 손이 서서히 요괴의 것으로 변이해 갔다. 위기감을 느낀 여우가 숨 가쁘게 외쳤다.

"노, 농이었다! 네 말대로 나는 네게 거역할 수 없는 입장이다! 진심으로 네 것을 탐낼 리가 없지 않나!"

다급한 변명에도 야토는 눈 하나 깜짝하지 않았다. 쇠처럼 단단해진 손가락이 살 속으로 깊숙이 파고들어 오자 여우가 절박하게 덧붙였다.

"나는 네게 경고해 주기 위해 찾아온 거란 말이다!"

"……경고?"

"그래! 네가 반드시 알아야 할 일이 있다!"

진위를 읽어 내려는 듯 여우를 뚫어져라 응시하던 야토가 천천히 손아귀에 힘을 풀었다. 요괴가 재빨리 그의 손에서 빠져나오며 씩씩거렸다.

"빌어먹을 자식, 인계의 물이 들더니 터무니없이 난폭해져서는……."

"경고할 일이라는 게 뭐지?"

매섭게 노려보는 눈길에 반항적으로 씨근덕거리던 여우가 냉큼 꼬리를 내렸다. 그가 한 걸음 뒤로 물러서며 조심스럽게 말했다.

"나기羅晷가 눈을 떴다."

야토는 눈을 치떴다. 나기는 한때 음곡의 모든 요마들을 벌벌 떨게 했던 대요괴의 이름이었다. 여우가 바닥에 떨어뜨린 약병을 주워 들며 푸념하듯 내뱉었다.

"온 계곡에 공주의 단내가 진동을 한다. 어느 요괴가 팔자 좋게 잠이나 퍼자고 있을 수 있겠나. 나기가 깨는 것도 무리는 아니지."

"놈이 공주를 노리고 있다는 뜻인가?"

"당연한 거 아닌가. 우리 요괴들에게 그녀는 극상의 만찬이나 다름없다. 저걸 가만히 끼고 앉아 있는 네놈이 도무지 이해가 가지 않을 정도야."

여우의 탐욕 어린 눈길이 힐끗 오두막을 향해 날아들었다. 대번에 야토의 기색이 험악해졌다. 그가 요괴의 시야를 막아서며 다시금 팔을 뻗었다. 여우가 기겁하며 외쳤다.

"나는 그저 사실을 말했을 뿐이다! 네가 허락하지 않으면 우리들은 공주에게 손 하나 까딱할 수 없다는 거 잘 알지 않나!"

"그녀가 있는 방향으로는 눈길도 주지 마라, 요괴."

야토가 그의 멱살을 움켜쥐고서 험악하게 으르렁거렸다. 목을 졸라 오는 힘에 헐떡거리던 여우가 맹렬하게 고개를 끄덕였다. 그를 싸늘하게 노려보던 야토가 내던지듯 손을 놓아주었다.

"그래서, 나기는 지금 어쩌고 있지?"

"……홀연히 나타나 계곡 동쪽의 요괴들을 실컷 잡아먹은 뒤 자취를 감추었다."

요괴가 잔기침을 토해 내며 퉁명스럽게 대꾸했다.

"당장 네 녀석을 공격해 올 것 같진 않아. 제아무리 대요괴라 할지라도 '이름'을 빼앗기는 것은 두렵겠지. 나기는 이미 네가 골짜기에 거하는 거의 모든 요괴들에게서 이름을 갈취했다는 것을 알고 있다. 섣불리 덤벼들진 않을 거야."

"……어딘가에 숨어서 내 빈틈을 노리겠군."

"신안을 사용하면 나기가 숨은 곳쯤 금방 찾아낼 수 있을 텐데, 뭐가 걱정이냐. 놈이 습격해 오기 전에 네가 선공을 하면 되지 않나."

예리한 눈빛으로 동쪽을 주시하던 야토가 멈칫거리며 그를 쏘아보았다. 시원하게 쭉 뻗은 유려한 눈매가 위험스레 가늘어졌다.

"내가 그놈을 처치해 주길 바라서 찾아온 거로군."

"그래 주면 나야 고맙지."

여우가 순순히 인정했다.

"나기는 네 녀석에게 대항하기 위해 요력을 모으고 있다. 강한 힘을 지닌 마물들이 이미 놈의 먹이가 됐어. 재빨리 이곳으로 도망쳐 오지 않았다면 나 역시 잡아먹혔을 테지."

야토는 아무런 반응도 보이지 않았다. 그의 무감한 태도에 조바심이 난 요괴가 보란 듯이 약병을 흔들어 보였다.

"네놈도 수족이 줄어드는 것은 달갑지 않을 게 아니냐. 나만큼 인간의 몸에 대해 잘 알고 있는 요괴는 흔치 않다. 잔병치레가 잦은 공주와 이 골짜기에서 살아가기 위해서는 내 능력이 필요할 테지."

"그러니, 네놈을 보호해 달라는 건가."

"상부상조하자는 거다."

위험스레 눈을 번뜩이던 야토가 검게 변한 손을 뻗어 약병을 거칠게 낚아채 갔다. 여우는 당황한 기색 없이 느물거리며 웃기만 했다. 그 낯짝을 당장이라도 뭉개 놓고 싶었지만, 확실히 놈의 재주는 쓸모가 있었다. 초조한 눈길로 힐끔, 공주가 잠들어 있는 오두막을 바라보던 야토가 이내 고개를 끄덕였다.

"좋다. 당분간 내 영역에 머무는 것을 허락하지. 다만, 그녀에겐 다가가지 마라. 공주의 머리카락 한 올이라도 건드렸다간 형체도 알아볼 수 없을 정도로 잘게 찢어 놓을 줄 알아라."

"명심하지."

여우가 냉소적으로 답했다. 서늘한 눈빛으로 그를 노려보던 야토는 곧 오두막을 향해 몸을 돌렸다. 여우가 조급하게 그를 불러 세웠다.

"나기는 어쩔 거냐. 이대로 내버려 둘 생각이냐?"

"놈이 내 앞에 모습을 드러내면, 그때 처리하겠다."

"나기에게는 마흔다섯 개의 눈이 있다. 그 녀석이 요력을 모으면 네가 가진 신안에 대항할 수 있을지도 몰라. 그렇게 되기 전에 처리하는 게 낫다."

오두막 입구에 우뚝 멈춰 선 야토가 성가시다는 듯 그를 쏘아보았다. 매끈한 미간에 깊게 주름이 팼다.

"그녀를 혼자 둘 순 없다."

"다른 요괴들에게 공주를 지키도록 명한다면⋯⋯."

야토의 살벌한 눈빛을 본 여우는 곧장 입을 다물었다. 진명을 빼앗긴 요괴들은 야토의 명령을 거역할 수 없었다. 하지만 이 골짜기에는 그에게 이름을 빼앗기기 전에 자취를 감추어 버린 요괴들도 있었다. 지금은 야토의 눈을 피해 몸을 숨기고 있지만, 언제 어디서 틈을 노리고 올지 모르는 일. 그가 다른 요괴들의 손에 공주를 맡길 리 만무했다. 여우는 체념의 한숨을 내쉬었다.

"좋다. 네가 알아서 해라. 나야 둘 중 누가 이기든 굿이나 보고 떡이나 먹으면 될 일이지."

"안 그래도 그럴 생각이다."

야토가 싸늘하게 대꾸하고는 오두막 안으로 들어가 버렸다. 여우는 입맛을 다시며 몸을 돌렸다. 놈을 부채질하긴 그른 것 같으니 일단 몸을 숨길 장소나 찾아야겠다. 요괴는 그리 중얼거리며 어둠 속으로 미끄러지듯 사라졌다.

"어딜 다녀온 것이냐?"

공주가 부스스 상체를 일으켜 세우며 물었다. 최대한 소리를 내지 않으려 주의했건만, 결국 그녀의 잠을 방해한 모양이었다. 그는 당장이라도 달려 나가 여우를 두 쪽으로 찢어 놓고 싶은 충동을 억누르며 천천히 침상 앞으로 걸어갔다. 화로에서 흘러나온 옅은 불빛이 그녀의 파리한 얼굴을 힘없이 비추고 있었다.

그는 목판을 다듬어 만든 침상 앞에 한쪽 무릎을 대고 앉아 그녀의 얼굴에 들러붙은 머리카락을 조심스럽게 넘겨 주었다.

"잠시 땔감을 가지러 다녀왔을 뿐이야. 일어나지 말고 더 누워 있어라."

"하루 종일 누워 있었더니 등이 아프다."

그녀가 고개를 내저으며 입가에 옅은 미소를 머금었다. 야토는 못 박힌 듯 그녀의 입술을 응시했다. 기묘하게도, 그녀가 그런 식으로 웃을 때면 숨 쉬기가 힘겨워진다. 어째서 그리되는지 알 수 없었다. 인간이 되다 만 불완전한 육체는 때때로 영문을 알 수 없는 기이한 반응을 보였다.

"……더 잘 생각이 없다면 죽을 좀 들어라. 약을 구해 왔다."

"약?"

갑자기 어디서 약을 구해 왔는지 궁금하다는 듯 그녀가 고개를 갸웃거렸다. 그는 그것을 모른 척하며 손에 쥐고 있던 약병을 침상 옆 선반에 내려놓고 화로 앞으로 걸어갔다.

"약을 먹으려면 속에 무어라도 채워 넣어야 한다. 나물죽을 끓였으니 몇 술이라도 떠 봐."

그러고는 나무 주걱으로 질그릇을 뒤적이는데 희미한 웃음소리가 들려왔다. 그는 멈칫거리며 그녀를 돌아보았다. 공주는 무릎 위에 얼굴을 반쯤 파묻고서 짐짓 시침을 떼고 있었다. 하지만 눈매에는 채 숨기지 못한 웃음기가 남아 있었다. 그는 의아한 표정을 지었다.

"왜 웃지?"

"이상해서 그런다. 요괴가 이렇게 사람 보살피는 법을 잘 알 줄 몰랐다."

"……오래전에 인간 아이를 돌본 적이 있다. 이런 일엔 익숙해."

그는 무심하게 대꾸하고는 작은 사기그릇에 죽을 적당히 덜어 담았다. 그러고는 등받이가 없는 작은 의자를 침상 옆에 끌어다 앉는데, 조금 가라앉은 목소리가 들려왔다.

"그 아이는 어떻게 되었느냐?"

"그 아이?"

"네가 키웠다는 아이 말이다."

그는 그녀의 낯빛을 살폈다. 조그맣고 부드러운 입술 위에 맴돌던 웃음기는 어느새 사라지고 없었다. 갑자기 입이 말라 왔다. 그는 그녀의 손에 죽 그릇을 쥐여 주며 무미건조하게 내뱉었다.

"……먹었다."

그녀의 손가락이 뻣뻣하게 굳어지는 게 느껴졌다. 야토는 그녀의 침묵을 견디지 못해 꽉 잠긴 목소리로 중얼거렸다.

"나는 요괴다."

왜 그런 말을 한 걸까. 그녀는 이미 그의 정체가 무엇인지 알고 있을 터였다. 그런데도 그는 무언가를 설명하고 싶은 충동을 느꼈다. 입술을 깨물며 초조하게 그녀의 대답을 기다리고 있는데, 덜그덕거리는 소리가 들려왔다. 그는 어깨를 움찔거렸다. 그녀가 수저로 그릇을 뒤적이며 힘없이 중얼거렸다.

"……알고 있다."

그러고는 초연한 얼굴로 식사를 시작한다. 그 모습을 조용히 지켜보던 야토는 화로 앞으로 걸어가 숯을 더 집어넣고 불을 지폈다. 타닥타닥 불꽃이 튀는 소리와 숟가락이 그릇을 긁는 소리만이 오두막 안에 고요하게 울려 퍼졌다.

공주는 죽 그릇을 싹 비운 뒤, 약을 먹고 다시 침상 위에 누웠다. 얼마 안 가 고른 숨소리가 들려왔다. 창가에 앉아 한참 동안 어둠 속을 주시하던 야토는 슬그머니 그녀의 곁으로 다가가 창백한 뺨을 쓸어 보았다. 다행히 열기가 가셨다.

안도의 한숨을 내쉬던 것도 잠시, 그녀의 수척한 얼굴이 눈에 들어오자 다시금 가슴속에 둔중한 통증이 일었다. 그는 힘없이 벽에 머리를 기댔다. 이 골짜기에 터를 잡고 살기 시작한 지 이제 겨우 반년이 지났을 뿐이다. 그사이에 공주는 다섯 번을 앓았다. 늘 어둡고 축축한 곳에서 지내다 보니 기침을 입에 달고 살았고, 이런 식으로 한 번씩 열이 올라 그의 속을 뒤집어 놓기도 했다. 인간에겐 계곡의 환경이 맞지 않는 것인지도 모른다. 그는 가라앉은 눈빛으로 그녀를 물끄러미 내려다보다가 고개를 돌렸다.

애초에 요괴와 인간이 함께 산다는 게 말도 안 되는 짓이었던 건 아닐까. 그녀도 속으로는 후회하고 있을 것이다. 그는 공주가 아직까지도 슬픔을 떨치지 못했다는 것을 알고 있었다. 그것을 감추기 위해 부러 밝은 체를 한다는 것도…….

그는 차마 그녀에게 돌아가고 싶은 거냐고 물을 수 없었다. 그녀가 그렇다고 대답할까 두려웠다.

"……야토."

멍하니 생각에 잠겨 있던 야토는 어깨를 굳혔다. 그녀가 그의 손바닥에 얼굴을 기울여 왔다. 그는 어둠 속에서도 그녀의 얼굴을 선명하게 볼 수 있었다. 그녀가 눈꺼풀을 파르르 떨더니, 졸음이 덜 가신 목소리로 중얼거렸다.

"자꾸만 수고를 끼쳐 미안하다."

그는 인상을 찌푸렸다.

"왜 그런 말을 하지?"

"며칠 동안 내 간병을 한다고 잠시도 쉬질 못했잖느냐. 한두 번도 아니고…… 매번 너를 번거롭게 하는 거 같아서……."

"쓸데없는 소리."

그는 다소 냉랭하게 말을 잘랐다.

"나는 인간처럼 쉽게 피로를 느끼지 않는다. 불필요한 걱정은 하지 마라."

"그래도, 내 마음이 편치 않다. 그러지 말고 너도 여기 누워 조금이라도 휴식을 취해라."

"……뭐?"

그녀가 벽 쪽으로 이동해 그에게 자리를 만들어 주었다. 얼치기처럼 눈을 끔뻑거리던 야토는 팔을 잡아끄는 손길에 이끌려 엉거주춤 침상 위에 무릎을 대고 앉았다. 그녀가 그에게 베개를 내어 주며 이불을 걷었다.

"자, 어서."

그녀가 그를 부드럽게 잡아당겼다. 잠시 주저하던 야토는 한숨을 내쉬며 그녀의 옆에 몸을 뉘였다. 그러자 그녀가 그의 어깨 위로 이불을 끌어 올리며 마치 온기를 나누려는 작은 동물처럼 몸을 바짝 붙여 왔다.

그는 목구멍을 뚫고 올라오는 신음을 삼켰다. 감미로운 향기가 콧속으로 스며들어 왔다. 머릿속이 어질어질하다. 황홀경과 고통 사이를 정처 없이 헤매는 기분이었다. 지독히도 허기가 졌고, 당장이라도 그녀를 집어삼키고 싶은 충동으로 내장이 녹아내리는 것 같았다. 야토는 입 안의 살을 짓씹었다. 탐욕스러운 짐승이 곁에서 군침을 질질 흘리고 있는 줄도 모르고 공주는 평온한 얼굴로 잠을 청하고 있었다.

그 얼굴을 하염없이 바라보다가 힘겹게 눈을 돌렸다. 그다지 도움은 되지 않았다. 민감해진 오감이 그녀의 체온과 향기, 색색거리는 부드러운 숨결을 더욱 선명하게 감지해 뇌수로 전달해 왔다. 전신에 불이 붙은 것 같았다. 그는 떨리는 한숨을 토해 냈다. 어째서 그녀를 향한 굶주림은 날이 갈수록 커져만 가는 것일까. 오히려 순전한 요괴일 때보다 더욱 심해진 것 같았다. 인간의 육체는 원래 이러한 것인가. 아니면 되다 만 몸뚱이라 이리 오락가락하는 건가.

그는 땀이 배어 나오는 자신의 매끈한 살결을 매만져 보았다. 법령사들의 공격에 의해 인겁이 갈기갈기 찢어진 지 얼마 지나지 않아, 피부 표면이 멋대로 부글부글 끓어오르더니 다시 인간의 형태로 되돌아갔다. 하지만 그렇게 해서 재생된 육체는 이전과 비슷한 듯하면서도 어딘가 조금 달랐다. 학처럼 가늘고 호리호리했던 몸매는 더욱 크고 단단해졌고, 얼굴선도 이전보다 약간 굵어진 듯했다.

요력이 강해지는 날에는 요괴로 남아 있는 부분들이 부풀어 올라 가끔 형태가 일그러지기도 했지만, 힘이 안정되면 어김없이 이 모습으로 되돌아왔다. 아무래도 인간화가 이루어지면서 진흙이나 다름없었던 요괴의 육체 일부가 담고 있던 그릇의 형태 그대로 굳어져 버린 것 같았다.

그는 흠집 하나 없는 온전한 사내의 얼굴을 가만히 쓸어내리다가 다시 그녀를 돌아보았다. 부드러운 곡선을 그리는 뽀얀 얼굴을 가만 보고 있자니 가슴이 죄어들었다. 껍데기가 어찌 변하였든 다 무슨 소용인가. 그는 여전히 괴물이었고, 그녀의 눈에는 제 흉측한 본모습이 그대로 비칠 것이다. 때때로 그는 그녀에게서 눈을 빼앗은 이유가 그녀가 그것을 바랐기 때문인지, 아니면 그녀가 자신의 모습을 볼 수 없게 만들기 위해서였는지 혼란스러웠다.

'……이제 와서 이런 의문이 다 무슨 소용인가.'

그는 곧 생각하기를 관두었다. 그녀는 그의 곁에 있어 주겠다고 했다. 그것으로 충분하다.

야토는 그녀가 깊이 잠들기를 기다렸다가 조심스럽게 침상에서 일어나 창가로 걸어갔다. 검은 숲이 와스스 소란스럽게 울어 댔다. 요괴들이 또 어디선가 싸움을 벌이는 모양이다. 경계하듯 어둠 속을 빤히 주시하던 야토는 기묘한 피로감을 느끼며 지그시 눈을 감았다.


다음 날, 완전히 몸을 회복한 공주가 몸을 씻고 싶다며 개울가에 데려가 달라고 졸랐다. 여우의 충고가 마음에 걸렸지만, 그녀의 바람을 거절하는 것은 어떠한 경우에든 그에게 있어선 불가능한 일이었다. 그는 비단옷과 무명천을 챙겨 보자기에 곱게 싸 들고서 그녀를 등에 업고 간간이 달빛이 비쳐 들어오는 골짜기 외곽으로 향했다.

잠시 후, 수정처럼 맑은 물이 흐르는 작은 개울가가 모습을 드러 냈다. 그는 편편한 바위 위에 그녀를 조심스럽게 앉혀 주고는 손을 물속에 담가 너무 차갑지는 않은지, 혹시 뾰족한 돌이나 나뭇가지가 있지는 않은지 세심하게 바닥을 살폈다. 그러고는 그녀가 멱을 감은 뒤 곧바로 몸을 덥힐 수 있도록 근처에 작은 모닥불을 피우는데, 공주가 겉옷을 벗어 한쪽에 개어 두고는 얇은 속치마 차림으로 물속에 발을 집어넣는 광경이 눈에 들어왔다. 그는 또다시 묘한 울렁거림을 느끼고 시선을 돌렸다.

"……너무 오래 있지 마라. 다시 열이 오를지 몰라."

"걱정 마라. 네가 건네준 약이 아주 잘 들어서 이젠 아무렇지도 않아. 오히려 평소보다 건강해진 기분이다."

그녀가 물을 첨벙거리며 해맑게 말했다. 그는 그녀를 보지 않으려 애쓰며 주위를 살폈다. 요괴들에게 주변을 면밀히 감시하도록 명령했지만, 상대는 한때 골짜기를 호령했던 대요괴다. 나기가 작정하고 달려들면 한 무리의 요괴가 덤벼도 막을 수 없었다.

'차라리 정면에서 공격해 온다면 곧바로 이름을 빼앗아 버리면 그만이지만……'

교활하기 그지없는 놈이니, 그리 단순한 방법으로 공격해 오진 않겠지.

그는 그녀가 몸을 씻고 머리를 감는 동안에 신안을 부릅뜨고서 주위를 경계했다. 신력을 사용하는 것은 자신의 살을 태우는 일이나 다름없는 짓이었지만, 나기를 해치울 때까지는 잠시도 긴장을 풀 수 없었다. 그렇게 한창 신경을 곤두세우고 있는데, 작게 재채기를 하는 소리가 들려왔다. 그는 대번 무명천을 집어 들고 그녀를 향해 달려갔다.

"이제 그만 나와라."

"……그냥 코가 간지러웠을 뿐이다."

"충분히 깨끗해졌어. 몸이 식기 전에 나와."

그녀가 살짝 불만스러운 표정을 짓다가 순순히 물 밖으로 걸어 올라왔다. 그는 얇은 천이 피부 위에 찰싹 달라붙어 속이 훤히 다 비치는 것을 보고 재빨리 그녀의 몸에 무명천을 둘러 주었다. 공주가 편편한 바위 위에 걸터앉아 머리에서 물기를 꾹꾹 짜냈다. 물장난에 아직 미련이 남는지 발은 개울 속에 담근 채였다.

"너도 이리 와 앉아라. 물이 아주 시원해 기분 좋아."

"……나는 됐다."

"그러지 말고 어서."

애원하는 듯한 어조에 야토는 결국 그녀의 곁에 신을 벗고 앉았다. 그녀의 조막만 한 발 옆에 제 큼지막한 발을 내려놓자 공주가 키득거리며 물을 튀겼다. 그녀는 간만에 즐거워 보였다. 하지만 그는 물속에 신체의 일부를 담그고 있는 것이 뭐가 재밌는지 도통 알 수 없었다.

"배고프다."

공주가 슬슬 발이 시린지 다리를 물속에서 꺼내 천으로 감싸며 중얼거렸다. 그는 곧바로 한 곳에 치워 둔 보자기를 풀어 헤쳐 주먹밥 한 덩이와 천도복숭아 한 개, 군밤 한 꾸러미를 꺼냈다. 연잎에 싸 온 주먹밥을 까서 그녀의 손에 쥐여 주자, 어지간히도 배가 고팠는지 야금야금 잘도 베어 먹었다.

그녀가 먹는 걸 보고 있자니 기분이 좋아졌다. 그는 제 허기 따윈 잊고 그녀에게 천도복숭아도 씻어 건네주고, 군밤도 까서 주었다. 공주가 주먹밥 하나, 복숭아 하나를 다 먹고, 군밤도 주는 대로 넙죽넙죽 입에 넣었다. 잘 먹는 걸 보고 있자니 어제저녁 검은 여우 때문에 뒤집혔던 속이 다 풀렸다.

"나만 챙기지 말고 너도 먹어라."

한참을 정신없이 먹던 그녀가 문득 민망한 표정을 지으며 말했다. 왜 요괴인 자신의 휴식이나 식사 따위를 신경 쓸까. 가끔 그녀를 이해할 수 없었다.

"나는 음식을 먹지 않아도 돼."

먹어도 먹지 않아도, 어차피 그는 늘 기아 상태였다. 그렇게 말하려는 순간, 그녀가 손에 쥐고 있던 밤을 그를 향해 내밀었다.

"그러지 말고 이거 하나만 먹어 봐라. 밤이 아주 달아."

"……."

아무리 의미 없는 짓이라 할지라도, 그는 그녀가 원하는 것은 뭐든 해 주고 싶었다. 왜 그런지는 모른다. 그저 그래야 한다고 생각했을 뿐이다. 그는 밤을 받아 들기 위해 손을 뻗었다. 하지만 그 전에 그녀가 더욱 가까이 다가오더니 그의 얼굴 언저리에 밤을 들이밀었다. 입가를 더듬거리는 손길에 그는 무의식중에 입술을 벌렸다. 그러자 그녀의 손가락이 입 안으로 슬며시 기어들었다. 무엇이든 게걸스럽게 먹어 치워 온 탐욕스러운 아가리 안으로 말이다.

너무 놀라 숨을 멈추었다. 그녀의 손가락이 단단한 이빨과 혀를 살짝 스쳤다. 밤의 맛 같은 건 전혀 느낄 수 없었다. 다시 입 밖으로 빠져나가는 그녀의 손가락을 끌어당겨 그대로 와그작 씹어 먹지 않은 것은 거의 기적이나 다름없었다. 그 강렬한 충동을 억누르느라 등 뒤로 식은땀이 다 맺혔다. 그는 혀끝에 맴도는 살갗의 감촉을 지우기 위해 턱이 부서져라 이를 악물었다. 그녀는 본인이 무슨 짓을 저질렀는지도 눈치채지 못한 것 같았다.

"맛이 어떠냐?"

웃고 있는 그녀에게 처음으로 화가 났다. 그는 입매를 단단히 굳혔다. 제 침묵에서 분노를 감지했는지, 그녀의 입꼬리가 슬그머니 아래로 내려갔다. 그는 그것을 모른 척하며 차갑게 내뱉었다.

"이만 옷을 갈아입어라. 돌아가자."

그는 보자기에서 새 속치마와 비단옷을 꺼내 건네주고는 뒤돌아섰다. 그녀가 부스럭거리면서 옷을 갈아입고 그의 등을 살짝 건드렸다.

"다 입었다."

그는 그녀의 몸에 장포를 둘러 주고는 훌러덩 등에 업었다. 오두막을 향해 걸음을 옮기는 내내 공주가 제 눈치를 살피는 게 느껴졌지만 기분이 좀처럼 풀리지 않았다. 그녀는 손가락이 없어질 뻔했다는 것을 알기나 할까. 배를 곯을 대로 곯은 짐승의 입에 손을 집어넣다니, 그녀는 제정신이 아니다. 두 번 다시 그런 짓을 하지 못하도록 단단히 주의를 주어야 한다는 생각이 머릿속을 스쳐 지나갔다. 하지만 차마 제 입으로 그 섬뜩한 충동을 고백하고 싶진 않았다. 그는 초조하게 입술을 깨물었다. 제가 얼마나 허기졌는지 알게 된다면, 그녀는 자신을 먹어도 좋다며 충동질해 올지도 모른다. 이미 몇 번이나 그러지 않았던가.

'그러면…… 그녀가 바라는 대로 먹어 치워 버리면 그만이 아닌가. 초조해할 이유가 어디에 있지?'

문득 떠오른 의문에 그는 마른침을 삼켰다. 그녀는 틀림없이 맛있을 것이다. 맛보지 않아도 알 수 있었다. 분명 혀끝에서 녹아내릴 듯하겠지. 목구멍이 멋대로 꿀렁거렸다. 어째서, 이토록 먹고 싶은데 참아야 하나. 그녀는 분명 흔쾌히 자신을 제공하려 할 것이다. 그런데도 나는 왜 참고 있나.

'……내가 바란 것은 그런 게 아니다.'

그는 사랑한다는 게 어떤 것인지 알고 싶었을 뿐이다. 하지만 그 대상이 왜 그녀여야만 했던 걸까. 이전에는 특정한 대상에게 이토록 집착해 본 일이 없었다. 사랑이라는 감정을 느끼게 해 준다면, 그 대상이 누구든 상관하지 않았다. 그런데 왜 달라진 걸까.

'그만 생각해.'

야토는 이를 악물었다. 답이 없는 질문들을 파헤치는 일은 이제 그만두기로 하지 않았나. 어차피 요괴인 그는 인간의 마음을 이해할 수 없다. 스스로를 괴롭게 만들 뿐이라는 걸 질리도록 느끼지 않았나.

"……야토?"

귓가를 간지럽히는 목소리에 그는 번뜩 상념에서 깨어났다. 그녀가 코를 킁킁거리며 고개를 두리번거리고 있었다.

"이 계곡에도 꽃이 있느냐?"

"꽃?"

"어디선가 꽃향기가 난다."

주위를 살피던 야토는 커다란 바위틈 사이로 희미하게 빛을 뿌리고 있는 한 무더기의 초승달 이끼를 발견하고는 걸음을 멈추었다. 가느다란 꽃잎 모양의 하얀 잎사귀가 바람결을 따라 살랑이며 달콤한 향기를 흩뿌리고 있었다. 그는 눈살을 찌푸렸다.

"꽃이 아니라 이끼다."

"이끼?"

"이 계곡 안에 볕이 드는 것은 해 질 녘의 한순간뿐이다. 때문에 골짜기 안에는 정상적인 식물이 살 수 없지. 골짜기에 서식하는 식물의 대부분은 습하고 어두운 지역에서 사는 이끼다."

그의 설명에 그녀가 호기심 어린 음성으로 물었다.

"한번 만져 봐도 될까?"

제아무리 기분이 상한 상태라고 해도 그가 그녀의 요구를 거절할 수 있을 리 없었다. 야토는 순순히 바위틈 사이로 걸어 들어가 이끼를 한 줄기 꺾어 건넸다. 그녀가 두 손으로 조심스럽게 받아 들어 줄기와 팔랑거리는 잎 부분을 만지작거리다가 코에 대고 냄새를 맡았다.

"감촉도 냄새도 그냥 꽃 같다."

"생김새는 거의 다를 게 없지."

"그러면 그냥 꽃이라고 하자."

그녀가 쾌활하게 말했다.

"앞으로 이 이끼는 골짜기에서 피는 꽃이다."

밝은 목소리에 거짓말처럼 가슴속에 엉켜 있던 것이 스르륵 풀어졌다. 그는 발아래에 무더기로 핀 이끼를 둘러보며 말했다.

"마음에 들면 전부 다 꺾어 가지고 갈까?"

"그렇게 많이 피어 있느냐?"

"널려 있다."

"그러면 꽃다발을 만들어 가자. 방에 장식해 두고 싶어."

그는 곧바로 가장 잎사귀가 풍성한 것으로만 골라다가 한 움큼을 꺾어 내밀었다. 그녀가 그것을 두 손으로 받아 들어 코에 대고 연신 향기를 맡았다. 좋아하는 모습을 보고 있자니 갑자기 가슴 한편에서 찌르르한 통증이 일었다.

그녀가 그것을 꽃이라 부른다고 해도, 그건 이끼다.

축축하고 어두운 곳에서 자라는 초라한 이끼일 뿐이었다.

그는 빛을 받은 지 오래되어 창백하고 파리하게 변한 그녀의 얼굴을 물끄러미 바라보았다. 이 어둠 속에서 그녀가 점점 시들어 가는 건 아닐까 하는 생각을 하니 모골이 송연해졌다. 그는 입술을 깨물며 고개를 돌렸다.

그토록 날을 세우며 경계한 것이 무색하도록 평화로운 날들이 이어졌다. 그녀는 대부분의 시간을 책상 앞에 앉아 종이나 손바닥에 글씨를 쓰는 연습을 하거나 하릴없이 창가에 앉아 악기를 연주하며 보냈다. 가끔은 골짜기 외곽으로 바람을 쐬러 나가기도 했는데, 그럴 때면 공주는 마치 볼 수 있기라도 한 것처럼 저물어 가는 태양을 향해 눈을 고정해 두다가, 때때로 무언가를 찾듯이 어깨 너머로 시선을 돌리곤 했다. 그렇게 투명한 눈동자가 허공을 정처 없이 헤매고 있을 때면, 그는 이유 없이 가슴 한구석이 선뜩해지는 것을 느꼈다. 그녀는 무엇을 찾고 있는 것일까.

"내일은 시냇가에 데려가 주겠느냐?"

돌아가는 길에, 그녀가 그의 등에 업힌 채로 물었다. 야토는 느릿느릿 걸음을 옮기며 고개를 내저었다.

"요즘은 날이 춥다."

"발만 담그마. 아니면 물이 흘러가는 소리만 들어도 좋다. 또 개울가에 모닥불을 피워 두고 놀다가, 돌아오는 길에는 꽃밭에 들러서 꽃다발을 만들어 가지고 가자. 이번에는 전보다 더 크게 만들자."

그녀가 다리를 까딱거리며 졸랐다. 기분이 좋아질 때면 그녀는 평소보다 말이 많아진다. 그 목소리가 듣기 좋아서 그는 부러 길을 빙돌아갔다. 짙은 어둠이 곧 그들을 완벽하게 둘러쌌고, 공기에는 습한흙 내음과 이끼에서 나는 축축한 냄새가 섞여 들었다. 그는 그녀가춥지 않도록 장포를 더욱 단단히 여몄다.

집에 도착하자 지칠 대로 지쳤는지 공주는 조용해졌다. 화로 앞에 앉아 꾸벅꾸벅 조는 그녀를 채근해 겨우 밥 한 공기를 먹였다. 요괴들을 부려 구해 온 생선을 화톳불 위에 바삭하게 구워 살점을 발라주자 그녀는 그것도 말끔히 먹었다. 공주가 먹는 것을 보는 게 왜 이렇게 좋을까. 제가 먹는 것도 아닌데 포만감이 느껴진다는 게 희한하다. 아니, 오히려 자신이 무언가를 먹었을 때보다 좋았다. 내장이 터지기 직전까지 먹고 또 먹었을 때도 이런 만족감은 느껴 본 적 없다.

"더는 못 먹겠다."

그가 껍질을 깨 건네주는 호두알을 오독오독 씹던 공주가 이내 손사래를 쳤다. 그는 물수건으로 그녀의 손과 얼굴을 닦아 주고 편안하게 쉴 수 있도록 침상 위에 앉혀 주었다. 공주는 침상 위에 앉아 그가 얼마 전에 구해 준 비파의 현을 튕겼다.

연주 따위는 배워 본 적이 없는 터라 그저 되는대로 줄을 당길 뿐이었지만, 그녀는 즐거운 듯 그 일에 몰두했다. 최근에는 요괴인 그의 귀에도 괴이하게 들리는 묘한 곡을 만들어 내기도 했다. 공주는 그 이상한 노래를 만족할 만큼 연주하다가 벽에 기댄 채로 잠들어 버렸다.

그는 벽에 비스듬하게 기대 누운 그녀를 조심스럽게 침상 위에 눕혔다. 그러곤 머리채가 엉키지 않도록 조심스럽게 정리해 이불 위에 펼쳐 두는데, 또다시 알싸한 열기가 몸을 덮쳐 왔다. 그는 손가락 사이를 스르륵 빠져나가는 매끄러운 머리카락을 무심코 움켜쥐었다. 달콤한 향기가 끊임없이 그를 유혹해 왔다. 먹고 싶다. 이대로 한입에 삼켜 버리면 얼마나 황홀할까. 뱃속이 격렬하게 꿈틀거렸다. 하지만 허기와는 무언가가 다르다는 생각이 들었다.

그녀의 살갗에 입을 가져다 대고 싶은 이 충동은 정말로 식욕인가.

'……아니면 무어겠나.'

그는 어두운 눈빛으로 그녀를 내려다보았다. 제자리걸음 하듯 반복되는 의문에 신물이 났다. 요괴인 자신이 품을 수 있는 욕망은 단하나뿐이다. 이렇듯 그녀를 극진하게 보살핀다고 해도, 그것은 인간의 흉내를 내는 것에 지나지 않았다. 자신이 하는 모든 게 다 가짜인것이다. 야토는 입술을 깨물었다. 그녀를 만지고 싶어지는 것 또한배를 채우고자 하는 추잡한 욕망일 뿐이었다. 그렇게 생각하면서도, 그는 그녀에게 닿고 싶은 욕구를 참을 수가 없었다. 야토는 무언가에 이끌리듯 그녀의 얼굴을 향해 손을 뻗었다. 그러다 제 손끝이 검게 변한 것을 보고 번쩍 정신을 차렸다. 그는 자리에서 벌떡 일어나 그녀에게서 멀리 떨어졌다. 짙은 낭패감이 밀려들었다.

'……그믐이었나.'

소매를 걷어 올리니 팔뚝까지 무쇠처럼 거무튀튀한 색으로 물들어 있었다. 그뿐만이 아니었다. 요력이 점점 부풀어 올라 인간화된 부분을 공격하기 시작했고, 그 때문에 육체의 일부가 멋대로 꿈틀거리며 뒤틀려 갔다. 그는 곧바로 침상에서 가장 멀리 떨어진 곳으로 갔다.

그믐날 밤은 요괴들에게 있어서 가장 활력이 넘치는 날이었다. 그 어느 때보다 음기가 충만하기 때문에 요괴의 힘은 최대치까지 증폭한다. 하지만 신력과 요력이 항상 팽팽한 대치를 이루고 있는 불완전한 육체에는 재앙이나 다름없었다.

그는 오른쪽 팔부터 어깻죽지까지 비대하게 부풀어 오르는 걸 느끼며 입술을 짓씹었다. 신력이 짓눌리면서 시야가 조금 어두워졌다. 그는 방구석에 한껏 웅크리고 앉아 그녀가 깨지 않도록 숨을 죽였다. 몸이 점점 더 심하게 부풀어 오르며 척추가 뒤틀렸다. 그는 뼈가 으스러지는 통증에 까득 이를 갈았다. 차마 신음은 흘릴 수 없었다. 곤히 잠든 그녀를 가물거리는 눈빛으로 응시하던 야토는 벽에 뒤통수를 짓눌렀다. 그나마 다행인 것은 밤이 끝나고 나면 거짓말처럼 원래 형태로 되돌아간다는 것이었다. 그때까지만 참으면 된다. 그는 날뛰는 요력을 최대한 가라앉히려 애쓰며 호흡을 골랐다.

그때, 어디선가 강대한 요력이 느껴졌다.

야토는 벌떡 자리에서 일어나 창문 앞으로 걸어갔다. 음산한 기운이 점점 가까워지고 있었다. 그는 몸 안쪽에 짓눌려 있는 신력을 끌어 올려 칠흑 같은 어둠 속을 꿰뚫어 보았다. 전신이 붉은 눈으로 뒤덮인 거대한 짐승이 숲을 빠르게 가로질러 오고 있었다. 나기였다.

야토는 지체하지 않고 오두막 밖으로 뛰쳐나갔다. 하지만 그새 몸을 숨겼는지, 나기의 모습은 어디에서도 찾아볼 수 없었다. 야토는 초조하게 눈을 굴렸다. 증폭된 요력 때문에 신안이 흐려져 놈을 추적하기가 쉽지 않았다. 그는 지붕 위로 뛰어올라 사방을 빙 둘러보았다. 분명 나기는 공주를 노리고 있을 것이다. 당장이라도 이 근방을 샅샅이 뒤져 어딘가에 몸을 숨기고 있을 놈을 찾아내 갈기갈기 찢어놓고 싶었지만, 오두막에서 멀어지는 순간 놈이 단숨에 그녀를 집어삼키려 들지 모를 일이다. 그 광경을 머릿속에 떠올리는 것만으로도 피가 식었다.

그는 성난 짐승처럼 그르렁거리며 붉은빛이 뒤섞인 금빛 눈동자를 형형하게 빛냈다. 검은 안개가 낀 것 같은 흐릿한 시야에 마침내 검은 짐승의 형상이 어렴풋이 잡혔다. 그는 지체하지 않고 몸을 날렸다. 쿵, 하는 둔중한 소음과 함께 황소만 한 들개의 몸뚱이가 바닥에 묵직하게 내리꽂혔다. 하지만 한때 골짜기를 호령했던 대요괴가 그리 쉽게 당할 리가 없었다. 놈이 곧바로 섬광처럼 뛰어올라 그의 어깨에 송곳 같은 이빨을 박아 넣었다. 야토는 개의 머리 아래쪽에 팔을 휘감았다. 힘겨루기를 하는 동안, 그들의 몸에서 뿜어져 나온 요력에 의해 사방에서 돌풍이 몰아치기 시작했다.

야토는 그 와중에도 그녀가 깰 것을 걱정했다. 요력을 이용해 바람을 멈춰 세우자 그 틈을 놓치지 않고 나기가 근육질의 강인한 앞다리로 그의 가슴을 할퀴었다. 피부가 찢어지며 검은 피가 뿜어져 나왔다. 나기는 그대로 그를 거대한 아름드리나무 줄기에 밀어붙였다. 흉부가 으스러지는 듯한 충격에 야토는 거칠게 숨을 헐떡거렸다. 요괴의 목소리가 머릿속으로 불쾌하게 흘러들었다.

'그동안 요력을 꽤나 모은 것 같다만…… 그렇다고 해도 네놈은 하찮은 식귀일 뿐이다. 신안이 없으면 네놈은 내 적수가 못 된다.'

검은 짐승의 몸뚱이에 덕지덕지 붙어 있는 수십 쌍의 붉은 눈동자가 비웃듯이 가늘어졌다. 요괴가 앞발로 그의 몸을 짓누르며 입을 크게 벌렸다. 야토는 그 순간을 놓치지 않고 놈의 아가리 안에 팔을 밀어 넣었다. 나무뿌리 같은 길고 앙상한 팔뚝이 놈의 목구멍 안으로 틀어박혔다.

나기는 펄쩍 뛰어오르다가, 이내 그까짓 반항이 무슨 의미가 있냐는 듯 으르렁거리며 그의 팔을 으적, 씹었다. 야토는 뼈가 으스러지는 것에도 개의치 않고 놈의 축축하고 뜨거운 내장 속에 더욱 깊숙이 손을 집어넣어 신력을 불어넣었다. 몸 안에서 퍼지는 심상치 않은 열기에 나기가 눈을 부릅뜨더니 격렬하게 몸을 비틀기 시작했다. 야토는 다른 손으로 놈의 머리를 꽉 움켜쥐고서 팔을 더 깊숙이 밀어 넣었다. 놈의 비명 소리가 머릿속에 울려 퍼졌다.

'그만! 그만!'

놈의 몸속이 진흙처럼 질척하게 녹아내리는 게 느껴졌다. 요괴가 근육질의 육중한 몸뚱이를 마구 뒤흔들며 거세게 발버둥 쳤다. 하지만 야토는 모든 요력을 끌어모아 무지막지한 힘으로 나기를 꽉 붙들었다. 이놈이 본격적으로 날뛰기 시작하면 온 계곡이 뒤흔들린다. 야토는 그의 몸을 바닥 위에 짓누르며 계속해서 신력을 쏟아부었다.

나기의 입에서 울컥 피가 뿜어져 나왔다. 야토는 전신에 피를 뒤집어쓰고도 눈 하나 깜짝하지 않았다. 신력에 의해 나기의 몸이 빠르게 붕괴되어 갔다. 요력이 강하면 강할수록 반발은 더 거세어지는 법. 선천적으로 강대한 요력을 가지고 태어나 골짜기의 왕으로 군림한 대요괴는, 난생처음 겪는 고통에 혼비백산하여 정신을 차리지 못했다. 야토는 곤죽이 된 나기의 내장을 긁어내며 놈의 눈을 들여다보았다. 마침내 놈이 혼 깊숙한 곳에 꽁꽁 숨겨 둔 것을 꿰뚫어 볼 수 있었다.

그는 나기의 진명을 소리 내어 읊조렸다. 수십 쌍의 눈동자 위에 선명한 공포가 떠올랐다. 요괴에게 있어서 가장 두려운 일이 벌어지려 한다는 것을 알아차린 듯하다.

야토는 명령을 내렸다.

"나는 네 존재를 이 세상에 허락할 수 없다. 사라져라."

그 말이 끝나기가 무섭게 요괴의 몸이 재가 되어 바스라졌다. 비명을 내지를 틈도 없었다. 요괴의 거대한 몸뚱이가 순식간에 바람 속으로 흩어져 버렸다. 자신을 옭아매던 힘에서 벗어난 야토는 축축한 흙바닥 위에 벌러덩 드러누웠다. 나기의 공격으로 만신창이가 된 몸이 멋대로 부글부글 끓어오르며 부풀었다가 줄어들기를 반복하고 있었다. 그는 전신을 관통하는 끔찍한 통증에 이를 갈았다. 제 몸에서 나는 피 냄새가 생소했다. 요괴의 피와 인간의 피가 뒤섞여 무어라 형용하기 힘든 야릇한 냄새가 공기 중에 섞여 들었다. 그는 천천히 숨을 고르다가 비틀비틀 몸을 일으켜 세웠다.

상체는 거의 짓뭉개지다시피 해 엉망이었지만 다행히도 두 다리는 멀쩡했다. 그는 간신히 균형을 잡고 서서 주위를 둘러보았다. 그러다 어느 한 방향으로 바람처럼 달려가 나무 뒤에 숨어 있던 한 그림자를 낚아챘다. 몰래 염탐하고 있던 검은 여우가 꽥, 하는 기괴한 비명을 내질렀다. 그는 비교적 멀쩡한 다른 손으로 놈의 입을 틀어막으며 음산하게 으르렁거렸다.

"간자 노릇을 하기 위해 여기에 왔던 거였나?"

"나, 나는 그저 일이 어떻게 돌아가나 궁금하여……."

그는 여우의 턱을 부숴 버릴 작정으로 힘을 주었다. 노승의 얼굴이 기묘하게 어그러졌다. 야토는 그의 뺨에 무자비하게 손톱을 박아넣었다.

"그믐이 되면 신력이 약해진다는 것은 어찌 알았지?"

변명이 통하지 않으리라는 것을 알아차렸는지, 여우의 얼굴이 파리하게 변했다. 빠져나갈 길을 찾듯 눈을 굴리던 요괴가 결국 실토했다.

"……그믐만 되면 요괴들에게 이 주변을 철통처럼 지키라 명령하는 걸 보고 무언가 있다고 생각했지."

야토는 입매를 일그러뜨렸다. 영리한 놈이니, 요력이 강해지는 날에는 신안이 약해진다는 것쯤이야 어렵지 않게 추론해 낼 수 있었겠지. 그는 핏물이 뚝뚝 떨어지는 손으로 여우의 얼굴을 음산하게 쓸어내렸다.

"그걸 고스란히 나기에게 고해바쳤나 보군."

"네, 네 명령을 거역한 건 아니지 않나! 너는 네 약점을 다른 이에게 알리지 말라 명한 적이 없다. 네가 내린 명령은 공주를 해치지도 탐내지도 말라는 것뿐이었어!"

"그러면, 다시 명령을 내리지."

여우의 얼굴이 공포로 푸르스름해졌다. 놈이 그의 옷자락을 와락 움켜쥐었다.

"나를 나기와 같은 꼴로 만들려는 거냐?"

아무런 대답도 하지 않자 여우가 처절하게 울부짖기 시작했다.

"안 돼! 차라리 나를 먹어라! 먹이가 되는 편이 백배는 나아! 내 존재를 지우지 마라!"

"입 닥쳐."

야토가 그의 입을 손바닥으로 틀어막으며 험악하게 으르렁거렸다. 여우의 몸이 사시나무 떨리듯 덜덜 떨렸다. 존재가 말살되는 것은 요괴들에게 있어 죽음보다 두려운 일이었다. 제 말 한마디면 이 녀석은 세상에서 완벽하게 사라지고 마는 것이다. 당장이라도 그렇게 하고 싶었다. 이놈은 너무나 교활하다. 자신에게서 해방되기 위해 또다시 어떤 술수를 부릴지 모를 일. 이 자리에서 없애 버리는 게 여러모로 속 편하다.

'하지만, 공주에게는 이놈의 재주가 필요하다.'

몇 날 며칠을 앓았던 공주가 이 녀석이 만든 약을 먹고 하루 만에 깨끗이 나았던 것을 떠올리며 야토는 까득 이를 갈았다. 이놈의 능력을 잃을 수는 없었다. 결국 그는 손아귀의 힘을 풀었다. 그러고는 잇새로 살벌하게 여우의 진명을 읊조렸다. 요괴의 몸이 뻣뻣하게 굳어졌다. 야토는 그의 공포에 질린 얼굴을 차분히 내려다보며 느릿느릿 내뱉었다.

"나와 공주의 신상에 위해가 가해지는 날에는, 네놈의 존재도 함께 사라지게 될 것이다. 앞으로는 우리에게 어떤 위험도 닥치지 않도록 모든 주의를 기울여라."

요괴가 다리에 힘이 풀린 듯 털썩 주저앉았다. 그는 놈의 얼굴을 손톱으로 긁어내리며 씹어뱉듯 말했다.

"이제 내 눈앞에서 사라져."

그녀는 기묘한 소음에 잠에서 깨어났다. 처음에는 폭풍우라도 몰아치는 줄 알았다. 세찬 바람 소리와 함께 오두막이 미세하게 뒤흔들리다가 벼락 치는 듯한 소리가 들려왔고, 곧이어 사방이 쥐 죽은 듯 조용해졌다. 이불 속에 몸을 웅크리고서 부르르 떨던 소루는 부스스 상체를 일으켜 세웠다. 문득, 무언가가 이상하다는 것을 알아차렸다.

장막에 둘러싸인 것처럼 깜깜해야 마땅한 시야에 무언가가 아른거리더니 곧 희미한 불빛이 스며들어 온 것이다.

소루는 혼란스레 눈을 깜빡거렸다. 시야가 점점 선명해지더니 오두막의 어두운 윤곽이 한눈에 들어왔다. 비단 금침이 깔린 커다란 침상과 방 안을 은은하게 비추고 있는 화로, 식량을 보관하는 데 쓰는 듯 보이는 크고 작은 항아리와 그릇이 켜켜이 쌓여 있는 선반, 큼지막한 함과 한쪽 벽면을 꽉 채우고 있는 장롱…….

그녀는 반년 가까이 살아온 오두막을 낯설게 둘러보았다. 매끈한 마룻바닥에는 어마어마한 크기의 호랑이 가죽이 펼쳐져 있었고, 창문 옆에 자리한 책상 위에는 글자를 배우는 데 썼던 붓과 종이가 쌓여 있었다. 인가의 어느 평범한 가옥이라 해도 믿을 수 있을 정도로 세간이 잘 갖추어져 있었다.

'꿈이라도 꾸고 있는 걸까?'

어리둥절하며 눈을 비비기를 한참, 그녀는 문득 뒷덜미가 서늘해지는 것을 느꼈다. 이전에도 이런 적이 있었다. 야토가 약해졌을 때, 신력이 얼마간 제게 되돌아와 일시적으로 눈이 밝아지지 않았던가. 소루는 비틀거리며 침상에서 일어났다. 그러고는 야토를 찾기 위해 문 쪽을 향해 걸음을 옮기는데, 무언가가 그녀의 옷자락을 덥석 움켜쥐었다.

"……밖은 위험하다. 혼자 나가선 안 돼."

소루는 흠칫 고개를 돌렸다. 검은 손이 제 소맷자락을 붙들고 있었다. 그 손을 따라 시선을 올리니 방 한쪽 구석에 웅크리고 있는 검붉은 몸뚱이가 눈에 들어왔다. 소루는 비명을 삼켰다. 그는 온통 피투성이였다. 한쪽 어깨와 흉부는 시커먼 두꺼비처럼 부풀어 올라 부글부글 끓고 있었고, 인간의 형상을 하고 있는 나머지 부분들은 갈기갈기 찢겨 끊임없이 피를 줄줄 흘리고 있었다. 소루는 허둥지둥 그의 앞으로 달려가 무릎을 꿇고 앉았다.

"이, 이게 어찌 된 일이냐. 어쩌다가 이런 꼴이⋯⋯."

"만지지 마라."

그가 그녀의 손을 피해 벽에 바짝 붙었다.

"요력이 안정화되면 금방 낫는다. 요괴는 재생력이 뛰어나. 시간이 지나면 원래대로 돌아오니, 나는 신경 쓰지 말고 다시 자라."

그녀는 멍하니 입을 벌렸다.

"그, 그게 무슨 말이냐! 네가 이 꼴이 되었는데 내가 어떻게⋯⋯."

강렬한 통증이 엄습해 온 듯, 그가 입술을 깨물며 몸을 뒤틀자 소루는 급히 말을 멈추었다. 부풀어 오른 흉부가 격렬하게 꿈틀거리더니 살갗이 갈라지며 검붉은 피가 줄줄 쏟아져 내렸다. 그녀는 허둥지둥 자리에서 일어나 손에 잡히는 대로 이불이며 옷이며 끌어당겨 그의 상처에 대고 눌렀다. 야토는 거칠게 헐떡거리며 두 손으로 제 얼굴을 가렸다.

"나는 괜찮다. 괜찮으니까⋯⋯. 제발, 저리 가 있어."

"이, 이리 피가 많이 나는데 뭐가 괜찮다는 거냐. 잠시만 기다려라, 내 당장⋯⋯."

그녀는 옷 속을 더듬어 자현에게서 받은 단검을 꺼내 들었다. 가죽으로 된 칼집을 벗겨 내 칼날을 손가락 끝에 가져다 대려는데, 차가운 손이 거칠게 그녀의 팔뚝을 움켜쥐었다. 다소 사나운 손길에 소루는 흠칫 몸을 굳혔다. 요괴가 두 눈을 불길처럼 빛내며 그르렁거렸다.

"대체⋯⋯ 뭘 하려는 거냐?"

"내 피를 받아 마시면 금방 나을 거야. 그러니⋯⋯."

그녀의 팔을 움켜쥔 손에 힘이 들어갔다. 무언가를 억제하듯 몸을 부들부들 떨던 요괴가 그녀의 손에서 단검을 빼앗아 바닥 위에 내팽개쳤다. 쨍그랑, 하는 소리가 방 안에 요란하게 울려 퍼졌다. 소루는 눈을 크게 떴다. 그가 자신에게 이런 난폭한 행동을 한 것은 처음 있는 일이었다.

팽팽하게 긴장된 침묵이 흐르기를 잠시, 요괴가 씹어뱉듯 말했다.

"쓸데없는 짓 하지 마라. 시간이 지나면 나아."

"나는 괜찮다. 가벼운 생채기 정도야 삼사일 정도면 흔적도 없이 낫는걸. 내 피 몇 방울이면 금방 낫는데 굳이……."

"하지 말라고 하잖아."

공격적인 어조에 소루는 입을 다물었다. 그가 거칠게 숨을 몰아쉬었다. 격렬하게 그녀를 쏘아보던 붉은 눈동자에 문득 슬픈 기색이 어렸다.

"그대는 정녕 모르는 건가. 그대의 몸에서 피 한 방울을 내느니, 내 몸의 모든 피를 쏟아 내는 게 더 낫다는 것을……."

소루는 할 말을 잃고 멍하니 눈을 깜빡거렸다. 그녀의 눈을 뚫어져라 바라보던 요괴가 고통으로 얼굴을 일그러트리며 말을 이었다.

"그대의 몸에 생채기를 낼 바에는, 내 몸을 갈기갈기 찢는 게 낫다. 그러니…… 제발, 그러지 마라."

기이한 전율이 등줄기를 훑어 내렸다. 그의 눈이 자기 자신조차도 이해하지 못하는 무언가를 말하고 있는 듯했다. 망연히 굳어 있던 소루는 그를 향해 천천히 손을 뻗었다. 야토가 흠칫거리며 벽으로 바짝 붙어 앉았다. 덩달아 움찔거리던 소루는 꽉 잠긴 목소리로 속삭이듯 말했다.

"……아무것도 하지 않겠다."

"……."

"그저 네 상처가 다 나을 때까지 곁에 있고 싶을 뿐이다. 그것만이라도 허락해 다오."

그가 천천히 숨을 몰아쉬다가 뜻대로 하라는 듯 조용히 눈을 감았다. 소루는 살그머니 그의 옆에 앉아 나뭇가지 같은 길고 뻣뻣한 손가락을 조심스럽게 감싸 쥐었다. 그의 몸이 희미하게 긴장하는 것이 느껴졌다. 하지만 뿌리칠 생각은 없는 것 같았다. 그녀는 그가 고통에 경련할 때마다 그의 손을 더욱 꽉 맞잡았다.

야토의 몸은 수차례 부풀어 올랐다가 가라앉기를 반복했다. 그 모습이 죽도록 고통스러워 보였음에도, 그는 비명 한 번 지르지 않았다. 이를 악물며 아픔을 삭이는 모습에 절로 눈시울이 뜨거워졌다. 소루는 입술을 깨물었다. 그 모습을 본 야토가 격통을 견디느라 부들부들 떨리는 손을 들어 그녀의 머리를 조심스럽게 쓰다듬어 왔다. 왜 자신이 울고 있는지도 이해하지 못하면서 위로를 건네려 하는 것이다.

소루는 강렬한 충동에 휩싸여 그의 팔을 끌어당겨 딱딱하고 거칠거칠한 손바닥에 얼굴을 파묻었다. 참고 있던 눈물이 주룩 흘러내렸다. 이 손은 언제나 그녀가 필요로 하는 것을 건네주었다. 오래전부터 그래 왔다는 생각이 들었다.

"울지 마라."

그가 어찌할 바를 몰라 하며 말했다. 그녀는 흐느낌을 삼키며 그의 성한 부분을 조심스럽게 끌어안았다.

그렇게 얼마나 부둥켜안고 있었을까. 기진맥진해 축 늘어져 있는데 길고 강인한 팔이 제 몸을 안아 드는 것이 느껴졌다. 소루는 시야가 다시 어두워진 것을 느끼고 안도의 한숨을 내쉬었다. 그의 몸이 회복되고 있다는 증거였다.

"이제 괜찮은 거냐?"

"……그래. 괜찮아졌다."

그가 그녀를 조심스럽게 침상 위에 내려놓고는 다시 몸을 일으켜 세웠다. 피를 닦아 내는지 물수건을 철벅거리는 소리가 들려왔다. 소루는 가만히 그 소리를 듣다가 기절하듯 까무룩 잠들어 버렸다.

겨우 정신을 차렸을 때는 사방이 새까만 장막에 휩싸여 있었다. 버릇처럼 눈꺼풀을 매만지던 소루는 이내 벌떡 몸을 일으켜 세웠다. 더듬더듬 야토의 흔적을 찾는데, 매끄러운 손가락이 그녀의 손을 감싸 왔다.

"야토, 상처는……."

"다 나았다."

그가 확인이라도 시켜 주듯 그녀의 손을 자신의 얼굴 위에 올렸다. 소루는 그의 매끄러운 얼굴을 어루만지며 딱딱하게 힘이 들어가 있던 어깨를 축 늘어뜨렸다. 그가 그녀의 손을 다시 제 얼굴에서 떼어 내며 말했다.

"하루 종일 아무것도 먹지 못해 배가 고플 거다. 식사를 준비해 줄 테니 잠시만 기다려라."

"나는 괜찮다. 몇 끼 거른다고 큰일 나는 것도 아닌걸. 그보다 이리 와 앉아라. 그렇게나 피를 많이 흘렸는데 조금이라도 더 휴식을 취해야……."

"내 몸은 인간과는 다르다. 불필요한 걱정은 하지 않아도 돼."

그 단호한 목소리에 그녀는 더는 만류하지 못하고 입을 다물었다. 불을 지피는 소리, 그릇을 덜거덕거리는 소리가 한참을 이어지더니 곧 그가 죽을 한 그릇 가지고 왔다. 그러고는 아무 일도 없었다는 듯 그녀의 식사를 거든다. 소루는 그의 종용에 못 이겨 억지로 죽을 떠넘겼다. 겨우 한 그릇을 싹 비우자, 그가 그녀에게 겉옷을 입혀 주었다. 소루는 어리둥절한 표정을 지었다.

"옷은 왜……?"

"데려가고 싶은 곳이 있다."

그러고는 제대로 된 설명도 없이 그녀를 훌쩍 안아 들었다. 소루는 그의 목에 팔을 감으면서도 혼란스레 눈살을 찌푸려 보였다. 도통 일이 어떻게 돌아가는 것인지 알 수가 없었다. 느닷없이 상처투성이가 되어 나타나질 않나, 몸이 낫자마자 다짜고짜 갈 곳이 있다 하질 않나.

"대체 어딜 가려고 그러냐."

"가 보면 안다."

그가 문을 열고 밖으로 나가며 건성으로 답했다. 소루는 낮은 한숨을 내쉬었다.

"무슨 일이 있었는지, 설명해 주지 않을 작정이냐?"

"……다 끝난 일이다. 그대는 신경 쓰지 않아도 되는 일이야."

저벅저벅, 그의 발소리만이 한참 동안 이어졌다. 소루는 그의 어깨에 몸을 기댄 채 바람이 나뭇가지를 흔드는 소리, 찌르르 울리는 벌레의 울음소리, 희미한 새소리를 가만히 듣고만 있었다. 울퉁불퉁한 산길을 지나는 동안에 그의 몸이 쉼 없이 오르락내리락했다. 그렇게 얼마나 갔을까, 입을 꾹 다물고 있던 소루가 불쑥 내뱉었다.

"나 때문이었느냐?"

"……."

"나 때문에 싸우다가…… 그리 다친 것이냐?"

야토는 말없이 걷기만 했다. 하지만 굳이 대답을 듣지 않아도 불보듯 뻔한 일이었다. 소루는 아랫입술을 깨물었다. 그동안 잊고 있었던 절망감이 고개를 쳐들었다. 이곳에 온 뒤로 줄곧 평온한 시간들이 이어진 탓에 잊고 있었던 것인가. 자신은 어디를 가나 화를 불러일으키는 존재였다. 요괴의 세계라고 해서 다를 리가 없었다. 제가 태평스럽게 지내는 동안에, 그는 뒤에서 남몰래 싸워 온 것인지도 모른다. 그런 생각을 하니 가슴이 죄어들었다.

"야토, 나는……."

느닷없이 몰아친 바람에 그녀는 입을 다물었다. 감미로운 향기가 폐부를 그득 채웠다. 따사로운 열기가 얼굴 위로 부드럽게 쏟아져 내리는 것을 느끼며 소루는 고개를 높이 들어 올렸다. 그가 그녀를 바닥에 내려놓았다.

"다 왔다."

소루는 싱그러운 풀 내음에 코를 찡긋거렸다. 부드러운 풀잎이 손과 다리를 간질이는 게 느껴졌다. 어리둥절하여 고개를 이리저리 휘돌리고 있는데, 그의 손이 그녀의 어깨를 감싸 왔다.

"나를 봐라, 소루."

소루는 그가 있는 방향을 향해 머리를 들어 올렸다. 그 순간, 그녀의 안으로 뜨거운 것이 흘러들었다. 소루는 눈을 크게 떴다. 섬광 같은 것이 번쩍이더니, 사방에서 밝은 빛이 쏟아져 들어왔다.

그리고 다음 순간, 그녀는 자신이 꽃밭 위에 서 있다는 것을 깨달았다. 끝도 없이 펼쳐진 넓은 들판 위에 하얀 꽃들이 파도처럼 출렁이고 있었다. 그녀는 얼이 나간 얼굴로 사방을 빙 둘러보았다. 헤아릴 수도 없을 만큼 많은 꽃들이 몰아치는 바람결을 따라 춤을 추었다. 그 광경을 넋을 잃고 바라보고 있는데, 차가운 손가락이 그녀의 얼굴 위에 와 닿았다. 소루는 그가 이끄는 대로 고개를 돌렸다. 위태로울 정도로 고독한 눈을 한 사내가 그곳에 있었다.

"나를 봐라."

그가 그녀를 향해 고개를 기울여 붉게 물든 자신의 눈을 똑바로 마주 보게 했다. 그녀는 그의 내부 깊숙한 곳까지 들여다볼 수 있었다. 그곳에 무언가가 있었다. 그것의 정체를 알아차린 소루는 전신을 떨기 시작했다. 그가 그녀의 뺨을 부드럽게 어루만지며 말했다.

"그것이 내 이름이다."

그녀는 무심결에라도 그것을 소리 내어 입 밖에 낼까 싶어 혀를 깨물었다. 그의 입가에 슬픈 듯한 미소가 어렸다.

"그대가 그랬지. 그대에게 남은 마음을 모두 내게 주겠다고. 남은 것은 얼마 없지만…… 전부 내게 주겠다고……."

"……."

"내게는, 그 약간의 마음조차도 없다. 그대에게 돌려줄 것이 없어."

그의 눈매가 조금 일그러졌다. 하지만 흘러나오는 목소리는 단조롭고 차분하기만 했다.

"그러니, 내가 줄 수 있는 모든 것을 주겠다. 나는 그대의 것이다."

소루의 입에서 신음 같기도 하고 탄성 같기도 한, 묘한 소리가 흘러나왔다. 말로는 형용할 수 없는 격정에 뺨을 타고 주룩 눈물이 흘러내렸다. 그녀는 자신의 안에 자리하고 있던 무언가가 희미해지고, 새로운 것이 힘차게 타오르는 걸 느꼈다. 상실감과 충족감이 동시에 엄습해 왔다. 소루는 질끈 눈을 감았다가 떴다. 그리고 다시 그의 눈을 하염없이 바라보았다. 뒤틀리고 어그러진, 고독한 괴물의 안에 자신이 평생 찾아 헤매던 것이 있었다.

줄곧 바라 왔던 단 하나.

눈시울이 점점 더 뜨거워졌다. 그의 얼굴에 얼핏 낭패감이 서린다. 지난 새벽, 아이처럼 흐느끼던 제 기분을 풀어 주기 위해 이리 데리고 나온 것이 분명하다. 그런데 기뻐하기는커녕 돌연 눈물을 흘리니, 어리둥절하고 초조하여 그는 어찌할 바를 몰라 했다. 소루는 그런 그의 앞으로 다가가 발돋움을 했다. 서늘한 입술 위에 제 입술을 살그머니 가져다 대었다가 떼자, 요괴의 눈이 휘둥그레진다. 의미를 알 수 없는 행동에 혼란스러워하는 것 같았다.

그녀는 소매로 젖은 뺨을 닦아 내며 미소 지었다.

"……고맙다, 야토."

때마침 몰아쳐 온 돌풍이 그들의 몸을 격렬하게 훑고 지나갔다. 소루는 흩날리는 꽃잎 속에서 그가 자신을 따라 미소 짓는 것을 보았다. 요괴는 본인이 행복에 겨운 듯 웃고 있다는 사실도 모를 것이다. 슬픈 눈빛으로 그 모습을 바라보던 소루는 그를 향해 두 팔을 뻗었다.

"해가 지기 전에 이만 돌아가자. 우리들의 보금자리로……."

야토가 다시 그녀를 안아 들고 물결치는 꽃들을 헤치고 나아갔다. 왔던 길을 거슬러 가는 동안에 그는 꽃대를 툭툭 끊어 그녀에게 들꽃을 한 아름 안겨 주었다. 소루는 부드러운 꽃잎에 얼굴을 파묻고서 향기를 듬뿍 즐겼다. 풀숲에 숨어 있던 새들이 퍼드득, 하늘 위로 힘차게 날아올랐다. 그녀는 어두워졌다가 밝아지기를 반복하는 어지러운 시야 안에 그 모든 것들을 빠짐없이 담았다. 희미하게 붉은빛으로 물들어 가는 하늘, 황금 빛을 뿌리는 태양, 연둣빛 들판 위로 휘몰아치던 꽃의 폭풍우…….

죽는 날까지 이 광경을 잊을 수 없을 것이다.

그녀는 안락한 품에 감싸여, 천천히 어둠 속으로 잠겨 들어갔다.